中国现当代文学名家经典导读

张 欣 编著

东北大学出版社
·沈 阳·

图书在版编目(CIP)数据

中国现当代文学名家经典导读/张欣编著. -- 沈阳：
东北大学出版社, 2025 . 1 -- ISBN 978-7-5517-3713-5

I . I206.6

中国国家版本馆CIP数据核字第2025KT6080号

出 版 者:东北大学出版社
　　　　地址:沈阳市和平区文化路三号巷11号
　　　　邮编:110819
　　　　电话:024-83683655(总编室)
　　　　　　　024-83687331(营销部)
　　　　网址:http://press.neu.edu.cn
印 刷 者:辽宁虎驰科技传媒有限公司
发 行 者:东北大学出版社
幅面尺寸:185mm×260 mm
印 　 张:22.25
字 　 数:468千字
出版时间:2025年1月第1版
印刷时间:2025年1月第1次印刷
责任编辑:刘桉彤　汪彤彤　石玉玲
责任校对:潘佳宁
封面设计:潘正一
责任出版:初 茗

ISBN 978-7-5517-3713-5　　　　　　　定 价:60.00元

前　言

　　党的二十大报告擘画了全面建成社会主义现代化强国的宏伟蓝图和实践路径，为党和国家的各项事业指明了前进方向。新时代的高校肩负着为实现第二个百年奋斗目标，以中国式现代化全面推进中华民族伟大复兴培育中坚力量的重要任务。坚持以抓好"三进"工作为新的契机和切入点，始终心怀"国之大者"，将党的二十大精神有机融入高校课程思政，是引领思政"金课"建设、锻造人才底色的关键。建设高水平人才培养体系，必须抓好课程思政建设，将价值塑造、知识传授和能力培养融为一体，为党育人、为国育才。

　　"现当代文学名家经典"课程是渤海大学为文学院汉语言文学（师范）专业学生开设的一门专业必修课。开设本门课程的目标是通过对现当代文学名家经典作品的解读，帮助学生深入地了解"中国现代文学""中国当代文学"等专业课程的基础概念，引导学生利用和巩固已经掌握的文学史知识，深入地理解和分析现当代一些重要作家的经典作品；学会运用文学史知识，从文学潮流发展变化的历史联系和特定的历史文化氛围视角讨论文学现象产生的缘由，评判作家作品的文学价值；培养学生树立人文主义情怀，使学生提升文学鉴赏、评析的能力，并引发学生对文学史问题与文学评论的兴趣。同时，帮助学生了解中国现当代文学学科的前沿动态，拓展学生的阅读宽广度与学术视野，提高文学感悟力以及分析概括问题的能力，为那些有兴趣进一步研究现当代文学的学生提供基本的阅读书目与研究资料，指点治学的门径。

　　为了进一步贯彻党的二十大精神，本书在编写思路上的一大特色是更加注重课程思政元素的有机融入，按照社会主义核心价值观和党的二十大报告中有关文化建设与教育发展的要求，全书以"觉醒与抗争""乡土中国""爱与美的追寻""人性之光""家国情怀""光明在前方""女性的发现""城市中的悲喜剧""青春与理想"

"人生的意义""面对苦难""怀念与感恩""人与自然"的基本主题汇编为十三章，每一章前有"导语"，说明选取篇目与设计意图，每章选取三位有代表性的文学名家的经典作品，每一讲收录一位作家的一部经典作品作为文本阅读的对象，每部作品后面均有"课程思政"条目，帮助教师更好地将选文中的课程思政教育元素与专业教学内容有机结合。在篇目的选取上，最大限度地兼顾文学经典的审美原则与课程思政的育人目标，尽可能选取文学艺术质量高、思政教育功能强的作品。教材的选文采取全文收录与节选两种方式，除了个别篇目稍有删改之外，其余尽可能遵照原著样貌进行收录。每篇选文后附有"注释""作家简介""文本赏析""课程思政""批评家的话""作家的话""附录""延伸阅读""拓展与思考"等条目内容，能够满足不同层次学生的自学与课堂阅读需求，亦可为教师的讲授提供素材与文献参考。

本书在编写体例上共计十三章三十九讲，涵盖中国现代、当代两个阶段的文学名家经典作品，收录包括诗歌、小说、戏剧、散文等体裁在内的作品共39篇，对篇幅较长的作品采用节选形式，篇幅较短者全文收录。本书的编写体例与作家作品容量能够适应与满足一学期（18周，36学时）的教学任务与课时要求，也为那些学有余力的学生提供了拓展阅读的空间。

本书在编写体例和选文标准方面做到了选篇经典、覆盖广泛、篇目数量饱满、条目内容丰富，适合作为各大高校汉语言文学专业现当代作家作品赏析类课程或高校通识教育选修课程的教材使用，也可以作为配合中国现当代文学史教学的作品选供学生在课内外阅读使用。本书为渤海大学2023年度校级规划教材。

编著者

2024年9月11日于锦州

目　录

第一章　觉醒与抗争

【导语】

　　"觉醒与抗争"是中国新文学"人的文学"命题的重要内容，也是"五四"时代精神的应有之义。在时代风云激荡的新文化运动中，一批率先觉醒的知识分子在压抑沉闷的"铁屋子"中发出振聋发聩的呐喊，他们自觉承担起唤醒民众的使命与责任，高举"民主"与"科学"的旗帜，呼唤自由、平等、民主、道德的理想社会早日到来。本章选取鲁迅的《狂人日记》、郁达夫的《沉沦》、郭沫若的《凤凰涅槃》作为文本对象，帮助学生更好地感受与理解经典作家不朽文字背后震撼人心的启蒙力量。

第一讲　鲁　迅

【篇目】

狂人日记

　　某君昆仲，今隐其名，皆余昔日在中学校时良友；分隔多年，消息渐阙。日前偶闻其一大病；适归故乡，迂道往访，则仅晤一人，言病者其弟也。劳君远道来视，然已早愈，赴某地候补[1]矣。因大笑，出示日记二册，谓可见当日病状，不妨献诸旧友。持归阅一过，知所患盖"迫害狂"之类。语颇错杂无伦次，又多荒唐之言；亦不著月日，惟墨色字体不一，知非一时所书。间亦有略具联络者，今撮录一篇，以供医家研究。记中语误，一字不易；惟人名虽皆村人，不为世间所知，无关大体，然亦悉易去。至于书名，则本人愈后所题，不复改也。七年四月二日识。

一

今天晚上，很好的月光。

我不见他，已是三十多年；今天见了，精神分外爽快。才知道以前的三十多年，全是发昏；然而须十分小心。不然，那赵家的狗，何以看我两眼呢？

我怕得有理。

二

今天全没月光，我知道不妙。早上小心出门，赵贵翁的眼色便怪：似乎怕我，似乎想害我。还有七八个人，交头接耳的议论我，又怕我看见。一路上的人，都是如此。其中最凶的一个人，张着嘴，对我笑了一笑；我便从头直冷到脚跟，晓得他们布置，都已妥当了。

我可不怕，仍旧走我的路。前面一伙小孩子，也在那里议论我；眼色也同赵贵翁一样，脸色也都铁青。我想我同小孩子有什么仇，他也这样。忍不住大声说，"你告诉我！"他们可就跑了。

我想：我同赵贵翁有什么仇，同路上的人又有什么仇；只有廿年以前，把古久先生的陈年流水簿子[2]，踹了一脚，古久先生很不高兴。赵贵翁虽然不认识他，一定也听到风声，代抱不平；约定路上的人，同我作冤对。但是小孩子呢？那时候，他们还没有出世，何以今天也睁着怪眼睛，似乎怕我，似乎想害我。这真教我怕，教我纳罕而且伤心。

我明白了。这是他们娘老子教的！

三

晚上总是睡不着。凡事须得研究，才会明白。

他们——也有给知县打枷过的，也有给绅士掌过嘴的，也有衙役占了他妻子的，也有老子娘被债主逼死的；他们那时候的脸色，全没有昨天这么怕，也没有这么凶。

最奇怪的是昨天街上的那个女人，打他儿子，嘴里说道，"老子呀！我要咬你几口才出气！"他眼睛却看着我。我出了一惊，遮掩不住；那青面獠牙的一伙人，便都哄笑起来。陈老五赶上前，硬把我拖回家中了。

拖我回家，家里的人都装作不认识我；他们的眼色，也全同别人一样。进了书房，便反扣上门，宛然是关了一只鸡鸭。这一件事，越教我猜不出底细。

前几天，狼子村的佃户来告荒，对我大哥说，他们村里的一个大恶人，给大家打死了；几个人便挖出他的心肝来，用油煎炒了吃，可以壮壮胆子。我插了一句嘴，佃户和大哥便都看我几眼。今天才晓得他们的眼光，全同外面的那伙人一模一样。

想起来，我从顶上直冷到脚跟。

他们会吃人，就未必不会吃我。

你看那女人"咬你几口"的话，和一伙青面獠牙人的笑，和前天佃户的话，明明是暗号。我看出他话中全是毒，笑中全是刀。他们的牙齿，全是白厉厉的排着，这就是吃人的家伙。

照我自己想，虽然不是恶人，自从踹了古家的簿子，可就难说了。他们似乎别有心思，我全猜不出。况且他们一翻脸，便说人是恶人。我还记得大哥教我做论，无论怎样好人，翻他几句，他便打上几个圈；原谅坏人几句，他便说"翻天妙手，与众不同"。我那里猜得到他们的心思，究竟怎样；况且是要吃的时候。

凡事总须研究，才会明白。古来时常吃人，我也还记得，可是不甚清楚。我翻开历史一查，这历史没有年代，歪歪斜斜的每叶上都写着"仁义道德"几个字。我横竖睡不着，仔细看了半夜，才从字缝里看出字来，满本都写着两个字是"吃人"！

书上写着这许多字，佃户说了这许多话，却都笑吟吟的睁着怪眼睛看我。

我也是人，他们想要吃我了！

四

早上，我静坐了一会儿。陈老五送进饭来，一碗菜，一碗蒸鱼；这鱼的眼睛，白而且硬，张着嘴，同那一伙想吃人的人一样。吃了几筷，滑溜溜的不知是鱼是人，便把他兜肚连肠的吐出。

我说"老五，对大哥说，我闷得慌，想到园里走走。"老五不答应，走了；停一会，可就来开了门。

我也不动，研究他们如何摆布我；知道他们一定不肯放松。果然！我大哥引了一个老头子，慢慢走来；他满眼凶光，怕我看出，只是低头向着地，从眼镜横边暗暗看我。大哥说，"今天你仿佛很好。"我说"是的。"大哥说，"今天请何先生来，给你诊一诊。"我说"可以！"其实我岂不知道这老头子是刽子手扮的！无非借了看脉这名目，揣一揣肥瘠：因这功劳，也分一片肉吃。我也不怕；虽然不吃人，胆子却比他们还壮。伸出两个拳头，看他如何下手。老头子坐着，闭了眼睛，摸了好一会，呆了好一会；便张开他鬼眼睛说，"不要乱想。静静的养几天，就好了。"

不要乱想，静静的养！养肥了，他们是自然可以多吃；我有什么好处，怎么会"好了"？他们这群人，又想吃人，又是鬼鬼祟祟，想法子遮掩，不敢直捷下手，真要令我笑死。我忍不住，便放声大笑起来，十分快活。自己晓得这笑声里面，有的是义勇和正气。老头子和大哥，都失了色，被我这勇气正气镇压住了。

但是我有勇气，他们便越想吃我，沾光一点这勇气。老头子跨出门，走不多远，便低声对大哥说道，"赶紧吃罢！"大哥点点头。原来也有你！这一件大发见，虽似意外，也在意中：合伙吃我的人，便是我的哥哥！

吃人的是我哥哥！

我是吃人的人的兄弟！

我自己被人吃了，可仍然是吃人的人的兄弟！

五

这几天是退一步想：假使那老头子不是刽子手扮的，真是医生，也仍然是吃人的人。他们的祖师李时珍做的"本草什么"[3]上，明明写着人肉可以煎吃；他还能说自己不吃人么？

至于我家大哥，也毫不冤枉他。他对我讲书的时候，亲口说过可以"易子而食"[4]；又一回偶然议论起一个不好的人，他便说不但该杀，还当"食肉寝皮"[5]。我那时年纪还小，心跳了好半天。前天狼子村佃户来说吃心肝的事，他也毫不奇怪，不住的点头。可见心思是同从前一样狠。既然可以"易子而食"，便什么都易得，什么人都吃得。我从前单听他讲道理，也胡涂过去；现在晓得他讲道理的时候，不但唇边还抹着人油，而且心里满装着吃人的意思。

六

黑漆漆的，不知是日是夜。赵家的狗又叫起来了。

狮子似的凶心，兔子的怯弱，狐狸的狡猾，……

七

我晓得他们的方法，直捷杀了，是不肯的，而且也不敢，怕有祸祟。所以他们大家连络，布满了罗网，逼我自戕。试看前几天街上男女的样子，和这几天我大哥的作为，便足可悟出八九分了。最好是解下腰带，挂在梁上，自己紧紧勒死；他们没有杀人的罪名，又偿了心愿，自然都欢天喜地的发出一种呜呜咽咽的笑声。否则惊吓忧愁死了，虽则略瘦，也还可以首肯几下。

他们是只会吃死肉的！——记得什么书上说，有一种东西，叫"海乙那"[6]的，眼光和样子都很难看；时常吃死肉，连极大的骨头，都细细嚼烂，咽下肚子去，想起来也教人害怕。"海乙那"是狼的亲眷，狼是狗的本家。前天赵家的狗，看我几眼，可见他也同谋，早已接洽。老头子眼看着地，岂能瞒得我过。

最可怜的是我的大哥，他也是人，何以毫不害怕；而且合伙吃我呢？还是历来惯了，不以为非呢？还是丧了良心，明知故犯呢？

我诅咒吃人的人，先从他起头；要劝转吃人的人，也先从他下手。

八

其实这种道理，到了现在，他们也该早已懂得，……

忽然来了一个人；年纪不过二十左右，相貌是不很看得清楚，满面笑容，对了我点头，他的笑也不像真笑。我便问他，"吃人的事，对么？"他仍然笑着说，"不是荒年，怎么会吃人。"我立刻就晓得，他也是一伙，喜欢吃人的；便自勇气百倍，偏要问他。

"对么？"

"这等事问他什么。你真会……说笑话。……今天天气很好。"

天气是好，月色也很亮了。可是我要问你，"对么？"

他不以为然了。含含胡胡的答道，"不……"

"不对？他们何以竟吃？！"

"没有的事……"

"没有的事？狼子村现吃；还有书上都写着，通红斩新！"

他便变了脸，铁一般青。睁着眼说，"有许有的，这是从来如此……"

"从来如此，便对么？"

"我不同你讲这些道理；总之你不该说，你说便是你错！"

我直跳起来，张开眼，这人便不见了。全身出了一大片汗。他的年纪，比我大哥小得远，居然也是一伙；这一定是他娘老子先教的。还怕已经教给他儿子了；所以连小孩子，也都恶狠狠的看我。

九

自己想吃人，又怕被别人吃了，都用着疑心极深的眼光，面面相觑。……

去了这心思，放心做事走路吃饭睡觉，何等舒服。这只是一条门槛，一个关头。他们可是父子兄弟夫妇朋友师生仇敌和各不相识的人，都结成一伙，互相劝勉，互相牵掣，死也不肯跨过这一步。

十

大清早，去寻我大哥；他立在堂门外看天，我便走到他背后，拦住门，格外沉静，格外和气的对他说，

"大哥，我有话告诉你。"

"你说就是，"他赶紧回过脸来，点点头。

"我只有几句话，可是说不出来。大哥，大约当初野蛮的人，都吃过一点人。后来因为心思不同，有的不吃人了，一味要好，便变了人，变了真的人。有的却还吃，——也同虫子一样，有的变了鱼鸟猴子，一直变到人。有的不要好，至今还是虫子。这吃人的人比不吃人的人，何等惭愧。怕比虫子的惭愧猴子，还差得很远很远。

"易牙[7]蒸了他儿子，给桀纣吃，还是一直从前的事。谁晓得从盘古开辟天地以后，一直吃到易牙的儿子；从易牙的儿子，一直吃到徐锡林[8]；从徐锡林，又一直吃到狼子村捉住的人。去年城里杀了犯人，还有一个生痨病的人，用馒头蘸血舐。

"他们要吃我，你一个人，原也无法可想；然而又何必去入伙。吃人的人，什么事做不出；他们会吃我，也会吃你，一伙里面，也会自吃。但只要转一步，只要立刻改了，也就人人太平。虽然从来如此，我们今天也可以格外要好，说是不能！大哥，我相信你能说，前天佃户要减租，你说过不能。"

当初，他还只是冷笑，随后眼光便凶狠起来，一到说破他们的隐情，那就满脸都变成青色了。大门外立着一伙人，赵贵翁和他的狗，也在里面，都探头探脑的挨进来。有的是看不出面貌，似乎用布蒙着；有的是仍旧青面獠牙，抿着嘴笑。我认识他们是一伙，都是吃人的人。可是也晓得他们心思很不一样，一种是以为从来如此，应该吃的；一种是知道不该吃，可是仍然要吃，又怕别人说破他，所以听了我的话，越发气愤不过，可是抿着嘴冷笑。

这时候，大哥也忽然显出凶相，高声喝道，

"都出去！疯子有什么好看！"

这时候，我又懂得一件他们的巧妙了。他们岂但不肯改，而且早已布置；预备下一个疯子的名目罩上我。将来吃了，不但太平无事，怕还会有人见情。佃户说的大家吃了一个恶人，正是这方法。这是他们的老谱！

陈老五也气愤愤的直走进来。如何按得住我的口，我偏要对这伙人说，

"你们可以改了，从真心改起！要晓得将来容不得吃人的人，活在世上。

"你们要不改，自己也会吃尽。即使生得多，也会给真的人除灭了，同猎人打完狼子一样！——同虫子一样！"

那一伙人，都被陈老五赶走了。大哥也不知那里去了。陈老五劝我回屋子里去。屋里面全是黑沉沉的。横梁和椽子都在头上发抖；抖了一会，就大起来，堆在我身上。

万分沉重，动弹不得；他的意思是要我死。我晓得他的沉重是假的，便挣扎出来，出了一身汗。可是偏要说，

"你们立刻改了，从真心改起！你们要晓得将来是容不得吃人的人，……"

十一

太阳也不出，门也不开，日日是两顿饭。

我捏起筷子，便想起我大哥；晓得妹子死掉的缘故，也全在他。那时我妹子才五岁，可爱可怜的样子，还在眼前。母亲哭个不住，他却劝母亲不要哭；大约因为自己吃了，哭起来不免有点过意不去。如果还能过意不去，……

妹子是被大哥吃了，母亲知道没有，我可不得而知。

母亲想也知道；不过哭的时候，却并没有说明，大约也以为应当的了。记得我四五岁时，坐在堂前乘凉，大哥说爷娘生病，做儿子的须割下一片肉来，煮熟了请他吃，[9]才算好人；母亲也没有说不行。一片吃得，整个的自然也吃得。但是那天的哭法，现在想起来，实在还教人伤心，这真是奇极的事！

十二

不能想了。

四千年来时时吃人的地方，今天才明白，我也在其中混了多年；大哥正管着家务，妹子恰恰死了，他未必不和在饭菜里，暗暗给我们吃。

我未必无意之中，不吃了我妹子的几片肉，现在也轮到我自己，……

有了四千年吃人履历的我，当初虽然不知道，现在明白，难见真的人！

十三

没有吃过人的孩子，或者还有？

救救孩子……

一九一八年四月

【注释】

[1]候补：清代官制，通过科举或捐纳等途径取得官衔，但还没有实际职务的中下级官员，由吏部抽签分发到某部或某省，听候委用，称为候补。

[2]古久先生的陈年流水簿子：这里比喻中国封建统治的长久历史。

[3]"本草什么"：指《本草纲目》，明代医药学家李时珍（1518—1593）的药物学著作，共五十二卷。该书曾经提到唐代陈藏器《本草拾遗》中以人肉医治痨病的记载，并表示了异议。这里说李时珍的书"明明写着人肉可以煎吃"，当是"狂人"的"记中语误"。

[4]"易子而食"：语出《左传》宣公十五年，是宋将华元对楚将子反叙说宋国都城被楚军围困时的惨状："敝邑易子而食，析骸而爨。"

[5]"食肉寝皮"：语出《左传》襄公二十一年，晋国州绰对齐庄公说："然二子者，譬于禽兽，臣食其肉而寝处其皮矣。"（按："二子"指齐国的殖绰和郭最，他们曾被州绰俘虏过。）

[6]"海乙那"：英语hyena的音译，即鬣狗（又名土狼），一种食肉兽，常跟在狮虎等猛兽之后，以它们吃剩的兽类的残尸为食。

[7]易牙：春秋时齐国人，善于调味。据《管子·小称》："夫易牙以调和事公（按：指齐桓公），公曰'惟蒸婴儿之未尝'，于是蒸其首子而献之公。"桀、纣各为我国夏朝和商朝的最后一代君主，易牙和他们不是同时代人。这里说的"易牙蒸了他儿子，给桀纣吃"，也是"狂人""语颇错杂无伦次"的表现。

[8]徐锡林：隐指徐锡麟（1873—1907），字伯荪，浙江绍兴人，清末革命团体光复会的重要成员。1907年与秋瑾准备在浙、皖两省同时起义，7月6日，他以安徽巡警处会办兼巡警学堂监督身份为掩护，乘学堂举行毕业典礼之机刺死安徽巡抚恩铭，率领学生攻占军械局，弹尽被捕，当日惨遭杀害，心肝被恩铭的卫队挖出炒食。

[9]指"割股疗亲"，即割取自己的股肉为药引煎药，以医治父母的重病。这是封建社会的一种愚孝行为。《宋史·选举志一》："上以孝取人，则勇者割股，怯者庐墓。"

【作家简介】

鲁迅（1881—1936），原名周樟寿，字豫才，后改名周树人，浙江绍兴人，现代著名文学家、思想家、革命家，五四新文化运动的重要参与者，中国现代文学的奠基人。著有小说集《呐喊》《彷徨》《故事新编》，散文集《朝花夕拾》，散文诗集《野草》，杂文集《坟》《热风》《华盖集》《华盖集续编》《南腔北调集》《三闲集》《二心集》《而已集》《且介亭杂文》等。毛泽东曾评价他："鲁迅的方向，就是中华民族新文化的方向。"他的作品在中国新文学发展史上占有重要而崇高的地位。

【文本赏析】

本篇最初发表于1918年5月《新青年》第4卷第5号。作者首次采用"鲁迅"这一笔名。它是我国现代文学史上第一篇猛烈抨击"吃人"的封建礼教的小说。作者除在《〈呐喊〉自序》中提及它产生的缘由外，又在《〈中国新文学大系〉小说二集序》中指出它"意在暴露家族制度和礼教的弊害"。《狂人日记》是中国第一篇现代白话小说，现代中国的第一声"呐喊"，被誉为文学的"人权宣言"。《狂人日记》的主题，是"意在暴露家族制度和礼教的弊害"。"弊害"何在？乃在"吃人"。鲁迅以其长期对半殖民地半封建的旧中国的深刻观察，发出了振聋发聩的呐喊：封建主义吃人！鲁迅曾说，《狂人日记》"显示了'文学革命'的实绩"，它以"'表现的深切和格式的特别'，颇激动了一部分青年读者的心"。的确，《狂人日记》在近代中国的文学历史上，是一座里程碑，开创了中国新文学的革命现实主义传统。在阅读作品过程中，需要把握鲁迅笔下"狂人"的形象，狂人身上带着显著的"多疑"特征，他不是真实的具体的"迫害狂"病人，而是一个觉醒者的承载物。通过这一形象，读者需要体会"鲁迅气氛"及鲁迅创作的基调。

在鲁迅的小说中，有一些作品不像《阿Q正传》《孔乙己》《祝福》《故乡》等侧重刻画人物性格的外现（诸如形貌、言行、履历、事件等），而是以人物的内心及精神世界的某一因素的活动为主，展示其某一精神意识倾向，比如《狂人日记》《白光》《长明灯》《伤逝》等。这类作品虽有人物的言行活动，但主宰作品的因素是某种精神意识。《狂人日记》是一部意识性小说，开创了现代短篇小说的审美范式。

【课程思政】

这篇作品是用白话文写的一封激烈的对封建主义制度和道德的宣战书；它攻击了封建礼教，把四千年的历史总结为"吃人"的历史。鲁迅是中国文学史上第一个要彻底打倒封建制度的作家，鲁迅的革命战斗精神值得后人学习与景仰。

【批评家的话】

就短篇小说的形式来说，《狂人日记》确实与中国的古典小说不同，受到了欧洲文学相当大的影响，但作品的内容和思想都是在中国现实生活的土壤产生的，与外国作品根本不同。果戈理的同名小说《狂人日记》，表现了作者对被压迫的弱者的同情，作品中主人公最后呼喊母亲来救救他这个可怜的儿子，只是表现了被压迫者呼救的声音；而鲁迅的"救救孩子"则是号召人们打破吃人的制度，不仅忧愤深广得多，而且内容完全是革命的。

——王瑶《〈狂人日记〉略说》（《语文学习》1978年第8期）

鲁迅说他写第一篇小说《狂人日记》，"所仰仗的全在先前看过的百来篇外国作品和一点医学上的知识"，而作品的形式和篇名，则直接受到果戈理的启发。这是因为他更加明确地懂得用什么方法对生活进行观察和研究，考虑到当时中国人民的地位，无论从自己总的"将旧社会的病根暴露出来"的创作旨趣着眼，还是从写这篇小说时"意在暴露家族制度和礼教的弊害"的具体要求出发，鲁迅都觉得需要选取现实主义的创作方法，自己笔下需要有活生生的真实的画面，作为改革社会的武器。他将果戈理的现实主义小说《狂人日记》看作可以采用的一种格式，将"九品文官"个人生活中的爱情苦恼，放大到吃人的家族制度与封建礼教，使小说具有更明确的现实性、更宽广的社会性，人们读了以后，进一步得到了"比果戈理的忧愤深广"的印象和效果。

——唐弢《论鲁迅小说的现实主义》（《文学评论》1982年第1期）

【延伸阅读】

《在酒楼上》《孤独者》《长明灯》《伤逝》《离婚》

【拓展与思考】

1.怎样理解小说开篇序言用文言文，日记则用白话文写作的深意？

2.开篇序言中说狂人"然已早愈，赴某地候补矣"，这有何耐人寻味之处？

第二讲　郁达夫

【篇目】

沉沦（节选）

六

搬进了山上梅园之后，他的忧郁症（Hypochondria）又变起形状来了。

他同他的北京的长兄，为了一些儿细事，竟生起龃龉来。他发了一封长长的信，寄到北京，同他的长兄绝了交。

那一封信发出之后，他呆呆的在楼前草地上想了许多时候。他自家想想看，他便是世界上最不幸的人了。其实这一次的决裂，是发始于他的。同室操戈，事更甚于他姓之相争，自此之后，他恨他的长兄竟同蛇蝎一样，他被他人欺侮的时候，每把他长兄拿出来作比：

"自家的弟兄，尚且如此，何况他人呢！"

他每达到这一个结论的时候，必尽把他长兄待他苛刻的事情，细细回想出来。把各种过去的事迹，列举出来之后，就把他长兄判决是一个恶人，他自家是一个善人。他又把自家的好处列举出来，把他所受的苦处，夸大的细数起来。他证明得自家是一个世界上最苦的人的时候，他的眼泪就同瀑布似的流下来。他在那里哭的时候，空中好像有一种柔和的声音在对他说：

"啊呀，哭的是你么？那真是冤屈了你了。像你这样的善人，受世人的那样的虐待，这可真是冤屈了你了。罢了罢了，这也是天命，你别再哭了，怕伤害了你的身体！"

他心里一听到这一种声音，就舒畅起来。他觉得悲苦的中间，也有无穷的甘味在那里。

他因为想复他长兄的仇，所以就把所学的医科丢弃了，改入文科里去，他的意思，以为医科是他长兄要他改的，仍旧改回文科，就是对他长兄宣战的一种明示。并且他由医科改入文科，在高等学校须迟卒业一年。他心里想，迟卒业一年，就是早死一岁，你若因此迟了一年，就到死可以对你长兄含一种敌意。因为他恐怕一二年之后，他们兄弟两人的感情，仍旧要和好起来；所以这一次的转科，便是帮他永久敌视他长兄的一个手段。

气候渐渐儿的寒冷起来，他搬上山来之后，已经有一个月了。几日来天气阴郁，灰色的层云，天天挂在空中。寒冷的北风吹来的时候，梅林的树叶，每息索息索的飞掉下来。

初搬来的时候，他卖了些旧书，买了许多炊饭的器具，自家烧了一个月饭，因为天冷了，他也懒得烧了。他每天的伙食，就一切包给了山脚下的园丁家包办，所以他近来只同退院的闲僧一样，除了怨人骂己之外，更没有别的事情了。

有一天早晨，他侵早的起来，把朝东的窗门开了之后，他看见前面的地平线上有几缕红云，在那里浮荡。东天半角，反照出一种银红的灰色。因为昨天下了一天微雨，所以他看了这清新的旭日，比平日更添了几分欢喜。他走到山的斜面上，从那古井里汲了水，洗了手面之后，觉得满身的气力，一霎时都回复了转来的样子。他便跑上楼去，拿了一本黄仲则的诗集下来，一边高声朗读，一边尽在那梅林的曲径里，跑来跑去的跑圈子。不多一会，太阳起来了。

从他住的山顶向南方看去，眼下看得出一大平原。平原里的稻田，都尚未收割起。金黄的谷色，以绀碧的天空作了背景，反映着一天太阳的晨光，那风景正同看密来（Millet）的田园清画一般。他觉得自家好像已经变了几千年前的原始基督教徒的样子，对了这自然的默示，他不觉笑起自家的气量狭小起来。

"赦饶了！赦饶了！你们世人得罪于我的地方，我都饶赦了你们罢，来，你们来，都来同我讲和罢！"

手里拿着了那一本诗集，眼里浮着了两泓清泪，正对了那平原的秋色，呆呆的立在那里想这些事情的时候，他忽听见他的近边，有两人在那里低声的说：

"今晚上你一定要来的哩！"

这分明是男子的声音。

"我是非常想来的，但是恐怕……"

他听了这娇滴滴的女子的声音之后，好像是被电气贯穿了的样子，觉得自家的血液循环都停止了。原来他的身边有一丛长大的苇草生在那里，他立在苇草的右面，那一对男女，大约是在苇草的左面，所以他们两个还不晓得隔着苇草，有人站在那里。那男人又说：

"你心真好，请你今晚上来罢，我们到如今还没在被窝里睡过觉。"

"……"

他忽然听见两人的嘴唇，灼灼的好像在那里吮吸的样子。

他同偷了食的野狗一样，就惊心吊胆的把身子屈倒去听了。

"你去死罢，你去死罢，你怎么会下流到这样的地步！"

他心里虽然如此的在那里痛骂自己，然而他那一双尖着的耳朵，却一言半语也不愿意遗漏，用了全副精神在那里听着。

地上的落叶索息索息的响了一下。

解衣带的声音。

男人嘶嘶的吐了几口气。

舌尖吮吸的声音。

女人半轻半重，断断续续的说：

"你！……你！……你快……快××罢。……别……别……别被人……被人看见了。"

他的面色，一霎时的变了灰色了。他的眼睛同火也似的红了起来。他的上腭骨同下腭骨呷呷的发起颤来。他再也站不住了。他想跑开去，但是他的两只脚，总不听他的话。他苦闷了一场，听听两人出去了之后，就同落水的猫狗一样，回到楼上房里去，拿出被窝来睡了。

七

他饭也不吃，一直在被窝里睡到午后四点钟的时候才起来。那时候夕阳洒满了远近。平原的彼岸的树林里，有一带苍烟，悠悠扬扬的笼罩在那里。他踉踉跄跄的走下了山，上了那一条自北趋南的大道，穿过了那平原，无头无绪的尽是向南的走去。走尽了平原，他已经到了神宫前的电车停留处了。那时候却好从南面有一乘电车到来，他不知不觉就跳了上去，既不知道他究竟为什么要乘电车，也不知道这电车是往什么地方去的。

走了十五六分钟，电车停了，运车的教他换车，他就换了一乘车。走了二三十分钟，电车又停了，他听见说是终点了，他就走了下来。他的前面就是筑港了。

前面一片汪洋的大海，横在午后的太阳光里，在那里微笑。超海而南有一发青山，隐隐的浮在透明的空气里，西边是一脉长堤，直驰到海湾的心里去。堤外有一处灯台，同巨人似的，立在那里。几艘空船和几只舢板，轻轻的在系着的地方浮荡。海中近岸的地方，有许多浮标，饱受了斜阳，红红的浮在那里。远处风来，带着几句单调的话声，既听不清楚是什么话，也不知道是从那里来的。

他在岸边上走来走去走了一会，忽听见那一边传过了一阵击磬的声来。他跑过去一看，原来是为唤渡船而发的。他立了一会，看有一只小火轮从对岸过来了。跟着了一个四五十岁的工人，他也进了那只小火轮去坐下了。

渡到东岸之后，上前走了几步，他看见靠岸有一家大庄子在那里。大门开得很大，庭内的假山花草，布置得楚楚可爱。他不问是非，就踱了进去。走不上几步，他忽听得前面家中有女人的娇声叫他说：

"请进来吓！"

他不觉惊了一下，就呆呆的站住了。他心里想：

"这大约就是卖酒食的人家，但是我听见说，这样的地方，总有妓女在那里的。"

一想到这里，他的精神就抖擞起来，好像是一桶冷水浇上身来的样子。他的面色立时变了。要想进去又不能进去，要想出来又不得出来；可怜他那同兔儿似的小胆，同猿猴似的淫心，竟把他陷到一个大大的难境里去了。

"进来吓！请进来吓！"

里面又娇滴滴的叫了起来，带着笑声。

"可恶东西，你们竟敢欺我胆小么？"

这样的怒了一下，他的面色更同火也似的烧了起来。咬紧了牙齿，把脚在地上轻轻的蹬了一蹬，他就捏了两个拳头，向前进去，好像是对了那几个年轻的侍女宣战的样子。但是他那青一阵红一阵的面色，和他的面上的微微儿在那里震动的筋肉，总隐藏不过。他走到那几个侍女的面前的时候，几乎要同小孩似的哭出来了。

"请上来！"

"请上来！"

他硬了头皮，跟了一个十七八岁的侍女走上楼去，那时候他的精神已经有些镇静下来了。走了几步，经过一条暗暗的夹道的时候，一阵恼人的花粉香气，同日本女人特有的一种肉的香味，和头发上的香油气息合作了一处，哼的扑上他的鼻孔来。他立刻觉得头晕起来，眼睛里看见了几颗火星，向后边跌也似的退了一步。他再定睛一看，只见他的前面黑暗暗的中间，有一长圆形的女人的粉面，堆着了微笑，在那里问他说：

"你！你还是上靠海的地方呢？还是怎样？"

他觉得女人口里吐出来的气息，也热和和的哼上他的面来。他不知不觉把这气息深深的吸了一口。他的意识，感觉到他这行为的时候，他的面色又立刻红了起来。他不得已只能含含糊糊的答应她说：

"上靠海的房间里去。"

进了一间靠海的小房间，那侍女便问他要什么菜。他就回答说：

"随便拿几样来罢。"

"酒要不要？"

"要的。"

那侍女出去之后，他就站起来推开了纸窗，从外边放了一阵空气进来。因为房里的空气，沉浊得很，他刚才在夹道中闻过的那一阵女人的香味，还剩在那里，他实在是被这一阵气味压迫不过了。

一湾大海，静静的浮在他的面前。外边好像是起了微风的样子，一片一片的海浪，受了阳光的返照，同金鱼的鱼鳞似的，在那里微动。他立在窗前看了一会，低声的吟了一句诗出来：

"夕阳红上海边楼。"

他向西的一望，见太阳离西南的地平线只有一丈多高了。呆呆的看了一会，他的心想怎么也离不开刚才的那个侍女。她的口里的头上的面上的和身体上的那一种香味，怎么也不容他的心思去想别的东西。他才知道他想吟诗的心是假的，想女人的肉体的心是真的了。

停了一会，那侍女把酒菜搬了进来，跪坐在他的面前，亲亲热热的替他上酒。他心里想仔仔细细的看她一看，把他的心里的苦闷都告诉了她，然而他的眼睛怎么也不敢平视她一眼，他的舌根怎么也不能摇动一摇动。他不过同哑子一样，偷看看她那搁在膝上一双纤嫩的白手，同衣缝里露出来的一条粉红的围裙角。

原来日本的妇人都不穿裤子，身上贴肉只围着一条短短的围裙。外边就是一件长袖的衣服，衣服上也没有钮扣，腰里只缚着一条一尺多宽的带子，后面结着一个方结。她们走路的时候，前面的衣服每一步一步的掀开来，所以红色的围裙，同肥白的腿肉，每能偷看。这是日本女子特别的美处；他在路上遇见女子的时候，注意的就是这些地方。他切齿的痛骂自己，畜生！狗贼！卑怯的人！也便是这个时候。

他看了那侍女的围裙角，心头便乱跳起来。愈想同她说话，但愈觉得讲不出话来。大约那侍女是看得不耐烦起来了，便轻轻的问他说：

"你府上是什么地方？"

一听了这一句话，他那清瘦苍白的面上，又起了一层红色；含含糊糊的回答了一声，他呐呐的总说不出清晰的回话来。可怜他又站在断头台上了。

原来日本人轻视中国人，同我们轻视猪狗一样。日本人都叫中国人作"支那人"，这"支那人"三字，在日本，比我们骂人的"贱贼"还更难听，如今在一个如花的少女前头，他不得不自认说"我是支那人"了。

"中国呀中国，你怎么不强大起来！"

他全身发起抖来，他的眼泪又快滚下来了。

那侍女看他发颤发得厉害，就想让他一个人在那里喝酒，好教他把精神安镇安镇，所以对他说：

"酒就快没有了，我再去拿一瓶来罢。"

停了一会，他听得那侍女的脚步声又走上楼来。他以为她是上他这里来的，所以就把衣服整了一整，姿势改了一改。但是他被她欺骗了。她原来是领了两三个另外的客人，上间壁的那一间房间里去的。那两三个客人都在那里对那侍女取笑，那侍女也娇滴滴的说：

"别胡闹了，间壁还有客人在那里。"

他听了就立刻发起怒来。他心里骂他们说：

"狗才！俗物！你们都敢来欺侮我么？复仇复仇，我总要复你们的仇。世间那里有真心的女子！那侍女的负心东西，你竟敢把我丢了么？罢了罢了，我再也不爱女人了，我再也不爱女人了。我就爱我的祖国，我就把我的祖国当作了情人罢。"

他马上就想跑回去发愤用功。但是他的心里，却很羡慕那间壁的几个俗物。他的心里，还有一处地方在那里盼望那个侍女再回到他这里来。

他按住了怒，默默的喝干了几杯酒，觉得身上热起来。打开了窗门，他看太阳就快要下山去了。又连饮了几杯，他觉得他面前的海景都朦胧起来。西面堤外的灯台的黑影，长大了许多。一层茫茫的薄雾，把海天融混作了一处。在这一层浑沌不明的薄纱影里，西方的将落不落的太阳，好像在那里惜别的样子。他看了一会，不知道是什么缘故，只觉得好笑。呵呵的笑了一回，他用手擦擦自家那火热的双颊，便自言自语的说：

"醉了醉了！"

那侍女果然进来了。见他红了脸，立在窗口在那里痴笑，便问他说：

"窗开了这样大，你不冷的么？"

"不冷不冷，这样好的落照，谁舍得不看呢？"

"你真是一个诗人呀！酒拿来了。"

"诗人！我本来是一个诗人。你去把纸笔拿了来，我马上写首诗给你看看。"

那侍女出去了之后，他自家觉得奇怪起来。他心里想："我怎么会变了这样大胆的？"

痛饮了几杯新拿来的热酒，他更觉得快活起来，又禁不得呵呵笑了一阵。他听见间壁房间里的那几个俗物，高声的唱起日本歌来，他也放大了嗓子唱着说：

醉拍阑干酒意寒，江湖寥落又冬残。

剧怜鹦鹉中州骨，未拜长沙太傅宫。

一饭千金图报易，几人五噫出关难。

茫茫烟水回头望，也为神州泪暗弹。

高声的念了几遍，他就在席上醉倒了。

八

一醉醒来，他看看自家睡在一条红绸的被里，被上有一种奇怪的香气。这一间房间也不很大，但已不是白天的那一间房间了。房中挂着一盏十烛光的电灯，枕头边上摆着了一壶茶，两只杯子。他倒了二三杯茶，喝了之后，就跟跟跄跄的走到房外去。他开了门，却好白天的那侍女也跑过来了。她问他说：

"你！你醒了么？"

他点了一点头，笑微微的回答说：

"醒了。便所是在什么地方的？"

"我领你去罢。"

他就跟了她去。他走过日间的那条夹道的时候，电灯点得明亮得很。远近有许多歌唱的声音，三弦的声音，大笑的声音传到他耳朵里来。白天的情节，他都想出来了。一想到酒醉之后，他对那侍女说的那些话的时候，他觉得面上又发起烧来。

从厕所回到房里之后，他问那侍女说：

"这被是你的么？"

侍女笑着说：

"是的。"

"现在是什么时候了？"

"大约是八点四五十分的样子。"

"你去开了账来罢！"

"是。"

他付清了账，又拿了一张纸币给那侍女，他的手不觉微颤起来。那侍女说：

"我是不要的。"

他知道她是嫌少了。他的面色又涨红了，袋里摸来摸去，只有一张纸币了，他就拿了出来给她说：

"你别嫌少了，请你收了罢。"

他的手震动得更加厉害，他的话声也颤动起来了。那侍女对他看了一眼，就低声的说：

"谢谢！"

他一直的跑下了楼，套上了皮鞋，就走到外面来。

外面冷得非常，这一天大约是旧历的初八九的样子。半轮寒月，高挂在天空的左半边。淡青的圆形天盖里，也有几点疏星，散在那里。

他在海边上走了一回，看看远岸的渔灯，同鬼火似的在那里招引他。细浪中间，映着了银色的月光，好像是山鬼的眼波，在那里开闭的样子。不知是什么道理，他忽想跳入海里去死了。

他摸摸身边看，乘电车的钱也没有了。想想白天的事情看，他又不得不痛骂自己。

"我怎么会走上那样的地方去的？我已经变了一个最下等的人了。悔也无及，悔也无及。我就在这里死了罢。我所求的爱情，大约是求不到的了。没有爱情的生涯，岂不同死灰一样么？唉，这干燥的生涯，这干燥的生涯，世上的人又都在那里仇视我，欺侮我，连我自家的亲弟兄，自家的手足，都在那里排挤我到这世界外去。我将何以为生，我又何必生存在这多苦的世界里呢！"

想到这里，他的眼泪就连连续续的滴了下来。他那灰白的面色，竟同死人没有分别了。他也不举起手来揩揩眼泪，月光射到他的面上，两条泪线，倒变了叶上的朝露一样放起光来。他回转头来看看他自家的又瘦又长的影子，就觉得心痛起来。

"可怜你这清影，跟了我二十一年，如今这大海就是你的葬身地了，我的身子，虽然被人家欺辱，我可不该累你也瘦弱到这步田地的。影子呀影子，你饶了我罢！"

他向西面一看，那灯台的光，一霎变了红一霎变了绿的在那里尽它的本职。那绿的光射到海面上的时候，海面就现出一条淡青的路来。再向西天一看，他只见西方青苍苍的天底下，有一颗明星，在那里摇动。

"那一颗摇摇不定的明星的底下，就是我的故国。也就是我的生地。我在那一颗星的底下，也曾送过十八个秋冬，我的乡土啊，我如今再也不能见你的面了。"

他一边走着，一边尽在那里自伤自悼的想这些伤心的哀话。走了一会，再向那西方的明星看了一眼，他的眼泪便同骤雨似的落下来了。他觉得四边的景物，都模糊起来。把眼泪揩了一下，立住了脚，长叹了一声，他便断断续续的说：

"祖国呀祖国！我的死是你害我的！

"你快富起来！强起来罢！

"你还有许多儿女在那里受苦呢！"

一九二一年五月九日改作

（本文选自陈建新、李杭春主编《郁达夫全集》第一卷小说上，浙江大学出版社，2008年版）

【作家简介】

郁达夫（1896—1945），原名郁文，字达夫，浙江富阳人，中国现代作家、革命烈士，早期创造社重要成员。出版有新文学最早的白话短篇小说集《沉沦》，以其"惊人的取材、大胆的描写"而震动了文坛。代表作有《沉沦》《怀鲁迅》《故都的秋》《春风沉醉的晚上》《过去》《迟桂花》等。

【文本赏析】

1921年，中国现代文学史上第一部白话小说集《沉沦》出版。小说集包括三个短篇：《沉沦》《南迁》《银灰色的死》。郁达夫在集前自序中说，《沉沦》是描写一个病了的青年的心理，也可以说是青年忧郁病的解剖，里边也带叙着现代人的苦闷，便是性的要求与灵肉的冲突。

《沉沦》借对一名中国留日学生的忧郁性格和变态心理的刻画，表现了"弱国子民"在异邦所受到的屈辱和冷遇，以及渴望纯真的友谊与爱情而又终不可得的失望与苦闷，进而痛诉了受帝国主义与封建势力双重压迫的罪恶社会，同时也表达了盼望祖国早日富强起来的热切心愿。郁达夫早期的小说，深受日本"私小说"的影响，体现着他所主张的"文学作品，都是作家的自叙传"的文学观，因此有很强的自传性，从小说主人公的身上都可以看到作者的影子，内容一般是表现主人公内心的悒郁和苦闷。但是小说集《沉沦》之所以在当时取得如此大的影响，还因为他利用这种"身边小说"写出了那个时代，突出了"时代病"，具有普遍与广泛的意义。这篇小说通过主人公变态心理的刻画和爱情与性苦闷的描写，表现了在那样一个历史时期中，受时代窒息的青年的内心呼唤，表现了青年们的苦闷与彷徨，表现了他们对个性解放的要求，尤其是小说中大胆、坦白的描写，更是表现了对旧的制度和封建道德的背叛。正是因为《沉沦》所表现出来的反抗情绪，"在中国的枯槁的社会里好像吹来了一股春风，立刻吹醒了当时的无数青年的心"（郭沫若语）。《沉沦》一书出版后，第一次就销售了两万余册，甚至在深夜里，还有人自无锡、苏州专门坐火车到上海来买这本书，足见此书在当时影响之大。面对当时社会上一些人批评《沉沦》伤风败俗、庸俗下流，是诲淫之作的言论，周作人于1922年3月26日在《晨报副刊》"文艺批评"栏目发表《"沉沦"》一文，为《沉沦》作了有力的辩护。

【课程思政】

郁达夫是一位为抗日救国而殉难的爱国主义作家。在文学创作的同时，他还积极参加各种抗日组织，先后在上海、武汉、福州等地从事抗日救国宣传活动。1942年，郁达夫流亡至苏门答腊西部市镇巴爷公务，化名赵廉，在当地华人协助下开办酒厂谋生。后来日本宪兵得知他精通日语，胁迫他当了7个月的翻译。其间，他暗中救助、保护了大量文化界流亡难友、爱国侨领和当地居民。1945年8月29日，郁达夫被日军秘密杀害于苏门答腊丛林。

【作家的话】

国际地位不平等的反应，弱国民族所受的侮辱与欺凌，感觉得最深切而亦最难忍受的地方，是在男女两性正中了爱神毒箭的一刹那。……支那或支那人的这一个名词，在东邻的日本民族，尤其是妙年少女的口里被说出的时候，听取者的脑里、心里，会起怎么样的一种被侮辱、绝望、悲愤、隐痛的混合作用，是没有到过日本的中国同胞，绝对地想像不出来的。

——郁达夫《雪夜——日本国情的记述（自传之一章）》（吴秀明主编《郁达夫全集》，浙江大学出版社，2008年版）

然而我的心境是如此，我若要辞绝虚伪的罪恶，我只好赤裸裸地把我的心境写出来。……我只求世人不说我对自家的思想取虚伪的态度就对了，我只求世人能够了解我内心的苦闷就对了。

——郁达夫《写完了〈茑萝集〉的最后一篇》（吴秀明主编《郁达夫全集》，浙江大学出版社，2008年版）

至于我的对于创作的态度，说出来，或者人家要笑我，我觉得"文学作品，都是作家的自叙传"这一句话，是千真万确的。

——郁达夫《五六年来创作生活的回顾》（吴秀明主编《郁达夫全集》，浙江大学出版社，2008年版）

他的清新笔调，在中国的枯槁社会里，好像吹来了一股春风，立刻吹醒了当时无数青年的心。他那大胆的自我暴露，对于深藏在千百万年的背甲里的士大夫的虚伪，完全是一种暴风雨似的闪击，把一些假道学、假才子们震惊得至于狂怒了。就因为有这样入股的真率，使他们感受到作假的困难。

——郭沫若（张向阳《一场雨丝风片飘散于文学道场》，《北京日报》2020年2月1日）

郁达夫，这个名字在《创造周报》上出现，不久以后，成为一切年轻人最熟悉的名字了。人人觉得郁达夫是个值得同情的人，是个朋友，因为人人皆可从他作品中发现自己的模样。

——沈从文《论中国小说创作》（《沈从文全集》第八卷，花城出版社，1984年版）

【延伸阅读】

《南迁》《银灰色的死》《春风沉醉的晚上》《薄奠》《采石矶》

【拓展与思考】

怎样理解"五四"时期个人的苦闷与时代的苦闷在郁达夫小说中的表现？

第三讲　郭沫若

【篇目】

凤凰涅槃

天方国古有神鸟名"菲尼克司"（phoenix），满五百岁后，集香木自焚，复从死灰中更生，鲜美异常，不再死。

按此鸟殆即中国所谓凤凰：雄为凤，雌为凰。《孔演图》云："凤凰火精，生丹穴。"《广雅》云："凤凰……雄鸣曰即即，雌鸣曰足足。"

序曲

除夕将近的空中，
飞来飞去的一对凤凰，
唱着哀哀的歌声飞去，
衔着枝枝的香木飞来，
飞来在丹穴山上。

山右有枯槁了的梧桐，
山左有消歇了的醴泉，
山前有浩茫茫的大海，
山后有阴莽莽的平原，
山上是寒风凛冽的冰天。

天色昏黄了，
香木集高了，
凤已飞倦了，
凰已飞倦了，
他们的死期将近了。

凤啄香木，
一星星的火点迸飞。
凰扇火星，
一缕缕的香烟上腾。

凤又啄，
凰又扇，
山上的香烟弥散，
山上的火光弥满。

夜色已深了，
香木已燃了，
凤已啄倦了，
凰已扇倦了，
他的死期已近了！

啊啊！
哀哀的凤凰！
凤起舞，低昂！
凰唱歌，悲壮！
凤又舞，
凰又唱，
一群的凡鸟，
自天外飞来观葬。

凤歌

即即！即即！即即！

即即！即即！即即！

茫茫的宇宙，冷酷如铁！

茫茫的宇宙，黑暗如漆！

茫茫的宇宙，腥秽如血！

宇宙呀，宇宙，

你为什么存在？

你自从哪儿来？

你坐在哪儿在？

你是个有限大的空球？

你是个无限大的整块？

你若是有限大的空球，

那拥抱着你的空间

他从哪儿来？

你的外边还有些什么存在？

你若是无限大的整块，

这被你拥抱着的空间

他从哪儿来？

你的当中为什么又有生命存在？

你到底还是个有生命的交流？

你到底还是个无生命的机械？

昂头我问天，

天徒矜高，莫有点儿知识。

低头我问地，

地已经死了，莫有点儿呼吸。

伸头我问海，

海正扬声而鸣唈。

啊啊！

生在这个阴秽的世界当中，

便是把金刚石的宝刀也会生锈！
宇宙啊，宇宙，
我要努力地把你诅咒：
你脓血污秽着的屠场呀！
你悲哀充塞着的囚牢呀！
你群鬼叫号着的坟墓呀！
你群魔跳梁着的地狱呀！
你到底为什么存在？

我们飞向西方，
西方同是一座屠场。
我们飞向东方，
东方同是一座囚牢。
我们飞向南方，
南方同是一座坟墓。
我们飞向北方，
北方同是一座地狱。
我们生在这样个世界当中，
只好学着海洋哀哭。

凰歌

足足！足足！足足！
足足！足足！足足！
五百年来的眼泪倾泻如瀑。
五百年来的眼泪淋漓如烛。
流不尽的眼泪，
洗不净的污浊，
浇不熄的情炎，
荡不去的羞辱，
我们这缥缈的浮生
到底要向哪儿安宿？

啊啊！
我们这缥缈的浮生
好像那大海的孤舟。
左也是漶漫，
右也是漶漫，
前不见灯台，
后不见海岸，
帆已破，
樯已断，
楫已飘流，
柁已腐烂，
倦了的舟子只是在舟中呻唤，
怒了的海涛还是在海中泛滥。
啊啊！
我们这缥缈的浮生。
好像这黑夜里的酣梦。
前也是睡眠，
后也是睡眠，
来得如飘风，
去得如轻烟，
来如风，
去如烟，
眠在后，
睡在前，
我们只是这睡眠当中的
一刹那的风烟。

啊啊！
有什么意思？
有什么意思？
痴！痴！痴！
只剩些悲哀，烦恼，寂寥，衰败，
环绕着我们活动着的死尸，

贯串着我们活动着的死尸。

啊啊！

我们年青时候的新鲜哪儿去了？

我们青年时候的甘美哪儿去了？

我们青年时候的光华哪儿去了？

我们年青时候的欢爱哪儿去了？

去了！去了！去了！

一切都已去了，

一切都要去了。

我们也要去了，

你们也要去了，

悲哀呀！烦恼呀！寂寥呀！衰败呀！

凤凰同歌

啊啊！

火光熊熊了。

香气蓬蓬了。

时期已到了。

死期已到了。

身外的一切！

身内的一切！

一切的一切！

请了！请了！

群鸟歌

岩鹰

哈哈，凤凰！凤凰！

你们枉为这禽中的灵长！

你们死了吗？你们死了吗？

从今后该我为空界的霸王！

孔雀

哈哈，凤凰！凤凰！
你们枉为这禽中的灵长！
你们死了吗？你们死了吗？
从今后请看我花翎上的威光！

鸱枭

哈哈，凤凰！凤凰！
你们枉为这禽中的灵长！
你们死了吗？你们死了吗？
哦！是哪儿来的鼠肉的馨香！

家鸽

哈哈，凤凰！凤凰！
你们枉为这禽中的灵长！
你们死了吗？你们死了吗？
从今后请看我们驯良百姓的安康！

鹦鹉

哈哈，凤凰！凤凰！
你们枉为这禽中的灵长！
你们死了吗？你们死了吗？
从今后请听我们雄辩家的主张！

白鹤

哈哈，凤凰！凤凰！
你们枉为这禽中的灵长！
你们死了吗？你们死了吗？

从今后请看我们高蹈派的徜徉！

凤凰更生歌

鸡鸣

昕潮涨了，

昕潮涨了，

死了的光明更生了。

春潮涨了，

春潮涨了，

死了的宇宙更生了。

生潮涨了，

生潮涨了，

死了的凤凰更生了。

凤凰和鸣

我们更生了。

我们更生了。

一切的一，更生了。

一的一切，更生了。

我们便是他，他们便是我。

我中也有你，你中也有我。

我便是你。

你便是我。

火便是凰。

凤便是火。

翱翔！翱翔！

欢唱！欢唱！

我们新鲜，我们净朗，

我们华美，我们芬芳，

一切的一，芬芳。

一的一切，芬芳。

芬芳便是你，芬芳便是我。

芬芳便是他，芬芳便是火。

火便是你。

火便是我。

火便是他。

火便是火。

翱翔！翱翔！

欢唱！欢唱！

　

我们热诚，我们挚爱。

我们欢乐，我们和谐。

一切的一，和谐。

一的一切，和谐。

和谐便是你，和谐便是我。

和谐便是他，和谐便是火。

火便是你。

火便是我。

火便是他。

火便是火。

翱翔！翱翔！

欢唱！欢唱！

　

我们生动，我们自由，

我们雄浑，我们悠久。

一切的一，悠久。

一的一切，悠久。

悠久便是你，悠久便是我。

悠久便是他，悠久便是火。

火便是你。

火便是我。

火便是他。

火便是火。

翱翔！翱翔！

欢唱！欢唱！

我们欢唱，我们翱翔。

我们翱翔，我们欢唱。

一切的一，常在欢唱。

一的一切，常在欢唱。

是你在欢唱？是我在欢唱？

是他在欢唱？是火在欢唱？

欢唱在欢唱！

欢唱在欢唱！

只有欢唱！

只有欢唱！

欢唱！

欢唱！

欢唱！

1920年1月20日初稿

1928年1月3日改削

（本文选自郭沫若《女神》，人民文学出版社，2000年7月版）

【作家简介】

郭沫若（1892—1978），原名郭开贞，笔名郭鼎堂等，四川乐山人。中国现代著名诗人、文学家、历史学家、古文字学家、社会活动家、剧作家、革命家。郭沫若一生写有诗歌、散文、小说、历史剧、传记文学、评论等大量著作，另有许多史论、考古论文和译作，对中国的科学文化事业作出了多方面的重大贡献。他是继鲁迅之后，中国文化战线上又一面光辉的旗帜（周恩来语）。出版有诗集《女神》（1921）、《星空》（1923）、《瓶》（1927）、《前茅》（1928）、《恢复》（1928）等。

【文本赏析】

全诗以有关凤凰的传说为素材，借凤凰"集香木自焚，复从死灰中更生"的故事，象征着旧中国以及诗人旧我的毁灭，新中国以及诗人新我的诞生，表达了诗人彻底埋葬旧社会、争取民族自由解放的思想。诗中表现了把一切投入烈火、与旧世界决裂的英雄气概，雄浑悲壮，具有鲜明的浪漫主义特色。这种毁弃旧我、再造新我的痛苦与欢乐，正是五四运动中人民彻底革命、自觉革命精神的形象写照。诗人以汪洋恣肆的笔调、重叠反复的诗句，写了凤凰的更生，即经过斗争冶炼后的真正的创造和新生。它表达了诗人对"五四"新机运的歌颂，也是祖国和诗人开始觉醒的象征，洋溢着炽热的向往光明、追求理想的情感。

诗集《女神》对封建藩篱进行了猛烈的冲击，表现了改造旧社会的强烈要求，以及追求和赞颂美好理想的无比热力，传达出"五四"时代精神的最强音。诗人以诗体改革的精神，进行了彻底的自由创造。《女神》的直抒胸臆、浪漫想象充满"泛神论"色彩，呈现出积极浪漫主义的特色。

【课程思政】

爱国主义思想和深情在该诗中表现明显。五四运动激起了身居异国的诗人深切的爱国热情，他眷恋祖国，颂扬祖国的新生，盼望着祖国的富强、安康。诗人歌颂反抗、创造，体现了个性解放和民族解放的迫切要求，表现了打破枷锁，创造光明、自由、统一、欢乐的新中国的希望，反映了郭沫若彻底革命的态度。

【批评家的话】

五四时期社会主义的理想和中国人民气势磅礴的反帝反封建的革命运动是产生《女神》的浪漫主义的现实基础。诗集中对于新中国的预言和歌颂，对于光明的渴望和追求，对于革命人民力量的自信，以及赞扬新生事物、热爱生活和自然的感情，都反映了时代现实，强烈地表达了中国人民特别是青年知识分子的革命愿望、要求和理想，洋溢着革命理想主义和革命乐观主义的激越情调；而对于现实黑暗的诅咒和控诉，对于古今中外一切反对反动腐朽势力的叛逆者和革命者的歌颂，特别是与旧世界、旧中国和诗人旧我彻底决裂的坚决态度，更表现出在革命理想鼓舞下一往无前的英雄气概。

——黄曼君《论郭沫若的诗集〈女神〉》（《华中师院学报（哲学社会科学版）》1978 年第 1 期）

【延伸阅读】

《天狗》《炉中煤》《晨安》《地球，我的母亲!》等诗集《女神》中的篇目

【拓展与思考】

怎样理解《女神》的时代精神与艺术特色?

第二章　乡土中国

【导语】

　　"乡土"是20世纪中国社会的基本形态与主要特征，也是中国传统文化与现代文明争锋的主要场所。在乡土文学的世界中，作家笔下的中国社会往往表现为愚昧与文明的对立与冲突主题，从中既可以窥见农民的善良淳朴，也可以探寻国民劣根性。这些作品是我们打开20世纪中国乡土社会的一把钥匙，本章选取沈从文、萧红、赵树理三位有代表性的乡土文学作家及其作品，引导读者体验不同作家对乡土的不同认知。

第四讲　沈从文

【篇目】

边城（节选）

一

　　由四川过湖南去，靠东有一条官路。这官路将近湘西边境到了一个地方名为"茶峒"的小山城时，有一小溪，溪边有座白色小塔，塔下住了一户单独的人家。这人家只一个老人，一个女孩子，一只黄狗。

　　小溪流下去，绕山岨流，约三里便汇入茶峒大河。人若过溪越小山走去，则只一里路就到了茶峒城边。溪流如弓背，山路如弓弦，故远近有了小小差异。小溪宽约二十丈，河床为大片石头做成。静静的河水即或深到一篙不能落底，却依然清澈透明，河中游鱼来去皆可以计数。小溪既为川湘来往孔道，水常有涨落，限于财力不能搭桥，就安排了一只方头渡船。这渡船一次连人带马，约可以载二十位搭客过河，人数多时则反复来去。渡船头竖了一枝小小竹竿，挂着一个可以活动的铁环，溪岸两端水面横牵了一段废缆，有人过渡时，把铁环挂在废缆上，船上人就引手攀缘那条缆索，慢慢的牵船过对岸去。船将拢岸时，管理这渡船的，一面口中嚷着"慢点慢点"，自己霍的跃上了岸，拉着铁环，于是人货牛马全上了岸，翻过小山不见。渡头为公家所有，故过渡人不必出钱。有人心中不安，抓了一把钱掷到船板上时，管渡船的必为一一拾起，依然塞到那人手心里去，俨然吵嘴时的认真神气："我有了口粮，三斗米，七百钱，够了。谁要这个！"

但不成，凡事求个心安理得，出气力不受酬谁好意思，不管如何还是有人把钱的。管船人却情不过，也为了心安起见，便把这些钱托人到茶峒去买茶叶和草烟，将茶峒出产的上等草烟，一扎一扎挂在自己腰带边，过渡的谁需要这东西必慷慨奉赠。有时从神气上估计那远路人对于身边草烟引起了相当的注意时，便把一小束草烟扎到那人包袱上去，一面说，"大哥，不吸这个吗，这好的，这妙的，味道蛮好，送人也合式！"茶叶则在六月里放进大缸里去，用开水泡好，给过路人解渴。

管理这渡船的，就是住在塔下的那个老人。活了七十年，从二十岁起便守在这小溪边，五十年来不知把船来去渡了若干人。年纪虽那么老了，骨头硬硬的，本来应当休息了，但天不许他休息，他仿佛便不能够同这一份生活离开。他从不思索自己职务对于本人的意义，只是静静的很忠实的在那里活下去。代替了天，使他在日头升起时，感到生活的力量，当日头落下时，又不至于思量与日头同时死去的，是那个伴在他身旁的女孩子。他唯一的亲人为一只渡船与一只黄狗，唯一的亲人便只那个女孩子。

女孩子的母亲，老船夫的独生女，十五年前同一个茶峒军人唱歌相熟后，很秘密的背着那忠厚爸爸发生了暧昧关系。有了小孩子后，这屯戍兵士便想约了她一同向下游逃去。但从逃走的行为上看来，一个违背了军人的责任，一个却必得离开孤独的父亲。经过一番考虑后，屯戍兵见她无远走勇气，自己也不便毁去做军人的名誉，就心想：一同去生既无法聚首，一同去死应当无人可以阻拦，首先服了毒。女的却关心腹中的一块肉，不忍心，拿不出主张。事情业已为作渡船夫的父亲知道，父亲却不加上一个有分量的字眼儿，只作为并不听到过这事情一样，仍然把日子很平静的过下去。女儿一面怀了羞惭，一面却怀了怜悯，依旧守在父亲身边。待到腹中小孩生下后，却到溪边故意吃了许多冷水死去了。在一种奇迹中，这遗孤居然已长大成人，转眼间便十三岁了。为了住处两山多篁竹，翠色逼人而来，老船夫随便给这个可怜的孤雏拾取了一个近身的名字，叫作"翠翠"。

翠翠在风日里长养着，把皮肤变得黑黑的，触目为青山绿水，一对眸子清明如水晶。自然既长养她且教育她，为人天真活泼，处处俨然如一只小兽物。人又那么乖，如山头黄麂一样，从不想到残忍事情，从不发愁，从不动气。平时在渡船上遇陌生人对她有所注意时，便把光光的眼睛瞅着那陌生人，做成随时皆可举步逃入深山的神气，但明白了面前的人无机心后，就又从从容容的在水边玩耍了。

老船夫不论晴雨，必守在船头。有人过渡时，便略弯着腰，两手缘引了竹缆，把船横渡过小溪。有时疲倦了，躺在临溪大石上睡着了，人在隔岸招手喊过渡，翠翠不让祖父起身，就跳下船去，很敏捷的替祖父把路人渡过溪，一切皆溜刷在行，从不误事。有时又与祖父、黄狗一同在船上，过渡时与祖父一同动手牵缆索。船将近岸边，祖父正向客人招呼"慢点，慢点"时，那只黄狗便口衔绳子，最先一跃而上，且俨然懂得如何方为尽职似的，把船绳紧衔着拖船拢岸。

风日清和的天气，无人过渡，镇日长闲，祖父同翠翠便坐在门前大岩石上晒太阳。或把一段木头从高处向水中抛去，嗾使身边黄狗从岩石高处跃下，把木头衔回来。或翠翠与黄狗皆张着耳朵，听祖父说些城中多年以前的战争故事。或祖父同翠翠两人，各把小竹做成的竖笛，逗在嘴边吹着迎亲送女的曲子。过渡人来了，老船夫放下了竹管，独自跟到船边去，横溪渡人，在岩上的一个，见船开动时，于是锐声喊着："爷爷，爷爷，你听我吹——你唱！"

爷爷到溪中央便很快乐地唱起来，哑哑的声音同竹管声，振荡在寂静空气里，溪中仿佛也热闹了些。实则歌声的来复，反而使一切更寂静。

有时过渡的是从川东过茶峒的小牛，是羊群，是新娘子的花轿，翠翠必争着作渡船夫，站在船头，懒懒的攀引缆索，让船缓缓的过去。牛羊花轿上岸后，翠翠必跟着走，送队伍上山，站到小山头，目送这些东西走去很远了，方回转船上，把船牵靠近家的岸边。且独自低低的学小羊叫着，学母牛叫着，或采一把野花缚在头上，独自装扮新娘子。

茶峒山城只隔渡头一里路，买油买盐时，逢年过节祖父得喝一杯酒时，祖父不上城，黄狗就伴同翠翠入城里去备办东西。到了卖杂货的铺子里，有大把的粉条，大缸的白糖，有炮仗，有红蜡烛，莫不给翠翠一种很深的印象，回到祖父身边，总把这些东西说个半天。那里河边还有许多船，比起渡船来全大得多，有趣味得多，翠翠也不容易忘记。

二

茶峒地方凭水依山筑城，近山一面，城墙俨然如一条长蛇，缘山爬去。临水一面则在城外河边留出余地设码头，湾泊小小篷船。船下行时运桐油、青盐、染色的栲子。上行则运棉花、棉纱以及布匹、杂货同海味。贯串各个码头有一条河街，人家房子多一半着陆，一半在水，因为余地有限，那些房子莫不设有吊脚楼。河中涨了春水，到水脚逐渐进街后，河街上人家，便各用长长的梯子，一端搭在自家屋檐口，一端搭在城墙上，人人皆骂着嚷着，带了包袱、铺盖、米缸，从梯子上进城里去，等待水退时，方又从城门口出城。某一年水若来得特别猛一些，沿河吊脚楼，必有一处两处为大水冲去，大家皆在城上头呆望。受损失的也同样呆望着，对于所受的损失仿佛无话可说，与在自然安排下，眼见其他无可挽救的不幸来时相似。涨水时在城上还可望着骤然展宽的河面，流水浩浩荡荡，随同山水从上流浮沉而来的有房子、牛、羊、大树。于是在水势较缓处，税关趸船前面，便常常有人驾了小舲板，一见河心浮沉而来的是一匹牲畜，一段小木，或一只空船，船上有一个妇人或一个小孩哭喊的声音，便急急的把船桨去，在下游一些迎着了那个目的物，把它用长绳系定，再向岸边桨去。这些勇敢的人，也爱利，也仗义，同一般当地人相似。不拘救人救物，却同样在一种愉快冒险行为中，做得十分敏捷勇敢，使人见及不能不为之喝彩。

那条河水便是历史上知名的酉水，新名字叫作白河。白河下游到辰州与沅水汇流后，便略显浑浊，有出山泉水的意思。若溯流而上，则三丈五丈的深潭皆清澈见底。深潭中为白日所映照，河底小小白石子，有花纹的玛瑙石子，全看得明明白白。水中游鱼来去，全如浮在空气里。两岸多高山，山中多可以造纸的细竹，长年作深翠颜色，逼人眼目。近水人家多在桃杏花里，春天时只需注意，凡有桃花处必有人家，凡有人家处必可沽酒。夏天则晒晾在日光下耀目的紫花布衣裤，可以作为人家所在的旗帜。秋冬来时，人家房屋在悬崖上的，滨水的，无不朗然入目。黄泥的墙，乌黑的瓦，位置则永远那么妥贴，且与四围环境极其调和，使人迎面得到的印象，实在非常愉快。一个对于诗歌图画稍有兴味的旅客，在这小河中，蜷伏于一只小船上，做三十天的旅行，必不至于感到厌烦，正因为处处有奇迹可以发现，自然的大胆处与精巧处，无一地无一时不使人神往倾心。

白河的源流，从四川边境而来，从白河上行的小船，春水发时可以直达川属的秀山。但属于湖南境界的，茶峒算是最后一个水码头。这条河水的河面，在茶峒时虽宽约半里，当秋冬之际水落时，河床流水处还不到二十丈，其余只是一滩青石。小船到此后，既无从上行，故凡川东的进出口货物，皆由这地方落水起岸。出口货物俱由脚夫用桑木扁担压在肩膊上挑抬而来，入口货物也莫不从这地方成束成担的用人力搬去。

这地方城中只驻扎一营由昔年绿营屯丁改编而成的戍兵，及五百家左右的住户。（这些住户中，除了一部分拥有了些山田同油坊，或放账屯油、屯米、屯棉纱的小资本家外，其余多数皆为当年屯戍来此有军籍的人家。）地方还有个厘金局，办事机关在城外河街下面小庙里，局长则住在城中。一营兵士驻扎老参将衙门，除了号兵每天上城吹号玩，使人知道这里还驻有军队以外，兵士皆仿佛并不存在。冬天的白日里，到城里去，便只见各处人家门前皆晾晒有衣服同青菜。红薯多带藤悬挂在屋檐下。用棕衣做成的口袋，装满了栗子、榛子和其他硬壳果，也多悬挂在屋檐下。屋角隅各处有大小鸡叫着玩着。间或有什么男子，占据在自己屋前门限上锯木，或用斧头劈树，把劈好的柴堆到敞坪里去如一座一座如宝塔。又或可以见到几个中年妇人，穿了浆洗得极硬的蓝布衣裳，胸前挂有白布扣花围裙，躬着腰在日光下一面说话一面做事。一切总永远那么静寂，所有人民每个日子皆在这种单纯寂寞里过去。一分安静增加了人对于"人事"的思索力，增加了梦。在这小城中生存的，各人自然也一定皆各在分定一份日子里，怀了对于人事爱憎必然的期待。但这些人想些什么？谁知道！住在城中较高处，门前一站便可以眺望对河以及河中的景致，船来时，远远地就从对河滩上看着无数纤夫。那些纤夫也有从下游地方，带了细点心洋糖之类，拢岸时却拿进城中来换钱的。船来时，小孩子的想象，应当在那些拉船人一方面。大人呢，孵一窝小鸡，养两只猪，托下行船夫打副金耳环，带两丈官青布，或一坛好酱油，一个双料的美孚灯罩回来，便占去了大部分做主妇的心了。

这小城里虽那么安静和平，但地方既为川东商业交易接头处，故城外小小河街，情形却不同了一点儿。也有商人落脚的客店，坐镇不动的理发馆。此外饭店、杂货铺、油行、盐栈、花衣庄，莫不各有一种地位，装点了这条河街。还有卖船上檀木活车、竹缆与锅罐铺子，介绍水手职业吃码头饭的人家。小饭店门前长案上，常有煎得焦黄的鲤鱼豆腐，身上装饰了红辣椒丝，卧在浅口钵头里，钵旁大竹筒中插着大把朱红筷子，不拘谁个愿意花点儿钱，这人就可以傍了门前长案坐下来，抽出一双筷子捏到手上，那边一个眉毛扯得极细脸上擦了白粉的妇人，就走过来问："大哥，副爷，要甜酒？要烧酒？"男子火焰高一点儿的，谐趣的，对内掌柜有点儿意思的，必故意装成生气似的说："吃甜酒？又不是小孩子，还问人吃甜酒！"那么，酽冽的烧酒，从大瓮里用木滤子舀出，倒进土碗里，即刻就来到身边案桌上了。这烧酒自然是浓而且香的，能醉倒一个汉子的，所以照例也不会多吃的。杂货铺卖美孚油，及点美孚油的洋灯与香烛纸张。油行屯桐油。盐栈堆四川火井出的青盐。花衣庄则有白棉纱、大布、棉花以及包头的黑绉绸出卖。卖船上用物的，百物罗列，无所不备，且间或有重至百斤以外的铁锚，搁在门外路旁，等候主顾问价。专以介绍水手为事业，吃水码头饭的，在河街的家中，终日大门必敞开着，常有穿青羽缎马褂的船主与毛手毛脚的水手进出，地方像茶馆却不卖茶，不是烟馆又可以抽烟。来到这里的，虽说所谈的是船上生意经，然而船只的上下，划船拉纤人大都有一定规矩，不必做数目上的讨论。他们来到这里大多数倒是在"联欢"。以"龙头管事"做中心，谈论点儿本地时事、两省商务上的情形，以及下游的"新闻"。邀会的，集款时大多数皆在此地；扒骰子看点数多少轮做会首时，也常常在此举行。真真成为他们生意经的，有两件事：买卖船只，买卖媳妇。

大都市随了商务发达而产生的某种寄食者，因为商人的需要，水手的需要，这小小边城的河街，也居然有那么一群人，聚集在一些有吊脚楼的人家。这种小妇人不是从附近乡下弄来，便是随同川军来湘流落后的妇人，穿了假洋绸的衣服，印花标布的裤子，把眉毛扯得成一条细线，大大的发髻上敷了香味极浓俗的油类。白日里无事，就坐在门口小凳子上做鞋子，在鞋尖上用红绿丝线挑绣双凤，一面看过往行人，消磨长日。或靠在临河窗口上看水手起货，听水手爬桅子唱歌。到了晚间，却轮流地接待商人同水手，切切实实尽一个妓女应尽的义务。

由于边地的风俗淳朴，便是做妓女，也永远那么浑厚，遇不相熟的主顾，做生意时得先交钱，数目弄清楚后，再关门撒野。人既相熟后，钱便在可有可无之间了。妓女多靠四川商人维持生活，但恩情所结，却多在水手方面。感情好的，别离时互相咬着嘴唇咬着颈脖发了誓，约好了"分手后各人皆不许胡闹"，四十天或五十天，在船上浮着的那一个，同在岸上蹲着的这一个，便皆待着打发这一堆日子，尽把自己的心紧紧缚定远远的一个人。尤其是妇人，情感真挚，痴到无可形容，男子过了约定时间不回来，做梦时，就总常常梦船拢了岸，那一个人摇摇荡荡地从船跳板到了岸上，直向身边跑来。或日中有了疑心，则梦里必见那个男子在桅子上向另一方面唱歌，却不理会自己。性格弱一点儿的，接着就在梦里投河吞鸦片烟；性格强一点儿的，便手执菜刀，直向那水手奔去。他们生活虽那么同一般社会疏远，但是眼泪与欢乐，在一种爱憎得失间，揉进了这些人生活里时，也便同另外一片土地另外一些人相似，全个身心为那点爱憎所浸透，见寒作热，忘了一切。若有多少不同处，不过是这些人更真切一点儿，也更糊涂一点儿罢了。短期的包定，长期的嫁娶，一时间的关门，这些关于一个女人身体上的交易，由于民情的淳朴，身当其事的不觉得如何下流可耻，旁观者也就从不用读书人的观念，加以指摘与轻视。这些人既重义轻利，又能守信自约，即便是娼妓，也常常较之知羞耻的城市中人还更可信任。

掌水码头的名叫顺顺，一个前清时便在营伍中混过日子来的人物，革命时在著名的陆军四十九标做个什长。同样做什长的，有因革命成了伟人名人的，有杀头碎尸的，他却带着少年喜事得来的脚疯痛，回到了家乡，把所积蓄的一点儿钱，买了一条六桨白木船，租给一个穷船主，代人装货在茶峒与辰州之间来往。气运好，半年之内船不坏事，于是他从所赚的钱上，又讨了一个略有产业的白脸黑发小寡妇。因此一来，数年后，在这条河上，他就有了八只船，一个妻子，两个儿子了。

但这个大方洒脱的人，事业虽十分顺手，却因欢喜交朋结友，慷慨而又能济人之急，便不能同贩油商人一样大大发作起来。自己既在粮子里混过日子，明白出门人的甘苦，理解失意人的心情，故凡因船只失事破产的船家，过路的退伍兵士，游学文墨人，凡到了这个地方，闻名求助的，莫不尽力帮助。一面从水上赚来钱，一面就这样洒脱散去。这人虽然脚上有点儿小毛病，还能泅水；走路难得其平，为人却那么公正无私。水面上各事原本极其简单，一切都为一个习惯所支配，谁个船碰了头，谁个船妨害了别一人别一只船的利益，照例有习惯方法来解决。唯运用这种习惯规矩排调一切的，必需一个高年硕德的中心人物。某年秋天，那原来执事的人死去了，顺顺做了这样一个代替者。那时他还只五十岁，为人既明事明理，正直和平，又不爱财，故无人对他年龄怀疑。

到如今，他的儿子大的已十六岁，小的已十四岁。两个年轻人皆结实如小公牛，能驾船，能泅水，能走长路。凡从小乡城里出身的年轻人所能够做的事，他们无一不做，做去无一不精。年纪较长的，性情如他们爸爸一样，豪放豁达，不拘常套小节。年幼的则气质近于那个白脸黑发的母亲，不爱说话，眼眉却秀拔出群，一望即知其为人聪明而又富于感情。

两兄弟既年已长大，必需在各一种生活上来训练他们的人格，做父亲的就轮流派遣两个小孩子各处旅行。向下行船时，多随了自己的船只充伙计，甘苦与人相共。荡桨时选最重的一把，背纤时拉头纤二纤，吃的是干鱼、辣子、臭酸菜，睡的是硬邦邦的舱板。向上行从旱路走去，则跟了川东客货，过秀山、龙潭、酉阳做生意，不论寒暑雨雪，必穿了草鞋按站赶路。且佩了短刀，遇不得已必须动手，便霍的把刀抽出，站到空阔处去，等候对面的一个，继着就同这个人用肉搏来解决。帮里的风气，既为"对付仇敌必须用刀，联结朋友也必须用刀"，故需要刀时，他们也就从不让它失去那点儿机会。学贸易，学应酬，学习到一个新地方去生活，且学习用刀保护身体同名誉，教育的目的，似乎在使两个孩子学得做人的勇气与义气。一分教育的结果，弄得两个人皆结实如老虎，却又和气亲人，不骄惰，不浮华，不依势凌人，故父子三人在茶峒边境上为人所提及时，人人对这个名姓无不加以一种尊敬。

做父亲的当两个儿子很小时，就明白大儿子一切与自己相似，却稍稍见得溺爱那第二个儿子。由于这点儿不自觉的私心，他把长子取名天保，次子取名傩送。天保佑的在人事上或不免有龃龉处，至于傩神所送来的，照当地习气，人便不能稍加轻视了。傩送美丽得很，茶峒船家人拙于赞扬这种美丽，只知道为他取出一个诨名为"岳云"。虽无什么人亲眼看到过岳云，一般的印象，却从戏台上小生岳云，得来一个相近的神气。

二十

夜间果然落了大雨，挟以吓人的雷声。电光从屋脊上掠过时，接着就是轰的一个炸雷。翠翠在暗中抖着。祖父也醒了，知道她害怕，且担心她着凉，还起身来把一条布单搭到她身上去。祖父说："翠翠，不要怕！"

翠翠说："我不怕！"说了还想说："爷爷你在这里我不怕！"

訇的一个大雷，接着是一种超越雨声而上的洪大闷重的倾圮声。两人皆以为一定是溪岸悬崖崩落了！担心到那只渡船，会早已压在崖石下面去了。

祖孙两人便默默的躺在床上听雨声雷声。

但无论如何大雨，过不久，翠翠却依然就睡着了。醒来时天已亮了，雨不知在何时业已止息，只听到溪两岸山沟里注水入溪的声音。翠翠爬起身来，看看祖父还似乎睡得很好，开了门走出去。门前已成为一个水沟，一股水便从塔后哗哗的流来，从前面悬崖直堕而下。并且各处皆是那么一种临时的水道。屋旁菜园地已为山水冲乱了，菜秧皆掩在粗砂泥里了。再走过前面去看看溪里一切，才知道溪中也涨了大水，已漫过了码头，水脚快到茶缸边了。下到码头去的那条路，正同一条小河一样，哗哗的泄着黄泥水。过渡的那一条横溪牵定的缆绳，已被水淹没了。泊在崖下的渡船，已不见了。

翠翠看看屋前悬崖并不崩坍，故当时还不注意渡船的失去。但再过一阵，她上下搜索不到这东西，无意中回头一看，屋后白塔已不见了。一惊非同小可，赶忙向屋后跑去，才知道白塔业已坍倒，大堆砖石极凌乱的摊在那儿。翠翠吓慌得不知所措，只锐声叫她的祖父。祖父不起身，也不答应，就赶回家里去，到得祖父床边摇了祖父许久，祖父还不作声。原来这个老年人在雷雨将息时已死去了。

翠翠于是大哭起来。

过一阵，有从茶峒过川东跑差事的人，到了溪边，隔溪喊过渡，翠翠正在灶边一面哭着一面烧水预备为死去的祖父抹澡。

那人以为老船夫一家还不醒，急于过河，喊叫不应，就抛掷小石头过溪，打到屋顶上。翠翠鼻涕眼泪成一片的走出来，跑到溪边高崖前站定。

"喂，不早了！把船划过来！"

"船跑了！"

"你爷爷做什么事情去了呢？他管船，有责任！"

"他管船，管五十年的船——他死了啊！"

翠翠一面向隔溪人说着一面大哭起来。那人知道老船夫死了，得进城去报信，就说："真死了吗？不要哭吧，我回去告他们，要他们弄条船带东西来！"

那人回到茶峒城边时，一见熟人就报告这件事，不多久，全茶峒城里外便皆知道这个消息了。河街上船总顺顺，派人找了一只空船，带了副白木匣子，即刻向碧溪岨撑去。城中杨马兵却同一个老军人，赶到碧溪岨去，砍了几十根大毛竹，用葛藤编作筏子，作为来往过渡的临时渡船。筏子编好后，撑了那个东西，到翠翠家中那一边岸下，留老兵守竹筏来往渡人，自己跑到翠翠家去看那个死者，眼泪湿莹莹的，摸了一会躺在床上硬僵僵的老友，又赶忙着做些应做的事情。到后帮忙的人来了，从大河船上运来棺木也来了，住在城中的老道士，还带了许多法器，一件旧麻布道袍，并提了一只大公鸡，来尽义务办理念经起水诸事，也从筏上渡过来了。家中人出出进进，翠翠只坐在灶边矮凳上呜呜的哭着。

到了中午，船总顺顺也来了，还跟着一个人扛了一口袋米，一坛酒，大腿猪肉。见了翠翠就说："翠翠，爷爷死了我知道了，老年人是必需死的，不要发愁，一切有我！"各方面看看，就回去了。

到了下午入了殓，一些帮忙的回家去了，晚上便只剩下了那老道士、杨马兵同顺顺家派来的两个年轻长年。黄昏以前老道士用红绿纸剪了一些花朵，用黄泥做了一些烛台。天断黑后，棺木前小桌上点起黄色九品蜡，燃了香，棺木周围也点了小蜡烛，老道士披上那件蓝麻布道袍，开始了丧事中绕棺仪式。老道士在前拿着小小纸幡引路，孝子第二，马兵殿后，绕着那具寂寞棺木慢慢转着圈子。两个长年则站在灶边空处，胡乱地打着锣钹。老道士一面闭了眼睛走去，一面且唱且哼，安慰亡灵。提到关于亡魂所到西方极乐世界花香四季时，老马兵就把木盘里的纸花，向棺木上高高撒去，象征这个西方极乐世界情形。

到了半夜，事情办完了，放过爆竹，蜡烛也快熄灭了，翠翠眼泪婆婆的，赶忙又到灶边去烧火，为帮忙的人办宵夜。吃了宵夜，老道士歪到死人床上睡着了。剩下几个人还得照规矩在棺木前守夜，老马兵为大家唱丧堂歌取乐，用个空的量米木升子，当作小鼓，把手剥剥剥的一面敲着升底一面唱下去——唱王祥卧冰的事情，唱黄香扇枕的事情。

翠翠哭了一整天，也同时也忙了一整天，到这时已倦极，把头靠在棺前眯着了。两个长年同马兵既吃了宵夜，喝过两杯酒，精神还虎虎的，便轮流把丧堂歌唱下去。但只一会儿，翠翠又醒了，仿佛梦到什么，惊醒后明白祖父已死，于是又幽幽的哭起来。

"翠翠，翠翠，不要哭啦，人死了哭不回来的！"

老马兵接着就说了一个做新嫁娘的人哭泣的笑话，话语中夹杂了三五个粗野字眼儿，因此引起两个长年咕咕的笑了许久。黄狗在屋外吠着，翠翠开了大门，到外面去站了一会儿，耳听到各处是虫声，天上月色极好，大星子嵌进透蓝天空里，非常沉静温柔。

翠翠想："这是真事吗？爷爷当真死了吗？"

老马兵原来跟在她的后边，因为他知道女孩子心门儿窄，说不定一炉火闷在灰里，痕迹不露，见祖父去了，自己一切皆已无望，跳崖悬梁，想跟着祖父一块儿去，也说不定！故随时小心监视到翠翠。

老马兵见翠翠痴痴的站着，时间过了许久还不回头，就打着咳叫翠翠说："翠翠，露水落了，不冷么？"

"不冷。"

"天气好得很！"

"呀……"一颗大流星使翠翠轻轻的喊了一声。

接着南方又是一颗流星划空而下。对溪有猫头鹰叫。

"翠翠,"老马兵业已同翠翠并排一块儿站定了,很温和的说,"你进屋里睡去了吧,不要胡思乱想!"

翠翠默默的回到祖父棺木前,坐在地上又呜咽起来。守在屋中的两个长年已睡着了。

那一个杨马兵便幽幽的说道:"不要哭了!不要哭了!你爷爷也难过咧。眼睛哭胀喉咙哭嘶有什么好处?听我说,爷爷的心事我全都知道,一切有我。我会把一切安排得好好的,对得起你爷爷。我会安排,什么事都会。我要一个爷爷欢喜你也欢喜的人来接收这只渡船!不能如我们的意,我老虽老,还能拿镰刀同他们拼命。翠翠,你放心,一切有我!……"

远处不知什么地方鸡叫了,老道士在那边床上糊糊涂涂的自言自语:"天亮了吗?早咧!"

二十一

大清早,帮忙的人从城里拿了绳索杠子赶来了。

老船夫的白木小棺材,为六个人抬着到那个倾圮了的塔后山岨上去埋葬时,船总顺顺、马兵、翠翠、老道士、黄狗,皆跟在后面。到了预先掘就的方阱边,老道士照规矩先跳下去,把一点儿朱砂颗粒同白米,安置到阱中四隅及中央,又烧了一点儿纸钱,爬出阱时就要抬棺木的人动手下窆。翠翠哑着喉咙干号,伏在棺木上不起身。经马兵用力把她拉开,方能移动棺木。一会儿,那棺木便下了阱,拉去了绳子,调整了方向,被新土掩盖了,翠翠还坐在地上呜咽。老道士要赶早回城,去替人做斋,过渡走了。船总事多,把这方面一切事托付给老马兵,也赶回城去了。帮忙的皆到溪边去洗手,家中各人还有各人的事,且知道这家人的情形,不便再叨扰,也不再惊动主人,过渡回家去了。于是碧溪岨便只剩下三个人——一个是翠翠,一个是老马兵,一个是由船总家派来暂时帮忙照料渡船的秃头陈四四。黄狗因被那秃头打了一石头,怀恨在心,对于那秃头仿佛很不高兴,尽是轻轻地吠着。

到了下午,翠翠同老马兵商量,要老马兵回城去把马托给营里人照料,再回碧溪岨来陪她。老马兵回转碧溪岨时,秃头陈四四被打发回城去了。

翠翠仍然自己同黄狗来弄渡船,让老马兵坐在溪岸高崖上玩,或嘶着个老喉咙唱歌给她听。

过三天后船总来商量接翠翠过家里去住,翠翠却想看守祖父的坟山,不愿即刻进城。只请船总过城里衙门去为说句话,许杨马兵暂时同她住住,船总顺顺答应了这件事，就走了。

　　杨马兵既是个上五十岁了的人，说故事的本领比翠翠祖父高一筹，加之凡事特别关心，做事又勤快又干净，因此同翠翠住下来，使翠翠仿佛去了一个祖父，却新得了一个伯父。过渡时有人问及可怜的祖父，黄昏时想起祖父，皆使翠翠心酸，觉得十分凄凉。但这份凄凉日子过久一点儿，也就渐渐淡薄些了。两人每日在黄昏中同晚上，坐在门前溪边高崖上，谈点儿那个躺在湿土里可怜祖父的旧事，有许多是翠翠先前所不知道的，说来便更使翠翠心中柔和。又说到翠翠的父亲，那个又要爱情又惜名誉的军人，在当时按照绿营军勇的装束，如何使女孩子动心。又说到翠翠的母亲，如何善于唱歌，而且所唱的那些歌在当时如何流行。

　　时候变了，一切也自然不同了，皇帝已不再坐江山，平常人还消说！杨马兵想起自己年轻做马夫时，牵了马匹到碧溪岨来对翠翠母亲唱歌，翠翠母亲不理会，到如今自己却成为这孤雏的唯一靠山、唯一信托人，不由得苦笑。

　　因为两人每个黄昏必谈祖父，以及这一家有关系的事情，后来便说到了老船夫死前的一切，翠翠因此明白了祖父活时所不提到的许多事。二老的唱歌，顺顺大儿子的死，顺顺父子对于祖父的冷淡，中寨人用碾坊作陪嫁妆奁，诱惑傩送二老，二老既记忆着哥哥的死亡，且因得不到翠翠理会，又被家中逼着接受那座碾坊，意思还在渡船，因此斗气下行，祖父的死因，又如何与翠翠有关……凡是翠翠不明白的事，如今可全明白了。翠翠把事弄明白后，哭了一个夜晚。

　　过了四七，船总顺顺派人来请马兵进城去，商量把翠翠接到他家中去，作为二老的媳妇。但二老人既在辰州，先就莫提这件事，且搬过河街去住，等二老回来时再看看二老意思。马兵以为这件事得问翠翠。回来时，把顺顺的意思向翠翠说过后，又为翠翠出主张，以为名分既不定妥，到一个生人家里去不好，还是不如在碧溪岨等，等到二老驾船回来时，再看二老意思。

　　这办法决定后，老马兵以为二老不久必可回来的，就依然把马匹托营上人照料，在碧溪岨为翠翠做伴，把一个一个日子过下去。

　　碧溪岨的白塔，与茶峒风水有关系，塔坍坍了，不重新做一个自然不成。除了城中营管、税局以及各商号各平民捐了些钱以外，各大寨子也有人拿册子去捐钱。为了这塔成就并不是给谁一个人的好处，应尽每一个人来积德造福，尽每个人皆有捐钱的机会，因此在渡船上也放了个两头有节的大竹筒，中部锯了一口，尽过渡人自由把钱投进去，竹筒满了马兵就捎进城中首事人处去，另外又带了个竹筒回来。过渡人一看老船夫不见了，翠翠的辫子上扎了白线，就明白那老的已做完了自己分上的工作，安安静静躺到土坑里给小蛆吃掉了，必一面用同情的眼色瞧着翠翠，一面就摸出钱来塞到竹筒中去。"天保佑你，死了的到西方去，活下的永保平安。"翠翠明白那些捐钱人的怜悯与同情意思，心里酸酸的，忙把身子背过去拉船。

可是到了冬天，那个圮坍了的白塔，又重新修好了。那个在月下唱歌，使翠翠在睡梦里为歌声把灵魂轻轻浮起的青年人不曾回到茶峒来。

……

这个人也许永远不回来了，也许"明天"回来！

一九三三年冬至一九三四年春完成

（本文选自沈从文《沈从文集》第六卷，花城出版社，2008年版）

【作家简介】

沈从文（1902—1988），字崇文，原名沈岳焕，笔名休芸芸、甲辰、上官碧等，湖南凤凰人，苗族。沈从文出生于行伍世家，小学毕业后入伍，是现代著名作家、历史文物研究家、京派小说代表人物。主要作品有《边城》《湘行散记》《长河》《中国丝绸图案》《唐宋铜镜》《龙凤艺术》《中国古代服饰研究》等。

【文本赏析】

《边城》成书于1934年4月，正是沈从文爱情、事业双丰收之时。1931年，社会虽然动荡不安，但总体上还是稍显和平，这个时候中国有良知的文人，都在思考着人性的本质，沈从文也不例外。他通过对湘西的印象，描写了一个近似于桃花源的湘西小城，给都市文明中迷茫的人们指出了一条道路。人间尚有纯洁自然的爱，人生需要皈依自然的本性。《边城》这部小说以牧歌式的情调描绘出田园诗般的边城世界。这里的人民保持着淳朴自然、真挚善良的人性美和人情美。他们诚实勇敢、乐善好施、热情豪爽、轻利重义、守信自约，"凡事只求个心安理得"，俨然是一个安静的平和的桃源仙境。这里的人民，诗意地生活，诗意地栖居。这是抒情诗，也是风俗画。作品没有惊心动魄的社会巨变和激烈复杂的矛盾冲突，但风格深远自然、清灵纯朴、和谐隽永，如一幅美丽的乡村图画，被誉为"现代文学史上最纯净的一个小说文本""中国现代文学牧歌传统中的顶峰之作"。他的散文也独具魅力，为现代散文增添了艺术光彩。一些后来的作家曾深受他创作风格的影响。《边城》《从文自传》《湘行散记》，凸显了沈从文立足现代文坛的主要特色。文野交织、看似粗俗实则脱俗的文化，是沈从文创作中最独特和有趣的地方。对人生苦难的书写，不是激愤和反抗，而是潜蓄着静观、悲悯与宿命。卑微的个体生命，对于历史与自然来说无足轻重，然而他们对待命运的态度，却神圣敬畏，呈现出一种难以言说的庄严。

【课程思政】

《边城》讴歌了质朴善良的人性之美，在当时尔虞我诈的现代都市文明面前反而显出了生活在乡土世界中的人们的正直、诚实与优美。

【批评家的话】

毋庸置疑，在这部作品中，沈从文确确实实创造了这所"匀称，形体虽小而不纤巧"的希腊小庙来供奉人性。这是他在创作《边城》前为自己写作生涯所建立的目标。这部作品能同三岛由纪夫在深受希腊文化影响时期所创作的《喧嚣的海涛》相媲美。从各种角度看，这两部小说都不能不说是作者的典型作品。《边城》独具沈氏文体特色，它比作者用自然主义方法来描写部队生活、暴露资产阶级问题的作品更能体现他的风格。因此，《边城》通常被人们理解为是沈氏的代表作。

——金介甫《沈从文的〈边城〉》（《上海师范大学学报（哲学社会科学版）》1982年第1期）

【延伸阅读】

《长河》《丈夫》《萧萧》《新与旧》《湘行散记》

【附录】

《边城》题记

沈从文

对于农人与兵士，怀了不可言说的温爱，这点感情在我一切作品中，随处都可以看出。我从不隐讳这点感情。我生长于作品中所写到的那类小乡城，我的祖父、父亲以及兄弟，全列身军籍：死去的莫不在职务上死去，不死的也必然地将在职务上终其一生。就我所接触的世界一面，来叙述他们的爱憎与哀乐，即或这支笔如何笨拙，或尚不至于离题太远。因为他们是正直的、诚实的，生活有些方面极其伟大，有些方面又极其平凡，性情有些方面极其美丽，有些方面又极其琐碎——我动手写他们时，为了使其更有人性，更近人情，自然便老老实实地写下去。但因此一来，这作品或者便不免成为一种无益之业了。因为它对于在都市中生长教育的读书人说来，似乎相去太远了。他们需要的应当是另外一种作品，我知道的。

照目前风气说来，文学理论家、批评家，及大多数读者，对于这种作品是极容易引起不愉快的感情的。前者表示"不落伍"，告给人中国不需要这类作品，后者"太担心落伍"，目前也不愿意读这类作品。这自然是真事。"落伍"是什么？一个有点儿理性的人，也许就永远无法明白，但多数人谁不害怕"落伍"？我有句话想说："我这本书不是为这种多数人而写的。"大凡念了三五本关于文学理论、文学批评问题的洋装书籍，或同时还念过一大堆古典与近代世界名作的人，他们生活的经验，却常常不许可他们在"博学"之外，还知道一点点中国另外一个地方的另外一种事情。因此这个作品即或与当前某种文学理论相符合，批评家便加以各种赞美，这种批评其实仍然不免成为作者的侮辱。他们既不想明白这个民族真正的爱憎与哀乐，便无法说明这个作品的得失——这本书不是为他们而写的。至于文艺爱好者呢，或是大学生，或是中学生，分布于国内人口较密的都市中，常常很诚实天真地把一部分极可宝贵的时间，来阅读国内新近出版的文学书籍。他们为一些理论家、批评家、聪明出版家，以及习惯于说谎造谣的文坛消息家，同力协作造成一种习气所控制，所支配，他们的生活，同时又实在与这个作品所提到的世界相去太远了。——他们不需要这种作品，这本书也就并不希望得到他们。理论家有各国出版物中的文学理论可以参证，不愁无话可说；批评家有他们欠了点儿小恩小怨的作家与作品，够他们去毁誉一世。大多数的读者，不问趣味如何，信仰如何，皆有作品可读。正因为关心读者大众，不是便有许多人，据说为读者大众，永远如陀螺般在那里转变吗？这本书的出版，即或并不为领导多数的理论家与批评家所弃，被领导的多数读者又并不完全放弃它，但本书作者，却早已存心把这个"多数"放弃了。

这本书只预备给一些"本身已离开了学校，或始终就无从接近学校，还认识些中国文字，置身于文学理论、文学批评，以及说谎造谣消息所达不到的那种职务上，在那个社会里生活，而且极关心全个民族在空间与时间下所有的好处与坏处"的人去看。他们真知道当前农村是什么，想知道过去农村是什么，他们必也愿意从这本书上同时还知道点儿世界一小角隅的农村与军人。我所写到的世界，即或在他们全然是一个陌生的世界，然而他们的宽容，他们向一本书去求取安慰与知识的热忱，却一定使他们能够把这本书很从容读下去的。我并不即此而止，还预备给他们一种对照的机会，将在另外一个作品里，来提到二十年来的内战，使一些首当其冲的农民，性格灵魂被大力所压，失去了原来的质朴、勤俭、和平、正直的型范以后，成了一个什么样子的新东西。他们受横征暴敛以及鸦片烟的毒害，变得如何穷困与懒惰！我将把这个民族为历史所带走向一个不可知的命运中前进时，一些小人物在变动中的忧患，与由于营养不足所产生的"活下去"以及"怎样活下去"的观念和欲望，来做朴素的叙述。我的读者应是有理性的，而这点理性便基于对中国现社会变动有所关心，认识这个民族的过去伟大处与目前堕落处，各在那里很寂寞地从事于民族复兴大业的人。这作品或者只能给他们一点怀古的幽情，或者只能给他们一次苦笑，或者又将给他们一个噩梦，但同时说不定，也许尚能给他们一种勇气同信心！

一九三四年四月二十四日记

【拓展与思考】

从湘西地域文化、民俗学的角度，并与沈从文的城市小说对照，分析他笔下湘西社会在现代化过程中的缓慢变化，以及作家对现代化过程中的文化冲突的独特观察与思考。

第五讲　萧　红

【篇目】

呼兰河传（节选）

第五章

五

天一黄昏，老胡家就打起鼓来了。大缸，开水，公鸡，都预备好了。

公鸡抓来了，开水烧滚了，大缸摆好了。

看热闹的人，络绎不绝地来看。我和祖父也来了。

小团圆媳妇躺在炕上，黑乎乎的，笑呵呵的。我给她一个玻璃球，又给她一片碗碟，她说这碗碟很好看，她拿在眼睛前照一照。她说这玻璃球也很好玩，她用手指甲弹着。她看一看她的婆婆不在旁边，她就起来了，她想要坐起来在炕上弹这玻璃球。

还没有弹，她的婆婆就来了，就说："小不知好歹的，你又起来疯什么？"

说着走近来，就用破棉袄把她蒙起来了，蒙得没头没脑的，连脸也露不出来。

我问祖父她为什么不让她玩？

祖父说："她有病。"

我说："她没有病，她好好的。"

于是我上去把棉袄给她掀开了。

掀开一看，她的眼睛早就睁着。她问我，她的婆婆走了没有，我说走了，于是她又起来了。

她一起来，她的婆婆又来了。又把她给蒙了起来说："也不怕人家笑话，病得跳神赶鬼的，哪有的事情，说起来，就起来。"

这是她婆婆向她小声说的，等婆婆回过头去向着众人，就又那么说："她是一点也着不得凉的，一着凉就犯病。"

屋里屋外，越张罗越热闹了，小团圆媳妇跟我说："等一会你看吧，就要洗澡了。"

她说着的时候，好像说着别人的一样。

果然，不一会工夫就洗起澡来了，洗得吱哇乱叫。

大神打着鼓，命令她当众脱了衣裳。衣裳她是不肯脱的，她的婆婆抱住了她，还请了几个帮忙的人，就一齐上来，把她的衣裳撕掉了。

她本来是十二岁，却长得十五六岁那么高，所以一时看热闹的姑娘媳妇们，看了她，都难为情起来。

很快地小团圆媳妇就被抬进大缸里去。大缸里满是热水，是滚熟的热水。

她在大缸里边，叫着、跳着，好像她要逃命似的狂喊。她的旁边站着三四个人从缸里搅起热水来往她的头上浇。不一会，浇得满脸通红，她再也不能够挣扎了，她安稳地在大缸里边站着，她再不往外边跳了，大概她觉得跳也跳不出来了。那大缸是很大的，她站在里边仅仅露着一个头。

我看了半天，到后来她连动也不动，哭也不哭，笑也不笑。满脸的汗珠，满脸通红，红得像一张红纸。

我跟祖父说："小团圆媳妇不叫了。"

我再往大缸里一看，小团圆媳妇没有了。她倒在大缸里了。

这时候，看热闹的人们，一声狂喊，都以为小团圆媳妇是死了，大家都跑过去拯救她，竟有心慈的人，流下眼泪来。

小团圆媳妇还活着的时候，她像要逃命似的。前一刻她还求救于人的时候，并没有一个人上前去帮忙她，把她从热水里解救出来。

现在她是什么也不知道了，什么也不要求了。可是一些人，偏要去救她。

把她从大缸里抬出来，给她浇一点冷水。这小团圆媳妇一昏过去，可把那些看热闹的人可怜得不得了，就是前一刻她还主张着"用热水浇哇！用热水浇哇"的人，现在也心痛起来。怎能够不心痛呢，活蹦乱跳的孩子，一会工夫就死了。

小团圆媳妇摆在炕上，浑身像火炭那般热，东家的婶子，伸出一只手来，到她身上去摸一摸，西家大娘也伸出手来到她身上去摸一摸。

都说："哟哟，热得和火炭似的。"

有的说，水太热了一点，有的说，不应该往头上浇，大热的水，一浇哪有不昏的。

大家正在谈说之间，她的婆婆过来，赶快拉了一张破棉袄给她盖上了，说："赤身裸体的羞不羞！"

小团圆媳妇怕羞不肯脱下衣裳来，她婆婆喊着号令给她撕下来了。现在她什么也不知道了，她没有感觉了，婆婆反而替她着想了。

大神打了几阵鼓，二神向大神对了几阵话。看热闹的人，你望望他，他望望你。虽然不知道下文如何，这小团圆媳妇到底是死是活。但却没有白看一场热闹，到底是开了眼界，见了世面，总算是不无所得的。

有的竟觉得困了，问着别人，三道鼓是否加了横锣，说他要回家睡觉去了。

大神一看这场面不大好，怕是看热闹的人都要走了，就卖一点力气叫一叫座，于是痛打了一阵鼓，喷了几口酒在团圆媳妇的脸上。从腰里拿出银针来，刺着小团圆媳妇的手指尖。

不一会，小团圆媳妇就活转来了。

大神说，洗澡必得连洗三次，还有两次要洗的。

于是人心大为振奋，困的也不困了，要回家睡觉的也精神了。这来看热闹的，不下三十人，个个眼睛发亮，人人精神百倍。看吧，洗一次就昏过去了，洗两次又该怎样呢？洗上三次，那可就不堪想象。所以看热闹的人的心里，都满怀奥秘。

果然的，小团圆媳妇一被抬到大缸里去，被热水一烫，就又大声地怪叫了起来，一边叫着一边还伸出手来把着缸沿想要跳出来。这时候，浇水的浇水，按头的按头，总算让大家压服又把她昏倒在缸底里了。

这次她被抬出来的时候，她的嘴里还往外吐着水。

于是一些善心的人，是没有不可怜这小女孩子的。东家的二姨，西家的三婶，就都一齐围拢过去，都去设法施救去了。

她们围拢过去，看看有没有死？若还有气，那就不用救。若是死了，那就赶快浇凉水。

若是有气，她自己就会活转来的。若是断了气，那就赶快施救，不然，怕她真的死了。

六

小团圆媳妇当晚被热水烫了三次，烫一次，昏一次。

闹到三更天才散场。大神回家去睡觉去了。看热闹的人也都回家去睡觉去了。

星星月亮，出满了一天，冰天雪地正是个冬天。雪扫着墙根，风刮着窗棂。鸡在架里边睡觉，狗在窝里边睡觉，猪在栏里边睡觉，全呼兰河都睡着了。

只有远远的狗叫，那或许是从白旗屯传来的，或者是从呼兰河的南岸那柳条林子里的野狗的叫唤。总之，那声音是来得很远，那已经是呼兰河城以外的事情了。而呼兰河全城，就都一齐睡着。

前半夜那跳神打鼓的事情一点也没有留下痕迹。那连哭带叫的小团圆媳妇，好像在这世界上她也并未曾哭过叫过，因为一点痕迹也并未留下。家家户户都是黑洞洞的，家家户户都睡得沉实实的。

团圆媳妇的婆婆也睡得打呼了。

因为三更已经过了，就要来到四更天了。

七

第二天小团圆媳妇昏昏沉沉地睡了一天，第三天，第四天，也都是昏昏沉沉地睡着，眼睛似睁非睁的，留着一条小缝，从小缝里边露着白眼珠。

家里的人，看了她那样子，都说，这孩子经过一番操持，怕是真魂就要附体了，真魂一附了体，病就好了。不但她的家里人这样说，就是邻人也都这样说。所以对于她这种不饮不食，似睡非睡的状态，不但不引以为忧，反而觉得应该庆幸。她昏睡了四五天，她家的人就快乐了四五天，她睡了六七天，她家的人就快乐了六七天。在这期间，绝对地没有使用偏方，也绝对地没有采用野药。

但是过了六七天，她还是不饮不食地昏睡，要好起来的现象一点也没有。

于是又找了大神来，大神这次不给她治了，说这团圆媳妇非出马当大神不可。

于是又采用了正式的赶鬼的方法，到扎彩铺去，扎了一个纸人，而后给纸人缝起布衣来穿上——穿布衣裳为的是绝对地像真人——擦脂抹粉，手里提着花手巾，很是好看，穿了满身花洋布的衣裳，打扮成一个十七八岁的大姑娘。用人抬着，抬到南河沿旁边那大土坑去烧了。

这叫作烧"替身"，据说把这"替身"一烧了，她可以替代真人，真人就可以不死。

烧"替身"的那天，团圆媳妇的婆婆为着表示虔诚，她还特意地请了几个吹鼓手，前边用人举着那扎彩人，后边跟着几个吹鼓手，呜哇，呜哇地向着南大土坑走去了。

那景况说热闹也很热闹，喇叭曲子吹的是句句双。说凄凉也很凄凉，前边一个扎彩人，后边三五个吹鼓手，出丧不像出丧，报庙不像报庙。

跑到大街上来看这热闹的人也不很多，因为天太冷了，探头探脑地跑出来的人一看，觉得没有什么可看的，就关上大门回去了。

所以就孤孤单单的，凄凄凉凉在大土坑那里把那扎彩人烧了。

团圆媳妇的婆婆一边烧着还一边后悔，若早知道没有什么看热闹的人，那又何必给这扎彩人穿上真衣裳。她想要从火堆中把衣裳抢出来，但又来不及了，就眼看着让它烧去了。这一套衣裳，一共花了一百多吊钱。于是她看着那衣裳的烧去，就像眼看着烧去了一百多吊钱。

她心里是又悔又恨，她简直忘了这是她的团圆媳妇烧替身，她本来打算念一套祷神告鬼的词句。她回来的时候，走在路上才想起来。但想起来也晚了，于是她自己感到大概要白白地烧了个替身，灵不灵谁晓得呢！

八

后来又听说那团圆媳妇的大辫子，睡了一夜觉就掉下来了。

就掉在枕头旁边，这可不知是怎么回事。

她的婆婆说这团圆媳妇一定是妖怪。

把那掉下来的辫子留着，谁来给谁看。

看那样子一定是什么人用剪刀给她剪下来的。但是她的婆婆偏说不是，就说，睡了一夜觉就自己掉下来了。

于是这奇闻又远近地传开去了。不但她的家人不愿意和妖怪在一起，就是同院住的人也都觉得太不好。

夜里关门关窗户的，一边关着于是就都说：

"老胡家那小团圆媳妇一定是个小妖怪。"

我家的老厨子是个多嘴的人，他和祖父讲老胡家的团圆媳妇又怎样怎样了。又出了新花头，辫子也掉了。

我说："不是的，是用剪刀剪的。"

老厨夫看我小，他欺侮我，他用手指住了我的嘴。他说："你知道什么，那小团圆媳妇是个妖怪呀！"

我说："她不是妖怪，我偷着问她，她头发是怎么掉了的，她还跟我笑呢！她说她不知道。"

祖父说："好好的孩子快让他们捉弄死了。"

过了些日子，老厨子又说："老胡家要'休妻'了，要'休'了那小妖怪。"

祖父以为老胡家那人家不大好。

祖父说："二月让他搬家。把人家的孩子快捉弄死了，又不要了。"

九

还没有到二月，那黑乎乎的，笑呵呵的小团圆媳妇就死了。是一个大清早晨，老胡家的大儿子，那个黄脸大眼睛的车老板子就来了。一见了祖父，他就双手举在胸前作了一个揖。

祖父问他什么事？

他说："请老太爷施舍一块地方，好把小团圆媳妇埋上……"祖父问他："什么时候死的？"

他说："我赶着车，天亮才到家。听说半夜就死了。"

祖父答应了他，让他埋在城外的地边上。并且招呼有二伯来，让有二伯领着他们去。

有二伯临走的时候，老厨子也跟去了。

我说，我也要去，我也跟去看看，祖父百般的不肯。祖父说："咱们在家下压拍子打小雀吃……"

我于是就没有去。虽然没有去，但心里边总惦着有一回事。等有二伯也不回来，等那老厨子也不回来。等他们回来，我好听一听那情形到底怎样？

一点多钟，他们两个在人家喝了酒，吃了饭才回来的。前边走着老厨子，后边走着有二伯。好像两个胖鸭子似的，走也走不动了，又慢又得意。

走在前边的老厨子，眼珠通红，嘴唇发光，走在后边的有二伯，面红耳热，一直红到他脖子下边的那条大筋。

进到祖父屋来，一个说："酒菜真不错……"

一个说："……鸡蛋汤打得也热乎。"

关于埋葬团圆媳妇的经过，却先一字未提。好像他们两个是过年回来的，充满了欢天喜地的气象。

我问有二伯，那小团圆媳妇怎么死的，埋葬的情形如何。

有二伯说："你问这个干什么，人死还不如一只鸡……一伸腿就算完事……"

我问："有二伯，你多咱死呢？"

他说："你二伯死不了的……那家有万贯的，那活着享福的，越想长寿，就越活不长……上庙烧香，上山拜佛的也活不长。像你有二伯这条穷命，越老越结实。好比个石头疙瘩似的，哪儿死啦！俗语说得好，'有钱三尺寿，穷命活不够'。像二伯就是这穷命，穷命鬼阎王爷也看不上眼儿来的。"

到晚饭，老胡家又把有二伯他们二位请去了。又在那里喝的酒。因为他们帮了人家的忙，人家要酬谢他们。

+

老胡家的团圆媳妇死了不久，他家的大孙子媳妇就跟人跑了。

奶奶婆婆后来也死了。

他家的两个儿媳妇，一个为着那团圆媳妇瞎了一只眼睛。因为她天天哭，哭她那花在团圆媳妇身上的倾家荡产的五千多吊钱。

另外的一个因为她的儿媳妇跟着人家跑了，要把她羞辱死了，一天到晚地，不梳头，不洗脸地坐在锅台上抽着烟袋，有人从她旁边过去，她高兴的时候，她向人说："你家里的孩子、大人都好哇？"

她不高兴的时候，她就向着人脸，吐一口痰。

她变成一个半疯了。

老胡家从此不大被人记得了。

【作家简介】

萧红（1911—1942），原名张迺莹，笔名萧红、悄吟等，黑龙江呼兰人。中国现代著名女作家，被誉为20世纪30年代的"文学洛神"。主要作品有长篇小说《马伯乐》《呼兰河传》，中短篇小说《生死场》《小城三月》等。

【文本赏析】

《呼兰河传》是萧红生前最后一部作品，也是最有影响力的一部作品。在这部散文诗般的回忆体长篇小说中，萧红追忆了她的童年与乡土，还原了20世纪30年代东北大地的风貌。在贫困、愚昧、麻木的时代里，却仍有着令人温暖的亲人与景致，这也是支撑她走下去的勇气与力量。萧红以强烈的个人风格，模糊了小说与散文的边界，诗意而朴素的语言，道尽了那个时代下光怪陆离的人性，使其作品成为一部国民灵魂的挽歌。《呼兰河传》描述了呼兰河那一群"生老病死""逆来顺受"的人们以及他们愚昧、落后的生活。萧红从呼兰河人民对病态文明的继承、集体无意识的杀人两方面，对他们身上这种国民劣根性进行了有力的批判。但她也通过作品展现了未被这愚昧的社会淹没的原始生命力。同时，她通过这种无目的、无意识的混沌生活状态，揭示了一个清醒者的内心孤独。

【课程思政】

萧红的乡土书写继承和发展了鲁迅对国民性问题的思考，作家将东北农村愚昧、麻木、残忍、自私的国民劣根性展示给读者，引起人们对沦陷区农民原始生命力以及动荡社会中女性命运的关注。

【批评家的话】

萧红的坟墓寂寞地孤立在香港的浅水湾。

在游泳的季节，年年的浅水湾该不少红男绿女罢，然而躺在那里的萧红是寂寞的。

1940年12月——那正是萧红逝世的前年，那是她的健康还不怎样成问题的时候，她写成了她的最后著作——小说《呼兰河传》，然而即使在那时，萧红的心境已经是寂寞的了。

…………

而且我们不也可以说：要点不在《呼兰河传》不像是一部严格意义的小说，而在于它这"不像"之外，还有些别的东西——一些比"像"一部小说更为"诱人"些的东西：它是一篇叙事诗，一幅多彩的风土画，一串凄婉的歌谣。

有讽刺，也有幽默，开始读时有轻松之感，然而愈读下去心头就会一点一点沉重起来。可是，仍然有美，即使这美有点病态，也仍然不能不使你炫惑。

也许你要说《呼兰河传》没有一个人物是积极性的。都是些甘愿做传统思想的奴隶而又自怨自艾的可怜虫，而作者对于他们的态度也不是单纯的。她不留情地鞭笞他们，可是她又同情他们：她给我们看，这些屈服于传统的人多么愚蠢而顽固——有的甚至于残忍，然而他们的本质是良善的，他们不欺诈，不虚伪，他们也不好吃懒做，他们极容易满足。有二伯、老厨子、老胡家的一家子、漏粉的那一群，都是这样的人物。他们都像最低级的植物似的，只要极少的水份、土壤、阳光——甚至没有阳光，就能够生存了，磨官冯歪嘴子是他们中间生命力最强的一个——强的使人不禁想赞美他。然而在冯歪嘴子身上也找不出什么特别的东西。除了生命力特别顽强，而这是原始性的顽强。

——茅盾《〈呼兰河传〉序》（萧红《呼兰河传》，百花文艺出版社，2005年版）

【延伸阅读】

《生死场》《牛车上》《小城三月》

【拓展与思考】

1.怎么理解《呼兰河传》的儿童视角与散文特征？

2.怎样解读弥漫在小说中的作家的寂寞心境？

第六讲　赵树理

【篇目】

小二黑结婚

一、神仙的忌讳

刘家峧有两个神仙，邻近各村无人不晓：一个是前庄上的二诸葛，一个是后庄上的三仙姑。二诸葛原来叫刘修德，当年做过生意，抬脚动手都要论一论阴阳八卦，看一看黄道黑道。三仙姑是后庄于福的老婆，每月初一十五都要顶着红布摇摇摆摆装扮天神。

二诸葛忌讳"不宜栽种"，三仙姑忌讳"米烂了"。这里边有两个小故事：有一年春天大旱，直到阴历五月初三才下了四指雨。初四那天大家都抢着种地，二诸葛看了看历书，又掐指算了一下说："今日不宜栽种。"初五日是端午，他历年就不在端午这天做什么，又不曾种；初六倒是黄道吉日，可惜地干了，虽然勉强把他的四亩谷子种上了，却没有出够一半。后来直到十五才又下雨，别人家都在地里锄苗，二诸葛却领着两个孩子在地里补空子。

邻家有个后生，吃饭时候在街上碰上二诸葛便问道："老汉！今天宜栽种不宜？"二诸葛翻了他一眼，扭转头返回去了，大家就嘻嘻哈哈传为笑谈。

三仙姑有个女孩叫小芹。一天，金旺他爹到三仙姑那里问病，三仙姑坐在香案后唱，金旺他爹跪在香案前听。小芹那年才九岁，晌午做捞饭，把米下进锅里了，听见她娘哼哼得很中听，站在桌前听了一会，把做饭也忘了。

一会，金旺他爹出去小便，三仙姑趁空子向小芹说："快去捞饭！米烂了！"这句话却不料就叫金旺他爹听见，回去就传开了。后来有些好玩笑的人，见了三仙姑就故意问别人"米烂了没有？"

二、三仙姑的来历

三仙姑下神，足足有三十年了。那时三仙姑才十五岁，刚刚嫁给于福，是前后庄上第一个俊俏媳妇。于福是个老实后生，不多说一句话，只会在地里死受。于福的娘早死了，只有个爹，父子两个一上了地，家里就只留下新媳妇一个人。村里的年轻人们觉得新媳妇太孤单，就慢慢自动地来跟新媳妇做伴，不几天就集合了一大群，每天嘻嘻哈哈，十分红火。于福他爹看见不像个样子，有一天发了脾气，大骂一顿，虽然把外人挡住了，新媳妇却跟他闹起来。新媳妇哭了一天一夜，头也不梳，脸也不洗，饭也不吃，躺在炕上，谁也叫不起来，父子两个没了办法。邻家有个老婆替她请了一个神婆子，在她家下了一回神，说是三仙姑跟上她了。她也哼哼唧唧自称吾神长吾神短，从此以后每月初一十五就下起神来，别人也给她烧起香来求财问病，三仙姑的香案便从此设起来了。

青年们到三仙姑那里去，要说是去问神，还不如说是去看圣像。三仙姑也暗暗猜透大家的心事，衣服穿得更新鲜，头发梳得更光滑，首饰擦得更明，官粉搽得更匀，不由青年们不跟着她转来转去。

这是三十来年前的事。当时的青年，如今都已留下胡子，家里大半又都是子媳成群，所以除了几个老光棍，差不多都没有那些闲情到三仙姑那里去了。三仙姑却和大家不同，虽然已经四十五岁，却偏爱当个老来俏，小鞋上仍要绣花，裤腿上仍要镶边，顶门上的头发脱光了，用黑手帕盖起来，只可惜官粉涂不平脸上的皱纹，看起来好像驴粪蛋上下了霜。

老相好都不来了，几个老光棍不能叫三仙姑满意，三仙姑又团结了一伙孩子们，比当年的老相好更多，更俏皮。

三仙姑有什么本领能团结这伙青年呢？这秘密在她女儿小芹身上。

三、小芹

三仙姑前后共生过六个孩子，就有五个没有成人，只落了一个女儿，名叫小芹。小芹当两三岁时候，就非常伶俐乖巧，三仙姑的老相好们，这个抱过来说是"我的"，那个抱起来说是"我的"，后来小芹长到五六岁，知道这不是好话，三仙姑教她说："谁再这么说，你就说'是你的姑姑'。"说了几回，果然没有人再提了。

小芹今年十八了，村里的轻薄人说，比她娘年轻时候好得多。青年小伙子们，有事没事，总想跟小芹说句话。小芹去洗衣服，马上青年们也都去洗；小芹上树采野果，马上青年们也都去采。

吃饭时候，邻居们端上碗爱到三仙姑那里坐一会，前庄上的人来回一里路，也并不觉得远。这已经是三十年来的老规矩，不过小青年们也这样热心，却是近二三年来才有的事。三仙姑起先还以为自己仍有勾引青年的本领，日子长了，青年们并不真正跟她接近，她才慢慢看出门道来，才知道人家来了为的是小芹。

不过小芹却不跟三仙姑一样：表面上虽然也跟大家说说笑笑，实际上却不跟人乱来，近二三年，只是跟小二黑好一点。前年夏天，有一天前晌，于福去地，三仙姑去串门，家里只留下小芹一个人，金旺来了，嬉皮笑脸向小芹说："这会可算是个空子呢？"

小芹板起脸来说："金旺哥！咱们以后说话要规矩些！你也是娶媳妇大汉了！"金旺撇撇嘴说："咦！装什么假正经？小二黑一来管保你软了！有便宜大家讨开点，没事；要正经除非自己锅底没有黑！"说着就拉住小芹的胳膊悄悄说："不用装模作样了！"不料小芹大声喊道："金旺！"金旺赶紧放手跑出来。一边还咄念道："等得住你！"

说着就悄悄溜走了。

四、金旺弟兄

提起金旺来，刘家峧没有人不恨他，只有他一个本家兄弟名叫兴旺的跟他对劲。

金旺他爹虽是个庄稼人，却是刘家峧一只虎，当过几十年老社首，捆人打人是他的拿手好戏。金旺长到十七八岁，就成了他爹的好帮手，兴旺也学会了帮虎吃食，从此金旺他爹想要捆谁，就不用亲自动手，只要下个命令，自有金旺兴旺代办。

抗战初年，汉奸敌探溃兵土匪到处横行，那时金旺他爹已经死了，金旺兴旺弟兄两个，给一支溃兵作了内线工作，引路绑票，讲价赎人，又做巫婆又做鬼，两头出面装好人。后来八路军来，打垮溃兵土匪，他两人才又回到刘家峧。山里人本来就胆子小，经过几个月大混乱，死了许多人，弄得大家更不敢出头了。别的大村子都成立了村公所、各救会、武委会，刘家峧却除了县府派来一个村长以外，谁也不愿意当干部。不久，县里派人来刘家峧工作，要选举村干部，金旺跟兴旺两个人看出这又是掌权的机会，大家也巴不得有人愿干，就把兴旺选为武委会主任，把金旺选为村政委员，连金旺老婆也被选为妇救会主席，其他各干部，硬捏了几个老头子出来充数。只有青抗先队长，老头子充不得。兴旺看见小二黑这个小孩子漂亮好玩，随便提了一下名就通过了，他爹二诸葛虽然不愿，可是惹不起金旺，也没有敢说什么。

村长是外来的，对村里情形不十分了解，从此金旺兴旺比前更厉害了，只要瞒住村长一个人，村里人不论哪个都得由他两个调遣。这几年来，村里别的干部虽然调换了几个，而他两个却好像铁桶江山。大家对他两个虽是恨之入骨，可是谁也不敢说半句话，都恐怕扳不倒他们，自己吃亏。

五、小二黑

小二黑，是二诸葛的二小子，有一次反"扫荡"打死过两个敌人，曾得到特等射手的奖励。说到他的漂亮，那不只在刘家峧有名，每年正月扮故事，不论去到哪一村，妇女们的眼睛都跟着他转。

小二黑没有上过学，只是跟着他爹识了几个字。当他六岁时候，他爹就教他识字。识字课本既不是五经四书，也不是常识国语，而是从天干、地支、五行、八卦、六十四卦名等学起，进一步便学些《百中经》《玉匣记》《增删卜易》《麻衣神相》《奇门遁甲》

《阴阳宅》等书。小二黑从小就聪明，像那些算属相、卜六壬课、念大小流年或"甲子乙丑海中金"等口诀，不几天就都弄熟了，二诸葛也常把他引在人前卖弄。因为他长得伶俐可爱，大人们也都爱跟他玩；这个说："二黑，算一算十岁属什么？"那个说："二黑，给我卜一课！"后来二诸葛因为说"不宜栽种"误了种地，老婆也埋怨，大黑也埋怨，庄上人也都传为笑谈，小二黑也跟着这事受了许多奚落。那时候小二黑十三岁，已经懂得好歹了，可是大人们仍把他当成小孩来玩弄，好跟二诸葛开玩笑的，一到了家，常好对着二诸葛问小二黑道："二黑！算算今天宜不宜栽种？"和小二黑年纪相仿的孩子们，一跟小二黑生了气，就连声喊道："不宜栽种不宜栽种……"小二黑因为这事，好几个月见了人躲着走，从此就和他娘商量成一气，再不信他爹的鬼八卦。

小二黑跟小芹相好已经二三年了。那时候他才十六七，原不过在冬天夜长时候，跟着些闲人到三仙姑那里凑热闹，后来跟小芹混熟了，好像是一天不见面也不能行。后庄上也有人愿意给小二黑跟小芹做媒人，二诸葛不愿意，不愿意的理由有三：第一小二黑是金命，小芹是火命，恐怕火克金；第二小芹生在十月，是个犯月；第三是三仙姑的名声不好。恰巧在这时候彰德府来了一伙难民，其中有个老李带来个八九岁的小姑娘，因为没有吃的，愿意把姑娘送给人家逃个活命。二诸葛说是个便宜，先问了一下生辰八字，掐算了半天说："千里姻缘使线牵"，就替小二黑收作童养媳。

虽然二诸葛说是千合适万合适，小二黑却不认账。父子俩吵了几天，二诸葛非养不行，小二黑说："你愿意养你就养着，反正我不要！"结果虽把小姑娘留下了，却到底没有说清楚算什么关系。

六、斗争会

金旺自从碰了小芹的钉子以后，每日怀恨，总想设法报一报仇。有一次武委会训练村干部，恰巧小二黑发疟疾没有去。训练完毕之后，金旺就向兴旺说："小二黑是装病，其实是被小芹勾引住了，可以斗争他一顿。"兴旺就是武委会主任，从前也碰过小芹一回钉子，自然十分赞成金旺的意见，并且又叫金旺回去和自己的老婆说一下，发动妇救会也斗争小芹一番。金旺老婆现任妇救会主席，因为金旺好到小芹那里去，早就恨得小芹了不得。现在金旺回去跟她说要斗争小芹，这才是巴不得的机会，丢下活计，马上就去布置，第二天，村里开了两个斗争会，一个是武委会斗争小二黑，一个是妇救会斗争小芹。

小二黑自己没有错，当然不承认，嘴硬到底，兴旺就下命令，把他捆起来送交政权机关处理。幸而村长脑筋清楚，劝兴旺说："小二黑发疟疾是真的，不是装病，至于跟别人恋爱，不是犯法的事，不能捆人家。"兴旺说："他已是有了女人的。"村长说："村里谁不知道小二黑不承认他的童养媳。人家不承认是对的；男不过十六女不过十五，不到订婚年龄。十来岁小姑娘，长大也不会来认这笔账。小二黑满有资格跟别人恋爱，谁也不能干涉。"兴旺没话说了，小二黑反要问他："无故捆人犯法不犯？"经村长双方劝解，才算放了完事。

兴旺还没有离村公所，小芹拉着妇救会主席也来找村长，她一进门就说："村长！捉贼要赃，捉奸要双，当了妇救会主席就不说理了？"兴旺见拉着金旺的老婆，生怕说出这事与自己有关，赶紧溜走。后来村长问了问情由，费了好大一会唇舌，才给她们调解开。

七、三仙姑许亲

两个斗争会开过以后，事情包也包不住了，小二黑也知道这事是合理合法的了，索性就跟小芹公开商量起来。

三仙姑却着了急。她跟小芹虽是母女，近几年来却不对劲。三仙姑爱的是青年们，青年们爱的是小芹。小二黑这个孩子，在三仙姑看来好像鲜果，可惜多一个小芹，就没了自己的份儿。她本想早给小芹找个婆家推出门去，可是因为自己声名不正，差不多都不愿意跟她结亲。开罢斗争会以后，风言风语都说小二黑要跟小芹自由结婚，她想要真是那样的话，以后想跟小二黑说句笑话都不能了，那是多么可惜的事，因此托东家求西家要给小芹找婆家。

"插起招军旗，就有吃粮人。"有个吴先生是在阎锡山部下当过旅长的退职军官，家里很富，才死了老婆。他在奶奶庙大会上见过小芹一面，愿意续她，媒人向三仙姑一说，三仙姑当然愿意。不几天过了礼帖，就算定了，三仙姑以为了却一宗心事。

小芹已经和小二黑商量得差不多了，如何肯听她娘的话！过礼那一天，小芹跟她娘闹起来，把吴先生送来的首饰绸缎扔下一地。媒人走后，小芹跟她娘说："我不管！谁收了人家的东西谁跟人家去！"

三仙姑愁住了，睡了半天，晚饭以后，说是神上了身，打了两个呵欠就唱起来。她起先责备于福管不了家，后来说小芹跟吴先生是前世姻缘，还唱些什么"前世姻缘由天定，不顺天意活不成……"于福跪在地下哀求，神非教他马上打小芹一顿不可。小芹听了这话，知道跟这个装神弄鬼的娘说不出什么道理来，干脆躲了出去，让她娘一个人胡说。

小芹一个人悄悄跑到前庄上去找小二黑，恰在路上碰上小二黑去找她，两个就悄悄拉着手到一个大窑里去商量对付三仙姑的法子。

八、拿双

小芹把她娘怎样主婚怎样装神，唱些什么，从头至尾细细向小二黑说了一遍，小二黑说："不用理她！我打听过区上的同志，人家说只要男女本人愿意，就能到区上登记，别人谁也做不了主……"说到这里，听见外边有脚步声，小二黑伸出头来一看，黑影里站着四五个人，有一个说："拿双拿双！"他两人都听出是金旺的声音，小二黑起了火，大叫道："拿？没有犯了法！"兴旺也来了，下命令道："捉住捉住！我就看你犯法不犯法，给你操了好几天心了！"小二黑说："你说去哪里咱就去哪里，到边区政府你也不能把谁怎么样！走！"兴旺说："走？便宜了你！把他捆起来！"小二黑挣扎了一会，无奈没有他们人多，终于被他们七手八脚打了一顿捆起来了。兴旺说："里边还有个女的，也捆起来！捉奸要双，这是她自己说的！"说着就把小芹也捆起来了。

前庄上的人都还没有睡，听见有人吵架，有些人就跑出来看，麻秆火把下看见捆着的两个人，大家不问就知道了八九分。二诸葛也出来了，见小二黑被人家捆起来，就跪在兴旺面前哀求道："兴旺！咱两家没有什么仇！看在我老汉面上，请你们诸位高高手……"兴旺说："这事情，我们管不了，送给上级再说吧！"小二黑说："爹！你不用管！送到哪里也不犯法！我不怕他！"兴旺说："好小子！要硬你就硬到底！"又逼住三个民兵说："带他们走！"一个民兵问："带到村公所？"兴旺说："还到村公所干什么？上一回不是村长放了的？送给区武委会主任按军法处理！"说着就把他两个人拥上走了。

九、二诸葛的神课

邻居们见是兴旺弟兄们捆人，也没有人敢给小二黑讲情，直等到他们走后，才把二诸葛招呼回家。

二诸葛连连摇头说："唉！我知道这几天要出事啦：前天早上我上地去，才上到岭上，碰上个骑驴媳妇，穿了一身孝，我就知道坏了。我今年是罗喉星照运，要谨防带孝的冲了运气，因此哪里也不敢去，谁知躲也躲不过？昨天晚上二黑他娘梦见庙里唱戏。今天早上一个老鸦落在东房上叫了十几声……唉！反正是时运，躲也躲不过。"他啰里啰嗦念了一大堆，邻居们听了有些厌烦，又给他说了一会宽心话，就都散了。

有事人哪里睡得着？人散了之后，二诸葛家里除了童养媳之外，三个人谁也没有睡。二诸葛摸了摸脸，取出三个制钱占了一卦，占出之后吓得他面色如土。他说："了不得呀了不得！丑土的父母动出午火的官鬼，火旺于夏，恐怕有些危险了。唉！人家把他选成青年队长，我就说过不叫他当，小杂种硬要充人物头！人家说要按军法处理，要不当队长哪里犯得了军法？"老婆也拍手跺脚道："小参呀！谁知道你要闯这么大的事啦？"大黑劝道："不怕！事已经出下了，由他去吧！我想这又不是人命事，也犯不了什么大罪！既然他们送到区上了，我先到区上打听打听！你们都睡吧！"说着点了个灯笼就走了。

二诸葛打发大黑去后，仍然低头细细研究方才占的那一卦。停了一会，远远听着有个女人哭，越哭越近，不大一会就来到窗下，一推门就进来了。

二诸葛还没有看清是谁，这女人就一把把他拉住，带哭带闹说："刘修德！还我闺女！你的孩子把我的闺女勾引到哪里了？还我……"二诸葛老婆正气得死去活来，一看见来的是三仙姑，正赶上出气，从炕上跳下来拉住她道："你来了好！省得我去找你！你母女两个好生生把我个孩子勾引坏，你倒有脸来找我！咱两人就也到区上说说理！"两个女人滚成一团，二诸葛一个人拉也拉不开，也再顾不上研究他的卦。三仙姑见二诸葛老婆已经不顾了命，自己先胆怯了几分，不敢恋战，吵闹了一会挣脱出来就走了。二诸葛老婆追出门来，被二诸葛拦回去，还骂个不休。

十、恩典恩典

二诸葛一夜没有睡，一遍一遍念："大黑怎么还不回来，大黑怎么还不回来。"第二天天不明就起程往区上走，走到半路，远远看见大黑、三个民兵都已回来了，还来了区上一个助理员，一个交通员。他远远就喊叫道："大黑！怎么样？要紧不要紧？"大黑说："没有事！不怕！"说着就走到跟前，助理员跟三个民兵先走了。大黑告交通员说："这就是我爹！"又向二诸葛说："区上添传你跟于福老婆。你去吧，没有事！二黑跟小芹两个人，一到区上就放开了。区上早就听说兴旺跟金旺两个人不是东西，已经把他两个人押起来了，还派助理员到咱村开大会调查他们横行霸道的证据。我赶到那里人家就问罢了，听说区上还许咱二黑跟小芹结婚。"二诸葛说："不犯罪就好，结婚可不行，命相不对！你没有听说添传我做什么？"大黑说："不知道，大约也没有什么大事。你去吧，我先回去告我娘说。"交通员说："老汉！这就算见了你了！你去吧，我再传那一个去！"说了就跟大黑相跟着走了。

二诸葛到了区上，看见小二黑跟小芹坐在一条板凳上，他就指着小二黑骂道："闯祸东西！放了你你还不快回去？你把老子吓死了！不要脸！"区长道："干什么？区公所是骂人的地方？"二诸葛不说话了。区长问："你就是刘修德？"二诸葛答："是！"问："你给刘二黑收了个童养媳？"答："是！"问："今年几岁了？"答："属猴的，十二岁了。"区长说："女不过十五岁不能订婚，把人家退回娘家去，刘二黑已经跟于小芹订婚了！"二诸葛说："她只有个爹，也不知逃难逃到哪里去了，退也没处退。女不过十五不能订婚，那不过是官家规定，其实乡间七八岁订婚的多着哩。请区长恩典恩典就过去了……"区长说："凡是不合法的订婚，只要有一方面不愿意都得退！"二诸葛说："我这是两家情愿！"区长问小二黑道："刘二黑！你愿意不愿意！"小二黑说："不愿意！"二诸葛的脾气又上来了，瞪了小二黑一眼道："由你啦？"区长道："给他订婚不由他，难道由你啦？老汉！如今是婚姻自主，由不得你了，你家养的那个小姑娘，要真是没有娘家，就算成你的闺女好了。"二诸葛道："那也可以，不过还得请区长恩典恩典，不能叫他跟于福这闺女订婚!"区长说:"这你就管不着了!"二诸葛发急道:"千万请区长恩典恩典,命相不对,这是一辈子的事!"又向小二黑道: "二黑!你不要糊涂了!这是你一辈子的事!"区长道:"老汉!你不要糊涂了!强逼着你十九岁的孩子娶上个十二岁的小姑娘,恐怕要生一辈子气!我不过是劝一劝你,其实只要人家两个人愿意,你愿意不愿意都不相干。回去吧!童养媳没处退就算成你的闺女!"二诸葛还要请区长"恩典恩典",一个交通员把他推出来了。

十一、看看仙姑

三仙姑去寻二诸葛,一来为的是逞逞闹气的本领,二来为的是遮遮外人的耳目,其实小芹吃一吃亏她很高兴,所以跟二诸葛老婆闹了一阵之后,回去就睡了。第二天早上,她起得很迟,于福虽比她着急,可是自己既没有主意,又不敢叫醒她,只好自己先去做饭,饭快成的时候,三仙姑慢慢起来梳妆,于福问她道:"不去打听打听小芹?"她说:"打听她做甚啦?她的本领多大啦?"于福也再没有敢说什么,把饭菜做成了放在炉边等,直等到她梳妆罢了才开饭。

饭还没有吃罢,区上的交通员来传她。她好像很得意,嗓子拉得长长的说:"闺女大了咱管不了,就去请区长替咱管教管教!"她吃完了饭,换上新衣服、新手帕、绣花鞋、镶边裤,又搽了一次粉,加了几件首饰,然后叫于福给她备上驴,她骑上,于福给她赶上,往区上去。

到了区上。交通员把她引到区长房子里,她爬下就磕头,连声叫道:"区长老爷,你可要给我作主!"区长正伏在桌上写字,见她低着头跪在地下,头上戴了满头银首饰,还以为是前两天跟婆婆生了气的那个年轻媳妇,便说道:"你婆婆不是有保人吗?为什么不找保人?"三仙姑莫名其妙,抬头看了看区长的脸。区长见是个擦着粉的老太婆,才知道是认错人了。交通员道:"认错人了!这就是于小芹的娘!"区长又打量了她一眼道:"你就是小芹的娘呀?起来!不要装神做鬼!我什么都清楚!起来!"三仙姑站起来了。

区长问:"你今年多大岁数?"三仙姑说:"四十五。"区长说:"你自己看看你打扮得像个人不像?"门边站着老乡一个十来岁的小闺女嘻嘻嘻嘻笑了。交通员说:"到外边耍!"小闺女跑了。区长问:"你会下神是不是?"

三仙姑不敢答话。区长问:"你给你闺女找了个婆家?"三仙姑答:"找下了!"问:"使了多少钱?"答:"三千五!"问:"还有些什么?"答:"有些首饰布匹!"问:"跟你闺女商量过没有?"答:"没有!"问:"你闺女愿意不愿意?"答:"不知道!"区长道:"我给你叫出来你亲自问问她!"又向交通员道:"去叫于小芹!"

刚才跑出去那个小闺女,跑到外边一宣传,说有个打官司的老婆,四十五了,擦着粉，穿着花鞋。邻近的女人们都跑来看，挤了半院，唧唧哝哝说："看看！四十五了！""看那裤腿！""看那鞋！"三仙姑半辈没有脸红过，偏这会撑不住气了，一道道热汗在脸上流。交通员领着小芹来了，故意说："看什么？人家也是个人吧，没有见过？闪开路！"一伙女人们哈哈大笑。

把小芹叫来，区长说："你问问你闺女愿意不愿意！"三仙姑只听见院里人说"四十五""穿花鞋"，羞得只顾擦汗，再也开不得口。院里的人们忽然又转了话头，都说"那是人家的闺女""闺女不如娘会打扮"，也有人说"听说还会下神"，偏又有个知道底细的断断续续讲"米烂了"的故事，这时三仙姑恨不得一头碰死。

区长说："你不问我替你问！于小芹，你娘给你找的婆家你愿意跟人家结婚不愿意？"小芹说："不愿意！我知道人家是谁？"区长向三仙姑道："你听见了吧？"又给她讲了一会婚姻自主的法令，说小芹跟小二黑订婚完全合法，还吩咐她把吴家送来的钱和东西原封退了，让小芹跟小二黑结婚。

她羞愧之下，一一答应了下来。

十二、怎么到底

三个民兵回到刘家峧，一说区上把兴旺金旺二人押起来，又派助理员来调查他们的罪恶，真是人人拍手称快。午饭后，庙里开一个群众大会，村长报告了开会宗旨，就请大家举他两个人的作恶事实。起先大家还怕扳不倒人家，人家再返回来报仇，老大一会没有人说话，有几个胆子太小的人，还悄悄劝大家说："忍事者安然。"有个被他两人作践垮了的年轻人说："我从前没有忍过？越忍越不得安然！你们不说我说！"他先从金旺领着土匪到他家绑票说起，一连说了四五款，才说道："我歇歇再说，先让别人也说几款！"

他一说开了头，许多受过害的人也都抢着说起来：有给他们花过钱的，有被他们逼着上过吊的，也有产业被他们霸了的，老婆被他们奸淫过的。他两人还派上民兵给他们自己割柴，拨上民夫给他们自己锄地；浮收粮，私派款，强迫民兵捆人……你一宗他一宗；从晌午说到太阳落，一共说了五六十款。

区上根据这些罪状把他两人送到县里，县里把罪状一一证实之后，除叫他们赔偿大家损失外，又判了十五年徒刑。

经过这次大会之后，村里人也都敢出头了。不久，村干部又都经过大改选，村里人再也不敢乱投坏人的票了。这其间，金旺老婆自然也落了选。偏她还变了口吻，说："以后我也要进步了。"

两个神仙也有了变化：三仙姑那天在区上被一伙妇女围住看了半天，实在觉着不好意思，回去对着镜子研究了一下，真有点打扮得不像话；又想到自己的女儿快要跟人结婚，自己还卖什么老俏？这才下了决心，把自己的打扮从顶到底换了一遍，弄得像个当长辈人的样子，把三十年来装神弄鬼的那张香案也悄悄拆去。

二诸葛那天从区上回去，又向老婆提起二黑跟小芹的命相不对，他老婆道："把你的鬼八卦收起吧！你不是说二黑这回了不得吗？你一辈子放个屁也要卜一课，究竟抵了些什么事？我看小芹满不错，能跟咱二黑过就很好！什么命相对不对？你就不记得'不宜栽种'？"二诸葛见老婆都不信自己的阴阳，也就不好意思再到别人跟前卖弄他那一套了。

小芹和小二黑各回各家，见老人们的脾气都有些改变，托邻居们趁势和说和说，两位神仙也就顺水推舟同意他们结婚，后来两家都准备了一下，就过门。过门之后，小两口都十分得意，邻居们都说是村里第一对好夫妻。

夫妻们在自己卧房里有时候免不了说玩话：小二黑好学三仙姑下神时候唱"前世姻缘由天定"，小芹好学二诸葛说"区长恩典，命相不对"。淘气的小孩子们去听窗，学会了这两句话，就给两位神仙加了新外号：三仙姑叫"前世姻缘"，二诸葛叫"命相不对"。

一九四三年五月写于太行

【作家简介】

赵树理（1906—1970），山西沁水人。著名作家。他从小喜爱民间曲艺、戏剧和民间乐器，深受民间文艺的熏陶。著有中篇小说《李有才板话》、长篇小说《李家庄的变迁》等。

【文本赏析】

《小二黑结婚》是赵树理的成名作，也是展现作者风格的代表作之一。出版时，彭德怀曾亲笔题词："像这种从群众调查研究中写出来的通俗故事，还不多见。"作品写的是一对青年男女冲破封建传统争取婚姻自主的故事。小二黑和小芹的自由恋爱，受到了有浓厚封建落后思想的"二诸葛""三仙姑"的极力反对，并为窃据了村政权的恶霸金旺、兴旺兄弟所忌恨，遭到诬陷和迫害。面对种种阻力，小二黑和小芹进行了坚决、勇敢的抗争，最后在区民主政府的支持下，斗倒了恶霸，教育了两个家长，取得了婚姻自主的胜利。小说抨击了农村中的封建残余势力，批判了人民群众中的封建思想，歌颂了新的人物、新的时代风尚。它表明，在解放区不仅政治和经济领域有了变革，而且在爱情、婚姻、家庭和道德领域也发生了天翻地覆的变化。小说在民族化、群众化方面也取得了突出的成就。赵树理汲取中国传统说唱艺术和古典小说的长处，使作品情节连贯，故事性很强。在故事情节的开展中运用白描手法和细节描写，刻画了三组各具特色的人物，其中两位"神仙"的塑造尤为成功，达到惟妙惟肖、呼之欲出的地步。作品语言朴实生动、幽默风趣，表现力很强，真正做到了语言的大众化。作品以崭新的思想内容和群众喜闻乐见的民族形式，把中国现代小说的发展提高到一个新的阶段。周扬说："中国作家中真正熟悉农民、熟悉农村的，没有一个能超过赵树理。"赵树理是在毛泽东的《在延安文艺座谈会上的讲话》发表后我国文坛上最有成就的作家之一，是一位把自己全部创作都呈现给农民群众的优秀"人民艺术家"。

【课程思政】

农村青年男女追求自由结合的新式婚姻，反对父母的包办婚姻和封建迷信思想，体现了时代的发展和社会的进步。

【作家的话】

新文学其实应叫作文坛文学或是交换文学，我不想上文坛，不想做文坛文学家。我只想上"文摊"，写些小本子夹在卖小唱本的摊子里去赶庙会，三两个铜板可以买一本，这样一步一步地去夺取那些封建小唱本的阵地。做这样一个文摊文学家，就是我的志愿。

——李普《赵树理印象记》（黄修己《赵树理研究资料》，北岳文艺出版社，1985年版）

【延伸阅读】

《李有才板话》《李家庄的变迁》《"锻炼锻炼"》

【拓展与思考】

1.赵树理为什么称自己的志愿是成为一个"文摊文学家"？

2.以赵树理为代表的"山药蛋派"小说创作有什么特点？

第三章　爱与美的追寻

【导语】

　　"五四"文学值得我们珍视和挖掘的文化内涵之一便是它对于博爱和永恒的美的价值追求，简单说来就是关于"爱"和"美"的执着而热烈的拥抱。关于"爱"和"美"的文学观与当时的问题小说、作家的社会问题意识紧密联系在一起，而那些"问题"会随着时代的变迁而淡化或早已不成为问题，但"爱"和"美"的价值诉求本身却越来越凸显出来，在当代文坛成为我们建构新的文学的亮丽背景和深厚资源。本章选取的冰心、徐志摩、戴望舒三位作家，用不同的文字表达他们对世界的善意与希望，抒发他们对诚与真、爱与美的赞美和歌颂，营造温馨感人的人世间。

第七讲　冰　心

【篇目】

笑

　　雨声渐渐的住了，窗帘后隐隐的透过清光来。推开窗户一看，呀！凉云散了，树叶上的残滴，映着月儿，好似荧光千点，闪闪烁烁的动着。——真没想到苦雨孤灯之后，会有这么一幅清美的图画！

　　凭窗站了一会儿，微微的觉得凉意侵人。转过身来，忽然眼花缭乱，屋子里的别的东西，都隐在光云里；一片幽辉，只浸着墙上画中的安琪儿。——这白衣的安琪儿，抱着花儿，扬着翅儿，向着我微微的笑。

　　"这笑容仿佛在哪儿看见过似的，什么时候，我曾……"我不知不觉的便坐在窗口下想，——默默的想。

严闭的心幕，慢慢的拉开了，涌出五年前的一个印象，——一条很长的古道。驴脚下的泥，兀自滑滑的。田沟里的水，潺潺的流着。近村的绿树，都笼在湿烟里，弓儿似的新月，挂在树梢。一边走着，似乎道旁有一个孩子，抱着一堆灿白的东西。驴儿过去了，无意中回头一看。——他抱着花儿，赤着脚儿，向着我微微的笑。

"这笑容又仿佛是哪儿看见过似的！"我仍是想——默默的想。

又现出一重心幕来，也慢慢的拉开了，涌出十年前的一个印象。——茅檐下的雨水，一滴一滴的落到衣上来。土阶边的水泡儿，泛来泛去的乱转。

门前的麦垄和葡萄架子都濯得新黄嫩绿的非常鲜丽。——一会儿，好容易雨晴了，连忙走下坡儿去。迎头看见月儿从海面上来了，猛然记得有件东西忘下了，站住了，回过头来。这茅屋里的老妇人——她倚着门儿，抱着花儿，向着我微微的笑。

这同样微妙的神情，好似游丝一般，飘飘漾漾的合了拢来，绾在一起。

这时心下光明澄静，如登仙界，如归故乡。眼前浮现的三个笑容，一时融化在爱的调和里看不分明了。

【作家简介】

冰心（1900—1999），原名谢婉莹，福建长乐人，中国民主促进会成员。著名诗人、现代作家、翻译家、儿童文学家、社会活动家、散文家。早期作品在文学研究会"为人生"的旗帜下多关注婚姻家庭、个性解放等问题，是五四"问题小说"的代表作家之一，同期发表引起文坛反响的小诗《繁星》《春水》，由此推动了新诗初期"小诗体"写作的潮流。

【文本赏析】

《笑》是现代作家冰心创作的一篇散文，最初发表于1921年1月10日出版的《小说月报》第12卷第1期上，后收入小说散文集《超人》，是中国现代散文史上第一篇用白话写作的抒情散文。本篇散文以三个微笑（即安琪儿、孩童以及老妇人的微笑）为线索，为读者展现了一幅充满美、童心与母爱的美好画面。本篇散文有着精巧的艺术构思。作者将三个看似相同却又饱含不同情感的微笑巧妙呈现给读者。三个微笑彼此独立，第一个微笑是作者眼前之景，是雨后清美的月下图画，是充满爱意的西方使者，是作者对真善美的向往。第二个微笑是作者回忆之景，是雨后静谧的北方乡村，是天真无邪的孩童，是作者对童心未泯的赞扬。第三个微笑也是回忆之景，是雨后清新的南方海边，是慈祥温柔的妇人，是作者对母爱的歌颂。三个不同对象的微笑代表着不同的含义，即美、童真和母爱，深切渲染了"母爱、童真、自然"这一冰心文学创作永恒的主题。

这篇短文不施藻饰，不加雕琢，只是随意点染，勾画了三个画面：一个画中的小天使，一个路旁的孩子，一个茅屋里的老妇人，各自捧着一束花。没有一点声音，只有三幅画面。三束白花衬托着笑靥，真诚、纯净、自然。然而，万籁无声中，又分明隐约地听到一首婉转轻盈的抒情乐曲。小提琴声不绝如缕，低回倾诉，使人悠悠然于心旌神摇中不知不觉地随它步入一片宁谧澄静的天地，而且深深地陶醉了。待你定睛寻觅时，琴声戛然而止。曲终人不见，只有三张笑靥，三束白花，一片空灵。空灵中似乎飘浮着若远若近的笑声，那么轻柔，那么甜美，洋溢着纯真的爱。于是，你沉入无限遐思，眼前一片澄净，"如登仙界，如归故乡"。全文语言自然清丽，优美细腻，抒发冰心对"母爱、童真、自然"的赞美与歌颂。

【课程思政】

晚年的冰心曾说："我有一个信念，一个人只要热爱自己的祖国，就什么苦楚什么冤屈都受得了。""终于到了很倦乏很平静的老年，但我的一颗爱祖国、爱人民的心永远是坚如金石的。"正如冰心先生所倡导的："民族与民族、国家与国家之间，只有爱，只有互助，才能达到永久的安乐与和平。"这份超越国界的爱，也越来越成为全球化时代背景下国际友谊精神的核心。

【批评家的话】

冰心女士是一个散文作家，小说作家，不适宜于诗；《繁星》《春水》的体裁不值得仿效而流为时尚。

————梁实秋（张光茫《冰心梁实秋的友谊》，《中国国门时报》2016年12月9日）

有你在，灯亮着。一代代的青年读到冰心的书，懂得了爱：爱星星、爱大海、爱祖国，爱一切美好的事物。我希望年轻人都读一点冰心的书，都有一颗真诚的爱心。

————巴金（《"有了爱就有了一切"，纪念冰心诞辰120周年》，《文汇报》2020年10月5日）

【延伸阅读】

《超人》《冬儿姑娘》《繁星》《春水》《寄小读者》

【拓展与思考】

如何看待和评价冰心的"问题小说"与"爱的哲学"？

第八讲　徐志摩

【篇目】

雪花的快乐

假如我是一朵雪花，
翩翩的在半空里潇洒，
　　我一定认清我的方向——
　　　飞飏，飞飏，飞飏，——
这地面上有我的方向。

不去那冷寞的幽谷，
不去那凄清的山麓，
　　也不上荒街去惆怅——
　　　飞飏，飞飏，飞飏，——
你看，我有我的方向！

在半空里娟娟的飞舞，
认明了那清幽的住处，
　　等着她来花园里探望——
　　　飞飏，飞飏，飞飏，——
啊，她身上有朱砂梅的清香！

那时我凭藉我的身轻，
盈盈的，沾住了她的衣襟，
　　贴近她柔波似的心胸——
　　　消溶，消溶，消溶——
溶入了她柔波似的心胸！

1924年12月30日

【作家简介】

徐志摩（1897—1931），名章垿，初字槱森，后改字志摩，浙江海宁人，现代诗人、散文家。新月派代表诗人，新月诗社成员。在剑桥大学留学期间深受西方教育的熏陶及欧美浪漫主义和唯美派诗人的影响。代表作品有《再别康桥》《翡冷翠的一夜》等。

【文本赏析】

1924 年，徐志摩爱上了富有才情的陆小曼，同年底，写下了这首诗，诗人借雪花自喻，抒发他对爱与美的追求。此诗发表于 1925 年 1 月 17 日《现代评论》第 1 卷第 6 期。这首诗看似在写"雪花"，实则是写人，写人对爱情的忠贞。这首诗写于徐志摩诗歌创作的前期，此时的徐志摩，充满理想和浪漫精神，以"爱"、"自由"与"美"为自己的单纯信仰，乐观进取，积极向上。"雪花"正是诗人这一精神状态的体现。可以说诗中的"雪花"被诗人赋予了特殊的灵性和生命意义。有评论家认为，这种乐观自信的精神面貌是"五四"时代精神的反映。这是一朵自由的雪花，它"翩翩的在半空里潇洒"；这是一朵怀有自己理想的雪花，它"不去那冷寞的幽谷，不去那凄清的山麓，也不上荒街去惆怅"，"我有我的方向"。雪花在半空里飞飏就是为了找寻它心中的理想，终于在花园里找到了那个身上散发着朱砂梅的清香的"她"。沈从文对这首诗有这样的评价："这里是作者为爱所煎熬，略返凝静，所作的低诉。柔软的调子中交织着热烈，得到一种近于神奇的完美。使一个爱欲的幻想，容纳到柔和轻盈的节奏中，写成了这样优美的诗，是同时一般诗人所没有的。"（沈从文《论徐志摩的诗》）

作为一首典型的新格律诗，四节诗歌像优美的舞步缓缓向我们走来，每节字数相同，遵循一定的格律，每节的前两行押的是同一韵，而且有变化，后三行另换一韵，中间两行前面缩进一格，后面加破折号以表延长，整体错落有致，再加上反复出现的"飞飏，飞飏，飞飏"，赋予了视觉上的张力，极具画面感和动态美，让人仿佛置身于雪花的飞扬之中，沉浸在情感的回荡之间。读来抑扬顿挫，朗朗上口，很有节奏感。整首诗给人一种幽静典雅的美，让人感到积极乐观、明媚健康。

【课程思政】

"爱""自由""美"是徐志摩诗歌思想的三个关键词，为了追求自己的单纯信仰，诗人始终以乐观进取、积极向上的态度面对生活的磨砺，显示出飘逸、潇洒、灵动的艺术风格。

【批评家的话】

这是一首爱情诗，最能体现徐志摩潇洒、飘逸、自由的个性与风格。

——方铭《中国现代文学经典评析》（合肥工业大学出版社，2015年版）

在无人的黄昏，抑或晨鸣的树下，带着宁静与灵性，走进徐志摩，走进《雪花的快乐》，你会在幽雅跃动的文字中体味到别样的执着与美丽。

——董小玉、韩敏《中外诗歌名篇赏析》（西南师范大学出版社，2014年版）

【延伸阅读】

《为要寻一个明星》《我有一个恋爱》《再别康桥》

【附录一】

徐志摩追求林徽因，虽然没有得到林的允诺，但他仍然不顾家人和亲友的一致反对，坚决要求与张幼仪离婚。徐志摩认为，自己的所作所为不仅是为了追求林徽因，而且是为了追求理想的生活境界。他最敬重的老师梁启超得知这一消息，专门给他写信，劝他打消离婚的念头。其信主要内容如下：

其一，万不容以他人苦痛，易自己之快乐。弟之此举，其与弟将来之快乐能得与否，殆荡如捕风，然先已予多数人以无量之苦痛。其二，恋爱神圣为今之少年所乐道，兹事亦可遇而不可求。况多情多感之人，其幻想起落鹘突，而得满足得宁贴也极难，所想之神圣境界恐终不可得，徒以烦恼终生而已耳。

呜呼志摩！天下岂有圆满之宇宙！……吾侪当以不求圆满为生活态度，斯可以领略生活之妙味矣。……若沉迷于不可得之梦境，挫折数次，生意尽矣，忧悒僚以死，死为无名。死犹可矣，最可畏者，不死不生而堕落至不能自拔，呜呼志摩，无可惧耶！无可惧耶！

徐志摩在给梁启超的回信中坦陈自己就是要不畏"庸俗之嫉之"，反其道而行之：

我之甘冒世之不韪，竭全力以斗者，非特求免凶惨之苦痛，实求良心之安顿，求人格之确立，求灵魂之救度耳。人谁不求庸德？人谁不安现成？人谁不畏艰险？然且有突围而出此，夫岂得至而然哉？

我将于茫茫人海中访我惟一灵魂之伴侣，得之，我幸；不得，我命，如此而已。

【附录二】

别丢掉

别丢掉

这一把过往的热情，

现在流水似的，

轻轻

在幽冷的山泉底，

在黑夜，在松林，

叹息似的渺茫，

你仍要保存着那真！

一样是明月，

一样是隔山灯火，

满天的星，

只使人不见，

梦似的挂起，

你向黑夜要回

那一句话——你仍得相信

山谷中留着

有那回音！

（该诗写于徐志摩去世后的1932年，发表于1936年3月15日的《大公报·文艺副刊》，是林徽因为怀念徐志摩而写）

【拓展与思考】

这首诗以雪花自喻，表达了诗人怎样的思想感情？

第九讲　戴望舒

雨巷

撑着油纸伞，独自
彷徨在悠长，悠长
又寂寥的雨巷，
我希望逢着
一个丁香一样地
结着愁怨的姑娘。

她是有
丁香一样的颜色，
丁香一样的芬芳，
丁香一样的忧愁，
在雨中哀怨，
哀怨又彷徨；

她彷徨在这寂寥的雨巷，
撑着油纸伞
像我一样，
像我一样地
默默彳亍着，
冷漠，凄清，又惆怅。

她静默地走近
走近，又投出
太息一般的眼光，
她飘过

像梦一般地，
像梦一般地凄婉迷茫。

像梦中飘过
一枝丁香地，
我身旁飘过这女郎；
她静默地远了，远了。
到了颓圮的篱墙，
走尽这雨巷。

在雨的哀曲里，
消了她的颜色，
散了她的芬芳，
消散了，甚至她的
太息般的眼光，
她丁香般的惆怅。

撑着油纸伞，独自
彷徨在悠长，悠长
又寂寥的雨巷，
我希望飘过
一个丁香一样地
结着愁怨的姑娘。

写于1927年

【作家简介】

戴望舒(1905—1950)，浙江杭县（今杭州）人，中国现代著名诗人，是中国现代象征派诗歌的代表。因《雨巷》成为传诵一时的名作，被称为"雨巷诗人"。曾因宣传革命被捕。无论理论还是创作实践，都对中国新诗的发展产生过相当大的影响。他的诗歌创作以抗日战争爆发为界分为前后两个时期，前期表现个人的寂寞和感伤情绪，后期转向明朗、雄浑的现实主义格调，《我用残损的手掌》是其代表作。

【文本赏析】

《雨巷》是戴望舒1927年创作的一首现代诗。这首诗语言纯净，运用现代口语，音乐成分加强；诗的意境更富朦胧美，很好地体现了中国诗歌的意境美学，勾画了丁香一样结着愁怨的姑娘的象征形象。他受古典诗词的启发，在古诗词中，雨中丁香结是以真实的生活景物来寄托诗人的感情的。例如，"芭蕉不展丁香结，同向春风各自愁"（李商隐《代赠》）、"丁香空结雨中愁"（李璟《摊破浣溪沙》）。诗人吸收前人的经验，同时又有自己的创造。诗人用象征性的意象及意象群来营建抒情空间，传达内心情感，并且融会了中国古代诗歌，尤其是晚唐五代纤弱婉约诗词的艺术营养。不仅如此，这首诗在艺术上的成功之处还在于它的和谐的音律美。《雨巷》想象了一个如丁香一样结着愁怨的姑娘。由单纯的愁心借喻，变成了美好理想的化身，包含了诗人对美的追求和美好理想幻灭的痛苦。《雨巷》中的姑娘带有更多想象的成分，是真实和想象结合的产物。如果从《雨巷》所描绘的特定意象及其与诗人的人生际遇关系角度出发来解读，这一过程正是人生寻寻觅觅的隐喻，而诗中的"我"则是人生的求索者。

【课程思政】

戴望舒是一位爱国主义诗人，面对日本帝国主义的殖民侵略，他从书写个人理想与现实矛盾的消沉情境中走出，成为呼唤光明、自由、解放的现实主义诗人，先后写出了《元日祝福》《狱中题壁》《我用残损的手掌》等爱国主义诗歌。

【批评家的话】

戴望舒具有典型的江南诗人气质，为人诚挚敏感，感情细腻深沉，既对中国古典诗词艺术有着厚博的学养和深深的眷恋，也对西方现代诗歌特别是法国象征主义诗歌情有独钟。他善于利用古典诗词的意境来表现自己的情感，常把中国古典诗性美和法国象征主义诗歌创作手法结合起来，熔铸为具有现代意味的诗情。《雨巷》正是他熔铸古典诗词艺术和现代诗歌手法的代表作，"替新诗的音节开了一个新纪元"。

——南志刚《古典意境的现代性转换——戴望舒〈雨巷〉解析》（《语文建设》2005年第6期）

【延伸阅读】

《我的记忆》《望舒草》《灾难的岁月》《戴望舒诗文集》

【拓展与思考】

请分别从社会、爱情、人生层面来分析《雨巷》传达出的不确定的主题意蕴。

第四章 人性之光

【导语】

在中国现当代文学中，始终有一批作家自觉地关注人情与人性。通过他们笔下塑造的一个个富有个性与气质的人物形象，我们看到了他们那个时代的人性之光。无论是"拼着性命来写"《窦娥冤》、为百姓请命的关汉卿，还是在残酷战争中牺牲的通讯员小战士、刚过门三天的新媳妇，抑或是荸荠庵里的小和尚明海、村姑小英子，在他们身上都体现出崇高美好的人性之光。

第十讲 田 汉

【篇目】

关汉卿（节选）

主要人物：

关汉卿——元代大剧作家，又号已斋。

叶和甫——混在当时杂剧界的败类。

朱帘秀——元代大都擅演杂剧的名歌妓。

第八场

元至元十九年（1282年）三月末的大都狱中。

〔深夜，狱吏设案问供，狱卒狰狞分列，虽在暮春，气象严冷。

〔狱吏翻案件后，望望管牢房的禁子和禁婆。

狱　吏　这几天关汉卿还安静吗?

禁　子　还好。

狱　吏　谁来看过他?

禁　子　他的家人关忠。

狱　吏　就他吗?

禁　子　还有杨显之、梁进之等人，王实甫也托人送了些吃用的东西。还有一位刘大娘跟她女儿带东西来要见他，没有让她们见。

狱　吏　东西都给了关汉卿吗?

禁　子　照您吩咐的，都给了他。

狱　吏　以后，谁也不让见，也不许人送东西给他。（望禁婆）朱帘秀也一样，知道吗?

禁　子
禁　婆　知道了。

狱　吏　有谁来看过朱帘秀?

禁　婆　她的徒弟燕山秀也来过，何总管也托人送了些东西。

狱　吏　还有呢?

禁　婆　没有了。

狱　吏　从今天起多留点儿神!

禁　婆　是了。

狱　吏　那个赛帘秀呢? 还骂吗?

禁　婆　还骂，可是也安静些了。只是眼睛里还出血，给她医吗?

狱　吏　说不定上面要提她，不要死在咱们这里，找个大夫给她擦点儿药吧。有人来看她吗?

禁　婆　一个唱戏的丑耍俏几乎每隔两天就来看她一次。

狱　吏　唔，以后也不让看了。来，提关汉卿!

　　　　〔禁子下，不一时，闻铁链镣铐相击声。关汉卿上。

禁　子　跪下!

　　　　〔关汉卿昂然不跪，禁子拿棒要敲他的腿。

狱　吏　（制止）别难为他。（向关汉卿）关汉卿，你坐下吧。（向狱卒）给他一条小凳。

　　　　〔狱卒给凳，关汉卿坐下。

狱　吏　怎么样? 这些日子还好吗?

关汉卿　唔，日月照肝胆，霜雪添须眉，可还死不了。

狱　吏　是啊，真是不愿你死，你的文章我不懂，可是你的医道真高，我娘吃了你的药好多了。她是多年的风湿，真没有想到好得那么快，已经能拄着拐杖自己走道儿了。

关汉卿　走走有好处，老年人可也不能太累了。

狱　吏　是是，真是谢谢你。可是，关汉卿，你的案情越扯越大了。说老实的，恐怕很难救你，怎么办呢？

关汉卿　（诧异）"越扯越大"了？

狱　吏　对。大得够瞧的了。你认识一个叫王著的吗？

关汉卿　王著？

狱　吏　对。当益川千户的王著，记得吗？你跟他什么交情？

关汉卿　唔，记起来了，有这么个人，在玉仙楼演《窦娥冤》的时候，他到后台来看过我们。

狱　吏　他看了你们的戏，很受感动，对吗？

关汉卿　他那么说，他很兴奋，还在场子里喊过"与万民除害"。我们就见过他那一次，没有什么交情。

狱　吏　是啊，他后来就当真干起来了！祸闯得不小。你有一位老朋友叫叶和甫的吗？

关汉卿　唔，有那么一个人，不是什么老朋友。

狱　吏　他要来跟你谈谈。

关汉卿　我跟他没有什么可谈的。

狱　吏　谈谈吧，对你许有些好处。（向内）叶先生，请吧！

〔叶和甫从里面走出来，对关汉卿很关切的口气。

叶和甫　哎呀，老朋友，真想不到在这样的地方跟你见面。当初你不听我的话，我害怕总有这么一天，所以我说，《窦娥冤》最好别写，要写必定是祸多福少，现在怎么样？不幸而言中了吧。

关汉卿　（鄙夷地）你要跟我谈什么，快说吧。

叶和甫　瞧你，还这么急性子，不是应该熬炼得火气小一点儿吗？

关汉卿　（不耐）有话快说吧！

叶和甫　（跟狱吏耳语）

狱　吏　（对狱卒们）你们都走开。

〔狱卒们走开。

叶和甫　（低声）好，汉卿，先告诉你一个极可怕的消息，你那位朋友王著跟妖僧高和尚同谋，上个月初十晚上，在上都，把阿合马老大人和郝祯大人都给刺了!

关汉卿　唔，真的?

叶和甫　千真万确的，现在大元朝上上下下都为这事件发抖。你看这是国家多么大的不幸!

关汉卿　你还想告诉我什么呢?

叶和甫　我就是想告诉你，你不听我的劝告，闯出了多么大的乱子! 逆臣王著就因为看过你的戏才起意要杀阿合马老大人的!

关汉卿　(怒)怎见得呢?

叶和甫　许多人听见他在玉仙楼看《窦娥冤》的时候，喊过"为万民除害"，后来他在上都伏法的时候又喊:"我王著为万民除害"，而且你的戏里居然还有"把滥官污吏都杀坏"的词儿——

关汉卿　(按捺住怒火)你觉得"滥官污吏"应不应该杀呢?

叶和甫　这——"滥官污吏"当然应该杀。

关汉卿　我们应不应该"与万民除害"呢?

叶和甫　唔，当然应该。可是王著把刺杀阿合马老大人当作"与万民除害"就不对了。

关汉卿　杀阿合马是否与万民除害，天下自有公论。若说王著看了我的戏才起意要杀阿合马，那么高和尚没有看过我的戏，何以也要杀阿合马呢?

叶和甫　这——

关汉卿　我们写戏的离不开褒贬两个字。拿前朝的人说，我们褒岳飞，贬秦桧。看戏的人万一在什么时候激于义愤杀了像秦桧那样的人，能说是写戏的人教唆的吗?

叶和甫　汉卿，你这话何尝没有一些道理，可是于今正在风头上，皇上和大臣们怎么会听你的? 再说，我今晚来看你，倒也不是为了跟你争辩《窦娥冤》的后果如何，(又低声)我是奉了忽辛大人的面谕来跟你商量一件大事的。你的案情虽说是十分严重，可是只要你答应这件事，还是可以减等甚至释放你的。

关汉卿　我跟忽辛没有什么好商量的!

叶和甫　别这么火气大，老朋友，这事你也吃不了什么亏。反正王著已经死了，没有对证，只要你在大臣问你的时候，供出王著杀阿合马大人是想除去捍卫大元朝的忠臣，联合各地金汉愚民图谋不轨。只要你肯这样招供，不只你的案子可以减轻，忽辛大人为了酬劳你，还预备送你中统钞一百万。这不少哇，老朋友。

关汉卿 　（怒火难遏）你还有什么说的？

叶和甫 　没有别的了。今晚就为的跟你谈这件大事来的。

关汉卿 　你过来我跟你商量商量。

叶和甫 　你答应了吗？（过去）

关汉卿 　我答应了。（他重重的一记耳光，竟把叶和甫打倒在地下）

叶和甫 　汉卿，我好好跟你商量，你怎么动起粗来了？

关汉卿 　狗东西，你是有眼无珠，认错了人了。我关汉卿是有名的蒸不烂、煮不熟、捶不扁、炒不爆，响当当的铜豌豆，你想替忽辛那赃官来收买我？我们中间竟然出了你这样无耻的禽兽，我恨不能吃你的肉！

叶和甫 　（狰狞无耻的面目毕露）你不答应，好，那你等着死吧。

关汉卿 　死也不跟你这些无耻的禽兽说话了！狱官，让我回号子去。

狱　吏 　那么，（对叶和甫）叶先生，您回去吧！

　　　　〔叶和甫溜下。狱卒再集合。

狱　吏 　关汉卿，你对。你若真照他说的招供了，我们汉人又该倒霉了。姓叶的回去，必然报告忽辛，忽辛必然追你的案子。你是个好人，又承你医好我娘，只恨我官小力微，帮不到你别的忙，给你送个信儿吧：你也就是这一两天的事了。没有别的，有什么要料理的，或是有什么话要告诉人家的，只要没有什么大关碍，我都可以跟你效劳转达。想吃点什么吗？我也可以给你买些。

关汉卿 　（兴奋之后，定了定有些乱的心）谢谢你。我什么也不要吃，也没有什么要料理的。看你倒是挺疼你母亲的，这里有一封信，等我的事完了，请转给我母亲吧。千万别吓着她老人家，这也是像窦娥不愿走前街一样的心愿吧！

狱　吏 　（接信收起）好，我一定照你的意思送到，你可以放心。

关汉卿 　明天可以让关忠来一趟吗？

狱　吏 　对不起，办不到了。

关汉卿 　那也好。

狱　吏 　还有什么要对人家说的话吗？

关汉卿 　话很多，此时不知从哪里说起，也不知该对谁说。（忽然想起）能不能让我跟朱帘秀再见一面呢？

狱　吏 　这——也好吧。我可以担待一下。不过你跟她说有什么用呢？她的情形跟你一样。

关汉卿 　这也叫"涸渴之鱼，相濡以沫"吧。您能担待一下，就请费心。

狱　吏	（对禁婆）来！提朱帘秀。
禁　婆	是。

〔禁婆下去不久，领朱帘秀罪衣罪裙，铁锁锒铛地上来。

朱帘秀	（跪）给老爷叩头。
狱　吏	起来吧。关汉卿有话跟你谈。给你们半刻。（对禁子）谈完了送他们回号子。留心着点儿！（对狱卒）我们撤了吧。

〔他们下。场上只有关汉卿、朱帘秀两人。

朱帘秀	咱们总算又见面了，汉卿。
关汉卿	（沉重地）恐怕也就是这一面吧。
朱帘秀	（受感染地）是吗？
关汉卿	你还记得那位王千户吗？
朱帘秀	玉仙楼后台见过的那位王著？
关汉卿	就是他。
朱帘秀	我只跟他说过两句话，就觉得他是个爽快的人。可没想到他能做出这样感天动地的大事，他真不愧是我们《感天动地窦娥冤》的好看客啊。
关汉卿	你还说得这样带劲儿，他杀了阿合马你知道了？
朱帘秀	知道了。昨天来了个同号子的，是王千户住在大都的婶娘。她告诉我王千户临刑的时候还喊着说："我王著与万民除害，我现在死了，将来一定有人把我的事写上一笔的。"他真了不起！
关汉卿	是啊，就有人把这和我们的戏词儿"与一人分忧，万民除害"附会在一起，说我们教唆王著杀害朝廷大臣，所以我们的案情就加重了。
朱帘秀	可不是"与万民除害"吗？阿合马好狠的心，把我徒弟的眼睛都给挖了。
关汉卿	没想到王著给她报了仇，也给我们报了仇。我真想写他一笔，咳，可惜没有时候了。
朱帘秀	没有时候了？
关汉卿	刚才狱官给我送信来了。一两天之内我就完了，你只怕也跟我一样。他要我们趁早把该料理的事，该嘱咐人家的话告诉他，他可以给我们转达。你有什么要他转达的吗？还有，想吃些什么他也可以代买。（见她紧张）哎呀，四姐，你你你不害怕吗？
朱帘秀	（变色，但力自镇定）不害怕。
关汉卿	四姐，真是对不起，为了我的著作，竟然把你连累到这个地步。
朱帘秀	什么话？我不说过你敢写我就敢演吗？说这话的时候，我就打算有今天的。

关汉卿　可是哪知道这一天来得这么快。

朱帘秀　迟早反正一样。我从没有像这些日子这样活得有意思。我觉得我越来越跟大伙儿在一块了。不是吗？老百姓恨阿合马，我们也恨阿合马，而且敢于跟他们斗！王著替大伙儿除害，他死了，我们也站在王著这一边，跟坏人一直斗到死。窦娥不正是这样的女人吗，她至死也不向坏人低头。我喜欢这样的女人，我也愿像她一样的死去。瞧我还穿着窦娥的行头，跟窦娥一样的打扮，回头还要跟窦娥一样的倒下去。我一定也不会轻易倒下去的，汉卿，在倒下去以前我一定像窦娥一样的喊着，不，也许像王著一样的喊着："与万民除害呀！"你看行吗？我现在真不知道是在过日子，还是在台上。我要像在台上一样，对着成千上万的看的人一点也不胆怯。说真的，你刚才告诉我我们快要死的消息，我心里还有点乱。这会儿好多了，我会像窦娥那样坚强的，你放心。

关汉卿　你也放心，四姐。我姓关，现在虽算是大都人，我原籍却是蒲州解良，我也会像我祖宗那样英雄地死去。"玉可碎而不可改其白，竹可焚而不可毁其节"，这也正是我今天的心胸。

朱帘秀　咳，我最不能瞑目的是玉仙楼那天晚上，我托和卿设法让你连夜逃走，你怎么不走，反而第二天晚上来看戏呢？你那样爱看戏吗？

关汉卿　我怎么能走？我怎么能让你一个人承担那样重的担子？

朱帘秀　我有什么？大不了一个唱杂剧的歌妓，怎么能比得你？你是一代作者，你替我们杂剧开了一条路，歌台舞榭没有你的戏，人家就不高兴。你正应该替大伙儿多写些好东西，多替"有口难言"的百姓们说话，多替负屈衔冤的女子们伸冤，可是，可是于今你也跟我一样，就这么完了，那怎么行？叫他们杀了我吧，千万把你给留下……（她哭了）

关汉卿　四姐，谢谢你的好心。我们的死不就是为了替百姓们说话吗？人家说血写的文字比墨写的要贵重，也许，我们死了，我们的话说得更响亮。可是你不像我，我已经快五十的人了，你还年轻，功夫好，那么早就成了名角儿，你死了人家要埋怨我的。不是伯颜老太太那样疼你，还说要认你做干闺女吗？干吗不写封信给她，求求她，我想一定有好处的。信可以托何总管转去，准能收到，快点写吧。要不，我给你代笔也成。

朱帘秀　那么你呢？你也求求她吧。

关汉卿　我怎么能求她？

朱帘秀　那为什么我就应该求她呢？她还不是杀人不眨眼的伯颜丞相的老太太吗？她疼我无非我这个女戏子把她给逗乐了。她也不是真懂我们的戏的，她不

过让人家说她是多么慈悲，瞧戏都流眼泪。其实呢，伯颜丞相今天在这里
屠城，明天在那里杀降，她半点眼泪也没有流过。我就恨这样的女人，我
还去求她？死也不求她！

关汉卿　不求她那就得——

朱帘秀　就得死。跟关大爷这样的人一道死，我还有什么不足呢！我修不到跟你生
活在一块儿，就让我们俩死在一块儿吧，汉卿！（她紧握着关汉卿的手）

关汉卿　四姐，我觉得我们的心没有比这个时候靠得再紧的了。入狱的时候，我就
打算有今天。前天晚上，我写了一个曲子叫〔双飞蝶〕，想给你看看，他
们害怕，不给传递，我也没有勉强，现在我亲自交给你吧。要是你能唱唱
该多好。

朱帘秀　给我。（接过去）

关汉卿　写得很乱，你看得清楚吗？

朱帘秀　看得清楚。（她半朗诵，半歌唱地）

> 将碧血、写忠烈，
> 作厉鬼，除逆贼，
> 这血儿啊，化作黄河扬子浪千叠，
> 长与英雄共魂魄！
> 强似写佳人绣户描花叶；
> 学士锦袍趋殿阙；
> 浪子朱窗弄风月；
> 虽留得绮词丽语满江湖，
> 怎及得傲干奇枝斗霜雪？
> 念我汉卿啊，
> 读诗书，破万册，
> 写杂剧，过半百，
> 这些年风云改变山河色，
> 珠帘卷处人愁绝！
> 都只为一曲《窦娥冤》，
> 俺与她双沥苌弘血；
> 差胜那孤月自圆缺，
> 孤灯自明灭；
> 坐时节共对半窗云，
> 行时节相应一身铁；

备有这气比长虹壮,

哪有那泪似寒波咽!

提什么黄泉无店宿忠魂,

争说道青山有幸埋芳洁。

俺与你发不同青心同热;

生不同床死同穴;

待来年遍地杜鹃花,

看风前汉卿四姐双飞蝶。

相永好,不言别!(她十分感动)

哦,汉卿!(她拥抱关汉卿)

〔禁子、禁婆上。

禁　子　半刻完了。回去吧。(分开他们)

禁　婆　听你们说得怪可怜的,以后只怕没有见面的时候了。容你们一别吧。

朱帘秀　不。

关汉卿　我们不告别,我们永久在一起的。

禁　婆　那么回号子吧。

〔禁子牵着关汉卿,禁婆牵着朱帘秀,铁锁铮铛地各归狱室。

——暗　转

第十场

〔秋雨声。狱室

〔一个囚犯假山似的缩坐在狱室的一角。两狱卒押关汉卿脚镣手铐地走过来。开狱室门,关汉卿被推进来,倒在地上,镣铐铛然作响。门又锁上,狱卒走了。关汉卿慢慢爬起来,抚着自己的肢体。

关汉卿　(独白)哎哟!都不是我自己的了。可是,(恨极)这颗心总是我的,你摇不动,夺不去!(他疲劳极了,向假山似的另一囚犯那方靠去。)

〔另一囚犯"啊"的一声。

关汉卿　(一惊)怎么,你是人?

刘长生　(自嘲地)唔,暂时还是人?

关汉卿　(朦然中四望)就你一个?

刘长生　昨晚还是两个。

关汉卿　还一个呢?

刘长生　今天早晨拉出去给剐了。

关汉卿　（恨）哼，这真叫"动不动挖人眼，剔人骨，剥人皮"。你怎么知道的？

刘长生　他们说的。

关汉卿　你怎么进来的？

刘长生　因为我是汉人。

关汉卿　还有呢？

刘长生　他们抢我老婆，我不答应，他们反而打我，我还了手。

关汉卿　就这样？

刘长生　就这样。

关汉卿　对。你是好汉。就是应该还手！

刘长生　你呢？

关汉卿　他们说我不该"妄撰词曲，犯上恶言"，还有……

刘长生　你是关汉卿？

关汉卿　你怎么知道？

刘长生　于今戏曲家里头，除了关汉卿，敢于"犯上恶言"的没有几个。再说，你进这里来，全狱的人都知道了。还有一个朱帘秀？

关汉卿　对。

刘长生　你们好啊，敢替我们说话。可惜没有看到你的新戏，叫什么《窦——》？

关汉卿　叫《窦娥冤》。回头你看看吧。

刘长生　（苦笑）哼，下一辈子吧。（很关切和惋惜地）可你怎么也移到这个号子里来了呢？你不应该来的呀。

关汉卿　为什么？

刘长生　移到这个号子的人，没有能过第三天的。

关汉卿　你来了几天了？

刘长生　我是前天换到这儿来的。

关汉卿　哎呀，你叫什么名字？

刘长生　我叫刘长生。这名字到现在成了笑话了。

关汉卿　（严肃地）不，你是个敢于还手的人，你会不朽的！

刘长生　谢谢你。你的话叫我死了也高兴。

关汉卿　有什么事要我办的吗，我一定帮忙你。

刘长生　可你也是一两天的人了。

关汉卿　我能多活两天，就得做我能做的事。

刘长生　好，就麻烦你告诉大家，只要都敢于还手，好日子会来的。

关汉卿　你说得对。

　　　　〔狱吏、狱卒提灯来查狱室。

狱　吏　（点名）刘长生！

刘长生　有！

狱　吏　提堂。

刘长生　关汉卿，再见。

关汉卿　你先走一步吧。

　　　　〔刘长生出狱。

狱　吏　绑了！

　　　　〔狱卒来绑刘长生，被他一拳打翻了一个。但另几个上前终于把他捆住。

狱　吏　带下去。

　　　　〔狱卒们把刘长生押下去了。

狱　吏　（提灯照关）关汉卿！

关汉卿　（以充分的镇静）唔。在。

狱　吏　（出一条儿给关汉卿，低声）朱帘秀给你的。（他把狱门锁好，下去了）

关汉卿　（打开纸条，就微弱的灯光，念）

　　　　　　　"披铁索，

　　　　　　　听秋雨，

　　　　　　　梦中浑忘押床苦，

　　　　　　　梦酣犹作窦娥舞，

　　　　　　　梦回惊数谯楼鼓，

　　　　　　　虽然沥血在须臾，

　　　　　　　同把丹心照千古。

　　　　　　　——调寄寄生草，狱中示汉卿。"

　　　　四姐放心，我有勇气。

——暗　转

【作家简介】

田汉（1898—1968），原名寿昌，湖南长沙人。中国戏剧活动家、剧作家、诗人，中国现代戏剧的奠基人。20世纪20年代起著有《获虎之夜》《回春之曲》《丽人行》等话剧与电影剧本多部，并创作了由聂耳谱曲的《义勇军进行曲》。新中国成立后，田汉创作了《关汉卿》《文成公主》《谢瑶环》三部话剧历史剧，此外还改编了《白蛇传》

《西厢记》（均为京剧剧本）。

【文本赏析】

1958年，为纪念文化名人、中国元代著名戏剧家关汉卿，一部十一场话剧剧本《关汉卿》在《剧本》杂志上发表。这部剧本，以其鲜明、战斗的主题，感人泪下的故事，优美瑰丽的语言和个性鲜明的人物形象，立即震撼了当时的剧坛。很快，北京人民艺术剧院排演了《关汉卿》，吸引了成千上万的观众，演出获得了巨大的成功。人们普遍认为，这出戏是中国当代文学史上重要的剧作。这部剧本，就出自田汉的手笔。田汉站在新时代的背景下，采用"六经注我"的方式，塑造了自己心目中的关汉卿形象。"为民请命"是该剧的政治主题，"铜豌豆"精神则是该剧作的性格主题，这两个主题凝聚起来体现在《窦娥冤》的创作及其遭遇中，关汉卿的形象也是在围绕《窦娥冤》的创作、演出和修改的斗争中完成的。剧中朱帘秀也是不畏权贵、富有正义感的女性。戏中戏的手法，为此剧结构上的鲜明特色。"话剧加唱"的手法，是田汉所开创的"颇受观众欢迎"的话剧创作的"新风气"。

【课程思政】

同情弱小、憎恶黑暗、为民请命、不惜牺牲自己的"铜豌豆"精神是关汉卿的真实写照，正如剧中人物所说的"玉可碎而不可改其白，竹可焚而不可毁其节"，表现出知识分子崇高的人性光辉。

【作家的话】

就像人们称杜甫为"诗史"一样，人们也从关汉卿的作品看出元代的社会，尽管关汉卿不直接写元代的社会。明代韩邦奇（号苑洛，正德进士）就曾经把关汉卿和史家司马迁相比，这是很恰当的，关汉卿就是当时元代政治社会的一面好镜子。他以司马迁同样的抑郁磊落的情怀反映了当时的黑暗、污滥，也表现了被压迫的汉人南人在与黑暗滥污斗争中所表现的高贵品德。

——田汉《伟大的元代戏剧战士关汉卿》（《戏剧报》1958年第12期）

【延伸阅读】

《获虎之夜》《名优之死》《十三陵水库畅想曲》

【拓展与思考】

田汉被称为杰出的"戏剧诗人"，与同时代剧作家相比，他的戏剧独特性体现在哪些方面？

第十一讲　茹志鹃

【篇目】

百合花

一九四六年的中秋。

这天打海岸的部队决定晚上总攻。我们文工团创作室的几个同志，就由主攻团的团长分派到各个战斗连去帮助工作。大概因为我是个女同志吧，团长对我抓了半天后脑勺，最后才叫一个通讯员送我到前沿包扎所去。

包扎所就包扎所吧！反正不叫我进保险箱就行。我背上背包，跟通讯员走了。

早上下过一阵小雨，现在虽放了晴，路上还是滑得很，两边地里的秋庄稼，却给雨水冲洗得青翠水绿，珠烁晶莹。空气里也带着一股清鲜湿润的香味。要不是敌人的冷炮，在间歇地盲目地轰响着，我真以为我们是去赶集的呢！

通讯员撒开大步，一直走在我前面。一开始他就把我撩下几丈远。我的脚烂了，路又滑，怎么努力也赶不上他。我想喊他等等我，却又怕他笑我胆小害怕；不叫他，我又真怕一个人摸不到那个包扎所。我开始对这个通讯员生起气来。

嗳！说也怪，他背后好像长了眼睛似的，倒自动在路边站下了。但脸还是朝着前面，没看我一眼。等我紧走慢赶的快要走近他时，他又蹬蹬蹬的自个向前走了，一下又把我撩下几丈远。我实在没力气赶了，索性一个人在后面慢慢晃。不过这一次还好，他没让我撩得太远，但也不让我走近，总和我保持着丈把远的距离。我走快，他在前面大踏步向前；我走慢，他在前面就摇摇摆摆。奇怪的是，我从没见他回头看我一次，我不禁对这通讯员发生了兴趣。

刚才在团部我没注意看他，现在从背后看去，只看到他是高挑挑的个子，块头不大，但从他那副厚实实的肩膀看来，是个挺棒的小伙，他穿了一身洗淡了的黄军装，绑腿直打到膝盖上。肩上的步枪筒里，稀疏的插了几根树枝，这要说是伪装，倒不如算作装饰点缀。

没有赶上他，但双脚胀痛得像火烧似的。我向他提出了休息一会后，自己便在做田界的石头上坐了下来。他也在远远的一块石头上坐下，把枪横搁在腿上，背向着我，好像没我这个人似的。凭经验，我晓得这一定又因为我是个女同志的缘故。女同志下连队，就有这些困难。我着恼的带着一种反抗情绪走过去，面对着他坐下来。这时，我看见他那张十分年轻稚气的圆脸，顶多有十八岁。他见我挨他坐下，立即张惶起来，好像他身边埋下了一颗定时炸弹，局促不安，掉过脸去不好，不掉过去又不行，想站起来又不好意思。我拼命忍住笑，随便的问他是哪里人。他没回答，脸涨得像个关公，讷讷半响，才说清自己是天目山人。原来他还是我的同乡呢！

"在家时你干什么？"

"帮人拖毛竹。"

我朝他宽宽的两肩望了一下，立即在我眼前出现了一片绿雾似的竹海，海中间，一条窄窄的石级山道，盘旋而上。一个肩膀宽宽的小伙，肩上垫了一块老蓝布，扛了几枝青竹，竹梢长长的拖在他后面，刮打得石级哗哗作响。……这是我多么熟悉的故乡生活啊！我立刻对这位同乡，越加亲热起来。我又问：

"你多大了？"

"十九。"

"参加革命几年了？"

"一年。"

"你怎么参加革命的？"我问到这里自己觉得这不像是谈话，倒有些像审讯。不过我还是禁不住的要问。

"大军北撤时我自己跟来的。"

"家里还有什么人呢？"

"娘，爹，弟弟妹妹，还有一个姑姑也住在我家里。"

"你还没娶媳妇吧？"

"……"他飞红了脸，更加忸怩起来，两只手不停的数摸着腰皮带上的扣眼。半响他才低下了头，憨憨的笑了一下，摇了摇头。我还想问他有没有对象，但看到他这样子，只得把嘴里的话，又咽了下去。

两人闷坐了一会，他开始抬头看看天，又掉过来扫了我一眼，意思是在催我动身。

当我站起来要走的时候，我看见他摘了帽子，偷偷的在用毛巾拭汗。这是我的不是，人家走路都没出一滴汗，为了我跟他说话，却害他出了这一头大汗，这都怪我了。

我们到包扎所，已是下午两点钟了。这里离前沿有三里路，包扎所设在一个小学里，大小六个房子组成"品"字形，中间一块空地长了许多野草，显然，小学已有多时不开课了。我们到时屋里已有几个卫生员在弄着纱布棉花，满地上都是用砖头垫起来的门板，算作病床。

我们刚到不久，来了一个乡干部，他眼睛熬得通红，用一片硬拍纸插在额前的破毡帽下，低低的遮在眼睛前面挡光。他一肩背枪，一肩挂了一杆秤；左手挎了一篮鸡蛋，右手提了一口大锅，呼哧呼哧的走来。他一边放东西，一边对我们又抱歉又诉苦，一边还喘息的喝着水，同时还从怀里掏出一包饭团来嚼着。我只见他迅速的做着这一切。他说的什么我就没大听清。好像是说什么被子的事，要我们自己去借。我问清了卫生员，原来因为部队上的被子还没发下来，但伤员流了血，非常怕冷，所以就得向老百姓去借。哪怕有一二十条棉絮也好。我这时正愁工作插不上手，便自告奋勇讨了这件差事，怕来不及就顺便也请了我那位同乡，请他帮我动员几家再走。他踌躇了一下，便和我一起去了。

我们先到附近一个村子，进村后他向东，我往西，分头去动员。不一会，我已写了三张借条出去，借到两条棉絮，一条被子，手里抱得满满的，心里十分高兴，正准备送回去再来借时，看见通讯员从对面走来，两手还是空空的。

"怎么，没借到？"我觉得这里老百姓觉悟高，又很开通，怎么会没有借到呢？我有点惊奇的问。

"女同志，你去借吧……老百姓死封建……"

"哪一家？你带我去。"我估计一定是他说话不对，说崩了。借不到被子事小，得罪了老百姓影响可不好。我叫他带我去看看。但他执拗的低着头，像钉在地上似的，不肯挪步，我走近他，低声的把群众影响的话对他说了。他听了，果然就松松爽爽的带我走了。

我们走进老乡的院子里，只见堂屋里静静的，里面一间房门上，垂着一块蓝布红额的门帘，门框两边还贴着鲜红的对联。我们只得站在外面向里"大姐、大嫂"地喊，喊了几声，不见有人应，但响动是有了。一会，门帘一挑，露出一个年轻媳妇来。这媳妇长得很好看，高高的鼻梁，弯弯的眉，额前一溜蓬松松的刘海。穿的虽是粗布，倒都是新的。我看她头上已硬挠挠的挽了髻，便大嫂长大嫂短的向她道歉，说刚才这个同志来，说话不好别见怪等等。她听着，脸扭向里面，尽咬着嘴唇笑。我说完了，她也不作声，还是低头咬着嘴唇，好像忍了一肚子的笑料没笑完。这一来，我倒有些尴尬了，下面的话怎么说呢！我看通讯员站在一边，眼睛一眨不眨的看着我，好像在看连长做示范动作似的。我只好硬了头皮，讪讪的向她开口借被子了，接着还对她说了一遍共产党的部队，打仗是为了老百姓的道理。这一次，她不笑了，一边听着，一边不断向房里瞅着。我说完了，她看看我，看看通讯员，好像在掂量我刚才那些话的斤两。半晌，她转身进去抱被子了。

通讯员乘这机会，颇不服气的对我说道：

"我刚才也是说的这几句话，她就是不借，你看怪吧！……"

我赶忙白了他一眼，不叫他再说。可是来不及了，那个媳妇抱了被子，已经在房门口了。被子一拿出来，我方才明白她刚才为什么不肯借的道理了。这原来是一条里外全新的新花被子，被面是假洋缎的，枣红底，上面撒满白色百合花。她好像是在故意气通讯员，把被子朝我面前一送，说："抱去吧。"

我手里已捧满了被子，就一努嘴，叫通讯员来拿。没想到他竟扬起脸，装作没看见。我只好开口叫他，他这才绷了脸，垂着眼皮，上去接过被子，慌慌张张的转身就走。不想他一步还没走出去，就听见"嘶"的一声，衣服挂住了门钩，在肩膀处，挂下一片布来，口子撕得不小。那媳妇一面笑着，一面赶忙找针拿线，要给他缝上。通讯员却高低不肯，挟了被子就走。

刚走出门不远，就有人告诉我们，刚才那位年轻媳妇，是刚过门三天的新娘子，这条被子就是她唯一的嫁妆。我听了，心里便有些过意不去，通讯员也皱起了眉，默默的看着手里的被子。我想他听了这样的话一定会有同感吧！果然，他一边走，一边跟我嘟哝起来了：

"我们不了解情况，把人家结婚被子也借来了，多不合适呀……"

我忍不住想给他开个玩笑，便故作严肃的说：

"是呀！也许她为了这条被子，在做姑娘时，不知起早熬夜，多干了多少零活，才积起了做被子的钱，或许她曾为了这条花被，睡不着觉呢。可是还有人骂她死封建……"

他听到这里，突然站住脚，呆了一会，说：

"那！……那我们送回去吧！"

"已经借来了，再送回去，倒叫她多心。"我看他那副认真、为难的样子，又好笑，又觉得可爱。不知怎么的，我已从心底爱上了这个傻乎乎的小同乡。

他听我这么说，也似乎有理，考虑了一下，便下了决心似的说：

"好，算了。用了给她好好洗洗。"他决定以后，就把我抱着的被子，统统抓过去，左一条、右一条的披挂在自己肩上，大踏步的走了。

回到包扎所以后，我就让他回团部去。他精神顿时活泼起来了，向我敬了礼就跑了。走不几步，他又想起了什么，在自己挂包里掏了一阵，摸出两个馒头，朝我扬了扬，顺手放在路边石头上，说：

"给你开饭啦！"说完就脚不点地的走了。我走过去拿起那两个干硬的馒头，看见他背的枪筒里不知在什么时候又多了一枝野菊花，跟那些树枝一起，在他耳边抖抖的颤动着。

他已走远了，但还见他肩上撕挂下来的布片，在风里一飘一飘。我真后悔没给他缝上再走。现在，至少他要裸露一晚上的肩膀了。

包扎所的工作人员很少。乡干部动员了几个妇女，帮我们打水，烧锅，做些零碎活。那位新媳妇也来了，她还是那样，笑眯眯的抿着嘴，偶然从眼角上看我一眼，但她时不时地东张西望，好像在找什么。后来她到底问我说：

"那位同志弟到哪里去了？"我告诉她同志弟不是这里的，他现在到前沿去了。她不好意思的笑了一下说："刚才借被子，他可受我的气了！"说完又抿了嘴笑着，动手把借来的几十条被子、棉絮，整整齐齐的分铺在门板上、桌子上（两张课桌拼起来，就是一张床）。我看见她把自己那条白百合花的新被，铺在外面屋檐下的一块门板上。

天黑了，天边涌起一轮满月。我们的总攻还没发起。敌人照例是忌怕夜晚的，在地上烧起一堆堆的野火，又盲目的轰炸，照明弹也一个接一个的升起，好像在月亮下面点了无数盏的汽油灯，把地面的一切都赤裸裸的暴露出来了。在这样一个"白夜"里来攻击，有多困难，要付出多大的代价啊！我连那一轮皎洁的月亮，也憎恶起来了。

乡干部又来了，慰劳了我们几个家做的干菜月饼。原来今天是中秋节了。

啊！中秋节，在我的故乡，现在一定又是家家门前放一张竹茶几，上面供一副香烛，几碟瓜果月饼。孩子们急切的盼那炷香快些焚尽，好早些分摊给月亮娘娘享用过的东西，他们在茶几旁边跳着唱着："月亮堂堂，敲锣买糖……"或是唱着："月亮嬷嬷，照你照我……"我想到这里，又想起我那个小同乡，那个拖毛竹的小伙，也许，几年以前，他还唱过这些歌吧！……我咬了一口美味的家做月饼，想起那个小同乡大概现在正趴在工事里，也许在团指挥所，或者是在那些弯弯曲曲的交通沟里走着哩……

一会儿，我们的炮响了，天空划过几颗红色的信号弹，攻击开始了。不久，断断续续的有几个伤员下来，包扎所的空气立即紧张起来。

我拿着小本子，去登记他们的姓名、单位，轻伤的问问，重伤的就得拉开他们的符号，或是翻看他们的衣襟。我拉开一个重彩号的符号时，"通讯员"三个字使我突然打了个寒战，心跳起来。我定了下神才看到符号上写着×营的字样。啊！不是，我的同乡他是团部的通讯员。但我又莫名其妙的想问问谁，战地上会不会漏掉伤员。通讯员在战斗时，除了送信，还干什么——我不知道自己为什么要问这些没意思的问题。

战斗开始后的几十分钟里，一切顺利，伤员一次次带下来的消息，都是我们突破第一道鹿砦，第二道铁丝网，占领敌人前沿工事打进街了。但到这里，消息忽然停顿了，下来的伤员，只是简单的回答说："在打。"或是"在街上巷战。"但从他们满身泥泞，极度疲乏的神色上，甚至从那些似乎刚从泥里掘出来的担架上，大家明白，前面在进行着一场什么样的战斗。

包扎所的担架不够了，好几个重彩号不能及时送后方医院，耽搁下来。我不能解除他们任何痛苦，只得带着那些妇女，给他们拭脸洗手，能吃得的喂他们吃一点，带着背包的，就给他们换一件干净衣裳，有些还得解开他们的衣服，给他们拭洗身上的污泥血迹。

做这种工作，我当然没什么，可那些妇女又羞又怕，就是放不开手来，大家都要抢着去烧锅，特别是那新媳妇。我跟她说了半天，她才红了脸，同意了。不过只答应做我的下手。

前面的枪声，已响得稀落了。感觉上似乎天快亮了，其实还只是半夜。外边月亮很明，也比平日悬得高。前面又下来一个重伤员。屋里铺位都满了，我就把这位重伤员安排在屋檐下的那块门板上。担架员把伤员抬上门板，但还围在床边不肯走。一个上了年纪的担架员，大概把我当做医生了，一把抓住我的膀子说："大夫，你可无论如何要想办法治好这位同志呀！你治好他，我……我们全体担架队员给你挂匾！……"他说话的时候，我发现其他的几个担架员也都睁大了眼盯着我，似乎我点一点头，这伤员就立即会好了似的。我心想给他们解释一下，只见新媳妇端着水站在床前，短促的"啊"了一声。我急拨开他们上前一看，我看见了一张十分年轻稚气的圆脸，原来棕红的脸色，现已变得灰黄。他安详的合着眼，军装的肩头上，露着那个大洞，一片布还挂在那里。

"这都是为了我们……"那个担架员负罪的说道，"我们十多副担架挤在一个小巷子里，准备往前运动，这位同志走在我们后面，可谁知道狗日的反动派不知从哪个屋顶上撂下颗手榴弹来，手榴弹就在我们人缝里冒着烟乱转，这时这位同志叫我们快趴下，他自己就一下扑在那个东西上了……"

新媳妇又短促的"啊"了一声。我强忍着眼泪，给那些担架员说了些话，打发他们走了。我回转身看见新媳妇已轻轻移过一盏油灯，解开他的衣服，她刚才那种忸怩羞涩已经完全消失，只是庄严而虔诚的给他拭着身子，这位高大而又年轻的小通讯员无声地躺在那里。……我猛然醒悟的跳起身，磕磕绊绊的跑去找医生，等我和医生拿了针药赶来，新媳妇正侧着身子坐在他旁边。

她低着头，正一针一针的在缝他衣肩上那个破洞。医生听了听通讯员的心脏，默默的站起身说："不用打针了。"我过去一摸，果然手都冰冷了。新媳妇却像什么也没看见，什么也没听到，依然拿着针，细细地、密密的缝着那个破洞。我实在看不下去了，低声地说：

"不要缝了。"她却对我异样的瞟了一眼，低下头，还是一针一针的缝。我想拉开她，我想推开这沉重的氛围，我想看见他坐起来，看见他羞涩的笑。但我无意中碰到了身边一个什么东西，伸手一摸，是他给我开的饭，两个干硬的馒头。……

卫生员让人抬了一口棺材来，动手揭掉他身上的被子，要把他放进棺材去。新媳妇这时脸发白，劈手夺过被子，狠狠的瞪了他们一眼。自己动手把半条被子平展展的铺在棺材底，半条盖在他身上。卫生员为难地说："被子……是借老百姓的。"

"是我的——"她气汹汹的嚷了半句，就扭过脸去。在月光下，我看见她眼里晶莹发亮，我也看见那条枣红底色上洒满白色百合花的被子，这象征纯洁与感情的花，盖上了这位平常的、拖毛竹的青年人的脸。

一九五八年三月

【作家简介】

茹志鹃（1925—1998），浙江杭州人。中国当代著名女作家，王啸平的夫人、王安忆的母亲。她的创作以短篇小说见长。笔调清新、俊逸，情节单纯明快，细节丰富传神。她善于从较小的角度去反映时代本质。

【文本赏析】

茅盾说："我以为，小说的风格倘如暑天雷雨，淋漓尽致，读者抚掌称快，然而快于一时，没有回味。小说的风格倘近于静夜箫声，初读似觉平凡，再读则从平凡处显出不平凡了，三读以后则觉得深刻，我称这样的作品是耐咀嚼，有回味的。"《百合花》就是"静夜箫声"的佳作，它体现了茹志鹃的小说艺术风格。《百合花》取材于人民革命战争的斗争生活。作者以"我"去前沿包扎所帮助工作为情节线索，以借一条印有百合花图案的被子为中心事件，精心塑造了十九岁的团部通讯员和刚过门三天的新媳妇两个人物形象。茹志鹃在取材上往往从小处着眼，勾画出有意味的人物、生活侧影，善于细致深入地探索人物的思想情感与心理变化，在普遍追求宏大严肃风格的文学时代，她的创作是文坛上难得的一缕清新的风。《百合花》笔调清新俊逸、细腻委婉，构思精巧缜密，阐述了军民鱼水情的庄严革命主题。小说体现了战时特殊的性别文化及人伦关系探索。战争的到来，使得原先基于血缘、地域、宗族而建立起来的熟人社会格局被打破，促成了原本毫无瓜葛的"我"、通讯员与小媳妇这三者因为共同参加革命而结识，由此形成了带有鲜明革命特点的人际交往关系及情感模式。用茹志鹃的话来说，"我"对通讯员的感情是"一种比同志、同乡更为亲切的感情。但它又不是一见钟情的男女间的爱情。'我'带着手足之情，带着女同志特有的母性，来看待他，牵挂他"。而小媳妇对通讯员的感情则被理解为是兼具百姓/姐姐身份而赋予"同志弟"的"洁白无瑕的爱"，因此，当小媳妇将那床"象征纯洁与感情"的洒满百合花的新婚被子盖在牺牲者身上时，才具有隐喻性。

【课程思政】

这是一篇将政治主题和人性审美意蕴巧妙结合的佳作。小说描绘了战争背景下人物的内心世界和相互关系，还深刻探讨了生命的意义和价值，展现了作者对美好人性的追求和向往。"百合花"具有多重象征意蕴。首先，它反映了战争年代崇高纯洁的人际关系，通过小通讯员和新媳妇之间的故事，展现了人物之间的美好情感。其次，作品歌颂了人性美和人情美，赞美了小战士平凡而崇高的品格，以及军民之间的深厚情谊。最后，小说还表达了作者对战争的认识和生命的关怀，被视为一首人性美与人情美的赞歌。

【批评家的话】

（茹志鹃的作品）常常是生活激流中的一朵浪花，社会主义建设大合奏里的一支插曲……她就选取斗争中的一朵浪花、一支插曲而由小见大，在这类素材里施展她的创作能力。而这也就影响了作品的风采和调子。豪迈奔放、粗犷不羁的色彩很少，而委婉柔和、细腻而优美的抒情却成为她作品的基调。

——侯金镜《创作个性和艺术特色——读茹志鹃小说有感》（《文艺报》1961年第3期）

【延伸阅读】

《静静的产院》《关大妈》《春暖时节》

【拓展与思考】

有人说《百合花》读起来与其说像小说，不如说像抒情诗。对此，你怎样看？

第十二讲　汪曾祺

【篇目】

受戒

明海出家已经四年了。

他是十三岁来的。

这个地方的地名有点怪，叫庵赵庄。赵，是因为庄上大都姓赵。叫做庄，可是人家住得很分散，这里两三家，那里两三家。一出门，远远可以看到，走起来得走一会，因为没有大路，都是弯弯曲曲的田埂。庵，是因为有一个庵。庵叫菩提庵，可是大家叫讹了，叫成荸荠庵。连庵里的和尚也这样叫。"宝刹何处？"——"荸荠庵。"庵本来是住尼姑的。"和尚庙""尼姑庵"嘛。可是荸荠庵住的是和尚。也许因为荸荠庵不大，大者为庙，小者为庵。

明海在家叫小明子。他是从小就确定要出家的。他的家乡不叫"出家"，叫"当和尚"。他的家乡出和尚。就像有的地方出劁猪的，有的地方出织席子的，有的地方出箍桶的，有的地方出弹棉花的，有的地方出画匠，有的地方出婊子，他的家乡出和尚。人家弟兄多，就派一个出去当和尚。当和尚也要通过关系，也有帮。这地方的和尚有的走得很远。有到杭州灵隐寺的、上海静安寺的、镇江金山寺的、扬州天宁寺的。一般的就在本县的寺庙。明海家田少，老大、老二、老三，就足够种的了。他是老四。他七岁那年，他当和尚的舅舅回家，他爹、他娘就和舅舅商议，决定叫他当和尚。他当时在旁边，觉得这实在是在情在理，没有理由反对。当和尚有很多好处。一是可以吃现成饭。哪个庙里都是管饭的。二是可以攒钱。只要学会了放瑜伽焰口，拜梁皇忏，可以按例分到辛苦钱。积攒起来，将来还俗娶亲也可以；不想还俗，买几亩田也可以。当和尚也不容易，一要面如朗月，二要声如钟磬，三要聪明记性好。他舅舅给他相了相面，叫他前走几步，后走几步，又叫他喊了一声赶牛打场的号子："格当嘚——"说是"明子准能当个好和尚，我包了！"要当和尚，得下点本，——念几年书。哪有不认字的和尚呢！于是明子就开蒙入学，读了《三字经》、《百家姓》、《四言杂字》《幼学琼林》、"上论下论""上孟下孟"，每天还写一张仿。村里都夸他字写得好，很黑。

舅舅按照约定的日期又回了家，带了一件他自己穿的和尚领的短衫，叫明子娘改小一点，给明子穿上。明子穿了这件和尚短衫，下身还是在家穿的紫花裤子，赤脚穿了一双新布鞋，跟他爹、他娘磕了一个头，就随舅舅走了。

他上学时起了个学名，叫明海。舅舅说，不用改了。于是"明海"就从学名变成了法名。

过了一个湖。好大一个湖！穿过一个县城。县城真热闹：官盐店，税务局，肉铺里挂着成边的猪肉，一个驴子在磨芝麻，满街都是小磨香油的香味，布店，卖茉莉粉、梳头油的什么斋，卖绒花的，卖丝线的，打把式卖膏药的，吹糖人的，耍蛇的……他什么都想看看。舅舅一劲地推他："快走！快走！"

到了一个河边，有一只船在等着他们。船上有一个五十来岁的瘦长瘦长的大伯，船头蹲着一个跟明子差不多大的女孩子，在剥一个莲蓬吃。明子和舅舅坐到舱里，船就开了。

明子听见有人跟他说话，是那个女孩子。

"是你要到荸荠庵当和尚吗？"

明子点点头。

"当和尚要烧戒疤哎！你不怕？"

明子不知道怎么回答，就含含糊糊地摇了摇头。

"你叫什么？"

"明海。"

"在家的时候？"

"叫明子。"

"明子！我叫小英子！我们是邻居。我家挨着荸荠庵。——给你！"

小英子把吃剩的半个莲蓬扔给明海，小明子就剥开莲蓬壳，一颗一颗吃起来。

大伯一桨一桨地划着，只听见船桨拨水的声音：

"哗——许！哗——许！"

…………

荸荠庵的地势很好，在一片高地上。这一带就数这片地势高，当初建庵的人很会选地方。门前是一条河。门外是一片很大的打谷场。三面都是高大的柳树。山门里是一个穿堂。迎门供着弥勒佛。不知是哪一位名士撰写了一副对联：

大肚能容容天下难容之事

开颜一笑笑世间可笑之人

弥勒佛背后，是韦驮。过穿堂，是一个不小的天井，种着两棵白果树。天井两边各有三间厢房。走过天井，便是大殿，供着三世佛。佛像连龛才四尺来高。大殿东边是方丈，西边是库房。大殿东侧，有一个小小的六角门，白门绿字，刻着一副对联：

一花一世界

三藐三菩提

进门有一个狭长的天井，几块假山石，几盆花，有三间小房。

小和尚的日子清闲得很。一早起来，开山门，扫地。庵里的地铺的都是筲底方砖，好扫得很。给弥勒佛、韦驮烧一炷香，正殿的三世佛面前也烧一炷香，磕三个头，念三声"南无阿弥陀佛"，敲三声磬。这庵里的和尚不兴做什么早课、晚课，明子这三声磬就全都代替了。然后，挑水，喂猪。然后，等当家和尚，即明子的舅舅起来，教他念经。

教念经也跟教书一样，师父面前一本经，徒弟面前一本经，师父唱一句，徒弟跟着唱一句。是唱哎。舅舅一边唱，一边还用手在桌上拍板。一板一眼，拍得很响，就跟教唱戏一样。是跟教唱戏一样，完全一样哎。连用的名词都一样。舅舅说，念经：一要板眼准，二要合工尺。说：当一个好和尚，得有条好嗓子。说：民国二十年闹大水，运河倒了堤，最后在清水潭合龙，因为大水淹死的人很多，放了一台大焰口，十三大师——十三个正座和尚，各大庙的方丈都来了，下面的和尚上百。谁当这个首座？推来推去，还是石桥——善因寺的方丈！他往上一坐，就跟地藏王菩萨一样，这就不用说了；那一声"开香赞"，围看的上千人立时鸦雀无声。说：嗓子要练，夏练三伏，冬练三九，要练丹田气！说：要吃得苦中苦，方为人上人！说：和尚里也有状元、榜眼、探花！要用心，不要贪玩！舅舅这一番大法要说得明海和尚实在是五体投地，于是就一板一眼地跟着舅舅唱起来：

"炉香乍爇——"

"炉香乍爇——"

"法界蒙薰——"

"法界蒙薰——"

"诸佛现金身……"

"诸佛现金身……"

…………

等明海学完了早经——他晚上临睡前还要学一段，叫做晚经——荸荠庵的师父们就都陆续起床了。

这庵里人口简单，一共六个人。连明海在内，五个和尚。

有一个老和尚，六十几了，是舅舅的师叔，法名普照，但是知道的人很少，因为很少人叫他法名，都称之为老和尚或老师父，明海叫他师爷爷。这是个很枯寂的人，一天关在房里，就是那"一花一世界"里。也看不见他念佛，只是那么一声不响地坐着。他是吃斋的，过年时除外。

下面就是师兄弟三个，仁字排行：仁山、仁海、仁渡。庵里庵外，有的称他们为大师父、二师父；有的称之为山师父、海师父。只有仁渡，没有叫他"渡师父"的，因为听起来不像话，大都直呼之为仁渡。他也只配如此，因为他还年轻，才二十多岁。

仁山，即明子的舅舅，是当家的。不叫"方丈"，也不叫"住持"，却叫"当家的"，是很有道理的，因为他确确实实干的是当家的职务。他屋里摆的是一张账桌，桌子上放的是账簿和算盘。账簿共有三本。一本是经账，一本是租账，一本是债账。和尚要做法事，做法事要收钱，——要不，当和尚干什么？常做的法事是放焰口。正规的焰口是十个人。一个正座，一个敲鼓的，两边一边四个。人少了，八个，一边三个，也凑合了。荸荠庵只有四个和尚，要放整焰口就得和别的庙里合伙。这样的时候也有过。通常只是放半台焰口。一个正座，一个敲鼓，另外一边一个。一来找别的庙里合伙费事；二来这一带放得起整焰口的人家也不多。有的时候，谁家死了人，就只请两个，甚至一个和尚咕噜咕噜念一通经，敲打几声法器就算完事。很多人家的经钱不是当时就给，往往要等秋后才还。这就得记账。另外，和尚放焰口的辛苦钱不是一样的。就像唱戏一样，有份子。正座第一份。因为他要领唱，而且还要独唱。当中有一大段"叹骷髅"，别的和尚都放下法器休息，只有首座一个人有板有眼地曼声吟唱。第二份是敲鼓的。你以为这容易呀？哼，单是一开头的"发擂"，手上没功夫就敲不出迟疾顿挫！其余的，就一样了。这也得记上：某月某日，谁家焰口半台，谁正座，谁敲鼓……省得到年底结账时赌咒骂娘。……这庵里有几十亩庙产，租给人种，到时候要收租。庵里还放债。租、债一向倒很少亏欠，因为租佃借钱的人怕菩萨不高兴。这三本账就够仁山忙的了。另外香烛、灯火、油盐"福食"，这也得随时记记账呀。除了账簿之外，山师父的方丈的墙上还挂着一块水牌，上漆四个红字："勤笔免思"。

仁山所说当一个好和尚的三个条件，他自己其实一条也不具备。他的相貌只要用两个字就说清楚了：黄，胖。声音也不像钟磬，倒像母猪。聪明么？难说，打牌老输。他在庵里从不穿袈裟，连海青直裰也免了。经常是披着件短僧衣，袒露着一个黄色的肚子。下面是光脚趿拉着一双僧鞋——新鞋他也是趿拉着。他一天就是这样不衫不履地这里走走，那里走走，发出母猪一样的声音："哼——哼——"

二师父仁海。他是有老婆的。他老婆每年夏秋之间来住几个月，因为庵里凉快。庵里有六个人，其中之一，就是这位和尚的家眷。仁山、仁渡叫她嫂子，明海叫她师娘。这两口子都很爱干净，整天的洗涮。傍晚的时候，坐在天井里乘凉。白天，闷在屋里不出来。

三师父是个很聪明精干的人。有时一笔账大师兄扒了半天算盘也算不清，他眼珠子转两转，早算得一清二楚。他打牌赢的时候多，二三十张牌落地，上下家手里有些什么牌，他就差不多都知道了。他打牌时，总有人爱在他后面看歪头胡。谁家约他打牌，就说"想送两个钱给你"。他不但经忏俱通（小庙的和尚能够拜忏的不多），而且身怀绝技，会"飞铙"。七月间有些地方做盂兰会，在旷地上放大焰口，几十个和尚，穿绣花袈裟，飞铙。飞铙就是把十多斤重的大铙钹飞起来。到了一定的时候，全部法器皆停，只几十副大铙紧张急促地敲起来。忽然起手，大铙向半空中飞去，一面飞，一面旋转。然后，又落下来，接住。接住不是平平常常地接住，有各种架势，"犀牛望月"、"苏秦背剑"……这哪是念经，这是要杂技。也许是地藏王菩萨爱看这个，但真正因此快乐起来的是人，尤其是妇女和孩子。这是年轻漂亮的和尚出风头的机会。一场大焰口过后，也像一个好戏班子过后一样，会有一个两个大姑娘、小媳妇失踪——跟和尚跑了。他还会放"花焰口"。有的人家，亲戚中多风流子弟，在不是很哀伤的佛事——如做冥寿时，就会提出放花焰口。所谓"花焰口"就是在正焰口之后，叫和尚唱小调，拉丝弦，吹管笛，敲鼓板，而且可以点唱，仁渡一个人可以唱一夜不重头。仁渡前几年一直在外面，近二年才常住在庵里。据说他有相好的，而且不止一个。他平常可是很规矩，看到姑娘媳妇总是老老实实的，连一句玩笑话都不说，一句小调山歌都不唱。有一回，在打谷场上乘凉的时候，一伙人把他围起来，非叫他唱两个不可。他却情不过，说："好，唱一个。不唱家乡的。家乡的你们都熟，唱个安徽的。"

> 姐和小郎打大麦，
>
> 一转子讲得听不清。
>
> 听不得就听不得，
>
> 打完了大麦打小麦。

唱完了，大家还嫌不够，他就又唱了一个：

> 姐儿生得漂漂的，
>
> 两个奶子翘翘的。
>
> 有心上去摸一把，
>
> 心里有点跳跳的。
>
> …………

这个庵里无所谓清规，连这两个字也没人提起。

仁山吃水烟，连出门做法事也带着他的水烟袋。

他们经常打牌。这是个打牌的好地方。把大殿上吃饭的方桌往门口一搭，斜放着，就是牌桌。桌子一放好，仁山就从他的方丈里把筹码拿出来，哗啦一声倒在桌上。斗纸牌的时候多，搓麻将的时候少。牌客除了师兄弟三人，常来的是一个收鸭毛的，一个打兔子兼偷鸡的，都是正经人。收鸭毛的担一副竹筐，串乡串镇，拉长了沙哑的声音喊叫：

"鸭毛卖钱——！"

偷鸡的有一件家什——铜蜻蜓。看准了一只老母鸡，把铜蜻蜓一丢，鸡婆子上去就是一口。这一啄，铜蜻蜓的硬簧绷开，鸡嘴撑住了，叫不出来了。正在这鸡十分纳闷的时候，上去一把薅住。

明子曾经跟这位正经人要过铜蜻蜓看看。他拿到小英子家门前试了一试，果然！小英的娘知道了，骂明子：

"要死了！儿子！你怎么到我家来玩铜蜻蜓了！"

小英子跑过来：

"给我！给我！"

她也试了试，真灵，一个黑母鸡一下子就把嘴撑住，傻了眼了！

下雨阴天，这二位就光临荸荠庵，消磨一天。

有时没有外客，就把老师叔也拉出来，打牌的结局，大都是当家和尚气得鼓鼓的："×妈妈的！又输了！下回不来了！"

他们吃肉不瞒人。年下也杀猪。杀猪就在大殿上。一切都和在家人一样，开水、木桶、尖刀。捆猪的时候，猪也是没命地叫。跟在家人不同的，是多一道仪式，要给即将升天的猪念一道"往生咒"，并且总是老师叔念，神情很庄重：

"……一切胎生、卵生、息生，来从虚空来，还归虚空去，往生再世，皆当欢喜。南无阿弥陀佛！"

三师父仁渡一刀子下去，鲜红的猪血就带着很多沫子喷出来。

…………

明子老往小英子家里跑。

小英子的家像一个小岛，三面都是河，西面有一条小路通到荸荠庵。独门独户，岛上只有这一家。岛上有六棵大桑树，夏天都结大桑葚，三棵结白的，三棵结紫的；一个菜园子，瓜豆蔬菜，四时不缺。院墙下半截是砖砌的，上半截是泥夯的。大门是桐油油过的，贴着一副万年红的春联：

向阳门第春常在
积善人家庆有余

门里是一个很宽的院子。院子里一边是牛屋、碓棚；一边是猪圈、鸡窠，还有个关鸭子的栅栏。露天地放着一具石磨。正北面是住房，也是砖基土筑，上面盖的一半是瓦，一半是草。房子翻修了才三年，木料还露着白茬。正中是堂屋，家神菩萨的画像上贴的金还没有发黑。两边是卧房。隔扇窗上各嵌了一块一尺见方的玻璃，明亮亮的——这在乡下是不多见的。房檐下一边种着一棵石榴树，一边种着一棵栀子花，都齐房檐高了。夏天开了花，一红一白，好看得很。栀子花香得冲鼻子。顶风的时候，在荸荠庵都闻得见。

这家人口不多。他家当然是姓赵。一共四口人：赵大伯，赵大妈，两个女儿，大英子、小英子。老两口没得儿子。因为这些年人不得病，牛不生灾，也没有大旱大水闹蝗虫，日子过得很兴旺。他们家自己有田，本来够吃的了，又租种了庵上的十亩田。自己的田里，一亩种了荸荠——这一半是小英子的主意，她爱吃荸荠，一亩种了茨菇。家里喂了一大群鸡鸭，单是鸡蛋鸭毛就够一年的油盐了。赵大伯是个能干人。他是一个"全把式"，不但田里场上样样精通，还会罾鱼、洗磨、凿砻、修水车、修船、砌墙、烧砖、箍桶、劈篾、绞麻绳。他不咳嗽，不腰疼，结结实实，像一棵榆树。人很和气，一天不声不响。赵大伯是一棵摇钱树，赵大娘就是个聚宝盆。大娘精神得出奇。五十岁了，两个眼睛还是清亮亮的。不论什么时候，头都是梳得滑滴滴的，身上衣服都是格挣挣的。像老头子一样，她一天不闲着。煮猪食，喂猪，腌咸菜——她腌的咸萝卜干非常好吃——舂粉子，磨小豆腐，编蓑衣，织芦箔。她还会剪花样子。这里嫁闺女，陪嫁妆，瓷坛子、锡罐子，都要用梅红纸剪出吉祥花样，贴在上面，讨个吉利，也才好看："丹凤朝阳"呀、"白头到老"呀、"子孙万代"呀、"福寿绵长"呀。二三十里的人家都来请她："大娘，好日子是十六，你哪天去呀？"——"十五，我一大清早就来！"

"一定呀！"——"一定！一定！"

两个女儿，长得跟她娘像一个模子里脱出来的。眼睛长得尤其像，白眼珠鸭蛋青，黑眼珠棋子黑，定神时如清水，闪动时像星星。浑身上下，头是头，脚是脚。头发滑滴滴的，衣服格挣挣的。——这里的风俗，十五六岁的姑娘就都梳上头了。这两个丫头，这一头的好头发！通红的发根，雪白的簪子！娘女三个去赶集，一集的人都朝她们望。

姐妹俩长得很像，性格不同。大姑娘很文静，话很少，像父亲。小英子比她娘还会说，一天咭咭呱呱地不停。大姐说：

"你一天到晚咭咭呱呱——"

"像个喜鹊！"

"你自己说的！——吵得人心乱！"

"心乱？"

"心乱！"

"你心乱怪我呀！"

二姑娘话里有话。大英子已经有了人家。小人她偷偷地看过，人很敦厚，也不难看，家道也殷实，她满意。已经下过小定，日子还没有定下来。她这二年，很少出房门，整天赶她的嫁妆。大裁大剪，她都会。挑花绣花，不如娘。她可又嫌娘出的样子太老了。她到城里看过新娘子，说人家现在绣的都是活花活草。这可把娘难住了。最后是"喜鹊"忽然一拍屁股："我给你保举一个人！"

这人是谁？是明子。明子念"上孟下孟"的时候，不知怎么得了半套《芥子园》，喜欢得很。到了荸荠庵，他还常翻出来看，有时还把旧账簿子翻过来，照着描。小英子说：

"他会画！画得跟活的一样！"

小英子把明海请到家里来，给他磨墨铺纸，小和尚画了几张，大英子喜欢得了不得：

"就是这样！就是这样！这就可以乱孱！"——所谓"乱孱"是绣花的一种针法：绣了第一层，第二层的针脚插进第一层的针缝，这样颜色就可由深到淡，不露痕迹，不像娘那一代绣的花是平针，深浅之间，界限分明，一道一道的。小英子就像个书童，又像个参谋：

"画一朵石榴花！"

"画一朵栀子花！"

她把花掐来，明海就照着画。

到后来，凤仙花、石竹子、水蓼、淡竹叶、天竺果子、腊梅花，他都能画。

大娘看着也喜欢，搂住明海的和尚头：

"你真聪明！你给我当一个干儿子吧！"

小英子搂住他的肩膀，说：

"快叫！快叫！"

小明子跪在地下磕了一个头，从此就叫小英子的娘做干娘。

大英子绣的三双鞋，三十里方圆都传遍了。很多姑娘都走路坐船来看。看完了，就说："啧啧啧，真好看！这哪是绣的，这是一朵鲜花！"她们就拿了纸来央大娘求了小和尚来画。有求画帐檐的，有求画门帘飘带的，有求画鞋头花的。每回明子来画花，小英子就给他做点好吃的，煮两个鸡蛋，蒸一碗芋头，煎几个藕团子。

因为照顾姐姐赶嫁妆，田里的零碎活小英子就全包了。她的帮手，是明子。

这地方的忙活是栽秧、车高田水、薅头遍草，再就是割稻子、打场了。这几茬重活，自己一家是忙不过来的。这地方兴换工。排好了日期，几家顾一家，轮流转。不收工钱，但是吃好的。一天吃六顿，两头见肉，顿顿有酒。干活时，敲着锣鼓，唱着歌，热闹得很。其余的时候，各顾各，不显得紧张。

薅三遍草的时候，秧已经很高了，低下头看不见人。一听见非常脆亮的嗓子在一片浓绿里唱：

栀子哎开花哎六瓣头哎……

姐家哎门前哎一道桥哎……

明海就知道小英子在哪里，三步两步就赶到，赶到就低头薅起草来。傍晚牵牛"打汪"，是明子的事。——水牛怕蚊子。这里的习惯，牛卸了轭，饮了水，就牵到一口和好泥水的"汪"里，由它自己打滚扑腾，弄得全身都是泥浆，这样蚊子就咬不透了。低田上水，只要一挂十四轧的水车，两个人车半天就够了。明子和小英子就伏在车杠上，不紧不慢地踩着车轴上的拐子，轻轻地唱着明海向三师父学来的各处山歌。打场的时候，明子能替赵大伯一会，让他回家吃饭。——赵家自己没有场，每年都在荸荠庵外面的场上打谷子。他一扬鞭子，喊起了打场号子：

"格当嘚——"

这打场号子有音无字，可是九转十三弯，比什么山歌号子都好听。赵大娘在家，听见明子的号子，就侧起耳朵：

"这孩子这条嗓子！"

连大英子也停下针线：

"真好听！"

小英子非常骄傲地说：

"一十三省数第一！"

晚上，他们一起看场。——荸荠庵收来的租稻也晒在场上。他们并肩坐在一个石磙子上，听青蛙打鼓，听寒蛇唱歌——这个地方以为蝼蛄叫是蚯蚓叫，而且叫蚯蚓叫"寒蛇"——听纺纱婆子不停地纺纱，"咻——"，看萤火虫飞来飞去，看天上的流星。

"呀！我忘了在裤带上打一个结！"小英子说。

这里的人相信，在流星掉下来的时候在裤带上打一个结，心里想什么好事，就能如愿。

…………

"扌歪（wǎi，编者注）"荸荠，这是小英最爱干的生活。秋天过去了，地净场光，荸荠的叶子枯了——荸荠的笔直的小葱一样的圆叶子里是一格一格的，用手一捋，哔哔地响，小英子最爱捋着玩，——荸荠藏在烂泥里。赤了脚，在凉浸浸滑溜溜的泥里踩着，——哎，一个硬疙瘩！伸手下去，一个红紫红紫的荸荠。她自己爱干这生活，还拉了明子一起去。她老是故意用自己的光脚去踩明子的脚。

她挎着一篮子荸荠回去了，在柔软的田埂上留了一串脚印。明海看着她的脚印，傻了。五个小小的趾头，脚掌平平的，脚跟细细的，脚弓部分缺了一块。明海身上有一种从来没有过的感觉，他觉得心里痒痒的。这一串美丽的脚印把小和尚的心搞乱了。

…………

明子常搭赵家的船进城，给庵里买香烛，买油盐。闲时是赵大伯划船；忙时是小英子去，划船的是明子。

从庵赵庄到县城，当中要经过一片很大的芦花荡子。芦苇长得密密的，当中一条水路，四边不见人。划到这里，明子总是无端端地觉得心里很紧张，他就使劲地划桨。

小英子喊起来：

"明子！明子！你怎么啦？你发疯啦？为什么划得这么快？"

…………

明海到善因寺去受戒。

"你真的要去烧戒疤呀？"

"真的。"

"好好的头皮上烧十二个洞，那不疼死啦？"

"咬咬牙。舅舅说这是当和尚的一大关，总要过的。"

"不受戒不行吗？"

"不受戒的是野和尚。"

"受了戒有啥好处？"

"受了戒就可以到处云游、逢寺挂褡。"

"什么叫'挂褡'？"

"就是在庙里住。有斋就吃。"

“不把钱?”

“不把钱。有法事，还得先尽外来的师父。”

“怪不得都说‘远来的和尚会念经’。就凭头上这几个戒疤?”

“还要有一份戒牒。”

“闹半天，受戒就是领一张和尚的合格文凭呀!”

“就是!”

“我划船送你去。”

“好。”

小英子早早就把船划到荸荠庵门前。不知是什么道理，她兴奋得很。她充满了好奇心，想去看看善因寺这座大庙，看看受戒是个啥样子。

善因寺是全县第一大庙，在东门外，面临一条水很深的护城河，三面都是大树，寺在树林子里，远处只能隐隐约约看到一点金碧辉煌的屋顶，不知道有多大。树上到处挂着“谨防恶犬”的牌子。这寺里的狗出名的厉害。平常不大有人进去。放戒期间，任人游看，恶狗都锁起来了。

好大一座庙！庙门门槛比小英子的肐膝都高。迎门矗着两块大牌，一边一块，一块写着斗大两个大字“放戒”，一块是：“禁止喧哗”。这庙里果然是气象庄严，到了这里谁也不敢大声咳嗽。明海自去报名办事，小英子就到处看看。好家伙，这哼哈二将、四大天王，有三丈多高，都是簇新的，才装修了不久。天井有二亩地大，铺着青石，种着苍松翠柏。“大雄宝殿”，这才真是个“大殿”！一进去，凉飕飕的。到处都是金光耀眼。释迦牟尼佛坐在一个莲花座上。单是莲座，就比小英子还高。抬起头来也看不全他的脸，只看到一个微微闭着的嘴唇和胖墩墩的下巴。两边的两根大红蜡烛，一搂多粗。佛像前的大供桌上供着鲜花、绒花、绢花，还有珊瑚树、玉如意、整棵的大象牙。香炉里烧着檀香。小英子出了庙，闻着自己的衣服都是香的。挂了好些幡。这些幡不知是什么缎子的，那么厚重，绣的花真细。这么大一口磬，里头能装五担水！这么大一个木鱼，有一头牛大，漆得通红的。她又去转了转罗汉堂，爬到千佛楼上看了看。真有一千个小佛！她还跟着一些人去看了看藏经楼。藏经楼没有什么看头，都是经书！妈吔！逛了这么一圈，腿都酸了。小英子想起还要给家里打油，替姐姐配丝线，给娘买鞋面布，给自己买两个坠围裙飘带的银蝴蝶，给爹买旱烟，就出庙了。

等把事情办齐，晌午了。她又到庙里看了看，和尚正在吃粥。好大一个“膳堂”，坐得下八百个和尚。吃粥也有这样多讲究：正面法座上摆着两个锡胆瓶，里面插着红绒花，后面盘膝坐着一个穿了大红满金绣袈裟的和尚，手里拿了戒尺。这戒尺是要打人的。哪个和尚吃粥吃出了声音，他下来就是一戒尺。不过他并不真的打人，只是做个样子。真稀奇，那么多的和尚吃粥，竟然不出一点声音！她看见明子也坐在里面，想跟他打个招呼又不好打。想了想，管他禁止不禁止喧哗，就大声喊了一句："我走啦！"她看见明子目不斜视地微微点了点头，就不管很多人都朝自己看，大摇大摆地走了。

第四天一大清早小英子就去看明子。她知道明子受戒是第三天半夜，——烧戒疤是不许人看的。她知道要请老剃头师傅剃头，要剃得横摸顺摸都摸不出头发茬子，要不然一烧，就会"走"了戒，烧成了一片。她知道是用枣泥子先点在头皮上，然后用香头子点着。她知道烧了戒疤就喝一碗蘑菇汤，让它"发"，还不能躺下，要不停地走动，叫做"散戒"。这些都是明子告诉她的。明子是听舅舅说的。

她一看，和尚真在那里"散戒"，在城墙根底下的荒地里。一个一个，穿了新海青，光光的头皮上都有十二个黑点子。——这黑疤掉了，才会露出白白的、圆圆的"戒疤"。和尚都笑嘻嘻的，好像很高兴。她一眼就看见了明子。隔着一条护城河，就喊他：

"明子！"

"小英子！"

"你受了戒啦？"

"受了。"

"疼吗？"

"疼。"

"现在还疼吗？"

"现在疼过去了。"

"你哪天回去？"

"后天。"

"上午？下午？"

"下午。"

"我来接你！"

"好！"

…………

小英子把明海接上船。

小英子这天穿了一件细白夏布上衣，下边是黑洋纱的裤子，赤脚穿了一双龙须草的细草鞋，头上一边插着一朵栀子花，一边插着一朵石榴花。她看见明子穿了新海青，里面露出短褂子的白领子，就说："把你那外面的一件脱了，你不热呀！"

他们一人一把桨，小英子在中舱，明子扳艄，在船尾。

她一路问了明子很多话，好像一年没有看见了。

她问，烧戒疤的时候，有人哭吗？喊吗？

明子说，没有人哭，只是不住地念佛。有个山东和尚骂人：

"俺日你奶奶！俺不烧了！"

她问善因寺的方丈石桥是相貌和声音都很出众吗？

"是的。"

"说他的方丈比小姐的绣房还讲究？"

"讲究。什么东西都是绣花的。"

"他屋里很香？"

"很香。他烧的是伽楠香，贵得很。"

"听说他会作诗，会画画，会写字？"

"会。庙里走廊两头的砖额上，都刻着他写的大字。"

"他是有个小老婆吗？"

"有一个。"

"才十九岁？"

"听说。"

"好看吗？"

"都说好看。"

"你没看见？"

"我怎么会看见？我关在庙里。"

明子告诉她，善因寺一个老和尚告诉他，寺里有意选他当沙弥尾，不过还没有定，要等主事的和尚商议。

"什么叫'沙弥尾'？"

"放一堂戒，要选出一个沙弥头，一个沙弥尾。沙弥头要老成，要会念很多经。沙弥尾要年轻，聪明，相貌好。"

"当了沙弥尾跟别的和尚有什么不同？"

"沙弥头，沙弥尾，将来都能当方丈。现在的方丈退居了，就当。石桥原来就是沙弥尾。"

"你当沙弥尾吗？"

"还不一定哪。"

"你当方丈，管善因寺？管这么大一个庙？！"

"还早呐！"

划了一气，小英子说：你不要当方丈！"

"好，不当。"

"你也不要当沙弥尾！"

"好，不当。"

又划了一气，看见那一片芦花荡子了。

小英子忽然把桨放下，走到船尾，趴在明子的耳朵旁边，小声地说：

"我给你当老婆，你要不要？"

明子眼睛鼓得大大的。

"你说话呀！"

明子说："嗯。"

"什么叫'嗯'呀？要不要，要不要？"

明子大声地说："要！"

"你喊什么！"

明子小小声说："要——！"

"快点划！"

英子跳到中舱，两只桨飞快地划起来，划进了芦花荡。

芦花才吐新穗。紫灰色的芦穗，发着银光，软软的，滑溜溜的，像一串丝线。有的地方结了蒲棒，通红的，像一支一支小蜡烛。青浮萍，紫浮萍。长脚蚊子，水蜘蛛。野菱角开着四瓣的小白花。惊起一只青桩(一种水鸟)，擦着芦穗，扑鲁鲁鲁飞远了。

…………

一九八〇年八月十二日，写四十三年前的一个梦

（载1980年第10期《北京文学》）

【作家简介】

汪曾祺（1920—1997），江苏高邮人，中国现当代作家、散文家、戏剧家，京派作家的代表人物，被誉为"抒情的人道主义者，中国最后一个纯粹的文人，中国最后一个士大夫"。

【文本赏析】

《受戒》发表于1980年《北京文学》上，用抒情的笔调描写了一个小和尚与村姑的恋爱故事，作家有意识地将那种晶莹剔透充满着纯情的爱情领入了诗的境界。作品中的和尚明海和村姑小英子恋爱过程的描写本身就是一种返璞归真的象征，作者把明海当作一个普通人来描写，让其按照自然天性发展，表明了对健康人性的礼赞。作者一方面描写了明海和尚每天开山门、扫地、烧香、磕头、念经等超凡脱俗的苦行僧生活；另一方面又描写了"野和尚"们杀猪、吃肉、打牌、搓麻将，甚至逾越"门禁"的偷情世俗生活。充分地显现了作家对于充满着纯情的自然之爱的眷恋之情。小说中别种风情的地域

文化风俗描写被有些研究者看作"寻根文学"的源头。

　　散文化风格是汪曾祺作品的一大特点，在《受戒》中也表现明显。文章没有跌宕起伏的故事情节，以娓娓道来的形式讲述了和尚明海与村姑小英子懵懂的爱情，甚至这段感情也没有完整的高潮发展以及结局，好似作者随性而作，但正因如此，读者才会更加深刻感受到懵懂爱情的珍贵和美好。大量风俗画描写也深刻体现着这一风格。文章以大量笔墨写主线故事以外的内容，包括明海当和尚的过程、荸荠庵的环境、荸荠庵和尚的生活状态、小英子的家庭情况以及善因寺的布局等等。看似与主题无关，看似随性而为的描写，却能从中体会到作者所向往的生活状态——自然、自由与诗意。文化的风格让汪曾祺的作品独具一格，处处营造着诗意盎然的氛围，充满作者对纯真美好人性的赞美之情。

【课程思政】

　　自然健康的人性是任何外在的清规戒律和社会律法都无法抹杀和去除的，我们应该倾听和遵循内心的声音，成为自己希望成为的样子。

【作家的话】

　　散文诗和小说的分界处只有一道篱笆，并无墙壁（阿左林和废名的某些小说实际上是散文诗）。我一直以为短篇小说应该有一点散文诗的成分。

　　　　——汪曾祺《〈晚饭花集〉自序》（《晚饭花集》，人民文学出版社，1985年版）

【延伸阅读】

　　《大淖记事》《故里三陈》《岁寒三友》《异秉》以及汪曾祺的其他散文

【拓展与思考】

　　《受戒》结尾说"写四十三年前的一个梦"，对此你怎样理解？

第五章　家国情怀

【导语】

　　"家国情怀"是中国传统文化的基本内涵之一。它既与行孝尽忠、民族精神、爱国主义、乡土观念、天下为公等传统文化有重要联系，又是对这些传统文化的超越。其基本思想包括家国同构、共同体意识和仁爱之情；其实现路径强调个人修身、重视亲情、心怀天下。"五四"以来的新文学作家以振兴家国为己任，涌现出一批彰显"家国情怀"的优秀作品，引发了身处艰难时世中的人们对"家""国"问题的深入思考。

第十三讲　茅　盾

【篇目】

子夜（节选）

一

　　太阳刚刚下了地平线。软风一阵一阵地吹上人面，怪痒痒的。苏州河的浊水幻成了金绿色，轻轻地，悄悄地，向西流去。黄浦的夕潮不知怎的已经涨上了，现在沿这苏州河两岸的各色船只都浮得高高地，舱面比码头还高了约莫半尺。风吹来外滩公园里的音乐，却只有那炒豆似的铜鼓声最分明，也最叫人兴奋。暮霭挟着薄雾笼罩了外白渡桥的高耸的钢架，电车驶过时，这钢架下横空架挂的电车线时时爆发出几朵碧绿的火花。从桥上向东望，可以看见浦东的洋栈像巨大的怪兽，蹲在暝色中，闪着千百只小眼睛似的灯火。向西望，叫人猛一惊的，是高高地装在一所洋房顶上而且异常庞大的霓虹电管广告，射出火一样的赤光和青燐似的绿焰：Light，Heat，Power！

这时候——这天堂般五月的傍晚，有三辆一九三〇式的雪铁笼汽车像闪电一般驶过了外白渡桥，向西转弯，一直沿北苏州路去了。

过了北河南路口的上海总商会以西的一段，俗名唤作"铁马路"，是行驶内河的小火轮的汇集处。那三辆汽车到这里就减低了速率。第一辆车的汽车夫轻声地对坐在他旁边的穿一身黑拷绸衣裤的彪形大汉说：

"老关！是戴生昌罢？"

"可不是！怎么你倒忘了？您准是给那只烂污货迷昏了啦！"

老关也是轻声说，露出一口好像连铁梗都咬得断似的大牙齿。他是保镖的。此时汽车戛然而止，老关忙即跳下车去，摸摸腰间的勃郎宁，又向四下里瞥了一眼，就过去开了车门，威风凛凛地站在旁边。车厢里先探出一个头来，紫酱色的一张方脸，浓眉毛，圆眼睛，脸上有许多小疱。看见迎面那所小洋房的大门上正有"戴生昌轮船局"六个大字，这人也就跳下车来，一直走进去。老关紧跟在后面。

"云飞轮船快到了么？"

紫酱脸的人傲然问，声音宏亮而清晰。他大概有四十岁了，身材魁梧，举止威严，一望而知是颐指气使惯了的"大亨"。他的话还没完，坐在那里的轮船局办事员霍地一齐站了起来，内中有一个瘦长子堆起满脸的笑容抢上一步，恭恭敬敬回答：

"快了，快了！三老爷，请坐一会儿罢。——倒茶来。"

瘦长子一面说，一面就拉过一把椅子来放在三老爷的背后。三老爷脸上的肌肉一动，似乎是微笑，对那个瘦长子瞥了一眼，就望着门外。这时三老爷的车子已经开过去了，第二辆汽车补了缺，从车厢里下来一男一女，也进来了。男的是五短身材，微胖，满面和气的一张白脸。女的却高得多，也是方脸，和三老爷有几分相像，但颇白嫩光泽。两个都是四十开外的年纪了，但女的因为装饰入时，看来至多不过三十左右。男的先开口：

"荪甫，就在这里等候么？"

紫酱色脸的荪甫还没回答，轮船局的那个瘦长子早又陪笑说：

"不错，不错，姑老爷。已经听得拉过回声。我派了人在那里看着，专等船靠了码头，就进来报告。顶多再等五分钟，五分钟！"

"呀，福生，你还在这里么？好！做生意要有长性。老太爷向来就说你肯学好。你有几年不见老太爷罢？"

"上月回乡去，还到老太爷那里请安。——姑太太请坐罢。"

叫做福生的那个瘦长男子听得姑太太称赞他，快活得什么似的，一面急口回答，一面转身又拖了两把椅子来放在姑老爷和姑太太的背后，又是献茶，又是敬烟。他是荪甫三老爷家里一个老仆的儿子，从小就伶俐，所以荪甫的父亲——吴老太爷特嘱荪甫安插他到这戴生昌轮船局。但是荪甫他们三位且不先坐下，眼睛都看着门外。门口马路上也有一个彪形大汉站着，背向着门，不住地左顾右盼；这是姑老爷杜竹斋随身带的保镖。

杜姑太太轻声松一口气，先坐了，拿一块印花小丝巾，在嘴唇上抹了几下，回头对荪甫说：

"三弟，去年我和竹斋回乡去扫墓，也坐这云飞船。是一条快船。单趟直放，不过半天多，就到了；就是颠得厉害。骨头痛。这次爸爸一定很辛苦的。他那半肢疯，半个身子简直不能动。竹斋，去年我们看见爸爸坐久了就说头晕——"

姑太太说到这里一顿，轻轻吁了一口气，眼圈儿也像有点红了。她正想接下去说，猛的一声汽笛从外面飞来。接着一个人跑进来喊道：

"云飞靠了码头了！"

姑太太也立刻站了起来，手扶着杜竹斋的肩膀。那时福生已经飞步抢出去，一面走，一面扭转脖子，朝后面说：

"三老爷，姑老爷，姑太太；不忙，等我先去招呼好了，再出来！"

轮船局里其他的办事人也开始忙乱；一片声唤脚夫。就有一架预先准备好的大藤椅由两个精壮的脚夫抬了出去。荪甫眼睛望着外边，嘴里说：

"二姊，回头你和老太爷同坐一八八九号，让四妹和我同车，竹斋带阿萱。"

姑太太点头，眼睛也望着外边，嘴唇翕翕地动：在那里念佛！竹斋含着雪茄，微微地笑着，看了荪甫一眼，似乎说"我们走罢"。恰好福生也进来了，十分为难似的皱着眉头：

"真不巧。有一只苏州班的拖船停在里挡——"

"不要紧。我们到码头上去看罢！"

荪甫截断了福生的话，就走出去了。保镖的老关赶快也跟上去。后面是杜竹斋和他的夫人，还有福生。本来站在门口的杜竹斋的保镖就作了最后的"殿军"。

云飞轮船果然泊在一条大拖船——所谓"公司船"的外边。那只大藤椅已经放在云飞船头，两个精壮的脚夫站在旁边。码头上冷静静地，没有什么闲杂人；轮船局里的两三个职员正在那里高声吆喝，轰走那些围近来的黄包车夫和小贩。荪甫他们三位走上了那"公司船"的甲板时，吴老太爷已经由云飞的茶房扶出来坐上藤椅子了。福生赶快跳过去，做手势，命令那两个脚夫抬起吴老太爷，慢慢地走到"公司船"上。于是儿子，女儿，女婿，都上前相见。虽然路上辛苦，老太爷的脸色并不难看，两圈红晕停在他的额角。可是他不作声，看看儿子，女儿，女婿，只点了一下头，便把眼睛闭上了。

这时候，和老太爷同来的四小姐蕙芳和七少爷阿萱也挤上那"公司船"。

"爸爸在路上好么？"

杜姑太太——吴二小姐，拉住了四小姐，轻声问。

"没有什么。只是老说头眩。"

"赶快上汽车罢！福生，你去招呼一八八九号的新车子先开来。"

苏甫不耐烦似的说。让两位小姐围在老太爷旁边，苏甫和竹斋，阿萱就先走到码头上。一八八九号的车子开到了，藤椅子也上了岸，吴老太爷也被扶进汽车里坐定了，二小姐——杜姑太太跟着便坐在老太爷旁边。本来还是闭着眼睛的吴老太爷被二小姐身上的香气一刺激，便睁开眼来看一下，颤着声音慢慢地说：

"芙芳，是你么？要蕙芳来！蕙芳！还有阿萱！"

苏甫在后面的车子里听得了，略皱一下眉头，但也不说什么。老太爷的脾气古怪而且执拗，苏甫和竹斋都知道。于是四小姐蕙芳和七少爷阿萱都进了老太爷的车子。二小姐芙芳舍不得离开父亲，便也挤在那里。两位小姐把老太爷夹在中间。马达声音响了，一八八九号汽车开路，已经动了，忽然吴老太爷又锐声叫了起来：

"《太上感应篇》！"

这是裂帛似的一声怪叫。在这一声叫喊中，吴老太爷的残余生命力似乎又复旺炽了；他的老眼闪闪地放光，额角上的淡红色转为深朱，虽然他的嘴唇簌簌地抖着。

一八八九号的汽车夫立刻把车煞住，惊惶地回过脸来。苏甫和竹斋的车子也跟着停止。大家都怔住了。四小姐却明白老太爷要的是什么。她看见福生站在近旁，就唤他道："福生，赶快到云飞的大餐间里拿那部《太上感应篇》来！是黄绫子的书套！"

吴老太爷自从骑马跌伤了腿，终至成为半肢疯以来，就虔奉《太上感应篇》，二十余年如一日；除了每年印赠而外，又曾恭楷手抄一部，是他坐卧不离的。

一会儿，福生捧着黄绫子书套的《感应篇》来了。吴老太爷接过来恭恭敬敬摆在膝头，就闭了眼睛，干瘪的嘴唇上浮出一丝放心了的微笑。

"开车！"

二小姐轻声喝，松了一口气，一仰脸把后颈靠在弹簧背垫上，也忍不住微笑。这时候，汽车愈走愈快，沿着北苏州路向东走，到了外白渡桥转弯朝南，那三辆车便像一阵狂风，每分钟半英里，一九三〇年式的新纪录。

坐在这样近代交通的利器上，驱驰于三百万人口的东方大都市上海的大街，而却捧了《太上感应篇》，心里专念着文昌帝君的"万恶淫为首，百善孝为先"的诰诫，这矛盾是很显然的了。而尤其使这矛盾尖锐化的，是吴老太爷的真正虔奉《太上感应篇》，完全不同于上海的借善骗钱的"善棍"。可是三十年前，吴老太爷却还是顶括括的"维新党"。祖若父两代侍郎，皇家的恩泽不可谓不厚，然而吴老太爷那时却是满腔子的"革命"思想。普遍于那时候的父与子的冲突，少年的吴老太爷也是一个主角。如果不是二十五年前习武骑马跌伤了腿，又不幸而渐渐成为半身不遂的毛病，更不幸而接着又赋悼亡，那么现在吴老太爷也许不至于整天捧着《太上感应篇》罢？然而自从伤腿以后，吴老太爷的英年浩气就好像是整个儿跌丢了；二十五年来，他就不曾跨出他的书斋半步！二十五年来，除了《太上感应篇》，他就不曾看过任何书报！二十五年来，他不曾经验过书斋以外的人生！第二代的"父与子的冲突"又在他自己和荪甫中间不可挽救地发生。而且如果说上一代的侍郎可算得又怪僻，又执拗，那么，吴老太爷正亦不弱于乃翁；书斋便是他的堡寨，《太上感应篇》便是他的护身法宝，他坚决的拒绝了和儿子妥协，亦既有十年之久了！

虽然此时他已经坐在一九三〇年式的汽车里，然而并不是他对儿子妥协。他早就说过，与其目击儿子那样的"离经叛道"的生活，倒不如死了好！他绝对不愿意到上海。荪甫向来也不坚持要老太爷来，此番因为土匪实在太嚣张，而且邻省的共产党红军也有燎原之势，让老太爷高卧家园，委实是不妥当。这也是儿子的孝心。吴老太爷根本就不相信什么土匪，什么红军，能够伤害他这虔奉文昌帝君的积善老子！但是坐卧都要人扶持，半步也不能动的他，有什么办法？他只好让他们从他的"堡寨"里抬出来，上了云飞轮船，终于又上了这"子不语"的怪物——汽车。正像二十五年前是这该诅咒的半身不遂使他不能到底做成"维新党"，使他不得不对老侍郎的"父"屈服，现在仍是这该诅咒的半身不遂使他又不能"积善"到底，使他不得不对新式企业家的"子"妥协了！他就是那么样始终演着悲剧！

但毕竟尚有《太上感应篇》这护身法宝在他手上，而况四小姐蕙芳，七少爷阿萱一对金童玉女，也在他身旁，似乎虽入"魔窟"，亦未必竟堕"德行"，所以吴老太爷闭目养了一会神以后，渐渐泰然怡然睁开眼睛来了。

汽车发疯似的向前飞跑。吴老太爷向前看。天哪！几百个亮着灯光的窗洞像几百只怪眼睛，高耸碧霄的摩天建筑，排山倒海般地扑到吴老太爷眼前，忽地又没有了；光秃秃的平地拔立的路灯杆，无穷无尽地，一杆接一杆地，向吴老太爷脸前打来，忽地又没有了；长蛇阵似的一串黑怪物，头上都有一对大眼睛放射出叫人目眩的强光，啵——啵——地吼着，闪电似的冲将过来，准对着吴老太爷坐的小箱子冲将过来！近了！近了！吴老太爷闭了眼睛，全身都抖了。他觉得他的头颅仿佛是在颈脖子上旋转；他眼前是红的，黄的，绿的，黑的，发光的，立方体的，圆锥形的，——混杂的一团，在那里跳，在那里转；他耳朵里灌满了轰，轰，轰！轧，轧，轧！啵，啵，啵！猛烈嘈杂的声浪会叫人心跳出腔子似的。不知经过了多少时候，吴老太爷悠然转过一口气来，有说话的声音在他耳边动荡：

"四妹，上海也不太平呀！上月是公共汽车罢工，这月是电车了！上月底共产党在北京路闹事，捉了几百，当场打死了一个。共产党有枪呢！听三弟说，各工厂的工人也都不稳。随时可以闹事。时时想暴动。三弟的厂里，三弟公馆的围墙上，都写满了共产党的标语……"

"难道巡捕不捉么？"

"怎么不捉！可是捉不完。啊哟！真不知道哪里来的这许多不要性命的人！——可是，四妹，你这一身衣服实在看了叫人笑。这还是十年前的装束！明天赶快换一身罢！"

是二小姐芙芳和四小姐蕙芳的对话。吴老太爷猛睁开了眼睛，只见左右前后都是像他自己所坐的那种小箱子——汽车。都是静静地一动也不动。横在前面不远，却像开了一道河似的，从南到北，又从北到南，匆忙地杂乱地交流着各色各样的车子；而夹在车子中间，又有各色各样的男人女人，都像有鬼赶在屁股后似的跌跌撞撞地快跑。不知从什么高处射来的一道红光，又正落在吴老太爷身上。

这里正是南京路同河南路的交叉点，所谓"抛球场"。东西行的车辆此时正在那里静候指挥交通的红绿灯的命令。

"二姊，我还没见过三嫂子呢。我这一身乡气，会惹她笑痛了肚子罢。"

蕙芳轻声说，偷眼看一下父亲，又看看左右前后安坐在汽车里的时髦女人。芙芳笑了一声，拿出手帕来抹一下嘴唇。一股浓香直扑进吴老太爷的鼻子，痒痒地似乎怪难受。

"真怪呢！四妹。我去年到乡下去过，也没看见像你这一身老式的衣裙。"

"可不是。乡下女人的装束也是时髦得很呢，但是父亲不许我——"

像一枝尖针刺入吴老太爷迷惘的神经，他心跳了。他的眼光本能地瞥到二小姐芙芳的身上。他第一次意识地看清楚了二小姐的装束；虽则尚在五月，却因今天骤然闷热，二小姐已经完全是夏装；淡蓝色的薄纱紧裹着她的壮健的身体，一对丰满的乳房很显明地突出来，袖口缩在臂弯以上，露出雪白的半只臂膊。一种说不出的厌恶，突然塞满了吴老太爷的心胸，他赶快转过脸去，不提防扑进他视野的，又是一位半裸体似的只穿着亮纱坎肩，连肌肤都看得分明的时装少妇，高坐在一辆黄包车上，翘起了赤裸裸的一只白腿，简直好像没有穿裤子。"万恶淫为首"！这句话像鼓槌一般打得吴老太爷全身发抖。然而还不止此。吴老太爷眼珠一转，又瞥见了他的宝贝阿萱却正张大了嘴巴，出神地贪看那位半裸体的妖艳少妇呢！老太爷的心卜地一下狂跳，就像爆裂了似的再也不动，喉间是火辣辣地，好像塞进了一大把的辣椒。

此时指挥交通的灯光换了绿色，吴老太爷的车子便又向前进。冲开了各色各样车辆的海，冲开了红红绿绿的耀着肉光的男人女人的海，向前进！机械的骚音，汽车的臭屁，和女人身上的香气，霓虹电管的赤光——一切梦魇似的都市的精怪，毫无怜悯地压到吴老太爷朽弱的心灵上，直到他只有目眩，只有耳鸣，只有头晕！直到他的刺激过度的神经像要爆裂似的发痛，直到他的狂跳不歇的心脏不能再跳动！

呼卢呼卢的声音从吴老太爷的喉间发出来，但是都市的骚音太大了，二小姐，四小姐和阿萱都没有听到。老太爷的脸色也变了，但是在不断的红绿灯光的映射中，谁也不能辨别谁的脸色有什么异样。

汽车是旋风般向前进。已经穿过了西藏路，在平坦的静安寺路上开足了速率。路旁隐在绿荫中射出一点灯光的小洋房连排似的扑过来，一眨眼就过去了。五月夜的凉风吹在车窗上，猎猎地响。四小姐蕙芳像是摆脱了什么重压似的松一口气，对阿萱说：

"七弟，这可长住在上海了。究竟上海有什么好玩，我只觉得乱烘烘地叫人头痛。"

"住惯了就好了。近来是乡下土匪太多，大家都搬到上海来。四妹，你看这一路的新房子，都是这两年内新盖起来的。随你盖多少新房子，总有那么多的人来住。"

二小姐接着说，打开她的红色皮包，取出一个粉扑，对着皮包上装就的小镜子便开始化起妆来。

"其实乡下也还太平。谣言还没有上海那么多。七弟，是么？"

"太平？不见得罢！两星期前开来了一连兵，刚到关帝庙里驻扎好了，就向商会里要五十个年青的女人——补洗衣服；商会说没有，那些八太爷就自己出来动手拉。我们隔壁开水果店的陈家嫂不是被他们拉了去么？我们家的陆妈也是好几天不敢出大门……"

"真作孽！我们在上海一点不知道。我们只听说共产党要掳女人去共。"

"我在镇上就不曾见过半个共军。就是那一连兵，叫人头痛！"

"吓，七弟，你真糊涂！等到你也看见，那还了得！竹斋说，现在的共产党真厉害，九流三教里，到处全有。防不胜防。直到像雷一样打到你眼前，你才觉到。"

这么说着，二小姐就轻轻吁一声。四小姐也觉毛骨悚然。只有不很懂事的阿萱依然张大了嘴胡胡地笑。他听得二小姐把共产党说成了神出鬼没似的，便觉得非常有趣；"会像雷一样的打到你眼前来么？莫不是有了妖术罢！"他在肚子里自问自答。这位七少爷今年虽已十九岁，虽然长的极漂亮，却因为一向就做吴老太爷的"金童"，很有几分傻。

此时车上的喇叭突然呜呜地叫了两声，车子向左转，驶入一条静荡荡的浓荫夹道的横马路，灯光从树叶的密层中洒下来，斑斑驳驳地落在二小姐她们身上。车子也走得慢了。二小姐赶快把化妆皮包收拾好，转脸看着老太爷轻声说：

"爸爸，快到了。"

"爸爸睡着了！"

"七弟，你喊得那么响！二姊，爸爸闭了眼睛养神的时候，谁也不敢惊动他！"

但是汽车上的喇叭又是呜呜地连叫三声，最后一声拖了个长尾巴。这是暗号。前面一所大洋房的两扇乌油大铁门霍地荡开，汽车就轻轻地驶进门去。阿萱猛的从座位上站起来，看见苏甫和竹斋的汽车也衔接着进来，又看见铁门两旁站着四五个当差，其中有武装的巡捕。接着，砰——的一声，铁门就关上了。此时汽车在花园里的柏油路上走，发出细微的丝丝的声音。黑森森的树木夹在柏油路两旁，三三两两的电灯在树荫间闪烁。蓦地车又转弯，眼前一片雪亮，耀的人眼花，五开间三层楼的一座大洋房在前面了，从屋子里散射出来的无线电音乐在空中回翔，咕——的一声，汽车停下。

【作家简介】

茅盾（1896—1981），原名沈德鸿，字雁冰，浙江桐乡人，中国现代著名作家、文学评论家和社会活动家，五四新文化运动先驱者之一。其代表作有长篇小说《子夜》、《蚀》三部曲（《幻灭》《动摇》《追求》）、《虹》、《霜叶红似二月花》、《腐蚀》，短篇小说农村三部曲（《春蚕》《秋收》《残冬》）、《林家铺子》等。

【文本赏析】

该篇节选自《子夜》第一章，讲述了主人公吴荪甫的父亲吴老太爷首次来到上海，看到车水马龙，十里洋场的大都市，备受震撼的情节。茅盾先生通过吴老太爷的眼睛生动地描绘了20世纪初期上海的变化，作为在乡村久住多年的封建遗老，吴老太爷对各种新事物都充满了抵触。茅盾在描写吴老太爷初入上海时，利用各种细节描写，生动地展现了这位保守、腐朽的老人内心的感受。文章中描写上海的各种新变化，也是当时半殖民地半封建社会的真实写照。快速的发展和开发的环境使得吴老太爷在进城的一路上惴惴不安，心理上的平衡也被彻底打破。作为书中封建制度的代表，吴老太爷的这次进城也说明着封建文化与现代资本主义文化的碰撞，就如同他手中拿的那本《太上感应篇》成为他心中的救命稻草，视各种现代化产物为妖魔鬼怪，成为当时的时代背景下封建遗留的缩影，就如同瞿秋白所言，《子夜》在文艺上表现了中国的社会关系和阶级关系。作为现实主义的作家，茅盾也为封建象征的吴老太爷之死埋下了伏笔，而暗示着封建专制退出了历史的舞台。

《子夜》中的吴荪甫是个民族资本家的典型形象。首先，他发展民族工业的理想和为这种理想的实现所做的挣扎奋斗，既有振兴民族实力的爱国反帝反封建的一面，又有违背中国工农意愿、利益而徒劳反动的一面。他有着建立工业王国的野心，以此来实现"实业救国"的抱负，但当自身利益因战争受损时，他毫不犹豫，以压榨工厂工人来填补亏空。其次，他有优越于封建主义的见识，他出身封建官僚世家，又曾游历欧美，学得一套近代资产阶级经营企业的本领，他有着"刚毅坚决"富有自信的常态，他精明、机智、多谋而善断，具有雄大的气魄与"铁的手腕"，"富于冒险的精神，硬干的胆力"，更有一套剥削工人血汗、管理工厂企业、与其他资本家竞争的经验和本领。因此，他"从不肯'妄自菲薄'"，像"一只攫食的狮子似的"，毫不怜悯地、残暴地吃掉了其他资本家如陈君宜的绸厂、朱吟秋的纱厂和八个日用品制造厂。他同其他资本家竞争的疯狂性、剥削工人的残暴性、冷酷而又险恶的反动性、无耻的掠夺性、盲目的投机冒险、坚韧的反抗性，互相纠结，表现得十分充分。总之，吴荪甫是一个矛盾体，是具有鲜明、复杂个性的民族资本家典型。作家愈是多方面、多角度、多层次地强调吴荪甫的竭力挣扎、奋斗，强调他不得不然的性格逻辑与命运悲剧，也就愈能成功地展现吴荪甫思想性格的复杂性、矛盾性、深刻性与丰富性。同时也更有力地证明中国没有，也不可能"走向资本主义发展的道路"，而是"更加殖民地化了"，因此，只能由无产阶级及其政党来领导，向社会主义迈进，这样，也就更加深化和突出了小说的主题。

【课程思政】

吴荪甫的悲剧说明个人的理想抱负必须与国家、民族的前途命运紧密相连，只有当个人的理想顺应了时代发展的需要时，才能够最大限度地发挥个人的才能。

【作家的话】

这是中国第一部写实主义的成功的长篇小说。……然而应用真正的社会科学，在文艺上表现中国的社会关系和阶级关系，在《子夜》不能够不说是很大的成绩。……一九三三年在将来的文学史上，没有疑问的要记录《子夜》的出版。

——瞿秋白《〈子夜〉和国货年》（《申报·自由谈》1933年4月2日、3日）

《子夜》一方面是普罗革命文学里面的一部重要著作，另一方面就是"五四"后的先进的、社会的、现实主义的文学传统之产物与发展。……并且是把鲁迅先驱地英勇地所开辟的中国现代的战斗的文学的路，现实主义的创作的路，接引到普罗革命文学上来的"里程碑"之一。

——冯雪峰《〈子夜〉与革命的现实主义的文学》（《木屑文丛》第1辑，1935年4月20日）

他作小说一向是先定计划的，计划不只藏在胸中，还要写在纸上，写在纸上的不只是个简单的纲要，竟是细磨细琢的详尽的记录。据我的记忆，他这种功夫，在写《子夜》的时候用得最多。我有这么个印象，他写《子夜》是兼具文艺家写作品与科学家写论文的精神的。

——叶圣陶《略谈茅盾的文学创作》（《中国现代作家选集·茅盾》，人民文学出版社，1983年版）

【延伸阅读】

《蚀》三部曲、《虹》、《林家铺子》

【拓展与思考】

1.体会"吴老太爷"这一人物形象的象征意义及其在全书中的作用。
2.体味茅盾"社会剖析小说"的艺术特点。

第十四讲　巴　金

【篇目】

家（节选）

第六章

高觉新是觉民弟兄所称为"大哥"的人。他和觉民、觉慧虽然是同一个母亲所生，而且生活在同一个家庭里，可是他们的处境并不相同。觉新在这一房里是长子，在这个大家庭里又是长房的长孙。就因为这个缘故，在他出世的时候，他的命运便决定了。

他的相貌清秀，自小就很聪慧，在家里得着双亲的钟爱，在私塾得到先生的赞美。看见他的人都说他日后会有很大的成就，便是他的父母也在暗中庆幸有了这样的一个"宁馨儿"。

他在爱的环境中渐渐地长成，到了进中学的年纪。在中学里他是一个成绩优良的学生，四年课程修满毕业的时候又名列第一。他对于化学很感到兴趣，打算毕业以后再到上海或北京的有名的大学里去继续研究，他还想到德国去留学。他的脑子里充满了美丽的幻想。在那个时期中他是一般同学所最羡慕的人。

然而恶运来了。在中学肄业的四年中间他失掉了母亲，后来父亲又娶了一个年轻的继母。这个继母还是他的死去的母亲的堂妹。环境似乎改变了一点，至少他失去了一样东西。固然他知道，而且深切地感到母爱是没有什么东西能代替的，不过这还不曾在他的心上留下十分显著的伤痕。因为他还有更重要的东西，这就是他的前程和他的美妙的幻梦。同时他还有一个能够了解他、安慰他的人，那是他的一个表妹。

但是有一天他的幻梦终于被打破了，很残酷地打破了。事实是这样：他在师友的赞誉中得到毕业文凭归来后的那天晚上，父亲把他叫到房里去对他说：

"你现在中学毕业了。我已经给你看定了一门亲事。你爷爷希望有一个重孙，我也希望早日抱孙。你现在已经到了成家的年纪，我想早日给你接亲，也算了结我一桩心事。……我在外面做官好几年，积蓄虽不多，可是个人衣食是不用愁的。我现在身体不大好，想在家休养，要你来帮我料理家事，所以你更少不掉一个内助。李家的亲事我已经准备好了。下个月十三是个好日子，就在那一天下定。……今年年内就结婚。"

这些话来得太突然了。他把它们都听懂了，却又好像不懂似的。他不作声，只是点着头。他不敢看父亲的眼睛，虽然父亲的眼光依旧是很温和的。

他不说一句反抗的话，而且也没有反抗的思想。他只是点头，表示愿意顺从父亲的话。可是后来他回到自己的房里，关上门倒在床上用铺盖蒙着头哭，为了他的破灭了的幻梦而哭。

关于李家的亲事，他事前也曾隐约地听见人说过，但是人家不让他知道，他也不好意思打听。而且他不相信这种传言会成为事实。原来他的相貌清秀和聪慧好学曾经使某几个有女儿待嫁的绅士动了心。给他做媒的人常常往来高公馆。后来经他的父亲同继母商量、选择的结果，只有两家姑娘的芳名不曾被淘汰，因为在这两个姑娘之间，父亲不能决定究竟哪一个更适宜做他儿子的配偶，而且两家请来做媒的人的情面又是同样地大。于是父亲只得求助于拈阄的办法，把两个姑娘的姓氏写在两方小红纸片上，把它们揉成两团，拿在手里，走到祖宗的神主面前诚心祷告了一番，然后随意拈起一个来。李家的亲事就这样地决定了。拈阄的结果他一直到这天晚上才知道。

是的，他也曾做过才子佳人的好梦，他心目中也曾有过一个中意的姑娘，就是那个能够了解他、安慰他的钱家表妹。有一个时期他甚至梦想他将来的配偶就是她，而且祈祷着一定是她，因为姨表兄妹结婚，在这种绅士家庭中是很寻常的事。他和她的感情又是那么好。然而现在父亲却给他挑选了另一个他不认识的姑娘，并且还决定就在年内结婚，他的升学的希望成了泡影，而他所要娶的又不是他所中意的那个"她"。对于他，这实在是一个大的打击。他的前程断送了。他的美妙的幻梦破灭了。

他绝望地痛哭，他关上门，他用铺盖蒙住头痛哭。他不反抗，也想不到反抗。他忍受了。他顺从了父亲的意志，没有怨言。可是在心里他却为着自己痛哭，为着他所爱的少女痛哭。

到了订婚的日子他被人玩弄着，像一个傀儡；又被人珍爱着，像一个宝贝。他做人家要他做的事，他没有快乐，也没有悲哀。他做这些事，好像这是他应尽的义务。到了晚上这个把戏做完贺客散去以后，他疲倦地、忘掉一切地熟睡了。从此他丢开了化学，丢开了在学校里所学的一切。他把平日翻看的书籍整齐地放在书橱里，不再去动它们。他整天没有目的地游玩。他打牌，看戏，喝酒，或者听父亲的吩咐去作结婚时候的种种准备。他不大用思想，也不敢多用思想。

不到半年，新的配偶果然来了。祖父和父亲为了他的婚礼特别在家里搭了戏台演戏庆祝。结婚仪式并不如他所想象的那样简单。他自己也在演戏，他一连演了三天的戏，才得到了他的配偶。这几天他又像傀儡似地被人玩弄着；像宝贝似地被人珍爱着。他没有快乐，也没有悲哀。他只有疲倦，但是多少还有点兴奋。可是这一次把戏做完贺客散去以后，他却不能够忘掉一切地熟睡了，因为在他的旁边还睡着一个不相识的姑娘。在这个时候他还要做戏。

他结婚，祖父有了孙媳，父亲有了媳妇，别的许多人也有了短时间的笑乐，但他自己也并不是一无所得。他得到一个能够体贴他的温柔的姑娘，她的相貌也并不比他那个表妹的差。他满意了，在短时期内他享受了他以前不曾料想到的种种乐趣，在短时期内他忘记了过去的美妙的幻梦，忘记了另一个女郎，忘记了他的前程。他满足了。他陶醉了，陶醉在一个少女的爱情里。他的脸上常常带着笑容，而且整天躲在房里陪伴他的新婚的妻子。周围的人都羡慕他的幸福，他也以为自己是幸福的了。

这样地过了一个月，有一天也是在晚上，父亲又把他叫到房里去对他说：

"你现在成了家，应该靠自己挣钱过活了，也免得别人说闲话。我把你养到这样大，又给你娶了媳妇，总算尽了我做父亲的责任。以后的事就要完全靠你自己。……家里虽然有钱可以送你到下面去继续求学，但是一则你已经有了妻子，二则，现在没有分家，我自己又在管账，不好把你送到下面去。……而且你到下面去读书，爷爷也一定不赞成。闲在家里，于你也不好。……我已经给你找好了一个位置，就在西蜀实业公司，薪水虽然不多，总够你们两个人零用。你只要好好做事，将来一定有出头的日子。明天你就到公司事务所去办事，我领你去。这个公司的股子我们家里也有好些，我还是一个董事。事务所里面几个同事都是我的朋友，他们会照料你。……"

父亲一句一句平板地说下去，好像这些话都是极其平常的。他听着，他应着。他并不说他愿意或是不愿意。一个念头在他的脑子里打转："一切都完了。"他的心里藏着不少的话，可是他一句话也不说。

第二天下午，父亲对他谈了一些关于在社会上做事待人应取的态度的话，他一一地记住了。两乘轿子把他们父子送到西蜀实业公司经营的商业场的后门。他跟着父亲走到事务所去，见了那个四十多岁有八字须的驼背的黄经理，那个面貌跟老太婆相似的陈会计，那个瘦长的王收账员，以及其他两三个相貌平常的职员。经理问了他几句话，他都简单地像背书似地回答了。这些人虽然对他很客气，但是他总觉得在谈话上，在举动上，他们跟他不是一类的人；而且他也奇怪为什么以前就很少看见这种人。

父亲先走了，留下他在那里，惶恐而孤独，好像被抛弃在荒岛上面。他并没有办事，一个人痴呆地坐在经理室里，看经理跟别人谈话。他这样地坐了整整两个多钟头。

经理忽然发现了他，对他客气地说："今天没有事，世兄请回去罢。"他像囚犯遇赦似的，高兴地雇了轿子回家，一路上催着轿夫快走，他觉得世界上再没有比家更可爱的了。

他回到家里，先去见祖父，听了一番训话；然后去见父亲，又是一番训话。最后他回到自己的房里，妻又向他问长问短，到底是从妻那里得到一些安慰。第二天上午十点在家吃过早饭后，他便到公司去，一直到下午四点钟才回家。这一天他有了自己的办公室，而且在经理和同事们的指导下开始做了工作。

这样在十九岁的年纪他便大步走进社会了。他逐渐地熟悉了这个环境，学到了新的生活方法，而且逐渐地把他在中学四年中所得到的学识忘掉。这种生活于他不再是陌生的了。他第一次领到三十元现金的薪水的时候，他心里充满着欢喜和悲哀，一方面因为这是自己第一次挣来的钱，另一方面却因为这是卖掉自己前程所得的代价。可是以后一个月一个月平淡地生活下去，他按月领到那三十元的薪水，便再没有什么特殊的感觉了，没有欢喜，也没有悲哀。

这种生活也还是可以过下去的，没有欢喜，也没有悲哀。虽然每天照例要看见那几张脸，听那些无味的谈话，做那些呆板的事，可是他周围的一切还是平静而安稳。家里的人也不来打扰他，让他和妻安静地过他们的家庭生活。

然而不过半年他一生中的另一个大变故又发生了：时疫夺去了父亲，他和弟妹们的哭声并不能够把父亲留住。父亲去了，把这一房的责任放在他的肩上。上面有一个继母，下面有两个在家的妹妹和两个在学校里读书的弟弟。这时候他还只有二十岁。

他的心里充满了悲哀，他为死去的父亲而哭，他却不曾想到他自己的处境变得更可悲了。他的悲哀不久便逐渐消去，在父亲的棺木入土以后，他似乎把父亲完全忘记了。他不仅忘记了父亲，同时他还忘记了过去的一切，他甚至忘记了自己的青春。他平静地把这个大家庭的担子放在他的年轻的肩上。在最初的几个月，这个担子还不算沉重，他挑着它并不觉得吃力。可是短短的时期一过，许多有形和无形的箭便开始向他射来，他躲开了一些，但也有一些射到了他的身上。他有了一个新的发现，他看见了这个绅士家庭的另一个面目。在和平的、爱的表面下，他看见了仇恨和斗争，而且他自己也就成了人们攻击的目标。虽然他的环境使他忘记了自己的青春，但是他的心里究竟还燃烧着青春的火。他愤怒，他奋斗，他以为他的行为是正当的。然而奋斗的结果只给他招来了更多的烦恼和更多的敌人。这个大家庭是由四房组织成的。他的祖父本来有五个儿子，但是他的二叔很早就死了。在现有的四房中，除了他自己这一房外，三叔比较跟他接近，四叔和五叔对他不大好，尤其是四婶因为他的继母无意中得罪了她，在暗中跟他这一房闹得厉害，五婶受到四婶的挑拨，也常常跟他的继母作对。由于她们的努力，许多关于他或者他这一房的闲话就流传出去了。

他的奋斗毫无结果。而且他也疲倦了。他想，这样不断地跟长辈冲突有什么好处呢？四婶和五婶，再加上一个陈姨太，她们永远是那样的女人。他不能够说服她们，他又何必自寻烦恼，浪费精力呢？于是他又发明了新的处世方法，或者更可以说是处家的方法。他极力避免跟她们冲突，他在可能的范围内极力敷衍她们，他对她们非常恭敬，他陪她们打牌，他替她们买东西。……总之，他牺牲了一部分的时间去讨她们的欢心，只是为了想过几天安静的生活。

不久他的大妹淑蓉因肺病死了。这虽然给他带来悲哀，但是他也觉得心里轻松一点，似乎肩上的担子减轻了一些。

又过了一些时候，他的第一个婴儿出世了，这是一个男孩。他为了这件事情很感激他的妻，因为儿子的出世给他带来了莫大的欢喜。他觉得自己已经是没有希望的人了，以前的美妙的幻梦永远没有实现的机会了。他活着只是为了挑起肩上的担子；他活着只是为了维持父亲遗留下的这个家庭。然而现在他有了一个儿子，这是他的亲骨血，他所最亲爱的人，他可以好好地教养他，把他的抱负拿来在儿子的身上实现。儿子的幸福就是他自己的幸福。这样想着他得到了一点安慰。他觉得他的牺牲并不是完全白费的。

过了两年"五四运动"发生了。报纸上的如火如荼的记载唤醒了他的被忘却了的青春。他和他的两个兄弟一样贪婪地读着本地报纸上转载的北京消息，以及后来上海、南京两地六月初大罢市的新闻。本地报纸上又转载了《新青年》和《每周评论》里的文章。于是他在本城唯一出售新书报的"华洋书报流通处"里买了一本最近出版的《新青年》，又买了两三份《每周评论》。这些刊物里面一个一个的字像火星一样地点燃了他们弟兄的热情。那些新奇的议论和热烈的文句带着一种不可抗拒的力量压倒了他们三个人，使他们并不经过长期的思索就信服了。于是《新青年》、《新潮》、《每周评论》、《星期评论》、《少年中国》等等都接连地到了他们的手里。以前出版的和新出版的《新青年》、《新潮》两种杂志，只要能够买到的，他们都买了，甚至《新青年》的前身《青年杂志》也被那个老店员从旧书堆里捡了出来送到他们的手里。每天晚上，他和两个兄弟轮流地读这些书报，连通讯栏也不肯轻易放过。他们有时候还讨论这些书报中所论到的各种问题。他两个兄弟的思想比他的思想进步些。他们常常称他做刘半农的"作揖主义"的拥护者。他自己也常说他喜欢托尔斯泰的"无抵抗主义"。其实他并没有读过托尔斯泰自己关于这方面的文章，只是后来看到一篇《呆子伊凡的故事》。

"作揖主义"和"无抵抗主义"对他的确有很大的用处，就是这样的"主义"把《新青年》的理论和他们这个大家庭的现实毫不冲突地结合起来。它给了他以安慰，使他一方面信服新的理论，一方面又顺应着旧的环境生活下去，自己并不觉得矛盾。于是他变成了一个有两重人格的人：在旧社会里，在旧家庭里他是一个暮气十足的少爷；他跟他的两个兄弟在一起的时候他又是一个新青年。这种生活方式当然是他的两个兄弟所不能了解的，因此常常引起他们的责难。但是他也坦然忍受了。他依旧继续阅读新思想的书报，继续过旧式的生活。

他看见儿子慢慢地长大起来，从学爬到走路，说简短的话。这个孩子很可爱，很聪明，他差不多把全量的爱倾注在这个孩子的身上，他想："我所想做而不能做到的，应当由他来替我完成。"他因为爱孩子，不愿意雇奶妈来喂奶，要他的妻自己抚养孩子，好在妻的奶汁也很够。这样的事在这个绅士家庭里似乎也是一个创举，因此又引起外人的种种闲话。但是他都忍受了，他相信自己是为了孩子的幸福才这样做的，而且妻也体会到他这种心思，也满意他这个办法。

每天晚上，总是妻带着孩子先睡，他睡得较迟。他临睡时总要去望那个躺在妻的身边、或者睡在妻的手腕里的孩子的天真的睡脸。这面容使他忘记了自己的一切，他只感到无限的爱，他忍不住俯下头去吻那张美丽的小脸，口里喃喃地说了几句含糊的话。这些话并没有什么意义，它们是自然地从他的口中吐出来的，那么自然，就像喷泉从水管里喷出来一样。它们只是感激、希望与爱的表示。

他并不知道从前他还是一个孩子的时候，他也曾经从父母那里受到这样的爱，他也曾经从父母那里听到这样的充满了感激、希望与爱的语言。

【作家简介】

巴金（1904—2005），原名李尧棠，字芾甘。祖籍浙江嘉兴，生于四川成都。曾经留学法国，接触到无政府主义思想。1928年发表处女作中篇小说《灭亡》，从此开始了他的文学生涯。到1949年前，著有20多部中、长篇小说，70多部短篇小说，此外还有大量的随笔散文。20世纪80年代有《随想录》，他被认为是敢于讲真话，并具有忏悔意识的作家。

【文本赏析】

《家》是"激流三部曲"的第一部。1931年完成，最初是以《激流》的名字在杂志上连载，后来出版单行本时，才改名为《家》。《家》或许不是巴金最好的作品，但绝对是最受那个时代青年喜爱的一本书。巴金能写出《家》，是和他本人的生活经历密切关联的。巴金出生在一个封建大家庭，他曾在《我的幼年》中说："家庭里，有将近二十个是我的长辈，有三十个以上的兄弟姊妹，有四五十个男女仆人。"巴金在这个家庭生活了19年。这种大家族生活，是巴金文学创作的生活资源和情感动力。

《家》以封建大家庭为表现对象，是现代中国文学史上第一部大规模描写大家庭生活的小说，为现代中国新文学开拓了一个新的表现领域。《家》描写的家族生活幅度广阔，涉及祖孙三代人：祖父高老太爷；父辈高克明、高克定、高克安；孙辈高觉新、高觉民、高觉慧，琴、瑞珏、梅等。但描写的主要内容是青年一代的婚姻爱情。主要冲突是孙辈与封建家长之间的冲突。《家》正是以这种冲突表现"五四"以来人性解放的时代思想激流对于封建传统家族制度及其礼教的冲击。年轻一代对封建家族制度的反抗，是作品最重要的内容。随着时代的进步，受"五四"思想影响的新青年不再满足于祖辈那样的非人生活，他们反抗家族制度的罪恶、专制、腐败，追求个性解放，追求真正的人的生活，表现出"五四"新文化激流对封建家长制度的毁灭性冲击。《家》对封建家族制度罪恶的控诉，具有感染人心的批判力量。作品通过三名女性（钱梅芬、李瑞珏、鸣凤）的悲剧命运来表现这一主题。她们都是封建婚姻制度的牺牲品，她们的悲剧命运有力地揭示了家族制度和礼教的吃人性质。高觉新是《家》中最深刻丰满的形象。他的性格核心是矛盾与软弱。他能够认识到自己的悲剧根源，却怯于反抗的行动。他缺乏叛逆性，缺乏独立的人格。他总是压抑自己的思想和感情，任凭家长的摆布和支配。这种"作揖主义"和"无抵抗主义"是封建家族礼教制度对青年自由意志的最大戕害。高觉新的悲剧是封建末世知识分子的悲剧。这一形象对现代中国的某些知识分子具有很大概括力。

【课程思政】

高觉新的矛盾与软弱，在本质上是自由意志的缺乏，是生命意志、生命力量的匮乏。他的生命始终处于压抑的状态。虽然在理性上，他能够判断是非对错，但是却无力把这种理性贯彻到行动中去。在高觉新的性格中，我们可以感受到封建文化是怎样在骨子里剥夺人的自我的。

【作家的话】

我要反抗这个命运……我所憎恨的并不是个人，而是制度，……我要向一个垂死的制度叫出我的控诉！

——巴金《关于〈家〉》（《巴金全集》第1卷，人民文学出版社，1986年版）

【附录】

《激流》总序

巴金

几年前我流着眼泪读完托尔斯泰的小说《复活》，曾经在扉页上写了一句话："生活本身就是一个悲剧。"

事实并不是这样。生活并不是一个悲剧。它是一个"搏斗"。我们生活来做什么？或者说我们为什么要有这生命？罗曼·罗兰的回答是"为的是来征服它"。我认为他说得不错。

我有了生命以来，在这个世界上虽然仅仅经历了二十几个寒暑，但是这短短的时期也并不是白白度过的。这其间我也曾看见了不少的东西，知道了不少的事情。我的周围是无边的黑暗，但是我并不孤独，并不绝望。我无论在什么地方总看见那一股生活的激流在动荡，在创造它自己的道路，通过乱山碎石中间。

这激流永远动荡着，并不曾有一个时候停止过，而且它也不能够停止；没有什么东西可以阻止它。在它的途中，它也曾发射出种种的水花，这里面有爱，有恨，有欢乐，也有痛苦。这一切造成了奔腾的一股激流，具有排山之势，向着唯一的海流去。这唯一的海是什么，而且什么时候它才可以流到这海里，就没有人能够确定地知道了。

我跟所有其余的人一样，生活在这世界上，是为着来征服生活。我也曾参加在这个"搏斗"里面。我有我的爱，有我的恨，有我的欢乐，也有我的痛苦。但是我并没有失去我的信仰：对于生活的信仰。我的生活还不会结束，我也不知道在前面还有什么东西等着我。然而我对于将来却也有一点概念。因为过去并不是一个沉默的哑子，它会告诉我们一些事情。

在这里我所要展开给读者看的乃是过去十多年生活的一幅图画。自然这里只有生活的一小部分，但已经可以看见那一股由爱与恨、欢乐与受苦所组织成的生活的激流是如何地在动荡了。我不是一个说教者，所以我不能够明确地指出一条路来，但是读者自己可以在里面去找它。

有人说过，路本没有，因为走的人多了，便成了一条路。又有人说路是有的，正因为有了路才有许多人走。谁是谁非，我不想判断。我还年轻，我还要活下去，我还要征服生活。我知道生活的激流是不会停止的，且看它把我载到什么地方去。

一九三一年四月

【延伸阅读】

"爱情的三部曲"、《憩园》、《第四病室》、《寒夜》

【拓展与思考】

1.怎样理解巴金前后期文学创作风格的变化？

2.怎样看待高觉慧所代表的"五四"青年知识分子的选择与高觉新所代表的中国传统知识分子的矛盾与软弱？

第十五讲　老　舍

【篇目】

四世同堂（节选）

第一章

　　祁老太爷什么也不怕，只怕庆不了八十大寿。在他的壮年，他亲眼看见八国联军怎样攻进北京城。后来，他看见了清朝的皇帝怎样退位，和接续不断的内战；一会儿九城的城门紧闭，枪声与炮声日夜不绝；一会儿城门开了，马路上又飞驰着得胜的军阀的高车大马。战争没有吓倒他，和平使他高兴。逢节他要过节，遇年他要祭祖，他是个安分守己的公民，只求消消停停的过着不至于愁吃愁穿的日子。即使赶上兵荒马乱，他也自有办法：最值得说的是他的家里老存着全家够吃三个月的粮食与咸菜。这样，即使炮弹在空中飞，兵在街上乱跑，他也会关上大门，再用装满石头的破缸顶上，便足以消灾避难。

　　为什么祁老太爷只预备三个月的粮食与咸菜呢？这是因为在他的心理上，他总以为北平是天底下最可靠的大城，不管有什么灾难，到三个月必定灾消难满，而后诸事大吉。北平的灾难恰似一个人免不了有些头疼脑热，过几天自然会好了的。不信，你看吧，祁老太爷会屈指算计：直皖战争有几个月？直奉战争又有好久？啊！听我的，咱们北平的灾难过不去三个月！

　　七七抗战那一年，祁老太爷已经七十五岁。对家务，他早已不再操心。他现在的重要工作是浇浇院中的盆花，说说老年间的故事，给笼中的小黄鸟添食换水，和携着重孙子孙女极慢极慢的去逛大街和护国寺。可是，卢沟桥的炮声一响，他老人家便没法不稍微操点心了，谁教他是四世同堂的老太爷呢。

　　儿子已经是过了五十岁的人，而儿媳的身体又老那么病病歪歪的，所以祁老太爷把长孙媳妇叫过来。老人家最喜欢长孙媳妇，因为第一，她已给祁家生了儿女，叫他老人家有了重孙子孙女；第二，她既会持家，又懂得规矩，一点也不像二孙媳妇那样把头发烫得烂鸡窝似的，看着心里就闹得慌；第三，儿子不常住在家里，媳妇又多病，所以事实上是长孙与长孙媳妇当家，而长孙终日在外教书，晚上还要预备功课与改卷子，那么一家十口的衣食茶水，与亲友邻居的庆吊交际，便差不多都由长孙媳妇一手操持了；这不是件很容易的事，所以老人天公地道的得偏疼点她。还有，老人自幼长在北平，耳习目染的和旗籍人学了许多规矩礼路：儿媳妇见了公公，当然要垂手侍立。可是，儿媳妇既是五十多岁的人，身上又经常的闹着点病；老人若不教她垂手侍立吧，便破坏了家规；教她立规矩吧，又于心不忍，所以不如干脆和长孙媳妇商议商议家中的大事。祁老人的背虽然有点弯，可是全家还属他的身量最高。在壮年的时候，他到处都被叫作"祁大个子"。高身量，长脸，他本应当很有威严，可是他的眼睛太小，一笑便变成一条缝子，于是人们只看见他的高大的身躯，而觉不出什么特别可敬畏的地方来。到了老年，他倒变得好看了一些：黄暗的脸，雪白的须眉，眼角腮旁全皱出永远含笑的纹溜；小眼深深的藏在笑纹与白眉中，看去总是笑眯眯的显出和善；在他真发笑的时候，他的小眼放出一点点光，倒好像是有无限的智慧而不肯一下子全放出来似的。

把长孙媳妇叫来，老人用小胡梳轻轻的梳着白须，半天没有出声。老人在幼年只读过三本小书与六言杂字；少年与壮年吃尽苦处，独力置买了房子，成了家。他的儿子也只在私塾读过三年书，就去学徒；直到了孙辈，才受了风气的推移，而去入大学读书。现在，他是老太爷，可是他总觉得学问既不及儿子——儿子到如今还能背诵上下《论语》，而且写一笔被算命先生推奖的好字——更不及孙子，而很怕他们看不起他。因此，他对晚辈说话的时候总是先楞一会儿，表示自己很会思想。对长孙媳妇，他本来无须这样，因为她识字并不多，而且一天到晚嘴中不是叫孩子，便是谈论油盐酱醋。不过，日久天长，他已养成了这个习惯，也就只好教孙媳妇多站一会儿了。

长孙媳妇没入过学校，所以没有学名。出嫁以后，才由她的丈夫像赠送博士学位似的送给她一个名字——韵梅。韵梅两个字仿佛不甚走运，始终没能在祁家通行得开。公婆和老太爷自然没有喊她名字的习惯与必要，别人呢又觉得她只是个主妇，和"韵"与"梅"似乎都没多少关系。况且，老太爷以为"韵梅"和"运煤"既然同音，也就应该同一个意思，"好吗，她一天忙到晚，你们还忍心教她去运煤吗？"这样一来，连她的丈夫也不好意思叫她了，于是她除了"大嫂""妈妈"等应得的称呼外，便成了"小顺儿的妈"；小顺儿是她的小男孩。

小顺儿的妈长得不难看，中等身材，圆脸，两只又大又水灵的眼睛。她走路，说话，吃饭，作事，都是快的，可是快得并不发慌。她梳头洗脸擦粉也全是快的，所以有时候碰巧了把粉擦得很匀，她就好看一些；有时候没有擦匀，她就不大顺眼。当她没有把粉擦好而被人家嘲笑的时候，她仍旧一点也不发急，而随着人家笑自己。她是天生的好脾气。

祁老人把白须梳够，又用手掌轻轻擦了两把，才对小顺儿的妈说：

"咱们的粮食还有多少啊？"

小顺儿的妈的又大又水灵的眼很快的转动了两下，已经猜到老太爷的心意。很脆很快的，她回答："还够吃三个月的呢！"

其实，家中的粮食并没有那么多。她不愿因说了实话，而惹起老人的罗嗦。对老人和儿童，她很会运用善意的欺骗。"咸菜呢？"老人提出第二个重要事项来。

她回答的更快当："也够吃的！干疙疸，老咸萝卜，全还有呢！"她知道，即使老人真的要亲自点验，她也能马上去买些来。

"好！"老人满意了。有了三个月的粮食与咸菜，就是天塌下来，祁家也会抵抗的。可是老人并不想就这么结束了关切，他必须给长孙媳妇说明白了其中的道理："日本鬼子又闹事哪！哼！闹去吧！庚子年，八国联军打进了北京城，连皇上都跑了，也没把我的脑袋掰了去呀！八国都不行，单是几个日本小鬼还能有什么蹦儿？咱们这是宝地，多大的乱子也过不去三个月！咱们可也别太粗心大胆，起码得有窝头和咸菜吃！"

老人说一句，小顺儿的妈点一次头，或说一声"是"。老人的话，她已经听过起码有五十次，但是还当作新的听。老人一见有人欣赏自己的话，不由的提高了一点嗓音，以便增高感动的力量：

"你公公，别看他五十多了，论操持家务还差得多呢！你婆婆，简直是个病包儿，你跟她商量点事儿，她光会哼哼！这一家，我告诉你，就仗着你跟我！咱们俩要是不操心，一家子连裤子都穿不上！你信不信？"

小顺儿的妈不好意思说"信"，也不好意思说"不信"，只好低着眼皮笑了一下。

"瑞宣还没回来哪？"老人问。瑞宣是他的长孙。"他今天有四五堂功课呢。"她回答。

"哼！开了炮，还不快快的回来！瑞丰和他的那个疯娘们呢？"老人问的是二孙和二孙媳妇——那个把头发烫成鸡窝似的妇人。

"他们俩——"她不知道怎样回答好。

"年轻轻的公母俩，老是蜜里调油，一时一刻也离不开，真也不怕人家笑话！"

小顺儿的妈笑了一下："这早晚的年轻夫妻都是那个样儿！"

"我就看不下去！"老人斩钉截铁的说。"都是你婆婆宠得她！我没看见过，一个年轻轻的妇道一天老长在北海，东安市场和什么电影园来着？"

"我也说不上来！"她真说不上来，因为她几乎永远没有看电影去的机会。

"小三儿呢？"小三儿是瑞全，因为还没有结婚，所以老人还叫他小三儿；事实上，他已快在大学毕业了。

"老三带着妞子出去了。"妞子是小顺儿的妹妹。"他怎么不上学呢？"

"老三刚才跟我讲了好大半天，说咱们要再不打日本，连北平都要保不住！"小顺儿的妈说得很快，可是也很清楚。"说的时候，他把脸都气红了，又是搓拳，又是磨掌的！我就直劝他，反正咱们姓祁的人没得罪东洋人，他们一定不能欺侮到咱们头上来！我是好意这么跟他说，好教他消消气；喝，哪知道他跟我瞪了眼，好像我和日本人串通一气似的！我不敢再言语了，他气哼哼的扯起妞子就出去了！您瞧，我招了谁啦？"

老人楞了一小会儿，然后感慨着说："我很不放心小三儿，怕他早晚要惹出祸来！"

正说到这里，院里小顺儿撒娇的喊着："爷爷！爷爷！你回来啦？给我买桃子来没有？怎么，没有？连一个也没有？爷爷你真没出息！"

小顺儿的妈在屋中答了言："顺儿！不准和爷爷讪脸！再胡说，我就打你去！"

小顺儿不再出声，爷爷走了进来。小顺儿的妈赶紧去倒茶。爷爷（祁天佑）是位五十多岁的黑胡子小老头儿。中等身材，相当的富泰，圆脸，重眉毛，大眼睛，头发和胡子都很重很黑，很配作个体面的铺店的掌柜的——事实上，他现在确是一家三间门面的布铺掌柜。他的脚步很重，每走一步，他的脸上的肉就颤动一下。作惯了生意，他的脸上永远是一团和气，鼻子上几乎老拧起一旋笑纹。今天，他的神气可有些不对。他还要勉强的笑，可是眼睛里并没有笑时那点光，鼻子上的一旋笑纹也好像不能拧紧；笑的时候，他几乎不敢大大方方的抬起头来。

"怎样？老大！"祁老太爷用手指轻轻的抓着白胡子，就手儿看了看儿子的黑胡子，心中不知怎的有点不安似的。

黑胡子小老头很不自然的坐下，好像白胡子老头给了他一些什么精神上的压迫。看了父亲一眼，他低下头去，低声的说：

"时局不大好呢！"

"打得起来吗？"小顺儿的妈以长媳的资格大胆的问。"人心很不安呢！"

祁老人慢慢的立起来："小顺儿的妈，把顶大门的破缸预备好！"

【作家简介】

老舍（1899—1966），原名舒庆春，字舍予，北京人，满族。1923年1月，在《南开季刊》上发表第一篇小说《小铃儿》，从此开始文学创作。作品有长中短篇小说多部，代表作有《骆驼祥子》《四世同堂》《正红旗下》等，剧本有《龙须沟》《茶馆》等。

【文本赏析】

《四世同堂》分为《惶惑》《偷生》和《饥荒》三部，一百章，八十余万言。它描写了自"七七事变"到1945年日本无条件投降这八年间，北平小羊圈胡同里以"四世同堂"的祁家为中心的十几户人家在北平沦陷后的种种人生遭际和他们充满矛盾、苦难的日常生活，表现了他们从苟且偷生到进行自觉反抗的思想过程，展示了一个民族面对当亡国奴的命运时奋起反抗的不屈精神。《四世同堂》是一部饱蘸着民族血泪、充盈着民族不屈精神的苦难史诗，其中有对老北京文化的深刻反省，有对个人民族气节的高亢礼赞，也有对投机者不惜出卖民族利益的无情鞭挞。幼年失怙使老舍对"国破家亡"的悲哀有切身的体验，在他的作品中，始终激荡着浓烈的关切民族国家命运的爱国情怀。

与左翼作家通常对现实社会作阶级剖析的方法不同，老舍主要是从"文化"视角来表现特定"文化"背景下"人"的命运，以及在"文化"制约中的世态人情。老舍作品中最引人注目的是他的"京味"风格，"京味"作为一种风格现象，包括作家对北京特有风韵、人文景观的展示及展示中所注入的文化趣味。老舍小说写老北京的大杂院、四合院和胡同，写生活在里面的市民凡俗生活，写他们从事的种种职业活动，写老北京特有的风俗人情，为读者提供了丰富多彩的北京风俗画卷，具有浓郁的地域文化特色。老舍小说揭示了北京市民特有的文化心理结构。北京人长期生活在"天子"脚下，形成了特有的文化心理结构和性格习惯，他们讲究排场、体面、礼仪、规矩，追求精致的生活艺术，性格上则懒散、苟安、谦和、温厚、懦弱。老舍对老北京这种独特文化充满复杂的感情，他既对这种充满高雅、含蓄、精致、舒展的美不由自主地欣赏、陶醉，因这种美的丧失、毁灭而感伤、悲哀，也批判了这种文化心理性格的柔弱、无用。对北京文化的沉痛批判和由其现代命运引发的挽歌情调交织在一起，使老舍作品呈现出比同时代许多作家创作更复杂的审美特征。老舍作品中的京味正是这种主观情愫与对北京市民社会文化心理结构的客观描绘的统一。

【课程思政】

《四世同堂》以其宏伟的气魄和错综复杂的情节，展示了一个民族在大厦倾覆之后依然顽强屹立的精神力量，这正是中华民族历经种种磨难而仍然能够生生不息的根基所在。中华民族应该从历史和时代的高度审视自身的文化传统，不断增强民族自信心与文化认同感。

【作家的话】

我生在北平，那里的人、事、风景、味道，和卖酸梅汤、杏儿茶的吆喝的声音，我全熟悉。一闭眼我的北平就完整的，像一张彩色鲜明的图画浮立在我的心中。我敢放胆的描画它。

——老舍《想北平》（《宇宙风》1936年第19期）

【延伸阅读】

《骆驼祥子》《鼓书艺人》《正红旗下》

【拓展与思考】

1.谈谈老舍笔下的"市民世界"。

2.谈谈老舍小说的"京味"风格。

第六章　光明在前方

【导语】

黑暗的社会现实令人感到愤懑压抑，抗战的血与火唤醒了中华民族复兴的伟力，增强了中华民族的民族意识，促进了中华民族的大团结，弘扬了伟大的爱国主义精神，自此以后，国家意识成为民众自觉，爱国主义成为时代主题。中国人民自强不息、不畏强暴、同仇敌忾的民族情感在闻一多、艾青、穆旦等爱国诗人的诗作中得到了充分的体现。这些爱国诗歌不但鼓舞了民众改造旧世界的勇气，而且坚定了人们坚信光明必将到来的信念。

第十六讲　闻一多

【篇目】

发现

我来了，我喊一声，迸着血泪，
"这不是我的中华，不对，不对！"
我来了，因为我听见你叫我；
鞭着时间的罡风，擎一把火，
我来了，不知道是一场空喜。
我会见的是噩梦，那里是你？
那是恐怖，是噩梦挂着悬崖，
那不是你，那不是我的心爱！

> 我追问青天，逼迫八面的风，
>
> 我问，拳头擂着大地的赤胸，
>
> 总问不出消息；我哭着叫你，
>
> 呕出一颗心来，——在我心里！

一九二八年

【作家简介】

闻一多(1899—1946)，本名闻家骅，湖北浠水人。诗人、学者、民主斗士。五四运动后开始发表新诗。早年参加新月社，提倡新格律体诗。他的诗具有极强的民族意识和民族气质。诗集《红烛》（1923）、《死水》（1928）具有沉郁奇丽的艺术风格，整齐和谐的艺术表现，影响颇大。他对《周易》《诗经》《庄子》《楚辞》四大古籍的整理研究，被郭沫若称为"前无古人，后无来者"。

【文本赏析】

闻一多，1922年留美，在异国他乡受到歧视，于是更加魂牵梦萦着祖国。1925年他提前回国，一踏上祖国的土地，目睹当时国内的情形——军阀混战、帝国主义横行，贫穷落后、混乱不堪，闻一多的心情是失望、痛苦、悲哀而愤怒的，就好像一腔热血突然被浇了一盆冷水。正是在这种心情下，他创作出《死水》《发现》等诗篇。

《发现》一诗写于回国之初，是诗人忧与爱的化合之作，表现的是对落后残破的中国的泣泪成血的失望、呼天抢地的愤懑。闻一多是怀抱着一颗炽热的报效祖国的雄心归来的，而眼前的祖国让他绝望，"其实，在美国的时候，他对于天灾人祸交加的祖国情况又何尝不清楚？然而彼时彼地的心情使得我们赤诚的诗人把他所热爱的祖国美化了、神圣化了。诗人从创造的形象里取得温暖与力量，当现实打破了他的梦想，失望悲痛的情感就化成了感人的诗篇——《发现》。"这首诗虽然只有十二行，却构思卓绝，名震一时。这首诗的标题是"发现"，但作者不写"发现"之过程，而是单刀直入，突然来了一句穿云裂石、撕心裂肺的长啸："我来了，我喊一声，迸着血泪，'这不是我的中华，不对，不对！'"其中，倒装句的使用——"迸着血泪"后移——醒目异常、动人心弦。我们仿佛看到了作者的带着血丝的泪水、失望困惑的眼神、暴跳的青筋、急速的喘息。这一声呼喊，石破天惊，如"列缺霹雳，猝然骤至"，又如"高山坠石，骇然而来"，给读者以极大的震撼，非赤诚之士不能写之。

【课程思政】

诗人用愤怒的笔调揭露了当时中国黑暗的社会现实，通过发自肺腑的赤子之情，表达对理想中国的追求和赞颂，表现了诗人对民众力量充满信心和诗人深厚的爱国主义情感。

【批评家的话】

抗战以前，他（闻一多）差不多是唯一有意大声歌咏爱国的诗人。

——朱自清《新诗杂话·爱国诗》（《朱自清全集》第2卷，江苏教育出版社，1996年版）

闻一多不光是伟大的诗人，也是一位杰出的学者，他是五四运动之后非常杰出的作家。

——瑞典汉学家马悦然（魏文文《闻一多：闪耀世界诗坛的一颗星》，《人民日报》（海外版）2021年7月15日）

【延伸阅读】

《死水》《忆菊》《太阳吟》《七子之歌》

【附录】

一句话（闻一多）

有一句话说出就是祸，
有一句话能点得着火。
别看五千年没有说破，
你猜得透火山的缄默？
说不定是突然着了魔，
突然青天里一个霹雳，
爆一声：
"咱们的中国！"

这话叫我今天怎么说？
你不信铁树开花也可，
那么有一句话你听着：
等火山忍不住了缄默，

不要发抖，伸舌头，顿脚，

等到青天里一个霹雳，

爆一声：

"咱们的中国！"

【拓展与思考】

闻一多对新诗格律化的贡献有哪些？

第十七讲　艾　青

【篇目】

黎明的通知

为了我的祈愿

诗人啊，你起来吧

而且请你告诉他们

说他们所等待的已经要来

说我已踏着露水而来

已借着最后一颗星的照引而来

我从东方来

从汹涌着波涛的海上来

我将带光明给世界

又将带温暖给人类

借你正直人的嘴

请带去我的消息

通知眼睛被渴望所灼痛的人类

和远方的沉浸在苦难里的城市和村庄

请他们来欢迎我——

白日的先驱，光明的使者

打开所有的窗子来欢迎

打开所有的门来欢迎

请鸣响汽笛来欢迎

请吹起号角来欢迎

请清道夫来打扫街衢

请搬运车来搬去垃圾

让劳动者以宽阔的步伐走在街上吧

让车辆以辉煌的行列从广场流过吧

请村庄也从潮湿的雾里醒来

为了欢迎我打开它们的篱笆

请村妇打开她们的鸡埘

请农夫从畜棚牵出耕牛

借你的热情的嘴通知他们

说我从山的那边来，从森林的那边来

请他们打扫干净那些晒场

和那些永远污秽的天井

请打开那糊有花纸的窗子

请打开那贴着春联的门

请叫醒殷勤的女人

和那打着鼾声的男子

请年轻的情人也起来

和那些贪睡的少女

请叫醒困倦的母亲

和他身边的婴孩

请叫醒每个人

连那些病者和产妇

连那些衰老的人们

呻吟在床上的人们

连那些因正义而战争的负伤者

和那些因家乡沦亡而流离的难民

请叫醒一切的不幸者

我会一并给他们以慰安

请叫醒一切爱生活的人

工人，技师及画家

请歌唱者唱着歌来欢迎

用草与露水所渗合的声音

请舞蹈者跳着舞来欢迎

披上她们白雾的晨衣

请叫那些健康而美丽的醒来

说我马上要来叩打他们的窗门

请你忠实于时间的诗人

带给人类以慰安的消息

请他们准备欢迎，请所有的人准备欢迎

当雄鸡最后一次鸣叫的时候我就到来

请他们用虔诚的眼睛凝视天边

我将给所有期待我的以最慈惠的光辉

趁这夜已快完了，请告诉他们

说他们所等待的就要来了

一九四二年

【作家简介】

艾青（1910—1996），原名蒋正涵，号海澄，浙江金华人。1928年中学毕业后考入杭州国立西湖艺术院绘画系。后赴法国勤工俭学，专修绘画，接触西方现代诗歌。1932年1月，发表诗歌处女作《会合》。1932年5月，在上海参加中国左翼美术家联盟。早期诗作风格浑厚质朴，调子沉重忧郁，但对生活充满希望。抗日战争时期的诗作，格调高扬。新中国成立后，诗歌以讴歌光明为主，感情炽烈。出版诗集《大堰河》《北方》《向太阳》《黎明的通知》《归来的歌》《雪莲》等。

【文本赏析】

《黎明的通知》是诗人艾青于1942年所作的一首诗。当时正处于抗日战争相持阶段。抗战初期，艾青辗转于西北黄土高原，又冒着生命危险从重庆来到了延安。在解放区，艾青清晰地感受到，解放区的天是明朗的天。因此，艾青创作了这首《黎明的通知》，以特有的敏感向人们表达了这种新鲜的感受，传达了中华大地快要天亮的信息。这首诗以黎明的口吻热切地唤起一切事物来迎接美好新世界的到来，充满着乐观向上的精神和对新社会新生活的坚定信念。诗歌赞美了解放区朝气蓬勃的美好生活，同时充满了对未来的美好期待。全诗运用了拟人修辞手法、排比句式，两行一列的结构使得全诗节奏非常明快，富于音乐感。在写这首诗时，诗人不从通常的思维逻辑着眼，写人们怎样期盼或迎接着黎明的到来；而是以奇特的想象，从相反的角度，即从黎明就要到来着笔，将黎明拟人化，以黎明的眼光和心绪来写，并以黎明的口气道出人们的祈盼，这种角度，这样的构思，使诗歌充满了新鲜感，使诗人心中的欢悦之情更感人地流溢了出来。"黎明"象征革命的胜利、全国的解放。诗中许多细节，也可以说是一种象征，象征革命胜利、全国解放时，人们将进入一个新的天地。《黎明的通知》增强了人们的信心和希望，显现出广阔的审美情境。

【课程思政】

抗战既是中国的苦难史，也是一部国家奋进史。今天，重温抗日战争那段苦难辉煌的岁月，就是要牢记中国人民为维护民族独立和自由、捍卫祖国主权和尊严建立的伟大功勋，用历史的火把照亮民族复兴之路。

【批评家的话】

"诗人首先要做一个诚实的人，做一个正直的人。"这是艾青在半个世纪的政治风波中颠簸、振荡以后的肺腑之言。人民的眼睛注视着艾青，艾青用跟人民的心搏相连的真话和真情去歌唱。他是属于人民的诗人。

——杨匡汉、杨匡满《艾青诗歌艺术风格散论》（《文学评论》1980 年第 4 期）

【延伸阅读】

《雪落在中国的土地上》《手推车》《乞丐》

【拓展与思考】

艾青的诗歌是如何做到诗与画的艺术融汇相通的？

第十八讲　穆　旦

【篇目】

赞美

走不尽的山峦的起伏，河流和草原，
数不尽的密密的村庄，鸡鸣和狗吠，

接连在原是荒凉的亚洲的土地上，

在野草的茫茫中呼啸着干燥的风，

在低压的暗云下唱着单调的东流的水，

在忧郁的森林里有无数埋藏的年代。

它们静静地和我拥抱：

说不尽的故事是说不尽的灾难，沉默的

是爱情，是在天空飞翔的鹰群，

是干枯的眼睛期待着泉涌的热泪，

当不移的灰色的行列在遥远的天际爬行；

我有太多的话语，太悠久的感情，

我要以荒凉的沙漠，坎坷的小路，骡子车，

我要以槽子船，漫山的野花，阴雨的天气，

我要以一切拥抱你，你，

我到处看见的人民呵，

在耻辱里生活的人民，佝偻的人民，

我要以带血的手和你们一一拥抱。

因为一个民族已经起来。

一个农夫，他粗糙的身躯移动在田野中，

他是一个女人的孩子，许多孩子的父亲：

多少朝代在他的身边升起又降落了

而把希望和失望压在他身上，

而他永远无言地跟在犁后旋转，

翻起同样的泥土溶解过他祖先的，

是同样的受难的形象凝固在路旁。

在大路上多少次愉快的歌声流过去了，

多少次跟来的是临到他的忧患；

在大路上人们演说，叫嚣，欢快，

然而他没有，他只放下了古代的锄头，

再一次相信名词，溶进了大众的爱，

坚定地，他看着自己溶进死亡里，

而这样的路是无限的悠长的

而他是不能够流泪的，

他没有流泪，因为一个民族已经起来。

在群山的包围里，在蔚蓝的天空下，

在春天和秋天经过他家园的时候，

在幽深的谷里隐着最含蓄的悲哀：

一个老妇期待着孩子，许多孩子期待着

饥饿，而又在饥饿里忍耐，

在路旁仍是那聚集着黑暗的茅屋，

一样的是不可知的恐惧，一样的是

大自然中那侵蚀着生活的泥土，

而他走去了从不回头诅咒。

为了他我要拥抱每一个人，

为了他我失去了拥抱的安慰，

因为他，我们是不能给以幸福的，

痛哭吧，让我们在他的身上痛哭吧，

因为一个民族已经起来。

一样的是这悠久的年代的风，

一样的是从这倾圮的屋檐下散开的

无尽的呻吟和寒冷，

它歌唱在一片枯槁的树顶上，

它吹过了荒芜的沼泽，芦苇和虫鸣，

一样的是这飞过的乌鸦的声音。

当我走过，站在路上踟蹰，

我踟蹰着为了多年耻辱的历史

仍在这广大的山河中等待，

等待着，我们无言的痛苦是太多了，

然而一个民族已经起来，

然而一个民族已经起来。

一九四一年十二月

【作家简介】

　　穆旦（1918—1977），原名查良铮，浙江海宁人。著名爱国主义诗人、翻译家。1935年考入清华大学外文系，抗日战争爆发后，随学校辗转于长沙、昆明等地，并在香港《大公报》副刊和昆明《文聚》发表大量诗作，成为有名的青年诗人。1940年，从西南联合大学毕业后留校任教。20世纪40年代出版了《探险队》《穆旦诗集1939—1945》

《旗》三部诗集，将西欧现代主义和中国诗歌传统结合起来，诗风富于象征寓意和心灵思辨，具有坚韧不拔的人格力量和人文精神，是"九叶诗派"的代表性诗人。

【文本赏析】

此诗是一首意象繁多、意境深邃朦胧的诗歌。诗人目睹了在抗战阶段的困难之下人民生活水深火热的状况，表达了对人民的同情以及对他们勇敢抗战的赞美，同时也寄寓着对民族崛起的希望。诗作以第一人称"我"为抒情主人公，既表达了作者个体的感受，也涵盖了所有忧国忧民的中华儿女的心声。全诗规模宏大，激情澎湃。尽管流露了低沉悲怆的情调，但贯穿全篇的是一种强烈的爱，是作者对"一个民族已经起来"的坚定信念。作者从"耻辱里生活的人民，佝偻的人民"的身上，看到了时代的闪光、民族的转机。诗人把希望寄托在舍家保国、义无反顾的农夫身上。当战争打破了乡村的安宁，农夫便听从时代的召唤，踏上一条征战之路。他是单个的人，又是一群人的代表，甚至象征着整个中华民族。在诗歌语言上，这首诗充分发挥了汉语的弹性，善于利用多义的词语、繁复的句式、反复的咏叹来传达复杂的诗情。同时，不时运用现代汉语的关联词以揭示抽象的词语、跳跃的句子之间的逻辑关系，创造出一种"介乎口语与书面语之间的文体"。

【课程思政】

1942年2月，诗人投笔从戎，24岁的穆旦响应国民政府"青年知识分子入伍"的号召，以助教的身份报名参加中国入缅远征军，以中校翻译官的身份随军进入缅甸抗日战场。同年5月至9月，亲历滇缅大撤退，经历了震惊中外的野人山战役，于遮天蔽日的热带雨林穿山越岭，扶病前行，踏着堆堆白骨侥幸逃出野人山。1945年9月，根据入缅作战的经历，创作了中国现代主义诗歌史上著名诗篇——《森林之魅——祭胡康河上的白骨》，另有相关创作《阻滞的路》《活下去》。

【批评家的话】

穆旦佳作的动人处却正在这等歌中带血的地方。本来无节制的悲痛往往沦为感伤，有损雄健之风，但穆旦没有这样，他在每个诗段结束处都以"一个民族已经起来"的宏大呼声压住了诗篇的阵脚，使它显得悲中有壮，沉痛中有力量。赞歌人人能唱，但会唱带血的赞歌者却不多。

——袁可嘉《诗人穆旦的位置——纪念穆旦逝世十周年》（杜运燮、周与良《一个民族已经起来——怀念诗人翻译家穆旦》，江苏人民出版社，1987年版）

《赞美》一改一般"抗战诗歌"廉价的感情宣泄和直抒胸臆式的大喊大叫，将深沉的爱国情感融于独特的象征、意象以及陌生化的句法、语言当中，独具一格，又有震撼人心的力量。

——陆耀东《中国新诗史》第3卷（长江文艺出版社，2015年版）

【延伸阅读】

《哀国难》《冬》《春》《诗八首》《出发》

【拓展与思考】

体会穆旦诗歌中写实与象征结合、语言具象与抽象结合的特征。

第七章　女性的发现

【导语】

　　"女性"一直是中国现当代文学中一个备受作家与读者关注的话题,从新文化运动倡导者大声疾呼的女性解放、两性平等、婚姻自主等基本人权,到20世纪八九十年代文学作品中对女性的情与性、爱与欲的大胆书写,中国的女性主义文学构成了一条赓续不断的创作传统。其中蕴含着新文学作家们对女性的发现及再发现,女性文学和关于女性的文学也成为我们了解那个时代女性心理的注脚。

第十九讲　丁　玲

【篇目】

莎菲女士的日记（节选）

三月十七

　　那天晚上苇弟赌着气回去,今天又小小心心的自己来和解,我不觉笑了。并感到他的可爱。如若一个女人只要能找得一个忠实的男伴,做一身的归宿,我想谁也没有我苇弟可靠。我笑问:"苇弟,还恨姊姊不呢?"于是他羞惭的说:"不敢。姊姊,你了解我罢!我是除了希冀你不会摈弃我以外不敢有别的念头的。一切只要你好,你快乐就够了!"这还不真挚吗?这还不动人吗?比起那白脸庞红嘴唇的如何?但是后来我说:"苇弟,你好,你将来一定是一切都会很满你意的。"他却露出凄然的一笑。"永世也不会——但愿如你所说……"这又是什么呢?又是给我难受一下!我恨不得跪在他面前求他只赐我以弟弟或朋友的爱罢！单单为了我的自私，我愿我少些纠葛，多快乐点。苇弟爱我，并会说那样好听的话，但他忽略了：第一他应当真的减少他的热望，第二他也应该藏起他的爱来。我为了这一个老实的男人，所感到无能的抱歉，真也够受了。

三月十九

凌吉士居然已几日不来我这里了。自然，我不会打扮，不会应酬，不会治理家事，我有肺病，无钱，他来我这里做什么！我本无须乎要他来，但他真的不来了却又更令我伤心，更证实他以前的轻薄。难道他也是如苇弟一样老实，当他看到我写给他的字条："我有病，请不要再来扰我，"就信为是真话，竟不可违背，而果真不来么？这又使我只想再见他一面，到底审看一下这高大的怪物是怎样的在觑看我。

三月二十

今天我在云霖处跑了三次，都未曾遇见我想见的人，似乎云霖也有点疑惑，所以他问我这几天见着凌吉士没有。我只好又怅怅的跑回来。我实在焦烦得很，我敢自己欺自己说我这几日没有思念到他吗？

晚上七点钟的时候，毓芳和云霖来邀我到京都大学第三院去听英语辩论会，并且乙组的组长便是凌吉士。我一听到这消息，心就立刻怦怦的跳起来。我只得拿病来推辞了这善意的邀请。我这无用的弱者。我没有胆量去承受那激动，我还是希望我能不见着他。不过在他俩走时，我却又请他俩致意到凌吉士，说我问候他。唉，这又是多无意识啊！

三月二十一

在我刚吃过鸡子牛奶，一种熟习的叩门声便响着，在纸格上还印上一个颀长的黑影。我只想跳过去开门，但不知为一种什么情感所支使，我咽着气，低下头去了。

"莎菲，起来没有？"这声音是如此柔嫩，令我一听到会想哭。

为了知道我已坐在椅子上吗？为了知道我无能发气和拒绝吗？他轻轻的托开门便走进来了。我不敢仰起我滋润的眼皮来。

"病好些没有，刚起来吗？"

我答不出一句话。

"你真在生我的气啊。莎菲，你厌烦我，我只好走了。莎菲！"

他走，于我自然很合适，但我又猛然抬起头拿眼光止住了他开门的手。

谁说他不是一个坏蛋呢，他懂得了。他敢于把我的双手握得紧紧的。他说：

"莎菲，你捉弄我了。每天我走你门前过，都不敢进来，不是云霖告诉我说你不会生我气，那我今天还不敢来。你，莎菲，你厌烦我不呢？"

谁都可以体会得出来，假使他这时敢于拥抱住我，狂乱的吻我，我一定会倒在他手腕上哭了出来："我爱你呵！我爱你呵！"但他却如此的冷淡，冷淡得使我又恨他了。然而我心里又在想："来呀，抱我，我要接吻在你脸上咧！"自然，他依旧还握着我的手，把眼光紧盯在我脸上，然而我搜遍了，在他的各种表示中，我得不着我所等待于他的赐与。为什么他仅仅只懂得我的无用，我的可轻侮，而不够了解他之在我心中所占的是一种怎样的地位！我恨不得用脚尖踢他出去，不过我又为了另一种情绪所支配，我向他摇了头，表示是不厌烦他的来到。

于是我又很柔顺的接受了他许多浅薄的情意，听他又说着那些使他津津有回味的卑劣享乐，以及"赚钱和化钱"的人生意义。并承他暗示我许多做女人的本分。这些又使我看不起他，暗骂他，嘲笑他，我拿我的拳头，隐隐痛击我的心，但当他扬扬的走出我房时，我受逼得又想哭了。因为我压制住我那狂热的欲念，我未曾请求他多留一会儿。

唉，他走了！

三月二十一夜

在去年这时候，我过的是一种什么生活，为了有蕴姊千依百顺的疼我，我便装病躺在床上不肯起来。为了想受蕴姊抚摩我，我便因那着急无以安慰我而流泪的滋味，我伏在桌上想到一些小不满意的事而哼哼唧唧的哭。便有时因在整日静寂的沉思里得了点哀戚，但这种淡淡的凄凉，却更令我舍不得去扰乱这情调，似乎在这里面我也可以味出一缕甜意一样的。至于在夜深了的法国公园，听躺在草地上的蕴姊唱《牡丹亭》，那又是更不愿想到的事了。假使她不会被神捉弄般的去爱上那苍白脸色的男人，她一定不会死去的这样快，我当然不会一人漂流到北京，无亲无爱的在病中挣扎，虽说有几个朋友，他们也很体惜我，但在我所感应得出的我和他们的关系能和蕴姊的爱在一个天平上相称吗？想起蕴姊，我是真应当像从前在蕴姊面前撒娇一样的纵声大哭。不过这一年来，因为多懂得了一些事，虽说时时想哭却又咽住了，怕让人知道了厌烦。近来呢，我更是不知为了什么只能焦急。而想得点空闲去思虑一下我所做的，我所想的，关于我的身体，我的名誉，我的前途的好处和歹处的时间也没有，整天把紊乱的脑筋只放到一个我不愿想到的去处，因为便是我想逃避的，所以越把我弄成焦烦苦恼得不堪言说！但是我除了说"死了也活该！"是不能再希冀什么了。我能求得一些同情和慰藉吗？然而我又似乎在向人乞怜了。

晚饭一吃过，毓芳便和云霖来我这儿坐，到九点我还不肯放他俩走。我知道，毓芳碍住面子只好又坐下来，云霖借口要预备明天的课，执意一人走回去了。于是我隐隐的向毓芳吐露我近来所感得的窘状，我只想她能懂得这事，并且能硬自作主来把我的生活改变一下，做我自己所不能胜任的。但她完全把话听到反面去了，她忠实的告诫我：
"莎菲，我觉得你太不老实，自然你不是有意，你可太不留心你的眼波了。你要知道，
凌吉士他们比不得在上海同我们玩耍的那群孩子，他们很少机会同女人接近，受不起一
点好意的，你不要令他将来感到失望和痛苦。我知道，你哪里会爱到他呢？"这错误是
不是又该归到我，假设我不想求助于她而向她饶舌，是不是她不会说出这更令我生气，
更令我伤心的话来？我噎着气又笑了："芳姊，不要把我说得太坏了吓！"

毓芳愿意留下住一夜时，我又赶着她走了。

像那些才女们，因为得了一点点不很受用，便能"我是多愁善感呀"，"悲哀呀我的
心……""……"做出许多新旧的诗。我呢，没出息的，白白被这些诗境困着，连想以
哭代替诗句来表现一下我的情感的搏斗都不能。光在这上面，为了不如人，也应撇开一
切去努力做人才对，便还退一千步说，为了自己的热闹，为了得一群浅薄眼光之赞颂，
我总也不该拿不起笔或枪来。真的便把自己陷到比死还难忍的苦境里，单单为了那男人
的柔发，红唇……

我又梦想到欧洲中古的骑士风度，这拿来比拟是不会有错，如其是有人看到凌吉士
过的。他又能把那东方特长的温柔保留着。神把什么好的，都慨然赐给他了，但神为什
么不再给他一点聪明呢？他还不懂得真的爱情呢，他确是不懂得，虽说他已有了妻(今
夜毓芳告我的)，虽说他，曾在新加坡乘着脚踏车追赶坐洋车的女人，因而恋爱过一小
段时间，虽说他曾在韩家潭住过夜。但他真得到一个女人的爱过么？他爱过一个女人
么？我敢说不曾！

一种奇怪的思想又在我脑中燃炽了。我决定来教教这大学生。这宇宙并不是像他所
懂的那样简单的啊！

三月二十三

凌吉士向我说："莎菲！你真是一个奇怪的女子。"我了解这并不是懂得了我的什么
而说出的一句赞叹。他所以为奇怪的，无非是看见我的破烂了的手套，搜不出香水的抽
屉，无缘无故扯碎了的新棉袍，保存着一些旧的小玩具，……还有什么？听见些不常的
笑声，至于别的，他便无能去体会了，我也从未向他说过一句我自己的话。譬如他说
"我以后要努力赚钱呀"，我便笑；他说到邀起几个朋友在公园追着女学生时，"莎菲那
真有趣"，我也笑。自然，他所说的奇怪，只是一种在他生活习惯上不常见的奇怪。并
且我也很伤心，我无能使他了解我而敬重我。我是什么也不希求了，除了往西山去。我
想到我过去的一切妄想，我好笑！

三月二十四

一当他单独在我面前时，我觑着那脸庞，聆着那音乐般的声音，我心便在忍受那感情的鞭打！为什么不扑过去吻住他的嘴唇，他的眉梢，他的……无论什么地方？真的，有时话都到口边了："我的王！准许我亲一下吧！"但又受理智，不，我就从没有过理智，是受另一种自尊的情感所裁制而又咽住了。唉！无论他的思想是怎样坏，而他使我如此癫狂的感情，是曾有过而无疑，那我为什么不承认我是爱上了他咧？并且，我敢断定，假使他能把我紧紧的拥抱着，让我吻遍他全身，然后他把我丢下海去，丢下火去，我都会快乐的闭着眼等待那可以永久保藏我那爱情的死的来到。唉！我竟爱他了，我要他给我一个好好的死就够了……

三月二十四夜深

我决心了。我为拯救我自己被一种色的诱惑而堕落，我明早便会到夏那儿去，以免看见了凌吉士又痛苦，这痛苦已缠缚我如是之久了！

三月二十六

为了一种纠缠而去，但又遭逢着另一种纠缠，使我不得不又急速的转来了。在我去夏那儿的第二天，梦如便也去了。虽说她是看另一人去的，但使我很感到不快活。夜晚，他大发其对感情的一种新近所获得的议论，隐隐的含着讥刺向我，我默然。为不愿让她更得意，我睁着眼，睡在夏的床上等到了天明，我才又忍着气转来……

毓芳告诉我，说西山房子已找好了，并且又另外替我邀了一个女伴，也是养病的，而这女伴同毓芳又算是一个很好的朋友。听到这消息，应该是很欢喜吧，但我刚刚在眉头舒展了一点喜色，而一种黯然的凄凉便罩上了。虽说我从小便离开家，在外面混，但都有我的亲戚朋友随着我，这次上西山，固然说起来离城只有几十里，但在我，一个活了二十岁的人，开始一人跑到蓐生的地方去，还是第一次。假使我竟无声无息的死在那山上，谁是第一个发现我死尸的？我能担保我不会死在那里吗？也许别人会笑我担忧到这些小事，而我却真的哭过，当我问毓芳舍不舍得我时，而毓芳却笑，笑我问小孩话，说是这一点点路有什么舍不得，直到毓芳准许了我每礼拜上山一次，我才不好意思的揩干眼泪。

下午我到苇弟那儿去了，苇弟也说他一礼拜上山一次，填毓芳不去的空日。

回来已夜了，我一人寂寂寞寞的在收拾东西，想到我要离开北京的这些朋友们，我又哭了。但一想到朋友们都未曾向我流泪，我又擦去我脸上的泪痕。我又将一人寂寂寞寞的离开这古城了。

在寂寞里，我又想到凌吉士了，其实，话不是这样说，凌吉士简直不能说"想起""又想起"，完全是整天都在系念到他，只能说："又来讲我的凌吉士吧。"这几天我故意造成的离别，在我是不可计的损失，我本想放松了他，而我把他捏得更紧了。我既不能把他从我心里压根儿拔去，我为什么要躲避着不见他的面呢？这真使我懊恼，我不能便如此同他离别，这样寂寂寞寞的走上西山……

三月二十七

一早毓芳便上西山去了，去替我布置房子，说好明天我便去。我为她这番盛情，我应怎样去找得那些没有的字来表示我的感谢？我本想再呆一天在城里，便也不好说出了。

我正焦急的时候，凌吉士才来，我紧握他双手，他说：

"莎菲！几天没见你了！"

我很愿意在这时我能哭得出来，抱着他哭，但眼泪只能噙在眼里，我只好又笑了。他听见明天我要上山时，他显出的那惊诧和一种嗟叹，又很安慰到我，于是我真的笑了。他见到我笑，便把我的手反捏得紧紧的，紧得使我生痛。他怨恨似的说：

"你笑！你笑！"

这痛，是我从未有过的舒适，好像心里也正锥下去一个什么东西，我很想倒下他的手腕去，而这时苇弟却来了。

苇弟知道我恨他来，而他偏不走。我向着凌吉士使眼色，我说："这点钟有课吧？"于是我送凌吉士出来。他问我明早什么时候走，我告他；我问他还来不来呢，他说回头便来；于是我望着他快乐了，我忘了他是怎样可鄙的人格，和美的相貌了，这时他在我的眼里，是一个传奇中的情人。哈，莎菲有一个情人了！……

三月二十七晚

自从我赶走苇弟到这时已是整整五个钟头了。在这五点钟里，我应怎样才想得出一个恰合的名字来称呼它？像热锅上的蚂蚁在这小房子里不安的坐下，又站起，又跑到门缝边瞧，但是——他一定不来了，他一定不来了，于是我又想哭，哭我走得这样凄凉，北京城就没有一个人陪我一哭吗？是的，我是应该离开这冷酷的北京的，为什么我要舍不得这板床，这油腻的书桌，这三条腿的椅子……是的，明早我就要走了，北京的朋友们不会再腻烦莎菲的病。为了朋友们轻快的舒适，莎菲便为朋友们死在西山也是该的！但都能如此的让莎菲一人看不着一点热情孤孤寂寂的上山去，想来莎菲便不死，也不会有损害或激动于人心吧……不想了！不想！有什么可想的？假使莎菲不如此贪心在攫取感情，那莎菲不是便很可满足于那些眉目间的同情了吗？……

关于朋友，我不说了。我知道永世也不会使莎菲感到满足这人间的友谊的！

但我能满足些什么呢？凌吉士答应我来，而这时已晚上九点了。纵是他来了，我便会很快乐吗？他会给我所需要的吗？……

想起他不来，我又该痛恨我自己了！在很早的从前，我懂得对付那一种男人便应用那一种态度，而到现在反蠢了。当我问他还来不来时，我怎能显露出那希求的眼光，在一个漂亮人面前是不应老实，让人瞧不起……但我爱他，为什么我要使用技巧？我不能直接向他表明我的爱吗？并且我觉得只要于人无损，便吻人一百下，为什么便不可以被准许呢？

他既答应来，而又失信，显见得是在戏弄我。朋友，留点好意在莎菲走时，总不至于像是一种损失吧。

今夜我简直狂了。语言，文字是怎样在这时显得无用！我心像被许多小老鼠啃着一样，又像一盆火在心里燃烧。我想把什么东西都摔破，又想冒着夜气在外面乱跑，我无法制止我狂热的感情的激荡，我躺在这热情的针毡上，反过去也刺着，翻过来也刺着，似乎我又是在油锅里听到那油沸的响声，感到浑身的灼热……为什么我不跑出去呢？我等着一种渺茫的无意义的希望到来！哈……想到红唇，我又癫了！假使这希望是可能的话——我独自又忍不住笑，我再三再四反复问我自己；"爱他吗？"我更笑了。莎菲不会傻到如此地步去爱上南洋人。难道因了我不承认我的爱，便不可以被人准许做一点儿于人无损的事？

假使今夜他竟不来，我怎能甘心便悄然上西山去……

唉！九点半了！

九点四十分！

三月二十八晨三时

莎菲生活在世上，要人们了解她体会她的心太热太恳切了，所以长远的沉溺在失望的苦恼中，但除了自己，谁能够知道她所流出的眼泪的分量？

在这本日记里，与其说是莎菲生活的一段记录，不如直接算为莎菲眼泪的每一个点滴，是在莎菲心上，才觉得更切实。然而这本日记现在要收束了，因为莎菲已无需乎此——用眼泪来泄愤和安慰，这原因是对于一切都觉得无意识，流泪更是这无意识的极深的表白。可是在这最后一页的日记上，莎菲应该用快乐的心情来庆祝，她从最大的失望中，蓦然得到了满足，这满足似乎要使人快乐得死才对。但是我，我只从那满足中感到胜利，从这胜利中得到凄凉，而更深的认识我自己的可怜处，可笑处，因此把我这几月来所萦萦于梦想的一点"美"反缥缈了，——这个美便是那高个儿的丰仪！

我应该怎样来解释呢？一个完全癫狂于男人仪表上的女人的心理！自然我不会爱

他，这不会爱，很容易说明，就是在他丰仪的里面是躲着一个何等卑丑的灵魂！可是我又倾慕他，思念他，甚至于没有他，我就失掉一切生活意义了；并且我常常想，假使有那末一日，我和他的嘴唇合拢来，密密的，那我的身体就从这心的狂笑中瓦解去，也愿意。其实，单单能获得骑士般的那人儿的温柔的一抚摩，随便他的手尖触到我身上的任何部分，因此就牺牲一切，我也肯。

我应当发癫，因为这些幻想中的异迹，梦似的，终于毫无困难的都给我得到了。但是从这中间，我所感到的是我所想象的那些会醉我灵魂的幸福吗？不啊！

当他——凌吉士——晚间十点钟来到时候，开始向我嗫嚅地表白，说他是如何的在想我……还使我心动过好几次；但不久我看到他那被情欲燃烧的眼睛，我就害怕了。于是从他那卑劣的思想中发出的更丑的誓语，又振起我的自尊心！假使他把这串浅薄肉麻的情话去对别个女人说，一定是很动听的，可以得一个所谓的爱的心吧。但他却向我，就由这些话语的力，把我推得隔他更远了。唉，可怜的男子！神既然赋与你这样的一副美形，却又暗暗的捉弄你，把那样一个毫不相称的灵魂放到你人生的顶上！你以为我所希望的是"家庭"吗？我所欢喜的是"金钱"吗？我所骄傲的是"地位"吗？"你，在我面前，是显得多么可怜的一个男子啊！"我真要为他不幸而痛哭，然而他依样把眼光镇住我脸上，是被情欲之火燃烧得如何的怕人！倘若他只限于肉感的满足，那末他倒可以用他的色来摧残我的心；但他却哭声的向我说："莎菲，你信我，我是不会负你的！"啊，可怜的人，他还不知道在他面前的这女人，是用如何的轻蔑去可怜他的这些做作，这些话！我竟忍不住笑出声来，说他也知道爱，会爱我，这只是近于开玩笑！那情欲之火的巢穴——那两只灼闪的眼睛，不正宣布他除了可鄙的浅薄的需要，别的一切都不知道吗？

"喂，聪明一点，走开吧，韩家潭那个地方才是你寻乐的场所！"我既然认清他，我就应该这样说，教这个人类中最劣种的人儿滚出去。然而，虽说我暗暗的在嘲笑他，但当他大胆的贸然伸开手臂来拥我时，我竟又忘了一切，我临时失掉了我所有的一些自尊和骄傲，我完全被那仅有的一副好丰仪迷住了，在我心中，我只想，"紧些！多抱我一会儿吧，明早我便走了。"假使我那时还有一点自制力，我该会想到他的美形以外的那东西，而把他像一块石头般，丢到房外去。

唉！我能用什么言语或心情来痛悔？他，凌吉士，这样一个可鄙的人，吻了我！我静静默默地承受着！但那时，在一个温润的软热的东西放到我脸上，我心中得到的是些什么呢？我不能像别的女人一样晕倒在她那爱人的臂膀里！我张大着眼睛望他，我想："我胜利了！我胜利了！"因为他所使我迷恋的那东西，在吻我时，我已知道是如何的滋味——我同时鄙夷我自己了！于是我忽然伤心起来，我把他用力推开，我哭了。

他也许忽略了我的眼泪，以为他的嘴唇给我如何的温软，如何的嫩腻，把我的心融醉到发迷的状态里吧，所以他又挨我坐着，继续说了许多所谓爱情表白的肉麻话。

"何必把你那令人惋惜处暴露得无余呢？"我真这样的又可怜起他来。

我说："不要乱想吧，说不定明天我便死去了！"

他听着，谁知道他对于这话是得到怎样的感触？他又吻我，但我躲开了，于是那嘴唇便落到我手上……

我决心了，因为这时我有的是充足的清晰的脑力，我要他走，他带点抱怨颜色，缠着我。我想"为什么你也是这样傻劲呢？"他直挨到夜十二点半钟才走。

他走后，我想起适间的事情。我用所有的力量，来痛击我的心！为什么呢，给一个如此我看不起的男人接吻？既不爱他，还嘲笑他，又让他来拥抱？真的，单凭了一种骑士般的风度，就能使我堕落到如此地步吗？

总之，我是给我自己糟踏了，凡一个人的仇敌就是自己，我的天，这有什么法子去报复而偿还一切的损失？

好在在这宇宙间，我的生命只是我自己的玩品，我已浪费得尽够了，那末因这一番经历而使我更陷到极深的悲境里去，似乎也不成一个重大的事件。

但是我不愿留在北京，西山更不愿去了，我决计搭车南下，在无人认识的地方，浪费我生命的余剩；因此我的心从伤痛中又兴奋起来，我狂笑的怜惜自己：

"悄悄的活下来，悄悄的死去，啊！我可怜你，莎菲！"

【作家简介】

丁玲（1904—1986），原名蒋伟，字冰之，湖南临澧人。现代著名作家，中国现代女性主义文学先驱。1927年，发表小说处女作《梦珂》。1928年，成名作《莎菲女士的日记》的发表，引起文坛极大关注。1930年，参加中国左翼作家联盟。1936年，奔赴延安。主要作品有《母亲》《水》《太阳照在桑干河上》等。

【文本赏析】

《莎菲女士的日记》是丁玲的成名作，写于1927年冬，初载于1928年2月10日《小说月报》第19卷第2号。后收入短篇小说集《在黑暗中》（1928年10月上海开明书店初版）。作品用第一人称日记体的形式，以一名患了肺病的少女莎菲与苇弟、凌吉士两名青年男子的感情纠葛为主要线索，描述了小资产阶级知识分子莎菲的叛逆、追求、幻灭和绝望。"莎菲女士"这一人物形象在中国现代文学史上具有非同寻常的文学意义，作为一个"清醒的痛苦者"，莎菲生动地折射出时代剪影："五四"个性解放已随历史流逝，只剩下凄厉的哀伤和疲惫。丁玲笔下的莎菲不仅是社会人，更是有着明确的自然背景与生理前提的女性生命个体。在追求爱情的过程中，莎菲始终处于主导地位，她没有传统女性的被动，而是自由区分、选择不同的男性，坚持和肯定女性的自我意欲，而且能够清醒冷静地审视自己，挖掘自己灵魂深处的矛盾。莎菲内心充满不甘幻灭的内心骚动：总是求爱失爱，但绝不满足于世俗放纵，始终以孤独的灵魂倔强反抗。她敢于面对自我，赤裸地表露自己的内心。其敏感多疑、怪癖狷傲的性格特征，清醒自觉的女性意识为中国现代文学提供了"莎菲型"性格典型。

【课程思政】

《莎菲女士的日记》强调独立的生存意义和女性的自我价值。女性应该具有平等独立的生存意识，在追求爱情中勇于面对自我、追求真正的幸福。

【批评家的话】

丁玲是近代中国文学中最早而且尖锐地提出关于"女人"的本质、男女的爱和性的意义问题的作家。她不是从所谓在政治、社会中取得妇女解放、妇女权利的观点提出这个问题，她本身也不一定充分意识到了她的这些问题，但具有和人的精神和感性最深奥的自由与解放的问题联系起来的可能性。……敢于如此大胆地从女主人公的立场寻求爱与性的意义，在中国近代文学史上丁玲是第一人。

——[日]中岛碧《丁玲论》（袁良骏《丁玲研究资料》，天津人民出版社，1982 年版）

（莎菲）满带着"五四"以来时代的烙印……心灵上负着时代苦闷的创伤的青年女性叛逆的绝叫者。

——茅盾《女作家丁玲》（《茅盾全集》，人民文学出版社，1991 年版）

谈论中国女作家的创作及早期女性主义者的活动，丁玲每每是不可或缺的要角。

——美国哥伦比亚大学华裔教授王德威（《小说中国》，麦田出版有限公司，1993 年版）

【延伸阅读】

《我在霞村的时候》《在医院中》《"三八"节有感》

【拓展与思考】

1.如何评价"莎菲"形象及其自我成长的意义？
2.思考"日记体"在"五四"时期小说中被广泛使用的原因。

第二十讲　曹　禺

【篇目】

雷雨（节选）

第四幕

景——周宅客厅内。半夜两点钟的光景。

人物：

繁（周繁漪）——周朴园妻，三十五岁。

萍（周萍）——周前妻生子，二十八岁。

繁（见朴园走出，阴沉地）这么说你是一定要走了。

萍（声略带愤）嗯。

繁（忽然急躁地）刚才你父亲对你说什么？

萍（闪避地）他说要我陪你上楼去，请你睡觉。

繁（冷笑）他应当叫几个人把我拉上去，关起来。

萍（故意装做不明白）你这是什么意思？

繁（迸发）你不用骗我。我知道。我知道，（辛酸地）他说我是神经病，疯子，我知道他，要你这样看我，他要什么人都这样看我。

萍（心悸）不，你不要这样想。

繁（奇怪的神色）你？你也骗我？（低声，阴郁地）我从你们的眼神看出来，你们父子都愿我快成疯子！（刻毒地）你们——父亲同儿子——偷偷在我背后说冷话，说我，笑我，在我背后计算着我。

萍（镇静自己）你不要神经过敏，我送你上楼去。

繁（突然地，高声）我不要你送，走开！（抑制着，恨恶地，低声）我还用不着你父亲偷偷地，背着我，叫你小心，送一个疯子上楼。

萍（抑制着自己的烦嫌）那么，你把信给我，让我自己走吧。

繁（不明白地）你上哪儿？

萍（不得已地）我要走，我要收拾收拾我的东西。

繁（忽然冷静地）我问你，你今天晚上上哪儿去了？

萍（敌对地）你不用问，你自己知道。

繁（低声，恐吓地）到底你还是到她那儿去了。

〔半晌，繁渐望周萍，周萍低头。

萍（断然，阴沉地）嗯，我去了，我去了，（挑战地）你要怎么样？

繁（软下来）不怎么样。（强笑）今天下午的话我说错了，你不要怪我。我只问你
　　走了以后，你预备把她怎么样？

萍　以后？——（贸然地）我娶她！

繁（突如其来地）娶她？

萍（决定地）嗯。

繁（刺心地）父亲呢？

萍（淡然）以后再说。

繁（神秘地）萍，我现在给你一个机会。

萍（不明白）什么？

繁（劝诱他）如果今天你不走，你父亲那儿我可以替你想法子。

萍　不必，这件事我认为光明正大，我可以跟任何人谈。——她——她不过就
　　穷点。

繁（愤然）你现在说话很像你的弟弟。——（忧郁地）萍！

萍　干什么？

繁（阴郁地）你知道你走了以后，我会怎么样？

萍　不知道。

繁（恐惧地）你看看你的父亲，你难道想象不出？

萍　我不明白你的话。

繁（指自己的头）就在这儿，你不知道么？

萍（似懂非懂地）怎么讲？

繁（好像在叙述别人的事情）第一，那位专家，克大夫免不了会天天来的，我吃
　　药，逼着我吃药，吃药，吃药，吃药！渐渐伺候着我的人一定多，守着我，像
　　个怪物似的守着我。他们——

萍（烦）我劝你，不要这样胡想，好不好？

繁（不顾地）他们渐渐学会了你父亲的话，"小心，小心点，她有点疯病！"到处都
　　偷偷地在我背后低着声音说话。叽咕着，慢慢地无论谁都要小心点，不敢见
　　我，最后铁链子锁着我，那我真成了疯子。

萍（无办法）唉！（看表）不早了，给我信吧，我还要收拾东西呢。

繁 （恳求地）萍，这不是不可能的。（乞怜地）萍，你想一想，你就一点——就一点无动于衷么？

萍 你——（故意恶狠地）你自己要走这一条路，我有什么办法？

繁 （愤怒地）什么，你忘记你自己的母亲也被你父亲气死的么？

萍 （一了百了，更狠毒地激惹她）我母亲不像你，她懂得爱！她爱自己的儿子，她没有对不起我父亲。

繁 （爆发，眼睛射出疯狂的火）你有权利说这种话么？你忘了就在这屋子，三年前的你么？你忘了你自己才是个罪人：你忘了，我们——（突然，压制自己，冷笑）哦，这是过去的事，我不提了。

〔萍低头，身发颤，坐沙发上，悔恨抓着他的心，面上筋肉成不自然的拘挛。

繁 （她转向他，哭声，失望地说着）哦，萍，好了。这一次我求你，最后一次求你。我从来不肯对人这样低声下气说话，现在我求你可怜可怜我，这家我再也忍受不住了。（哀婉地诉出）今天这一天我受的罪过你都看见了，这样子以后不是一天，是整月，整年地，以至到我死，才算完。他厌恶我，你的父亲：他知道我明白他的底细，他怕我。他愿意人人看我是怪物，是疯子，萍！——

萍 （心乱）你，你别说了。

繁 （急迫地）萍，我没有亲戚，没有朋友，没有一个可信的人，我现在求你，你先不要走——

萍 （躲闪地）不，不成。

繁 （恳求地）即使你要走，你带我也离开这儿——

萍 （恐惧地）什么。你简直胡说！

繁 （恳求地）不，不，你带我走，——带我离开这儿，（不顾一切地）日后，甚至于你要把四凤接来——一块儿住，我都可以，只要，只要（热烈地）只要你不离开我。

萍 （惊惧地望着她，退后，半晌，颤声）我——我怕你真疯了！

繁 （安慰地）不，你不要这样说话。只有我明白你，我知道你的弱点，你也知道我的。你什么我都清楚。（诱惑地笑，向萍奇怪地招着手，更诱惑地笑）你过来，你——你怕什么？

萍 （望着她，忍不住地狂喊出来）哦，我不要你这样笑！（更重）不要你这样对我笑！（苦恼地打着自己的头）哦，我恨我自己，我恨，我恨我为什么要活着。

繁 （酸楚地）我这样累你么？然而你知道我活不到几年了。

萍 （痛苦地）你难道不知道这种关系谁听着都厌恶么？你明白我每天喝酒胡闹就因为自己恨，——恨我自己么？

繁　（冷冷地）我跟你说过多少遍，我不这样看，我的良心不是这样做的。（郑重地）萍，今天我做错了，如果你现在听我的话，不离开家；我可以再叫四凤回来。

萍　什么？

繁　（清清楚楚地）叫她回来还来得及。

萍　（走到她面前，声沉重，慢说）你给我滚开！

繁　（顿，又缓缓地）什么？

萍　你现在不像明白人，你上楼睡觉去吧。

繁　（明白自己的命运）那么，完了。

萍　（疲倦地）嗯，你去吧。

繁　（绝望，沉郁地）刚才我在鲁家看见你同四凤。

萍　（惊）什么，你刚才是到鲁家去了？

繁　（坐下）嗯，我在他们家附近站了半天。

萍　（悔惧）什么时候你在那里？

繁　（低头）我看着你从窗户进去。

萍　（急切）你呢？

繁　（无神地望着前面）就走到窗户前面站着。

萍　那么有一个女人叹气的声音是你么？

繁　嗯。

萍　后来，你又在那里站多半天？

繁　（慢而清朗地）大概是直等到你走。

萍　哦！（走到她身后，低声）那窗户是你关上的，是么？

繁　（更低的声音，阴沉地）嗯，我。

萍　（恨极，恶毒地）你是我想不到的一个怪物！

繁　（抬起头）什么？

萍　（暴烈地）你真是一个疯子！

繁　（无表情地望着他）你要怎么样？

萍　（狠恶地）我要你死！再见吧！

　　〔萍由饭厅急走下，门猝然地关上。

繁　（呆滞地坐了一下，望着饭厅的门。瞥见侍萍的相片，拿在手上，低叹，阴郁地）这是你的孩子！（缓缓扯下硬卡片贴的像纸，一片一片地撕碎。沉静地立起来，走了两步。）奇怪，心里静得很！

　　〔中门轻轻推开，蘩漪回头，鲁贵缓缓地走进来。他的狡黠的眼睛，望着她笑着。

（本文选自曹禺：《雷雨》，北京十月文艺出版社，2018年版）

【作家简介】

曹禺（1910—1996），原名万家宝，湖北潜江人。1922年秋，考入南开中学，在校期间积极参加各种戏剧活动，加入南开剧团，后进入南开大学学习。1929年，转入清华大学西洋文学系，潜心钻研戏剧，广泛阅读从古希腊悲剧到莎士比亚戏剧及契诃夫、易卜生、奥尼尔的剧作，这对他后来的创作产生巨大影响。1933年，他发表处女作《雷雨》，震惊文坛。1935年，他创作《日出》，奠定了他在中国话剧史上的地位。另创作有《原野》《北京人》《明朗的天》《胆剑篇》《王昭君》等剧作。

【文本赏析】

本文选自《雷雨》第四幕。1933年，曹禺在清华大学读四年级时，完成了他的处女作《雷雨》。1934年，《雷雨》在巴金编辑的《文学季刊》上刊载，这一年，曹禺才23岁。《雷雨》是一部动人心魄的悲剧。剧本通过一个带有浓厚封建色彩的资本家周朴园家庭内部的种种纠葛和周鲁两家错综复杂的矛盾冲突，艺术地反映了资产阶级腐朽、糜烂的生活，揭露了资产阶级自私、虚伪的道德本性，猛烈抨击了旧中国黑暗腐朽的社会制度，展示出旧制度必然崩溃的历史命运。《雷雨》一问世就引起了中外作家和观众的重视。1935年初，《雷雨》首次被搬上日本舞台，演出盛况空前。当时避居日本的郭沫若称赞它"的确是一篇难得的优秀的力作"。茅盾也说："三十年代末，《雷雨》在上海演出，震惊剧坛。"这部话剧在城市受到欢迎，在农村也深受欢迎。几十年来，它始终绽放着艺术异彩。繁漪是剧中最具"雷雨"性格的人物。她本人简直就是"雷雨"的化身，是全剧各种矛盾的"操纵者"，是全剧情节发展的推动者。她也是全剧中塑造得最丰满的人物。她的性格丰富而复杂，她的形象让人着迷又让人恐惧。她性格的突出特征：无所顾忌的反抗、含而难露的热情、出于本能的自私。在与周萍的关系中，她那几乎被窒息了的生命的火焰重新燃烧起来了，她与周萍的关系是畸形的，但她的生命却是闪亮的。她对周萍的态度又是绝对自私的。她希望周萍能永远属于她，一旦她发现自己不可能再得到周萍时，她就破坏一切。她在难以抗拒的环境中走向变态：爱变成恨，倔强变成疯狂。她是一个被侮辱与被损害者，又是一个张扬自我的个性主义者。在她的身上，体现出个性解放的力量与局限。

【课程思政】

《雷雨》深刻地表现了反封建与个性解放的"人"的主题。造成鲁侍萍、繁漪、四凤等女性悲剧的深层原因应该归咎于阶级压迫，而不应该指向命运。剧中鲁大海的出现，象征了无产阶级对资产阶级的反抗意识的觉醒。

【作家的话】

　　我并没有显明地意识着我是要匡正，讽刺或攻击些什么。也许写到末了，隐隐仿佛有一种情感的汹涌的流来推动我。我在发泄着被抑压的愤懑，毁谤着中国的家庭和社会。然而在起首，我初次有了《雷雨》一个模糊的影像的时候，逗起我的兴趣的，只是一两段情节，几个人物，一种复杂而又原始的情绪。……我是个贫穷的主人，但我请了看戏的宾客升到上帝的座，来怜悯地俯视着这堆在下面蠕动的生物。他们怎样盲目地争执着，泥鳅似地在情感的火坑里打着昏迷的滚，用尽心力来拯救自己，而不知千万仞的深渊在眼前张着巨大的口。他们正如一匹跌在泽沼里的羸马，愈挣扎，愈深沉地陷落在死亡的泥沼里。……在《雷雨》里，宇宙正像一口残酷的井，落在里面，怎样呼号也难逃脱这黑暗的坑。

——曹禺《〈雷雨〉序》（《雷雨》，北京十月文艺出版社，2018 年版）

　　（《雷雨》是在）没有太阳的日子里的产物，……那个时候，我是想反抗的。因陷于旧社会的黑暗、腐朽，我不甘模棱地活下去，所以我才拿起笔。《雷雨》是我的第一声呻吟，或许是一声呼喊。

——曹禺《〈曹禺选集〉后记》（《曹禺选集》，人民文学出版社，1978 年版）

【延伸阅读】

　　《日出》《北京人》《原野》

【拓展与思考】

　　1.你认为曹禺《雷雨》的成功之处在哪里？
　　2.思考曹禺戏剧的社会批判主题及其表现方式。

第二十一讲　张　洁

【篇目】

爱，是不能忘记的

我和我们这个共和国同年。三十岁，对于一个共和国来说，那是太年轻了。而对一个姑娘来说，却有嫁不出去的危险。

不过，眼下我倒有一个正儿八经的求婚者。看见过希腊伟大的雕塑家米伦所创造的"掷铁饼者"那座雕塑么？乔林的身躯几乎就是那尊雕塑的翻版。即使在冬天，臃肿的棉衣也不能掩盖住他身上那些线条的优美的轮廓。他的面孔黝黑，鼻子、嘴巴的线条都很粗犷。宽阔的前额下，是一双长长的眼睛。光看这张脸和这个身躯，大多数的姑娘都会喜欢他。

可是，倒是我自己拿不准主意要不要嫁给他。因为我闹不清楚我究竟爱他的什么，而他又爱我的什么？

我知道，已经有人在背地里说长道短："凭她那些条件，还想找个什么样的？"

在他们的想象中，我不过是一头劣种的牲畜，却变着法儿想要混个肯出大价钱的冤大头。这引起他们的气恼，好像我真的干了什么伤天害理的、冒犯了众人的事情。

自然，我不能对他们过于苛求。在商品生产还存在的社会里，婚姻，也像许多问题一样，难免不带着商品交换的烙印。

我和乔林相处将近两年了，可直到现在我还摸不透他那缄默的习惯到底是因为不爱讲话，还是因为讲不出来什么？逢到我起意要对他来点智力测验，一定逼着他说出对某事或某物的看法时，他也只能说出托儿所里常用的那种词汇："好！"或"不好！"就这么两档，再也不能换别的花样儿了。

当我问起"乔林，你为什么爱我？"的时候，他认真地思索了好一阵子。对他来说，那段时间实在够长了。凭着他那宽阔的额头上难得出现的皱纹，我知道，他那美丽的脑壳里面的组织细胞，一定在进行着紧张的思维活动。我不由地对他生出一种怜悯和一种歉意，好像我用这个问题刁难了他。

然后，他抬起那双儿童般的、清澈的眸子对我说："因为你好！"

我的心被一种深刻的寂寞填满了。"谢谢你，乔林！"

我不由地想：当他成为我的丈夫，我也成为他的妻子的时候，我们能不能把妻子和丈夫的责任和义务承担到底呢？也许能够。因为法律和道义已经紧紧地把我们拴在一起。而如果我们仅仅是遵从着法律和道义来承担彼此的责任和义务，那又是多么悲哀啊！那么，有没有比法律和道义更牢固、更坚实的东西把我们联系在一起呢？

逢到我这样想着的时候，我总是有一种古怪的感觉，好像我不是一个准备出嫁的姑娘，而是一个研究社会学的老学究。

也许我不必想这么许多，我们可以照大多数的家庭那样生活下去：生儿育女，厮守在一起，绝对地保持着法律所规定的忠诚……虽说人类社会已经进入了二十世纪七十年代，可在这点上，倒也不妨像几千年来人们所做过的那样，把婚姻当成一种传宗接代的工具，一种交换、买卖，而婚姻和爱情也可以是分离着的。既然许多人都是这么过来的，为什么我就偏偏不可以照这样过下去呢？

不，我还是下不了决心。我想起小的时候，我总是没缘没故地整夜啼哭，不仅闹得自己睡不安生，也闹得全家睡不安生。我那没有什么文化却相当有见地的老保姆说我"贼风入耳"了。我想这带有预言性的结论大概很有一点科学性，因为直到如今我还依然如故，总好拿些不成问题的问题不但搅扰得自己不得安宁，也搅扰得别人不得安宁。所谓"禀性难移"吧！

我呢，还会想到我的母亲，如果她还活着，她会对我的这些想法，对乔林，对我要不要答应他的求婚说些什么?!

我之所以习惯地想到她，绝不因为她是一个严酷的母亲，即使已经不在人世也依然用她的阴魂主宰着我的命运。不，她甚至不是一个母亲，而是推心置腹的朋友。我想，这多半就是我那么爱她，一想到她已经离我远去便悲从中来的原因吧！

她从不教训我，她只是用她那没有什么女性温柔的低沉的嗓音，柔和地对我谈她一生中的过失或成功，让我从这过失或成功里找到我自己需要的东西。不过，她成功的时候似乎很少，一生里总是伴着许许多多的失败。

在她最后的那些日子里，她总是用那双细细的、灵秀的眼睛长久地跟随着我，仿佛在估量着我有没有独立生活下去的能力，又好像有什么重要的话要叮嘱我，可又拿不准主意该不该对我说。准是我那没心没肺，凡事都不大有所谓的派头让她感到了悬心。她忽然冒出了一句："珊珊，要是你吃不准自己究竟要的是什么，我看你就是独身生活下去，也比糊里糊涂地嫁出去要好得多！"

照别人看来，作为一个母亲对女儿讲这样的话，似乎不近情理。而在我看来，那句话里包含着以往生活里的痛苦经验，真是一句至理名言。我倒不觉得她这样叮咛我是看轻我或是低估了我对生活的认识。她爱我，希望我生活得没有烦恼，是不是？

"妈妈，我不想嫁人！"我这么说，绝不是因为害臊或是忸怩作态。说真的，我真不知道一个姑娘什么时候需要做出害臊或忸怩的姿态，一切在一般人看来应该对孩子隐讳的事情，母亲早已从正面让我认识了它。

"要是遇见合适的，还是应该结婚。我说的是合适的！"

"恐怕没有什么合适的！"

"有还是有，不过难一点——因为世界是这么大，我担心的是你会不会遇上就是了！"她并不关心我嫁得出去还是嫁不出去，她关心的倒是婚姻的实质。

"其实，您一个人过得不是挺好吗？"

"谁说我过得挺好？"

"我这么觉得。"

"我是不得不如此……"她停住了说话，沉思起来。一种淡淡的，忧郁的神情来到了她的脸上。她那忧郁的、满是皱纹的脸，让我想起我早年夹在书页里的那些已经枯萎了的花。

"为什么不得不如此呢？"

"你的为什么太多了。"她在回避我。她心里一定藏着什么不愿意让我知道的心事。我知道，她不告诉我，并不是因为她耻于向我披露，而多半是怕我不能准确地估量那事情的深浅而曲扭了它，也多半是因为人人都有一点珍藏起来的、留给自己的东西。想到这里，我有点不自在。这不自在的感觉迫使我没有礼貌，没有教养地追问下去："是不是您还爱着爸爸？"

"不，我从没有爱过他。"

"他爱您吗？"

"不，他也不爱我！"

"那你们当初为什么结婚呢？"

她停了停，准是想找出更准确的字眼来说明这令人费解和反常的现象。然后显出无限悔恨的样子对我说："人在年轻的时候，并不一定了解自己追求的、需要的是什么，甚至别人的起哄也会促成一桩婚姻。等到你再长大一些、更成熟一些的时候，你才会明白你真正需要的是什么。可那时，你已经干了许多悔恨得让您感到锥心的蠢事。你巴不得付出任何代价，只求重新生活一遍才好，那你就会变得比较聪明了。人说'知足者常乐'，我却享受不到这样的快乐。"说着，她自嘲地笑了笑。"我只能是一个痛苦的理想主义者。"

莫非我那"贼风入耳"的毛病是从她那里来的？大约我们的细胞中主管"贼风入耳"这种遗传性状的是一个特别尽职尽责的基因。

"您为什么不再结婚呢？"

她不大情愿地说："我怕自己还是吃不准自己到底要什么。"她明明还是不肯对我说真话。

我不记得我的父亲。他和母亲在我很小的时候便分手了。我只记得母亲曾经很害羞地对我说过他是一个相当漂亮的、公子哥儿似的人物。我明白她准是因为自己也曾追求过那种浅薄而无聊的东西感到害臊。她对我说过："晚上睡不着觉的时候，我常常迫使自己硬着头皮去回忆年轻时代所做过的那些蠢事、错事！为的是使自己清醒。固然，这是很不愉快的，我常会羞愧地用被单蒙上自己的脸，好像黑暗里也有许多人在盯着我瞧似的。不过这种不愉快的感觉里倒也有一种赎罪似的快乐。"

我真对她不再结婚感到遗憾。她是一个很有趣味的人，如果她和一个她爱着的人结婚，一定会组织起一个十分有趣味的家庭。虽然她生得并不漂亮，可是优雅，淡泊。像一幅淡墨的山水画。文章写得也比较美，和她很熟悉的一位作家喜欢开这样的玩笑："光看你的作品，人家就会爱上你的！"

母亲便会接着说："要是他知道他爱的竟是一个满脸皱纹、满头白发的老太婆，他准会吓跑了。"

到了这种年龄，她绝不会是还不知道自己到底要什么。这分明是一句遁词。我之所以这么说，是因为她有些引起我生出许多疑问的怪毛病。

比如，不论她上哪儿出差，她必得带上那二十七本一套的，一九五零年到一九五五年出版的契诃夫小说选集中的一本。并且叮咛着我："千万别动我这套书。你要看，就看我给你买的那一套。"这话明明是多余的，我有自己的一套，干吗要去动她的那套呢？况且这话早已三令五申地不知说过多少遍了。可她还是怕有个万一的时候。她爱那套书爱得简直像得了魔症一般。

我们家有两套契诃夫小说选集。这也许说明对契诃夫的爱好是我们家的家风，但也许更多的是为了招架我和别的喜欢契诃夫的人。逢到有人想要借阅的时候，她便拿了我房间里的那套给人。有一次，她不在家的时候，一位很熟的朋友拿了她那套里的一本。她知道了之后，急得如同火烧了眉毛，立刻拿了我的一本去换了回来。

从我记事的那天起，那套书便放在她的书橱里了。别管我多么钦佩伟大的契诃夫，我也不能明白，那套书就那么百看、千看、万看不厌。二十多年来有什么必要天天非得读它一读？

有时，她写东西写累了，便会端着一杯浓茶，坐在书橱对面，瞧着那套契诃夫小说选集出神。要是这个时候我突然走进了她的房间，她便会显得慌乱不安，不是把茶水泼了自己一身，便是像初恋的女孩子、头一次和情人约会便让人撞见似的羞红了脸。

我便想：她是不是爱上契诃夫？要是契诃夫还活着，没准真会发生这样的事。

当她神志不清，就要离开这个世界的时候，她对我说的最后一句话是："那套书——"她已经没有力气说出"那套契诃夫小说选集"这样一个长句子。不过我明白她指的就是那一套。"……还有，写着，'爱，是不能忘记的'……笔记本，和我、一同火葬。"

　　她最后叮咛我的这句话，有些，我为她做了。比如那套书。有些，我没有为她做。比如那些题着"爱，是不能忘记的"笔记本子。我舍不得。我常想，要是能够出版，那一定是她写过的那些作品里最动人的一篇。不过它当然是不能出版的。

　　起先，我以为那不过是她为了写东西而积累的一些素材。因为它既不像小说，也不像札记；既不像书信，也不像日记。只是当我从头到尾把它们读了一遍的时候，渐渐地，那些只言片语与我那支离破碎的回忆交织成了一个形状模糊的东西。经过久久的思索，我终于明白，我手里捧着的，并不是没有生命、没有血肉的文字，而是一颗灼人的、充满了爱情和痛苦的心，我还看见那颗心怎样在这爱情和痛苦里挣扎、熬煎。二十多年啦，那个人占有着她全部的情感，可是她却得不到他。她只有把这些笔记本当做是他的替身，在这上面和他倾心交谈。每时，每天，每月，每年。

　　难怪她从没有对任何一个够意思的求婚者动过心，难怪她对那些说不出来是善意的愿望或是恶意的闲话总是淡然地一笑付之。原来她的心已经填得那么满，任什么别的东西都装不进去了。我想起"曾经沧海难为水，除却巫山不是云"的诗句，想到我们当中有人多半不会这样去爱，而且也没有人会照这个样子爱我的时候，我便感到一种说不出来的怅惘。

　　我知道了三十年代他在上海做地下工作的时候，一位老工人为了掩护他而被捕牺牲，撇下了无依无靠的妻子和女儿。他，出于道义，责任，阶级情谊和对死者的感念，毫不犹豫地娶了那位姑娘。逢到他看见那些由于"爱情"而结合的夫妇又因为"爱情"而生出无限的烦恼，他便会想："谢天谢地，我虽然不是因为爱情而结婚，可是我们生活得和睦、融洽，就像一个人的左膀右臂。"几十年风里来、雨里去，他们可以说是患难夫妻。

　　他一定是她那机关里的一位同志。我会不会见过他呢？从到过我家的客人里，我看不出任何迹象，他究竟是谁呢？

　　大约一九六二年的春天，我和母亲去音乐会。剧场离我们家太远。我们没有乘车。

　　一辆黑色的小轿车悄无声息地停在人行道旁边。从车上走下来一个满头白发、穿着一套黑色毛呢中山装的、上了年纪的男人。那头白发生得堂皇而又气派！他给人一种严谨的、一丝不苟的、脱俗的、明澄得像水晶一样的印象。特别是他的眼睛，十分冷峻地闪着寒光，当他急速地瞥向什么东西的时候，会让人联想起闪电或是舞动着的剑影。要使这样一对冰冷的眼睛充满柔情，那必定得是特别强大的爱情，而且得为了一个确实值得爱的女人才行。

　　他走过来，对母亲说："您好！钟雨同志，好久不见了。"

　　"您好！"母亲牵着我的那只手突然变得冰凉，而且轻轻地颤抖着。

　　他们面对面地站着，脸上带着凄厉的，甚至是严峻的神情，谁也不看着谁。母亲瞧着路旁那些还没有抽出嫩芽的灌木丛。他呢，却看着我："已经长成大姑娘了。真好，太好了，和妈妈长得一样。"

他没有和母亲握手，却和我握了握手。而那手也和母亲的手一样，也是冰冷的，也是轻轻地颤抖着的。我好像变成了一路电流的导体，立刻感到了震动和压抑。我很快地从他的手里抽出我的手，说道："不好，一点也不好！"

他惊讶地问我："为什么不好？"或许我以为他故作惊讶。因为凡是孩子们说了什么直率得可爱的话的时候，大人们都会显出这副神态的。

我看了看妈妈的面孔。是，我真像她。这让我有些失望："因为她不漂亮！"

他笑了起来，幽默地说："真可惜，竟然有个孩子嫌自己的妈妈不漂亮。记得吗？一九五三年你妈妈刚调到北京，带你来机关报到的那一天？她把你这个小淘气留在了走廊外面，你到处串楼梯，扒门缝，在我房间的门上夹疼了手指头。你哇啦哇啦地哭着，我抱着你去找妈妈？"

"不，我不记得了。"我不大高兴，他竟然提起我穿开裆裤时代的事情。

"啊，还是上了年纪的人不容易忘记。"他突然转身向我的母亲说，"您最近写的那部小说我读过了。我要坦率地说，有一点您写得不准确。您不该在作品里非难那位女主人公……要知道，一个人对另一个人产生感情原没有什么可以非议的地方，她并没有伤害另一个人的生活……其实，那男主人公对她也会有感情的。不过为了另一个人的快乐，他们不得不割舍自己的爱情……"

这时，有一个交通民警走到停放小汽车的地方，大声地训斥着司机车停的不是地方。司机为难地解释着。他停住了说话，回头朝那边望了望，匆匆地说了声："再见"！便大步走到汽车旁边，向那民警说："对不起，这不怪司机，是我……"

我看着这上了年纪的人，也俯首帖耳地听着民警的训斥，觉得很是有趣。当我把顽皮的笑脸转向母亲的时候，我看见她是怎样地窘迫呀！就像小学校里一个一年级的小女孩，凄凄惶惶地站在那严厉的校长面前一样，好像那民警训斥的是她。

汽车开走了，留下了一道轻烟。很快地，就连这道轻烟也随风消散了，好像什么都没有发生过，而我，不知道为什么却没有很快地忘记。

现在回想起来，他准是以他那强大的精神力量引动了母亲的心。那强大的精神力量来自他那成熟而坚定的政治头脑，他在动荡的革命时代的出生入死的经历，他活跃的思维、工作的魄力，文学艺术上的素养……而且——说起来奇怪，他和母亲一样喜欢双簧管。对了，她准是崇拜他。她说过，要是她不崇拜那个人，那爱情准连一天也维持不了。

至于他爱不爱我的母亲，我就猜不透了。要是他不爱她，为什么笔记本里会有这样一段记载呢？

"这礼物太厚重了。不过您怎么知道我喜好契诃夫呢?"

"你说过的!"

"我不记得了。"

"我记得。"

原来那套契诃夫小说选集是他送给母亲的。对于她,那几乎就是爱情的信物。

没准,他这个不相信爱情的人,到了头发都白了的时候才意识到他心里也有那种可以称为爱情的东西存在。这可真够凄惨的。

关于他,能够回到我的记忆里来的就是这么一小点。

她那么迷恋他,却又得不到他的心情有多么苦呀!为了看一眼他乘的那辆小车,以及从汽车的后窗里看一眼他的后脑勺,她怎样煞费苦心地计算过他上下班可能经过那条马路的时间;每当他在台上做报告,她坐在台下,隔着距离、烟雾、昏暗的灯光、蠕动的人头,看着他那模糊不清的面孔,她便觉得心里好像有什么东西凝固了,泪水会不由地充满她的眼眶。为了把自己的泪水瞒住别人,她使劲地咽下它们。逢到他咳嗽得讲不下去,她就会揪心地想到为什么没人阻止他吸烟?担心他又会犯了气管炎。她不明白为什么他离她那么近而又那么遥远?

他呢,为了看见她一眼,天天,从小车的小窗里,眼巴巴地瞧着自行车道上流水一样的自行车,闹得眼花缭乱,担心着她那辆自行车的闸灵不灵,会不会出车祸;逢到万一有个不开会的夜晚,他会不乘小车,自己费了许多周折来到我们家的附近,不过是为了从我们家的大院门口走这么一趟;他在百忙中也不会忘记注意着各种报刊,为的是看一看有没有我母亲发表的作品。他不能明白,为什么生活偏偏是这样安排着的?

可是,临到他们难得在机关大院里碰了面,他们又在竭力地躲避着对方,匆匆地点个头便赶紧地走开去。即使这样,也足以使我母亲失魂落魄,失去听觉、视觉和思维的能力,世界立刻会变成一片空白……如果那时她遇见一个叫老王的同志,她一定会叫人家老郭,对人家说些连她自己也听不懂的话。

她一定死死地挣扎过,因为她写道:——我们曾经相约:让我们互相忘记。可是我欺骗了你,我没有忘记。我想,你也同样没有忘记。我们不过是在互相欺骗着,把我们的苦楚深深地隐藏着。不过我并不是有意要欺骗你,我曾经多么努力地去实行它。有多少次我有意地滞留在远离北京的地方,把希望寄托在时间和空间上,我甚至觉得我似乎忘记了。可是等到我出差回来,火车离北京越来越近的时候,我简直承受不了冲击得使我头晕眼花的心跳。我是怎样急切地站在月台上张望,好像有什么人在等着我似的。不,当然不会。我明白了,什么也没有忘记,一切都还留在原来的地方。年复一年,就跟一棵大树一样,它的根却越来越深地扎下去,想要拔掉这生了根的东西实在太困难了,我无能为力。

　　每当一天过去，我总是觉得忘记了什么重要的事情，或是夜里突然从梦中惊醒：发生了什么事情?! 不，什么也没有发生，我清清楚楚地意识到：没有你! 于是什么都显得是有缺陷的，不完满的，而且是没有任何东西可以弥补的。我们已经到了这一生快要完结的时候了，为什么还要像小孩子一样地忘情? 为什么生活总是让人经过艰辛的跋涉之后才把你追求了一生的梦想展现在你的眼前? 而这梦想因为当初闭着眼睛走路，不但在岔道上错过了，而且这中间还隔着许多不可逾越的沟壑。

　　对了，每每母亲从外地出差回来，她从不让我去车站接她，她一定愿意自己孤零零地站在月台上，享受他去接她的那种幻觉。她，头发都白了的、可怜的妈妈，简直就像个痴情的女孩子。

　　那些文字并没有多少是叙述他们的爱情的，而多半记载的都是她生活里的一些琐事：她的文章为什么失败，她对自己的才能感到了惶惑和猜疑；珊珊(就是我)为什么淘气，该不该罚她；因为心神恍惚她看错了戏票上的时间，错过了一场多么好的话剧；她出去散步，忘了带伞，淋得像个落汤鸡……她的精神明明日日夜夜都和他在一起，就像一对恩爱的夫妻。其实，把他们这一辈子接触过的时间累计起来计算，也不会超过二十四小时，而这二十四小时，大约比有些人一生享受到的东西还深、还多。莎士比亚下的朱丽叶说过："我不能清算我财富的一半。"大约，她也不能清算她的财富的一半。

　　似乎他在"文化大革命"中死于非命。也许因为当时那种特定的历史条件，这一段的文字记载相当含糊和隐晦。我奇怪我那因为写文章而受着那么厉害的冲击的母亲，是用什么办法把这习惯坚持下来的? 从这隐晦的文字里，我还是可以猜得出，他大约是对那位红极一世，权极一时的"理论权威"的理论提出了疑问，并且不知对谁说过："这简直就是右派言论。"从母亲那沾满泪痕的纸页上可以看出，他被整得相当惨，不过那老头子似乎十分坚强，从没有对这位有大来头的人物低过头，直到死的时候，留下来的最后一句话还是："就是到了马克思那里，这个官司也非得打下去不可!"

　　这件事一定发生在六九年的冬天。因为在那个冬天里，还刚近五十岁的母亲一下子头发全白了。而且，她的手臂上还缠上了一道黑纱。那时，她的处境也很难。为了这条黑纱，她挨了好一顿批斗，说她坚持四旧，并且让她交代这是为了谁?

　　"妈妈，这是为了谁?"我惊恐地问她。

　　"为一个亲人!"然后怕我受惊似的解释着："一个你不熟悉的亲人!"

　　"我要不要戴呢?"她做了一个许久都没有对我做过的动作，用手拍了拍我的脸颊，就像我小的时候她常做的那样。她好久都没有显出过这么温柔的样子了。我常觉得，随着她的年龄和阅历的增长，特别是那几年她所受过的折磨，那种温柔的东西似乎离她越来越远了，也或许是被她越藏越深了，以致常常让我感到她像个男人。

　　她恍惚而悲凉地笑了笑，说："不，你不用戴。"

她那双又干又涩的眼睛显得没有一点水分，好像已经把眼泪哭干了。我很想安慰她，或做点什么使她高兴的事。她却说："去吧!"

我当时不知为什么生出了一种恐怖的感觉，我觉得我那亲爱的母亲似乎有一半已经随着什么离我而去了。我不由地叫了一声："妈妈!"

我的心情一定被我那敏感的妈妈一览无余地看透了。她温和地对我说："别怕，去吧! 让我自己呆一会儿。"

我没有错，因为她的确这样地写着：——你去了。似乎我灵性里的一部分也随你而去了。

我甚至不能知道你的下落，更谈不上最后看你一眼。我也没有权利去向他们质询，因为我既不是亲眷又不是生前友好……我们便这样地分离了。我恨不能为你承担那非人的折磨，而应该让你活下去! 为了等到昭雪的那一天，为了你将重新为这个社会工作，为了爱你的那些个人们，你都应该活着啊! 我从不相信你是什么三反分子，你是被杀害的、最优秀中间的一个。假如不是这样，我怎么会爱你呢? 我已经不怕说出这三个字。

纷纷扬扬的大雪不停地降落着。天呐，连上帝也是这样地虚伪，他用一片洁白覆盖了你的鲜血和这谋杀的丑恶。

我从没有拿我自己的存在当成一回事。可现在，我无时不在想，我的一言一行会不会惹得你严厉地皱起你那双浓密的眉毛? 我想到我要好好地活着，好好地生活，像你那样，为我们这个社会——它不会总像现在这样，惩罚的利剑已经悬在那帮狗男女的头上——真正做一点工作。

我独自一人，走在我们唯一一次曾经一同走过的那条柏油小路上。听着我一个人的脚步声在沉寂的夜色里响着、响着……我每每在这小路上徘徊、流连，那一次也没有像现在这样使我肝肠寸断。那时，你虽然也不在我身边，但我知道，你还在这个世界上，我便觉得你在伴随着我，而今，你的的确确不在了，我真不能相信!

我走到了小路的尽头，又折回去，重新开始，再走一遍。

我弯过那道栅栏，习惯地回头望去，好像你还在那里，向我挥手告别。我们曾淡淡地、心不在焉地微笑着，像两个没有什么深交的人，为的是尽力地掩饰我们心里那刻骨铭心的爱情。那是一个没有一点诗意的初春的夜晚，依然在刮着冷峭的风。我们默默地走着，彼此离得很远。你因为长年害着气管炎，微微地喘息着。我心疼你，想要走得慢一点。可不知为什么却不能。我们走得飞快，好像有什么重要的事情在等着我们去做，我们非得赶快走完这段路不可，我们多么珍惜这一生中唯一的一次"散步"，可我们分明害怕，怕我们把持不住自己，会说出那可怕的、折磨了我们许多年的那三个字："我爱你"。除了我们自己，大概这个世界上没有一个活着的人会相信我们连手也没有握过一次! 更不要说到其他!

不，妈妈，我相信，再没有人能像我那样眼见过你敞开的灵魂。

啊，那条柏油小路，我真不知道它是那样充满了辛酸的回忆的一条小路。我想，我们切不可忽略世界上任何一个最不起眼的小角落，谁知道呢？那些意想不到的小角落会沉默地缄藏着多少隐秘的痛苦和欢乐呢？

当她写东西写得疲倦了的时候，她还会沿着我们窗后的那条柏油小路慢慢地踱来踱去。有时是彻夜不眠后的清晨，有时甚至是月黑风高的夜晚，哪怕是在冬天，哪怕峭厉的风像发狂的野兽似的吼叫，卷着沙石噼哩叭啦地敲打着窗棂……那时，我只以为那不过是她的一种怪僻，却不知她是去和他的灵魂相会。

她还喜欢站在窗前，瞅着窗外的那条柏油小路出神。有一次，她显出那样奇特的神情，以致我以为柏油小路上走来了我们最熟悉的、最欢迎的客人。我连忙凑到窗前，在深秋的傍晚，只有冷风卷着枯黄的落叶，飘过那空荡荡的小路的路面。

好像他还活着一样，用文字和他倾心交谈的习惯并没有因为他的去世而中断。直到她自己拿不起来笔的那一天。在最后一页上，她对他说了最后的话：——我是一个信仰唯物主义的人。现在我却希冀着天国，倘若真有所谓天国，我知道，你一定在那里等待着我。我就要到那里去和你相会，我们将永远在一起，再也不会分离。再也不必怕影响另一个人的生活而割舍我们自己。亲爱的，等着我，我就要来了——我真不知道，妈妈，在她行将就木的这一天，还会爱得那么沉重。像她自己所说的，那是镂骨铭心的。我觉得那简直不是爱，而是一种疾痛，或是比死亡更强大的一种力量。假如世界上真有所谓不朽的爱，这也就是极限了。她分明至死都感到幸福：她真正地爱过。她没有半点遗憾。

如今，他们的皱纹和白发早已从碳水化合物变成了其它的什么元素。可我知道，不管他们变成什么，他们仍然在相爱。尽管没有什么人间的法律和道义把他们拴在一起，尽管他们连一次手也没有握过，他们却完完全全地占有着对方。那是什么都不能分离的。哪怕千百年过去，只要有一朵白云追逐着另一朵白云；一棵青草情依着另一棵青草；一层浪花拍着另一层浪花；一阵轻风紧跟着另一阵轻风，相信我，那一定就是他们。

每每我看着那些题着"爱，是不能忘记的"笔记本，我就不能抑制住自己的眼泪。我哭，我不止一次地痛哭，仿佛遭了这凄凉而悲惨的爱情的是我自己。这要不是大悲剧就是大笑话。别管它多么美，多么动人，我可不愿意重复它！

英国大作家哈代说过："呼唤人的和被呼唤的很少能互相答应。"我已经不能从普通意义上的道德观念去谴责他们应该或是不应该相爱。我要谴责的却是：为什么他们不互相等待着那个呼唤着自己的灵魂？

如果我们都能够互相等待，而不糊里糊涂地结婚，我们会免去多少这样的悲剧哟！

到了共产主义，还会不会发生这种婚姻和爱情分离着的事情呢？既然世界这么大，互相呼唤的人也就可能有互相不能答应的时候，那么说，这样的事情还会发生？可是，那是多么悲哀啊！可也许到了那时，便有了解脱这悲哀的办法！

我为什么要钻牛角尖呢？

说到底，这悲哀也许该由我们自己负责。谁知道呢？也说不定还得由过去的生活所遗留下来的那种旧意识负责。因为一个人要是老不结婚，就会变成对这种意识的一种挑战。有人就会说你的神经出了毛病，或是你有什么见不得人的隐私，或是你政治上出了什么问题，或是你刁钻古怪，看不起凡人，不尊重千百年来的社会习惯，你准是个离经叛道的邪人。总之，他们会想出种种庸俗无聊的玩意儿来糟蹋你。于是，你只好屈从这种意识的压力，草草地结婚了事。把那不堪忍受的婚姻和爱情分离着的镣铐套到自己的脖子上去，来日又会为这不能摆脱的镣铐而受苦终身。

我真想大声疾呼地说："别管人家的闲事吧，让我们耐心地等待着，等着那呼唤我们的人，即使等不到也不要糊里糊涂地结婚！不要担心这么一来独身生活会成为一种可怕的灾难。要知道，这兴许正是社会生活在文化、教养、趣味……等等方面进化的一种表现！"

（原载《北京文艺》1979年11期）

【作家简介】

张洁（1937—2022），生于北京，祖籍辽宁抚顺，当代著名女作家。1960年毕业于中国人民大学。1978年开始文学创作。曾两次获得茅盾文学奖。著有长篇散文《世界上最疼我的那个人去了》，散文集《爱，是不能忘记的》《方舟》，中短篇小说集《祖母绿》，长篇小说《只有一个太阳》《沉重的翅膀》《无字》等。2022年1月21日，张洁在美国因病逝世。

【文本赏析】

1979年，一部《爱，是不能忘记的》让张洁一举成名。小说通过女青年珊珊对已故母亲钟雨的回忆，描写了没有婚姻的爱情的痛苦与没有爱情的婚姻的不幸。小说在新时期较早涉及爱情与婚姻的矛盾，因其切入角度的敏锐和理想主义的光芒在读者之中引起很大反响。女儿通过母亲的怪异之举，发现了母亲与一位老干部深沉的爱情。母亲在自己的笔记本中倾诉着她对老干部的深情，而这位老干部是有家室的（当年老干部出于报恩与因救他而牺牲的老工人的女儿结婚）。母亲与老干部一直互相深爱着，但由于不想伤害任何人（包括老干部的妻子），两人从未公开过关系。两人也曾约定互相忘记彼此的爱情，但爱情的力量让母亲和老干部始终无法忘记彼此，即使在"文革"中，老干部含冤离世后，母亲仍以各种行动表示悼念，传达出无尽的思念。作品以女儿的视角讲述母亲的爱情故事，这种叙述模式较为新颖。以女儿的角度探索母亲不为人知的爱情，透过母亲的一系列怪异举止以及她的笔记本，一步一步探寻出母亲对于老干部无法道出的爱，文章设置悬念，显得扑朔迷离。作品没有跌宕起伏的情节，也没有激烈的冲突，钟雨与老干部出于灵魂的触碰、情感的迸发而深爱彼此，但由于老干部有一个善良的妻子，这样的道义因素使老干部无法承担背叛家庭的恶名，二人选择将这段感情深埋在心底，他们的"婚外恋"行为无疑是有悖于社会主义人道主义的道德伦理的。钟雨和老干部本身具有理想化色彩。在文章中，读者很难看到作者对于老干部和钟雨的外貌描写，如此设计正是要模糊两人的具体形象，他们之间一边有着违背伦理道德的精神恋爱，一边又遵守道义不去伤害所有人，这样的精神恋爱让他们一次手也没牵过，语言交流也是少之又少，如此的行为举止让钟雨和老干部的形象充满理想主义色彩，这种隐秘的女性情感书写和对道德伦理的冲击在八十年代引起了不小争议。例如， 1980年第5期的《文艺报》推出了评论家李希凡的《"倘若真有所谓天国"……——阅读琐记》，文章指出，被作者表现为给男女主人公带来爱情痛苦的传统道德标准，不仅不是我们社会在人类情感生活上所造成的难以弥补的缺陷，而且恰恰是真正的无产阶级战士应具备的精神道德和思想情感境界。1980年5月14日《光明日报》发表肖林的《试谈〈爱，是不能忘记的〉格调问题》也对这篇小说持否定意见。文章认为这篇小说格调不高，在思想上存在弱点，离开充满浓厚的抒情气息的语言外壳，小说的思想本质是极为贫弱和渺小的，我们应该警惕和剔除小资产阶级思想和情调的浸染。但是，也有一些批评家肯定了这篇小说的艺术价值，认为这篇小说通过简单的婚恋故事阐述了"爱情是婚姻的基础"这一主题，表达了新时期女性意识的觉醒。张洁自己也曾说："这不是爱情小说，而是一篇探索社会学问题的小说。"王蒙也认为，小说写的是"人的感情，人的心灵中的追求、希冀、向往、缺憾、懊悔和比死还强烈的幸福与痛苦。"这些话都能帮助我们更深切更公允地理解和把握这篇小说的主题及它对文坛的影响。

【课程思政】

母亲的两段感情经历给女儿一个启示——真正的婚姻要以真正的爱情为基础。从道德的层面来说，没有婚姻的爱情与没有爱情的婚姻都是不可取的。钟雨与老干部的刻骨铭心的"爱情"虽然收获了很多读者的同情，但在社会主义人道主义的伦理道德规范下，显然是不值得提倡和效仿的。

【批评家的话】

这篇小说（《爱，是不能忘记的》）并不是一般的爱情故事，它所写的是人类在感情生活上一种难以弥补的缺陷，作者企图探讨和提出的，并不是什么恋爱观的问题，而是社会学的问题。

——黄秋耘《关于张洁作品的断想》（《文艺报》1980年第1期）

被作者表现为给男女主人公带来爱情痛苦的传统道德标准，不仅不是我们社会在人类情感生活上所造成的难以弥补的缺陷，而且是真正的无产阶级战士应具备的精神道德和思想情感境界。

——李希凡《"倘若真的有这样的天国……"》（《文艺报》1980年第5期）

【延伸阅读】

《从森林里来的孩子》《世界上最疼我的那个人去了》《方舟》

【拓展与思考】

1.有人认为钟雨和老干部的形象充满理想主义，对此你怎么看？

2.有的批评家认为这部小说的格调不高，对此你是否同意？

第八章　城市中的悲喜剧

【导语】

　　20世纪三四十年代是中国城市文学繁荣兴盛的时期，不但出现了"京派"与"海派"的文艺论争，国统区抗战文艺的主要表现对象也是当时的市民阶层，"孤岛时期"的上海更是涌现出张爱玲、钱锺书等长于描摹城市生活的大家。本章选取张天翼、张爱玲、钱锺书等三位有代表性的城市文学书写者，他们的作品风格各异、各具特色，为我们展现出一幕幕发生在城市中的悲喜剧，从而引发我们对市民生活的思考。

第二十二讲　张天翼

【篇目】

华威先生

　　转弯抹角算起来——他算是我的一个亲戚。我叫他"华威先生"。他觉得这种称呼不大好。

　　"嗳，你真是！"他说。"为什么一定要个'先生'呢。你应当叫我'威弟'。再不然叫'阿咸'。"

　　把这件事交涉过了之后，他立刻戴上了帽子：

　　"我们改日再谈好不好？我总想畅畅快快跟你谈一谈——唉，可总是没有时间。今天刘主任起草了一个县长公余工作方案，便叫我参加意见，叫我替他修改。三点钟又还有一个集会。"

　　这里他摇摇头，没奈何地苦笑了一下。他声明他并不怕吃苦：在抗战时期大家都应当苦一点。不过——时间总要够支配呀。

"王委员又打了三个电报来，硬要请我到汉口去一趟。这里全省文化界抗敌总会又成立了，一切抗战工作都要领导起来才行。我怎么跑得开呢，我的天！"

于是匆匆忙忙跟我握了握手，跨上他的包车。

他永远挟着他的公文皮包。并且永远带着他那根老粗老粗的黑油油的手杖。左手无名指上戴着他的结婚戒指。拿着雪茄的时候就叫这根无名指微微地弯着，而小指翘得高高的，构成一朵兰花的图样。

这个城市里的黄包车谁都不作兴跑，一脚一脚挺踏实地踱着，好像饭后千步似的。

可是包车例外：叮当，叮当，叮当，——一下子就抢到了前面。黄包车立刻就得往左边。

躲开，小推车马上打斜，担子很快地就让到路边，行人赶紧就避到两旁的店铺里去。

包车踏铃不断地响着，钢丝在闪着亮。还来不及看清楚——它就跑得老远老远的了，像闪电一样快。

而——据这里有几位抗战工作者的上层分子的统计——跑得顶快的是那位华威先生的包车。

他的时间很要紧。他说过——

"我恨不得取消晚上睡觉的制度，我还希望一天不止二十四小时，抗战工作实在太多了。"

接着掏出表来看一看，他那一脸丰满的肌肉立刻紧张了起来。眉毛皱着，嘴唇使劲撮着，好像他在把全身的精力都要收敛到脸上似的。他立刻就走：他要到难民救济会去开会。

照例——会场里的人全到齐了坐在那里等着他。他在门口下车的时候总得顺便把踏铃踏它一下：叮！

同志们彼此看着：唔，华威先生到会了。有几位透了一口气。有几位可就拉长了脸瞧着会场门口，有一位甚至于要准备决斗似的——抓着拳头瞪着眼。

华威先生的态度很庄严，用种从容的步子走进去，他先前那副忙劲儿好像被他自己的庄严态度消解掉了。他在门口稍为停了一会儿，让大家好把他看个清楚，仿佛要唤起同志们的一种信任心，仿佛要给同志们一种担保——什么困难的大事也都可以放下心来。

他并且还点点头。他眼睛并不对着谁，只看着天花板。他是在对整个集体打招呼。

会场里很静，会议就要开始。有谁在那里翻着什么纸张，窸窸窣窣的。

华威先生很客气地坐到一个冷角落里，离主席位子顶远的一角，他不大肯当主席。

"我不能当主席，"他拿着一支雪茄烟打手势。"工人抗战工作协会的指导部今天开常会。通俗文艺研究会的会议也是今天。伤兵工作团也要去的，等一下。你们知道我的时间不够支配：只容许我在这里讨论十分钟。我不能当主席，我想推举刘同志当主席。"

说了就在嘴角上闪起一丝微笑，轻轻地拍几下手板。

主席报告的时候，华威先生不断地在那里刮洋火点他的烟。把表放在面前，时不时像计算什么似的看看它。

"我提议！"他大声说。"我们的时间是很宝贵的：我希望主席尽可能报告得简单一点。我希望主席能够在两分钟之内报告完。"

他刮了两分钟洋火之后，猛的站了起来。对那正在哇啦哇啦的主席摆摆手：

"好了，好了。虽然主席没有报告完，我已经明白了。我现在还要赴别的会，让我先发表一点意见。"

停了一停。抽两口雪茄，扫了大家一眼。

"我的意见很简单，只有两点，"他舔舔嘴唇。"第一点，就是——每个工作人员不能够怠工。而是相反，要加紧工作。这一点不必多说，你们都是很努力的青年，你们都能热心工作。我很感谢你们。但是还有一点——你们时时刻刻不能忘记，那就是我要说的第二点。"

他又抽了两口烟，嘴里吐出来的可只有热气。这就又刮了一根洋火。

"这第二点呢就是：青年工作人员要认定一个领导中心。你们只有在这一个领导中心的领导之下，抗战工作才能够展开。青年是努力的，是热心的，但是因为理解不够，工作经验不够，常常容易犯错误。要是上面没有一个领导中心，往往要弄得不可收拾。"

瞧瞧所有的脸色，他脸上的肌肉耸动了一下——表示一种微笑。他往下说：

"你们都是青年同志，所以我说得很坦白，很不客气。大家都要做抗战工作，没有什么客气可讲。我想你们诸位青年同志一定会接受我的意见。我很感激你们。好了，抱歉得很，我要先走一步。"

把帽子一戴，把皮包一挟，瞧着天花板点点头，挺着肚子走了出去。

到门口可又想起了一件什么事。他把当主席的同志拽开，小声儿谈了几句。

"你们工作——有什么困难没有？"他问。

"我刚才的报告提到了这一点，我们……"

华威先生伸出个食指顶着主席的胸脯：

"唔，唔，唔。我知道我知道。我没有多余的时间来谈这件事。以后——你们凡是想到的工作计划，你们可以到我家里去找我商量。"

坐在主席旁边那个长头发青年注意地看着他们，现在可忍不住插嘴了：

"星期三我们到华先生家里去过三次，华先生不在家……"

那位华先生冷冷地瞅他一眼，带着鼻音哼了一句——"唔，我有别的事，"又对主席低声说下去：

"要是我不在家，你们跟密司黄接头也可以。密司黄知道我的意见，她可以告诉你们。"

密司黄就是他的太太。他对第三者说起她来，总是这么称呼她的。

他交代过了这才真的走开。这就到了通俗文艺研究会的会场。他发现别人已经在那里开会，正有一个人在那里发表意见。他坐了下来，点着了雪茄，不高兴地拍了三下手板。

"主席！"他叫。"我因为今天另外还有一个集会，我不能等到终席。我现在有点意见，想要先提出来。"

于是他发表了两点意见：第一，他告诉大家——在座的人都是当地的文化人，文化人的工作是很重要的，应当加紧地做去。第二，文化人应当认清一个领导中心，文化人在文抗会的领导中心的领导之下团结起来，统一起来。

五点三刻他到了文化界抗敌总会的会议室。

这回他脸上堆上了笑容，并且对每一个人点头。

"对不住得很，对不住得很：迟到了三刻钟。"

主席对他微笑一下，他还笑着伸了伸舌头，好像闯了祸怕挨骂似的。他四面瞧瞧形势，就拣在一个小胡子的旁边坐下来。

他带着很机密很严重的脸色——小声儿问那个小胡子：

"昨晚你喝醉了没有？"

"还好，不过头有点子晕。你呢？"

"我啊——我不该喝了那三杯猛酒，"他严肃地说。"尤其是汾酒，我不能猛喝。刘主任硬要我干掉——嗨，一回家就睡倒了。密司黄说要跟刘主任去算账呢：要质问他为什么要把我灌醉。你看！"

一谈了这些，他赶紧打开皮包，拿出一张纸条——写几个字递给了主席。

"请你稍为等一等，"主席打断了一个正在发言的人的话。"华威先生还有别的事情要走。现在他有点意见：要求先让他发表。"

华威先生点点头站了起来。

"主席！"腰板微微地一弯。"各位先生！"腰板微微地一弯。

"兄弟首先要请求各位原谅：我到会迟了点，而又要提前退席。"

随后他说出了他的意见。他声明——这文化界抗敌总会的常务理事会，是一切救亡工作的领导机关，应该时时刻刻起领导中心作用。

"群众是复杂的，工作又很多。我们要是不能起领导作用，那就很危险，很危险。

事实上，此地各方面的工作也非有个领导中心不可。我们的担子真是太重了，但是我们不怕怎样的艰苦，也要把这担子担起来。"

他反复地说明了领导中心作用的重要，这就戴起帽子去赴一个宴会。他每天都这么忙着，要到刘主任那里去联络。要到各学校去演讲，要到各团体去开会。而且每天——不是别人请他吃饭，就是他请别人吃饭。

华威太太每次遇到我，总是代替华威先生诉苦。

"唉，他真苦死了！工作这么多，连吃饭的工夫都没有。"

"他不可以少管一点，专门去做某一种工作么？"我问。

"怎么行呢？许多工作都要他去领导呀。"

可是有一次，华威先生简直吃了一大惊。妇女界有些人组织了一个战时保婴会，竟没有去找他！

他开始打听，调查。他设法把一个负责人找来。

"我知道你们委员会已经选出来了。我想还可以多添加几个。由我们文化界抗敌总会派人来参加。"

他看见对方在那里踌躇，他把下巴挂了下来：

"问题是在这一点：你们委员是不是能够真正领导这工作？你能不能够对我担保——你们会内没有汉奸，没有不良分子？你能不能担保——你们以后工作不至于错误，不至于怠工？你能不能担保，你能不能？你能够担保的话，那我要请你写个书面的东西，给我们文抗会常务理事会。以后万一——如果你们的工作出了毛病，那你就要负责。"

接着他又声明：这并不是他自己的意思。他不过是一个执行者。这里他食指点点对方胸脯：

"如果我刚才说的那些你们办不到，那不是就成了非法团体了么？"

这么谈判了两次，华威先生当了战时保婴会的委员。于是在委员会开会的时候，华威先生挟着皮包去坐这么五分钟，发表了一两点意见就跨上了包车。

有一天他请我吃晚饭，他说因为家乡带来了一块腊肉。

我到他家里的时候，他正在那里对两个学生样的人发脾气。他们都挂着文化界抗敌总会的徽章。

"你昨天为什么不去，为什么不去？"他吼着。"我叫你拖几个人去的。但是我在台上一开始演讲，一看——连你都没有去听！我真不懂你们干了些什么？"

"昨天——我去出席日本问题座谈会的。"

华威先生猛地跳起来了：

"什么！什么！日本问题座谈会？怎么我不知道，怎么不告诉我？"

"我们那天部务会议决议了的。我来找过华先生，华先生又是不在家——"

"好啊，你们秘密行动！"他瞪着眼。"你老实告诉我——这个座谈会到底是什么背景，你老实告诉我！"

对方似乎也动了火：

"什么背景呢，都是中华民族！部务会议议决的，怎么是秘密行动呢。……华先生又不到会，开会也不终席，来找又找不到……我们总不能把部里的工作停顿起来。"

"混蛋！"他咬着牙，嘴唇在颤抖着。"你们小心！你们，哼，你们！你们！……"他倒到了沙发上，嘴巴痛苦地抽得歪着。"妈的！这个这个——你们青年！……"

五分钟之后他抬起头来，害怕地四面看一看。那两个客人已经走了。他叹一口长气，对我说：

"唉，你看你看！现在的青年怎么办，现在的青年！"

这晚他没命地喝了许多酒，嘴里嘶嘶地骂着那些小伙子。他打碎了一只茶杯。密司黄扶着他上了床，他忽然打个寒噤说：

"明天十点钟有个集会……"

（原载《文艺阵地》半月刊1938年4月16日第1卷第1期）

【作家简介】

张天翼（1906—1985），祖籍湖南湘乡，生于江苏南京，现代小说家和儿童文学作家。1931年参加左联。抗战爆发后，一直在长沙等地从事抗日救亡工作和文艺活动。代表作有童话《大林与小林》《宝葫芦的秘密》，小说《华威先生》《包氏父子》等。

【文本赏析】

张天翼的小说幽默辛辣，入骨三分，语言简练，情节流畅，在中国现代小说家中独树一帜。其代表作《华威先生》塑造了民国时期鲜明的小官僚形象，辛辣有趣之外又注入了作家的关怀与同情，是现代文学史上气质独特又不可多得的佳作。作品发表于1938年4月《文艺阵地》创刊号，是作者短篇小说的代表作。主人公华威先生永远挟着公文包，不时要掏出怀表来看一看，坐一辆全城跑得最快的包车，"恨不得取消晚上睡觉的制度"，"还希望一天不止二十四小时"，俨然是个"抗日"的大忙人。其实他每天忙的就是坐着包车招摇过市、演说、开会、迟到、早退、大吃大喝，他的"忙"不过是虚张声势、装腔作势。他在会上发言以及和人交谈总是喋喋不休地要大家"认定一个领导中心"；他到处要权、要官位，文艺界抗敌总会的爱国青年召开日本问题座谈会没有告诉他，他就大发雷霆、破口大骂。作品极为成功地刻画了抗战初期一个特殊的"救亡专家"的典型形象。茅盾在《八月的感想》里评论说，作品帮助人们去"认出那些隐藏在抗战旗影下的大小丑恶"。小说结尾意味深长又戛然而止，余音绕梁，符合人物特征，一下子提高了作品立意。本篇是作者讽刺文学的精品，也是中国现代小说史上的杰作。作品发表后，在社会和文坛引起强烈反响，文艺界曾就《华威先生》的暴露和讽刺问题，于1939年展开了关于抗战文艺要不要暴露的文艺真实性问题的讨论。

【课程思政】

这篇小说刻画了一个"包而不办"，名义上为抗战奔波、实际上到处参会抢权的文化官僚形象，暴露了在全民抗战的热情下潜藏的党派狭隘利益和个人私利之争，具有一定的时代典型性。人民需要的永远是那些真正为群众谋福祉、干实事、不专权、不贪功、不空喊口号的"人民公仆"。

【批评家的话】

张天翼是30年代有着很高声誉的小说家之一，本应该有更辉煌的成就，可是自限于学习鲁迅遂只能成为鲁迅的传人。文学和艺术都同样贵独创，缺了这一动因，才能势必浪费。

——司马长风《中国新文学史》（香港昭明出版社，1978年版）

用最经济的描述和铺陈，以戏剧性和敏捷的风格，张天翼捕捉到他的角色在动作中的每一特征。他摒弃了华丽群藻，也不用冗长的段落结构；又用喜剧或者戏剧性的精确，来模拟每一社会阶层的语言习惯。就方言的广度和准确性而论，张天翼在现代中国小说中，是首屈一指的。"

——[美]夏志清《中国现代小说史》（香港中文大学出版社，2015年版）

【延伸阅读】

《鬼土日记》《包氏父子》《宝葫芦的秘密》

【拓展与思考】

试分析张天翼小说中的人物讽刺艺术手法有何独特之处。

第二十三讲　张爱玲

【篇目】

金锁记（节选）

维持了几天的僵局，到底还是无声无息照原定计划分了家。孤儿寡妇还是被欺负了。

七巧带着儿子长白，女儿长安另租了一幢屋子住下了，和姜家各房很少来往。隔了几个月，姜季泽忽然上门来了。老妈子通报上来，七巧怀着鬼胎，想着分家的那一天得罪了他，不知他有什么手段对付。可是兵来将挡，她凭什么要怕他？她家常穿着佛青实地纱袄子，特地系上一条玄色铁线纱裙，走下楼来。季泽却是满面春风的站起来问二嫂好，又问白哥儿可是在书房里，安姐儿的湿气可大好了，七巧心里便疑惑他是来借钱的，加意防备着，坐下笑道："三弟你近来又发福了。"季泽笑道："看我像一点儿心事都没有的人。"七巧笑道："有福之人不在忙吗！你一向就是无牵无挂的。"季泽笑道："等我把房子卖了，我还要无牵无挂呢！"七巧道："就是你做了押款的那房子，你还要卖？"季泽道，"当初造它的时候，很费了点心思，有许多装置都是自己心爱的，当然不愿意脱手。后来你是知道的，那边地皮值钱了，前年把它翻造了弄堂房子，一家一家收租，跟那些住小家的打交道，我实在嫌麻烦，索性打算卖了它，图个清净。"七巧暗地里说道："口气好大！我是知道你的底细的，你在我跟前充什么阔大爷！"

虽然他不向她哭穷，但凡谈到银钱交易，她总觉得有点危险，便岔了开去道："三妹妹好么？腰子病近来发过没有？"季泽笑道："我也有许久没见过她的面了。"七巧道："这是什么话？你们吵了嘴么？"季泽笑道："这些时我们倒也没吵过嘴。不得已在一起说两句话，也是难得的，也没那闲情逸致吵嘴。"七巧道："何至于这样？我就不相信！"季泽两肘撑在藤椅的扶手上，交叉着十指，手搭凉棚，影子落在眼睛上，深深地唉了一声。七巧笑道："没有别的，要不就是你在外头玩得太厉害了。自己做错了事，还唉声叹气的仿佛谁害了你似的。你们姜家就没有一个好人！"说着，举起白团扇，作势要打。季泽把那交叉着的十指往下移了一移，两只大拇指按在嘴唇上，两只食指缓缓抚摸着鼻梁，露出一双水汪汪的眼睛来。那眼珠却是水仙花缸底的黑石子，上面汪着水，下面冷冷的没有表情。看不出他在想什么。七巧道："我非打你不可！"季泽的眼睛里突然冒出一点笑泡儿，道："你打，你打！"七巧待要打，又擎回手去，重新一鼓作气道："我真打！"抬高了手，一扇子劈下来，又在半空中停住了，吃吃笑将起来。季泽带笑将肩膀耸了一耸，凑了上去道："你倒是打我一下罢！害得我浑身骨头痒痒着，不得劲儿！"七巧把扇子向背后一藏，越发笑得格格的。

季泽把椅子换了个方向，面朝墙坐着，人向椅背上一靠，双手蒙住了眼睛，又是长长地叹了口气。七巧啃着扇子柄，斜睨着他道："你今儿是怎么了？受了暑吗？"季泽道："你哪里知道？"半晌，他低低的一个字一个字说道："你知道我为什么跟家里的那个不好，为什么我拼命的在外头玩，把产业都败光了？你知道这都是为了谁？"七巧不知不觉有些胆寒，走得远远的，倚在炉台上，脸色慢慢地变了。季泽跟了过来。七巧垂着头，肘弯撑在炉台上，手里擎着团扇，扇子上的杏黄穗子顺着她的额角拖下来。季泽在她对面站住了，小声道："二嫂！……七巧！"

七巧背过脸去淡淡笑道："我要相信你才怪呢！"季泽便也走开了，道："不错。你怎么能够相信我？自从你到我家来，我在家一刻也待不住，只想出去。你没来的时候我并没有那么荒唐过，后来那都是为了躲你。娶了兰仙来，我更玩得凶了，为了躲你之外又要躲她，见了你，说不了两句话我就要发脾气——你哪儿知道我心里的苦楚？你对我好，我心里更难受——我得管着我自己——我不得平白的坑坏了你！家里人多眼杂，让人知道了，我是个男子汉，还不打紧，你可了不得！"七巧的手直打颤，扇柄上的杏黄须子在她额上苏苏磨擦着。季泽道："你信也罢，不信也罢！信了又怎样？横竖我们半辈子已经过去了，说也是白说。我只求你原谅我这一片心。我为你吃了这些苦，也就不算冤枉了。"

七巧低着头，沐浴在光辉里，细细的音乐，细细的喜悦……这些年了，她跟他捉迷藏似的，只是近不得身，原来还有今天！可不是，这半辈子已经完了——花一般的年纪已经过去了。人生就是这样的错综复杂，不讲理。当初她为什么嫁到姜家来？为了钱么？不是的，为了要遇见季泽，为了命中注定她要和季泽相爱。她微微抬起脸来，季泽立在她跟前，两手合在她扇子上，面颊贴在她扇子上。他也老了十年了，然而人究竟还是那个人呵！他难道是哄她么？他想她的钱——

她卖掉她的一生换来的几个钱？仅仅这一转念便使她暴怒起来。就算她错怪了他，他为她吃的苦抵得过她为他吃的苦么？好容易她死了心了，他又来撩拨她。她恨他。他还在看着她。他的眼睛——虽然隔了十年，人还是那个人呵！就算他是骗她的，迟一点儿发现不好么？即使明知是骗人的，他太会演戏了，也跟真的差不多罢？

不行！她不能有把柄落在这厮手里。姜家的人是厉害的，她的钱只怕保不住。她得先证明他是真心不是。七巧定了一定神，向门外瞧了一瞧，轻轻惊叫道："有人！"便三脚两步赶出门去，到下房里吩咐潘妈替三爷弄点心去，快些端了来，顺便带把芭蕉扇进来替三爷打扇。七巧回到屋里来，故意皱着眉道："真可恶，老妈子在门口探头探脑的，见了我抹过头去就跑，被我赶上去喝住了。若是关上了门说两句话，指不定造出什么谣言来呢！饶是独门独户住了，还没个清净。"

潘妈送了点心与酸梅汤进来，七巧亲自拿筷子替季泽拣掉了蜜层糕上的玫瑰与青梅，道："我记得你是不爱吃红绿丝的。"有人在跟前，季泽不便说什么，只是微笑。七巧似乎没话找话说似的，问道："你卖房子，接洽得怎样了？"季泽一面吃，一面答道："有人出八万五，我还没打定主意呢。"七巧沉吟道："地段倒是好的。"季泽道："谁都不赞成我脱手，说还要涨呢。"七巧又问了些详细情形，便道："可惜我手头没有这一笔现款，不然我倒想买。"季泽道："其实呢，我这房子倒不急，倒是咱们乡下你那些田，早早脱手的好。自从改了民国，接二连三的打仗，何尝有一年闲过？把地面上糟踏得不成样子，中间还被收租的，师爷，地头蛇一层一层勒掯着，莫说这两年不是水就是旱，就遇着了丰年，也没有多少进帐轮到我们头上。"七巧寻思着，道："我也盘算过来，一直挨着没有办。先晓得把它卖了，这会子想买房子，也不至于钱不凑手了。"季泽道："你那田要卖趁现在就得卖了，听说直鲁又要开仗了。"七巧道："急切间你叫我卖给谁去？"季泽顿了一顿道："我去替你打听打听，也成。"七巧耸了耸眉毛笑道："得了，你那些狐群狗党里头，又有谁是靠得住的？"季泽把咬开的饺子在小碟子里蘸了点醋，闲闲说出两个靠得住的人名，七巧便认真仔细盘问他起来，他果然回答得有条不紊，显然他是筹之已熟的。

七巧虽是笑吟吟的，嘴里发干，上嘴唇黏在牙仁上，放不下来。她端起盖碗来吸了一口茶，舐了舐嘴唇，突然把脸一沉，跳起身来，将手里的扇子向季泽头上滴溜溜掷过去，季泽向左偏了一偏，那团扇敲在他肩膀上，打翻了玻璃杯，酸梅汤淋淋漓漓溅了他一身，七巧骂道："你要我卖了田去买你的房子？你要我卖田？钱一经你的手，还有得说么？你哄我——你拿那样的话来哄我——你拿我当傻子——"她隔着一张桌子探身过去打他，然而她被潘妈下死劲抱住了。潘妈叫唤起来，祥云等人都奔了来，七手八脚按住了她，七嘴八舌求告着。七巧一头挣扎，一头叱喝着，然而她的一颗心直往下坠——她很明白她这举动太蠢——太蠢——她在这儿丢人出丑。

季泽脱下了他那湿濡的白香云纱长衫，潘妈绞了手巾来代他揩擦，他理也不理，把衣服夹在手臂上，竟自扬长出门去了，临行的时候向祥云道："等白哥儿下了学，叫他替他母亲请个医生来看看。"祥云吓糊涂了，连声答应着，被七巧兜脸给了她一个耳刮子。

季泽走了。丫头老妈子也给七巧骂跑了。酸梅汤沿着桌子一滴一滴朝下滴，像迟迟的夜漏———一滴，一滴……一更，二更……一年，一百年。真长，这寂寂的一刹那。七巧扶着头站着，倏地掉转身来上楼去，提着裙子，性急慌忙，跌跌绊绊，不住地撞到那阴暗的绿粉墙上，佛青袄子上沾了大块的淡色的灰。她要在楼上的窗户里再看他一眼。

无论如何，她从前爱过他。她的爱给了她无穷的痛苦。单只这一点，就使他值得留恋。多少回了，为了要按捺她自己，她迸得全身的筋骨与牙根都酸楚了。今天完全是她的错。他不是个好人，她又不是不知道。她要他，就得装糊涂，就得容忍他的坏。她为什么要戳穿他？人生在世，还不就是那么一回事？归根究底，什么是真的，什么是假的？

她到了窗前，揭开了那边上缀有小绒球的墨绿洋式窗帘，季泽正在弄堂里往外走，长衫搭在臂上，晴天的风像一群白鸽子钻进他的纺绸裤褂里去，哪儿都钻到了，飘飘拍着翅子。

七巧眼前仿佛挂了冰冷的珍珠帘，一阵热风来了，把那帘子紧紧贴在她脸上，风去了，又把帘子吸了回去，气还没透过来，风又来了，没头没脑包住她——一阵凉，一阵热，她只是淌着眼泪。

玻璃窗的上角隐隐约约反映出弄堂里一个巡警的缩小的影子，晃着膀子踱过去，一辆黄包车静静在巡警身上辗过。小孩把袍子掖在裤腰里，一路踢着球，奔出玻璃的边缘。绿色的邮差骑着自行车，复印在巡警身上，一溜烟掠过。都是些鬼，多年前的鬼，多年后的没投胎的鬼……什么是真的，什么是假的？

【作家简介】

张爱玲（1920—1995），中国现代作家，原名张煐，祖籍河北丰润（今唐山市丰润区），生于上海。张爱玲的家世显赫，祖父张佩纶是清末名臣，祖母李菊耦是晚清重臣李鸿章的长女。她的父亲张志沂是一位受过西方文化熏陶的"遗少"，母亲黄素琼（字逸梵）是和她父亲门当户对的南京一位军门的小姐。张爱玲创作的文学作品包括小说、散文、电影剧本以及文学论著多种。1973年起，张爱玲定居洛杉矶直至去世。

【文本赏析】

《金锁记》创作于1943年10月，最初连载于1943年11、12月《杂志》第12卷第2、3号，是张爱玲小说中最具代表性的作品。作品面世后即获得了广泛的赞誉。1944年，傅雷称赞《金锁记》是张爱玲的"最完满之作"，是"文坛最美的收获之一"。张爱玲在其小说集《传奇》（初版本）中将《金锁记》放在首篇，可见作家对它的看重。小说描写了一个小商人家庭出身的女子曹七巧的心灵变迁历程。七巧做过先天不足丈夫的妻子，欲爱而不能爱，在姜家毫无地位地生活了三十年。在财欲与情欲的双重压迫下，她的性格终于被扭曲，行为变得乖戾，不但破坏儿子的婚姻，致使儿媳被折磨而死，还拆散女儿的爱情。"三十年来她戴着黄金的枷。她用那沉重的枷角劈杀了几个人，没死的也送了半条命。"《金锁记》继承了张爱玲小说的一贯风格，蕴藏着深深的悲凉情怀，通过建立悲剧的女性形象折射出封建时代女性的悲剧，又从女性的悲剧上升到整个社会的悲剧，反映出由中国封建伦理道德组成的婚姻压抑了人类本该有的美好情欲，导致了人性的扭曲和不可避免的人生悲剧。

【课程思政】

七巧年轻时期的情欲挣扎是对真实生命追求的捍卫。但随着她的情欲受压抑，无法得到幸福，她也不允许别人得到幸福，哪怕是自己的儿女。她害死了两任儿媳，亲手破坏掉女儿的婚姻，这是一种人性扭曲的表现。

【批评家的话】

毫无疑问，《金锁记》是张女士截至目前为止的最完满之作，颇有《狂人日记》中某些故事的风味，至少也该列为我们文坛最美的收获之一。没有《金锁记》，本文作者根本也不会写这篇文字。

——傅雷《论张爱玲的小说》（《万象月刊》1944年第3卷第1期）

对于一个研究现代中国文学的人来说，张爱玲该是今日中国最优秀最重要的作家。……《金锁记》长达五十页，据我看来，这是中国从古以来最伟大的中篇小说。

——夏志清《论张爱玲》（《中国现代小说史》，台北传记文学出版社，1979年版）

《金锁记》可以称之为是对女性情欲的研究，是张爱玲最重要的作品之一。

——朱栋霖《中国现代文学史》上编（高等教育出版社，1999年版）

【延伸阅读】

《沉香屑·第一炉香》《倾城之恋》《红玫瑰与白玫瑰》

【拓展与思考】

1.有人说张爱玲的作品是传统与现代的完美融合，结合《金锁记》谈谈你的认识。

2.《金锁记》中电影蒙太奇手法的运用是如何在文本中得以表现的？

3.张爱玲小说具有一贯的悲凉叙述风格，这在《金锁记》中如何体现？

第二十四讲　钱锺书

【篇目】

围城（节选）

　　据说"女朋友"就是"情人"的学名，说起来庄严些，正像玫瑰花在生物学上叫"蔷薇科木本复叶植物"，或者休妻的法律术语是"协议离婚"。方鸿渐陪苏小姐在香港玩了两天，才明白女朋友跟情人事实上绝然不同。苏小姐是最理想的女朋友，有头脑，有身分，态度相貌算得上大家闺秀，和她同上饭馆戏院并不失自己的面子。他们俩虽然十分亲密，方鸿渐自信对她的情谊到此而止，好比两条平行的直线，无论彼此距离怎么近，拉得怎么长，终合不拢来成为一体。只有九龙上岸前看她害羞脸红的一刹那，心忽然软得没力量跳跃，以后便没有这个感觉。他发现苏小姐有不少小孩子脾气，她会顽皮，会娇痴，这是他一向没想到的。可是不知怎样，他老觉得这种小姐儿腔跟苏小姐不顶配。并非因为她年龄大了；她比鲍小姐大不了多少，并且当着心爱的男人，每个女人都有返老还童的绝技。只能说是品格上的不相宜；譬如小猫打圈儿追自己的尾巴，我们看着好玩儿，而小狗也追寻过去地回头跟着那短尾巴橛乱转，就风趣减少了。那几个一路同船的学生看小方才去了鲍小姐，早换上苏小姐，对他打趣个不亦乐乎。

　　苏小姐做人极大方；船到上海前那五六天里，一个字没提到鲍小姐。她待人接物也温和了许多。方鸿渐并未向她谈情说爱，除掉上船下船走跳板时扶她一把，也没拉过她手。可是苏小姐偶然的举动，好像和他有比求婚、订婚、新婚更深远悠久的关系。她的平淡，更使鸿渐疑惧，觉得这是爱情超热烈的安稳，仿佛飓风后的海洋波平浪静，而底下随时潜伏着汹涌翻腾的力量。香港开船以后，他和苏小姐同在甲板上吃香港买的水果。他吃水蜜桃，耐心地撕皮，还说："桃子为什么不生得像香蕉，剥皮多容易！或者干脆像苹果，用手帕擦一擦，就能连皮吃。"苏小姐剥几个鲜荔枝吃了，不再吃什么，愿意替他剥桃子，他无论如何不答应。桃子吃完，他两脸两手都挂了幌子，苏小姐看着他笑。他怕桃子汁弄脏裤子，只伸小指头到袋里去勾手帕，勾了两次，好容易拉出来，正在擦手，苏小姐声音含着惊怕嫌恶道："啊哟！你的手帕怎么那么脏！真亏你——啥！这东西擦不得嘴，拿我的去，拿去，别推，我最不喜欢推。"

　　方鸿渐涨红脸，接苏小姐的手帕，在嘴上浮着抹了抹，说："我买了一打新手帕上船，给船上洗衣服的人丢了一半。我因为这小东西容易遗失，他们洗得又慢，只好自己洗。这两天上岸玩儿，没工夫洗，所有的手帕都脏了，回头洗去。你这块手帕，也让我洗了还你。"

苏小姐道："谁要你洗？你洗也不会干净！我看你的手帕根本就没洗干净，上面的油腻斑点，怕还是马赛一路来留下的纪念。不知道你怎么洗的。"说时，吃吃笑了。

等一会，两人下去。苏小姐捡一块自己的手帕给方鸿渐道："你暂时用着，你的手帕交给我去洗。"方鸿渐慌得连说："没有这个道理！"苏小姐努嘴道："你真不爽气！这有什么大了不得？快给我。"鸿渐没法，回房舱拿了一团皱手帕出来，求饶恕似的说："我自己会洗呀！脏得很，你看了要嫌的。"苏小姐夺过来，摇头道："你这人怎么邋遢到这个地步。你就把这东西擦苹果吃么？"方鸿渐为这事整天惶恐不安，向苏小姐谢了又谢，反给她说"婆婆妈妈"。明天，他替苏小姐搬帆布椅子，用了些力，衬衫上迸脱两个钮子，苏小姐笑他"小胖子"，叫他回头把衬衫换下来交给她钉钮子。他抗议无用，苏小姐说什么就要什么，他只好服从她善意的独裁。

方鸿渐看大势不佳，起了恐慌。洗手帕，补袜子，缝钮扣，都是太太对丈夫尽的小义务。自己凭什么享受这些权利呢？享受了丈夫的权利当然正名定分，该是她的丈夫，否则她为什么肯尽这些义务呢？难道自己言动有可以给她误认为丈夫的地方么？想到这里，方鸿渐毛骨悚然。假使订婚戒指是落入圈套的象征，钮扣也是扣留不放的预兆。自己得留点儿神！幸而明后天就到上海，以后便没有这样接近的机会，危险可以减少。可是这一两天内，他和苏小姐在一起，不是怕袜子忽然磨穿了洞，就是担心什么地方的钮子脱了线。他知道苏小姐的效劳是不好随便领情的；她每钉一个钮扣或补一个洞，自己良心上就增一分向她求婚的责任。

中日关系一天坏似一天，船上无线电的报告使他们忧虑。八月九日下午，船到上海，侥幸战事并没发生。苏小姐把地址给方鸿渐，要他去玩。他满嘴答应，回老乡望了父母，一定到上海来拜访她。苏小姐的哥哥上船来接，方鸿渐躲不了，苏小姐把他向她哥哥介绍。她哥哥把鸿渐打量一下，极客气地拉手道："久仰！久仰！"鸿渐心里想，糟了！糟了！这一介绍就算经她家庭代表审定批准做候补女婿了！同时奇怪她哥哥说"久仰"，准是苏小姐从前常向她家里人说起自己了，又有些高兴。他辞了苏氏兄妹去捡点行李，走不到几步，回头看见哥哥对妹妹笑，妹妹红了脸，又像喜欢，又像生气，知道在讲自己。一阵不好意思。忽然碰见他兄弟鹏图，原来上二等找他去了。苏小姐海关有熟人，行李免查放行。方氏兄弟还等着检查呢，苏小姐特来跟鸿渐拉手叮嘱"再会"。鹏图问是谁，鸿渐说姓苏。鹏图道："唉，就是法国的博士，报上见过的。"鸿渐冷笑一声，鄙视女人们的虚荣。草草把查过的箱子理好，叫了汽车准备到周经理家去住一夜，明天回乡。鹏图在什么银行里做行员，这两天风声不好，忙着搬仓库，所以半路下车去了。鸿渐叫他打个电报到家里，告诉明天搭第几班火车。鹏图觉得这钱浪费得无谓，只打了个长途电话。

　　他丈人丈母见他，欢喜得了不得。他送丈人一根在锡兰买的象牙柄藤手杖，送爱打牌而信佛的丈母一只法国货女人手提袋和两张锡兰的贝叶，送他十五六岁的小舅子一支德国货自来水笔。丈母又想到死去五年的女儿，伤心落泪道："淑英假如活着，你今天留洋博士回来，她才高兴呢！"周经理哽着嗓子说他太太老糊涂了，怎么今天快乐日子讲那些话。鸿渐脸上严肃沉郁，可是满心惭愧，因为这四年里他从未想起那位未婚妻，出洋时丈人给他做纪念的那张未婚妻大照相，也搁在箱子底，不知退了颜色没有。他想赎罪补过，反正明天搭十一点半特别快车，来得及去万国公墓一次，便说："我原想明天一早上她的坟。"周经理夫妇对鸿渐的感想更好了。周太太领他去看今晚睡的屋子，就是淑英生前的房。梳妆桌子上并放两张照相：一张是淑英的遗容，一张是自己的博士照。方鸿渐看着发呆，觉得也陪淑英双双死了，萧条黯淡，不胜身后魂归之感。

【作家简介】

　　钱锺书（1910—1998），字默存，号槐聚，江苏无锡人，中国现代作家、文学研究家。早年毕业于清华大学外文系，获文学学士。后考取第三届（1935年）庚子赔款公费留学资格，留学英国牛津大学。著有散文集《写在人生边上》，中短篇小说集《人·兽·鬼》，长篇小说《围城》，学术著作《谈艺录》《七缀集》《宋诗选注》《管锥编》等。其夫人杨绛也是著名作家。

【文本赏析】

　　《围城》是钱锺书创作的唯一一部长篇小说，开始创作于1944年，1946年完稿，1947年由上海晨光出版公司印制发行。该书是钱锺书"锱铢积累"而写成的，小说从他熟悉的时代、熟悉的地方、熟悉的社会阶层取材。尽管某几个角色稍有真人的影子，事情都子虚乌有；某些情节略具真实，人物却全是捏造的。而男主人公方鸿渐则是取材于两个亲戚：一个志大才疏，常满腹牢骚；一个狂妄自大，爱自吹自擂。《围城》主要写一个拙于用世的自由主义知识分子方鸿渐在外患内乱的特定年代的落魄遭际，展现人生的困窘感、孤独感、彷徨感和无所归依感，同时写出了抗战初期知识分子的群像，是旧中国知识分子精神危机的写照。

　　《围城》是中国现代文学史上一部风格独特的讽刺小说，被誉为"新儒林外史"。钱锺书在小说《围城》中成功塑造了一批特点鲜明的知识分子，生动地再现了当时知识分子的普遍状态与心态。由于1949年后长期无法重印，这本书逐渐淡出人们的视野。20世纪60年代，旅美汉学家夏志清在《中国现代小说史》中对这本书作出很高的评价，这才重新引起人们对它的关注。人们对它的评价一般集中在两个方面：幽默的语言和对生活深刻的观察。在《围城》中，众多人物的出场常用漫画式笔法来勾勒，加之深刻的心理描写，使人物形象惟妙惟肖，跃然纸上，给读者留下深刻印象。从20世纪90年代开始，也有人提出对这本书的不同看法，认为这是一部被"拔高"的小说，并不是一部出色的作品，一些人认为这只是一部幽默作品。除了各具特色的人物语言之外，作者夹叙其间的文字也显示出作者特有的机智与幽默，但也有人认为这是作者卖弄文字，语言显得尖酸刻薄。

【课程思政】

方鸿渐的命运是抗战前夕缺乏生活理想的小资产阶级知识分子悲剧命运的缩影。这种人生虚无如围城的悲剧既是由他矛盾的性格导致的，也是畸形社会的世态炎凉促成的。因此，青年人应该树立远大的人生理想，有明确的人生坐标与前进方向，不能浑浑噩噩地在社会中浮沉。

【批评家的话】

《围城》是中国近代文学中最有趣和最用心经营的小说，可能是最伟大的一部。

——夏志清《中国现代小说史》（台北传记文学出版社，1979年版）

这是本极有才华、技艺精湛、非常引人入胜的小说，文笔高雅，结局带有含义深刻的悲观主义色彩。

——美国耶鲁大学历史系教授乔纳森·斯宾塞在《纽约图书评论》（1980年4月17日）上发表对《围城》的评论

【附录】

《围城》序（钱锺书）

在这本书里，我想写现代中国某一部分社会、某一类人物。写这类人，我没忘记他们是人类，只是人类，具有无毛两足动物的基本根性。角色当然是虚构的，但是有考据癖的人也当然不肯错过索隐的机会、放弃附会的权利的。

这本书整整写了两年。两年里忧世伤生，屡想中止。由于杨绛女士不断的督促，替我挡了许多事，省出时间来，得以锱铢积累地写完。照例这本书该献给她。不过，近来觉得献书也像"致身于国"，"还政于民"等等佳话，只是语言幻成的空花泡影，名说交付出去，其实只仿佛魔术家玩的飞刀，放手而并没有脱手。随你怎样把作品奉献给人，作品总是作者自己的。大不了一本书，还不值得这样精巧地不老实，因此罢了。

一九四九年十二月十五日

【延伸阅读】

阅读《围城》的其他章节。

【拓展与思考】

1.方鸿渐这一人物形象的性格特点与典型意义是什么？

2.分析《围城》幽默诙谐而又充满讽刺的语言艺术。

第九章 青春与理想

【导语】

伴随新中国诞生的共和国文学，是朝气蓬勃的青春文学，它处处彰显出中华民族青春的激情与理想主义的光辉，作家们用饱含深情的文字讴歌党领导的新民主主义革命，歌颂在曲折中走向胜利的社会主义革命和新中国的建设者、保卫者，受这种文艺美学思潮的影响，出现了被称为红色经典的《青春之歌》；"百花文学"时期，在"干预生活"的口号下，出现了王蒙的《组织部来了个年轻人》，表现了初入社会的青年人对创建理想世界的观察与思考；新时期，铁凝的《哦，香雪》则通过火车给一个宁静的小山村带来的波澜，表达了一名乡村女孩对山外文明的向往，这些作品延续并发展了青春与理想的文学主题。

第二十五讲 杨 沫

【篇目】

青春之歌（节选）

傍晚，余永泽吃过晚饭出去了，道静在涮洗碗筷。房东开了收音机，流行歌曲带着哭声好像送丧似的传到道静的耳鼓：

毛毛雨，下个不停，微微风，吹个不停……

道静无精打采地收拾着食具，她越讨厌这无聊的声音，可是房东和他的太太却偏放得越起劲。她无可奈何地叹了一口气，刚想坐下来，不料一只大手掌轻轻地在她肩上拍了一下，一回头，却是好几个月不见了的卢嘉川。她高兴得把抹布一丢，红着脸喘息着说："卢兄，这么久不见你了！你哪儿去啦？……"

道静自从"五一"以后就没有再见过卢嘉川。白莉苹又去了上海，虽然许宁偶尔来看看她，但是他总是慌慌张张匆匆走掉。因此道静的生活又掉在呆滞、沉闷的小天地里。她一度变得欢乐、像湖水样明亮的大眼睛不见了；愉快的歌声也从她口里消失了；她重又陷到彷徨和苦闷中。因此，见到卢嘉川时她是怎样的惊喜与激动是可以想见的了。

"对不起——这几个月忙了一点。"卢嘉川放下带来的一个小提包，刚刚坐下又站了起来，"小林，这些日子生活怎么样？又苦闷起来了吧？"

"嗯！"道静低下头，用手指轻轻抹去眼角的一滴泪水，"生活像死水一样。除了吵嘴，就是把书读了一本又一本……卢兄，你说我该怎么办好呢？"她抬起头来，严肃地看着卢嘉川，嘴唇颤抖着，"我总盼望你——盼望党来救我这快要沉溺的人……"

卢嘉川漫不经意地向屋里、院里各处张望了一下，然后坐在桌边，微笑着说："你的苦闷我很了解。小林，不要悲观，我们要尽量帮助你。不过……"他的语气变沉重了，眼睛却依然安详地、柔和地瞧着她，"现在白色恐怖是越来越严重了。蒋孝先带来的宪兵三团在北平到处捕杀爱国青年——你大概还不知道吧？许宁已经被捕了。"

"啊！他也被捕啦？"道静吃了一惊，"什么时候被捕的？"

"就在罗大方和北平各校同学到察北参军去的那天晚上。你还不知道罗大方已经出狱了。许宁本想去，却犹豫着没有去，结果被捕了。小林，环境是残酷的，斗争是激烈的呀，不知你想到过这些没有？"

"我早就想过无数遍了！"道静红涨着脸，使劲把身子向桌上靠着，"我早就这样想。与其碌碌无为地混这一生，不如壮烈地去死。死都不怕，我还怕什么？"

卢嘉川锐利地盯着她那张充满稚气、充满激情的美丽的脸，从这张脸上他完全信任了这个生活在矛盾的泥坑中的女孩子。停了一下，他直视着她的眼睛说："英雄式的战死在疆场的思想还一点儿没变吗？"她笑了。"小林，你想错了。参加革命并不是叫咱们去死，而是叫咱们活——叫咱们活得更有意义；叫千百万受压迫的人全活得很幸福。为什么还没有做什么就先想到死？这是不对的！"

"那么，卢兄，你倒指给我一条参加革命的路呀！现在这样子能叫革命吗？"

"好，这样说现在就来找你帮忙。"卢嘉川的神色突然严肃起来，"有三件事请你考虑考虑能够帮忙不？第一件事，有些文件要放在你这儿保存几天；第二件事，今晚上你替我去送封信；第三件……"他忽然住了口，望着她沉吟了一下，"第三件，我想在你这儿多待一会儿，如果可能，今夜最好允许我借住一下。……因为这些天侦探盯的紧——刚才我才甩掉一条尾巴，跑到你这里。"

道静听着给她的委托，开始是高兴的，可是听到后来，心情却紧张起来了。卢嘉川刚才还在轻松地和她谈着生活问题、思想问题，却没想到他原来处在这么危急的情况中。他那沉着、镇定、潇洒的风度，不禁使她惊住了。愣了一下，她率直地说道："卢兄，一切全可以！我早就希望你们拿我当自己人。你就住在这儿吧，我去和余永泽说一下就行了。"一提起这个人，她的脸就红了。

卢嘉川弯着身子，一只脚蹬在凳子上，一只手按住太阳穴。他那英俊而端正的面孔，带着沉重的深思的神色，两道浓眉挤得紧紧的。半晌，他摇头摇敲着桌边说："小林，不要和他说了。住在这儿不行……就这样吧，我今晚要写点东西，就在你这儿多耽搁一会，你想法子叫老余晚些回来可以不？"他拿起小提包交给道静，"这是一些秘密宣传品，你把它放好，不要叫老余看见。"

"嗯！"道静小心翼翼地接过那个半旧的古铜色的小提包，好像母亲接抱自己初生的婴儿。顷刻间，她的心头充溢着一种幸福的、欢乐的感情，这感情是这样激越和有力，竟使得她忘掉了刚才的紧张，紧紧把提包搂抱在怀里，眼睛燃烧似的瞅着卢嘉川。"卢兄，你就住在我这里吧。你讨厌他，我和他都到别处去住。我一定要……"她想说"保护你"可是话到嘴边又咽回去了。她是这样年轻、幼稚，怎么好向自己尊敬的老师说出好像母亲嘴里才能说出的话呢。

"不必了。"卢嘉川看见道静那种认真的焦急之色，一个满意的微笑轻轻掠过他的嘴角。他说："小林，你现在就去找一个人——她住的偏僻，路又不近，早一点去吧。她是李大嫂，你如果见到她，就问她说：'小戴、小吴这两个孩子到圣经会去玩，都回来没有？'她如果说都回来了，那就好了。如果找不到她，有人问你干什么的，你就或说是她的亲戚，或说是找错了门。总之要随机应变，要沉着、机警……"卢嘉川接着又谆谆地向她讲了一些秘密工作的方法和特别应注意之处。

"小戴、小吴到圣经会去玩，这是什么意思？"道静对这些莫名其妙的话感到了兴趣，她睁大眼睛好奇地问。

"不需要你知道的，你不要多问——这是原则。"卢嘉川的话又锋利又和蔼。

道静点点头站在当地摆弄着衣服角。这种新奇的有点神秘的生活使得她在慌乱和忧虑中却掺杂着某种程度的喜悦。

她看着卢嘉川，心里有许多话要说，可是又说不出来。

他们相对沉默了一会儿。

过了一会，她想到该走了，不要再拖延了，就站起身对卢嘉川点点头向门外走去。就在这一霎间她忽然想到：也许屋外就有凶恶的侦探在窥伺着卢嘉川；也许她刚刚一走，他就会被抓走。……想到这儿，脚沉重得迈不动了，她无力地靠在门边看着他。一种依恋的情感混搅在一种正义的恚恨的情绪中，她不知如何表示这种情感，只是愣愣地望着他。

"小林，现在是八点半了，你走吧。"卢嘉川的眼睛也一直没有离开过她。

"好，卢兄，我就去！你就在这儿等我。"道静咬了咬牙，拔脚就走。她还没迈出门槛，卢嘉川又叫住她："别这么慌里慌张，态度要镇静。惊慌失措是会坏事的。我尽量在这里等你回来。如果你回来我不在了，那么三天之内，我一定来拿东西。"

"你一定等我，可别走……"道静扑上来拉住了他的手，长睫毛上闪着泪珠。

卢嘉川的心里这时交织着非常复杂的情感。这女孩子火热的向上的热情，和若隐若现地流露出的对于他的爱慕，是这样激动着他，使他很想向她说出多日来秘藏在心底的话。但是，他不能这样做，他必须克制自己。于是他拉住她的手，像个亲切的兄长，严肃地说道："小林，你还没有残酷斗争的经验，许多事你也还没有体会到它的严重性和复杂性。好吧，如果三天之后，我还不来，那么……"他突然睁大了柔和的亮亮的大眼睛，"那么你就把这些东西烧毁掉。将来——将来，只要你对我们的事业不失掉信心，只要你能为着未来的幸福的日子坚持斗争下去，那么，你一定会达到目的、达到你的理想的。小林，永远相信我的话，共产主义是扑灭不了的，我们的同志是斩不尽、杀不绝的！我们也许还会再见……"

道静目不转睛地望着他。竭力镇定神思捕捉着他的每一句话、每一个字。这些字真像金子样发着铿锵的响声，激动着她的心坎。听到最后，她恍然明白了他的意思，她就愣住了，同时眼泪也流下来了。她想：不管有个什么好地方，就是一只箱子也好，把他紧紧地锁在里面，叫他安全，叫他不要被反动派抓了去……但是，哪儿有这么个好地方呢？……

她呆在地上慌乱地想着想着，忽然意识到该走了，不要叫他再催了。于是，挪动了脚步勉强自己走了出去。不想卢嘉川又一把拉住她，叮嘱她说："小林，记住我告给你的话，对李大嫂一句也不能说错。还有，路上也要小心。如果发现身后有人跟着你，你就先别回这里来。还有，请你叫老余晚一点回来。"

"一切放心！"道静低低喊了一句就跳出门外，转眼消失在黑夜里。

卢嘉川倚在门框上，望着寂静的院子笑笑，仿佛道静还站在那里。

【作家简介】

杨沫（1914—1995），原名杨成业，湖南湘阴人，中国当代女作家。1928年至1931年，在北京西山温泉女子中学求学。1936年，加入中国共产党。1950年，出版中篇小说《苇塘纪事》。1958年，出版长篇小说《青春之歌》。1980年，出版长篇小说《东方欲晓》第一部。1986年，出版长篇小说《芳菲之歌》。1990年，出版长篇小说《英华之歌》。

【文本赏析】

本文选自长篇小说《青春之歌》第一部第二十一章，该小说以20世纪30年代日本侵华时发生的九一八事变到"一二·九"爱国学生运动为背景，通过女主人公林道静的成长故事，构筑了一段经典的革命历史，也演绎了非主流革命力量的知识分子如何走上革命的曲折道路，以此揭示出那个年代的知识分子成长道路的历史必然性。在无产阶级革命中，小资产阶级知识分子必须经历一个"再锻炼、再教育和再改造"的过程，通过不断地向无产阶级学习，逐步克服自身的阶级属性所带来的弱点，才有可能成长为无产阶级战士。小说以爱国青年为先导的抗日救亡运动作为重点描写的事件，刻画了形形色色的知识分子在民族危亡时刻所经历的生活和他们的思想风貌。他们中间有忠于党的事业、无私无畏奉献的无产阶级的优秀知识分子代表卢嘉川、林红、江华；有苦闷彷徨而又执着追求，最后投身抗日救亡运动的知识青年王晓燕、许宁；有追求个人名利，走迂腐的老道路的"老夫子"余永泽；也有走向时代和人民对立面，甘于沉沦的知识分子，比如叛变投敌的戴愉，最终因贪图物质享受而堕落自灭的白莉萍。这些成功的艺术形象丰富并深化了主题，给人以激励和警策。

小说通过对女主人公林道静从一个个人主义、民主主义、自由主义的知识分子改造和成长为一个共产主义战士的过程的叙述，揭示了知识分子走向革命的曲折而伟大的历史必然性。这部作品不仅展现了林道静个人的成长历程，更深入地揭示了那个时代青年人的内心世界。他们面临着国家危亡、民族存亡的严峻形势，承受着来自家庭、社会、政治等多方面的压力。然而，正是在这样的困境中，他们逐渐觉醒，毅然投身到无产阶级革命和民族解放的事业中，用青春和热血谱写了一曲壮丽的乐章。

【课程思政】

杨沫在《青春之歌》中，通过对林道静等人物形象的刻画，展现了中国知识青年在革命斗争中的坚定信念和英勇精神。她以细腻的笔触，描绘了革命青年们在艰苦环境中的坚韧不拔，以及他们在追求真理和信仰的过程中所付出的巨大牺牲。这些人物形象，不仅具有强烈的时代特色，更具有深刻的现实意义，激励着后人在新时代的征程中继续前行。

【作家的话】

我要真诚地告诉读者们：我的整个幼年和青年的一段时间，曾经生活在国民党统治下的黑暗社会中，受尽了压榨、迫害和失学失业的痛苦，那生活深深烙印在我的心中，使我时常有要控诉的愿望；而在那暗无天日的日子中，正当我走投无路的时候，幸而遇见了党。是党拯救了我，使我在绝望中看见了光明，看见了人类的美丽的远景；是党给了我一个真正的生命，使我有勇气和力量度过了长期的残酷的战争岁月，而终于成为革命队伍中的一员……这感激，这刻骨的感念，就成为这部小说的原始的基础。

——杨沫《青春之歌·初版后记》（人民文学出版社，1958年版）

【延伸阅读】

阅读《青春之歌》的其他章节。

【拓展与思考】

《青春之歌》的情感抒发显得奔放炽烈，小说节选部分是如何实现这种艺术效果的？

第二十六讲　王　蒙

【篇目】

组织部来了个年轻人（节选）

一

三月，天空中纷洒着的似雨似雪。三轮车在区委会门口停住，一个年轻人跳下来。车夫看了看门口挂着的大牌子，客气地对乘客说："您到这儿来，我不收钱。"传达室的工人、复员荣军老吕微跛着脚走出，问明了那年轻人的来历后，连忙帮他搬下微湿的行李，又去把组织部的秘书赵慧文叫出来。赵慧文紧握着年轻人的两只手说："我们等你好久了。"这个叫林震的年轻人，在小学教师支部的时候就与赵慧文认识。她的苍白而美丽的脸上，两只大眼睛闪着友善亲切的光亮，只是下眼皮上有着因疲倦而现出来的青色。她带林震到男宿舍，把行李放好、解开，把湿了的毡子晾上，再铺被褥。在她料理这些事情的时候，常常撩一撩自己的头发，正像那些能干而漂亮的女同志们一样。

她说："我们等了你好久！半年前就要调你来，区人民委员会文教科死也不同意，后来区委书记直接找区长要人，又和教育局人事室吵了一回，这才把你调了来。"

"可我前天才知道。"林震说："听说调我到区委会，真不知怎么好。咱们区委会尽干什么呀？"

“什么都干。”

“组织部呢?”

“组织部就做组织工作。”

“工作忙不忙?”

“有时候忙，有时候不忙。”

赵慧文端详着林震的床铺，摇摇头，大姐姐似的不以为然地说：“小伙子，真不讲卫生。瞧那枕头布，已经由白变黑；被头呢，吸饱了你脖子上的油；还有床单，那么多褶子，简直成了泡泡纱……”

林震觉得，他一走进区委会的门，他的新的生活刚一开始，就碰到了一个很亲切的人。

他带着一种节日的兴奋心情跑着到组织部第一副部长的办公室去报到。副部长有一个古怪的名字：刘世吾。在林震心跳着敲门的时候，他正仰着脸衔着烟考虑组织部的工作规划。他热情而得体地接待林震，让林震坐在沙发上，自己坐在办公桌边，推一推玻璃板上摞得高高的文件，从容地问：

“怎么样?”他的左眼微眯，右手弹着烟灰。

“支部书记通知我后天搬来，我在学校已经没事，今天就来了。叫我到组织部工作，我怕干不了，我是个新党员，过去当小学教师，小学教师的工作与党的组织工作有些不同……”

林震说着他早已准备好的话，说得很不自然，正像小学生第一次见老师一样。于是他感到这间屋子很热。三月中旬，冬天就要过去，屋里还生着火，玻璃上的霜花融解成一条条的污道子。他的额头沁出了汗珠，他想掏出手绢擦擦，在衣袋里摸索了半天没有找到。

刘世吾机械地点着头，看也不看地从那一大摞文件中抽出一个牛皮纸袋，打开纸袋，拿出林震的党员登记表，锐利的眼光迅速掠过，宽阔的前额下出现了密密的皱纹。他闭了一下眼，手扶着椅子背站起来，披着的棉袄从肩头滑落了，他用熟练的毫不费力的声调说：

“好，好，好极了，组织部正缺干部，你来得好。不，我们的工作并不难做，学习学习就会做的，就那么回事。而且，你原来在下边工作得……相当不错嘛，是不是不错?”

林震觉得这种称赞似乎有某种嘲笑意味，他惶恐地摇头：“我工作做得并不好……”

刘世吾的不太整洁的脸上现出隐约的笑容，他的眼光聪敏地闪动着，继续说：“当然也可能有困难，可能。这是个了不起的工作。中央的一位同志说过，组织工作是给党管家的，如果家管不好，党就没有力量。”然后他不等问就加以解释：“管什么家呢? 发展党和巩固党，壮大党的组织和增强党组织的战斗力，把党的生活建立在集体领导、批评和自我批评与密切联系群众的基础上。这样做好了，党组织就是坚强的、活泼的、有战斗力的，就足以团结和指引群众，完成和更好地完成社会主义建设与社会主义改造的各项任务……"

他每说一句话，都干咳一下，但说到那些惯用语的时候，快得像说一个字。譬如他说"把党的生活建立在……上，"听起来就像"把生活建在登登登上"，他纯熟地驾驭那些林震觉得相当深奥的概念，像拨弄算盘子一样灵活。林震集中最大的注意力，仍然不能把他讲的话全部把握住。

接着，刘世吾给他分配了工作。

当林震推门要走的时候。刘世吾又叫住他，用另一种全然不同的随意神情问；

"怎么样，小林，有对象了没有？"

"没……"林震的脸刷地红了。

"大小伙子还红脸？"刘世吾大笑了，"才二十二岁，不忙。"他又问："口袋里装着什么书？"

林震拿出书，说出书名："《拖拉机站站长与总农艺师》。"

刘世吾拿过书去，从中间打开看了几行，问："这是他们团中央推荐给你们青年看的？"

林震点头。

"借我看看。"

"您还能有时间看小说吗？"林震看着副部长桌上的大摞材料，惊异了。

刘世吾用手托了托书，试了试分量，微眯着左眼说："怎么样？这么一薄本有半个夜车就开完啦。四本《静静的顿河》我只看了一个星期，就那么回事。"

当林震走向组织部大办公室的时候，天已经放晴，残留的几片云现出了亮晶晶的边缘。太阳照亮了区委会的大院子。人们都在忙碌：一个穿军服的同志夹着皮包匆匆走过，传达室的老吕提着两个大铁壶给会议室送茶水，可以听见一个女同志顽强地对着电话机子说："不行，最迟明天早上！不行……"还可以听见忽快忽慢的喔咻喔咻声——是一只生疏的手使用着打字机，"她也和我一样，是新调来的吧？"林震不知凭什么理由，猜打字员一定是个女的。他在走廊上站了一站，望着耀眼的区委会的院子，高兴自己新生活的开始。

二

组织部的干部算上林震一共二十四个人，其中三个人临时调到肃反办公室去了，一个人半日工作准备考大学，一个人请产假。能按时工作的只剩下十九个人。四个人做干部工作，十五个人按工厂、机关、学校分工管理建党工作，林震被分配与工厂支部联系组织发展工作。

组织部部长由区委副书记李宗秦兼任，他并不常过问组织部的事，实际工作是由第一副部长刘世吾掌握。另一个副部长负责干部工作。具体指导林震工作的是工厂建党组的组长韩常新。

韩常新的风度与刘世吾迥然不同。他二十七岁，穿蓝色海军呢制服，干净得抖都抖不下土。他有高大的身材，配着英武的只因为粉刺太多而略有瑕疵的脸。他拍着林震的肩膀，用嘹亮的嗓音讲解工作，不时发出豪放的笑声，使林震想："他比领导干部还像领导干部。"特别是第二天韩常新与一个支部的组织委员的谈话，加强了他给林震的这种印象。

"为什么你们只谈了半小时？我在电话里告诉你，至少要用两小时讨论发展计划！"

那个组织委员说："这个月生产任务太忙……"

韩常新打断了他的话，富有教训意味地说："生产任务忙就不认真研究发展工作了？这是把中心工作与经常工作对立起来，也是党不管党的一种表现……"

林震弄不明白什么叫"中心工作与经常工作对立起来"和"党不管党"，他熟悉的是另外一类名词："课堂五环节"与"直观教具"。他很钦佩韩常新的这种气魄与能力——迅速地提高到原则上分析问题和指示别人。

他转过头，看见正伏在桌上复写材料的赵慧文，她皱着眉怀疑地看一看韩常新，然后扶正头上的假琥珀发卡，用微带忧郁的目光看向窗外。

晚上，有的干部去参加基层支部的组织生活，有的休息了，赵慧文仍然赶着复写"税务分局培养、提拔干部的经验"，累了一天，手腕酸痛，不时在写的中间撂下笔，摇摇手，往手上吹口气。林震自告奋勇来帮忙，她拒绝了，说："你抄，我不放心。"于是林震帮她把抄过的美浓纸叠整齐，站在她身旁，起一点精神支援作用。她一边抄，一边时时抬头看林震，林震问："干吗老看我？"赵慧文咬了一下复写笔，笑了笑。

三

林震是一九五三年秋天由师范学校毕业的，当时是候补党员，被分配到这个区的中心小学当教员。当了教师的他，仍然保持中学生的生活习惯：清晨练哑铃，夜晚记日记，每个大节日——五一、七一——以前到处征求人们对他的意见。曾经有人预言，过不了三个月他就会被那些生活不规律的成年人"同化"。但不久以后，许多教师夸奖他也羡慕他了，说："这孩子无忧无虑，无牵无挂，除了工作，就是工作……"

他也没有辜负这种羡慕，一九五四年寒假，由于教学上的成绩，他受到了教育局的奖励。

人们也许以为，这位年轻的教师就会这样平稳地、满足而快乐地度过自己的青年时代。但是不，孩子般单纯的林震，也有自己的心事。

一年以后，他经常焦灼地鞭策自己。是因为社会主义高潮的推动，全国青年社会主义积极分子会议的召开，还是因为年龄的增长？

他已经二十二岁了，记得在初中一年级时作过一篇文，题目是《当我××岁的时候》，他写成《当我二十二岁的时候，我要……》现在二十二岁，他的生命史上好像还是白纸，没有功勋，没有创造，没有冒险，也没有爱情——连给某个姑娘写一封信的事都没做过。他努力工作，但是他做得少、慢、差。和青年积极分子们比较，和生活的飞奔比较，难道能安慰自己吗？他订规划，学这学那，做这做那，他要一日千里！

这时，接到调动工作的通知，"当我二十二岁的时候，我成了党工作者……"也许真正的生活在这里开始了？他抑制住对小学教育工作和孩子们的依恋，燃烧起对新的工作的渴望。支部书记和他谈话的那个晚上，他想了一夜。

就这样，林震口袋里装着《拖拉机站站长与总农艺师》，兴高采烈地登上区委会的石阶，对于党工作者（他是根据电影里全能的党委书记的形象来猜测他们的）的生活，充满了神圣的憧憬。但是，等他接触到那些忙碌而自信的领导同志、看到来往的文件和同时举行的会议、听到那些尖锐争吵与高深的分析，他眨眨那有些特别的淡褐色眼珠的眼睛，心里有点怯……

到区委会的第四天，林震去通华麻袋厂了解第一季度发展党员工作的情况。去以前，他看了有关的文件和名叫《怎样进行调查研究》的小册子，再三地请教了韩常新，他密密麻麻地写了一篇提纲，然后飞快地骑着新领到的自行车，向麻袋厂驶去。

工厂门口的警卫同志听说他是区委会的干部，没要他签名，信任地请他进去了。穿过一个大空场，走过一片放麻的露天货场与机器隆隆响的厂房，他心神不安地去敲厂长兼支部书记王清泉办公室的门。得到了里面"进来"的回答后，他慢慢地走进去，怕走快了显得没有经验。他看见一个阔脸、粗脖子、身材矮小的男人正与一个头发上抹了许多油的驼背的男人下棋。小个子的同志抬起头，右手玩着棋子，问清了林震找谁以后，不耐烦地挥一挥手："你去西跨院党支部办公室找魏鹤鸣，他是组织委员。"然后低下头继续下棋。

林震找着了红脸的魏鹤鸣，开始按提纲发问了："一九五六年第一季度，你们发展了几个人？"

"一个半。"魏鹤鸣粗声粗气地说。

"什么叫'半'？"

"有一个通过了，区委拖了两个多月还没有批下来。"

林震掏出笔记本记了下来。又问："发展工作是怎么样进行的，有什么经验？"

"进行过程和向来一样——和党章的规定一样。"

林震看了看对方，为什么他说出的话像搁了一个星期的窝窝头一样干巴？魏鹤鸣托着腮，眼睛看着别处，心里也像在想别的事。

林震又问："发展工作的成绩怎么样？"

魏鹤鸣答："刚才说过了，就是那些。"他好像应付似的希望快点谈完。

林震不知道应该再问什么了，预备了一下午的提纲，和人家只谈上五分钟就用完了。他很窘。

这时门被一只有力的手推开了。那个小个子的同志进来，匆匆忙忙地问魏鹤鸣："来信的事你知道吗？"

魏鹤鸣无精打采地点了点头。

小个子的同志来回踱着步子，然后撒开腿站在房中央："你们要想办法！质量问题去年就提出来了，为什么还等着合同单位给纺织工业部写信？在社会主义高潮当中我们的生产迟迟不能提高，这是耻辱！"

魏鹤鸣冷冷地看着小个子的脸，用颤抖的声音问："您说谁？"

"我说你们大家！"小个子手一挥，把林震也包括在里面了。

魏鹤鸣因为抑制着的愤怒的爆发而显得可怕，他的红脸更红了，他站起来问："那么您呢？您不负责任？"

"我当然负责。"小个子的同志却平静了，"对于上级，我负责，他们怎么处分我！我也接受。对于我，你得负责，谁让你是生产科长呢？你得小心……"说完，他威胁地看了魏鹤鸣一眼，走了。

魏鹤鸣坐下，把棉袄的扣子全解开了，喘着气。林震问："他是谁？"魏鹤鸣讽刺地说："你不认识？他就是厂长王清泉。"

于是魏鹤鸣向林震详细地谈起了王清泉的情况。王清泉原来在中央某部工作，因为在男女关系上犯错误受了处分，一九五一年调到这个厂子当副厂长，一九五三年厂长调走，他就被提拔成厂长。他一向是吃饱了转一转，躲在办公室批批文件下下棋，然后每月在工会大会、党支部大会、团总支大会上讲话，批评工人群众竞赛没搞好，对质量不关心，有经济主义思想……魏鹤鸣没说完，王清泉又推门进来了。他看着左腕上的表，下令说："今天中午十二点十分，你通知党、团、工会和行政各科室的负责人到厂长室开会。"然后把门砰的一带，走了。

魏鹤鸣嘟哝着："你看他怎么样？"

林震说："你别光发牢骚，你批评他，也可以向上级反映。上级绝不允许有这样的厂长。"

魏鹤鸣笑了，问林震："老林同志，你是新来的吧？"

"老林"同志脸红了。

魏鹤鸣说："批评不动！他根本不参加党的会议，你上哪儿批评去？偶尔参加一次，你提意见，他说：'提意见是好的，不过应该掌握分寸，也应该看时间、场合。现在，我们不应该因为个人意见侵占党支部讨论国家任务的宝贵时间。'好，不占用宝贵时间，我找他个别提，于是我们俩吵成了现在这个样子。"

"向上级反映呢？"

"一九五四年我给纺织工业部和区委写了信，部里一位张同志与你们那儿的老韩同志下来检查了一回。检查结果是：'官僚主义较严重，但主要是作风问题，任务基本上完成了，只是完成任务的方法有缺点。'然后找王清泉'批评'了一下，又找我鼓励了一下开展自下而上的批评的精神，就完事了。此后，王厂长有一个来月对工作比较认真，不久他得了肾病，病好以后他说自己是'因劳致疾'，就又成了这个样子。"

"你再反映呀！"

"哼，后来与韩常新也不知说过多少次，老韩也不答理，反倒向我进行教育说，应该尊重领导，加强团结。也许我不该这样想，但我觉得也许要等到王厂长贪污了人民币或者强奸了妇女，上级才会重视起来！"

林震出了厂子再骑上自行车的时候，车轮旋转的速度就慢多了。他深深地把眉头皱了起来。他发现他的工作的第一步就有重重的困难，但他也受到一种刺激，甚至是激励——这正是发挥战斗精神的时候啊！他想着想着，直到因为车子溜进了急行线而受到交通民警的申斥。

四

吃完午饭，林震迫不及待地找韩常新汇报情况。韩常新有些疲倦地靠着沙发背，高大的身体显得笨重，从身上掏出火柴盒，拿起一根火柴剔牙。

林震杂乱地叙述他去麻袋厂的见闻，韩常新脚尖打着地不住地说："是的，我知道。"然后他拍一拍林震的肩膀，愉快地说："情况没了解上来不要紧，第一次下去嘛，下次就好了。"

林震说："可是我了解了关于王清泉的情况。"他把笔记本打开。

韩常新把他的笔记本合上，告诉他："对，这个情况我早知道。前年区委让我处理过这个事情，我严厉地批评过他，指出他的缺点和危险性，我们谈了至少有三四个钟头……"

"可是并没有效果呀，魏鹤鸣说他只好了一个月……"林震插嘴说。

"一个月也是效果，而且绝不止一个月。魏鹤鸣那个人思想上有问题，见人就告厂长的状……"

"他告的状是不是真的？"

"很难说不真，也很难说全真。当然这个问题是应该解决的，我和区委副书记李宗秦同志谈过。"

"副书记的意见是什么？"

"副书记同意我的意见，王清泉的问题是应该解决也是可能解决的……不过，你不要一下子就陷到这里边去。"

"我？"

"是的。你第一次去一个工厂，全面情况也不了解，你的任务又不是去解决王清泉的问题。而且，直爽地说，解决他的问题也需要更有经验的干部；何况我们并不是没有管过这件事……你要是一下子陷到这个里头，三个月也出不来，第一季度的建党总结还了解不了解？上级正催我们交汇报呢！"

林震说不出话。

韩常新又拍拍林震的肩膀："不要急躁嘛。咱们区三千个党员，百十几个支部，你一来就什么问题都摸还行？"他打了个哈欠，有倦意的脸上的粉刺涨红了："啊——哈，该睡午觉了。"

"那，发展工作怎么再去了解？"林震没有办法地问。

韩常新又去拍林震的肩膀，林震不由得躲开了。韩常新有把握地说："明天咱们俩一齐去，我帮你去了解，好不？"然后他拉着林震一同到宿舍去。

第二天，林震很有兴趣地观察韩常新如何了解情况。三年前，林震在北京师范上学的时候，出去当过见习教师，老教师在前面讲，林震和学生一起听，学了不少东西。这次，他也抱着见习的态度，打开笔记本，准备把韩常新的工作过程详细记录下来。

韩常新问魏鹤鸣："发展了几个党员？"

"一个半。"

"不是一个半，是两个，我是检查你们的发展情况，不是检查区委批没批。"韩常新纠正他，又问："这两个人本季度生产计划完成的怎么样？"

"很好，他们一个超额百分之七，一个超额百分之四，厂里黑板报还表扬……"

谈起生产情况，魏鹤鸣似乎起劲了些，但是韩常新打断了他的话："他们有些什么缺点？"

魏鹤鸣想了半天，空空洞洞地说了些缺点。

韩常新叫他给所举的缺点提一些例子。

提完例子，韩常新再问他党的积极分子完成本季度生产任务的情况，他特别感兴趣的是一些数字和具体事例，至于这些先进的工人克服困难、钻研创造的过程，他听都不要听。

回来以后，韩常新用流利的行书示范地写了一个"麻袋厂发展工作简况"，内容是这样的：

……本季度（一九五六年一月至三月）麻袋厂支部基本上贯彻了积极慎重发展新党员的方针，在建党工作上取得了一定的成绩。新通过的党员朱××与范××受到了共产党员的光荣称号的鼓舞，增强了主人翁的观念，在第一季度繁重的生产任务中各超额百分之七、百分之四。广大积极分子围绕在支部周围，受到了朱××与范××模范事例的教育，并为争取入党的决心所推动，发挥了劳动的积极性与创造性，良好地完成或者超额完成了第一季度的生产任务（下面是一系列数字与具体事例）这说明：一、建党工作不仅与生产工作不会发生矛盾，而且大大推动了生产，任何借口生产忙而忽视建党工作的作法是错误的。二、……但同时必须指出，麻袋厂支部的建党工作，也仍然存在着一定的缺点……例如……

林震把写着"简况"的片艳纸捧在手里看了又看，他有一刹那，甚至于怀疑自己去没去过麻袋厂。还是上次与韩常新同去时自己睡着了，为什么许多情况他根本不记得呢？他迷惑地问韩常新：

"这，这是根据什么写的？"

"根据那天魏鹤鸣的汇报呀。"

"他们在生产上取得的成绩是因为建党工作么？"林震口吃起来。

韩常新抖一抖裤脚，说："当然。"

"不吧？上次魏鹤鸣并没有这样讲。他们的生产提高了，也可能是由于开展竞赛，也许由于青年团建立了监督岗，未必是建党工作的成绩……"

"当然，我不否认。各种因素是统一起来的，不能形而上学地割裂地分析这是甲项工作的成绩，那是乙项工作的成绩。"

"那，譬如我们写第一季度的捕鼠工作总结，是不是也可以用这些数字和事例呢？"

韩常新沉着地笑了，他笑林震不懂"行"，他说："那可以灵活掌握……"

林震又抓住几个小问题问：

"你怎么知道他们的生产任务是繁重的呢？"

"难道现在会有一个工厂任务很清闲吗？"

林震目瞪口呆了。

五

初到区委会十天的生活，在林震头脑中积累起的印象与产生的问题，比他在小学呆了两年的还多。区委会的工作是紧张而严肃的，在区委书记办公室，连日开会到深夜。从汉语拼音到预防大脑炎，从劳动保护到政治经济学讲座，无一不经过区委会的忠实的手。林震有一次去收发室取报纸，看见一份厚厚的材料，第一页上写着"区人民委员会党组关于调整公私合营工商业的分布、管理、经营方法及贯彻市委关于公私合营工商业工人工资问题的报告的请示"。他怀着敬畏的心情看着这份厚得像一本书的材料和它的长题目。有时，一眼望去，却又觉得区委干部们是随意而松懈的，他们在办公时间聊天，看报纸，大胆地拿林震认为最严肃的题目开玩笑，例如，青年监督岗开展工作，韩常新半嘲笑地说："吓，小青年们脑门子热起来啦……"林震参加的组织部一次部务会议也很有意思，讨论市委布置的一个临时任务，大家抽着烟，说着笑话，打着岔，开了两个钟头，拖拖沓沓，没有什么结果。这时，皱着眉思索了好久的刘世吾提出了一个方案，马上热烈地展开了讨论，很多人发表了使林震敬佩的精彩意见。林震觉得，这最后的三十多分钟的讨论要比以前的两个钟头有效十倍。某些时候，譬如说夜里，各屋亮着灯：第一会议室，出席座谈会的胖胖的工商业者愉快地与统战部长交换意见；第二会议室，各单位的学习辅导员们为"价值"与"价格"的关系争得面红耳赤；组织部坐着等待入党谈话的激动的年轻人，而市委的某个严厉的书记出现在书记办公室，找区委正副书记汇报贯彻工资改革的情况……这时，人声嘈杂，人影交错，电话铃声断断续续，林震仿佛从中听到了本区生活的脉搏的跳动，而区委会这座不新的、平凡的院落，也变得辉煌壮观起来。

在一切印象中，最突出和新鲜的印象是关于刘世吾的：刘世吾工作极多，常常同一个时间好几个电话催他去开会，但他还是一会儿就看完了《拖拉机站站长与总农艺师》，把书转借给了韩常新；而且，他已经把前一个月公布的拼音文字草案学会了，开始在开会时用拼音文字做记录了。某些传阅文件刘世吾拿过来看看题目和结尾就签上名送走，也有的不到三千字的指示他看上一下午，密密麻麻地划上各种符号。刘世吾有时一面听韩常新汇报情况，一面漫不经心地查阅其他的材料，听着听着却突然指出："上次你汇报的情况不是这样！"韩常新不自然地笑着，刘世吾的眼睛捉摸不定地闪着光；但刘世吾并不深入追究，仍然查他的材料，于是韩常新恢复了常态，有声有色地汇报下去。

赵慧文与韩常新的关系也被林震看出了一些疑窦：韩常新对一切人都是拍着肩膀，称呼着"老王""小李"，亲热而随便。独独对赵慧文，却是一种礼貌的"公事公办"的态度。这样说话："赵慧文同志，党刊第一百零四期放在哪里？"而赵慧文也用顺从包含警戒的神情对待他。

……四月，东风悄悄地刮起，不再被人喜爱的火炉蜷缩在阴暗的贮藏室，只有各房间熏黑了的屋顶还存留着严冬的痕迹。往年，这个时候，林震就会带着活泼的孩子们去卧佛寺或者西山八大处踏青，在早开的桃李与混浊的溪水中寻找春天的消息。区委会的生活却不怎么受季节的影响，继续以那种紧张的节奏和复杂的色彩流转着。当林震从院里的垂柳上摘下一颗多汁的嫩芽时，他稍微有点怅惘，因为春天来得那么快，而他，却没做出什么有意义的事情来迎接这个美妙的季节……

晚上九点钟，林震走进了刘世吾办公室的门。赵慧文正在这里，她穿着紫黑色的毛衣。脸儿在灯光下显得越发苍白。听到有人进来，她迅速地转过头来，林震仍然看见了她略略突出的颧骨上的泪迹。他回身要走，低着头吸烟的刘世吾做手势止住他："坐在这儿吧，我们就谈完了。"

林震坐在一角，远远地隔着灯光看报，刘世吾用烟卷在空中划着圆圈，诚恳地说：

"相信我的话吧，没错。年轻人都这样，最初互相美化，慢慢发现了缺点，就觉得都很平凡。不要做不切实际的要求，没有遗弃，没有虐待，没有发现他政治上、品质上的问题，怎么能说生活不下去呢？才四年嘛。你的许多想法是从苏联电影里学来的，实际上，就那么回事……"

赵慧文没说话，她撩一撩头发，临走的时候，对林震惨然地一笑。

刘世吾走到林震旁边，问："怎么样？"他丢下烟蒂，又掏出一支来点上火，紧接着贪婪地吸了几口，缓缓地吐着白烟，告诉林震："赵慧文跟她爱人又闹翻了……"接着，他开开窗户，一阵风吹掉了办公桌上的几张纸，传来了前院里散会以后人们的笑声、招呼声和自行车铃响。

刘世吾把只抽了几口的烟扔出去，伸了个懒腰，扶着窗户，低声说："真的是春天了呢！"

"我想谈谈来区委工作的情况，我有一些问题不知道怎么解决。"林震用一种坚决的神气说，同时把落在地上的纸页拾起来。

"对，很好。"刘世吾仍然靠着窗户框子。

林震从去麻袋厂说起："……我走到厂长室，正看见王清泉同志……"

"下棋呢还是打扑克？"刘世吾微笑着问。

"您怎么知道？"林震惊骇了。

"他老兄什么时候干什么我都算得出来，"刘世吾慢慢地说，"这个老兄棋瘾很大，有一次在咱这儿开了半截会，他出去上厕所，半天不回来，我出去一找，原来他看见老吕和区委书记的儿子下棋，他在旁边支上招儿了。"

林震把魏鹤鸣对他的控告讲了一遍。

刘世吾关上窗户，拉一把椅子坐下，用两个手扶着膝头支持着身体，轻轻地摆动着头：

"魏鹤鸣是个直性子，他一来就和王清泉吵得面红耳赤……你知道，王清泉也是个特殊人物，不太简单。抗日胜利以后，王清泉被派到国民党军队里工作，他当过国民党军的副团长，是个呱呱叫的情报人员。一九四七年以后他与我们的联系中断，直到解放以后才接上线。他是去瓦解敌人的，但是他自己也染上国民党军官的一些习气，改不过来，其实是个英勇的老同志。"

"这样……"

"是啊。"刘世吾严肃地点点头，接着说："当然，这不能为他辩护，党是派他去战胜敌人而不是与敌人同流合污，所以他的错误是应该纠正的。"

"怎么去解决呢？魏鹤鸣说，这个问题已经拖了好久。他到处写过信……"

"是啊。"刘世吾又干咳了一会，做着手势说，"现在下边支部里各类问题很多，你如果一一地用手工业的方法去解决，那是事倍功半的。而且，上级布置的任务追着屁股，完成这些任务已经感到很吃力。作为领导，必须掌握一种把个别问题与一般问题结合起来，把上级分配的任务与基层存在的问题结合起来的艺术。再者，王清泉工作不努力是事实，但还没有发展到消极怠工的地步；作风有些生硬，也不是什么违法乱纪；显然，这不是组织处理问题而是经常教育的问题。从各方面看，解决这个问题的时机目前还不成熟。"

林震沉默着，他判断不清究竟哪样对。是娜斯嘉的"对坏事绝不容忍"对呢，还是刘世吾的"条件成熟论"对。他一想起王清泉那样的厂长就觉得难受，但是，他驳不倒刘世吾的"领导艺术"。刘世吾又告诉他："其实，有类似毛病的干部也不只一个……"这更加使得林震睁大了眼睛，觉得这跟他在小学时所听的党课的内容不是一个味儿。

后来，林震又把看到的韩常新如何了解情况与写简报的事说了说，他说，他觉得这样整理简报不太真实。

刘世吾大笑起来，说："老韩……这家伙……真高明……"笑完了，又长出一口气，告诉林震："对，我把你的意见告诉他。"

林震犹豫着，刘世吾问："还有别的意见么？"

于是林震勇敢地提出："我不知道为什么，来了区委会以后发现了许多许多缺点，过去我想象的党的领导机关不是这样……"

刘世吾把茶杯一放："当然，想象总是好的，实际呢，就那么回事。问题不在于有没有缺点，而在于什么是主导的。我们区委的工作，包括组织部的工作，成绩是基本的呢，还是缺点是基本的？显然成绩是基本的，缺点是前进中的缺点。我们伟大的事业，正是由这些有缺点的组织和党员完成着的。"

走出办公室以后，林震有一种奇怪的感觉；和刘世吾谈话似乎可以消食化气，而他自己的那些肯定的判断，明确的意见，却变得模糊不清了。他更加惶惑了。

六

不久，在党小组会上，林震受到了一次严厉的批评。

事情是这样：有一次，林震去麻袋厂，魏鹤鸣说，由于季度生产质量指标没有达到，王厂长狠狠地训了一回工人，工人意见很大，魏鹤鸣打算找些人开个座谈会，搜集意见，准备向上反映。林震很同意这种做法，以为这样也许能促进"条件的成熟"。过了三天，王清泉气急败坏地到区委会找副书记李宗秦，说魏鹤鸣在林震支持下搞小集团进行反领导的活动，还说参加魏鹤鸣主持的座谈会的工人都有历史问题……最后说自己请求辞职。李宗秦批评了他的一些缺点，同意制止魏鹤鸣再开座谈会，"至于林震，"他对王清泉说，"我们会给予应有的教育的。"

批评会上，韩常新分析道："林震同志没有和领导上商量，擅自同意魏鹤鸣召集座谈会，这首先是一种无组织无纪律的行为……"

林震不服气，他说："没有请示领导，是我的错。但是我不明白为什么我们不但不去主动了解群众的意见，反而制止基层这样做。"

"谁说我们不了解？"韩常新翘起一只腿，"我们对麻袋厂的情况统统掌握……"

"掌握了而不去解决，这正是最痛心的！党章上规定着，我们党员应该向一切违反党的利益的现象做斗争……"林震的脸变青了。

富有经验的刘世吾开始发言了，他向来就专门能在一定的关头起扭转局面的作用。

"林震同志的工作热情不错，但是他刚来一个月就给组织部的干部讲党章，未免仓促了些。林震以为自己是支持自下而上的批评，是做一件漂亮事，他的动机当然是好的；不过，自下而上的批评必须有领导地去开展，譬如这回事，请林震同志想一想：第一，魏鹤鸣是不是对王清泉有个人成见呢？很难说没有。那么魏鹤鸣那样积极地去召集座谈会，可不可能有什么个人目的呢？我看不一定完全不可能。第二，参加会的人是不是有一些历史复杂别有用心的分子呢？这也应该考虑到。第三，开这样一个会，会不会在群众里造成一种王清泉快要挨整的印象因而天下大乱了呢？等等。至于林震同志的思想情况，我愿意直爽地提出一个推测：年轻人容易把生活理想化，他以为生活应该怎样，便要求生活怎样。作为一个党的工作者，要多考虑的却是客观现实，是生活可能怎样。年轻人也容易过高估计自己，抱负甚多，一到新的工作岗位就想对缺点斗争一番，充当个娜斯嘉式的英雄。这是一种可贵的、可爱的想法，也是一种虚妄……"

林震像被打中了似的颤了一下，他紧咬住了下嘴唇。

他鼓起勇气再问："那么王清泉……"刘世吾把头一仰：

"我明天找他谈话，有原则性的并不仅是你一个人。"

七

星期六晚上，韩常新举行婚礼。林震走进礼堂，他不喜欢那弥漫的呛人的烟气，还有地上杂乱的糖果皮与空中杂乱的哄笑；没等婚礼开始他就退了出来。

组织部的办公室黑着，他拉开灯，看见自己桌上的信，是小学的同事们写来，其中还夹着孩子们用小手签了名的信：

> 林老师：您身体好吗？我们特别特别想您，女同学都哭了，后来就不哭
> 了，后来我们做算术，题目特别特别难，我们费了半天劲，中于算出来了……

看着信，林震不禁独自笑起来了，他拿起笔把"中于"改成"终于"，准备在回信时告诉他们下次要避免别字。他仿佛看见了系蝴蝶结的李琳琳、爱画水彩画的刘小毛和常常把铅笔头含在嘴里的孟飞……他猛把头从信纸上抬起来，所看见的却是电话、吸墨纸和玻璃板。他所熟悉的孩子的世界和他的单纯的工作已经离他而去了，新的工作要复杂得多……他想起前天党小组会上人们对他的批评。难道自己真的错了？真的是莽撞和幼稚，再加几分年轻人的廉价的勇气？也许真的应该切实估量一下自己，把份内的事做好，过两年，等到自己"成熟"了以后再干预一切？

礼堂里传来爆发的掌声和笑声。

一只手落在肩上，他吃惊地回过头来，灯光显得刺眼，赵慧文没有声响地站在他的身边，女同志走路都有这种不声不响的本事。

赵慧文问："怎么不去玩？"

"我懒得去。你呢？"

"我该回家了，"赵慧文说，"到我家坐坐好吗？省得一个人在这儿想心事。"

"我没有心事。"林震分辩着，但他接受了赵慧文的好意。

赵慧文住在离区委会不远的一个小院落里。孩子睡在浅蓝色的小床里，幸福地含着指头，赵慧文吻了儿子，拉林震到自己房间里来。

"他父亲不回来吗？"林震问。

赵慧文摇摇头。

这间卧室好像是布置得很仓促，墙壁因为空无一物而显得过分洁白，盆架孤单地缩在一角，窗台上的花瓶傻气地张着口；只有床头上桌上的收音机，好像还能扰乱这卧室的安静。林震坐在藤椅上，赵慧文靠墙站着。林震指着花瓶说："应该插枝花。"又指着墙壁说："为什么不买几张画挂上？"

赵慧文说："经常也不在，就没有管它。"然后她指着收音机问："听不听？星期六晚上，总有好的音乐。"

收音机响了，一种梦幻的柔美的旋律从远处飘来，慢慢变得热情激荡。提琴奏出的诗一样的主题，立即揪住了林震的心。他托着腮，屏住了气。他的青春，他的追求，他的碰壁，似乎都能与这乐曲相通。

赵慧文背着手靠在墙上，不顾衣服蹭上了石灰粉，等这段乐曲过去，她用和音乐一样的声音说："这是柴可夫斯基的《意大利随想曲》，让人想到南国，想到海……我在文工团的时候常听它，慢慢觉得，这调子不是别人演奏出的，而是从我心里钻出来的……"

"在文工团?"

"参加军事干部学校以后被分配去的，在朝鲜，我用我的蹩脚的嗓子给战士唱过歌，我是个哑嗓子的歌手。"

林震像第一次见面似的又重新打量赵慧文。

"怎么? 不像了吧?"这时电台改放"剧场实况"了，赵慧文把收音机关了。

"你是文工团的，为什么很少唱歌?"林震问。她不回答，走到床边，坐下。她说:"我们谈谈吧，小林，告诉我，你对咱们区委的印象怎么样?"

"不知道，我是说，还不明确。"

"你对韩常新和刘世吾有点意见吧，是不?"

"也许。"

"当初我也这样，从部队转业到这里，和部队的严格准确比较，许多东西我看不惯。我给他们提了好多意见，和韩常新激动地吵过一回，但是他们笑我幼稚，笑我工作没做好意见倒一大堆，慢慢地我发现，和区委的这些缺点做斗争是我力不胜任的……"

"为什么力不胜任?"林震像刺痛了似的跳起来，他的眉毛拧在一起了。

"这是我的错，"赵慧文抓起一个枕头，放在腿上，"那时我觉得自己水平太低，自己也很不完美，却想纠正那些水平比自己高得多的同志，实在不量力。而且，刘世吾、韩常新还有别人，他们确实把有些工作做得很好。他们的缺点散布在咱们工作的成绩里边，就像灰尘散布在美好的空气中，你嗅得出来，但抓不住，这正是难办的地方。"

"对!"林震把右拳头打在左手掌上。

赵慧文也有些激动了，她把枕头抛开，话说得更慢，她说:"我做的是事务工作，领导同志也不大过问，加上个人生活上的许多牵扯，我沉默了。于是，上班抄抄写写，下班给孩子洗尿布、买奶粉。我觉得我老得很快，参加军干校时候那种热情和幻想，不知道哪里去了。"她沉默着，一个一个地捏着自己的手指，接着说:"两个月以前，北京市进入社会主义高潮，工人、店员还有资本家，放着鞭炮，打着锣鼓到区委会报喜，工人、店员把入党申请书直接送到组织部，大街上一天一变，整个区委会彻夜通明，吃饭的时候，宣传部、财经部的同志滔滔不绝地讲着社会主义高潮中的各种气象。可我们组织部呢? 工作改进很少! 打电话催催发展数字，按前年的格式添几条新例子写写总结……最近，大家检查保守思想，组织部也检查，拖拖沓沓开了三次会，然后写个材料完事。……哎，我说乱了，社会主义高潮中，每一声鞭炮都刺着我，当我复写批准新党员通知的时候，我的手激动得发抖，可是我们的工作就这样依然故我地下去吗?"她喘了一口气，来回踱着，然后接着说:"我在党小组会上谈自己的想法，韩常新满足地问:'难道我们发展数字的完成比例不是各区最高的? 难道市委组织部没要我们写过经验?'然后他进行分析，说我情绪不够乐观，是因为不安心事务工作……"

"开始的时候，韩常新给人一个了不起的印象，但是，实际一接触……"林震又说起那次写汇报的事。

赵慧文同意地点头："这一二年，虽然我没提什么意见，但我无时无刻不在观察。生活里的一切，有表面也有内容，做到金玉其外，并不是难事。譬如韩常新，充领导他会拉长了声音训人，写汇报他会强拉硬扯生动的例子，分析问题，他会用几个无所不包的概念；于是，俨然成了个少壮有为的干部，他漂浮在生活上边，悠然得意。"

"那么刘世吾呢？"林震问，"他绝不像韩常新那样浅薄，但是他的那些独到的见解，精辟的分析，好像包含着一种可怕的冷漠。看到他容忍王清泉这样的厂长，我无法理解，而当我想向他表示什么意见的时候，他的议论却使人越绕越糊涂，除了跟着他走，似乎没有别的路……"

"刘世吾有一句口头语：就那么回事，他看透了一切，以为一切就那么回事。按他自己的说法，他知道什么是'是'，什么是'非'，还知道'是'一定战胜'非'。又知道'是'不是一下子战胜'非'。他什么都知道，什么都见过——党的工作给人的经验本来很多。于是他不再操心，不再爱也不再恨。他取笑缺陷，仅仅是取笑；欣赏成绩，仅仅是欣赏。他满有把握地应付一切，再也不需要虔诚地学习什么，除了拼音文字之类的具体知识。一旦他认为条件成熟需要干一气，他一把把事情抓在手里，教育这个，处理那个，俨然是一切人的上司。凭他的经验和智慧，他当然可以做好一些事，于是他更加自信。"赵慧文毫不容情地说道。这些话曾经在多少个不眠的夜晚萦绕在她的心头。

"我们的区委副书记兼部长呢？他不管么？"

赵慧文更加兴奋了，她说："李宗秦身体不好，他想去做理论研究工作，嫌区的工作过于具体。他当组织部长只是挂名，把一切事情推给刘世吾。这也是一种相当普遍的不正常的现象，有一批老党员，因为病，因为文化水平低，或者因为是首长爱人，他们挂着厂长、校长和书记的名，却由副厂长、教导主任、秘书或者某个干事做实际工作。"

"我们的正书记——周润祥同志呢？"

"周润祥是一个非常令人尊敬的领导同志，但是他工作太多，忙着肃反、私营企业的改造……各种带有突击性的任务，我们组织部的工作呢，一般说永远成不了带突击性的中心任务，所以他管的也不多。"

"那……怎么办呢？"林震直到现在，才开始明白了事情的复杂性，一个缺点，仿佛粘在从上到下的一系列的缘故上。

"是啊。"赵慧文沉思地用手指弹着自己的腿，好像在弹一架钢琴，然后她向着远处笑了，她说："谢谢你……"

"谢我？"林震以为自己听错了。

"是的，见到你，我好像又年轻了。你天不怕地不怕，敢于和一切坏现象做斗争，于是我有一种婆婆妈妈的预感：你……一场风波要起来了。"

林震脸红了。他根本没想到这些，他正为自己的无能而十分羞耻。他嘟哝着说："但愿是真正的风波而不是瞎胡闹。"然后他问："你想了这么多，分析得这么清楚，为什么只是憋在心里呢？"

"我老觉得没有把握。"赵慧文把手放在自己的胸前，"我看了想，想了又看，我有时候想得一夜都睡不好，我问自己：'你的工作是事务性的，你能理解这些吗？'"

"你怎么会这样想？我觉得你刚才说的对极了！你应该把你刚才说的对区委书记谈，或者写成材料给《人民日报》……"

"瞧，你又来了。"赵慧文露出润湿的牙齿笑了。

"怎么叫又来了？"林震不高兴地站起来，使劲搔着头皮，"我也想过多少次，我觉得，人要在斗争中使自己变正确，而不能等到正确了才去做斗争！"

赵慧文突然推门出去了，把林震一个人留在这空旷的屋子里，他嗅见了肥皂的香气。马上，赵慧文回来了，端着一个长柄的小锅，她跳着进来，像一个梳着三只辫子的小姑娘。她打开锅盖，戏剧性地向林震说："来，我们吃荸荠，煮熟了的荸荠！我没有找到别的好吃的。"

"我从小就喜欢吃熟荸荠。"林震愉快地把锅接过来，他挑了一个大的没剥皮就咬了一口，然后他皱着眉吐了出来，"这是个坏的，又酸又臭。"赵慧文大笑了。林震气愤地把捏烂了的酸荸荠扔到地上。

临走的时候，夜已经深了，纯净的天空上布满了畏怯的小星星。有一个老头儿吆喝："炸丸子开锅！"推车走过。林震站在门外，赵慧文站在门里，她的眼睛在黑暗中闪光，她说："下次来的时候，墙上就有画了。"

林震会心地笑着："而且希望你把丢下的歌儿唱起来！"他摇了一下她的手。

林震用力地呼吸着春夜的清香之气，一股温暖的泉水在心头涌了上来。

【作家简介】

王蒙，1934年生于北平，祖籍河北南皮。当代作家。1948年加入中国共产党。1953年开始文学创作，以短篇小说《组织部来了个年轻人》引起社会关注。1957年被错划为"右派"，1963年起赴新疆生活，工作了10多年。1978年调回北京作协。主要作品有长篇小说《青春万岁》、《活动变人形》、"季节"系列（《恋爱的季节》《失态的季节》《蹉跎的季节》《狂欢的季节》）及大量中短篇小说和散文等。

【文本赏析】

《组织部来了个年轻人》在最初发表时，《人民文学》编辑部作了改动，原稿中朦胧模糊的情爱因素被加强，并改题为《组织部新来的青年人》。小说发表于《人民文学》1956年9月号，由于受到苏联解冻文学和干预生活创作理念的影响，作家积极干预生活，勇于揭露当时党的机关内部已在滋生并急需解决的官僚主义现象。作品以主人公的心理感受为出发点，穿插工作与情感两条线索，以处理麻袋厂事件的始末为主要矛盾，塑造了林震、赵慧文、刘世吾等一个个鲜活的形象，讲述了个人理想与现实环境之间的冲突以及主人公从中获得成长的故事。小说在组织部这个不大不小的世界里，构筑了一个相当复杂的"围城式"困局。不过，这里没有城外人，人人都在城里，人人都被禁锢，有的人习惯了禁锢，有的人在禁锢中获取成就感，有的人曾经挣扎过却已经无力，还有的人试图改造这围城却处处碰壁。这篇"干预生活"的小说所表达的，其实是"生活对人的干预"，一种已经高度僵化的体制生活对人的灵魂，人的个体生命的禁锢、锈蚀和磨杀。透过年轻人林震懵懂而单纯的眼光，小说相当深入地刻画了刘世吾这个当代官僚的形象。林震，究竟会成为另一个赵慧文，孤独、清高、无助、不服输又无可奈何，还是当"有了功勋"，"有了创造"，"有了冒险"，"也有了爱情之后"，成为新的韩常新，直至再一个刘世吾？这是小说留下的又一个难解的问题。小说虽然是针对现实问题而写，但在揭示既有问题的同时并未给予问题答案。这不是一篇一般性的"问题小说"，而是一部"提问题"的小说。问而不答的《组织部来了个年轻人》，呈现出特别的美学蕴藉与思想穿透力。

【课程思政】

一名合格的共产党员应该像林震一样，对工作充满热情，对旧观念、旧事物抱着质疑和批判的眼光，在现实面前知难而进、愈挫愈勇、不断成长。当理想与现实发生矛盾时，只有不忘初心、牢记使命，善于反思，才能成长为一个工作经验丰富、心志坚定的布尔什维克战士。

【批评家的话】

它（《组织部新来的青年人》）用党内生活个别现象里的灰色的斑点，夸大地织成了黑暗的幔帐。

——李希凡《评〈组织部新来的青年人〉》（《文汇报》1957年2月9日）

作家王蒙当日也如林震那样年轻。他触及了生活内里的阴冷和暗黑，而且触及了它的强顽和蛮横，它无止息地浸染和弥漫。应当承认刘世吾对生活的复杂性的理解有他的深刻性，对比之下，他是"成熟"的，而林震则是"幼稚"的。生活还在逼使林震变成第二个赵慧文，而且生活的强大惯性毫无疑问地将使这位年轻人就范。王蒙感受到这一点，但他还是让他的人物在力量悬殊中抗争。这种明知其不可为而为的精神，在老练持重的人看来真有点像小说人物说的那样，"是从苏联电影里学习来的"。但是，无可争辩的事实是，它至今还在散发着青春的芳香和色彩。

——谢冕《青春的激情：文学和作家的骄傲》（《海南师院学报》1997年第3期）

青春体小说里的青年形象正集中了这种时代风范和思维方式的特点：他们是进取的，而不是守成的；是激进的，而不是平和的；是追求冲突的，而不是向往内心平衡的……这种青春偶像是作品通过代际冲突确立起来的。例如《组织部来了个年轻人》中林震、赵慧文与刘世吾、韩常新等人的冲突便是突出的例子。

——董之林《论青春体小说——50年代小说艺术类型之一》（《文学评论》1998年第2期）

它（《组织部来了个年轻人》）在思想上所表现出来的追求和理想、热情和真诚，它在艺术境界上所表现出来的单纯和明净、透亮和晶莹，打动着无数读者的心，给他们以美的启示和力量。……它不仅是王蒙本人创作道路上的一块高耸的里程碑，而且已经是公认的当代文学史上的名作。

——何西来《名家评点王蒙名作》（中国海洋大学出版社，2003年版）

【延伸阅读】

《最宝贵的》《布礼》《蝴蝶》《夜的眼》《深的湖》《活动变人形》《王蒙自传》

【拓展与思考】

1.王蒙小说创作中大量运用抒情笔法，使某些章节段落更近似诗歌和散文，抒发了那个特殊年代赋予青年人的热情。对此，你怎么看？

2.像林震这样积极反对官僚主义却又常在斗争中碰得焦头烂额的青年该何去何从？

第二十七讲　铁　凝

【篇目】

哦，香雪

　　如果不是有人发明了火车，如果不是有人把铁轨铺进深山，你怎么也不会发现台儿沟这个小村。它和它的十几户乡亲，一心一意掩藏在大山那深深的皱褶里，从春到夏，从秋到冬，默默地接受着大山任意给予的温存和粗暴。

　　然而，两根纤细、闪亮的铁轨延伸过来了。它勇敢地盘旋在山腰，又悄悄地试探着前进，弯弯曲曲，曲曲弯弯，终于绕到台儿沟脚下，然后钻进幽暗的隧道，冲向又一道山梁，朝着神秘的远方奔去。

　　不久，这条线正式营运，人们挤在村口，看见那绿色的长龙一路呼啸，挟带着来自山外的陌生、新鲜的清风，擦着台儿沟贫弱的脊背匆匆而过。它走得那样急忙，连车轮碾轧钢轨时发出的声音好像都在说：不停不停，不停不停！是啊，它有什么理由在台儿沟站脚呢，台儿沟有人要出远门吗？山外有人来台儿沟探亲访友吗？还是这里有石油储存，有金矿埋藏？台儿沟，无论从哪方面讲，都不具备挽留火车在它身边留步的力量。

　　可是，记不清从什么时候起，列车时刻表上，还是多了"台儿沟"这一站。也许乘车的旅客提出过要求，他们中有哪位说话算数的人和台儿沟沾亲；也许是那个快乐的男乘务员发现台儿沟有一群十七八岁的漂亮姑娘，每逢列车疾驶而过，她们就成帮搭伙地站在村口，翘起下巴，贪婪、专注地仰望着火车。有人朝车厢指点，不时能听见她们由于互相捶打而发出的一两声娇嗔的尖叫。也许什么都不为，就因为台儿沟太小了，小得叫人心疼，就是钢筋铁骨的巨龙在它面前也不能昂首阔步，也不能不停下来。总之，台儿沟上了列车时刻表，每晚七点钟，由首都方向开往山西的这列火车在这里停留一分钟。

　　这短暂的一分钟，搅乱了台儿沟以往的宁静。从前，台儿沟人历来是吃过晚饭就钻被窝，他们仿佛是在同一时刻听到了大山无声的命令。于是，台儿沟那一小片石头房子在同一时刻忽然完全静止了，静得那样深沉、真切，好像在默默地向大山诉说着自己的虔诚。如今，台儿沟的姑娘们刚把晚饭端上桌就慌了神，她们心不在焉地胡乱吃几口，扔下碗就开始梳妆打扮。她们洗净蒙受了一天的黄土、风尘，露出粗糙、红润的面色，把头发梳得乌亮，然后就比赛着穿出最好的衣裳。有人换上过年时才穿的新鞋，有人还悄悄往脸上涂点胭脂，尽管火车到站时已经天黑，她们还是按照自己的心思，刻意斟酌着服饰和容貌。然后，她们就朝村口，朝火车经过的地方跑去。香雪总是第一个出门，隔壁的凤娇第二个就跟了出来。

七点钟，火车喘息着向台儿沟滑过来，接着一阵空哐乱响，车身震颤一下，才停住不动了。姑娘们心跳着涌上前去，像看电影一样，挨着窗口观望。只有香雪躲在后边，双手紧紧捂着耳朵。看火车，她跑在最前边；火车来了，她却缩到最后去了。她有点害怕它那巨大的车头，车头那么雄壮地喷吐着白雾，仿佛一口气就能把台儿沟吸进肚里。它那撼天动地的轰鸣也叫她感到恐惧。在它跟前，她简直像一叶没根的小草。

"香雪，过来呀！看那个妇女头上别的金圈圈，那叫什么？"凤娇拉过香雪，扒着她的肩膀问。

"怎么我看不见？"香雪微微眯着眼睛说。

"就是靠里边那个，那个大圆脸。唉！你看她那块手表比指甲盖还小哩！"凤娇又有了新发现。

香雪不言不语地点着头，她终于看见了妇女头上的金圈圈和她腕上比指甲盖还要小的手表。但她也很快就发现了别的。"皮书包！"她指着行李架上一只普通的棕色人造革学生书包。这是那种在小城市都随处可见的学生书包。

尽管姑娘们对香雪的发现总是不感兴趣，但她们还是围了上来。

"哟，我的妈呀！你踩着我脚啦！"凤娇一声尖叫，埋怨着挤上来的一位姑娘。她老是爱一惊一乍的。

"你咋呼什么呀，是想叫那个小白脸和你搭话了吧？"被埋怨的姑娘也不示弱。

"我撕了你的嘴！"凤娇骂着，眼睛却不由自主地朝第三节车厢的车门望去。

那个白白净净的年轻乘务员真下车来了。他身材高大，头发乌黑，说一口漂亮的北京话。也许因为这点，姑娘私下里都叫他"北京话"。"北京话"双手抱住胳膊肘，和她们站得不远不近地说："喂，我说小姑娘们，别扒窗户，危险！"

"哟，我们小，你就老了吗？"大胆的凤娇回敬了一句。

姑娘们一阵大笑，不知谁还把凤娇往前一搡，弄得她差点撞在他身上。这一来反倒更壮了凤娇的胆："喂，你们老待在车上不头晕？"她又问。

"房顶子上那个大刀片似的，那是干什么用的？"又一个姑娘问。她指的是车厢里的电扇。

"烧水在哪儿？"

"开到没路的地方怎么办？"

"你们城市里一天吃几顿饭？"香雪也紧跟在姑娘们后边小声问了一句。

"真没治！""北京话"陷在姑娘们的包围圈里，不知所措地嘟囔着。

快开车了，她们才让出一条路，放他走。他一边看表，一边朝车门跑去，跑到门口，又扭头对她们说："下次吧，下次告诉你们！"他的两条长腿灵巧地向上一跨就上了车，接着一阵叽哩咣啷，绿色的车门就在姑娘们面前沉重地合上了。列车一头扎进黑暗，把她们撇在冰冷的铁轨旁边。很久，她们还能感觉到它那越来越轻的震颤。

一切又恢复了寂静，静得叫人惆怅。姑娘们走回家去，路上总要为一点小事争论不休："那九个金圈圈是绑在一块插到头上的。"

"不是！"

"就是！"

有人在开凤娇的玩笑："凤娇，你怎么不说话，还想那个……'北京话'哪？"

"去你的，谁说谁就想。"凤娇说着捏了一下香雪的手，意思是叫香雪帮腔。

香雪没说话，慌得脸都红了。她才十七岁，还没学会怎样在这种事上给人家帮腔。

"我看你是又想他又不敢说。他的脸多白呀。" 一阵沉默之后，那个姑娘继续逗凤娇。

"白？还不是在那大绿屋里捂的。叫他到咱台儿沟住几天试试。"有人在黑影里说。

"可不，城里人就靠捂。要论白，叫他们和咱香雪比比。咱们香雪，天生一副好皮子，再照火车上那些闺女的样儿，把头发烫成弯弯绕，啧啧！凤娇姐，你说是不是？"

凤娇不接茬儿，松开了香雪的手。好像姑娘们真在贬低她的什么人一样，她心里真有点替他抱不平呢。不知怎么的，她认定他的脸绝不是捂白的，那是天生。

香雪又悄悄把手送到凤娇手心里，她示意凤娇握住她的手，仿佛请求凤娇的宽恕，仿佛是她使凤娇受了委屈。

"凤娇，你哑巴啦？"还是那个姑娘。

"谁哑巴啦！谁像你们，专看人家脸黑脸白。你们喜欢，你们可跟上人家走啊！"凤娇的嘴很硬。

"我们不配！"

"你担保人家没有相好的？"

……

不管在路上吵得怎样厉害，分手时大家还是十分友好的，因为一个叫人兴奋的念头又在她们心中升起：明天，火车还要经过，她们还会有一个美妙的一分钟。和它相比，闹点小别扭还算回事吗？

哦，五彩缤纷的一分钟，你饱含着台儿沟的姑娘们多少喜怒哀乐？

日久天长，她们又在这一分钟里增添了新的内容。她们开始挎上装满核桃、鸡蛋、大枣的长方形柳条篮子，站在车窗下，抓紧时间跟旅客和和气气地作买卖。她们踮着脚，双臂伸得直直的，把整筐的鸡蛋、红枣举上窗口，换回台儿沟少见的挂面、火柴，以及姑娘们喜爱的发卡、纱巾，甚至花色繁多的尼龙袜。当然，换到后面提到的这几样东西是冒着回去挨骂的风险的，因为这纯属她们自作主张。

凤娇好像是大家有意分配给那个"北京话"的，每次都是她提着篮子去找他。她和他作买卖很有意思，她经常故意磨磨蹭蹭，车快开时才把整篮的鸡蛋塞给他。他还没来得及付钱，车身已经晃动了，他在车上抱着篮子冲她指指划划，解释着什么，她在车下很开心，那是她甘心情愿的。当然，小伙子下次会把钱带给她，或是捎来一捆挂面、两块纱巾和别的什么。假如挂面是十斤，凤娇一定抽出一斤再还给他。她觉得，只有这样才对得起和他的交往，她愿意这种交往和一般的作买卖有所区别。有时她也想起姑娘们的话："你担保人家没有相好的？"其实，有没有相好的不关凤娇的事，她又没想过跟他走。可她愿意对他好，难道非得是相好的才能这么做吗？

香雪平时话不多，胆子又小，但作起买卖却是姑娘中最顺利的一个。旅客们爱买她的货，因为她是那么信任地瞧着你，那洁如水晶的眼睛告诉你，站在车窗下的这个女孩子还不知道什么叫受骗。她还不知道怎么讲价钱，只说："你看着给吧。"你望着她那洁净得仿佛一分钟前才诞生的面孔，望着她那柔软得宛若红缎子似的嘴唇，心中会升起一种美好的感情。你不忍心跟这样的小姑娘要滑头，在她面前，再爱计较的人也会变得慷慨大度。

有时她也抓空儿向他们打听外面的事，打听北京的大学要不要台儿沟人，打听什么叫"配乐诗朗诵"（那是她偶然在同桌的一本书上看到的）。有一回她向一位戴眼镜的中年妇女打听能自动开关的铅笔盒，还问到它的价钱。谁知没等人家回话，车已经开动了。她追着它跑了好远，当秋风和车轮的呼啸一同在她耳边鸣响时，她才停下脚步意识到，自己的行为是多么可笑啊。

火车眨眼间就无影无踪了。姑娘们围住香雪，当她们知道她追火车的原因后，便觉得好笑起来。

"傻丫头！"

"值不当的！"

她们像长者那样拍着她的肩膀。

"就怪我磨蹭，问慢了。"香雪可不认为这是一件值不当的事，她只是埋怨自己没抓紧时间。

"咳，你问什么不行呀！"凤娇替香雪挎起篮子说。

"也难怪，咱们香雪是学生呀。"也有人替香雪分辩。

也许就因为香雪是学生吧，是台儿沟唯一考上初中的人。

台儿沟没有学校，香雪每天上学要到十五里以外的公社。尽管不爱说话是她的天性，但和台儿沟的姐妹们总是有话可说的。公社中学可就没那么多姐妹了，虽然女同学不少，但她们的言谈举止，一个眼神，一声轻轻的笑，好像都是为了叫香雪意识到，她是小地方来的，穷地方来的。她们故意一遍又一遍地问她："你们那儿一天吃几顿饭？"她不明白她们的用意，每次都认真地回答："两顿。"然后又友好地瞧着她们反问道："你们呢？"

"三顿！"她们每次都理直气壮地回答。之后，又对香雪在这方面的迟钝感到说不出的怜悯和气恼。

"你上学怎么不带铅笔盒呀？"她们又问。

"那不是吗。"香雪指指桌角。

其实，她们早知道桌角那只小木盒就是香雪的铅笔盒，但她们还是做出吃惊的样子。每到这时，香雪的同桌就把自己那只宽大的泡沫塑料铅笔盒摆弄得哒哒乱响。这是一只可以自动合上的铅笔盒，很久以后，香雪才知道它所以能自动合上，是因为铅笔盒里包藏着一块不大不小的吸铁石。香雪的小木盒呢，尽管那是当木匠的父亲为她考上中学特意制作的，它在台儿沟还是独一无二的呢，可在这儿，和同桌的铅笔盒一比，为什么显得那样笨拙、陈旧？它在一阵哒哒声中有几分羞涩地畏缩在桌角上。

香雪的心再也不能平静了，她好像忽然明白了同学们对于她的再三盘问，明白了，台儿沟是多么贫穷。她第一次意识到这是不光彩的，因为贫穷，同学们才敢一遍又一遍地盘问她。她盯住同桌那只铅笔盒，猜测它来自遥远的大城市，猜测它的价钱肯定非同寻常。三十个鸡蛋换得来吗？还是四十个，五十个？这时她的心又忽地一沉：怎么想起这些了？娘攒下鸡蛋，不是为了叫她乱打主意啊？可是，为什么那诱人的哒哒声老是在耳边响个没完？

深秋，山风渐渐凛冽了，天也黑得越来越早。但香雪和她的姐妹们对于七点钟的火车，是照等不误的。她们可以穿起花棉袄了，凤娇头上别起了淡粉色的有机玻璃发卡，有些姑娘的辫梢还缠上了夹丝橡皮筋。那是她们用鸡蛋、核桃从火车上换来的。她们仿照火车上那些城里姑娘的样子把自己武装起来，整齐地排列在铁路旁，像是等待欢迎远方的贵宾，又像是准备着接受检阅。

火车停了，发出一阵沉重的叹息，像是在抱怨台儿沟的寒冷。今天，它对台儿沟表现了少有的冷漠：车窗全部紧闭着，旅客在昏黄的灯光下喝茶、看报，没有人向窗外瞥一眼。那些眼熟的、常跑这条线的人们，似乎也忘记了台儿沟的姑娘。

凤娇照例跑到第三节车厢去找她的"北京话"，香雪系紧头上的紫红色线围巾，把臂弯里的篮子换了换手，也顺着车身一直向前走去。她尽量高高地踮起脚尖，希望车厢里的人能看见她的脸。车上一直没有人发现她，她却在一张堆满食品的小桌上，发现了渴望已久的东西。它的出现，使她再也不想往前走了，她放下篮子，心跳着，双手紧紧扒住窗框，认清了那真是一只铅笔盒，一只装有吸铁石的自动铅笔盒。它和她离得那样近，如果不是隔着玻璃，她一伸手就可以拿到。

一位中年女乘务员走过来拉开了香雪。香雪挎起篮子站在远处继续观察。当她断定它属于靠窗那位女学生模样的姑娘时，就果断地跑过去敲起了玻璃。女学生转过脸来，看见香雪臂弯里的篮子，抱歉地冲她摆了摆手，并没有打开车窗的意思。谁也没提醒香雪，车门是开着的，不知怎的她就朝车门跑去，当她在门口站定时，还一把攥住了扶手。如果说跑的时候她还有点犹豫，那么从车厢里送出来的一阵阵温馨的、火车特有的气息却坚定了她的信心，她学着"北京话"的样子，轻巧地跃上了踏板。她打算以最快的速度跑进车厢，以最快的速度用鸡蛋换回铅笔盒。也许，她所以能够在几秒钟内就决定上车，正是因为她拥有那么多鸡蛋吧，那是四十个。

香雪终于站在火车上了。她挽紧篮子，小心地朝车厢迈出了第一步。这时，车身忽然悸动了一下，接着，车门被人关上了。当她意识到应该赶快下车时，列车已经缓缓地向台儿沟告别了。香雪扑到车门上，看见凤娇的脸在车下一晃。看来这不是梦，一切都是真的，她确实离开姐妹们，站在这既熟悉，又陌生的火车上了。她拍打着玻璃，冲凤娇叫喊着："凤娇！我怎么办呀，我可怎么办呀！"

列车无情地载着香雪一路飞奔，台儿沟刹那间就被抛在后面了。下一站叫西山口，西山口离台儿沟三十里。

三十里，对于火车、汽车真的不算什么，西山口在旅客们闲聊之中就到了。这里上车的人不少，下车的却只有一位旅客。车上好像有人阻拦她，但她还是果断地跳了下来，就像刚才果断地跃上去一样。

她胳膊上少了那只篮子，她把它悄悄塞在女学生座位下面了。在车上，当她红着脸告诉女学生，想用鸡蛋和她换铅笔盒时，女学生不知怎么的也红了脸。她一定要把铅笔盒送给香雪，还说她住在学校吃食堂，鸡蛋带回去也没法吃。她怕香雪不信，又指了指胸前的校徽，上面果真有"矿冶学院"几个字。香雪却觉着她在哄她，难道除了学校她就没家吗？香雪收下了铅笔盒，到底还是把鸡蛋留在了车上。台儿沟再穷，她也从没白拿过别人的东西。后来，当旅客们知道香雪要在西山口下车时，他们是怎么对她说的？他们劝她在西山口住一夜再回去，那个热情的"北京话"甚至告诉她，他爱人有个亲戚住在站上。香雪并不想去找他爱人的亲戚，可是，他的话却叫她感到一点委屈，替凤娇委屈，替台儿沟委屈。想到这些委屈，难道她不应该赶快下车吗？赶快下车，赶快回家，第二天赶快去上学，那时她就会理直气壮地打开书包，把"它"摆在桌上……于是，她对车上那些再次劝阻她的人们说："没关系，我走惯了。"也许他们信她的话，他们没见过火车的呼啸曾经怎样叫她惧怕，叫她像只受惊的小鹿那样不知所措。他们搞不清山里的女孩子究竟有多大本事，她的话使他们相信：山里人不怕走夜路。

现在，香雪一个人站在西山口，目送列车远去。列车终于在她的视野里彻底消失了，眼前一片空旷，一阵寒风扑来，吸吮着她单薄的身体，她把滑到肩上的围巾紧裹在头上，缩起身子在铁轨上坐了下来。香雪感受过各种各样的害怕，小时候她怕头发，身上沾着一根头发择不下来，她会急得哭起来；长大了她怕晚上一个人到院子里去，怕毛毛虫，怕被人胳肢（凤娇最爱和她来这一手）。现在她害怕这陌生的西山口，害怕四周黑幽幽的大山，害怕叫人心跳的寂静，当风吹响近处的小树林时，她又害怕小树林发出的悉悉索索的声音。三十里，一路走回去，该路过多少大大小小的林子啊！

一轮满月升起来了，照亮了寂静的山谷，灰白的小路，照亮了秋日的败草，粗糙的树干，还有一丛丛荆棘、怪石，还有漫山遍野那树的队伍，还有香雪手中那只闪闪发光的小盒子。

她这才想到把它举起来仔细端详。她想，为什么坐了一路火车，竟没有拿出来好好看看？现在，在皎洁的月光下，她才看清了它是淡绿色的，盒盖上有两朵洁白的马蹄莲。她小心地把它打开，又学着同桌的样子轻轻一拍盒盖，"哒"的一声，它便合得严严实实。她又打开盒盖，觉得应该立刻装点东西进去。她从兜里摸出一只盛擦脸油的小盒放进去，又合上了盖子。只有这时，她才觉得这铅笔盒真属于她了，真的。她又想到了明天，明天上学时，她多么盼望她们会再三盘问她啊！

她站了起来，忽然感到心里很满，风也柔和了许多。她发现月亮是这样明净，群山被月光笼罩着，像母亲庄严、神圣的胸脯；那秋风吹干的一树树核桃叶，卷起来像一树树金铃铛，她第一次听清它们在夜晚，在风的怂恿下"豁啷啷"地歌唱。她不再害怕了，在枕木上跨着大步，一直朝前走去。大山原来是这样的！月亮原来是这样的！核桃树原来是这样的！香雪走着，就像第一次认出养育她成人的山谷。台儿沟是这样的吗？不知怎么的，她加快了脚步。她急着见到它，就像从来没见过它那样觉得新奇。台儿沟一定会是"这样的"：那时台儿沟的姑娘不再央求别人，也用不着回答人家的再三盘问。火车上的漂亮小伙子都会求上门来，火车也会停得久一些，也许三分、四分，也许十分、八分。它会向台儿沟打开所有的门窗，要是再碰上今晚这种情况，谁都能从从容容地下车。

对了，今晚台儿沟发生了这样的情况，火车拉走了香雪，为什么现在她像闹着玩儿似地去回忆呢？对了，四十个鸡蛋也没有了，娘会怎么说呢？爹不是盼望每天都有人家娶媳妇、聘闺女吗？那时他才有干不完的活儿，他才能光着红铜似的脊梁，不分昼夜地打出那些躺柜、碗橱、板箱，挣回香雪的学费。想到这儿，香雪站住了，月光好像也黯淡下来，脚下的枕木变成一片模糊。回去怎么说？她环视群山，群山沉默着；她又朝着近处的杨树林张望，杨树林悉悉索索地响着，并不真心告诉她应该怎么做。是哪儿来的流水声？她寻找着，发现离铁轨几米远的地方，有一道浅浅的小溪。她走下铁轨，在小溪旁边蹲了下来。她想起小时候有一回和凤娇在河边洗衣裳，碰见一个换芝麻糖的老头。凤娇劝香雪拿一件旧汗褂换几块糖吃，还教她对娘说，那件衣裳不小心叫河水给冲走了。香雪很想吃芝麻糖，可她到底没换。她还记得，那老头真心实意等了她半天呢。为什么她会想起这件小事？也许现在应该骗娘吧，因为芝麻糖怎么也不能和铅笔盒的重要性相比。她要告诉娘，这是一个宝盒子，谁用上它，就能一切顺心如意，就能上大学、坐上火车到处跑，就能要什么有什么，就再也不会叫人瞧不起……娘会相信的，因为香雪从来不骗人。

小溪的歌唱高昂起来了，它欢腾着向前奔跑，撞击着水中的石块，不时溅起一朵小小的浪花。香雪也要赶路了，她捧起溪水洗了把脸，又用沾着水的手抿光被风吹乱的头发。水很凉，但她觉得很精神。她告别了小溪，又回到了长长的铁路上。

前边又是什么？是隧道，它愣在那里，就像大山的一只黑眼睛。香雪又站住了，但她没有返回去，她想到怀里的铅笔盒，想到同学们惊羡的目光，那些目光好像就在隧道里闪烁。她弯腰拔下一根枯草，将草茎插在小辫里。娘告诉她，这样可以"避邪"。然后她就朝隧道跑去。确切地说，是冲去。

香雪越走越热了，她解下围巾，把它搭在脖子上。她走出了多少里？不知道。只听见不知名的小虫在草丛里鸣叫，松散、柔软的荒草抚弄着她的裤脚。小辫叫风吹散了，她停下来把它们编好。台儿沟在哪儿？她向前望去，她看见迎面有一颗颗黑点的铁轨上蠕动。再近一些她才看清，那是人，是迎着她走过来的人群。第一个是凤娇，凤娇身后是台儿沟的姐妹们。当她们也看清对面的香雪时，忽然都停住了脚步。

香雪猜出她们在等待，她想快点跑过去，但腿为什么变得异常沉重？她站在枕木上，回头望着笔直的铁轨，铁轨在月亮的照耀下泛着清淡的光，它冷静地记载着香雪的路程。她忽然觉得心头一紧，不知怎么的就哭了起来，那是欢乐的泪水，满足的泪水。面对严峻而又温厚的大山，她心中升起一种从未有过的骄傲。她用手背抹净眼泪，拿下插在辫子里的那根草棍儿，然后举起铅笔盒，迎着对面的人群跑去。

迎面，那静止的队伍也流动起来了。同时，山谷里突然爆发了姑娘们欢乐的呐喊。她们叫着香雪的名字，声音是那样奔放、热烈；她们笑着，笑得是那样不加掩饰、无所顾忌。古老的群山终于被感动得颤栗了，它发出宽亮低沉的回音，和她们共同欢呼着。

哦，香雪！香雪！

一九八二年六月

【作家简介】

铁凝，1957年生于北京，祖籍河北赵县。曾为河北省作家协会主席，2006年当选中国作家协会主席。1975年开始发表文学作品，主要有长篇小说《玫瑰门》《大浴女》《无雨之城》《笨花》等，中、短篇小说《哦，香雪》《第十二夜》《没有纽扣的红衬衫》

《永远有多远》等，以及散文、随笔等。1996年出版5卷本《铁凝文集》。2007年人民文学出版社出版9卷本《铁凝作品系列》。

【文本赏析】

《哦，香雪》是一篇抒情意味浓厚的短篇小说，也是铁凝的成名作，最初发表于《青年文学》1982年第5期，曾被收入上海地区高级中学语文课本，并被改编成同名电影。小说以北方小山村台儿沟为背景，叙写了每天只停留一分钟的火车给一向宁静的山村生活带来的波澜。作品重点描写了香雪的一段小小的历险：她在那停车的一分钟里踏进火车，用四十个鸡蛋，走三十里夜路，换来了一个带磁铁的泡沫塑料铅笔盒。作者极力在"一分钟"里开掘，细致入微地描写了香雪等一群乡村少女的心理活动，表达了姑娘们对山外文明的向往，以及摆脱山村封闭落后贫穷的迫切心情，同时表现了山里姑娘的自爱自尊和她们纯美的心灵。阅读本篇需要格外注意"火车""铅笔盒""三十里夜路"等具有的象征意味，香雪与其他姑娘们的表现有什么异同？怎样认识香雪和她追求的铅笔盒？这些问题的解决能够帮助读者更好地理解作品的内涵。

小说构思精巧，语言精美，心理描写细腻。作者以清新婉丽的笔调，将小小的生活场景诗化，创造了空灵、蕴藉的艺术境界。同时又在这纯净的境界中寄寓了严峻的思考：那淳朴、淡远的美是迷人的，令人不由自主地去欣赏和赞美，但她恰恰又与贫穷联系在一起，在时代列车的呼啸声里，这淳朴还能保留多久呢？香雪和她的伙伴们，连同整个台儿沟，在走向新生活的路途中将会经历怎样的变故呢？小说于淡雅中饱含诗情，笔墨所至，大自然的一切均被赋予了生命和灵性。20世纪80年代一系列有关"乡下人进城"现象和形象的塑造背后，是小说家们时代意识的觉醒。他们一方面敏锐地记录了那个时代中国社会农村年轻人对城市生活真诚而热切的渴慕，以及城乡文化身份差异给香雪成长带来的困惑和矛盾；另一方面也有意识地赞扬了那个时代所孕育的可贵精神，希望能引领当时甚至以后许多中国青年的思想，唤起他们坚持奋斗的热情和克服困难的勇气。

【课程思政】

读者从这个平凡的故事里，不仅能够看到古老山村的姑娘们质朴、纯真、自尊自爱的美好心灵，还能感受到她们对新生活强烈、真挚的向往和追求，唤起青年一代通过努力学习科学文化走出大山、改变生活、摆脱贫穷的渴望。

【批评家的话】

这篇小说，从头到尾都是诗，它是一泻千里的，始终一致的。这是一首纯净的诗，即是清泉。它所经过的地方，也都是纯净的境界。

——孙犁《谈铁凝新作〈哦，香雪〉》（《青年文学》1983年第2期）

1982年发表《哦，香雪》，标志着作者的创作又上了一层楼。乍看起来，作品似乎较单薄，细一琢磨，方见出其中丰厚意蕴。一个山村少女因为想拿鸡蛋换一个自己心爱的铅笔盒而被火车带走了，从而使自己吃了一次平生未有的徒步三十里夜路之苦。愿望委实不大，但又多么的庄重、坚定；所得也微不足道，然而她又是何等的自得和欢欣。假如我们把她的行为理解为对自己的信念（哪怕是微小的）的坚韧追求，也理解为她对由学习文化所带来的新的生活的热望所作出的努力，那么，我们就会感到她的行为是多么难能可贵！她的精神多么值得赞美！一列火车，使我们看到了沉寂的山村所发生的变化；一只铅笔盒，使我们看到了洋溢着青春气息的农村青年的积极人生追求！铁凝把她以小见大、平中求奇的创作特长充分施展出来了。

——白烨《评铁凝的小说创作》（《人民日报》1983年9月18日）

《哦，香雪》在叙事结构、情节模式、主题、人物形象等方面均是童话的还原、变体，是古老童话的现代变形，香雪是童话中智识型英雄的再现，更是成长中的"现代生活的英雄"。就思想内容而言，《哦，香雪》是20世纪80年代初期改革开放春天里一个暖意融融、沁人心脾的童话。

——张伯存《一个春天的童话——细读铁凝小说〈哦，香雪〉》（《中国当代文学研究》2023年第4期）

【延伸阅读】

《没有纽扣的红衬衫》《孕妇和牛》《玫瑰门》

【拓展与思考】

1.小说以"哦，香雪！香雪！"这样的感叹句作结有何深意？

2.20世纪80年代文学中出现香雪和孙少平这样具有类似人生经历和精神旅途的文学形象说明了什么？

第十章 人生的意义

【导语】

　　什么样的人生最有价值？这是一个被古今中外无数仁人志士不断探讨的话题，他们的回答虽然不尽相同，但主流都包含着忠贞、爱国、敬业、奉献、诚信、友善、坚忍执着、知难而上等积极内容。在中国现当代作家的笔下，"人生"的话题仍然是说不尽的。本章选取柳青的《创业史》、路遥的《人生》、余秋雨的《信客》三部作品，以此来说明生活在不同时代、处在不同生活境遇下的人们对于人生意义的理解，从而帮助学生形成健康向上、利国利民的人生观和价值观。

第二十八讲 柳 青

【篇目】

创业史（节选）

　　春雨刷刷地下着。透过外面淌着雨水的玻璃车窗，看见秦岭西部太白山的远峰、松坡，渭河上游的平原、竹林、乡村和市镇，百里烟波，都笼罩在白茫茫的春雨中。

　　当潼关到宝鸡的列车进站的时候，暮色正向郭县车站和车站旁边同铁路垂直相对的小街合拢来。在两分钟里头，列车把一些下车的旅客，倒在被雨淋着的小站上，就只管自己顶着雨毫不迟疑地向西冲去了。

　　这时间，车站小街两边的店铺，已经点起了灯火，挂在门口的马灯照到泥泞的土街上来了。土街两头，就像在房脊后边似的，渭河春汛的呜哨声，在人们不知不觉中，增高起来了。听着像是涨水，其实是夜静了。在春汛期间，郭县北关渭河的渡口，暂时取消了每天晚班火车到站后的最后一次摆渡，这次车下来的旅客，不得不在车站旅馆宿夜。现在全部旅客，听了招徕客人的旅馆伙计介绍了这个情况，都陆陆续续进了这个旅馆或那个旅馆了。小街上，霎时间，空寂无人。只有他——一个年轻庄稼人，头上顶着一条麻袋，背上披着一条麻袋，一只胳膊抱着用麻袋包着的被窝卷儿，黑幢幢地站在街边靠墙搭的一个破席棚底下。

你为什么不进旅馆去呢？难道所有的旅馆都客满了吗？

不！从渭河下游坐了几百里火车，来到这里买稻种的梁生宝，现在碰到一个小小的难题。蛤蟆滩的小伙子问过几家旅馆，住一宿都要几角钱——有的要五角，有的要四角，睡大炕也要两角。他舍不得花这两角钱！他从汤河上的家乡起身的时候，根本没预备住客店的钱。他想：走到哪里黑了，随便什么地方不能滚一夜呢？没想到天时地势，就把他搁在这个车站上了。他站在破席棚底下，并不十分着急地思量着：

"把它的！这到哪里过一夜呢……"

他那茁壮的身体，站在这异乡的陌生车站小街上，他的心这时却回到渭河下游终南山下的稻地里去了。钱对于那里的贫雇农，该是多么困难啊！庄稼人们恨不得把一分钱，掰成两半使唤。他起身时收集稻种钱，可不容易来着！有些外互助组的庄稼人，一再表示，要劳驾他捎买些稻种，临了却没弄到钱。本互助组有两户，是他组长垫着。要是他不垫，嘿，就根本没可能全组实现换稻种的计划。

"生禄！"他在心里恨梁大老汉的儿子梁生禄说，"我这回算把你看透了。整党学习以前，我对互助合作的意义不明了，以为你地多、牲口强，叫你把组长当上，我从旁帮助。真是笑话！靠你那种自发思想，怎能把贫雇农领到社会主义的路上哩嘛？我朝你借三块钱，你都不肯。你交够你用的稻种钱，连多一角也不给！我知道你管钱，你推到老人身上！好！看我离了你，把互助组的稻种买回来不？"

现在离家几百里的生宝，心里明白：他带来了多少钱，要买多少稻种，还有运费和他自己来回的车票。他怎能贪图睡得舒服，多花一角钱呢？从前，汤河上的庄稼人不知道这郭县地面有一种急稻子，秋天割倒稻子来得及种麦，夏天割倒麦能赶上泡地插秧；只要有肥料，一年可以稻麦两熟。他的互助组已经决定：今年秋后不种青稞！那算什么粮食？富农姚士杰、富裕中农郭世富、郭庆喜、梁生禄和中农冯有义他们，只拿青稞喂牲口；一般中农，除非不得已，夹带着吃几顿青稞；只有可怜的贫雇农种得稻子，吃不上大米，把青稞和小米、玉米一样当主粮，往肚里塞哩。生宝对这点，心里总不平服。

"生宝！"任老四曾经弯着水蛇腰，嘴里溅着唾沫星子，感激地对他说，"宝娃子！你这回领着大伙试办成功了，可就把俺一亩地变成二亩啰！说句心里话，我和你四婶念你一辈子好！怎说呢？娃们有馍吃了嘛！青稞，娃们吃了肚里难受，愣闹哄哩。……"

"就说稻地麦一亩只收二百斤吧！全黄堡区五千亩稻地，要增产一百万斤小麦哩！

生宝同志！……"这是区委王书记用铅笔敲着桌子说的话。这位区委书记敲着桌子，是吸引人们注意他的话，他的眼睛却深情地盯住生宝。生宝明白：那是希望和信赖的眼光……

"不！我哪怕就在房檐底下蹲一夜哩，也要节省下这两角钱！"生宝站在席棚底下对自己说，嗅惯了汤河上亲切的烧稻草根的炊烟，很不习惯这车站小街上呛人的煤气味。

做出这个决定，生宝心里一高兴，连煤气味也就不是那么使他发呕了。度过了讨饭的童年生活，在财东马房里睡觉的少年，青年时代又在秦岭荒山里混日子，他不知道世界上有什么可以叫做"困难"！他觉得：照党的指示给群众办事，"受苦"就是享乐。只有那些时刻盼望领赏的人，才念念不忘自己为群众吃过苦。而当他想起上火车的时候，看见有人在票房的脚地睡觉的印象，他更高兴了——他这一夜要享福了，不需要在房檐底下蹲下。嘻嘻……

他头上顶着一条麻袋，背上披着一条麻袋，抱着被窝卷儿，高兴得满脸笑容，走进一家小饭铺里。他要了五分钱的一碗汤面，喝了两碗面汤，吃了他妈给他烙的馍。他打着饱嗝，取开棉袄口袋上的锁针用嘴唇夹住，掏出一个红布小包来。他在饭桌上很仔细地打开红布小包，又打开他妹子秀兰写过大字的一层纸，才取出那些七凑八凑起来的，用指头捅鸡屁股、锥鞋底子挣来的人民币来，拣出最破的一张五分票，付了汤面钱。这五分票再装下去，就要烂在他手里了。……

尽管饭铺的堂倌和管账先生一直嘲笑地盯他，他毫不局促地用不花钱的面汤，把风干的馍送进肚里去了。他更不因为人家笑他庄稼人带钱的方式，显得匆忙。相反，他在脑子里时刻警惕自己：出了门要拿稳，甭慌，免得差错和丢失东西。办不好事情，会失党的威信哩。

梁生宝是个朴实庄稼人。即使在担任民兵队长的那二年里头，他也不是那号伸胳膊踢腿、锋芒毕露、咄咄逼人的角色。在一九五二年，中共全党进行社会主义思想教育的整党运动中，他被接收入党的。雄心勃勃地肩负起改造世界的重任以后，这个朴实庄稼人变得更兢兢业业了，举动言谈，看上去比他虚岁二十七的年龄更老成持重。和他同一批入党的下堡村有个党员，举行入党仪式从会议室出来，群众就觉得他派头大了。梁生宝相反，他因为考虑到不是个人而是党在群众里头的影响，有时候倒不免过分谨慎。……

踏着土街上的泥泞，生宝从饭铺跑到车站票房了。一九五三年间，渭河平原的陇海沿线，小站还没电灯哩。夜间，火车一过，车站和旁的地方一样，陷落在黑暗中去了。没有火车的时候，这公共场所反而是个寂寞僻陋的去处。生宝划着一根洋火，观察了票房的全部情况。他划第二根洋火，选定他睡觉的地方。划了第三根洋火，他才把麻袋在砖墁脚地上铺开来了。

他头枕着过行李的磅秤底盘，和衣睡下了，底盘上衬着麻袋和他的包头巾。他掏出他那杆一巴掌长的旱烟锅，点着一锅旱烟，睡下香喷喷地吸着，独自一个人笑眯眯地说：

"这好地场嘛！又雅静，又宽敞……"

他想：在这里美美睡上一夜，明日一早过渭河，到太白山下的产稻区买稻种！

但是，也许是过分的兴奋，也许是异乡的情调，这个远离家乡的庄稼人，睡不着觉。

票房的玻璃门窗外头，是风声，是雨声，是渭河的流水声……

（本文选自柳青《创业史》第一部第五章，中国青年出版社，2009年版）

【作家简介】

柳青（1916—1978），原名刘蕴华，陕西吴堡人，当代著名小说家。他的小说大都以农村生活为题材，生活气息浓厚，真实地反映了农民的现实生活和精神面貌。他的主要作品有短篇小说集《地雷》《牺牲者》，长篇小说《种谷记》《铜墙铁壁》《创业史》（第一、二部），中篇小说《狠透铁》，散文特写集《皇甫村的三年》《柳青小说散文集》等。

【文本赏析】

《创业史》是一部反映我国广大农民群众在党的领导下，走合作化道路、艰苦创业的经典作品。作品以梁生宝互助组的发展为线索，表现了中国农业社会主义改造进程中的历史风貌和农民思想情感的转变。作者在《创业史》中使用了典型化的创作方法，他把农业生产化运动放在中国的历史长河中去考察，进而写出历史演进的趋势，而非仅仅就合作化去写合作化。梁生宝是新人物的代表，作品着重反映了他的成长以及逐渐在蛤蟆滩上发生影响力并掌握话语权的过程和姚世杰、郭世富等之前蛤蟆滩上的能人们逐步丧失影响力和退出权力结构的过程。《创业史》是中国十七年文学中农村题材的代表作，被誉为"经典性的史诗之作"，具有思想的"深刻性"和矛盾冲突的"尖锐性"。梁生宝买稻种的故事，发生在1953年的春天。当时，我国农业合作化运动初级阶段的农业互助组正在蓬勃兴起。梁生宝的家乡黄堡区蛤蟆滩也出现了农业互助组这一社会主义的新生事物。梁生宝的互助组主要由一伙"穷棒子"组成。他们怀着彻底改变自己命运的强烈愿望，积极响应党中央的伟大号召，充满信心地走上了社会主义合作化的康庄大道。然而，互助组从创建那一天起，就经历着严峻的政治斗争和思想斗争。在种种困难面前，梁生宝这个年轻的共产党员，不甘屈服，没有妥协，他以革命者惊人的无畏胆识，努力促进互助组得到巩固和发展。全文通过梁生宝在买稻种途中吃饭、露宿两件事的具体描述，歌颂了他艰苦奋斗、勤俭节约、一心为公、以苦为乐的高贵品质，反映了广大贫下中农坚定地走社会主义道路的决心。

【课程思政】

梁生宝具有共产党员大公无私的奉献精神，他在小农经济自发势力的强大阻力面前，带领一群贫下中农开始搞互助组。他以优秀的共产党人为榜样，把他的一切热情、聪明、精力和时间，都投入到党所号召的伟大事业中。他觉得只有这样做，才活得带劲儿，才活得有味儿，体现出一名土生土长的农民党员的朴素人生价值观。

【批评家的话】

《创业史》深刻地描写了农村合作化过程中激烈的阶级斗争和农村各个阶层人物的不同面貌，塑造了一个坚决走社会主义道路的青年革命农民梁生宝的真实形象。

——周扬《我国社会主义文学艺术的道路——一九六〇年七月二十二日在中国文学艺术工作者第三次代表大会上的报告》（《人民日报》1960年9月15日）

作为艺术形象，《创业史》里最成功的不是别个，而是梁三老汉。这样说，我以为并不是降低了《创业史》的成就，而正是为了正确地肯定它的成就。梁三老汉虽然不属于正面英雄形象之列，但却具有巨大的社会意义和特有的艺术价值。作品对土改后农村阶级斗争和生活面貌揭示的广度和深度，在很大程度上有赖于这个形象的完成。而从艺术上来说，梁三老汉也正是第一部中充分地完成了的、具有完整独立意义的形象。

——严家炎《谈〈创业史〉中梁三老汉的形象》（《文学评论》1961年第3期）

梁生宝所生活的蛤蟆滩的社会现实，充满了社会主义道路与资本主义道路的激烈的矛盾和斗争，各个阶级各个阶层的人物无一例外地都被卷进了这场社会主义革命的斗争里，两种社会势力都力图把生活引向自己的道路。作为这场革命的主导的进攻的力量，是以梁生宝为代表的社会主义势力。梁生宝跟他周围的农民有什么不同呢？就在于他彻底地摆脱了私有观念的束缚，贯彻在他行动中的是社会主义观念，他随时随地都把自己的行动紧紧地跟党联系在一起，把他的一切都投入了党所号召的事业。"有党，咱怕啥？"这句口头语经常作为他的信心和力量的来源。贯彻在他的思想和行动中的社会主义觉悟性和革命精神，就成了这样一个新人物的性格特点。

——张钟《梁生宝形象的性格内容与艺术表现——与严家炎同志商榷》（《文学评论》1964年第3期）

【延伸阅读】

阅读《创业史》的其他章节。

【拓展与思考】

有研究者认为梁三老汉是《创业史》中"最深厚的最丰满的形象"，对此，你怎样看？

第二十九讲　路　遥

【篇目】

人生（节选）

在高三星把加林的铺盖卷李捎回村的当天晚上，高家村的大部分人都知道了这件事。全村人都很感慨，谁也没有想到小伙子竟然落了这么个下场！

玉德老两口倒平静地接受了三星捎回来的铺盖卷，也平静地接受了儿子的这个命运。他们一辈子不相信别的，只相信命运；他们认为人在命运面前是没什么可说的。

对这事感到满意的是刘立本，他也认为这是老天爷终于睁了眼，给了高加林应得的报应。他当晚就很有兴致地跑到明楼家，向三星打问这件事的根根梢梢。

但他亲家却没有显出多少兴致来。听了这事，明楼反而显得心情很沉重。这倒不是说他同情高加林，而是他从这件事里敏感地意识到，社会对他们这种人的威胁越来越大了！就连占胜这样的精能人都说垮就垮了台，他一个不识字的农村干部又有多少能耐呢？谁知道什么时候，说不定也会清算到他的头上？另外，他的老心病也马上犯了。他认为高加林不管怎样，都已经在心里恨上了他；往后他们又要同在一个村里闹世事，这小伙子将是他最头疼的一个人。从这一点上说，明楼不愿让高加林回来，宁愿他在外面飞黄腾达去！

就在当晚村里各种人对高加林回村进行各种议论的时候，刘立本的老婆和她的大女儿巧英，却正在立本家一孔闲窑里策划一件妇道人家的伎俩……

第二天一大早，立本的大女儿巧英提了个筐子，出了村，来到大马河湾的分路口附近打猪草。这地方并没有多少猪能吃的东西，巧英弄了半天还没把筐底子铺满。

巧英实际上并不是来打猪草的！她要在这里进行她和她妈昨天晚上谋划过的那件

事。两个糊涂的女人，为了出气，决定由巧英在今天把回村的高加林堵在这里，狠狠地奚落他一通！因为今天上午村里的男男女女都在这附近的地里劳动，因此在这个地方闹一下最合适。到时候，田野里的人就都会过来看热闹；而且很快就会在大马河上下川道传得刮风下雨！把他高加林小子的名誉弄得臭臭的！叫他再能！

这件事昨天晚上母女俩谋划时，被巧玲在门外听见了。有文化的高中生进去劝母亲和姐姐千万不要这样，说到时人家不会笑话高加林，而丢人的反倒会是她们！但两个不识字的妇道人家却把她臭骂了一通，弄得巧玲当晚上跑到学校另一个女老师那里睡觉去了。

巧英已经有了一个孩子，不像做姑娘时那般漂亮了。但仍然容貌出众。每逢跟集上会，竟然还有一些远地的陌生小伙子以为她是个姑娘，就倾心地向她求爱；她立刻就用农村妇女最难听的粗话把这些人骂得狗血喷头。和两个妹子不大一样，她从里到外都把父母的一切都全盘继承了，有时心胸狭窄，精明得有点糊涂；但心地倒也善良，还有一股泼辣劲儿。眼下这行为纯粹是一肚子气鼓起来的。

现在她一边心不在焉地打猪草，一边留心望着前川道的公路，心里盘算她怎样给高加林制造这场难看。她一直脸色阴沉，撅着个嘴，早已经像演员一样进入了角色。

她突然听见背后传来一阵慌乱的脚步声。回过头一看，竟然是大妹子巧珍！这真的是巧珍。她穿一件朴素的印花布衫和一条蓝布裤，脚上是她自己做的布鞋；头发也留成了农村那种普通的"短帽盖"。她一切方面都变成一个农村少妇了，但看起来似乎倒比原来更惹亲，更漂亮。对于本来就美的人。衣着的质朴更能给人增加美感。巧珍的脸上既没有通常新婚妇女那种特别的幸福光彩，但也看不出不久前那场不幸给她留下的阴影。

"你到这儿干啥来了？"巧英问妹子。

"姐姐，快回！你千万不能这样！人家笑话呀！"巧珍扯住巧英的袖口说。"什么事笑话我哩？"巧英愚蠢地装出一副惊讶的样子。

"好姐姐哩！巧玲昨晚上跑到我那里，把什么事都给我说了。我昨晚上急得一夜没睡着。今早上，我跑到咱家里，把妈妈数说了一番，她也觉得不该；然后我就来……"

"你真是个受罪鬼！"巧英打断了她的话，一下子恨得牙咬住嘴唇，半天不言语了。过了好一会，她才愤愤地说："高加林不光辱没了你，把咱们一家人都拿猪尿泡打了，满身的臊气！你能忍了这口气，你忍着！我们可忍受不了！我今儿个非给他小子难看不可！"

"好姐姐哩！他现在也够可怜了，要是墙倒众人推，他往后可怎样活下去呀……"巧珍说着，泪水已经在眼眶里旋转起来。巧英执拗地把头一拧，说："你别管！这是我的事！"说着，把手里的筐子往地上一丢，一屁股坐在一块石头上，双手狠狠把膝盖一抱，像一个粗野的男人一样。

巧珍一下子跪在巧英面前，把头抵在姐姐的怀里，哽咽着说："我给你跪下了！姐姐！我央告你！你不要这样对待加林！不管怎样，我心疼他！你要是这样整治加林，就等于拿刀子捅我的心哩……"

善良的品格和对不幸的妹妹的巨大同情心，使得巧英一下子心软了。她一只手上去抹自己眼里涌出的泪珠，另一只手亲热地摩挲着巧珍的头，说，"珍珍，你不要哭了！姐姐知道你的心！姐姐不了……"她停了半天，突然又叹了一口气说："我心里知道你最爱他。唉！这坏小子要是早叫公家开除回来就好了……现在可怎办呀？我看得出来，这坏小子实际上心里也是爱你的！说不定他还要你哩，可现在……"

"不！"巧珍抬起泪水斑斑的脸，"这是不可能的，我已经结婚了。再说，我也应该和马拴过一辈子！马拴是好人，对我也好，我已经伤过心了，我再不能伤马拴的心了……"

巧英又长出了一口气，说："那你回喀。我也就回呀……"说着就站起来拿筐了。

巧珍也站起来，问："你公公在不在家？"

"在哩。怎啦？"巧英问。

"是这样的，我昨晚还听巧玲说，公社可能还要叫咱们学校增加一个教师。加林回来一下子又习惯不了地里的劳动，我想看能不能叫他再教书。马拴是校管委会的，他昨晚上说马店村有他哩，说他一定代表马店村去给公社说。咱村里你公公拿事，我想拉你一块去求求明楼叔，让加林再去教书。你在旁边一定要帮我说话，你是他的儿媳妇，面子比我大……"巧英惊讶地张开嘴，望着妹妹怔了半天。她一条胳膊挽起筐子，过来用另一条胳膊搂住巧珍的肩头，说："那咱们回！妹子，你可真有一副菩萨心肠……"

天还没有明时，高加林就赤手空拳悄然地离开了县委大院。他匆匆走过没有人迹的街道，步履踉跄，神态麻木，高挑的个子不像平时那般笔直，背微微地有些驼了；失神的眼睛深陷的眼眶里，没有一点光气，头发也乱蓬蓬的像一团茅草。整个脸上像蒙了一层灰尘，额头上都似乎显出了几条细细的皱纹。漂亮而潇洒的小伙子啊，一下子就好像老了许多岁！

到现在，高加林才感觉到自己像个一无所有的叫花子一般。他感觉到自己孤零零的，前不着村，后不靠店。他不知道自己从什么路上走来，又向什么路上走去……

当他走到大马河桥上的时候，他一下子有气无力地伏在了桥栏杆上。桥下，清清的大马河在黎明前闪着青幽幽的波光，穿过桥洞，汇入了初秋涨宽了的县河里。县河浑黄的流水平静地绕过城下，流向了看不见的远方。

他手抚着桥栏杆，想起第一次卖馍返回的时候，巧珍就是站在这里等他的；想起在这同一个地方，他不久前又曾狠心地和她断绝了关系……眼下他又在这里了，可是他现在还有什么呢？他幻想的工作和未来在大城市生活的梦想破灭了，黄亚萍又退回到了他生活的远景上；亲爱的刘巧珍被他冷酷地抛弃，现在已和别人结了婚。他真想一纵身从这桥上跳下去！这一切怨谁呢？想来想去，他现在谁也不怨了，反而恨起了自己：他的悲剧是他自己造成的！他为了虚荣而抛弃了生活的原则，落了今天这个下场！他渐渐明白，如果他就这样下去，他躲过了生活的这一次惩罚，也躲不过去下一次惩罚——那时候，他也许就被彻底毁灭了……

严峻的现实生活最能教育人，它使高加林此刻减少了一些狂热，而增强了一些自我反省的力量。他进一步想：假如他跟黄亚萍去了南京，他这一辈子就会真的幸福吗？他能不能就和他幻想的那样在生活中平步青云？亚萍会不会永远爱他？南京比他出色的人谁知有多少，以后根本无法保证她不再去爱其他男人，而把他甩到一边，就像甩张克南一样。可是，如果他和巧珍结了婚，她就敢保证巧珍永远会爱他。他们一辈子在农村生活苦一点，但会活得很幸福的……现在，他把生活中最宝贵的东西轻易地丢弃了！他做了昧良心的事！爸爸和德顺爷的话应验了，他害了别人，也害了自己！他搅乱了许多人的生活，也把自己的生活搅了个一塌糊涂……

黎明不知什么时候已经静悄悄地来临了。县城的灯光先后熄灭，大地万物在一种自然柔和的光亮中脱去了夜的黑衣裳，显出了它们各自的面目。时令已进入初秋，山头和川道里的庄稼、树木，绿色中已夹杂了点点斑黄。

城里已经又开始纷纷攘攘了。一天的生活像往常一样开始了它的节奏。高加林望了一眼罩在蓝色雾霭中的县城，就回过头，穿过桥面，拐进了大马河川道。

他走在庄稼地中间的简易公路上，心里涌起了一种从未体验过的难受。他已经多少次从这条路上走来走去。从这条路上走到城市，又从这条路上走回农村。这短短的十华里土路，对他来说，是多么的漫长！这也象征着他已经走过的生活道路——短暂而曲折！他折一枝柳树梢，一边走，一边轻轻抽打着路边的杂草，心想：他回到村里后，人们会怎样看他呢？他将怎样再开始在那里生活呢？亲爱的巧珍已经不在了！如果有她在，他也就不会像现在这样难受和痛苦了。她那火一样热烈和水一样温柔的爱，会把他所有的苦恼冲洗掉。可是现在……他忍不住一下子站在路上，痛不欲生地张开嘴，想大声嘶叫，又叫不出声来！他两只手疯狂地揪扯着自己的胸脯，外衣上的钮扣"崩崩"地一颗颗飞掉了。

早晨的太阳照耀在初秋的原野上，大地立刻展现出了一片斑斓的色彩。庄稼和青草的绿叶上，闪耀着亮晶晶的露珠。脚下的土路潮润润的，不起一点黄尘。高加林在路上摇摇晃晃地走着，走几步就站下，站一会再走……

离村子还有一里路的地方，他听见河对面的山坡上，有一群孩子叽叽喳喳地说话，其中听见一个男孩子大声喊："高老师回来了……"他知道这是他们村的砍柴娃娃，都是他过去的学生。

突然，有一个孩子在对面山坡上唱起了信天游——

> 哥哥你不成材，
>
> 卖了良心才回来……

孩子们都哈哈大笑，叽叽喳喳地跑到沟里去了。

这古老的歌谣，虽然从孩子的口里唱出来，但它那深沉的谴责力量，仍然使高加林感到惊心动魄。他知道，这些孩子是唱给他听的。唉！孩子们都这样厌恶他，村里的大人们就更不用说了。

他走不远，就看见了自己的村子。一片茂密的枣树林掩映着前半个村子；另外半个村伸在沟口里，他看不见。

他忍不住停下了脚，忧伤地看了一眼他熟悉的家乡。一切都是原来的样子——但对他来说，一切又都不一样了……

就在这时，许多刚下地的村里人，却都从这里那里的庄稼地里钻出来，纷纷向他跑来了。

他不知道这是怎一回事，村里的人们就先后围在了他身边，开始向他问长问短。所有人的话语、表情、眼神，都不含任何恶意和嘲笑，反而都很真诚。大家还七嘴八舌地安慰他哩。

"回来就回来吧，你也不要灰心！"

"天下农民一茬子人哩！逛门外和当干部的总是少数！"

"咱农村苦是苦，也有咱农村的好处哩！旁的不说，吃的都是新鲜东西！"

"慢慢看吧，将来有机会还能出去哩。"

……

亲爱的父老乡亲们！他们在一个人走运的时候，也许对你躲得很远；但当你跌了跤的时候，众人却都伸出自己粗壮的手来帮扶你。他们那伟大的同情心，永远都会给予不幸的人！高加林忍不住热泪盈眶。他一句话也说不出来，只是掏出纸烟，给大家一人散了一根。

庄稼人们问候和安慰了他一番，就都又下地去了。

当高加林再迈步向村子走去的时候，感到身上像吹过了一阵风似的松动了一些。他抬头望着满川厚实的庄稼，望着浓绿笼罩的村庄，对这单纯而又丰富的故乡田地，心中涌起了一种深厚的情感，就像他离开它已经很长时间了，现在才回来……当他从公路上转下来，走到大马河湾的分路口上时，腿猛一下子软得再也走不动了。他很快又想起，他和巧珍第一次相跟着从县城回来时，就是在这个地方分手的——现在他们却永远地分手了。他也想起，当他离开村子去县城参加工作时，巧珍也正是在这个地方送他的。现在他回来了，她是再不会来接他了……

他坐在一块石头上，身上像火烧着一般烫热。他用两只手蒙住眼睛，头无力地垂在胸前。他真不知道往后的日子怎么过呀？他嘴里喃喃地说："亲爱的人！我要是不失去你就好了……"泪水立刻像涌泉一般地从指缝里淌出来了……

好久，高加林才抬起头。他猛然发现，德顺爷爷正蹲在他面前。他不知道德顺爷爷是什么时候蹲在他面前的，他只是静静地蹲着，抽着旱烟锅。

他见他抬起头来，便笑眯眯地说："你还有眼泪呢？"接着一脸皱纹一下子缩到眼角边，摇了摇那白雪一般的头颅，痛心地说："娃娃呀，回来劳动这不怕，劳动不下贱！可你把一块金子丢了！巧珍，那可是一块金子啊！"

"爷爷，我心里难过。你先别说这了。我现在也知道，我本来已经得到了金子，但像土坷垃一样扔了。我现在觉得活着实在没意思，真想死……"

"胡说！"德顺爷爷一下子站起来，"你才二十四岁，怎么能有这么些混账想法？如果按你这么说，我早该死了！我，快七十岁的孤老头子了，无儿无女，一辈子光棍一条。但我还天天心里热腾腾的，想多活它几年！别说你还是个嫩娃娃哩！我虽然没有妻室儿女，但觉得活着总还是有意思的。我爱过，也痛苦过；我用这两只手劳动过，种过五谷，栽过树，修过路……这些难道也不是活得有意思吗？——拿你们年轻人的词说叫幸福。幸福！你小子不知道，我把我树上的果子摘了分给村里的娃娃们，我心里可有多……幸福！不是么，你小时候也吃过我的多少果子啊！你小子还不知道，我栽下一钵树，心里就想，我死了，后世人在那树上摘着吃果子，他们就会说，这是以前村里的光棍老汉德顺栽下的……"

德顺老汉大动感情地说着，像是在教导加林，又像是借此机会总结他自己的人生，他像一个热血沸腾的老诗人，又像一个哲学家；那只拿烟锅的，衰老的手在剧烈地抖动着。

高加林一下子站起来了。傲气的高中生虽然研究过国际问题，读过许多本书，知道霍梅尼和巴尼萨德尔，知道里根的中子弹政策，但他没有想到这个满身补丁的老光棍农民，在他对生活失望的时候，给他讲了这么深奥的人生课题。他望着亲爱的德顺爷爷那张老皱脸，一双失去光彩的眼睛里重新飘荡起了两点火星。德顺爷爷用缀补丁的袖口揩了一下脸上的汗水，说："听说你今上午要回来，我就专门在这里等你，想给你说几句话。你的心可千万不能倒了！你也再不要看不起咱这山乡圪了。"他用枯瘦的手指头把四周围的大地山川指了一圈，说："就是这山，这水，这土地，一代一代养活了我们。没有这土地，世界上就什么也不会有！是的，不会有！只要咱们爱劳动，一切都还会好起来的。再说，而今党的政策也对头了，现在生活一天天往好变。咱农村往后的前程大着哩，屈不了你的才！娃娃，你不要灰心！一个男子汉，不怕跌跤，就怕跌倒了不往起爬，那就变成个死狗了……"

"爷爷，你的话给我开了窍，我会记住的，也会重新好好开始生活的。刚才我在前川碰见庄里的其他人，他们也给我说了不少宽心话。唉，我现在就担心高明楼和刘立本两家人往后会找我的麻烦，另眼看我……"

"啊呀，这你别担心！就是为了这事，我刚才还去明楼家找了他。我和他爸当年是拜把兄弟，我敢指教他哩！我已经把话给他敲明了，叫他再不要捣你的鬼……噢，我倒忘了给你说了！我刚才去明楼家，正碰见巧珍央求明楼，让他去公社做做工作，让你再教书哩！巧珍说得鼻子一把泪一把！明楼当下也应承了。不知为什么，他儿媳妇巧英也帮巧珍说话哩。你不要担心，书教成教不成没什么，好好重新开始活你的人吧……啊，巧珍，多好的娃娃！那心就像金子一样……金子一样啊……"德顺老汉泪水夺眶而出，顿时哽咽得说不下去了。高加林一下子扑倒在德顺爷爷的脚下，两只手紧紧抓着两把黄土，沉痛地呻吟着，喊叫了一声：

"我的亲人哪……"

（本文节选自路遥《人生》第二十三章，北京十月文艺出版社，2017年版）

【作家简介】

路遥（1949—1992），本名王卫国，陕西清涧人，中国当代作家。1980年发表《惊心动魄的一幕》，该小说获得第一届全国优秀中篇小说奖。1982年发表中篇小说《人生》，该小说后被改编为电影。1988年完成百万字的长篇巨著《平凡的世界》，该小说以其恢宏的气势和史诗般的风格，全景式地表现了改革时代中国城乡的社会生活和人们思想情感的巨大变迁。路遥因此获得第三届茅盾文学奖。《平凡的世界》被称作茅盾文学奖皇冠上的明珠，激励千万青年的不朽经典，在读者中有着广泛而深远的影响。

【文本赏析】

《人生》是路遥创作的中篇小说，也是其成名作，原载《收获》1982年第3期，获第一届全国优秀中篇小说奖。小说以改革时期陕北高原的城乡生活为时空背景，描写了高中毕业生高加林回到土地又离开土地、再回到土地的人生变化过程，高加林同农村姑娘刘巧珍、城市姑娘黄亚萍之间的感情纠葛构成了故事发展的主要矛盾，呈现了一幕转型时期农村青年艰难选择的人生悲剧。高加林是作者着力塑造的复杂的人物。他身上既体现了现代青年那种不断向命运挑战、自信坚毅的品质，又同时具有辛勤、朴实的传统美德。他热爱生活，心性极高，有着远大的理想和抱负。关心国际问题，爱好打篮球，并融入时代的潮流。他不像他的父亲那样忍气吞声、安守本分，而是有更高的精神追求，但是现实与他心中的理想总是相差极远，正是这样的反差构成了他的复杂的性格特征。高加林渴望离开贫穷落后的农村，到更广阔的城市天地去生活。他期盼从乡村走出去，走进城市，由简单的劳作走向层次较高的精神价值创造。然而由于受到当时中国城乡户籍制度的严格限制，高加林的希望落空了。事实上，高加林对土地逃离与回归的人生历程，正揭示出路遥对乡土中国在现代化进程中个体生命的两难抉择。路遥作品中对城乡交叉地带的细致描写使其作品洋溢着浓厚的黄土气息，作者对困苦中的情与爱的感受和表现完全遵循民族传统的道德观念，劳动人民的人格美、人物身上潜在的传统道德伦理关系感人肺腑，使读者产生了情感上的深深共鸣，具有动人心魄的艺术魅力。

【课程思政】

路遥的小说所传达出的精神内涵，正是对中华民族千百年来"自强不息、厚德载物"精神传统的自觉继承。这样的小说对于底层奋斗者而言，无疑具有"灯塔效应"。这样，我们就不难理解他的《平凡的世界》为什么能产生如此广泛而深刻的社会影响了。

【批评家的话】

到了《人生》的出现，作家面对转折时期人们生活、心理的急遽变化，以犀利的笔触，通过不同性格的人物，力求把处在矛盾漩涡中的青年一代的精神风貌披露出来，探寻他们跋涉在人生道路上的追求和困扰。

——王愚《在交叉地带耕耘——论路遥》（《当代作家评论》1984年第2期）

柳青是路遥做人和做文的真正的老师，可能也是第一个老师；路遥和柳青的关系也集中说明了路遥同现实主义传统、同革命文艺传统、同民族文化传统的关系。他尊重和继承传统，同时又立足于新的现实丰富和创造着新的传统。

——李星《在现实主义的道路上——路遥论》（《文学评论》1991年第4期）

【延伸阅读】

《惊心动魄的一幕》《在困难的日子里》《早晨从中午开始》《平凡的世界》

【拓展与思考】

1.你怎样看待与评价高加林与刘巧珍之间的爱情？

2.思考《平凡的世界》为什么能够打动无数青年读者。

第三十讲 余秋雨

【篇目】

信客

一

我国广大山区的邮电网络是什么年代健全起来的，我没有查过，记得早年在乡间，对外的通信往来主要依靠一种特殊职业的人：信客。

信客是一种私人职业，不受任何机构管理。这个地方外出谋生的人多了，少不了要带几封平安家信、捎一点衣物食品的，方圆几十里又没有邮局，那就用得着信客了。信客要有一点文化，知道各大码头的情形，还要一副强健的筋骨，背得动重重的行李。

细想起来，做信客实在是一件苦差事。乡间外出的人数量并不太多，他们又不集中在一个城市，因此信客的生意不大，却很费脚力。如果交通方便也就用不着信客了，信客常走的路大多七转八拐，换车调船，听他们说说都要头昏。信客如果把行李交付托运也就赚不了什么钱，他们一概是肩挑、背驮、手提、腰缠，咬着牙齿走完坎坷长途。所带的各家各户信件货物，品种繁多，又绝对不能有任何散失和损坏，一路上只得反复数点，小心翼翼。当时大家都穷，托运费十分低廉，有时还抵不回来去盘缠，信客只得买最差的票，住最便宜的舱位，随身带点冷馒头、炒米粉充饥。

信客为远行者们效力，自己却是最困苦的远行者。一身破衣旧衫，满脸风尘，状如乞丐。

没有信客，好多乡人就不会出远门了。在很长的时期中，信客沉重的脚步，是乡村和城市的纽带。

二

我家邻村，有一个信客，年纪不小了，已经长途跋涉了二三十年。

他读过私塾，年长后外出闯码头，碰了几次壁，穷落潦倒，无以为生，回来做了信客。他做信客还有一段来由。

本来村里还有一个老信客。一次，村里一户人家的姑娘要出嫁，姑娘的父亲在上海谋生，托老信客带来两匹红绸。老信客正好要给远亲送一份礼，就裁下窄窄的一条红绸扎礼品，图个好看。没想到上海那位又托另一个人给家里带来口信，说收到红绸后看看两头有没有画着小圆圈，以防信客做手脚。这一下老信客就栽了跟头，四乡立即传开他的丑闻，以前叫他带过东西的各家都在回忆疑点，好像他家的一切都来自克扣。但他的家，破烂灰黯，值钱的东西一无所有。

老信客申辩不清，满脸凄伤，拿起那把剪红绸的剪刀直扎自己的手。第二天，他掮着那只伤痕累累的手找到了同村刚从上海落魄回来的年轻人，进门便说："我名誉糟塌了，可这乡间不能没有信客。"

整整两天，老信客细声慢气地告诉他附近四乡有哪些人在外面，乡下各家的门怎么找，城里各人的谋生处该怎么走。说到几个城市里的路线时十分艰难，不断在纸上画出图样。这位年轻人连外出谋生的人也大半不认识，老信客说了又说，比了又比，连他们各人的脾气习惯也作了介绍。

把这一切都说完了，老信客又告诉他沿途可住哪几家小旅馆，旅馆里哪个茶房可以信托。还有各处吃食，哪一个摊子的大饼最厚实，哪一家小店可以光买米饭不买菜。

从头至尾，年轻人都没有答应过接班。可是听老人讲了这么多，讲得这么细，他也不再回绝。老人最后的嘱咐是扬了扬这只扎伤了的手，说："信客信客就在一个信字，千万别学我。"

年轻人想到老人今后的生活，说自己赚了钱要接济他。老人说："不。我去看坟场，能糊口。我臭了，你挨着我也会把你惹臭。"

老信客本来就单身一人，从此再也没有回村。

年轻信客上路后，一路上都遇到对老信客的问询。大半辈子的风尘苦旅，整整一条路都认识他。流落在外的游子，年年月月都等着他的脚步声。现在，他正躲在山间坟场边的破草房里，夜夜失眠，在黑暗中睁着眼，迷迷乱乱地回想着一个个码头，一条条船只，一个个面影。

刮风下雨时，他会起身，手扶门框站一会，暗暗嘱咐年轻的信客一路小心。

<h2 style="text-align:center">三</h2>

年轻的信客也渐渐变老。他老犯胃病和风湿病，一犯就想到老信客，老人什么都说了，怎么没提起这两宗病？顺便，关照家人抽空带点吃食到坟场去。他自己也去过几次，老人逼着他讲各个码头的变化和新闻。历来是坏事多于好事，他们便一起感叹唏嘘。他们的谈话，若能记录下来，一定是历史学家极感兴趣的中国近代城乡的变迁史料，可惜这儿是山间，就他们两人，刚刚说出就立即飘散，茅屋外只有劲厉的山风。

信客不能常去看老人。他实在太忙，路上花费的时间太多，一回家就忙着发散信、物，还要接收下次带出的东西。这一切都要他亲自在场，亲手查点，一去看老人，会叫别人苦等。

只要信客一回村，他家里总是人头济济。多数都不是来收发信、物的，只是来看个热闹，看看各家的出门人出息如何，带来了什么希罕物品。农民的眼光里，有羡慕，有嫉妒；比较得多了，也有轻蔑，有嘲笑。这些眼神，是中国农村对自己的冒险家们的打分。这些眼神，是千年故土对城市的探询。

终于有妇女来给信客说悄悄话："关照他，往后带东西几次并一次，不要鸡零狗碎的"；"你给他说说，那些货色不能在上海存存？我一个女人家，来强盗来贼怎么办"……信客沉稳地点点头，他看得太多，对这一切全能理解。都市里的升沉荣辱，震颤着长期迟钝的农村神经系统，他是最敏感的神经末梢。

闯荡都市的某个谋生者突然得了一场急病死了，这样的事在那样的年月经常发生。信客在都市同乡那里听到这个消息，就会匆匆赶去，代表家属乡亲料理后事、收拾遗物。回到乡间，他就挟上一把黑伞，伞柄朝前，朝死者家里走去。乡间报死讯的人都以倒挟黑伞为标记，乡人一看就知道，又有一个人客死他乡。来到死者家里，信客满脸戚容，用一路上想了很久的委婉语气把噩耗通报。可怜的家属会号啕大哭，会猝然昏厥，他都不能离开，帮着安慰张罗。更会有一些农妇听了死讯一时性起，咬牙切齿地憎恨城市，憎恨外出，连带也憎恨信客，把他当作了死神冤鬼，大声讹斥，他也只能低眉顺眼、听之忍之、连声诺诺。

下午，他又要把死者遗物送去，这件事情更有危难。农村妇女会把这堆简陋的遗物当作丈夫生命的代价，几乎没有一个相信只有这点点。红红的眼圈里射出疑惑的利剑，信客浑身不自在，真像做错了什么事一般。他只好柔声地汇报在上海处置后事的情况，农村妇女完全不知道上海社会，提出的诘问每每使他无从回答。

直到他流了几身汗，赔了许多罪，才满脸晦气地走出死者的家。他能不干这档子事吗？不能。说什么我也是同乡，能不尽一点乡情乡谊？老信客说过，这乡间不能没有信客。做信客的，就得挑着一副生死祸福的重担，来回奔忙。四乡的外出谋生者，都把自己的血汗和眼泪，堆在他的肩上。

四

信客识文断字，还要经常代读、代写书信。没有要紧事带个口信就是了，要写信总是有了不祥的事。妇女们一把眼泪、一把鼻涕在信客家里诉说，信客铺纸磨墨，琢磨着句子。他总是把无穷的幽怨和紧迫的告急调理成文绉绉的语句，郑重地装进信封，然后，把一颗颗破碎和焦灼的心亲自带向远方。

一次，他带着一封满纸幽怨的信走进了都市的一间房子，看见发了财的收信人已与另一个女人同居。他进退两难，犹豫再三，看要不要把那封书信拿出来。发了财的同乡知道他一来就会坏事，故意装作不认识，厉声质问他是什么人。这一下把他惹火了，立即举信大叫："这是你老婆的信！"

信是那位时髦女郎拆看的，看完便大哭大嚷。那位同乡下不了台，硬说他是私闯民宅的小偷，拿出一封假信来只是脱身伎俩。为了平息那个女人的哭闹，同乡狠狠打了他两个耳光，并把他扭送到了巡捕房。

他向警官解释了自己的身份，还拿出其他许多同乡的地址作为证明。传唤来的同乡集资把他保了出来，问他事由，他只说自己一时糊涂，走错了人家。他不想让颠沛在外的同乡蒙受阴影。

这次回到家，他当即到老信客的坟头烧了香，这位老人已死去多年。他跪在坟头请老人原谅：从此不再做信客。他说："这条路越来越凶险，我已经撑持不了。"

他向乡亲们推说自己腿脚有病，不能再出远门。有人在外的家属一时陷入恐慌，四处物色新信客，怎么也找不到。

只有这时，人们才想起他的全部好处，常常给失去了生活来源的他端来几碗食物点心，再请他费心想想通信的办法。

也算这些乡村劫数未尽，那位在都市里打了信客耳光的同乡突然发了善心。此公后来更发了一笔大财，那位时髦女郎读信后立即离他而去，他又在其他同乡处得知信客没有说他任何坏话，还听说从此信客已赋闲在家，如此种种，使他深受感动。他回乡来了一次，先到县城邮局塞钱说项，请他们在此乡小南货店里附设一个代办处，并提议由信客承担此事。

办妥了这一切，他回到家里慰问邻里，还亲自到信客家里悄悄道歉，请他接受代办邮政的事务。信客对他非常恭敬，请他不必把过去了的事情记在心上。至于代办邮政，小南货店有人可干，自己身体不济，恕难从命。同乡送给他的钱，他也没拿，只把一些礼物收下。

此后，小南货店门口挂出了一只绿色的邮箱，也办包裹邮寄，这些乡村又与城市接通了血脉。

信客开始以代写书信为生，央他写信的实在不少，他的生活在乡村中属于中等。

五

两年后，几家私塾合并成一个小学，采用新式教材。正缺一位地理教师，大家都想到了信客。

信客教地理绘声绘色，效果奇佳。他本来识字不多，但几十年游历各处，又代写了无数封书信，实际文化程度在几位教师中显得拔尖，教起国文来也从容不迫。他眼界开阔，对各种新知识都能容纳。更难能可贵的是，他深察世故人情，很能体谅人，很快成了这所小学的主心骨。不久，他担任了小学校长。

在他当校长期间，这所小学的教学质量，在全县属于上乘。毕业生考上城市中学的比例，也很高。

他死时，前来吊唁的人非常多，有不少还是从外地特地赶来的。根据他的遗愿，他的墓就筑在老信客的墓旁。此时的乡人已大多不知老信客是何人，与这位校长有什么关系。为了看着顺心，也把那个不成样子的坟修了一修。

（本文选自余秋雨《文化苦旅》，东方出版中心，2001年版）

【作家简介】

余秋雨，1946年生，浙江余姚人，中国当代著名艺术理论家、中国文化史学者、散文作家。1968年毕业于上海戏剧学院戏剧文学系。历任上海戏剧学院院长、教授，上海剧协副主席。1962年开始发表作品。1991年加入中国作家协会。著有系列散文集《文化苦旅》《山居笔记》《霜冷长河》《千年一叹》等，在海内外出版过史论专著多部。

【文本赏析】

此文写的是作者耳闻目睹之事，在某种意义上触及了"现实"，在此文中一个散文家的才华、良知，都有一定程度的体现。这篇散文在艺术上最大的成功，就是生动地塑造了两位无私的信客形象。行文中浓墨重彩地刻画的是第二代信客的形象。通过展现信客做信客的原因——如何做信客——不做信客——当教师、校长这一系列事件的叙述，揭示了信客任劳任怨、恪尽职守、诚信无私等优秀品质。文章语言质朴而典雅、精辟而又畅达。

信客，关键在一个"信"字。为了守信，信客付出了多少别人所不知道的辛劳，这绝不是微薄的报酬所能抵偿的，他是城市与农村、心灵与心灵之间的桥梁。除了守信，信客身上更可贵的品质就是无私。人类最崇高最伟大的精神被表现到了极致。两代信客的命运让人们了解了信客的人生，知道了信客生涯的艰苦、辛酸甚至凶险。他们跋千山涉万水辗转于各个城市、乡村，吃尽苦头、看够了白眼、受尽了侮辱、饱受着不尽的凄寒，但是他们无怨无悔，依然忍辱负重履行职责。因为他们的任劳任怨，才使得那个时代的亲人、朋友之间能够互通信息，传递亲情；因为他们的宽容、包涵，才感动了那"无情"的同乡，给了他改过的机会，使他良心得以发现。这是人性的美丽、品格的伟岸。此外，读者不能忽视作者赋予信客的文化含义。信客恪守信用，他不仅是一个邮差，更比邮差有情有义得多。他总是用最恰当的方式处理邮件两头的难事，有时他必须安慰破碎的心，有时他必须拯救丑恶的灵魂，有时他必须忍气吞声……总之，信客这个形象是充满人情且极富良知的。但是，无论第一任还是第二任信客，他们都没有逃脱悲剧的命运。老信客凄惨地死去，没有留下任何痕迹。假如没有那个发达的乡亲，第二任信客的境遇可能更加颓唐，这不得不引起我们的深思。

【课程思政】

"与朋友交，言而有信"（《论语·学而》）。古人尚且如此讲究诚信待人，更何况现代社会！诚信是人与人之间交往的重要准则。也是衡量一个人道德品质的重要标准。教师应引导学生学习信客身上诚信无私、任劳任怨、恪尽职守、待人宽容、善良厚道的优秀品质。

【批评家的话】

余秋雨早期的散文中抒情也常常是有节制的。《信客》的结尾是，主人公默默无闻地死了，没有引起特别的关注，他那荒废的坟墓，人们只是漫不经心地修了一下，并不是为了特别地纪念他。余秋雨写到悲剧性的事件时，往往节制着形容和渲染，用无声的空镜头，代替强烈情绪的宣泄，在艺术上就显得比那些呼天抢地的俗套话语要成熟得多。

——孙绍振《审美、审丑与审智·百年散文理论探微与经典重读》（广东人民出版社，2014年版）

余秋雨对文化最真切的感受也是对人生况味的执意品尝，在他的散文里面……有渊源于人情冷暖、世态炎凉的一个偶然起因而构成的人生起落，更有人生的壮丽、和美、坚毅……正是从这大千世界中，他真正读懂了美之所在—人生。"

——李建军《文学价值的转换生成》（西南交通大学出版社，2014年版）

同样是散文语言，余秋雨的《信客》和沈从文的《云南的歌会》风格迥异。沈从文朴实中见蕴藉、平易中藏风雅，余秋雨则擅长引申发挥，理性思考蕴含于感性描述之中。"信客"这一形象分析重要，还是"余氏语言"的品位重要？就余秋雨的散文来说，后者显然更是合宜的教学内容。

——褚树荣《叩问课堂·语文教学慎思录》（浙江教育出版社，2014年版）

【延伸阅读】

阅读《文化苦旅》中的其他篇目

【拓展与思考】

1.余秋雨散文的语言有什么特点？

2.试分析余秋雨散文的优点与不足。

第十一章　面对苦难

【导语】

对苦难的书写是古今中外文学家创作中的一个经典永恒话题。小到个人、家庭，大到国家、民族，苦难似乎总是与人类相生相伴，从来不曾退场。贫穷、饥荒、疾病、宗教、婚姻、家庭、战争、阶级压迫、政治运动，苦难的种类可谓五花八门、一言难尽，它一方面构成了人类历史的基本内容，另一方面也因为有了这些苦难的存在，才促成了人的成长与社会的进步。我们对于生命本质与生活真谛的理解在一次次面对苦难的过程中得到了深化与升华，从这个意义上说，我们要勇敢地面对苦难，也要感谢苦难！

第三十一讲　张贤亮

【篇目】

灵与肉（节选）

他是一个被富人遗弃的儿子……

——维克多·雨果《悲惨世界》

一

许灵均没有想到还会见着父亲。

这是一间陈设考究的客厅，在这家高级饭店的七楼。窗外，只有一片空漠的蓝天，抹着疏疏落落的几丝白云。而在那儿，在那黄土高原的农场，窗口外就是绿色的和黄色的田野，开阔而充实。他到了这里，就像忽然升到云端一样，有一种晃晃悠悠的感觉，再加上父亲烟斗里喷出的青烟像雾似的在室内飘浮，使眼前的一切就更如不可捉摸的幻觉了。可是，父亲吸的还是那种包装纸上印着印地安酋长头像的烟斗丝，这种他小时候经常闻到的、略带甜味的咖啡香气，又从嗅觉上证实了这不是梦，而是的的确确的现实。

"过去的就让它过去吧！"父亲把手一挥。三十年代初期他在哈佛取得学士学位以后，一直保持着在肯布里季时的气派。现在，他穿着一套花呢西装，翘着腿坐在沙发上。"我一到大陆，就学会了一句政治术语，叫'向前看'。你还是快些准备出国吧！"

房里的陈设和父亲的衣着使他感到莫名的压抑。他想，过去的是已经过去了，但又怎能忘记呢？

整整三十年了，也是这样一个秋天，他揣着母亲写的地址，找到霞飞路上的一所花园洋房。阵雨过后，泛黄的树叶更显得憔悴，滴滴水珠从围墙里的法国梧桐上滴落下来。围墙上拉着带刺的铁丝；大门也是铁的，涂着严峻的灰色油漆。他揿了很长时间门铃，铁门上才打开一方小小的窗口。他认得这个门房，正是经常送信给父亲的人。门房领着他，经过一条两旁栽着冬青的水泥路，进到一幢两层楼洋房里的起居室。

那时，父亲当然比现在年轻多了，穿着一件米黄色的羊毛坎肩，手肘倚在壁炉上，低着头抽烟斗。壁炉前面的高背沙发上，坐着母亲成天诅咒的那个女人。

"这就是那个孩子？"他听见她问他的父亲，"倒是挺像你的。来，过来！"

他没有过去，但不由自主地瞥了她一眼。他记得他看见了一对明亮的眼睛和两片涂得很红的嘴唇。

"有什么事？嗯？"父亲抬起头来。

"妈病了，她请你回去。"

"她总是有病，总是……"父亲愤然离开壁炉，在地毯上来回走着。地毯是绿色的，上面织有白色的花纹。他的眼睛追踪着父亲的脚步，强忍住不让泪水流出来。

"你跟你妈说，我等一下就回去。"父亲终于站在他面前。但他知道这个答复是不可靠的，母亲在电话里听过不止一次了。他胆怯而固执地要求："她要您现在就回去。"

"我知道，我知道……"父亲把手搭在他肩膀上，轻轻地把他推向门口，"你先回去，坐我汽车回去。要是你妈病得厉害，叫她先去医院。"父亲送他到前厅，突然，又很温存地摸着他的头，嗫嚅地说，"你要是再大一点就好了，你就懂得，懂得……你妈妈，很难和她相处。她是那样，那样……"他扬起脸，看见父亲蹙皱着眉，一只手不住地擦着额头，表现出一种软弱的、痛苦的神情，反而有点可怜起父亲来。

然而，当他坐在父亲的克莱斯勒小汽车里，在滚动着金黄落叶的法租界穿行的时候，他的泪水却一下子涌出来了。一股屈辱、自怜、孤独的情绪陡然袭来。谁也不可怜！只有自己才可怜！他没有受过多少母亲的爱抚，母亲摩挲麻将的时候比摩挲他头发的时候多得多；他没有受过多少父亲的教诲，父亲一回家，脸就是阴沉的、懊丧的、厌倦的，然后就和母亲开始无休无止的争吵。父亲说他要是再大一点就好了，就能懂得……实际上，十一岁的他已经模模糊糊地懂得了一些：他母亲最需要的是他父亲的温情，而父亲最需要的却是摆脱这个脾气古怪的妻子。不论是他母亲或父亲，都不需要他！他，不过是一个美国留学生和一个地主小姐不自由的婚姻的产物而已。

后来，父亲果然没有回家。不久，当他母亲知道父亲带着外室离开了大陆，没几天也就死在一家德国人开的医院里。

而正在这时，解放大军开进了上海……

现在，经过了三十年漫长的岁月，经过历史上任何三十年都从未容纳过的那么多变故，这个父亲却突然回来了，并且还要把他带到国外去。整个事情是那么不可思议，以致他都不能完全相信坐在他面前的是他父亲，坐在他父亲面前的就是他自己。

刚刚，在父亲的女秘书密司宋打开贮藏室给父亲拿衣服的时候，他看见大大小小的箱子上贴满了花花绿绿的旅馆商标：洛杉矶的、东京的、曼谷的、香港的，还有美国环球航空公司印着波音747的椭圆形标笺。从这个小小的贮藏室里掀开了一个广阔的世界。而他呢，只不过是在三天前得到领导转来的国际旅行社的通知，经过两天两夜汽车和火车的颠簸才到这里的。他提来的灰色人造革提包放在长沙发的一角。这种提包在农场还算是比较"洋气"的，但一到这间客厅里好像扭怩起来，可怜巴巴地缩成一团。提包上面放着他的尼龙网袋，里面装着他的牙具和几个在路上吃剩下来的茶叶蛋。他看着那几个诧异得咧开了嘴的、畏缩地挤在一起的茶叶蛋，想起临走那天晚上，秀芝还叫他多带些茶叶蛋给父亲吃，不禁苦笑了一下。

前天，秀芝一定要带着清清到县城的汽车站去送他。自他们结婚，他还没有离开过农场，他这次远行简直成了他们小家庭的一次划时代的壮举。

"爸爸，北京在啥子地方？"

"北京在县城的东北边。"

"北京有好多好多县城大吗？"

"有好多好多县城大。"

"有马兰花吗？"

"没有。"

"有沙枣子吗？"

"没有。"

"唉——"清清像大人似的长叹一声，用手托着下颏，显得非常非常失望，她认为好地方是应该有马兰花和沙枣子的。

"傻丫头，北京可是个大地方咧！"赶车的老赵逗她，"你爸爸这回可要远走高飞罗！

说不定要跟你爷爷出国哩。是不是，许老师？"

秀芝蹁着腿坐在老赵背后，向他微微一笑。她没有说话，但仅仅这一笑，就表现了她的信赖和忠贞。她不能想象他会到别的国家去，就和清清不能想象北京有多大一样。

车辙交错的土路坎坷不平，牲口在上面颠簸地踏着碎步。路北边是一片整齐的条田，路南边，在雾霭朦胧的远方，就是他原来放马的草场，这里的一切都像是有股磁性的吸力。是的，这里的一草一木都能勾起他绵绵不尽的回忆，现在陡然感到更加亲切。他知道三棵紧挨着的白杨后面，有一棵粗壮的沙枣树。他下车折了一枝，几个人在车上一颗颗地吃起来。这是西北特有的酸涩而略带甜味的野果，六〇年饥荒的年代，他曾经靠这种野果度日。很多年没有吃了，现在吃起来却品出了一种特别令人留恋的乡土味，怪不得清清要问北京有没有沙枣呢！

"她爷爷保险没有吃过沙枣！"秀芝把核吐到车外，笑着说。这是她发挥了最大的想象力来想象这个从国外回来的公公了。

其实并不需要想象，父子两人是如此相似，就是秀芝在街上碰见公公也会认得出来的。两个人都是细长的眼睛、线条纤细的、挺直的鼻梁，轮廓丰满的嘴唇，甚至举手抬足之间都表现出基因的痕迹。父亲并不显老，虽然肤色和儿子一样黝黑，但那一定是在洛杉矶或是香港的海滨浴场上晒出来的，一点也不憔悴。父亲仍然是那样讲究，那样注意仪表，头发尽管花白却一丝不乱，手背上虽然出现了老人斑，但指甲却修剪得十分光洁。茶几上，在精致的咖啡杯周围，散乱地放着三B牌烟斗、摩洛哥羊皮的烟丝袋、金质打火机和镶着钻石的领针。

他怎么会吃过沙枣呢！

二

"啊，这儿还能听到丹尼·尼德门的《恒河上的月光》！"密司宋能说一口纯正的普通话。她长得高大丰满，身上散发出一股素馨花的香气，一头长长的黑发被一条紫色的缎带束在脑后，不时像马尾一样甩动着。"董事长，你看，北京人跳迪斯科比香港人还够味，他们现在也现代化了！"

"任何人都抵御不了享乐的诱惑。"父亲像把一切都看透了的哲学家似的笑着。"他们现在也不承认自己是禁欲主义者了。"

吃完晚饭，父亲和密司宋把他带到舞厅。他没有想到北京也有这样的地方。小时候，他也曾跟父母到过上海的"梯梯斯"、"百乐门"和"法国夜总会"，现在应该像是旧地重游。但是，当他看到在柔和的乳白色的灯光中，像男人一样的女人和像女人一样的男人在他身边像月光中的幽灵似的游荡的时候，却感到不安起来，就像一个观众突然被拉到舞台上去当演员一样，他无法进入要他扮演的角色。刚才在餐厅里，他看见有的菜只动了几筷子就端了回去，竟从肠胃里发出一阵痉挛似的反感。在他那儿，上县城的国营食堂都要带一个铝制饭盒，把吃剩下的饭菜带回家去。

大厅里响着乐曲，有几对男女跳起奇形怪状的舞蹈。他们不是搂抱在一起，而是面对面像斗鸡一样互相挑逗，前仰后合。这些人就这样来消耗过剩的精力！他想起现在正在热得发烫的稻田里收割的人们。他们弯着腰，从右到左，又从左到右不停地摆动上肢。偶尔，他们抬起头向远远的担子嘶哑地喊着："喂，水，水……"啊，要是他现在能够躺在那一片绿荫下，在汩汩的黄色的渠水边，闻着饱含稻草和苜蓿香气的微风，那该有多好……

"您会跳舞吗？许先生。"忽然，他听见密司宋在旁边问他。他刚捕捉到的一点味儿马上消失了。他掉过头瞥了她一眼：她也有一对明亮的眼睛和两片涂得很红的嘴唇。

"不，不会。"他心不在焉地向她笑笑。他会放马、会犁田、会收割，会扬场……为什么他要会跳舞——跳眼前这样的舞呢？

"你别为难他了，"父亲笑着对密司宋说，"你看，汪经理来请你了。"

一个穿灰色西服的漂亮男子绕过桌子走来，笑嘻嘻地向密司宋一弯腰，两人翩翩下了舞池。

"你还要考虑什么呢？嗯？"父亲又燃起烟斗，"你比我还清楚，共产党的政策是经常变的，现在办签证还比较容易，以后怎么样，就很难说了。"

"我也有我所留恋的。"他转过身来面对着父亲。

"包括那些痛苦吗？"父亲意味深长地问。

"唯其有痛苦，幸福才更显出它的价值。"

"嗯？"父亲凝视着他，不解地耸了耸肩膀。

他心头突然掠过一阵惆怅。这才想起父亲也是属于这个陌生的、不可理解的世界的。形体上的相似消除不了精神上的隔膜。他也像父亲凝视他那样望着父亲，而两个人的目光都不能透过对方的视网膜看到深处的东西。

"是还……还怨恨吗？"最后，父亲低下眼睛。

"不，完全不是！"他把手一挥。这个动作也完全像他父亲。"正如您说的：过去的已经过去了。这完全是另外的事……"

舞曲变换了。这次是低沉的、缓慢的，像渠水经过长长的渠道。灯光好似暗淡了一些，他看不清舞池里憧憧的人影。父亲低下头，用手不住地擦着额头，又表现出那种软弱的、痛苦的神情。"是呀，过去的是已经过去了。可是回想起来，还是痛苦的……不过，我的确很想念你，尤其到了现在……"

父亲喃喃的低语配上这支比较典雅的舞曲，也使他动了感情。"是的，这我相信。"他沉思地说，"我也想念过你的。"

"是吗？"父亲抬起头来。

是的。二十年前，在那个秋天的夜晚，月光穿过被大雨淋破窗纸的窗棂，洒在一群像一堆堆破布的人们身上。十几个人睡在一间低矮的土坯房里。他紧贴着墙根，带着土碱味的潮气浸透了他的衣服。他冷得直打寒战，干脆从湿漉漉的稻草上爬起来。外面，泥泞在月光下像碎玻璃一样闪光。到处是残存的雨水。空气里弥漫着腐败的水腥气。他找到马圈。那里还比较干燥，马粪尿蒸发出一股熏人的暖气。马、骡子、毛驴都在各自的槽头上吭哧吭哧地嚼着干草。他看到有一段马槽前没有拴牲口，就爬了进去，像初生的耶稣一样睡在木头马槽里。

月光斜射进来，在马棚的山墙上划出一条分开光与影的对角线，一匹匹牲口的头垂在马槽边，像对着月亮朝拜似的。这时，他陡然感到非常凄怆，整个情景完全像征性地指出了他孤独的处境：人们抛弃了他，使他来和牲口为伍！

他哭了。狭窄的马槽夹着他的身躯，正像生活从四面八方在压迫他一样。先是被父亲遗弃，母亲死了，舅舅把母亲所有的东西都卷走，单单撇下了他。以后他搬到学校宿舍，靠人民助学金上学。共产党收留了他，共产党的学校教育了他。在五十年代那种开朗的气氛中，虽然他具有一副在畸形的家庭中养成的孤僻、敏感和沉默寡言的性格，但也慢慢地溶化在一个大集体里；和五十年代所有的中学生一样，他对未来也有一个美丽的梦。毕业了，梦成了现实。他穿着蓝布制服，夹着备课本，拿着粉笔走进教室。他有了自己的生活道路。但是，因为学校支部书记要完成抓右派的指标，就又把他推到父亲那一边去。好像肉体上的血缘关系必然决定阶级的传宗接代，他又成了资产阶级一分子。过去，资产阶级遗弃了他，只给他留下了一个履历表上的"资产"，后来，人们又遗弃了他，却给他头上戴了一顶资产阶级右派的帽子。他成了被所有的人都遗弃了的人，流放到这个偏僻的农场来劳教。

一匹马吃完了面前的干草，顺着马槽向他这边挪动过来。它尽着缰绳所能达到的距离，把嘴伸到他头边。他感到一股温暖的鼻息喷在他的脸上。他看见一匹棕色马掀动着肥厚的嘴唇在他头边寻找槽底的稻粒。一会儿，棕色马也发现了他。但它并不惊惧，反而侧过头来用湿漉漉的鼻子嗅他的头，用软乎乎的嘴唇擦他的脸。这阵抚慰使他的心颤抖了。他突然抱着长长的、瘦骨嶙峋的马头痛哭失声，把眼泪抹在它棕色的鬃毛上。然后，他跪爬在马槽里，拼命地把槽底的稻粒扒在一起，堆在棕色马面前。

啊，父亲，那时你在哪里？

三

现在，这个父亲终于回来了！

这不是梦，父亲就睡在他隔壁；这不是梦，他自己也的的确确是睡在一张柔软的席梦思床上。他摸着身下的床垫，和那硬梆梆的木头马槽多么不同！月光透过薄纱窗帷，在地毯上、沙发上、床上投下一块块边缘模糊的菱形方格。在朦胧的月光中，这一天获得的印象这时又鲜明地呈现了出来，而他所得到的总的感觉，则是他完全不适应、不习惯这一切。父亲回来了，但这却是一个全然陌生的人。父亲的回来不过是勾引起他痛苦的回忆，打破了他的平静而已。

尽管已到秋天，但房间里好像越来越闷热。他索性掀开毛毯，翻身坐起来，扭亮台灯，用漠然的眼光环顾四周。最后，他的目光落在自己的躯体上。他看到肌肉突起的胳膊，看到静脉曲张的小腿肚，看到趾头分得很开的双脚，看到手掌、脚跟上发黄的茧子，他想起了下午父亲对他的谈话。

下午，喝完咖啡，父亲支使开密司宋，对他谈到公司在海外的发展，谈到他的几个异母弟的无能，谈到对他和故土的思念。

"……有你在身边，我能得到一点安慰。"父亲说，"三十年前的事，我后来越来越觉着不安。我知道大陆上讲究家庭出身，老搞阶级斗争，你的日子不会好过，甚至以为你已经不在了，心里总是惦记你。你小时候的模样经常在我脑子里出现。尤其是你生下来，你爷爷为你在南京外交部旁边的华侨招待所设汤饼筵的那天，你在奶妈怀里的样子我记得清清楚楚，就像是昨天一样。那天，申新的荣家、先施的郭家、华纺的刘家、英美烟草公司的郑家都从上海来了人。你知道，你是我们家的长房长孙……"

现在，当他在罩着淡绿色灯罩的灯光下，看着自己裸露着的强健的肌体的时候，他突然获得了一个极其新奇的印象。因为他还是第一次从父亲口里听到他记忆的史前时期——他儿时的情景，于是，过去的自己和现在的自己在脑海中形成了一个非常鲜明的对比。终于，他发现了他们父子之间隔膜的真正所在：他这个钟鸣鼎食之家的长房长孙，曾经裹在锦缎的褓褓中，在红灯绿酒之间被京沪一带工商界大亨和他们的太太啧啧称赞的人，已经变成了一个名副其实的劳动者了！而在这两端之间的全部过程，是糅合着那么多痛苦和欢欣的平凡的劳动！

他解除劳教以后，因为无家可归，于是被留在农场放马，成了一名放牧员。

清晨，太阳刚从杨树林的梢上冒头，银白色的露珠还在草地上闪闪发光，他就把栅栏打开。牲口用肚皮抗着肚皮，用臀部抗着臀部争先恐后地往草场跑。土百灵和呱呱鸡发出快乐的和惊慌的叫声从草丛中窜出。它们展开翅膀，斜掠过马背，像箭一样地向杨树林射去。他骑在马上，在被马群踏出一道道深绿色痕迹的草场上驰骋，就像一下子扑到大自然的怀抱里一样。

草场上有一片沼泽，长满细密的芦苇。牲口分散在芦苇丛中，用它们阔大而灵活的嘴唇揽着嫩草。在沼泽外面，只听见它们不停的喷鼻声和哗哗的蹚水声。他在土堆的斜坡上躺下，仰望天空，雪白的云朵像人生一样变化无穷。风擦过草尖，擦过沼泽的水面吹来，带着清新的湿润，带着马汗的气味，带着大自然的呼吸，从头到脚摩挲遍他的全身，给了他一种极其亲切的抚慰。他伸开手臂，把头偏向胳肢窝，他能闻到自己的汗味，能闻到自己生命的气息和大自然的气息混在一起。这种心悦神怡的感觉是非常美妙的。它能引起他无边的遐想，认为自己已经融化在旷野的风中；到处都有他，而他却又失去了自己的独特性。他的消沉，他的悲怆，他对命运的委屈情绪也随着消失，而代之以对生命和自然的热爱。

中午，马匹一头头从芦苇丛中蹒出来，带着滚圆的肚皮，抖擞着鬃毛，甩动着尾巴驱赶马虻和牛蝇。它们信赖地、亲昵地聚在他周围，用和善的大眼睛望着它们的牧人。有时，长着白色花斑的七号马会绕过几头瘦乏的牲口，悄悄地蹓到瘸腿的一百号旁边，用乍着稀疏胡须的嘴唇掀动它、戏弄它。一百号也不示弱，调过屁股，用本来就没有着地的瘸腿使劲地向后一弹。七号马急速躲开，高昂起头，像一个顽皮的孩子玩丢手帕的游戏一样，在马群中转来转去，溅起闪着银光的水花。每在这个时候，他就要拿起长鞭，严厉地吆喝几声。于是，所有的马都会竖起耳朵，并向七号马投去责怪的眼光。七号马也安静下来，像一个受了呵斥的小学生似的，站在水深到膝的沼泽里，掀起嘴唇，无聊地锉着长长的门牙。这时，他会感到他不是生活在一群牲口中间，而是像童话里的王子，在他身边的是一群通灵的神物。

在正午的阳光下，远方，云影在山脚下缓缓地移动；沼泽里，一种叫"水牛"的水鸟也感到了炎热，开始用嘴对着芦根咕咕地鸣叫。这里，不仅有风吹草低见牛羊的苍茫，而且有青山绿水的纤丽。祖国，这样一个抽象的概念，会浓缩在这个有限的空间，显出他全部瑰丽的形体。他感到了满足：生命，毕竟是美好的！大自然和劳动，给予了他许多在课堂里得不到的东西。

有时，阵雨会向草场扑来。它先在山坡上垂下透明的、像黑纱织成的帷幕一样的雨脚，把灿烂的阳光变成悦目的金黄色，洒在广阔的草原上。然后，雨脚慢慢地随风飘拂，向山坡下移动过来。不一会儿，豆大的雨点就斜射下来了，整个草原就腾起一阵白朦朦的烟雾。在这之前，他必须把马群赶到林带里去。他骑在马上，拿着长鞭，迎着雨头风，敞开像翅膀一样的衣襟，在马群周围奔驰，呵叱和指挥离群的马儿。于是，他会感到自己躯体里充满着热腾腾的力量，他不是渺小的和无用的；在和风、和雨、和集结起来的蚊蚋的搏斗中，他逐渐恢复了对自己的信心。

各队的放牧员只有在这种时候才能聚在一起。为他们避雨而设的窝棚，就像一叶扁舟似的停泊在白朦朦的雨雾中。窝棚里凉爽潮湿，弥漫着劣质烟草的青烟。他听着放牧员们诙谐的对话和粗野的戏谑，惊奇他们并没有他那么复杂的感情，和对劳动、对生活的那些敏感的新体验。原来他们本来就是朴实的，单纯的；生活虽然艰苦，但始终是愉快而满足的。他开始羡慕他们。

有一次，一个六十多岁的老放牧员问他："人说你是右派，啥叫右派？"

他羞愧地低下头，讷讷地说："右派……右派就是犯了错误的人。"

"右派就是五七年那阵子说了点实话的人。"七队的放牧员说，"那一年，整的是读书人。"七队的放牧员是个心直口快的汉子，平时爱开玩笑，人们都叫他"郭蹁子"。

"说实话叫啥'犯错误'，要都不说实话，天下就乱套了。"老放牧员抽着烟锅，沉思地说，"话可说回来，还是劳动好，别当干部。我快七十的人了，眼不花、耳不聋、腰不弯、吃炒豆子嘎嘣嘎嘣的……"

"所以你下辈子还得劳动！""郭蹁子"笑着打断他的话。

"下辈子劳动有啥不好？"老放牧员郑重地说，"离了劳动，人都活不成，当官的当不成，念书的也念不成……"

这种简短的、朴拙的、断断续续的话语，经常会像阵雨过后的彩虹一样，在他心上激起一种美好的感情，使他渴望回到平凡的质朴中去，像他们一样获得那种愉快的满足。

在长期的体力劳动中，在人和自然不断地进行物质变换当中，他逐渐获得了一种固定的生活习惯。习惯顽强地按照自己的模式来塑造他。久而久之，过去的一切就隐褪成了一场模糊的梦，又好似是从书上读到的关于别人的故事。他的记忆，也被这种固定的生活习惯和与前截然不同的生活方式拦腰折断了。那在大城市里的生活变得虚幻起来，只有现在这一切才是实实在在的。最后，他就变成了适合于在这块土地上生活，而且也只能在这块土地上生活的人：他成了一名真正的放牧员！

到了"文化大革命"开始的那一年，人们也早已忘掉了他的过去，只是到了狂热阶段，才有人想起他还是个右派，需要把他拉出来示众一番。可是，这时几个队的放牧员聚在窝棚里经过一番商量，一口咬定坡下的草情不好，跟场部招呼了一声，唿啦一下把牲口都赶到山坡上去。他当然得跟着去，因为没有一个革命群众愿意放弃革命，来顶替他这个好几个月不能回家的差使。放牧员们帮他把简单的行李往马背上一搭，骑上马，晃悠晃悠地离开了闹腾腾的是非之地。上了大路，放牧员们欢快地叫喊着："去啵！咱们上山去，管他们妈嫁给谁！"他们此起彼伏地吹起尖厉的口哨，不断地发出短促的吆喝声，得得的马蹄在大路上扬起团团黄色的尘雾。远方，就是像翡翠一样晶莹闪光的山坡草场……这一天，他永远当作一种极其特殊的温情，是那样深刻地留在他的记忆里。

这里有他的痛苦，也有他的欢乐，有他对人生各个方面的体验，而他的欢乐离开了和痛苦的对比，则会变得黯然失色，毫无价值。

去年春天，他突然从山上的草场被叫回场部。他拿着草帽惴惴不安地走进挂着"政治处"牌子的办公室。董副主任对他宣读了一个文件，然后告诉他，过去把他错划成了右派，现在给他改正过来了，还要安排他到农场学校教书。董副主任的面孔庄重得毫无表情。一只早来的苍蝇在办公室嗡嗡地飞来飞去，一会儿停在墙壁上，一会儿停在档案柜上。董副主任的眼睛随它转来转去，手里捏着本杂志跃跃欲试。

"你去吧，到隔壁房里找潘干事拿调令，明天到学校报到。"苍蝇终于落在办公桌上，杂志"啪"地一下，但苍蝇却狡猾地飞跑了，董副主任又失望地坐在椅子上。"以后可要好好干了，再不能犯错误了，唉！"

他被这突然来临的事震动了，以致就像受到电击一般，精神处在半痴半呆的状态之中。在认识上，他并不能完全理解这次改正在国家政治生活中的意义和对他本人生活的根本性改变；他过去甚至也没有敢想象有这样一天。但是在直觉上，他的幸福感在不断地增长。一种纯然的快乐情绪就像酒精在血管里一样，开始把半痴半呆转化成兴奋的晕眩。先是他的喉咙发干，然后全身轻微地颤抖，最后眼泪不能遏止地往外汹涌，并且从胸腔里发出一阵低沉的、像山谷里的回音一样的哭声。这副情景，使庄重得毫无表情的董副主任也感动了，竟向他伸出手来。他两手捧着董副主任的手，这时，才开始对未来有了一个朦胧的希望。

从此以后，他又穿上了蓝布制服，夹着备课本，拿着粉笔走进教室，重续了二十二年前那个美丽的梦。农场的职工都不富裕，孩子们大都穿得破破烂烂，教室里混合着汗味、尘土味和干燥的阳光味。孩子们在简陋的课桌后面瞪大了天真的眼睛惊异地瞧着他，想不到一个放牲口的人成了他们的老师。可是不久，他就使孩子们信服了。他并没有做出什么特殊的贡献；他甚至还没有敢想象他就是在为社会主义服务，为"四化"服务，他认为那是英雄们的业绩。他只是在自己的岗位上兢兢业业地尽到了他的责任。然而，就是这样，他也受到了孩子们的尊敬。临来北京的那个早晨，他看见孩子们一伙一伙地站在上学的小路上望着他乘坐的马车。大概他们也听说他找到了在外国的爸爸，要跟有钱的爸爸出国了吧。他们一个个都压抑着惜别的冲动，带着沮丧的神情，默默地目送他的马车过了军垦桥，过了白杨树林，消失在荒地的那边……

有时，放牧员们还会从十几里外来看他。那位老放牧员现在已经八十出头了，腿脚依然强健。他坐在炕上，捧起一本《现代汉语词典》摩挲着："还是有学问的人能，看这么厚的书，这怕要看一辈子哩！""这是字典，是查字的，""郭蹁子"告诉他，"你真是，活糊涂了！""是呀，活了一辈子，当了一辈子睁眼瞎，看电影连个名字都不认得，光看个人影儿动弹。"放牧员们感叹着，在这崭新的时代里产生了对文化的需求。"干啥都得有文化。上次我给牲口拿药，差点把外用的喂了牲口。""郭蹁子"说，"'老右'，你可是从咱们堆里出来的。咱们这些人完了，咱们的孩子可托咐你了……""是呀，"老放牧员说，"你要是教得我那小孙孙能看这么厚的书本本子，也不负咱们穷哥们在草场上滚出来的交情……"

这些毫无文采的语言，非常形象地说明了他工作的意义，使他对未来的希望更加明确起来。他在他们身上闻到马汗味，闻到汁水饱满的青草味，闻到浓烈的大自然的气息；他们给他带来那么熟悉的、亲切的感觉，和跟父亲与密司宋在一起时所有的那种压抑感迥然不同。

他在他们眼里，在学生们眼里，在和他一起工作的同志们眼里看到了自己的价值。有什么能比在别人眼里看到自己的价值更宝贵、更幸福呢？

【作家简介】

张贤亮（1936—2014），祖籍江苏盱眙，20世纪50年代初即开始文学创作。代表作品有《灵与肉》《邢老汉和狗的故事》《绿化树》《浪漫的黑炮》《男人的一半是女人》等。

【文本赏析】

《灵与肉》在张贤亮的文学创作中占有十分重要的地位，这不仅是因为这篇小说曾获得1980年的全国优秀短篇小说奖，给作家带来了文坛声誉，更是因为《灵与肉》是对当时占主流的"伤痕文学"创作理念的超越与发展，自此以后，张贤亮就从"伤痕文学"的束缚中脱颖而出，一举进入了更为广阔的创作领域。《灵与肉》能够获奖，并受到广大读者的欢迎，其根本原因就在于这部作品中真实的人道主义情感打动了读者。从文学创新的意义上讲，张贤亮的《灵与肉》超越并发展了新时期的"伤痕文学"理念，开启了新时期文学对人生价值与人格尊严的追寻，作品对人的存在价值进行哲理性反思，具有鲜见的思想深度。小说描写资产阶级家庭出身的许灵均从小被父亲遗弃，1957年被打成"右派"，受到不公正待遇，成为牧马人的许灵均在劳动中、在农场群众的关心和照顾下，逐渐摆脱了消极情绪；在乡亲们的撮合下，他与四川逃荒来的李秀芝结婚成家；在与劳动者的长期接触中，他感受到了生活的美和劳动的美；在灵与肉的磨难中，他的精神境界通过劳动最终得以升华。《灵与肉》的独特之处在于：当回首往事时，昨天那些可以想见并且众所周知的不幸似乎成为不值得多提的噩梦，而来自底层劳动人民的理解和温暖，才是永驻心田的春风。尤其是当这种情感强大到足以使许灵均在唾手可得的优裕物质生活面前作出不一样的抉择时，历史和现实的联系不再是抽象的而是具体的了。一个蒙冤受难者形象从人们的眼帘中淡出，而一个"艰难困苦，玉汝于成"的"牧马人"形象进入了读者的视野。作为亲身领略过错误处理和艰辛生活滋味的作者，是不会淡忘痛苦更不会去欣赏痛苦的，他只是从"蚌病成珠"这个角度，将不幸不仅仅作为不幸，也作为可能孕育出某些始料不及之结果的一种契机来写。小说给人的哲理性思考："艰苦的道路并不会白白走过"，在这一过程中带给人的美的享受是由普通劳动人民的精神美质、自由生存的可贵和劳动的价值交织而成的。

【课程思政】

张贤亮说："《灵与肉》是一支赞美劳动，特别是体力劳动、体力劳动者的颂歌"（张贤亮《牧马人的灵与肉》，《张贤亮选集》第1卷，百花文艺出版社，1995年版）。

《灵与肉》展示出普通人身上真善美的光辉，并用深沉的笔触挖掘出深刻的生活哲理，歌颂了劳动者的质朴、纯真，抒发了对祖国、对民族的深情。教师应引领学生深刻体会中华民族的坚韧性和对生活的挚爱。

【批评家的话】

张贤亮的小说是和读者交心的。他也暴露，也控诉，也写"伤痕"，但它不同于一般流行的"伤痕文学"。他的思想更深沉，技法更圆熟，描摹更真切，境界更加忧愤深广。……张贤亮的小说，没有一篇像《灵与肉》这样开阔，也没有一篇像《灵与肉》这样踏实。……许灵均没有走，是因为他爱他的土地和人民。

——阎纲《〈灵与肉〉和张贤亮》（《朔方》1981年第1期）

张贤亮的短篇小说《灵与肉》在《朔方》发表以后，引起了读者和文艺界的普遍注意。这篇作品写得很美，很感人，字里行间洋溢着一种热爱祖国、热爱乡土的深情。

——何西来《劳动者的爱国深情——赞美张贤亮的短篇小说〈灵与肉〉》（《人民日报》1981年2月11日）

【延伸阅读】

《邢老汉和狗的故事》《肖尔布拉克》《绿化树》《男人的一半是女人》

【拓展与思考】

张贤亮说，《灵与肉》就是要表现"痛苦中的欢乐，伤痕上的美"，对此你怎样理解？

第三十二讲　余　华

【篇目】

许三观卖血记（节选）

第二十八章

　　许三观让二乐躺在家里的床上，让三乐守在二乐的身旁，然后他背上一个蓝底白花的包裹，胸前的口袋里放着两元三角钱，出门去了轮船码头。

　　他要去的地方是上海，路上要经过林浦、北荡、西塘、百里、通元、松林、大桥、安昌门、靖安、黄店、虎头桥、三环洞、七里堡、黄湾、柳村、长宁、新镇。其中林浦、百里、松林、黄店、七里堡、长宁是县城，他要在这六个地方上岸卖血，他要一路卖着血去上海。

　　这一天中午的时候，许三观来到了林浦，他沿着那条穿过城镇的小河走过去，他看到林浦的房屋从河两岸伸出来，一直伸到河水里。这时的许三观解开棉袄的纽扣，让冬天温暖的阳光照在胸前，于是他被岁月晒黑的胸口，又被寒风吹得通红。他看到一处石阶以后，就走了下去，在河水边坐下。河的两边泊满了船只，只有他坐着的石阶这里没有停泊。不久前林浦也下了一场大雪，许三观看到身旁的石缝里镶着没有融化的积雪，在阳光里闪闪发亮。从河边的窗户看进去，他看到林浦的居民都在吃着午饭，蒸腾的热气使窗户上的玻璃白茫茫的一片。

　　他从包裹里拿出了一只碗，将河面上的水刮到一旁，舀起一碗下面的河水，他看到林浦的河水在碗里有些发绿，他喝了一口，冰冷刺骨的河水进入胃里时，使他浑身哆嗦。他用手抹了抹嘴巴后，仰起脖子一口将碗里的水全部喝了下去，然后他双手抱住自己猛烈地抖动了几下。过了一会儿，觉得胃里的温暖慢慢地回来了，他再舀起一碗河水，再次一口喝了下去，接着他再次抱住自己抖动起来。

　　坐在河边窗前吃着热气腾腾午饭的林浦居民，注意到了许三观。他们打开窗户，把身体探出来，看着这个年近五十的男人，一个人坐在石阶最下面的那一层上，一碗一碗地喝着冬天寒冷的河水，然后一次一次地在那里哆嗦，他们就说：

　　"你是谁？你是从哪里来的？没见过像你这么口渴的人，你为什么要喝河里的冷水，现在是冬天，你会把自己的身体喝坏的。你上来吧，到我们家里来喝，我们有烧开的热水，我们还有茶叶，我们给你沏上一壶茶水……"

许三观抬起头对他们笑道：

"不麻烦你们了，你们都是好心人，我不麻烦你们，我要喝的水太多，我就喝这河里的水……"

他们说："我们家里有的是水，不怕你喝，你要是喝一壶不够，我们就让你喝两壶、三壶……"

许三观拿着碗站了起来，他看到近旁的几户人家都在窗口邀请他，就对他们说：

"我就不喝你们的茶水了，你们给我一点盐，我已经喝了四碗水了，这水太冷，我有点喝不下去了，你们给我一点盐，我吃了盐就会又想喝水了。"

他们听了这话觉得很奇怪，他们问：

"你为什么要吃盐？你要是喝不下去了，你就不会口渴。"

许三观说："我没有口渴，我喝水不是口渴……"

他们中间一些人笑了起来，有人说：

"你不口渴，为什么还要喝这么多的水？你喝的还是河里的冷水，你喝这么多河水，到了晚上会肚子疼……"

许三观站在那里，抬着头对他们说：

"你们都是好心人，我就告诉你们，我喝水是为了卖血……"

"卖血？"他们说，"卖血为什么要喝水？"

"多喝水，身上的血就会多起来，身上的血多了，就可以卖掉它两碗。"

许三观说着举起手里的碗拍了拍，然后他笑了起来，脸上的皱纹堆到了一起。他们又问：

"你为什么要卖血？"

许三观回答："一乐病了，病得很重，是肝炎，已经送到上海的大医院去了……"

有人打断他："一乐是谁？"

"我儿子，"许三观说，"他病得很重，只有上海的大医院能治。家里没钱，我就出来卖血。我一路卖过去，卖到上海时，一乐治病的钱就会有了。"

许三观说到这里，流出了眼泪，他流着眼泪对他们微笑。他们听了这话都怔住了，看着许三观不再说话。许三观向他们伸出了手，对他们说：

"你们都是好心人，你们能不能给我一点盐？"

他们都点起了头，过了一会儿，有几个人给他送来了盐，都是用纸包着的，还有人给他送来了三壶热茶。许三观看着盐和热茶，对他们说：

"这么多盐，我吃不了，其实有了茶水，没有盐我也能喝下去。"

他们说："盐吃不了你就带上，你下次卖血时还用得上。茶水你现在就喝了，你趁热喝下去。"

许三观对他们点点头，把盐放到口袋里，坐回到刚才的石阶上，他这次舀了半碗河水，接着拿起一只茶壶，把里面的热茶水倒在碗里，倒满就一口喝了下去，他抹了抹嘴巴说：

"这茶水真是香。"

许三观接下去又喝了三碗，他们说：

"你真能喝啊。"

许三观不好意思地笑了笑，他站起来说：

"其实我是逼着自己喝下去的。"

然后他看看放在石阶上的三只茶壶，对他们说：

"我要走了，可是我不知道这三只茶壶是谁家的，我不知道应该还给谁？"

他们说："你就走吧，茶壶我们自己会拿的。"

许三观点点头，他向两边房屋窗口的人，还有站在石阶上的人鞠了躬，他说：

"你们对我这么好，我也没什么能报答你们的，我只有给你们鞠躬了。"

然后，许三观来到了林浦的医院，医院的供血室是在门诊部走廊的尽头，一个和李血头差不多年纪的男人坐在一张桌子旁，他的一条胳膊放在桌子上，眼睛看着对面没有门的厕所。许三观看到他穿着的白大褂和李血头的一样脏，许三观就对他说：

"我知道你是这里的血头，你白大褂的胸前和袖管上黑乎乎的，你胸前黑是因为你经常靠在桌子上，袖管黑是你的两条胳膊经常放在桌子上，你和我们那里的李血头一样，我还知道你白大褂的屁股上也是黑乎乎的，你的屁股天天坐在凳子上……"

许三观在林浦的医院卖了血，又在林浦的饭店里吃了一盘炒猪肝，喝了二两黄酒。接下去他走在了林浦的街道上，冬天的寒风吹在他脸上，又灌到了脖子里，他开始知道寒冷了，他觉得棉袄里的身体一下子变冷了，他知道这是卖了血的缘故，他把身上的热气卖掉了。他感到风正从胸口滑下去，一直到腹部，使他肚子里一阵阵抽搐。他就捏紧了胸口的衣领，两只手都捏在那里，那样子就像是拉着自己在往前走。

阳光照耀着林浦的街道，许三观身体哆嗦着走在阳光里。他走过了一条街道，来到了另一条街道上，他看到有几个年轻人靠在一堵洒满阳光的墙壁上，眯着眼睛站在那里晒太阳，他们的手都插在袖管里，他们声音响亮地说着，喊着，笑着。许三观在他们面前站了一会儿，就走到了他们中间，也靠在墙上；阳光照着他，也使他眯起了眼睛。他看到他们都扭过头来看他，他就对他们说：

"这里暖和，这里的风小多了。"

他们点了点头，他们看到许三观缩成一团靠在墙上，两只手还紧紧抓住衣领，他们互相之间轻声说：

"看到他的手了吗？把自己的衣领抓得这么紧，像是有人要用绳子勒死他、他拼命抓住绳子似的，是不是？"

许三观听到了他们的话，就笑着对他们说：

"我是怕冷风从这里进去。"

许三观说着腾出一只手指了指自己的衣领，继续说：

"这里就像是你们家的窗户，你们家的窗户到了冬天都关上了吧？冬天要是开着窗户，在家里的人会冻坏的。"

他们听了这话哈哈笑起来，笑过之后他们说：

"没见过像你这么怕冷的人，我们都听到你的牙齿在嘴巴里打架了。你还穿着这么厚的棉袄，你看看我们，我们谁都没穿棉袄，我们的衣领都敞开着……"

许三观说："我刚才也敞开着衣领，我刚才还坐在河边喝了八碗河里的冷水……"

他们说："你是不是发烧了？"

许三观说："我没有发烧。"

他们说："你没有发烧？那你为什么说胡话？"

许三观说："我没有说胡话。"

他们说："你肯定发烧了，你是不是觉得很冷？"

许三观点点头说："是的。"

"那你就是发烧了。"他们说，"人发烧了就会觉得冷，你摸摸自己的额头，你的额头肯定很烫。"

许三观看着他们笑，他说："我没有发烧，我就是觉得冷，我觉得冷是因为我卖……"

他们打断他的话："觉得冷就是发烧，你摸摸额头。"

许三观还是看着他们笑，没有伸手去摸额头，他们催他：

"你快摸一下额头，摸一下你就知道了，摸一下额头又不费什么力气，你为什么不把手抬起来？"

许三观抬起手来，去摸自己的额头，他们看着他，问他：

"是不是很烫？"

许三观摇摇头："我不知道，我摸不出来，我的额头和我的手一样冷。"

"我来摸一摸。"

有一个人说着走过来，把手放了许三观的额头上，他对他们说：

"他的额头是很冷。"

另一个人说："你的手刚从袖管里拿出来，你的手热乎乎的，你用你自己的额头去试试。"

那个人就把自己的额头贴到许三观的额头上，贴了一会后，他转过身来摸着自己的额头，对他们说：

"是不是我发烧了？我比他烫多了。"

接着那个人对他们说："你们来试试。"

他们就一个一个走过来，一个挨着一个贴了贴许三观的额头，最后他们同意许三观的话，他们对他说：

"你说得对，你没有发烧，是我们发烧了。"

他们围着他哈哈大笑起来，他们笑了一阵后，有一个人吹起了口哨，另外几个人也吹起了口哨，他们吹着口哨走开了。许三观看着他们走去，直到他们走远了，看不见了，他们的口哨也听不到了。许三观这时候一个人笑了起来，他在墙根的一块石头上坐下来，他的周围都是阳光，他觉得自己身体比刚才暖和一些了，而抓住衣领的两只手已经冻麻了，他就把手放下来，插到了袖管里。

许三观从林浦坐船到了北荡，又从北荡到了西塘，然后他来到了百里。许三观这时离家已经有三天了，三天前他在林浦卖了血，现在他又要去百里的医院卖血了。在百里，他走在河边的街道上，他看到百里没有融化的积雪在街道两旁和泥浆一样肮脏了，百里的寒风吹在他的脸上，使他觉得自己的脸被吹得又干又硬，像是挂在屋檐下的鱼干。他棉袄的口袋里插着一只喝水的碗，手里拿着一包盐，他吃着盐往前走，嘴里吃咸了，就下到河边的石阶上，舀两碗冰冷的河水喝下去，然后回到街道上，继续吃着盐走去。

这一天下午，许三现在百里的医院卖了血以后，刚刚走到街上，还没有走到医院对面那家饭店，还没有吃下去一盘炒猪肝，喝下去二两黄酒，他就走不动了。他双手抱住自己，在街道中间抖成一团，他的两条腿就像是狂风中的枯枝一样，剧烈地抖着，然后枯枝折断似的，他的两条腿一弯，他的身体倒在了地上。

在街上的人不知道他患了什么病，他们问他，他的嘴巴哆嗦着说不清楚，他们就说把他往医院里送，他们说：好在医院就在对面，走几步路就到了。有人把他背到了肩上，要到医院去，这时候他口齿清楚了，他连着说：

"不、不、不，不去……"

他们说："你病了，你病得很重，我们这辈子都没见过像你这么乱抖的人，我们要把你送到医院去……"

他还是说："不、不、不……"

他们就问他："你告诉我们，你患了什么病？你是急性的病，还是慢性的？要是急性的病，我们一定要把你送到医院去……"

他们看到他的嘴巴胡乱地动了起来，他说了些什么，他们谁也听不懂，他们问他们：

"他在说些什么？"

他们回答："不知道他在说些什么，别管他说什么了，快把他往医院里送吧。"

这时候他又把话说清楚了，他说：

"我没病。"

他们都听到了这三个字，他们说：

"他说他没有病，没有病怎么还这样乱抖？"

他说："我冷。"

这一次他们也听清楚了，他们说：

"他说他冷，他是不是有冷热病？要是冷热病，送医院也没有用，就把他送到旅馆去，听他的口音是外地人……"

许三观听说他们要把他送到旅馆，他就不再说什么了，让他们把他背到了最近的一家旅馆。他们把他放在了一张床上，那间房里有四张床位，他们就把四条棉被全盖在他的身上。

许三观躺在四条棉被下面，仍然哆嗦不止，躺了一会，他们问：

"身体暖和过来了吧？"

许三观摇了摇头，他上面盖了四条棉被，他们觉得他的头像是隔得很远似的，他们看到他摇头，就说：

"你盖了四条被子还冷，就肯定是冷热病了，这种病一发作，别说是四条被子，就是十条都没用，这不是外面冷了，是你身体里面在冷，这时候你要是吃点东西，就会觉得暖和一些。"

他们说完这话，看到许三观身上的被子一动一动的，过了一会，许三观的一只手从被子里伸了出来，手上捏着一张一角钱的钞票。许三观对他们说：

"我想吃面条。"

他们就去给他买了一碗面条回来，又帮着他把面条吃了下去。许三观吃了一碗面条，觉得身上有些暖和了，再过了一会儿，他说话也有了力气。许三观就说他用不着四条被子了，他说：

"求你们拿掉两条，我被压得喘不过气来了。"

这天晚上，许三观和一个年过六十的男人住在一起，那人来的时候天已经黑了，他穿着破烂的棉袄，黝黑的脸上有几道被冬天的寒风吹裂的口子，他怀里抱着两头猪崽子走进来，许三观看着他把两头小猪放到床上，小猪吱吱地叫，声音听上去又尖又细，小猪的脚被绳子绑着，身体就在床上抖动，他对它们说：

"睡了，睡了，睡觉了。"

说着他把被子盖在了两头小猪的身上。自己在床的另一头钻到了被窝里。他躺下后看到许三观正看着自己，就对许三观说：

"现在半夜里太冷，会把小猪冻坏的，它们就和我睡一个被窝。"

看到许三观点了点头，他嘿嘿地笑了，他告诉许三观，他家在北荡的乡下，他有两个女儿，三个儿子，两个女儿都嫁了男人，三个儿子还没有娶女人，他还有两个外孙子。他到百里来，是来把这两头小猪卖掉，他说：

"百里的价格好，能多卖钱。"

最后他说："我今年六十四岁了。"

"看不出来。"许三观说，"六十四岁了，身体还这么硬朗。"

听了这话，他又是嘿嘿笑了一会儿，他说：

"我眼睛很好，耳朵也听得清楚，身体没有毛病，就是力气比年轻时少了一些，我天天下到田里干活，我干的活和我三个儿子一样多，就是力气不如他们，累了腰会疼……"

他看到许三观盖了两条被子，就对许三观说：

"你是不是病了？你盖了两条被子，我看到你还在哆嗦……"

许三观说："我没病，我就是觉得冷。"

他说："那张床上还有一条被子，要不要我替你盖上？"

许三观摇摇头，"不要了，我现在好多了，我下午刚卖了血的时候，我才真是冷，现在好多了。"

"你卖血了？"他说："我以前也卖过血，我家老三，就是我的小儿子，十岁的时候动手术，动手术时要给他输血，我就把自己的血卖给了医院，医院又把我的血给了我家老三。卖了血以后就是觉得力气少了很多……"

许三观点点头，他说：

"卖一次、两次的，也就是觉得力气少了一些，要是连着卖血，身上的热气也会跟着少起来，人就觉得冷……"

许三观说着把手从被窝里伸出去，向他伸出三根指头说：

"我三个月卖了三次，每次都卖掉两碗，用他们医院里的话说是四百毫升，我就把身上的力气卖光了，只剩下热气了，前天我在林浦卖了两碗，今天我又卖了两碗，就把剩下的热气也卖掉了……"

许三观说到这里，停了下来，呼呼地喘起了气。来自北荡乡下的那个老头对他说：

"你这么连着去卖血，会不会把命卖掉了？"

许三观说："隔上几天，我到了松林还要去卖血。"

那个老头说："你先是把力气卖掉，又把热气也卖掉，剩下的只有命了，你要是再卖血，你就是卖命了。"

"就是把命卖掉了，我也要去卖血。"

许三观对那个老头说："我儿子得了肝炎，在上海的医院里，我得赶紧把钱筹够了送去，我要是歇上几个月再卖血，我儿子就没钱治病了……"

许三观说到这里休息了一会儿，然后又说：

"我快活到五十岁了，做人是什么滋味，我也全知道了，我就是死了也可以说是赚了。我儿子才只有二十一岁，他还没有好好做人呢，他连个女人都没有娶，他还没有做过人，他要是死了，那就太吃亏了……"

那个老头听了许三观这番话，连连点头，他说：

"你说得也对，到了我们这把年纪，做人已经做全了……"

这时候那两头小猪吱吱地叫上了，那个老头对许三观说：

"我的脚刚才碰着它们了……"

他看到许三观还在被窝里哆嗦，就说：

"我看你的样子是城里人。你们城里人都爱干净，我们乡下人就没有那么讲究，我是说……"

他停顿了一下后继续说："我是说，如果你不嫌弃，我就把这两头小猪放到你被窝里来，给你暖暖被窝。"

许三观点点头说："我怎么会嫌弃呢？你心肠真是好，你就放一头小猪过来，一头就够了。"

老头就起身抱过去了一头小猪，放在许三观的脚旁。那头小猪已经睡着了，一点声音都没有，许三观把自己冰冷的脚往小猪身上放了放，刚放上去，那头小猪就吱吱地乱叫起来，在许三观的被窝里抖成一团。老头听到了，有些过意不去，他问：

"你这样能睡好吗？"

许三观说："我的脚太冷了，都把它冻醒了。"

老头说："怎么说猪也是畜生，不是人，要是人就好了。"

许三观说："我觉得被窝里有热气了，被窝里暖和多了。"

四天以后，许三观来到了松林，这时候的许三观面黄肌瘦，四肢无力，头晕脑胀，眼睛发昏，耳朵里始终有着嗡嗡的声响，身上的骨头又酸又疼，两条腿迈出去时似乎是在飘动。

松林医院的血头看到站在面前的许三观，没等他把话说完，就挥挥手要他出去，这个血头说：

"你撒泡尿照照自己，你脸上黄得都发灰了，你说话时都要喘气，你还要来卖血，我说你赶紧去输血吧。"

许三观就来到医院外面，他在一个没有风、阳光充足的角落里坐了有两个小时，让阳光在他脸上，在他身上照耀着。当他觉得自己的脸被阳光晒烫了，他起身又来到了医院的供血室，刚才的血头看到他进来，没有把他认出来，对他说：

"你瘦得皮包骨头，刮大风时你要是走在街上，你会被风吹倒的，可是你脸色不错，黑红黑红的，你想卖多少血？"

许三观说："两碗。"

许三观拿出插在口袋里的碗给那个血头看，血头说：

"这两碗放足了能有一斤米饭，能放多少血我就不知道了。"

许三观说："四百毫升。"

血头说："你走到走廊那一头去，到注射室去，让注射室的护士给你抽血……"

一个戴着口罩的护士，在许三观的胳膊上抽出了四百毫升的血以后，看到许三观摇晃着站起来，他刚刚站直了就倒在了地上。护士惊叫了一阵以后，他们把他送到了急诊室，急诊室的医生让他们把他放在床上，医生先是摸摸许三观的额头，又捏住许三观手腕上的脉搏，再翻开许三观的眼皮看了看，最后医生给许三观量血压了，医生看到许三观的血压只有六十和四十，就说：

"给他输血。"

于是许三观刚刚卖掉的四百毫升血，又回到了他的血管里。他们又给他输了三百毫升别人的血以后，他的血压才回升到了一百和六十。

许三观醒来后，发现自己躺在医院里，他吓了一跳，下了床就要往医院外跑，他们拦住他，对他说虽然血压正常了，可他还要在医院里观察一天，因为医生还没有查出来他的病因。许三观对他们说：

"我没有病，我就是卖血卖多了。"

他告诉医生，一个星期前他在林浦卖了血，四天前又在百里卖了血。医生听得目瞪口呆，把他看了一会儿后，嘴里说了一句成语：

"亡命之徒。"

许三观说："我不是亡命之徒，我是为了儿子……"

医生挥挥手说："你出院吧。"

松林的医院收了许三观七百毫升血的钱，再加上急诊室的费用，许三观两次卖血挣来的钱，一次就付了出去。许三观就去找到说他是亡命之徒的那个医生，对他说：

"我卖给你们四百毫升血，你们又卖给我七百毫升血，我自己的血收回来，我也就算了，别人那三百毫升的血我不要，我还给你们，你们收回去。"

医生说："你在说什么？"

许三观说："我要你们收回去三百毫升的血……"

医生说:"你有病……"

许三观说:"我没有病,我就是卖血卖多了觉得冷,现在你们卖给了我七百毫升,差不多有四碗血,我现在一点都不觉得冷了,我倒是觉得热,热得难受,我要还给你们三百毫升血……"

医生指指自己的脑袋说:"我是说你有神经病。"

许三观说:"我没有神经病,我只是要你们把不是我的血收回去……"

许三观看到有人围了上来,就对他们说:

"买卖要讲个公道,我把血卖给他们,他们知道,他们把血卖给我,我一点都不知道……"

那个医生说:"我们是救你命,你都休克了,要是等着让你知道,你就没命了。"

许三观听了这话,点了点头说:

"我知道你们是为了救我,我现在也不是要把七百毫升的血都还给你们,我只要你们把别人的三百毫升血收回去,我许三观都快五十岁了,这辈子没拿过别人的东西……"

许三观说到这里,发现那个医生已经走了,他看到旁边的人听了他的话都哈哈笑,许三观知道他们都是在笑话他,他就不说话了,他在那里站了一会儿,然后他转身走出了松林的医院。

那时候已是傍晚,许三观在松林的街上走了很长时间,一直走到河边,栏杆挡住了他的去路后,他才站住脚。他看到河水被晚霞映得通红,有一行拖船长长地驶了过来,柴油机突突地响着,从他眼前驶了过去,拖船掀起的浪花一层一层地冲向了河岸,在石头砌出来的河岸上响亮地拍打过去。

他这么站了一会,觉得寒冷起来了,就蹲下去靠着一棵树坐了下来。坐了一会儿,他从胸口把所有的钱都拿出来,他数了数,只有三十七元四角钱,他卖了三次血,到头来只有一次的钱,然后他将钱叠好了,放回到胸前的口袋里。这时他觉得委屈了,泪水就流出了眼眶,寒风吹过来,把他的眼泪吹落在地,所以当他伸手去擦眼睛时,没有擦到泪水。他坐了一会儿以后,站起来继续往前走。他想去上海还有很多路,还要经过大桥、安昌门、黄店、虎头桥、三环洞、七里堡、黄湾、柳村、长宁和新镇。

在以后的旅程里,许三观没有去坐客轮,他计算了一下,从松林到上海还要花掉三元六角的船钱,他两次的血白卖了,所以他不能再乱花钱了,他就搭上了一条装满蚕茧的水泥船,摇船的是兄弟两人,一个叫来喜,另一个叫来顺。

许三观是站在河边的石阶上看到他们的,当时来喜拿着竹篙站在船头,来顺在船尾摇着橹,许三观在岸上向他们招手,问他们去什么地方,他们说去七里堡,七里堡有一家丝厂,他们要把蚕茧卖到那里去。

许三观就对他们说："你们和我同路，我要去上海，你们能不能把我捎到七里堡……"

许三观说到这里时，他们的船已经摇过去了，于是许三观在岸上一边追着一边说：

"你们的船再加一个人不会觉得沉的，我上了船能替你们摇橹，三个人换着摇橹，总比两个人换着轻松，我上了船还会交给你们伙食的钱，我和你们一起吃饭，三个人吃饭比两个人吃省钱，也就是多吃两碗米饭，菜还是两个人吃的菜……"

摇船的兄弟二人觉得许三观说得有道理，就将船靠到了岸上，让他上了船。

许三观不会摇橹，他接过来顺手中的橹，才摇了几下，就将橹掉进了河里，在船头的来喜急忙用竹篙将船撑住，来顺扑在船尾，等橹漂过来，伸手抓住它，把橹拿上来以后，来顺指着许三观就骂：

"你说你会摇橹，你他妈的一摇就把橹摇到河里去了，你刚才还说会什么？你说你会这个，又会那个，我们才让你上了船，你刚才说你会摇橹，还会什么来着？"

许三观说："我还说和你们一起吃饭，我说三个人吃比两个人省钱……"

"他妈的。"来顺骂了一声，他说，"吃饭你倒是真会吃。"

在船头的来喜哈哈地笑起来，他对许三观说：

"你就替我们做饭吧。"

许三观就来到船头，船头有一个砖砌的小炉灶，上面放着一只锅，旁边是一捆木柴，许三观就在船头做起了饭。

到了晚上，他们的船靠到岸边，揭开船头一个铁盖，来顺和来喜从盖口钻进了船舱，兄弟两人抱着被子躺了下来，他们躺了一会，看到许三观还在外面，就对他说：

"你快下来睡觉。"

许三观看看下面的船舱，比一张床还小，就说：

"我不挤你们了，我就在外面睡。"

来喜说："眼下是冬天，你在外面睡会冻死的。"

来顺说："你冻死了，我们也倒霉。"

"你下来吧。"来喜又说，"都在一条船上了，就要有福同享。"

许三观觉得外面确实是冷，想到自己到了黄店还要卖血，不能冻病了，他就钻进了船舱，在他们两人中间躺了下来，来喜将被子的一个角拉过去给他，来顺也将被子往他那里扯了扯，许三观就盖着他们两个人的被子，睡在了船舱里。许三观对他们说：

"你们兄弟两人，来喜说出来的话，每一句都比来顺的好听。"

兄弟俩听了许三观的话，都嘿嘿笑了几声，然后两个人的鼾声同时响了起来。许三观被他们挤在中间，他们两个人的肩膀都压着他的肩膀，过了一会他们的腿也架到了他的腿上，再过一会他们的胳膊放到他胸口了。许三观就这样躺着，被两个人压着，他听到河水在船外流动。声音极其清晰，连水珠溅起的声音都能听到，许三观觉得自己就像是睡在河水中间。河水在他的耳旁刷刷地流过去，使他很长时间睡不着，于是他就去想一乐，一乐在上海的医院里不知道怎么样了？他还去想了许玉兰，想了躺在家里的二乐，和守护着二乐的三乐。

许三观在窄小的船舱里睡了几个晚上，就觉得浑身的骨头又酸又疼，白天他就坐在船头，捶着自己的腰，捏着自己的肩膀，还把两条胳膊甩来甩去的。

来喜看到他的样子，就对他说：

"船舱里地方小，你晚上睡不好。"

来顺说："他老了，他身上的骨头都硬了。"

许三观觉得自己是老了，不能和年轻的时候比了，他说：

"来顺说得对，不是船舱地方小，是我老了，我年轻的时候，别说是船舱了，墙缝里我都能睡。"

他们的船一路下去，经过了大桥，经过了安昌门，经过了靖安，下一站就是黄店了。这几天阳光一直照耀着他们，冬天的积雪在两岸的农田里，在两岸农舍的屋顶上时隐时现，农田显得很清闲，很少看到有人在农田里劳作，倒是河边的道路上走着不少人，他们都挑着担子或者挎着篮子，大声说着话走去。

几天下来，许三观和来喜兄弟相处得十分融洽，来喜兄弟告诉许三观，他们运送这一船蚕茧，也就是十来天工夫，能赚六元钱，兄弟俩每人有三元。许三观就对他们说：

"还不如卖血，卖一次血能挣三十五元……"

他说："这身上的血就是井里的水，不会有用完的时候……"

许三观把当初阿方和根龙对他说的话，全说给他们听了，来喜兄弟听完了他的话，问他：

"卖了血以后，身体会不会败掉？"

"不会。"许三观说，"就是两条腿有点发软，就像是刚从女人身上下来似的。"

来喜兄弟嘿嘿地笑，看到他们笑，许三观说：

"你们明白了吧。"

来喜摇摇头，来顺说：

"我们都还没上过女人身体，我们就不知道下来是怎么回事。"

许三观听说他们还没有上过女人身体，也嘿嘿地笑了，笑了一会，他说：

"你们卖一次血就知道了。"

来顺对来喜说："我们去卖一次血吧，把钱挣了，还知道从女人身上下来是怎么回事，这一举两得的好事为什么不做？"

他们到了黄店，来喜兄弟把船绑在岸边的木桩上，就跟着许三观上医院去卖血了。

走在路上，许三观告诉他们：

"人的血有四种，第一种是O，第二种是AB，第三种是A，第四种是B……"

来喜问他："这几个字怎么写？"

许三观说："这都是外国字，我不会写，我只会写第一种O，就是画一个圆圈，我的血就是一个圆圈。"

许三观带着来喜兄弟走在黄店的街上，他们先去找到医院，然后来到河边的石阶上，许三观拿出插在口袋里的碗，把碗给了来喜，对他说：

"卖血以前要多喝水，水喝多了身上的血就淡了，血淡了，你们想想，血是不是就多了？"

来喜点着头接过许三观手里的碗，问许三观：

"要喝多少？"

许三观说："八碗。"

"八碗？"来喜吓了一跳，他说，"八碗喝下去，还不把肚子撑破了。"

许三观说："我都能喝八碗，我都快五十了，你们两个人的年龄加起来还不到我的年龄，你们还喝不了八碗？"

来顺对来喜说："他都能喝八碗，我们还不喝他个九碗十碗的？"

"不行，"许三观说，"最多只能喝八碗，再一多，你们的尿肚子就会破掉，就会和阿方一样……"

他们问："阿方是谁？"

许三观说："你们不认识，你们快喝吧，每人喝一碗，轮流着喝……"

来喜蹲下去舀了一碗河水上来，他刚喝下去一口，就用手捂着胸口叫了起来：

"太冷了，冷得我肚子里都在打抖了。"

来顺说："冬天里的河水肯定很冷，把碗给我，我先喝。"

来顺也是喝了一口后叫了起来：

"不行，不行，太冷了，冷得我受不了。"

许三观这才想起来，还没有给他们吃盐，他从口袋里掏出了盐，递给他们：

"你们先吃盐，先把嘴吃咸了，嘴里一咸，就什么水都能喝了。"

来喜兄弟接过去盐吃了起来，吃了一会，来喜说他能喝水了，就舀起一碗河水，他咕咚咕咚连喝了三口，接着冷得在那里哆嗦了，他说：

"嘴里一咸是能多喝水。"

他接着又喝了几口，将碗里的水喝干净后，把碗交给了来顺，自己抱着肩膀坐在一旁打抖。来顺一下子喝了四口，张着嘴叫唤了一阵子冷什么的，才把碗里剩下的水喝了下去。许三观拿过他手里的碗，对他们说：

"还是我先喝吧，你们看着点，看我是怎么喝的。"

来喜兄弟坐在石阶上，看着许三观先把盐倒在手掌上，然后手掌往张开的嘴里一拍，把盐全拍进了嘴里，他的嘴巴一动一动的，嘴里吃咸了，他就舀起一碗水，一口喝了下去，紧接着又舀起一碗水，也是一口喝干净。他连喝了两碗河水以后，放下碗，又把盐倒在手掌上，然后拍进嘴里。就这样，许三观吃一次盐，喝两碗水，中间都没有哆嗦一下，也不去抹掉挂在嘴边的水珠。当他将第八碗水喝下去后，他才伸手去抹了抹嘴，然后双手抱住自己的肩膀，身体猛烈地抖了几下，接着他连着打了几个嗝，打完嗝，他又连着打了三个喷嚏，打完喷嚏，他转过身来对来喜兄弟说：

"我喝足了，你们喝。"

来喜兄弟都只喝了五碗水，他们说：

"不能喝了，再喝肚子里就要结冰了。"

许三观心想一口吃不成个大胖子，他们第一次就能喝下去五碗冰冷的河水已经不错了，他就站起来，带着他们去医院。到了医院，来喜和来顺先是验血，他们兄弟俩也是O型血，和许三观一样，这使许三观很高兴，他说：

"我们三个人都是圆圈血。"

在黄店的医院卖了血以后，许三观把他们带到了一家在河边的饭店，许三观在靠窗的座位坐下，来喜兄弟坐在他的两边，许三观对他们说：

"别的时候可以省钱，这时候就不能省钱了，你们刚刚卖了血，两条腿是不是发软了？"

许三观看到他们在点头，"从女人身上下来时就是这样，两条腿软了，这时候要吃一盘炒猪肝，喝二两黄酒，猪肝是补血，黄酒是活血……"

许三观说话时身体有些哆嗦，来顺对他说：

"你在哆嗦，你从女人身上下来时除了腿软，是不是还要哆嗦？"

许三观嘿嘿笑了几下，他看着来喜说：

"来顺说得也有道理，我哆嗦是连着卖血……"

许三观说着将两个食指叠到一起，做出一个十字，继续说：

"十天来我卖血卖了四次，就像一天里从女人身上下来四次，这时候就不只是腿软了，这时候人会觉得一阵阵发冷……"

许三观看到饭店的伙计正在走过来，就压低声音说：

"你们都把手放到桌子上面来，不要放在桌子下面，像是从来没有进过饭店似的，要装出经常进饭店喝酒的样子，都把头抬起来，胸膛也挺起来，要做出一副神气活现的样子，点菜时手还要敲着桌子，声音要响亮，这样他们就不敢欺负我们，菜的分量就不会少，酒里面也不会掺水，伙计来了，你们就学着我说话。"

伙计来到他们面前，问他们要什么，许三观这时候不哆嗦了，他两只手的手指敲着桌子说：

"一盘炒猪肝，二两黄酒……"

说到这里他的右手拿起来摇了两下，说：

"黄酒给我温一温。"

伙计说一声知道了，又去问来顺要什么，来顺用拳头敲着桌子，把桌子敲得都摇晃起来，来顺响亮地说：

"一盘炒猪肝，二两黄酒……"

下面该说什么，来顺一下子想不起来了，他去看许三观，许三观扭过头去，看着来喜，这时伙计去问来喜了，来喜倒是用手指在敲着桌子，可是他回答时的声音和来顺一样响亮：

"一盘炒猪肝，二两黄酒……"

下面是什么话，他也忘了，伙计就问他们：

"黄酒要不要温一温？"

来喜兄弟都去看许三观，许三观就再次把右手举起来摇了摇，他神气十足地替这兄弟俩回答：

"当然。"

伙计走开后，许三观低声对他们说：

"我没让你们喊叫，我只是要你们声音响亮一些，你们喊什么？这又不是吵架。来顺，你以后要用手指敲桌子，你用拳头敲，桌子都快被你敲坏了。还有，最后那句话千万不能忘，黄酒一定要温一温，说了这句话，别人一听就知道你们是经常进出饭店的，这句话是最重要的。"

他们吃了炒猪肝，喝了黄河以后，回到了船上，来喜解开缆绳，又用竹篙将船撑离河岸，来顺在船尾摇着橹，将船摇到河的中间，来顺说了声：

"我们要去虎头桥了。"

然后他身体前仰后合地摇起了橹，橹桨发出吱哩吱哩的声响，劈进河水里，又从河水里跃起。许三观坐在船头，坐在来喜的屁股后面，看着来喜手里横着竹篙站着，船来到桥下时，来喜用竹篙撑住桥墩，让船在桥洞里顺利地通过。

这时候已经是下午了，阳光照在身上不再发烫，他们的船摇离黄店时，开始刮风了，风将岸边的芦苇吹得哗啦哗啦响。许三观坐在船头，觉得身上一阵阵地发冷，他双手裹住棉袄，在船头缩成一团。摇橹的来顺就对他说：

"你下到船舱里去吧，你在上面也帮不了我们，你还不如下到船舱里去睡觉。"

来喜也说："你下去吧。"

许三观看到来顺在船尾呼哧呼哧地摇着橹，还不时伸手擦一下脸上的汗水，那样子十分起劲，许三观就对他说：

"你卖了两碗血，力气还这么多，一点都看不出你卖过血了。"

来顺说："刚开始有些腿软，现在我腿一点都不软了，你问问来喜，他腿软不软？"

"早软过啦。"来喜说。

来顺就对来喜说："到了七里堡，我还要去卖掉它两碗血，你卖不卖？"

来喜说："卖，有三十五元钱呢。"

许三观对他们说："你们到底是年轻，我不行了，我老了，我坐在这里浑身发冷，我要下到船舱里去了。"

许三观说着揭开船头的舱盖，钻进了船舱，盖上被子躺在了那里，没有多久，他就睡着了。等他一觉醒来时，天已经黑了，船停靠在了岸边。他从船舱里出来，看到来喜兄弟站在一棵树旁，通过月光，他看到他们两个人正嗨哟嗨哟地叫唤着，他们将一根手臂那么粗的树枝从树上折断下来，折断后他们觉得树枝过长，就把它踩到脚下，再折断它一半，然后拿起粗的那一截，走到船边，来喜将树枝插在地上，握住了，来顺搬来了一块大石头，举起来打下去，打了有五下，将树枝打进了地里，只露出手掌那么长的一截，来喜从船上拉过去缆绳，绑在了树枝上。

他们看到许三观已经站在了船头，就对他说：

"你睡醒了？"

许三观举目四望，四周一片黑暗，只有远处有一些零星的灯火，他问他们：

"这是什么地方？"

来喜说："不知道是什么地方，还没到虎头桥。"

他们在船头生火做饭，做完饭，他们就借着月光，在冬天的寒风里将热气腾腾的饭吃了下去。许三观吃完饭，觉得身上热起来了，他说：

"我现在暖和了，我的手也热了。"

他们三个人躺到了船舱里，许三观还是睡在中间，盖着他们两个人的被子，他们的身体紧贴着他的身体，三个人挤在一起，来喜兄弟很高兴，白天卖血让他们挣了三十五元钱，他们突然觉得挣钱其实很容易，他们告诉许三观，他们以后不摇船了，以后把田地里的活干完后，不再去摇船挣钱了，摇船太苦太累，要挣钱他们就去卖血。来喜说：

"这卖血真是一件好事，挣了钱不说，还能吃上一盘炒猪肝，喝上黄酒，平日里可不敢上饭店去吃这么好吃的炒猪肝。到了七里堡，我们再去卖血。"

"不能卖了，到了七里堡不能再卖了。"许三观摆摆手。

他说："我年轻的时候也这样想，我觉得这身上的血就是一棵摇钱树，没钱了，缺钱了，摇一摇，钱就来了。其实不是这样，当初带着我去卖血的有两个人，一个叫阿方，一个叫根龙，如今阿方身体败掉了，根龙卖血卖死了。你们往后不要常去卖血，卖一次要歇上三个月，除非急着要用钱，才能多卖几次，连着去卖血，身体就会败掉。你们要记住我的话，我是过来人……"

许三观两只手伸开去拍拍他们两个人，继续说：

"我这次出来，在林浦卖了一次；隔了三天，我到百里又去卖了一次；隔了四天，我在松林再去卖血时，我就晕倒了，医生说我是休克了，就是我什么都不知道了，医生给我输了七百毫升的血，再加上抢救我的钱，我两次的血都白卖了，到头来我是买血了。在松林，我差一点死掉……"

许三观说到这里叹了一口气，他说：

"我连着卖血是没有办法，我儿子在上海的医院里，病得很重，我要筹足了钱给他送去，要是没钱，医生就舍不给我儿子打针吃药。我这么连着卖血，身上的血是越来越淡，不像你们，你们现在身上的血，一碗就能顶我两碗的用途。本来我还想在七里堡，在长宁再卖它两次血，现在我不敢卖了，我要是再卖血，我的命真会卖掉了……"

"我卖血挣了有七十元了，七十元给我儿子治病肯定不够，我只有到上海再想别的办法，可是在上海人生地不熟的……"

这时来喜说："你说我们身上的血比你的浓？我们的血一碗能顶你两碗？我们三个人都是圆圈血，到了七里堡，你就买我们的血，我们卖给你一碗，你不就能卖给医院两碗了吗？"

许三观心想他说得很对，就是……他说：

"我怎么能收你们的血。"

来喜说："我们的血不卖给你，也要卖给别人……"

来顺接过去说："卖给别人，还不如卖给你，怎么说我们也是朋友了。"

许三观说："你们还要摇船，你们要给自己留着点力气。"

来顺说："我卖了血以后，力气一点都没少。"

"这样吧，"来喜说，"我们少卖掉一些力气，我们每人卖给你一碗血。你买了我们两碗血，到了长宁你就能卖出去四碗了。"

听了来喜的话，许三观笑了起来，他说：

"最多只能一次卖两碗。"

然后他说："为了我儿子，我就买你们一碗血吧，两碗血我也买不起。我买了你们一碗血，到了长宁我就能卖出去两碗，这样我也挣了一碗血的钱。"

许三观话音未落，他们两个鼾声就响了起来，他们的腿又架到了他的身上，他们使他腰酸背疼，使他被压着喘气都费劲，可是他觉得非常暖和，两个年轻人身上热气腾腾，他就这么躺着，风在船舱外呼啸着，将船头的尘土从盖口吹落进来，散在他的脸上和身上。他的目光从盖口望出去，看到天空里有几颗很淡的星星，他看不到月亮，但是他看到了月光，月光使天空显得十分寒冷，他那么看了一会，闭上了眼睛，他听到河水敲打着船舷，就像是在敲打着他的耳朵。过了一会，他也睡着了。

五天以后，他们到了七里堡，七里堡的丝厂不在城里，是在离城三里路的地方，所以他们先去了七里堡的医院。来到了医院门口，来喜兄弟就要进去，许三观说：

"我们先不进去，我们知道医院在这里了，我们先去河边……"

他对来喜说："来喜，你还没有喝水呢。"

来喜说："我不能喝水，我把血卖给你，我就不能喝水。"

许三观伸手拍了一下自己的脑袋，他说：

"看到医院，我就想到要喝水，我都没去想你这次是卖给我……"

许三观说到这里停住了，他对来喜说：

"你还是去喝几碗水吧，俗话说亲兄弟明算账，我不能占你的便宜。"

来顺说："这怎么叫占便宜？"

来喜说："我不能喝水，换成你，你也不会喝水。"

许三观心想也是，要是换成他，他确实也不会去喝水，他对来喜说：

"我说不过你，我就依你了。"

他们三个人来到医院的供血室，七里堡医院的血头听他们说完话，伸出手指着来喜说：

"你把血卖给我……"

他再去指许三观，"我再把你的血卖给他？"

看到许三观他们都在点头，他嘿嘿笑了，他指着自己的椅子说：

"我在这把椅子上坐了十三年了，到我这里来卖血的人有成千上万，可是卖血和买血的一起来，我还是第一次遇上……"

来喜说："说不定你今年要走运了，这样难得的事让你遇上了。"

"是啊，"许三观接着说，"这种事别的医院也没有过，我和来喜不是一个地方的人，我们碰遇上了，碰巧他要卖血，我要买血，这么碰巧的事又让你碰巧遇上了，你今年肯定要走运了……"

七里堡的血头听了他们的话，不由点了点头，他说：

"这事确实很难遇上，我遇上了说不定还真是要走运了……"

接着他又摇了摇头："不过也难说，说不定今年是灾年了，他们都说遇上怪事就是灾年要来了。你们听说过没有？青蛙排着队从大街上走过去，下雨时掉下来虫子，还有母鸡报晓什么的，这些事里面只要遇上一件，这一年肯定是灾年了……"

许三观和来喜兄弟与七里堡的血头说了有一个多小时，那个血头才让来喜去卖血，又让许三观去买了来喜的血。然后，他们三个人从医院里出来，许三观对来喜说：

"来喜，我们陪你去饭店吃一盘炒猪肝，喝二两黄酒。"

来喜摇摇头说："不去了，才卖了一碗血，舍不得吃炒猪肝，也舍不得喝黄酒。"

许三观说："来喜，这钱不能省，你卖掉的是血，不是汗珠子，要是汗珠子，喝两碗水下去就补回来了，这血一定要靠炒猪肝才能补回来，你要去吃，听我的话，我是过来人……"

来喜说："没事的，不就是从女人身上下来吗？要是每次从女人身上下来都要去吃炒猪肝，谁吃得起？"

许三观连连摇头，"这卖血和从女人身上下来还是不一样……"

来顺说："一样。"

许三观对来顺说："你知道什么？"

来顺说："这话是你说的。"

许三观说："是我说的，我是瞎说……"

来喜说："我现在身体好着呢，就是腿有点软，像是走了很多路，歇一会儿，腿就不软了。"

许三观说："听我的话，你要吃炒猪肝……"

他们说着话，来到了停在河边的船旁，来顺先跳上船，来喜解开了绑在木桩上的缆绳后也跳了上去，来喜站在船头对许三观说：

"我们要把这一船蚕茧送到丝厂去，我们不能再送你了，我们家在通元乡下的八队，你以后要是有事到通元，别忘了来我们家做客，我们算是朋友了。"

许三观站在岸上，看着他们两兄弟将船撑了出去，他对来顺说：

"来顺，你要照顾好来喜，你别看他一点事都没有，其实他身体里虚着呢，你别让他太累，你就自己累一点吧，你别让他摇船，你要是摇不动了，你就把船靠到岸边歇一会儿，别让来喜和你换手……"

来顺说："知道啦。"

他们已经将船撑到了河的中间，许三观又对来喜说：

"来喜，你要是不肯吃炒猪肝，你就要好好睡上一觉，俗话说吃不饱饭睡觉来补，睡觉也能补身体……"

来喜兄弟摇着船离去了，很远了他们还在向许三观招手，许三观也向他们招手，直到看不见他们了，他才转过身来，沿着石阶走上去，走到了街上。

这天下午，许三观也离开了七里堡，他坐船去了长宁，在长宁他卖了四百毫升的血以后，他不再坐船了，长宁到上海有汽车，虽然汽车比轮船贵了很多钱，他还是上了汽车，他想快些见到一乐，还有许玉兰，他数着手指算了算，许玉兰送一乐去上海已经有十五天了，不知道一乐的病是不是好多了。他坐上了汽车，汽车一启动，他心里就咚咚地乱跳起来。

许三观早晨离开长宁，到了下午，他来到了上海，他找到给一乐治病的医院时，天快黑了，他来到一乐住的病房，看到里面有六张病床，其中五张床上都有人躺着，只有一张床空着，许三观就问他们：

"许一乐住在哪里？"

他们指着空着的床说："就在这里。"

许三观当时脑袋里就嗡嗡乱叫起来，他马上想到根龙，根龙死的那天早晨，他跑到医院去，根龙的床空了，他们说根龙死了。许三观心想一乐是不是也已经死了，这么一想，他站在那里就哇哇地哭了起来，他的哭声就像喊叫那样响亮，他的两只手轮流着去抹眼泪，把眼泪往两边甩去，都甩到了别人的病床上。这时候他听到后面有人喊他：

"许三观，许三观你总算来啦……"

听到这个声音，他马上不哭了，他转过身去，看到了许玉兰，许玉兰正扶着一乐走进来。许三观看到他们后，就破涕为笑了，他说：

"一乐没有死掉，我以为一乐死掉了。"

许玉兰说："你胡说什么，一乐好多了。"

一乐看上去确实好多了，他都能下地走路了，一乐躺到床上后，对许三观笑了笑，叫了一声：

"爹。"

许三观伸手去摸了摸一乐的肩膀，对一乐说：

"一乐，你好多了，你的脸色也不发灰了，你说话声音也响了，你看上去有精神了，你的肩膀还是这么瘦。一乐，我刚才进来看到你的床空了，我就以为你死了……"

说着许三观的眼泪又流了下来，许玉兰推推他：

"许三观，你怎么又哭了？"

许三观擦了擦眼泪对她说：

"我刚才哭是以为一乐死了，现在哭是看到一乐还活着……"

【作家简介】

余华，1960年生于浙江杭州，中国当代作家。1983年开始写作，至今已经出版长篇小说4部、中短篇小说集6部、随笔集4部。主要作品有《活着》《许三观卖血记》《在细雨中呼喊》《兄弟》《文城》等。《活着》和《许三观卖血记》同时入选百位批评家和文学编辑评选的"90年代最具有影响的十部作品"，其作品已被翻译成20多种语言，在近30个国家出版。

【文本赏析】

《许三观卖血记》首次发表于《收获》1995年第6期，共29章，小说以博大的温情描绘了磨难中的人生，以激烈的故事形式表达了人在面对厄运时求生的欲望。小说的故事从20世纪50年代新中国成立后写起，主人公许三观是城里丝厂的一名青年工人，他既有工作的上进心，又有家庭的责任心。为了解决生活中的困难，他先后十一次卖血，渡过了一个又一个人生的难关，战胜了命运强加给他的惊涛骇浪，而当他老了，知道自己的血再也没有人要时，精神却陷于崩溃。余华曾表示《许三观卖血记》的叙述方式是受了德国作曲家巴赫的影响，在小说中具体体现为整个叙述节奏的不断往返和重复，展示出一种令人着迷的音乐韵律性。如"他们说""许三观说"等在不同段落中反复出现，这种有意强化对话并重复使用同样语句的做法，在小说结构和节奏上造成了一种"复沓"的效果。这部小说之所以能在整体上呈现出非常有控制力的冷静、朴素的叙述风格，即得益于此。《许三观卖血记》重建了一个日常的"民间"社会，有意地悬置了"历史"，这种悬置既"复活"了人与生活，又为"民间"的登场创造了条件。在小说中，作者对民间温情、民间伦理结构、民间生活细节和民间人生百态的展示构成了小说艺术力量的重要来源。小说没有尖锐的矛盾冲突和情节线索，而是以民间的日常生活画面作为小说主体，民间的混沌、民间的朴素、民间的粗糙甚至民间的狡猾都呈现出"民间"的原始生机与魅力。

【课程思政】

一个人面对苦难时的态度往往反映出他（她）对生活的热爱程度。通过卖血的方式解决生活中的问题，固然是小说家的笔法，不值得在现实生活中效仿，但是许三观面对苦难时的乐观与坚韧的生存意志，是我们在分析这个人物形象时需要格外注意的地方。

【批评家的话】

在余华的小说中，我们除了看到作者尽其所能地渲染苦难之外，还可以看到什么别的东西吗？似乎什么也看不到。我们确实很难断定余华对自己笔下的苦难人生究竟有怎样的想法和感受。事实上，余华越是将人间的苦难铺陈得淋漓尽致，他寄寓其中的苦难意识就越是趋于某种令人费解的缄默与暧昧。余华的小说刻意延迟、回避甚至排除主体对苦难人生和人生的苦难明确的价值评判与情感渗透。作者似乎从那些阴惨恐怖的图画中抽身隐退了，他在读者眼前留下的面影实在过于朦胧。

——郜元宝《余华创作中的苦难意识》（《文学评论》1994第3期）

《许三观卖血记》以苦难为母题，被认为是余华关于苦难认识三个层次中的最高层次——消解苦难。但苦难并不是余华所要表达的终极目标，而是他为了透视人性本质而营造出的特定环境。作品中，面对苦难生活，"许三观们"拼尽全力，甚至不惜以卖血为代价固执地活着。然而，这种笨拙而执拗的坚持并不奏效，反而让他们一次次意欲冲破束缚的努力都付之东流。这与他们错误的抗争方式有着密不可分的联系。

——顾鑫《囿于苦难的精神渊薮——读余华小说〈许三观卖血记〉》（《名作欣赏》2017年第30期）

【延伸阅读】

《现实一种》《我没有自己的名字》《活着》

【拓展与思考】

1.你怎样看待余华小说创作中的苦难意识?
2.为什么说《许三观卖血记》标志着余华小说创作转型的成功?

第三十三讲　莫　言

【篇目】

白狗秋千架

　　高密东北乡原产白色温驯的大狗，绵延数代之后，很难再见一匹纯种。现在，那儿家家养的多是一些杂狗，偶有一只白色的，也总是在身体的某一部位生出杂毛，显出混血的痕迹来。但只要这杂毛的面积在整个狗体的面积中占的比例不大，又不是在特别显眼的部位，大家也就习惯地以"白狗"称之，并不去循名求实，过分地挑毛病。有一匹全身皆白、只黑了两只前爪的白狗，垂头丧气地从故乡小河上那座颓败的石桥上走过来时，我正在桥头下的石阶上捧着清清的河水洗脸。农历七月末，低洼的高密东北乡燠热难捱，我从县城通往乡镇的公共汽车里钻出来，汗水已浸透衣服，脖子和脸上落满了黄黄的尘土。洗完脖子和脸，又很想脱得一丝不挂跳进河里去，但看到与石桥连接的褐色田间路上，远远地有人在走动，也就罢了这念头，站起来，用未婚妻赠送的系列手绢中的一条揩着脸和颈。时间已过午，太阳略偏西，一阵阵东南风吹过来。冰爽温和的东南风让人极舒服，让高粱梢头轻轻摇摆，飒飒作响，让一条越走越大的白狗毛儿耸起，尾巴轻摇。它近了，我看到了它的两个黑爪子。

那条黑爪子白狗走到桥头，停住脚，回头望望土路，又抬起下巴望望我，用那两只浑浊的狗眼。狗眼里的神色遥远荒凉，含有一种模糊的暗示，这遥远荒凉的暗示唤起内心深处一种迷蒙的感受。

求学离开家乡后，父母亲也搬迁到外省我哥哥处居住，故乡无亲人，我也就不再回来。一晃就是十年，距离不短也不长。暑假前，父亲到我任教的学院来看我，说起故乡事，不由感慨系之。他希望我能回去看看，我说工作忙，脱不开身，父亲不以为然地摇摇头。父亲走了，我心里总觉不安。终于下了决心，割断丝丝缕缕，回来了。

白狗又回头望褐色的土路，又仰脸看我，狗眼依然浑浊。我看着它那两个黑爪子，惊讶地要回忆点什么时，它却缩进鲜红的舌头，对着我叫了两声。接着，它蹲在桥头的石桩上，跷起一条后腿，习惯性地撒尿。完事后，竟也沿着我下桥头的路，慢慢地挪下来，站在我身边，尾巴夺拉进腿间，伸出舌头，一下一下地舐着水。

它似乎在等人，显出一副喝水并非因为口渴的消闲样子。河水中映出狗脸上那种漠然的表情，水底的游鱼不断从狗脸上穿过。狗和鱼都不怕我，我确凿地嗅到狗腥气和鱼腥气，甚至产生一脚踢它进水中抓鱼的恶劣想法。又想还是"狗道"些吧，而这时，狗卷起尾巴，抬起脸，冷冷地瞅我一眼，一步步走上桥头去。我看到它把颈上的毛耸了耸，激动不安地向来路跑去。土路两边是大片的穗子灰绿的高粱。飘着纯白云朵的小小蓝天，罩着板块相连的原野。我走上桥头，拎起旅行袋，想急急过桥去，这儿离我的村庄还有十二里路吧，来前没给村里的人们打招呼，早早赶进去，也好让人家方便食宿。正想着，就看到白狗小跑步开路，从路边的高粱地里，领出一个背着大捆高粱叶子的人来。

我在农村滚了近二十年，自然晓得这高粱叶子是牛马的上等饲料，也知道褪掉晒米时高粱的老叶子，不大影响高粱的产量。远远地看着一大捆高粱叶子蹒跚地移过来，心里为之沉重。我很清楚暑天里钻进密不透风的高粱地里打叶子的滋味，汗水遍身胸口发闷是不必说了，最苦的还是叶子上的细毛与你汗淋淋的皮肤接触。我为自己轻松地叹了一口气。渐渐地看清了驮着高粱叶子弯曲着走过来的人。蓝褂子，黑裤子，乌脚杆子黄胶鞋，要不是垂着的发，我是不大可能看出她是个女人的，尽管她一出现就离我很近。她的头与地面平行着，脖子探出很长。是为了减轻肩头的痛苦吧？她用一只手按着搭在肩头的背棍的下头，另一只手从颈后绕过去，把着背棍的上头。阳光照着她的颈子上和头皮上亮晶晶的汗水。高粱叶子葱绿、新鲜。她一步步挪着，终于上了桥。桥的宽度跟她背上的草捆差不多，我退到白狗适才留下记号的桥头石旁站定，看着它和她过桥。

我恍然觉得白狗和她之间有一条看不见的线，白狗紧一步慢一步地颠着，这条线也松松紧紧地牵着。走到我面前时，它又瞥着我，用那双遥远的狗眼。狗眼里那种模糊的暗示在一瞬间变得异常清晰，它那两只黑爪子一下子撕破了我心头的迷雾，让我马上想到她。她的低垂的头从我身边滑过去，短促的喘息声和扑鼻的汗酸永留在我的感觉里。猛地把背上沉重的高粱叶子摔掉，她把身体缓缓舒展开。那一大捆叶子在她身后，差不多齐着她的胸乳。我看到叶子捆与她身体接触的地方，明显地凹进去，特别着力的部位，是湿漉漉揉烂了的叶子。我知道，她身体上揉烂了高粱叶子的那些部位，现在一定非常舒服；站在漾着清凉水气的桥头上，让田野里的风吹拂着，她一定体会到了轻松和满足。轻松、满足，是构成幸福的要素，对此，在逝去的岁月里，我是有体会的。

她挺直腰板后，暂时地像失去了知觉。脸上的灰垢显出了汗水的道道。生动的嘴巴张着，吐出一口口长长的气。鼻梁挺秀如一管葱。脸色黝黑。牙齿洁白。

故乡出漂亮女人，历代都有选进宫廷的。现在也有几个在京城里演电影的，这几个人我见过，也就是那么个样，比她强不了许多。如果她不是破了相，没准儿早成了大演员。十几年前，她婷婷如一枝花，双目皎皎如星。

"暖。"我喊了一声。

她用左眼盯着我看，眼白上布满血丝，看起来很恶。

"暖，小姑！"我注解性地又喊了一声。

我今年二十九，她小我两岁，分别十年，变化很大，要不是秋千架上的失误给她留下的残疾，我不会敢认她。白狗也专注地打量着我，算一算，它竟有十二岁，应该是匹老狗了。我没想到它居然还活着，看起来还蛮健康。那年端午节，它只有篮球般大，父亲从县城里我舅爷家把它抱来。十二年前，纯种白狗已近绝迹，连这种有小缺陷，大致还可以称为白狗的也很难求了。舅爷是以养狗谋利的人，父亲把它抱回来，不会不依仗着老外甥对舅舅放无赖的招数。在杂种花狗充斥乡村的时候，父亲抱回来它，引起众人的称羡，也有出三十块钱高价来买的，当然被婉言回绝了。即便是那时的农村，在我们高密东北乡这种荒僻地方，还是有不少乐趣，养狗当如是解。只要不逢大天灾，一般都能足食，所以狗类得以繁衍。

我十九岁，暖十七岁那一年，白狗四个月的时候，一队队解放军，一辆辆军车，从北边过来，络绎不绝过石桥。我们中学在桥头旁边扎起席棚给解放军烧茶水，学生宣传队在席棚边上敲锣打鼓，唱歌跳舞。桥很窄，第一辆大卡车悬着半边轮子，小心翼翼开过去了。第二辆的后轮压断了一块桥石，翻到了河里，车上载的锅碗瓢盆砸碎了不少，满河里漂着油花子。一群战士跳下河，把司机从驾驶楼里拖出来，水淋淋地抬到岸上。几个穿白大褂的军人围上去。一个戴白手套的人，手举着耳机子，大声地喊叫。我和暖是宣传队的骨干，忘了歌唱鼓噪，直着眼看热闹。后来，过来几个很大的首长，跟我们学校里的贫下中农代表郭麻子大爷握手，跟我们校革委会刘主任握手，戴好手套，又对着我们挥挥手。然后，一溜儿站在那儿，看着队伍继续过河。郭麻子大爷让我吹笛，刘主任让暖唱歌。暖问："唱什么？"刘主任说："唱《看到你们格外亲》。"于是，就吹就唱。战士们一行行踏着桥过河，汽车一辆辆涉水过河。（小河里的水呀清悠悠，庄稼盖满了沟）车头激起雪白的浪花，车后留下黄色的浊流。（解放军进山来，帮助咱们闹秋收）大卡车过完后，两辆小吉普车也呆头呆脑下了河。一辆飞速过河，溅起五六米高的雪浪花；一辆一头钻进水里，嗡嗡怪叫着被淹死了，从河水中冒出一股青烟。（拉起了家常话，多少往事涌上心头）"糟糕！"一个首长说。另一个首长说："他妈的笨蛋！让王猴子派人把车抬上去。"（吃的是一锅饭，点的是一灯油）很快地就有几十个解放军在河水中推那辆撒了气的吉普车，解放军都是穿着军装下了河，河水仅仅没膝，但他们都湿到胸口，湿后变深了颜色的军衣紧贴在身上，显出了肥的瘦的腿和臀。（你们是俺们的亲骨肉，你们是俺们的贴心人）那几个穿白大褂的人把那个水淋淋的司机抬上一辆涂着红十字的汽车。（党的恩情说不尽，见到你们总觉得格外亲）首长们转过身来，看样子准备过桥去，我提着笛子，暖张着口，怔怔地看着首长。一个戴着黑边眼镜的首长对着我们点点头，说："唱得不错，吹得也不错。"郭麻子大爷说："首长们辛苦了。孩子们胡吹瞎咧咧，别见笑。"他摸出一包烟，拆开，很恭敬地敬过去，首长们客气地谢绝了。一辆轱辘很多的车停在河对岸，几个战士跳上去，扔下几盘粗大的钢丝绳和一些白色的木棒。戴黑边眼镜的首长对身边一个年轻英俊的军官说："蔡队长，你们宣传队送一些乐器呀之类的给他们。"

队伍过了河，分散到各村去。师部住在我们村。那些日子就像过年一样，全村人都激动。从我家厢房里扯出了几十根电话线，伸展到四面八方去。英俊的蔡队长带着一群吹拉弹唱的文艺兵住在暖家。我天天去玩，和蔡队长混得很熟。蔡队长让暖唱歌给他听。他是个高大的青年，头发蓬松着，眉毛高挑着。暖唱歌时，他低着头拼命抽烟，我看到他的耳朵轻轻地抖动着。他说暖条件不错，很不错，可惜缺乏名师指导。他说我也很有发展前途。他很喜欢我家那只黑爪子小白狗，父亲知道后，马上要送给他，他没要。队伍要开拔那天，我爹和暖的爹一块儿来了，央求蔡队长把我和暖带走，蔡队长说，回去跟首长汇报一下，年底征兵时就把我们征去。临别时，蔡队长送我一本《笛子演奏法》，送暖一本《怎样演唱革命歌曲》。

"小姑，"我发窘地说，"你不认识我了吗？"

我们村是杂姓庄子，张王李杜，四面八方凑起来的，各种辈分的排列，有点乱七八糟。姑姑嫁给侄子，侄子拐跑婶婶的事时有发生，只要年龄相仿，也就没人嗤笑。我称暖为小姑是从小惯成的叫法，并无一点血缘骨肉的情分在内。十几年前，当把"暖"与"小姑"含混着乱叫一通时，是别有一番滋味在心头的。这一别十年，都老大不小，虽还是那样叫着，但已经无滋味了。

"小姑，难道你真的不认识我了吗？"说完这句话，我马上谴责了自己的迟钝。她的脸上，早已是凄凉的景色了。汗水依然浸润着，将一绺干枯的头发粘到腮边。黝黑的脸上透出灰白来。左眼里有明亮的水光闪烁。右边没有眼，没有泪，深深凹进去的眼眶里，栽着一排乱纷纷的黑睫毛。我的心拳拳着，实在不忍看那凹陷，便故意把目光散了，瞄着她委婉的眉毛和在半天阳光下因汗湿而闪亮的头发。她左腮上的肌肉联动着眼眶的睫毛和眶上的眉毛，微微地抽搐着，造成了一种凄凉古怪的表情。别人看见她不会动心，我看见她无法不动心……

十几年前的那个晚上，我跑到你家对你说："小姑，打秋千的人都散了，走，我们去打个痛快。"你说："我打盹呢。"我说："别拿一把啦！寒食节过了八天啦，队里明天就要拆秋千架用木头。今早晨车把势对队长嘟哝，嫌把大车绳当秋千绳用，都快磨断了。"你打了一个呵欠，说："那就去吧。"白狗长成一个半大狗了，细筋细骨，比小时候难看。它跟在我们身后，月亮照着它的毛，它的毛闪烁银光，秋千架竖在场院边上，两根立木，一根横木，两个铁吊环，两根粗绳，一个木踏板。秋千架，默立在月光下，阴森森，像个鬼门关。架后不远是场院沟，沟里生着绵亘不断的刺槐树丛，尖尖又坚硬的刺针上，挑着青灰色的月亮。

"我坐着，你荡我。"你说。

"我把你荡到天上去。"

"带上白狗。"

"你别想花花点子了。"

你把白狗叫过来，你说："白狗，让你也悠悠悠悠。"

你一只手扶住绳子，一只手揽住白狗，它委屈地嘤嘤着。我站在踏板上，用双腿夹住你和狗，一下一下用力，秋千渐渐有了惯性。我们渐渐升高，月光动荡如水，耳边习习生风，我有点头晕。你格格地笑着，白狗呜呜地叫着，终于悠平了横梁。我眼前交替出现田野和河流，房屋和坟丘，凉风拂面来，凉风拂面去。我低头看着你的眼睛，问："小姑，好不好？"

你说："好，上了天啦。"

绳子断了。我落在秋千架下，你和白狗飞到刺槐丛中去，一根槐针扎进了你的右眼。白狗从树丛中钻出来，在秋千架下醉酒般地转着圈，秋千把它晃晕了……

"这些年……过得还不错吧？"我嗫嚅着。

我看到她耸起的双肩塌了下来，脸上紧张的肌肉也一下子松弛了。也许是因为生理补偿或是因为努力劳作而变得极大的左眼里，突然射出了冷冰冰的光线，刺得我浑身不自在。

"怎么会错呢？有饭吃，有衣穿，有男人，有孩子，除了缺一只眼，什么都不缺，这不就是'不错'吗?"她很泼地说着。

我一时语塞了,想了半天,竟说:"我留在母校任教了,据说,就要提我为讲师了……我很想家,不但想家乡的人,还想家乡的小河,石桥,田野,田野里的红高粱,清闲的空气,婉转的鸟啼……趁着放暑假,我就回来啦。"

"有什么好想的,这破地方。想这破桥?高粱地里像他妈×的蒸笼一样,快把人蒸熟了。"她说着,沿着慢坡走下桥,站着把那件泛着白碱花的男式蓝制服褂子脱下来,扔在身边石头上,弯下腰去洗脸洗脖子。她上身只穿一件肥大的圆领汗衫,衫上已烂出密密麻的小洞。它曾经是白色的,现在是灰色的。汗衫扎进裤腰里,一根打着卷的白绷带束着她的裤子,她再也不看我,撩着水洗脸洗胳膊。最后,她旁若无人地把汗衫下摆从裤腰里拽出来,撩起来,掬水洗胸膛。汗衫很快就湿了,紧贴在肥大下垂的乳房上。看着那两个物件,我很淡地想,这个那个的,也不过是这么回事。正像乡下孩子们唱的:没结婚是金奶子,结了婚是银奶子,生了孩子是狗奶子。我于是问:"几个孩子了?"

"三个。"她拢拢头发,扯着汗衫抖了抖,又重新塞进裤腰里去。

"不是说只准生一胎吗?"

"我也没生二胎。"见我不解,她又冷冷地解释,"一胎生了三个,秃噜秃噜,像下狗一样。"

我缺乏诚实地笑着。她拎起蓝上衣,在膝盖上抽打几下穿到身上去,从下往上扣着纽扣。趴在草捆旁边的白狗也站起来,抖擞着毛,伸着懒腰。

我说:"你可真能干。"

"不能干有什么法子?该遭多少罪都是一定的,想躲也躲不开。"

"男孩儿女孩儿都有吧?"

"全是公的。"

"你可真是好福气,多子多福。"

"豆腐!"

"这还是那条狗吧?"

"活不了几天啦。"

"一晃就是十几年。"

"再一晃就该死啦。"

"可不,"我渐渐有些烦恼起来,对坐在草捆旁边的白狗说,"这条老狗,还挺能活!"

"噢,兴你们活就不兴我们活?吃米的要活,吃糠的也要活;高级的要活,低级的也要活。"

"你怎么成了这样?"我说,"谁是高级?谁是低级?"

"你不就挺高级的吗？大学讲师！"

我面红耳热，讷讷无言，一时觉得难以忍受这窝囊气，搜寻着刻薄词儿想反讥，又一想，罢了。我提起旅行袋，干瘪地笑着，说："我可能住到我八叔家，你有空儿就来耍吧。"

"我嫁到了王家丘子，你知道吗？"

"你不说我不知道。"

"知道不知道的，没有大景色了。"她平平地说，"要是不嫌你小姑人模狗样的，就抽空来耍吧，进村打听'个眼暖'家，没有不知道的。"

"小姑，真想不到成了这样……"

"这就是命，人的命，天管定，胡思乱想不中用。"她款款地从桥下上来，站在草捆前说，"行行好吧，帮我把草掀到肩上。"

我心里立刻热得不行，勇敢地说："我帮你背回去吧！"

"不敢用！"说着，她在草捆前跪下，把背棍放在肩头，说，"起吧。"

我转到她背后，抓住捆绳，用力上提，借着这股劲儿，她站了起来。

她的身体又弯曲起来，为了背得舒适一点儿，她用力地颠了几下背上的草捆，高粱叶子沙沙啦啦地响着。从很低的地方传上来她瓮声瓮气的话："来耍吧。"

白狗对我吠叫几声，跑到前边去了。我久久地立在桥头上，看着这一大捆高粱叶子在缓慢地往北移动，一直到白狗变成了白点儿，人和草捆变成了比白点儿大的黑点儿，我才转身往南走。

从桥头到王家丘子七里路。

从桥头到我们村十二里路。

从我们村到王家丘子十九里路，八叔让我骑车去。我说算了吧，十几里路走着去就行。八叔说：现在富了，自行车家家有，不是前几年啦，全村只有一辆半辆车子，要借也不容易，稀罕物儿谁愿借呢。我说我知道富了，看到了自行车满街筒子乱蹿，但我不想骑车，当了几年知识分子，当出几套痔疮，还是走路好。八叔说：念书可见也不是件太好的事，七病八灾不说，人还疯疯癫癫的。你说你去她家干什么子，瞎的瞎，哑的哑，也不怕村里人笑话你。鱼找鱼，虾找虾，不要低了自己的身份啊！我说八叔我不和您争执，我扔了二十数三十的人啦，心里有数。八叔悻悻地忙自己的事去了，不来管我。

我很希望能在桥头上再碰到她和白狗，如果再有那么一大捆高粱叶子，我豁出命去也要帮她背回家；白狗和她，都会成为可能的向导，把我引导到她家里去。城里都到了人人关注时装、个个追赶时髦的时代了，故乡的人，却对我的牛仔裤投过鄙夷的目光，弄得我很狼狈。于是解释：处理货，三块六毛钱一条——其实我花了二十五块钱，既然便宜，村里的人们也就原谅了我。王家丘子的村民们是不知道我的裤子便宜的，碰不到她和狗，只好进村再问路，难免招人注意。如此想着，就更加希望碰到她，或者白狗。但毕竟落了空。一过石桥，看到太阳很红地从高粱棵里冒出来，河里躺着一根粗大的红光柱，鲜艳地染遍了河水。太阳红得有些古怪，周围似乎还环绕着一些黑气，大概是要落雨了吧。

我撑着折叠伞，在一阵倾斜的疏雨中进了村。一个仄楞着肩膀的老女人正在横穿街道，风翻动着长大的衣襟，风使她摇摇摆摆。我收起伞，提着，迎上去问路。"大娘，暖家在哪儿住？"她斜斜地站定，困惑地转动着昏暗的眼。风通过花白的头发，翻动的衣襟，柔软的树木，表现出自己来；雨点大如铜钱，疏可跑马，间或有一滴打到她的脸上。"暖家在哪住？"我又问。"哪个暖家？"她问。我只好说："个眼暖家。"老女人阴沉地瞥我一眼，抬起胳膊，指着街道旁边一排蓝瓦房。

站在甬道上我大声喊："暖姑在家吗？"

最先应了我的喊叫的，是那条黑爪子老白狗。它不像那些围着你腾跃咆哮，仗着人势在窝里横咬不死你，也要吓死你的恶狗，它安安稳稳地趴在檐下铺了干草的狗窝里，眯缝着狗眼，象征性地叫着，充分显示出良种白狗温良宽厚的品质来。

我又喊，暖在屋里很脆地答应了一声，出来迎接我的却是一个满腮黄胡子两只黄眼珠的剽悍男子。他用土黄色的眼珠子恶狠狠地打量着我，在我那条牛仔裤上停住目光，嘴巴歪歪地撇起，脸上显出疯狂的表情。他向前跨一步——我慌忙退一步——，翘起右手的小拇指头，在我眼前急遽地晃动着，口里发出一大串断断续续的音节。我虽然从八叔的口里，知道了暖姑的丈夫是个哑巴，但见了真人狂状，心里仍然立刻沉甸甸的。独眼嫁哑巴，弯刀对着瓢切菜，按说也并不委屈着哪一个，可我心是仍然立刻就沉甸甸的。

暖姑，那时我们想得美。蔡队长走了，把很大的希望留给我们。他走那天，你直视着他，流出的泪水都是给他的。蔡队长脸色灰白，从衣袋里摸出一把牛角小梳子递给你。我也哭了，我说："蔡队长，我们等你来招我们。"蔡队长说："等着吧。"等到高粱通红了的深秋，听说县城里有招兵的解放军，咱俩兴奋得觉都睡不稳了。学校里有老师进县城办事，我们托他去人武部打听一下，看看蔡队长来没来。老师去了。老师回来了。老师对我们说：今年来招兵的解放军一律黄褂蓝裤，空军地勤兵，不是蔡队长那部分。我失望了，你充满信心地对我说："蔡队长不会骗我们！"我说："人家早就把这码事忘了。"你爹也说："给你们个棒槌，你们就当了针。他是拿你们当小孩哄怂着玩哩，好人不当兵，好铁不打钉，混混毕了业，回家来拉弯弯铁，别净想俏事儿。"你说："他可没把我当小孩子。他决不能把我当小孩子。"说着，你的脸上浮起浓艳的红色。你爹说："能得你。"我惊诧地看着你变色的脸，看着你脸上那种隐隐约约的特异表情，语无伦次地说："也许，他今年不来后年来，后年不来大后年来。"蔡队长可真是个仪表堂堂的美男子啊！他四肢修长，面部线条冷峭，胡楂子总刮得青白。后来，你坦率地对我说，他在临走前一个晚上，抱着你的头，轻轻地亲了一下。你说他亲完后呻吟着说："小妹妹，你真纯洁……"为此我心中有过无名的恼怒。你说："当了兵，我就嫁给他。"我说："别做美梦了！倒贴上二百斤猪肉，蔡队长也不会要你。""他不要我，我再嫁给你。""我不要！"我大声叫着。你白我一眼，说："烧得你不轻！"现在回想起来，你那时就很有点儿样子了。你那花蕾般的胸脯，经常让我心跳。

哑巴显然瞧不起我，他用翘起的小拇指表示着对我的轻蔑和憎恶。我堆起满脸笑，想争取他的友谊，他却把双手的指头交叉在一起，弄出很怪的形状，举到我的面前。我从少年时代的恶作剧中积累起来的知识里，找到了这种手势的低级下流的答案，心里顿时产生了手捧癞蛤蟆的感觉。我甚至都想抽身逃走了，却见三个同样相貌、同样装束的光头小男孩从屋里滚出来，站在门口，用同样的土黄色小眼珠瞅着我，头一律往右倾，像三只羽毛未丰、性情暴躁的小公鸡。孩子的脸显得很老相，额上都有抬头纹，下腭骨阔大结实，全都微微地颤抖着。我急忙掏出糖来，对他们说："请吃糖。"哑巴立即对他们挥挥手，嘴里蹦出几个简单的音节。男孩们眼巴巴地瞅着我手中花花绿绿的糖块，不敢动一动。我想走过去，哑巴挡在我面前，蛮横地挥舞着胳膊，口里发着令人发怵的怪叫。

暖把双手交叠在腹部，步履略有些踉跄地走出屋来。我很快明白了她迟迟不出屋的原因，干净的阴丹士林蓝布褂子，褶儿很挺的灰的确良裤子，显然都是刚换的。士林蓝布和用士林蓝布缝成的李铁梅式褂子久不见了，乍一见心中便有一种怀旧的情绪快快而生。穿这种褂子的胸部丰硕的少妇别有风韵。暖是脖子挺拔的女人，脸型也很清雅。她右眼眶里装进了假眼，面部恢复了平衡。我的心为她良苦的心感到忧伤，我用低调观察着人生，心弦纤细如丝，明察秋毫，并自然地颤栗。不能细看那眼睛，它没有生命，它浑浊地闪着磁光。她发现了我在注视她，便低了头，绕过哑巴走到我面前，摘下我肩上的挎包，说："进屋去吧。"

哑巴猛地把她拽开，怒气冲冲的样子，眼睛里像要出电。他指指我的裤子，又翘起小拇指，晃动着，嘴里嗷嗷叫着，五官都在动作，忽而挤成一撮，忽而大开大裂，脸上表情生动可怖。最后，他把一口唾沫啐在地上，用骨节很大的脚踩了踩。哑巴对我的憎恶看来是与牛仔裤有直接关系的，我后悔穿这条裤子回故乡，我决心回村就找八叔要一条肥腰裤子换上。

"小姑，你看，大哥不认识我。"我尴尬地说。

她推了哑巴一把，指指我，翘翘大拇指，又指指我们村庄的方向，指指我的手，指指我口袋里的钢笔和我胸前的校徽，比划出写字的动作，又比划出一本方方正正的书，又伸出大拇指，指指天空。她脸上的表情丰富多彩。哑巴稍一愣，马上消失了全身的锋芒，目光温顺得像个大孩子。他犬吠般地笑着，张着大嘴，露出一口黄色的板牙。他用手掌拍拍我的心窝，然后，跺脚、吼叫，脸憋得通红。我完全理解了他的意思，感动得不行。我为自己赢得了哑兄弟的信任感到浑身的轻松。那三个男孩子躲躲闪闪地凑上来，目不转睛地看着我手中的糖。

我说："来呀！"

男孩们抬起眼看着他们的父亲。哑巴嘿嘿一笑，孩子们就敏捷地蹿上来，把我手中的糖抢走了。为争夺掉在地上的一块糖，三颗光脑袋挤在一起攒动着。哑巴看着他们笑。暖发出一声轻轻的叹息，她说：

"你什么都看到了，笑话死俺吧。"

"小姑……我怎么敢……他们都很可爱……"

哑巴敏感地看着我，笑笑，转过身去，用大脚板几下子就把厮缠在一起的三个男孩踢开。男孩们咻咻地喘着气，汹汹地对视着。我摸出所有的糖，均匀地分成三份，递给他们，哑巴嗷嗷地叫着，对着男孩儿打手势。男孩都把手藏到背后去，一步步往后退。哑巴更响地嗷了一阵，男孩儿便抽搐着脸，每人拿出一块糖，放在父亲关节粗大的手里，然后呼噜一声，消逝得无影无踪。哑巴把三块糖托着，笨拙地看了一会儿，就转眼对着我，嘴里啊啊手比划着。我不懂，求援地看着暖。暖说："他说他早就知道你的大名，你从北京带来的高级糖，他要吃块尝尝。"我做了一个往嘴里扔食物的姿势。他笑了，仔细地剥开糖纸，把糖扔进口里去，嚼着，歪着头，仿佛在聆听什么。他又一次伸出大拇指，我这次完全明白他是在夸奖糖的高级了。很快地他又吃了第二块糖。我对暖说，下次回来，一定带些真正的高级糖给大哥吃。暖说："你还能再来吗？"我说一定来。

哑巴吃完第二块糖，略一想，把手中那块糖递到暖的面前。暖闭眼，"嗷——"哑巴吼了一声。我心里抖着，见他又把手往暖眼前伸，暖闭眼，摇了摇头。"嗷——嗷——"哑巴愤怒地吼叫着，左手揪住暖的头发，往后扯着，使她的脸仰起来，右手把那块糖送到自己嘴边，用牙齿撕掉糖纸，两个手指捏着那块沾着他黏黏的口涎的糖，硬塞进她的嘴里去。她的嘴不算小，但被他那两根小黄瓜一样的手指比得很小。他乌黑的粗手指使她的双唇显得玲珑娇嫩。在他的大手下，那张脸变得单薄脆弱。

她含着那块糖，不吐也不嚼，脸上表情平淡如死水。哑巴为了自己的胜利，对着我得意地笑。

她含混地说："进屋吧，我们多傻，就这么在风里站着。"我目光巡睃着院子，她说："你看什么？那是头大草驴，又踢又咬，生人不敢近身，在他手里老老实实的。春上他又去买那头牛，才下了犊一个月。"

她家院子里有个大敞棚，敞棚里养着驴和牛。牛极瘦，腿下有一头肥滚滚的牛犊在吃奶，它蹬着后腿、摇着尾巴，不时用头撞击母牛的乳房，母牛痛苦地弓起背，眼睛里闪着幽幽的蓝光。

哑巴是海量，一瓶浓烈的"诸城白干"，他喝了十分之九，我喝了十分之一。他面不改色，我头晕乎乎。他又开了一瓶酒，为我斟满杯，双手举杯过头敬我。我生怕伤了这个朋友的心，便抱着电灯泡捣蒜的决心，接过酒来干了。怕他再敬，便装出不能支持的样子，歪在被子上。他兴奋得脸通红，对着暖比划，暖和他对着比划一阵，轻声对我说："你别和他比，你十个也醉不过他一个。你千万不要喝醉。"她用力盯了我一眼。我翘起大拇指，指指他，翘起小拇指，指指自己。于是撤去酒，端上饺子来。我说："小姑，一起吃吧。"暖征得哑巴同意，三个男孩便爬上炕，挤在一簇，狼吞虎咽。暖站在炕下，端饭倒水伺候我们，让她吃，她说肚子难受，不想吃。

饭后，风停云散，狠毒的日头灼灼地在正南挂着。暖从柜子里拿出一块黄布，指指三个孩子，对哑巴比划着东北方向。哑巴点点头。暖对我说："你歇一会儿吧，我到乡镇去给孩子们裁几件衣服。不要等我，过了晌你就走。"她狠狠地看我一眼，挟起包袱，一溜风走出院子，白狗伸着舌头跟在她身后。

哑巴与我对面坐着，只要一碰上我的目光，他就咧开嘴笑。三个小男孩闹了一阵，侧歪在炕上睡了，他们几乎是同时入睡。太阳一出来，立刻便感到热，蝉在外面树上聒噪着。哑巴脱掉褂子，裸出上身发达的肌肉，闻着他身上挥发出来的野兽般的气息，我害怕，我无聊。哑巴紧密地眨巴着眼，双手搓着胸膛，搓下一条条鼠屎般的灰泥。他还不时地伸出蜥蜴般灵活的舌头舔着厚厚的嘴唇。我感到恶心、燥热，心里想起桥下粼粼的绿水。阳光透过窗户，晒着我穿牛仔裤的腿。我抬腕看表。"噢噢噢！"哑巴喊着，跳下炕，从抽屉里摸出一块电子手表给我看。我看着他脸上祈望的神情，便不诚实地用小拇指点点我腕上的表，用大拇指点点他的电子表。他果然非常地高兴起来，把电子手表套在右手腕子上，我指指他的左手腕子，他迷惘地摇摇头。我笑了一下。

"好热的天。今年庄稼长得挺好。秋天收晚田。你养的那头驴很有气度。三中全会后，农民生活大大提高了。大哥富起来了，该去买台电视机。'诸城老白干'到底是老牌子，劲冲。"

"噢噢，噢噢。"他脸上充满幸福感，用并拢的手摸摸头皮，比比脖子。我惊愕地想，他要砍掉谁的脑袋吗？他见我不解，很着急，手哆嗦着。"噢噢噢，噢噢噢！"他用手指着自己的右眼，又摸头皮，手顺着头皮往下滑，到脖颈处，停住。我明白了。他要说暖什么事给我知道。我点点头。他摸摸自己两个黑乎乎的乳头，指指孩子，又摸摸肚子。我似懂非懂，摇摇头。他焦急地蹲起来，调动起几乎全部的形体向我传达信息，我用力地点着头，我想应该学学哑语。最后，我满脸挂汗向他告辞，这没有什么难理解的，他脸上显出孩子般的真情来，拍拍我的心，又拍拍自己的心。我干脆大声说："大哥，我们是好兄弟！"他三巴掌打起三个男孩来，让他们带着眵目糊给我送行。在门口，我从挎包里摸出那把自动折叠伞送他，并教他使用方法。他如获至宝，举着伞，弹开，收拢，收拢，弹开，翻来覆去地弄。三个男孩仰脸看着忽开忽合的伞，腭骨又索索地抖起来。我戳了他一下，指指南去的路。"噢噢。"他叫着，摆摆手，飞步跑回家去。他拿出一把拃多长的刀子，拔出牛角刀鞘，举到我的面前。刀刃上寒光闪闪，看得出来是件利物。他踮起脚，拽下门口杨树上一根拇指粗细的树枝来，用刀去削，树枝一节节落在地上。

他把刀子塞到我的挎包里。

走着路，我想，他虽然哑，但仍不失为一条有性格的男子汉，暖姑嫁给他，想必也不会有太多的苦吃，不能说话，日久天长习惯之后，凭借手势和眼神，也可以拆除生理缺陷造成的交流障碍。我种种软弱的想法，也许是犯着杞人忧天的毛病了。走到桥头间，已不去想她的事，只想跳进河里洗个澡。路上清静无人。上午下那点雨，早就蒸发掉了，地上是一层灰黄的尘土。路两边窸窣着油亮的高粱叶子，蝗虫在蓬草间飞动，闪烁着粉红的内翅，翅膀剪动空气，发出"喀达喀达"的响声。桥下水声泼剌，白狗蹲在桥头。

白狗见到我便鸣叫起来，龇着一嘴雪白的狗牙。我预感到事情的微妙。白狗站起来，向高粱地里走，一边走，一边频频回头鸣叫，好像是召唤着我。脑子里浮现出侦探小说里的一些情节，横着心跟狗走，并把手伸进挎包里，紧紧地握着哑巴送我的利刃。分开茂密的高粱钻进去，看到她坐在那儿，小包袱放在身边。她压倒了一边高粱，辟出了一块空间，四周的高粱壁立着，如同屏风。看我进来，她从包袱里抽出黄布，展开在压倒的高粱上。一大片斑驳的暗影在她脸上晃动着。白狗趴到一边去，把头伏在平伸的前爪上，"哈哒哈哒"地喘气。

我浑身发紧发冷，牙齿打战，下腭僵硬，嘴巴笨拙："你……不是去乡镇了吗？怎么跑到这里来……"

"我信了命。"一道明亮的眼泪在她的腮上汩汩地流着，她说，"我对白狗说，'狗呀，狗，你要是懂我的心，就去桥头上给我领来他，他要是能来就是我们的缘分未断'，它把你给我领来啦。"

"你快回家去吧。"我从挎包里摸出刀，说，"他把刀都给了我。"

"你一走就是十年，寻思着这辈子见不着你了。你还没结婚？还没结婚。……你也看到他啦，就那样，要亲能把你亲死，要揍能把你揍死……我随便和哪个男人说句话，就招他怀疑，也恨不得用绳拴起我来。闷得我整天和白狗说话，狗呀，自从我瞎了眼，你就跟着我，你比我老得还要快。嫁给他第二年上，怀了孕，肚子像吹气球一样胀起来，临分娩时，路都走不动了，站着望不到自己的脚尖。一胎生了三个儿子，四斤多重一个，瘦得像一堆猫。要哭一齐哭，要吃一齐吃，只有两个奶子，轮着班吃，吃不到的就哭。那二年，我差点瘫了。孩子落了草，就一直悬着心，老天，别让他们像他爹，让他们一个个开口说话……他们七八个月时，我心就凉了。那情景不对呀，一个个又呆又聋，哭起来像擀饼柱子不会拐弯。我祷告着，天啊，天！别让俺一窝都哑了呀，哪怕有一个响巴，和我作伴说说话……到底还是全哑巴了……"

我深深地垂下头，嗫嚅着："姑……小姑……都怨我，那年，要不是我拉你去打秋千……"

"没有你的事，想来想去还是怨我自己。那年，我对你说，蔡队长亲过我的头……要是我胆儿大，硬去队伍上找他，他就会收留我，他是真心实意地喜欢我。后来就在秋千架上出了事。你上学后给我写信，我故意不回信。我想，我已经破了相，配不上你了，只叫一人寒，不叫二人单，想想我真傻。你说实话，要是我当时提出要嫁给你，你会要我吗？"

我看着她狂放的脸，感动地说："一定会要的，一定会。"

"好你……你也该明白……怕你厌恶，我装上了假眼。我正在期上……我要个会说话的孩子……你答应了就是救了我了，你不答应就是害死了我了。有一千条理由，有一万个借口，你都不要对我说。"

……

【作家简介】

莫言，本名管谟业，1955年生于山东高密，中国当代著名作家。1976年，加入中国人民解放军。20世纪80年代初开始文学创作。1984年，考入解放军艺术学院文学系。1985年初，莫言在《中国作家》杂志发表《透明的红萝卜》而一举成名。1986年，莫言在《人民文学》杂志发表中篇小说《红高粱》，引起文坛极大轰动。2011年凭借作品《蛙》获得茅盾文学奖。2012年莫言获得诺贝尔文学奖。2020年，新作《晚熟的人》由人民文学出版社出版。

【文本赏析】

从1985年的《白狗秋千架》开始，莫言高举起了"高密东北乡"的文学大旗，通过对故乡的生活方式和一般生活状况的描写，传达了某种带有普遍性的人性内容和人类生存状况，将一般的乡情描写转化为对人的"生存"的领悟和发现。这样就使得莫言的作品超越了一般"乡土文学"的狭隘性和局限性，而达到了人的普遍性存在的高度。

《白狗秋千架》是莫言于1985年发表的一部短篇小说。小说以倒叙的手法，书写一个离乡十年的知识分子"我"回乡与昔日恋人"暖"重逢的故事。解放军宣传队蔡队长是以启蒙者和过客的双重形象出现的，他的到来激起了暖对外在世界和另一种生活方式的憧憬与向往。但是随着他的离去和暖右眼的失明，暖的梦想破灭，并陷入了接连不断的苦难之中。《白狗秋千架》用强烈的民间叙事话语再现了农村生活的悲苦和可悯，"高密东北乡"无休止的劳作压抑、湮没了一个女人曾有的纯情和她对美好生活的期待与幻想，膨胀了她内心的恨意与绝望，"生一个会说话的孩子"成了她唯一的精神出路。整篇小说弥漫着一种伤感、悲凉的氛围，苦难意识、忏悔意识贯穿整部作品之中，读来不禁令人唏嘘。

【课程思政】

对于无法预料和改变的事实，暖选择默默承受；对于可以改变命运的机会和事件，暖付出了积极的努力并进行了勇敢的反抗。暖对自己不幸的命运拥有强烈的抗争精神，从未丧失通过个人努力而改变不幸命运的信念，努力要成为把握自己命运的主人。这种对待命运的态度向我们诠释了一条真理：在命运的苦难面前，每个人都需要竭尽全力。

【批评家的话】

与一般"乡土文学"不同，莫言笔下所展现的是另一个中国农村——古老的、充满苦难的农村。这不是一个历史主义者眼中的某个特定时期乡间，而是一块永恒的土地。它的文化与它的苦难一样恒久、古远。时间滤去了历史阶段附着在乡村生活表面的短暂性的特征，而将生活还原为最为基本的形态：吃、喝、生育、性爱、暴力、死亡……这种主题学上的转变，一方面与"寻根派"文学对人性的探索有关（莫言在最初亦曾被视作"寻根派"之一分子）；另一方面，它又比"寻根派"更加关注生命的物质形态(比如人的肉体需要和人性的生命力状况等)，而不是文化的观念形态(诸如善、恶、文化原型或象征物之类)。

——张闳《莫言小说的基本主题与文体特征》(《当代作家评论》1999年第5期)

他（莫言）是为最底层的老百姓写作的，是充满着血泪的文学，这似乎是最简单甚至看起来腐朽的道理，但它的感人之处正在这里，其中的悲愤和哀告，就是发自最弱小者的心灵，它没有丝毫的居于那些弱者之上的优越。一个作家的良知在这样的时候才可能真正接受考验，他会反对一切正统的道德，但却体现着这样的道德追求，人民的苦难就是他的苦难，人民的泪水就是他要在笔下化作的滚烫文字。他不会躲开他们，用了"艺术"、"生命"和"美"这样冠冕堂皇的理由。

——张清华《叙述的极限——论莫言》(《当代作家评论》2003年第2期)

《白狗秋千架》是莫言最重要的作品之一，是他全部农村成长史的微缩胶卷。他个人的文学才华早已尽藏其中。

　　——程光炜《小说的读法——莫言的〈白狗秋千架〉》（《文艺争鸣》2012年第8期）

【延伸阅读】

　　《透明的红萝卜》《红高粱》《蛙》《丰乳肥臀》《生死疲劳》

【拓展与思考】

　　1.2012年，瑞典文学院宣布中国作家莫言获得2012年诺贝尔文学奖，获奖理由：通过魔幻现实主义将民间故事、历史与当代社会融合在一起。对此，你怎样理解？

　　2.莫言的乡土文学书写与其他作家相比，有何独特之处？

第十二章　怀念与感恩

【导语】

　　父母与亲友的关爱常令我们心生感动，他们温柔的怀抱是我们人生航程中最温暖的避风港湾。他们为我们打开了生活的大门，告诉我们何为爱，何为真，何为善良。即使他们渐渐老去，不能常伴左右，但他们的爱却始终能够温暖你我的心田。学会感恩是人类的一种美德，是人类社会最值得提倡的伦理道德。我们须常怀感恩之心，感念父母的养育之恩，感谢亲人、朋友默默的付出。本章选取朱自清、孙犁、史铁生三位作家的作品，让我们一同领略人世间最美的真情。

第三十四讲　朱自清

【篇目】

背影

　　我与父亲不相见已二年余了，我最不能忘记的是他的背影。

　　那年冬天，祖母死了，父亲的差使也交卸了，正是祸不单行的日子。我从北京到徐州，打算跟着父亲奔丧回家。到徐州见着父亲，看见满院狼藉的东西，又想起祖母，不禁簌簌地流下眼泪。父亲说："事已如此，不必难过，好在天无绝人之路！"

　　回家变卖典质，父亲还了亏空；又借钱办了丧事。这些日子，家中光景很是惨淡，一半为了丧事，一半为了父亲赋闲。丧事完毕，父亲要到南京谋事，我也要回北京念书，我们便同行。

　　到南京时，有朋友约去游逛，勾留了一日；第二日上午便须渡江到浦口，下午上车北去。父亲因为事忙，本已说定不送我，叫旅馆里一个熟识的茶房陪我同去。他再三嘱咐茶房，甚是仔细。但他终于不放心，怕茶房不妥帖；颇踌躇了一会。其实我那年已二十岁，北京已来往过两三次，是没有什么要紧的了。他踌躇了一会，终于决定还是自己送我去。我再三劝他不必去；他只说："不要紧，他们去不好！"

我们过了江，进了车站。我买票，他忙着照看行李。行李太多了，得向脚夫行些小费才可过去。他便又忙着和他们讲价钱。我那时真是聪明过分，总觉他说话不大漂亮，非自己插嘴不可，但他终于讲定了价钱；就送我上车。他给我拣定了靠车门的一张椅子；我将他给我做的紫毛大衣铺好座位。他嘱我路上小心，夜里要警醒些，不要受凉。又嘱托茶房好好照应我。我心里暗笑他的迂；他们只认得钱，托他们只是白托！而且我这样大年纪的人，难道还不能料理自己么？唉，我现在想想，那时真是太聪明了！

我说道："爸爸，你走吧。"他往车外看了看说："我买几个橘子去。你就在此地，不要走动。"我看那边月台的栅栏外有几个卖东西的等着顾客。走到那边月台，须穿过铁道，须跳下去又爬上去。父亲是一个胖子，走过去自然要费事些。我本来要去的，他不肯，只好让他去。我看见他戴着黑布小帽，穿着黑布大马褂，深青布棉袍，蹒跚地走到铁道边，慢慢探身下去，尚不大难。可是他穿过铁道，要爬上那边月台，就不容易了。他用两手攀着上面，两脚再向上缩；他肥胖的身子向左微倾，显出努力的样子。这时我看见他的背影，我的泪很快地流下来了。我赶紧拭干了泪。怕他看见，也怕别人看见。我再向外看时，他已抱了朱红的橘子往回走了。过铁道时，他先将橘子散放在地上，自己慢慢爬下，再抱起橘子走。到这边时，我赶紧去搀他。他和我走到车上，将橘子一股脑儿放在我的皮大衣上。于是扑扑衣上的泥土，心里很轻松似的。过一会儿说："我走了，到那边来信！"我望着他走出去。他走了几步，回过头看见我，说："进去吧，里边没人。"等他的背影混入来来往往的人里，再找不着了，我便进来坐下，我的眼泪又来了。

近几年来，父亲和我都是东奔西走，家中光景是一日不如一日。他少年出外谋生，独力支持，做了许多大事。哪知老境却如此颓唐！他触目伤怀，自然情不能自已。情郁于中，自然要发之于外；家庭琐屑便往往触他之怒。他待我渐渐不同往日。但最近两年的不见，他终于忘却我的不好，只是惦记着我，惦记着我的儿子。我北来后，他写了一信给我，信中说道："我身体平安，唯膀子疼痛厉害，举箸提笔，诸多不便，大约大去之期不远矣。"我读到此处，在晶莹的泪光中，又看见那肥胖的、青布棉袍黑布马褂的背影。唉！我不知何时再能与他相见！

一九二五年十月在北京

【作家简介】

朱自清（1898—1948），原名朱自华，字佩弦，号秋实。生于江苏东海，在江苏扬州长大，故自称"我是扬州人"。文学研究会的早期成员，现代著名的散文家、学者、民主战士。曾任清华大学教授，抗日战争爆发后赴西南联合大学任教。在抗日民主运动的影响下，政治态度明显倾向进步。晚年积极参加反帝民主运动。他的散文结构严谨，笔触细致，通过细密观察或深入体味，委婉地表现出对自然景色的内心感受，抒发自己的真挚感情，具有浓厚的诗情画意。主要作品有长诗《毁灭》，诗歌散文合集《踪迹》，散文集《背影》《欧游杂记》《伦敦杂记》《你我》等。

【文本赏析】

《背影》是朱自清先生于1925年所写的一篇回忆性散文。[①]这篇散文叙述的是作者离开南京到北京求学，父亲送他到浦口火车站，照料他上车，并替他买橘子的情形。这篇散文的特点是抓住父亲的"背影"，在叙事中抒发父子深情。"背影"在文章中出现了四次，每次的情况有所不同，而思想感情却是一脉相承。作者用朴素的文字，把父亲对儿子的爱，表达得深刻细腻、真挚感动，从平凡的事件中呈现出父亲的关怀和爱护。这篇散文写作上的主要特点是白描，主要写了父亲买橘子时穿过铁路的情形，并不借助于什么修饰、陪衬，只把当时的情景再现于眼前。这种白描的文字，读起来清淡质朴，却情真味浓，蕴藏着一段深情。《背影》的语言朴素自然，又典雅文质，同时还有文白夹杂的特点。例如不说"失业"，而说"赋闲"，最后一节因父亲来信是文言，引用原句，更见真实，也表达了家庭、父亲的困境和苍凉的心情与复杂的感受。同时，文白夹杂的语句，也笼上了一层时代赋予小资产阶级知识分子的特殊语言色彩。

【课程思政】

在反饥饿、反内战的斗争中，朱自清身患严重的胃溃疡，但仍签名《抗议美国扶日政策并拒绝领取美援面粉宣言》，并嘱告家人不要买国民党政府配售的美援面粉，始终保持着一个正直的爱国知识分子的高尚气节和情操。

【批评家的话】

朱自清虽则是一个诗人，可是他的散文仍能够贮满着那一种诗意。文学研究会的散文作家中，除冰心女士外，文章之美，要算他了。

---

① 最初发表在《文学周报》第200期（1925年11月22日）。1928年10月，作者将其与另外14篇散文集结出版，并命名为《背景》。

——郁达夫《中国新文学大系·散文二集·导言》(《中国新文学大系·散文二集》，上海文艺出版社，2003 年版)

朱自清经历了父子关系上的亲密—疏离—亲密的否定之否定的心灵历程。但后一个复归并不是返回传统文化。从 1917 年的"背影"到 1927 年的"背影"，其中包含着文化筛选的过程，他淘汰了原父意识中的"尊卑"观念，引入了西方父子平等与尊重个体自由的新观念，从而使传统的父子亲亲之情在新的文化层面上再生。

——徐葆耕《原父意识的补偿与升华——朱自清散文新释》(《清华大学学报(哲学社会科学版)》1989 年第 2 期)

【延伸阅读】

《桨声灯影里的秦淮河》《儿女》《荷塘月色》《给亡妇》

【拓展与思考】

1. 有研究者指出，作为《背影》的主干情节——父亲送作者北上，跨越铁道去给他买橘子——是发生在 1917 年冬天的事，但作者把它写出、发表却已是 1925 年了。中间这 8 年，作者写了大量作品，却没有触及深藏在自己记忆中的这段往事。这难道是偶然的吗？对此你怎样理解？

2. 朱自清的散文在语言风格上具有什么特点？

第三十五讲　孙　犁

【篇目】

山地回忆

从阜平乡下来了一位农民代表，参观天津的工业展览会。我们是老交情，已经快有十年不见面了。我陪他去参观展览，他对于中纺的织纺，对于那些改良的新农具特别感到兴趣。临走的时候，我一定要送点东西给他，我想买几尺布。

为什么我偏偏想起买布来？因为他身上穿的还是那样一种浅蓝的土靛染的粗布裤褂。这种蓝的颜色，不知道该叫什么蓝，可是它使我想起很多事情，想起在阜平穷山恶水之间度过的三年战斗的岁月，使我记起很多人。这种颜色，我就叫它"阜平蓝"或是"山地蓝"吧。

他这身衣服的颜色，在天津很是显得突出，也觉得土气。但是在阜平，这样一身衣服，织染既是不容易，穿上也就觉得鲜亮好看了。阜平土地很少，山上都是黑石头，雨水很多很暴，有些泥土就冲到冀中平原上来了——冀中是我的家乡。阜平的农民没有见过大的地块，他们所有的，只是像炕台那样大，或是像锅台那样大的一块土地。在这小小的、不规整的，有时是尖形的，有时是半圆形的，有时是梯形的小块土地上，他们费尽心思，全力经营。他们用石块垒起，用泥土包住，在边沿栽上枣树，在中间种上玉蜀黍。

阜平的天气冷，山地不容易见到太阳。那里不种棉花，我刚到那里的时候，老大娘们手里搓着线锤。很多活计用麻代线，连袜底也是用麻纳的。

就是因为袜子，我和这家人认识了，并且成了老交情。那是个冬天，该是一九四一年的冬天，我打游击打到了这个小村庄，情况缓和了，部队决定休息两天。

我每天到河边去洗脸，河里结了冰，我蹲在冰冻的石头上，把冰砸破，浸湿毛巾，等我擦完脸，毛巾也就冻挺了。有一天早晨，刮着冷风，只有一抹阳光，黄黄的落在河对面的山坡上。我又蹲在那块石头上去，砸开那个冰口，正要洗脸，听见在下水流有人喊：

"你看不见我在这里洗菜吗？洗脸到下边洗去！"

这声音是那么严厉，我听了很不高兴。这样冷天，我来砸冰洗脸，反倒妨碍了人。心里一时挂火，就也大声说：

"离着这么远，会弄脏你的菜！"

我站在上风头，狂风吹送着我的愤怒，我听见洗菜的人也恼了，那人说：

"菜是下口的东西呀！你在上流洗脸洗屁股，为什么不脏？"

"你怎么骂人？"我站立起来转过身去，才看见洗菜的是个女孩子，也不过十六七岁。风吹红了她的脸，像带霜的柿叶，水冻肿了她的手，像上冻的红萝卜。她穿的衣服很单薄，就是那种蓝色的破袄裤。

十月严冬的河滩上，敌人往返烧毁过几次的村庄的边沿，在寒风里，她抱着一篮子水沤的杨树叶，这该是早饭的食粮。

不知道为什么，我一时心平气和下来。我说：

"我错了，我不洗了，你在这块石头上来洗吧！"

她冷冷地望着我，过了一会儿才说：

"你刚在那石头上洗了脸，又叫我站上去洗菜！"

我笑着说：

"你看你这人，我在上水洗，你说下水脏，这么一条大河，哪里就能把我脸上的泥土冲到你的菜上去？现在叫你到上水来，我到下水去，你还说不行，那怎么办哩？"

"怎么办，我还得往上走！"

她说着，扭着身子逆着河流往上去了。蹲在一块尖石上，把菜篮浸进水里，把两手插在祆襟底下取暖，望着我笑了。

我哭不得，也笑不得，只好说：

"你真讲卫生呀！"

"我们是真卫生，你们是装卫生！你们尽笑话我们，说我们山沟里的人不讲卫生，住在我们家里，吃了我们的饭，还刷嘴刷牙，我们的菜饭再不干净，难道还会弄脏了你们的嘴？为什么不连肠子肚子都刷刷干净！"说着就笑得弯下腰去。

我觉得好笑。可也看见，在她笑着的时候，她的整齐的牙齿洁白得放光。

"对，你卫生，我们不卫生。"我说。

"那是假话吗？你们一个饭缸子，也盛饭，也盛菜，也洗脸，也洗脚，也喝水，也尿泡，那是讲卫生吗？"她笑着用两手在冷水里刨抓。

"这是物质条件不好，不是我们愿意不卫生。等我们打败了日本，占了北平，我们就可以吃饭有吃饭的家伙，喝水有喝水的家伙了，我们就可以一切齐备了。"

"什么时候，才能打败鬼子？"女孩子望着我，"我们的房，叫他们烧过两三回了！"

"也许三年，也许五年，也许十年八年。可是不管三年五年，十年八年，我们总是要打下去，我们不会悲观的。"我这样对她讲，当时觉得这样讲了以后，心里很高兴了。

"光着脚打下去吗？"女孩子转脸望了我脚上一下，就又低下头去洗菜了。

我一时没弄清是怎么回事，就问：

"你说什么？"

"说什么？"女孩子也装没有听见，"我问你为什么不穿袜子，脚不冷吗？也是卫生吗？"

"咳！"我也笑了，"这是没有法子么，什么卫生！从九月里就反'扫荡'，可是我们八路军，是非到十月底不发袜子的。这时候，正在打仗，哪里去找袜子穿呀？"

"不会买一双？"女孩子低声说。

"哪里去买呀？尽住小村，不过镇店。"我说。

"不会求人做一双？"

"哪里有布呀？就是有布，求谁做去呀？"

"我给你做。"女孩子洗好菜站起来，"我家就住在那个坡子上，"她用手一指，"你要没有布，我家里有点，还够做一双袜子。"

她端着菜走了，我在河边上洗了脸。我看了看我那只穿着一双"踢倒山"的鞋子，冻得发黑的脚，一时觉得我对于面前这山，这水，这沙滩，永远不能分离了。

我洗过脸，回到队上吃了饭，就到女孩子家去。她正在烧火，见了我就说：

"你这人倒实在，叫你来你就来了。"

我既然摸准了她的脾气，只是笑了笑，就走进屋里。屋里蒸气腾腾，等了一会儿，我才看见炕上有一个大娘和一个四十多岁的大伯，围着一盆火坐着。在大娘背后还有一位雪白头发的老大娘。一家人全笑着让我炕上坐。女孩子说：

"明儿别到河里洗脸去了，到我们这里洗吧，多添一瓢水就够了！"

大伯说：

"我们妞儿刚才还笑话你哩！"

白发老大娘瘪着嘴笑着说：

"她不会说话，同志，不要和她一样呀！"

"她很会说话！"我说，"要紧的是她心眼儿好，她看见我光着脚，就心疼我们八路军！"

大娘从炕角里扯出一块白粗布，说：

"这是我们妞儿纺了半年线赚的，给我做了一条棉裤，剩下的说给她爹做双袜子，现在先给你做了穿上吧。"

我连忙说：

"叫大伯穿吧！要不，我就给钱！"

"你又装假了，"女孩子烧着火抬起头来，"你有钱吗？"

大娘说：

"我们这家人，说了就不能改移。过后再叫她纺，给她爹赚袜子穿。早先，我们这里也不会纺线，是今年春天，家里住了一个女同志，教会了她。还说再过来了，还教她织布哩！你家里的人，会纺线吗？"

"会纺！"我说，"我们那里是穿洋布哩，是机器织纺的。大娘，等我们打败日本……"

"占了北平，我们就有洋布穿，就一切齐备！"女孩子接下去，笑了。

可巧，这几天情况没有变动，我们也不转移。每天早晨，我就到女孩子家里去洗脸。第二天去，袜子已经剪裁好，第三天去她已经纳底子了，用的是细细的麻线。她说：

"你们那里是用麻用线？"

"用线。"我摸了摸袜底，"在我们那里，鞋底也没有这么厚！"

"这样结实。"女孩子说，"保你穿三年，能打败日本不？"

"能够。"我说。

第五天，我穿上了新袜子。

和这一家人熟了，就又成了我新的家。这一家人身体都健壮，又好说笑。女孩子的母亲，看起来比女孩子的父亲还要健壮。女孩子的姥姥九十岁了，还那么结实，耳朵也不聋，我们说话的时候，她不插言，只是微微笑着，她说：她很喜欢听人们说闲话。

女孩子的父亲是个生产的好手，现在地里没活了，他正计划贩红枣到曲阳去卖，问我能不能帮他的忙。部队重视民运工作，上级允许我帮老乡去作运输，每天打早起，我同大伯背上一百多斤红枣，顺着河滩，爬山越岭，送到曲阳去。女孩子早起晚睡给我们做饭，饭食很好，一天，大伯说：

"同志，你知道我是沾你的光吗？"

"怎么沾了我的光？"

"往年，我一个人背枣，我们姐儿是不会给我吃这么好的！"

我笑了。女孩子说：

"沾他什么光，他穿了我们的袜子，就该给我们做活了！"又说，"你们跑了快半月，赚了多少钱？"

"你看，她来查账了，"大伯说，"真是，我们也该计算计算了！"他打开放在被摞底下的一个小包袱，"我们这叫包袱账，赚了赔了，反正都在这里面。"

我们一同数了票子，一共赚了五千多块钱，女孩子说：

"够了。"

"够干什么了？"大伯问。

"够给我买张织布机子了！这一趟，你们在曲阳给我买张织布机子回来吧！"

无论姥姥、母亲、父亲和我，都没人反对女孩子这个正义的要求。我们到了曲阳，把枣卖了，就去买了一张机子。大伯不怕多花钱，一定要买一张好的，把全部盈余都用光了。我们分着背了回来，累得浑身流汗。

这一天，这一家人最高兴，也该是女孩子最满意的一天。这像要了几亩地，买回一头牛；这像置好了结婚前的陪送。

以后，女孩子就学习纺织的全套手艺了：纺、拐、浆、落、经、镶、织。

当她卸下第一匹布的那天，我出发了。从此以后，我走遍山南塞北，那双袜子，整整穿了三年也没有破绽。一九四五年，我们战胜了日本强盗，我从延安回来，在碛口地方，跳到黄河里去洗了一个澡，一时大意，奔腾的黄水，冲走了我的全部衣物，也冲走了那双袜子。黄河的波浪激荡着我关于敌后几年生活的回忆，激荡着我对于那女孩子的纪念。

开国典礼那天，我同大伯一同到百货公司去买布，送他和大娘一人一身蓝士林布，另外，送给女孩子一身红色的。大伯没见过这样鲜艳的红布，对我说：

"多买上几尺，再买点黄色的！"

"干什么用？"我问。

"这里家家门口挂着新旗，咱那山沟里准还没有哩！你给了我一张国旗的样子，一块带回去，叫姐儿给做一个，开会过年的时候，挂起来！"

他说姐儿已经有两个孩子了，还像小时那样，就是喜欢新鲜东西，说什么也要学会。

1949年12月

【作家简介】

孙犁（1913—2002），原名孙树勋，河北安平人，现当代著名小说家、散文家，"荷花淀派"的开创者，先后担任过《平原杂志》、《天津日报》文艺副刊、《文艺通讯》等报刊的编辑。12岁开始接触新文学，受鲁迅和文学研究会影响很大。"孙犁"是他参加抗日战争后于1938年开始使用的笔名。1942年加入中国共产党。主要作品有《荷花淀》《芦花荡》，长篇小说《风云初记》，中篇小说《铁木前传》，小说与散文合集《白洋淀纪事》等，晚年创作有系列散文集《耕堂劫后十种》。

【文本赏析】

《山地回忆》是孙犁的代表作。这篇小说大体上能够概括孙犁小说的一些风格特色：取材小中见大，构思新颖别致，情感细腻含蓄，文笔清新活泼。小说的构思由两个细节——"山地蓝"和一双袜子——引发而来，布局巧妙，章法严谨。小说由当前出发，追忆往事，从一个农民代表身上穿的一件土靛染的浅蓝粗布裤褂，回想起多年前山地战斗生活那段不寻常的岁月；由和平时期很少见到的土里土气的浅蓝粗布联想起战争年代被视为"鲜亮好看"的"山地蓝"；再由山地不种棉花，以麻代线，连袜底也用麻来纳，引出一双袜子的故事，然后回叙"我"与那个姑娘及其一家人那段难以忘却的动人的往事。因为这双袜子，"我"和这家人认识了，成了老交情，结下了不解之缘，那正是1941年冬天，抗日战争相持阶段最艰苦的年代。那双袜子的经历侧面透示了时代的风云，象征着军民之间的深情厚谊，它是如此坚实牢固。"我"走遍了山南塞北，整整穿了三年也没有破绽。由于一次偶然的疏忽，袜子被奔腾的黄河水冲走了，却冲不掉"我"对山地生活的回忆，也冲不掉"我"对那姑娘的怀念之情。前有伏笔，后有呼应，像嚼橄榄一样，令人回味无穷。孙犁的小说不追求情节的巧合与跌宕起伏，比较接近于散文化的风格，讲究浑然天成。这篇小说没有把着眼点放在炮火连天的战争场面描写上，而是选择了两次战斗中间的一段缝隙，即相对平静的阶段，写出了军民之间的日常生活和鱼水之情。小说的构思独特，不落俗套。这类具有散文化风格的小说，在"五四"以来的新文学中，数量不少。如鲁迅的《故乡》《社戏》，废名的《河上柳》《桃园》，沈从文的《柏子》《静》，艾芜的《山峡中》《流浪人》，乃至周立波的《禾场上》《山那面人家》，都称得上是散文化小说中的精品。孙犁的《山地回忆》，排入此一行列，是绝不逊色的。

【课程思政】

孙犁先生说过："虚伪和矫饰无论在生活方面或艺术方面都是不足取的，是可耻的。"这一点在他的作品中得到了淋漓尽致的展现。孙犁先生笔下的人物往往勤劳朴实、自然率真，小说中妞儿送给八路军战士的一双袜子，表达了军民同心、鱼水情深的真挚感情，也体现了妞儿平凡之中的人性之美。

【批评家的话】

革命文学中，很少作家像孙犁那样去表现女性的形式美。……孙犁对女性的关注与描绘，看重的恰恰不是她们与男性一致的"阳刚之美"，而是女性特有的"阴柔之美"，这些有别于男性的那些只属于女性的美，往往体现着人生的诗意与温情。

——杨联芬《孙犁：革命文学中的"多余人"》（《中国现代文学研究丛刊》1998年第4期）

孙犁的文字好，在于阅人深而俗念浅。《白洋淀纪事》里，描述了抗日的艰苦生活，处处写出人性的美。尤其对于女子的勾画，寥寥几笔，形态已出。……孙犁的写作，是野草与河流中的清风，掠过葱郁的原野，带出花草的气息。人的未被污染的心绪，个体命运的苦乐，与民族解放的命运交织在一起，显出弥漫着生命力的美来。

——孙郁《孙犁为何不属于新京派》（《南方文坛》2024年第3期）

【延伸阅读】

《白洋淀纪事》《孙犁散文选》《琴和箫》

【拓展与思考】

同样是散文化风格的诗体小说，孙犁的小说与废名、沈从文、萧红等作家相比具有哪些独特的美学特征？

第三十六讲　史铁生

【篇目】

我与地坛

一

我在好几篇小说中都提到过一座废弃的古园，实际就是地坛。许多年前旅游业还没有开展，园子荒芜冷落得如同一片野地，很少被人记起。

地坛离我家很近。或者说我家离地坛很近。总之，只好认为这是缘分。地坛在我出生前四百多年就坐落在那儿了，而自从我的祖母年轻时带着我父亲来到北京，就一直住在离它不远的地方——五十多年间搬过几次家，可搬来搬去总是在它周围，而且是越搬离它越近了。我常觉得这中间有着宿命的味道：仿佛这古园就是为了等我，而历尽沧桑在那儿等待了四百多年。

它等待我出生，然后又等待我活到最狂妄的年龄上忽地残废了双腿。四百多年里，它一面剥蚀了古殿檐头浮夸的琉璃，淡褪了门壁上炫耀的朱红，坍圮了一段段高墙又散落了玉砌雕栏，祭坛四周的老柏树愈见苍幽，到处的野草荒藤也都茂盛得自在坦荡。

这时候想必我是该来了。十五年前的一个下午，我摇着轮椅进入园中，它为一个失魂落魄的人把一切都准备好了。那时，太阳循着亘古不变的路途正越来越大，也越红。在满园弥漫的沉静光芒中，一个人更容易看到时间，并看见自己的身影。

自从那个下午我无意中进了这园子，就再没长久地离开过它。我一下子就理解了它的意图。正如我在一篇小说中所说的："在人口密聚的城市里，有这样一个宁静的去处，像是上帝的苦心安排。"

两条腿残废后的最初几年，我找不到工作，找不到去路，忽然间几乎什么都找不到了，我就摇了轮椅总是到它那儿去，仅为着那儿是可以逃避一个世界的另一个世界。我在那篇小说中写道："没处可去我便一天到晚耗在这园子里。跟上班下班一样，别人去上班我就摇了轮椅到这儿来。""园子无人看管，上下班时间有些抄近路的人们从园中穿过，园子里活跃一阵，过后便沉寂下来。""园墙在金晃晃的空气中斜切下一溜阴凉，我把轮椅开进去，把椅背放倒，坐着或是躺着，看书或者想事，撅一杈树枝左右拍打，驱赶那些和我一样不明白为什么要来这世上的小昆虫。""蜂儿如一朵小雾稳稳地停在半空；蚂蚁摇头晃脑捋着触须，猛然间想透了什么，转身疾行而去；瓢虫爬得不耐烦了，累了，祈祷一回便支开翅膀，忽悠一下升空了；树干上留着一只蝉蜕，寂寞如一间空屋；露水在草叶上滚动，聚集，压弯了草叶轰然坠地摔开万道金光。"满园子都是草木竞相生长弄出的响动，窸窸窣窣窸窸窣窣片刻不息。"这都是真实的记录，园子荒芜但并不衰败。

　　除去几座殿堂我无法进去，除去那座祭坛我不能上去而只能从各个角度张望它，地坛的每一棵树下我都去过，差不多它的每一米草地上都有过我的车轮印。无论是什么季节，什么天气，什么时间，我都在这园子里呆过。有时候待一会儿就回家，有时候就待到满地上都亮起月光。记不清都是在它的哪些角落里了，我一连几小时专心致志地想关于死的事，也以同样的耐心和方式想过我为什么要出生。这样想了好几年，最后事情终于弄明白了：一个人，出生了，这就不再是一个可以辩论的问题，而只是上帝交给他的一个事实；上帝在交给我们这件事实的时候，已经顺便保证了它的结果，所以死是一件不必急于求成的事，死是一个必然会降临的节日。这样想过之后我安心多了，眼前的一切不再那么可怕。比如你起早熬夜准备考试的时候，忽然想起有一个长长的假期在前面等待你，你会不会觉得轻松一点？并且庆幸并且感激这样的安排？

　　剩下的就是怎样活的问题了。这却不是在某一个瞬间就能完全想透的，不是能够一次性解决的事，怕是活多久就要想它多久了，就像是伴你终生的魔鬼或恋人。所以，十五年了，我还是总得到那古园里去，去它的老树下或荒草边或颓墙旁，去默坐，去呆想，去推开耳边的嘈杂理一理纷乱的思绪，去窥看自己的心魂。十五年中，这古园的形体被不能理解它的人肆意雕琢，幸好有些东西是任谁也不能改变它的。譬如祭坛石门中的落日，寂静的光辉平铺的一刻，地上的每一个坎坷都被映照得灿烂；譬如在园中最为落寞的时间，一群雨燕便出来高歌，把天地都叫喊得苍凉；譬如冬天雪地上孩子的脚印，总让人猜想他们是谁，曾在哪儿做过些什么，然后又都到哪儿去了；譬如那些苍黑的古柏，你忧郁的时候它们镇静地站在那儿，你欣喜的时候它们依然镇静地站在那儿，它们没日没夜地站在那儿从你没有出生一直站到这个世界上又没了你的时候；譬如暴雨骤临园中，激起一阵阵灼烈而清纯的草木和泥土的气味，让人想起无数个夏天的事件；譬如秋风忽至，再有一场早霜，落叶或飘摇歌舞或坦然安卧，满园中播散着熨帖而微苦的味道。味道是最说不清楚的。味道不能写只能闻，要你身临其境去闻才能明了。味道甚至是难于记忆的，只有你又闻到它你才能记起它的全部情感和意蕴。所以我常常要到那园子里去。

二

　　现在我才想到，当年我总是独自跑到地坛去，曾经给母亲出了一个怎样的难题。

　　她不是那种光会疼爱儿子而不懂得理解儿子的母亲。她知道我心里的苦闷，知道不该阻止我出去走走，知道我要是老待在家里结果会更糟，但她又担心我一个人在那荒僻的园子里整天都想些什么。我那时脾气坏到极点，经常是发了疯一样地离开家，从那园子里回来又中了魔似的什么话都不说。母亲知道有些事不宜问，便犹犹豫豫地想问而终于不敢问，因为她自己心里也没有答案。她料想我不会愿意她跟我一同去，所以她从未这样要求过，她知道得给我一点独处的时间，得有这样一段过程。她只是不知道这过程得要多久和这过程的尽头究竟是什么。每次我要动身时，她便无言地帮我准备，帮助我上了轮椅车，看着我摇车拐出小院；这以后她会怎样，当年我不曾想过。

　　有一回我摇车出了小院，想起一件什么事又返身回来，看见母亲仍站在原地，还是送我走时的姿势，望着我拐出小院去的那处墙角，对我的回来竟一时没有反应。待她再次送我出门的时候，她说："出去活动活动，去地坛看看书，我说这挺好。"许多年以后我才渐渐听出，母亲这话实际上是自我安慰，是暗自的祷告，是给我的提示，是恳求与嘱咐。只是在她猝然去世之后，我才有余暇设想。当我不在家里的那些漫长的时间，她是怎样心神不定坐卧难宁，兼着痛苦与惊恐与一个母亲最低限度的祈求。现在我可以断定，以她的聪慧和坚忍，在那些空落的白天后的黑夜，在那不眠的黑夜后的白天，她思来想去最后准是对自己说："反正我不能不让他出去，未来的日子是他自己的，如果他真的要在那园子里出了什么事，这苦难也只好我来承担。"在那段日子里——那是好几年前的一段日子，我想我一定使母亲作过最坏的准备了，但她从来没有对我说过："你为我想想。"事实上我也真的没为她想过。那时她的儿子还太年轻，还来不及为母亲想，他被命运击昏了头，一心以为自己是世上最不幸的一个，不知道儿子的不幸在母亲那儿总是要加倍的。她有一个长到二十岁上忽然截瘫了的儿子，这是她唯一的儿子；她情愿截瘫的是自己而不是儿子，可这事无法代替；她想，只要儿子能活下去哪怕自己去死呢也行，可她又确信一个人不能仅仅是活着，儿子得有一条路走向自己的幸福；而这条路呢，没有谁能保证她的儿子最终能找到——这样一个母亲，注定是活得最苦的母亲。

　　有一次与一个作家朋友聊天，我问他学写作的最初动机是什么？他想了一会儿说："为我母亲。为了让她骄傲。"我心里一惊，良久无言。回想自己最初写小说的动机，虽不似这位朋友的那般单纯，但如他一样的愿望我也有，且一经细想，发现这愿望也在全部动机中占了很大比重。这位朋友说："我的动机太低俗了吧？"我光是摇头，心想低俗并不见得低俗，只怕是这愿望过于天真了。他又说："我那时真就是想出名，出了名让别人羡慕我母亲。"我想，他比我坦率。我想，他又比我幸福，因为他的母亲还活着。而且我想，他的母亲也比我的母亲运气好，他的母亲没有一个双腿残废的儿子，否则事情就不这么简单。

　　在我的头一篇小说发表的时候，在我的小说第一次获奖的那些日子里，我真是多么希望我的母亲还活着。我便又不能在家里待了，又整天整天独自跑到地坛去，心里是没头没尾的沉郁和哀怨，走遍整个园子却怎么也想不通：母亲为什么就不能再多活两年？为什么在她儿子就快要碰撞开一条路的时候，她却忽然熬不住了？莫非她来此世上只是为了替儿子担忧，却不该分享我的一点点快乐？她匆匆离我去时才只有四十九岁呀！有那么一会儿，我甚至对世界对上帝充满了仇恨和厌恶。后来我在一篇题为《合欢树》的文章中写道："坐在小公园安静的树林里，我闭上眼睛，想：上帝为什么早早地召母亲回去呢？很久很久，迷迷糊糊地，我听见了回答：'她心里太苦了。上帝看她受不住了，就召她回去。'我似乎得了一点安慰，睁开眼睛，看见风正从树林里穿过。"小公园，指的也是地坛。

　　只是到了这时候，纷纭的往事才在我眼前幻现得清晰，母亲的苦难与伟大才在我心中渗透得深彻。上帝的考虑，也许是对的。

　　摇着轮椅在园中慢慢走，又是雾罩的清晨，又是骄阳高悬的白昼，我只想着一件事：母亲已经不在了。在老柏树旁停下，在草地上在颓墙边停下，又是处处虫鸣的午后，又是鸟儿归巢的傍晚，我心里只默念着一句话：可是母亲已经不在了。把椅背放倒，躺下，似睡非睡挨到日没，坐起来，心神恍惚，呆呆地直坐到古祭坛上落满黑暗然后再渐渐浮起月光，心里才有点儿明白，母亲不能再来这园中找我了。

　　曾有过好多回，我在这园子里待得太久了，母亲就来找我。她来找我又不想让我发觉，只要见我还好好地在这园子里，她就悄悄转身回去，我看见过几次她的背影。我也看见过几回她四处张望的情景，她视力不好，端着眼镜像在寻找海上的一条船，她没看见我时我已经看见她了，待我看见她她也看见我了我就不去看她，过一会儿我再抬头看她就又看见她缓缓离去的背影。我单是无法知道有多少回她没有找到我。有一回我坐在矮树丛中，树丛很密，我看见她没有找到我；她一个人在园子里走，走过我的身旁，走过我经常呆的一些地方，步履茫然又急迫。我不知道她已经找了多久还要找多久，我不知道为什么我决意不喊她——但这绝不是小时候的捉迷藏，这也许是出于长大了的男孩子的倔强或羞涩？但这倔强只留给我痛悔，丝毫也没有骄傲。我真想告诫所有长大了的男孩子，千万不要跟母亲来这套倔强，羞涩就更不必，我已经懂了可我已经来不及了。

　　儿子想使母亲骄傲，这心情毕竟是太真实了，以致使"想出名"这一声名狼藉的念头也多少改变了一点儿形象。这是个复杂的问题，且不去管它了罢。随着小说获奖的激动逐日暗淡，我开始相信，至少有一点我是想错了：我用纸笔在报刊上碰撞开的一条路，并不就是母亲盼望我找到的那条路。年年月月我都到这园子里来，年年月月我都要想，母亲盼望我找到的那条路到底是什么。

　　母亲生前没给我留下过什么隽永的哲言，或要我恪守的教诲，只是在她去世之后，她艰难的命运、坚忍的意志和毫不张扬的爱，随光阴流转，在我的印象中愈加鲜明深刻。

有一年，十月的风又翻动起安详的落叶，我在园中读书，听见两个散步的老人说："没想到这园子有这么大。"我放下书，想，这么大一座园子，要在其中找到她的儿子，母亲走过了多少焦灼的路。多年来我头一次意识到，这园中不单是处处都有过我的车辙，有过我的车辙的地方也都有过母亲的脚印。

三

如果以一天中的时间来对应四季，当然春天是早晨，夏天是中午，秋天是黄昏，冬天是夜晚。如果以乐器来对应四季，我想春天应该是小号，夏天是定音鼓，秋天是大提琴，冬天是圆号和长笛。要是以这园子里的声响来对应四季呢？那么，春天是祭坛上空漂浮着的鸽子的哨音，夏天是冗长的蝉歌和杨树叶子哗啦啦地对蝉歌的取笑，秋天是古殿檐头的风铃响，冬天是啄木鸟随意而空旷的啄木声。以园中的景物对应四季，春天是一径时而苍白时而黑润的小路，时而明朗时而阴晦的天上摇荡着串串杨花；夏天是一条条耀眼而灼人的石凳，或阴凉而爬满了青苔的石阶，阶下有果皮，阶上有半张被坐皱的报纸；秋天是一座青铜的大钟，在园子的西北角上曾丢弃着一座很大的铜钟，铜钟与这园子一般年纪，浑身挂满绿锈，文字已不清晰；冬天，是林中空地上几只羽毛蓬松的老麻雀。以心绪对应四季呢？春天是卧病的季节，否则人们不易发觉春天的残忍与渴望；夏天，情人们应该在这个季节里失恋，不然就似乎对不起爱情；秋天是从外面买一棵盆花回家的时候，把花搁在阔别了的家中，并且打开窗户把阳光也放进屋里，慢慢回忆慢慢整理一些发过霉的东西；冬天伴着火炉和书，一遍遍坚定不死的决心，写一些并不发出的信。还可以用艺术形式对应四季，这样春天就是一幅画，夏天是一部长篇小说，秋天是一首短歌或诗，冬天是一群雕塑。以梦呢？以梦对应四季呢？春天是树尖上的呼喊，夏天是呼喊中的细雨，秋天是细雨中的土地，冬天是干净的土地上的一只孤零的烟斗。

因为这园子，我常感恩于自己的命运。

我甚至现在就能清楚地看见，一旦有一天我不得不长久地离开它，我会怎样想念它，我会怎样想念它并且梦见它，我会怎样因为不敢想念它而梦也梦不到它。

四

现在让我想想，十五年中坚持到这园子来的人都是谁呢？好像只剩了我和一对老人。

十五年前，这对老人还只能算是中年夫妇，我则货真价实还是个青年。他们总是在薄暮时分来园中散步，我不大弄得清他们是从哪边的园门进来，一般来说他们是逆时针绕这园子走。男人个子很高，肩宽腿长，走起路来目不斜视，胯以上直至脖颈挺直不动，他的妻子攀了他一条胳膊走，也不能使他的上身稍有松懈。女人个子却矮，也不算漂亮，我无端地相信她必出身于家道中衰的名门富族；她攀在丈夫胳膊上像个娇弱的孩子，她向四周观望似总含着恐惧，她轻声与丈夫谈话，见有人走近就立刻怯怯地收住话头。我有时因为他们而想起冉阿让与柯赛特，但这想法并不巩固，他们一望即知是老夫老妻。两个人的穿着都算得上考究，但由于时代的演进，他们的服饰又可以称为古朴了。他们和我一样，到这园子里来几乎是风雨无阻，不过他们比我守时。我什么时间都可能来，他们则一定是在暮色初临的时候。刮风时他们穿了米色风衣，下雨时他们打了黑色的雨伞，夏天他们的衬衫是白色的裤子是黑色的或米色的，冬天他们的呢子大衣又都是黑色的，想必他们只喜欢这三种颜色。他们逆时针绕这园子一周，然后离去。他们走过我身旁时只有男人的脚步响，女人像是贴在高大的丈夫身上跟着漂移。我相信他们一定对我有印象，但是我们没有说过话，我们互相都没有想要接近的表示。十五年中，他们或许注意到一个小伙子进入了中年，我则看着一对令人羡慕的中年情侣不觉中成了两个老人。

曾有过一个热爱唱歌的小伙子，他也是每天都到这园中来，来唱歌，唱了好多年，后来不见了。他的年纪与我相仿，他多半是早晨来，唱半小时或整整唱一个上午，估计在另外的时间里他还得上班。我们经常在祭坛东侧的小路上相遇，我知道他是到东南角的高墙下去唱歌，他一定猜想我去东北角的树林里做什么。我找到我的地方，抽几口烟，便听见他谨慎地整理歌喉了。他反反复复唱那么几首歌。"文化革命"没过去的时候，他唱"蓝蓝的天上白云飘，白云下面马儿跑……"我老也记不住这歌的名字。"文革"后，他唱《货郎与小姐》中那首最为流传的咏叹调。"卖布——卖布嘞，卖布——卖布嘞！"我记得这开头的一句他唱得很有声势，在早晨清澈的空气中，货郎跑遍园中的每一个角落去恭维小姐。"我交了好运气，我交了好运气，我为幸福唱歌曲……"然后他就一遍一遍地唱，不让货郎的激情稍减。依我听来，他的技术不算精到，在关键的地方常出差错，但他的嗓子是相当不坏的，而且唱一个上午也听不出一点疲惫。太阳也不疲惫，把大树的影子缩小成一团，把疏忽大意的蚯蚓晒干在小路上。将近中午，我们又在祭坛东侧相遇，他看一看我，我看一看他，他往北去，我往南去。日子久了，我感到我们都有结识的愿望，但似乎都不知如何开口，于是互相注视一下终又都移开目光擦身而过；这样的次数一多，便更不知如何开口了。终于有一天——一个丝毫没有特点的日子，我们互相点了一下头，他说："你好。"我说："你好。"他说："回去啦？"我说："是，你呢？"他说："我也该回去了。"我们都放慢脚步(其实我是放慢车速)，想再多说几句，但仍然是不知从何说起，这样我们就都走过了对方，又都扭转身子面向对方。他说："那就再见吧。"我说："好，再见。"便互相笑笑各走各的路了。但是我们没有再见，那以后，园中再没了他的歌声，我才想到，那天他或许是有意与我道别的，也许他考上了哪家专业的文工团或歌舞团了吧？真希望他如他歌里所唱的那样，交了好运气。

还有一些人，我还能想起一些常到这园子里来的人。有一个老头，算得一个真正的饮者；他在腰间挂一个扁瓷瓶，瓶里当然装满了酒，常来这园中消磨午后的时光。他在园中四处游逛，如果你不注意你会以为园中有好几个这样的老头，等你看过了他卓尔不群的饮酒情状，你就会相信这是个独一无二的老头。他的衣着过分随便，走路的姿态也不慎重，走上五六十米路便选定一处地方，一只脚踏在石凳上或土埂上或树墩上，解下腰间的酒瓶，解酒瓶的当儿眯起眼睛把一百八十度视角内的景物细细看一遭，然后以迅雷不及掩耳之势倒一大口酒入肚，把酒瓶摇一摇再挂向腰间，平心静气地想一会儿什么，便走下一个五六十米去。还有一个捕鸟的汉子，那岁月园中人少，鸟却多，他在西北角的树丛中拉一张网，鸟撞在上面，羽毛饯在网眼里便不能自拔。他单等一种过去很多而现在非常罕见的鸟，其他的鸟撞在网上他就把它们摘下来放掉，他说已经有好多年没等到那种罕见的鸟，他说他再等一年看看到底还有没有那种鸟，结果他又等了好多年。早晨和傍晚，在这园子里可以看见一个中年女工程师，早晨她从北向南穿过这园子去上班，傍晚她从南向北穿过这园子回家，事实上我并不了解她的职业或者学历，但我以为她必是学理工的知识分子，别样的人很难有她那般的素朴并优雅。当她在园子穿行的时刻，四周的树林也仿佛更加幽静，清淡的日光中竟似有悠远的琴声，比如说是那曲《献给艾丽丝》才好。我没有见过她的丈夫，没有见过那个幸运的男人是什么样子，我想象过却想象不出，后来忽然懂了想象不出才好，那个男人最好不要出现。她走出北门回家去，我竟有点担心，担心她会落入厨房，不过，也许她在厨房里劳作的情景更有另外的美吧，当然不能再是《献给艾丽丝》，是个什么曲子呢？还有一个人，是我的朋友，他是个最有天赋的长跑家，但他被埋没了。他因为在"文革"中出言不慎而坐了几年牢，出来后好不容易找了个拉板车的工作，样样待遇都不能与别人平等，苦闷极了便练习长跑。那时他总来这园子里跑，我用手表为他计时，他每跑一圈向我招一下手，我就记下一个时间。每次他要环绕这园子跑二十圈，大约两万米。他盼望以他的长跑成绩来获得政治上真正的解放，他以为记者的镜头和文字可以帮他做到这一点。第一年他在春节环城赛上跑了第十五名，他看见前十名的照片都挂在了长安街的新闻橱窗里，于是有了信心。第二年他跑了第四名，可是新闻橱窗里只挂了前三名的照片，他没灰心。第三年他跑了第七名，橱窗里挂前六名的照片，他有点儿怨自己。第四年他跑了第三名，橱窗里却只挂了第一名的照片。第五年他跑了第一名——他几乎绝望了，橱窗里只有一幅环城赛群众场面的照片。那些年我们俩常一起在这园子里呆到天黑，开怀痛骂，骂完沉默着回家，分手时再互相叮嘱：先别去死，再试着活一活看。现在他已经不跑了，年岁太大了，跑不了那么快了。最后一次参加环城赛，他以三十八岁之龄又得了第一名并破了纪录，有一位专业队的教练对他说："我要是十年前发现你就好了。"他苦笑一下什么也没说，只在傍晚又来这园中找到我，把这事平静地向我叙说一遍。不见他已有好几年了，现在他和妻子和儿子住在很远的地方。

这些人现在都不到园子里来了，园子里差不多完全换了一批新人。十五年前的旧人，现在就剩我和那对老夫老妻了。有那么一段时间，这老夫老妻中的一个也忽然不来，薄暮时分惟男人独自来散步，步态也明显迟缓了许多，我悬心了很久，怕是那女人出了什么事。幸好过了一个冬天那女人又来了，两个人仍是逆时针绕着园子走，一长一短两个身影恰似钟表的两支指针；女人的头发白了许多，但依旧攀着丈夫的胳膊走得像个孩子。"攀"这个字用得不恰当了，或许可以用"搀"吧，不知有没有兼具这两个意思的字。

五

我也没有忘记一个孩子——一个漂亮而不幸的小姑娘。十五年前的那个下午，我第一次到这园子里来就看见了她，那时她大约三岁，蹲在斋宫西边的小路上捡树上掉落的"小灯笼"。那儿有几棵大栾树，春天开一簇簇细小而稠密的黄花，花落了便结出无数如同三片叶子合抱的小灯笼，小灯笼先是绿色，继而转白，再变黄，成熟了掉落得满地都是。小灯笼精巧得令人爱惜，成年人也不免捡了一个还要捡一个。小姑娘咿咿呀呀地跟自己说着话，一边捡小灯笼；她的嗓音很好，不是她那个年龄所常有的那般尖细，而是很圆润甚或是厚重，也许是因为那个下午园子里太安静了。我奇怪这么小的孩子怎么一个人跑来这园子里？我问她住在哪儿？她随指一下，就喊她的哥哥，沿墙根一带的茂草之中便站起一个七八岁的男孩，朝我望望，看我不像坏人便对他的妹妹说："我在这儿呢！"又伏下身去，他在捉什么虫子。他捉到螳螂、蚂蚱、知了和蜻蜓，来取悦他的妹妹。有那么两三年，我经常在那几棵大栾树下见到他们，兄妹俩总是在一起玩，玩得和睦融洽，都渐渐长大了些。之后有很多年没见到他们。我想他们都在学校里吧，小姑娘也到了上学的年龄，必是告别了孩提时光，没有很多机会来这儿玩了。这事很正常，没理由太搁在心上，若不是有一年我又在园中见到他们，肯定就会慢慢把他们忘记。

那是个礼拜日的上午。那是个晴朗而令人心碎的上午，时隔多年，我竟发现那个漂亮的小姑娘原来是个弱智的孩子。我摇着车到那几棵大栾树下去，恰又是遍地落满了小灯笼的季节；当时我正为一篇小说的结尾所苦，既不知为什么要给它那样一个结尾，又不知何以忽然不想让它有那样一个结尾，于是从家里跑出来，想依靠着园中的镇静，看看是否应该把那篇小说放弃。我刚刚把车停下，就见前面不远处有几个人在戏耍一个少女，做出怪样子来吓她，又喊又笑地追逐她拦截她，少女在几棵大树间惊惶地东跑西躲，却不松手揪卷在怀里的裙裾，两条腿袒露着也似毫无察觉。我看出少女的智力是有些缺陷，却还没看出她是谁。我正要驱车上前为少女解围，就见远处飞快地骑车来了个小伙子，于是那几个戏耍少女的家伙望风而逃。小伙子把自行车支在少女近旁，怒目望着那几个四散逃窜的家伙，一声不吭喘着粗气，脸色如暴雨前的天空一样一会儿比一会儿苍白。这时我认出了他们，小伙子和少女就是当年那对小兄妹。我几乎是在心里惊叫了一声，或者是哀号。世上的事常常使上帝的居心变得可疑。小伙子向他的妹妹走去。少女松开了手，裙裾随之垂落了下来，很多很多她捡的小灯笼便洒落了一地，铺散在她脚下。她仍然算得上漂亮，但双眸迟滞没有光彩。她呆呆地望着那群跑散的家伙，望着极目之处的空寂，凭她的智力绝不可能把这个世界想明白吧？大树下，破碎的阳光星星点点，风把遍地的小灯笼吹得滚动，仿佛喑哑地响着无数小铃铛。哥哥把妹妹扶上自行车后座，带着她无言地回家去了。

无言是对的。要是上帝把漂亮和弱智这两样东西都给了这个小姑娘，就只有无言和回家去是对的。

谁又能把这世界想个明白呢？世上的很多事是不堪说的。你可以抱怨上帝何以要降诸多苦难给这人间，你也可以为消灭种种苦难而奋斗，并为此享有崇高与骄傲，但只要你再多想一步你就会坠入深深的迷茫了：假如世界上没有了苦难，世界还能够存在么？要是没有愚钝，机智还有什么光荣呢？要是没了丑陋，漂亮又怎么维系自己的幸运？要是没有了恶劣和卑下，善良与高尚又将如何界定自己又如何成为美德呢？要是没有了残疾，健全会否因其司空见惯而变得腻烦和乏味呢？我常梦想着在人间彻底消灭残疾，但可以相信，那时将由患病者代替残疾人去承担同样的苦难。如果能够把疾病也全数消灭，那么这份苦难又将由（比如说）相貌丑陋的人去承担了。就算我们连丑陋，连愚昧和卑鄙和一切我们所不喜欢的事物和行为，也都可以统统消灭掉，所有的人都一样健康、漂亮、聪慧、高尚，结果会怎样呢？怕是人间的剧目就全要收场了，一个失去差别的世界将是一潭死水，是一块没有感觉没有肥力的沙漠。

看来差别永远是要有的。看来就只好接受苦难——人类的全部剧目需要它，存在的本身需要它。看来上帝又一次对了。

于是就有一个最令人绝望的结论等在这里：由谁去充任那些苦难的角色？又有谁去体现这世间的幸福，骄傲和快乐？只好听凭偶然，是没有道理好讲的。

就命运而言，休论公道。

那么，一切不幸命运的救赎之路在哪里呢？

设若智慧的悟性可以引领我们去找到救赎之路，难道所有的人都能够获得这样的智慧和悟性吗？

我常以为是丑女造就了美人。我常以为是愚氓举出了智者。我常以为是懦夫衬照了英雄。我常以为是众生度化了佛祖。

六

设若有一位园神，他一定早已注意到了，这么多年我在这园里坐着，有时候是轻松快乐的，有时候是沉郁苦闷的，有时候优哉游哉，有时候惝惶落寞，有时候平静而且自信，有时候又软弱，又迷茫。其实总共只有三个问题交替着来骚扰我，来陪伴我。第一个是要不要去死，第二个是为什么活，第三个，我干吗要写作。

现在让我看看，它们迄今都是怎样编织在一起的吧。

你说，你看穿了死是一件无需乎着急去做的事，是一件无论怎样耽搁也不会错过的事，便决定活下去试试？是的，至少这是很关键的因素。为什么要活下去试试呢？好像仅仅是因为不甘心，机会难得，不试白不试，腿反正是完了，一切仿佛都要完了，但死神很守信用，试一试不会额外再有什么损失。说不定倒有额外的好处呢是不是？我说过，这一来我轻松多了，自由多了。为什么要写作呢？作家是两个被人看重的字，这谁都知道。为了让那个躲在园子深处坐轮椅的人，有朝一日在别人眼里也稍微有点儿光彩，在众人眼里也能有个位置，哪怕那时再去死呢也就多少说得过去了。开始的时候就是这样想，这不用保密，这些现在不用保密了。

我带着本子和笔，到园中找一个最不为人打扰的角落，偷偷地写。那个爱唱歌的小伙子在不远的地方一直唱。要是有人走过来，我就把本子合上把笔叼在嘴里。我怕写不成反落得尴尬。我很要面子。可是你写成了，而且发表了。人家说我写的还不坏，他们甚至说：真没想到你写得这么好。我心说你们没想到的事还多着呢。我确实有整整一宿高兴得没合眼。我很想让那个唱歌的小伙子知道，因为他的歌也毕竟是唱得不错。我告诉我的长跑家朋友的时候，那个中年女工程师正优雅地在园中穿行；长跑家很激动，他说好吧，我玩命跑，你玩命写。这一来你中了魔了，整天都在想哪一件事可以写，哪一个人可以让你写成小说。是中了魔了，我走到哪儿想到哪儿，在人山人海里只寻找小说。要是有一种小说试剂就好了，见人就滴两滴看他是不是一篇小说；要是有一种小说显影液就好了，把它泼满全世界看看都是哪儿有小说。中了魔了，那时我完全是为了写作活着。结果你又发表了几篇，并且出了一点儿小名，可这时你越来越感到恐慌。我忽然觉得自己活得像个人质，刚刚有点儿像个人了却又过了头，像个人质，被一个什么阴谋抓了来当人质，不定哪天被处决，不定哪天就完蛋。你担心要不了多久你就会文思枯竭，那样你就又完了。凭什么我总能写出小说来呢？凭什么那些适合做小说的生活素材就总能送到一个截瘫者跟前来呢？人家满世界跑都有枯竭的危险，而我坐在这园子里凭什么可以一篇接一篇地写呢？你又想到死了。我想见好就收吧。当一名人质实在是太累了太紧张了，太朝不保夕了。我为写作而活下来，要是写作到底不是我应该干的事，我想我再活下去是不是太冒傻气了？你这么想着你却还在绞尽脑汁地想写。我好歹又拧出点儿水来，从一条快要晒干的毛巾上。恐慌日甚一日，随时可能完蛋的感觉比完蛋本身可怕多了，所谓不怕贼偷就怕贼惦记，我想人不如死了好，不如不出生的好，不如压根儿没有这个世界的好。可你并没有去死。我又想到那是一件不必着急的事。可是不必着急的事并不证明是一件必要拖延的事呀？你总是决定活下来，这说明什么？是的，我还是想活。人为什么活着？因为人想活着，说到底是这么回事，人真正的名字叫做：欲望。可我不怕死，有时候我真的不怕死。有时候——说对了。不怕死和想去死是两回事，有时候不怕死的人是有的，一生下来就不怕死的人是没有的。我有时候倒是怕活。可是怕活不等于不想活呀！可我为什么还想活呢？因为你还想得到点儿什么，你觉得你还是可以得到点儿什么的，比如说爱情，比如说价值感之类，人真正的名字叫欲望。这不对吗？我不该得到点儿什么吗？没说不该。可我为什么活得恐慌，就像个人质？后来你明白了，你明白你错了，活着不是为了写作，而写作是为了活着。你明白了这一点是在一个挺滑稽的时刻。那天你又说你不如死了好，你的一个朋友劝你：你不能死，你还得写呢，还有好多好作品等着你去写呢。这时候你忽然明白了，你说：只是因为我活着，我才不得不写作。或者说只是因为你还想活下去，你才不得不写作。是的，这样说过之后我竟然不那么恐慌了。就像你看穿了死之后所得的那份轻松？一个人质报复一场阴谋的最有效的办法是把自己杀死。我看出我得先把我杀死在市场上，那样我就不用参加抢购题材的风潮了。你还写吗？还写。你真的不得不写吗？人都忍不住要为生存找一些牢靠的理由。你不担心你会枯竭了？我不知道，不过我想，活着的问题在死前是完不了的。

这下好了，您不再恐慌了不再是个人质了，您自由了。算了吧你，我怎么可能自由呢？别忘了人真正的名字是：欲望。所以您得知道，消灭恐慌的最有效的办法就是消灭欲望。可是我还知道，消灭人性的最有效的办法也是消灭欲望。那么，是消灭欲望同时也消灭恐慌呢？还是保留欲望同时也保留人生？

我在这园子里坐着，我听见园神告诉我：每一个有激情的演员都难免是一个人质。每一个懂得欣赏的观众都巧妙地粉碎了一场阴谋。每一个乏味的演员都是因为他老以为这戏剧与自己无关。每一个倒霉的观众都是因为他总是坐得离舞台太近了。

我在这园子里坐着，园神成年累月地对我说：孩子，这不是别的，这是你的罪孽和福祉。

七

要是有些事我没说，地坛，你别以为是我忘了，我什么也没忘，但是有些事只适合收藏。不能说，也不能想，却又不能忘。它们不能变成语言，它们无法变成语言，一旦变成语言就不再是它们了。它们是一片朦胧的温馨与寂寥，是一片成熟的希望与绝望，它们的领地只有两处：心与坟墓。比如说邮票，有些是用于寄信的，有些仅仅是为了收藏。

如今我摇着车在这园子里慢慢走，常常有一种感觉，觉得我一个人跑出来已经玩得太久了。有一天我整理我的旧相册，一张十几年前我在这园子里照的照片——那个年轻人坐在轮椅上，背后是一棵老柏树，再远处就是那座古祭坛。我便到园子里去找那棵树。我按着照片上的背景找很快就找到了它，按着照片上它枝干的形状找，肯定那就是它。但是它已经死了，而且在它身上缠绕着一条碗口粗的藤萝。有一天我在这园子碰见一个老太太，她说："哟，你还在这儿哪？"她问我："你母亲还好吗？""您是谁？""你不记得我，我可记得你。有一回你母亲来这儿找你，她问我您看没看见一个摇轮椅的孩子？……"我忽然觉得，我一个人跑到这世界上来玩真是玩得太久了。有一天夜晚，我独自坐在祭坛边的路灯下看书，忽然从那漆黑的祭坛里传出一阵阵唢呐声；四周都是参天古树，方形祭坛占地几百平方米空旷坦荡独对苍天，我看不见那个吹唢呐的人，惟唢呐声在星光寥寥的夜空里低吟高唱，时而悲怆时而欢快，时而缠绵时而苍凉，或许这几个词都不足以形容它，我清清醒醒地听出它响在过去，响在现在，响在未来，回旋飘转亘古不散。

必有一天，我会听见喊我回去。

那时您可以想象一个孩子，他玩累了可他还没玩够呢，心里好些新奇的念头甚至等不及到明天。也可以想象是一个老人，无可置疑地走向他的安息地，走得任劳任怨。还可以想象一对热恋中的情人，互相一次次说"我一刻也不想离开你"，又互相一次次说"时间已经不早了"，时间不早了可我一刻也不想离开你，一刻也不想离开你可时间毕竟是不早了。

我说不好我想不想回去。我说不好是想还是不想，还是无所谓。我说不好我是像那个孩子，还是像那个老人，还是像一个热恋中的情人。很可能是这样：我同时是他们三个。我来的时候是个孩子，他有那么多孩子气的念头所以才哭着喊着闹着要来，他一来一见到这个世界便立刻成了不要命的情人，而对一个情人来说，不管多么漫长的时光也是稍纵即逝，那时他便明白，每一步每一步，其实一步步都是走在回去的路上。当牵牛花初开的时节，葬礼的号角就已吹响。

但是太阳，他每时每刻都是夕阳也都是旭日。当他熄灭着走下山去收尽苍凉残照之际，正是他在另一面燃烧着爬上山巅布散烈烈朝辉之时。那一天，我也将沉静着走下山去，扶着我的拐杖。

有一天，在某一处山洼里，势必会跑上来一个欢蹦的孩子，抱着他的玩具。

当然，那不是我。

但是，那不是我吗？

宇宙以其不息的欲望将一个歌舞炼为永恒。这欲望有怎样一个人间的姓名，大可忽略不计。

（原载《上海文学》1991 年第 1 期）

【作家简介】

史铁生（1951—2010），河北涿县（今涿州市）人，中国当代著名作家、散文家。1978 年，处女作《爱情的命运》在西北大学校刊上发表。1979 年正式发表第一篇小说《法学教授及其夫人》。著有短篇小说《午餐半小时》《我们的角落》《我的遥远的清平湾》《奶奶的星星》等，中篇小说《关于詹牧师的报告文学》《插队的故事》《礼拜日》等，随笔散文《好运设计》《我与地坛》《墙下短记》《病隙碎笔》等，长篇小说《务虚笔记》《在一个冬天的晚上》等。其作品曾获得全国优秀短篇小说奖、鲁迅文学奖等。

【文本赏析】

《我与地坛》完成于 1989 年，它是史铁生充满哲理性和人生思考的代表作。在这篇散文中，史铁生以自己的亲身经历为基础，叙述多年来他在地坛公园里对人生百态的观察和感悟。北京师范大学文学院教授赵勇说，《我与地坛》可称得上是一篇"大散文"。所谓"大散文"，即具有"大格局、大气象、大思考、大境界"。《我与地坛》这篇散文的内涵具有复杂性和丰富性，这篇散文多角度地讲述了地坛公园的自然景物及作家对于生死的思考、对于母爱的感悟等，读者能够领悟到文章深刻的哲思和强烈的美感。作品的第二节用作者的自叙表现了作者对母亲生前种种行为细节的追忆和对母亲早逝的痛惜之情。又通过作者的"设想"，直接进入母亲那复杂深沉的内心世界，描写她的心理活动过程，正面展示出她那颗赤诚无私的爱心。通过作者两个视角的交叉观照，我们能够看到并且深刻理解这种不同于一般意义上的母爱的基本特征。母亲的爱是苦难的、无言的、坚忍的。母亲在遭遇到儿子"长到二十岁上突然截瘫"的命运打击的时候，她没有逃避，没有退缩。她默默地承受了"儿子的不幸在母亲那儿总是要加倍"的苦难，用她那柔弱的肩膀，无言地承担起了作者难以想象的压力。母亲的勇敢在于她的坚强，默默承担。史铁生并未将这种情感的抒发以热烈宣泄的方式激烈地表达出来，也没有赤裸裸地抒情，他只是叙写了"我"与母亲的点点滴滴，用一种内敛的方式讲述着母亲的几件小事以及母亲过早离世带给自己的伤痛。母亲的爱是沉默且深邃的，在遭遇到"我"的命运的打击后，母亲默默承受起了这一切生活和精神的压力。母爱藏在了生活中的点点滴滴里，藏在了地坛公园每个角落里，是母亲的善解人意和坚强的意志唤起了"我"对生命的信心，正是母亲通达的爱，使得"我"自立自强，也是母亲以自己的行动为

"我"找到了活下去的理由。

《我与地坛》并不是传统意义上"形散神不散"的散文，作者没有刻意追求一个中心思想，而是以记录自己的思想感情为主，文章的叙述风格是以倾诉的语气向读者讲述着自己的生命体验。文章中思考了生、死、命运、公平等问题，作者的思考都是和地坛中的一草一木相呼应的，因此《我与地坛》中的花草树木都不是一般意义上的"借景抒情"，而是作者的心灵与思想和自然界的对话。

【课程思政】

当作者失去母亲后又来到这古园中，他从这荒芜衰败的景象里感悟到了"我残疾但不能颓废"，应该像地坛那样，让生命张扬出活力。从母亲苦难而又坚强的一生中，作者明白了，自己应该像母亲那样，勇敢坚强地面对人生的各种苦难与不幸。

【批评家的话】

地坛对作家来说，已不是一般的人文景观，他已进入到作家生活之中，或者也可以反过来说，作家进入了地坛，地坛成为作家栖居的精神家园，他在其中感悟到赖以支撑自己生命的人生哲理和情思，作者写地坛，突出的便是这种物我交融同呼共吸的隐秘的精神默契。

——汪政、晓华《生存的感悟——史铁生〈我与地坛〉读解》（《名作欣赏》1993年第1期）

作为一篇散文，《我与地坛》所取得的成就及所达到的高度是无与伦比的。尽管这只是一部单篇散文，尽管此后人们不会再奢求史铁生乃至其他作家写出同样的作品，但正如韩少功所言的那样："《我与地坛》这篇文章的发表，对当年（1991年）的文坛来说，即使没有其他的作品，那一年的文坛也是一个丰年。"事实上，不仅是那一年，《我与地坛》堪称整个中国当代文学的重要收获，而其影响，也不限于"文坛"，它在各个阶层的读者那里都引发了强烈持久的震撼、回味与思考。

——陈福民《超越生死大限之无上欢悦——重读史铁生的〈我与地坛〉》（《当代文坛》2009年第6期）

【延伸阅读】

《我的遥远的清平湾》《命若琴弦》《病隙碎笔》

【拓展与思考】

1. "地坛"在文中具有何种象征意义？

2. 《我与地坛》慰藉了无数被苦难折磨的人，思考人类普遍的生存困境，你怎样看待作家对生的思考？对你有哪些启示？

第十三章　人与自然

【导语】

马克思主义认为，人与自然的关系是不以人的意志为转移的客观存在。人类自诞生以来就与自然息息相关，离开自然、背离自然规律，人类的生存与发展难以想象，在人类历史发展的漫长进程中，自然环境与人类的水乳交融是无法逾矩的客观规律。因此，我们要坚持保护自然环境就是保护人类自身、坚持人与自然和谐共生的生态文明观。在中国当代作家的文学创作中，越来越多的作家开始有意识地关注与从事生态文学写作，以文学的方式来宣传和推动"人与自然是生命共同体"的现代发展理念。

第三十七讲　苇　岸

【篇目】

大地上的事情（节选）

一

我观察过蚂蚁营巢的三种方式。小型蚁筑巢，将湿润的土粒吐在巢口，垒成酒盅状、灶台状、坟冢状、城堡状或松疏的蜂房状，高耸在地面；中型蚁的巢口，土粒散得均匀美观，围成喇叭口或泉心的形状，仿佛大地开放的一只黑色花朵；大型蚁筑巢像北方人的举止，随便、粗略、不拘细节，它们将颗粒远远地衔到什么地方，任意一丢，就像大步奔走撒种的农夫。

二

下雪时，我总想到夏天，因成熟而褪色的榆荚被风从树梢吹散。雪纷纷扬扬，给人间带来某种和谐感，这和谐感正来自于纷纭之中。雪也许是更大的一棵树上的果实，被一场世界之外的大风刮落。它们漂泊到大地各处，它们携带的纯洁，不久即繁衍成春天动人的花朵。

三

写《自然与人生》的日本作家德富芦花，观察过落日。他记录太阳由衔山到全然沉入地表，需要三分钟。我观察过一次日出，日出比日落缓慢。观看日落，大有守待圣哲临终之感；观看日出，则像等待伟大英雄辉煌的诞生。仿佛有什么阻力，太阳艰难地向上跃动，伸缩着挺进。太阳从露出一丝红线，到伸缩着跳上地表，用了约五分钟。

世界上的事物在速度上，衰落胜于崛起。

四

这是一具熊蜂的尸体，它是自然死亡，还是因疾病或敌害而死，不得而知。它偃卧在那里，翅零乱地散开，肢蜷曲在一起。它的尸身僵硬，很轻，最小的风能将它推动。我见过胡蜂巢、土蜂巢、蜜蜂巢和别的蜂巢，但从没有见过熊蜂巢。熊蜂是穴居者，它们将巢筑在房屋的立柱、檩木、横梁、椽子或枯死的树干上。熊蜂从不集群活动，它们个个都是英雄，单枪匹马到处闯荡。熊蜂是昆虫世界当然的王，它们身着的黑黄斑纹，是大地上最怵目的图案，高贵而恐怖。老人们告诉过孩子，它们能蜇死牛马。

五

麻雀在地面的时间比在树上的时间多。它们只是在吃足食物后，才飞到树上。它们将短硬的喙像北方农妇在缸沿砺刀那样，在枝上反复擦拭。麻雀蹲在枝上啼鸣，如孩子骑在父亲的肩上高声喊叫，这声音蕴含着依赖、信任、幸福和安全感。麻雀在树上就和孩子们在地上一样，它们的蹦跳就是孩子们的奔跑。而树木伸展的愿望，是给鸟儿送来一个个广场。

六

穿越田野的时候，我看到一只鹞子。它静静地盘旋，长久浮在空中。它好像看到了什么，径直俯冲下来，但还未触及地面又迅疾飞起。我想象它看到一只野兔，因人类的扩张在平原上已近绝迹的野兔，梭罗在《瓦尔登湖》中预言过的野兔："要是没有兔子和鹧鸪，一个田野还成什么田野呢？它们是最简单的土生土长的动物，与大自然同色彩、同性质，和树叶、和土地是最亲密的联盟。看到兔子和鹧鸪跑掉的时候，你不觉得它们是禽兽，它们是大自然的一部分，仿佛飒飒的木叶一样。不管发生怎么样的革命，兔子和鹧鸪一定可以永存，像土生土长的人一样。不能维持一只兔子的生活的田野一定是贫瘠无比的。"

看到一只在田野上空徒劳盘旋的鹞子，我想起田野往昔的繁荣。

七

在我的住所前面，有一块空地，它的形状像一只盘子，被四周的楼群围起。它盛过田园般安详的雪，盛过赤道般热烈的雨，但它盛不住孩子们的欢乐。孩子们把欢乐撒在里面，仿佛一颗颗珍珠滚到我的窗前。我注视着男孩和女孩在一起做游戏，这游戏是每个从他们身边匆匆走过的大人都做过的。大人告别了童年，就将游戏像玩具一样丢在了一边。但游戏在孩子们手里，依然一代代传递。

八

在一所小学教室的墙壁上，贴着孩子们写自己家庭的作文。一个孩子写道：他的爸爸是工厂干部，妈妈是中学教师，他们很爱自己的孩子，星期天常常带他去山边玩，他有许多玩具，有自己的小人书库，他感到很幸福。但是妈妈对他管教很严，命令他放学必须直接回家，回家第一件事是用肥皂洗手。为此他感到非常不幸，恨自己的妈妈。

每一匹新驹都不会喜欢给它套上羁绊的人。

九

黎明，我常常被麻雀的叫声惊醒。日子久了，我发现它们总在日出前二十分钟开始啼叫。冬天日出较晚，它们叫得也晚；夏天日出早，它们叫得也早。麻雀在日出前和日出后的叫声不同，日出前它们发出"鸟、鸟、鸟"的声音，日出后便改成"喳、喳、喳"的声音。我不知它们的叫法和太阳有什么关系。

十

在山冈小径上，我看到一只蚂蚁在拖蜣螂的尸体。蜣螂可能被人踩过，尸体已经变形，渗出的体液粘着两粒石子，使它更加沉重。蚂蚁紧紧咬住蜣螂，它用力扭动身躯，想把蜣螂拖走。蜣螂微微摇晃，但丝毫没有向前移动。我看了很久，直到我离开时，这个可敬的勇士仍不懈地努力。没有其他蚁来帮它，它似乎也没有回巢去请援军的想法。

三十八

秋天，大地上到处都是果实，它们露出善良的面孔，等待着来自任何一方的采取。每到这个季节，我便难于平静，我不能不为在这世上永不绝迹的崇高所感动，我应当走到土地里面去看看，我应该和所有的人一道去得到陶冶和启迪。

太阳的光芒普照原野，依然热烈。大地明亮，它敞着门，为一切健康的生命。此刻，万物的声音都在大地上汇聚，它们要讲述一生的事情，它们要抢在冬天到来之前，把心内深藏已久的歌全部唱完。

第一场秋风已经刮过去了，所有结满籽粒和果实的植物都把丰足的头垂向大地，这是任何成熟者必致的谦逊之态，也是对孕育了自己的母亲一种无语的敬祝和感激。手脚粗大的农民再次忙碌起来，他们清理了谷仓和庭院，他们拿着家什一次次走向田里，就像是去为一头远途而归的牲口卸下背上的重负。

看着生动的大地，我觉得它本身也是一个真理。它叫任何劳动都不落空，它让所有的劳动者都能看到成果，它用纯正的农民暗示我们：土地最宜养育勤劳、厚道、朴实、所求有度的人。

三十九

人类与地球的关系，很像人与他的生命的关系。在无知无觉的年纪，他眼里的生命是一口取之不尽、用之不竭的井，可以任意汲取和享用。当他有一天觉悟，突然感到生命的短暂和有限时，他发现，他生命中许多宝贵的东西已被挥霍一空。面对未来，他开始痛悔和恐惧，开始锻炼和保健。

不同的是，人类并不是一个人，它不是具有一个头脑的整体。今天，各国对地球的掠夺，很大程度上已不仅仅为了满足自己国民的生活。如同体育比赛已远远超出原初的锻炼肌体的意义一样，不惜牺牲的竞争和较量，只是为了获得一项冠军的荣誉。

【作家简介】

苇岸（1960—1999），原名马建国，生于北京市昌平县北小营村，诗人、散文家。1978年考入中国人民大学哲学系。1982年发表第一首诗歌《秋分》。1988年开始写作开放性系列散文作品《大地上的事情》，成为新生代散文的代表性作品。1998年，为写《一九九八：二十四节气》，苇岸在家附近选择了一块农地，在每一节气的同一时间、地点观察、拍照、记录，最后形成一段笔记。1999年在病中写出最后一则《二十四节气：谷雨》。按照苇岸的意愿，他的亲友将他的骨灰伴着花瓣撒在故乡的麦田、树林与河水中。苇岸一生写得文字很少，不足二十万字。生前只留下一部《大地上的事情》，在病榻上编就了自己的第二本书《太阳升起以后》，2000年5月由中国工人出版社出版。

【文本赏析】

20世纪80年代后期，文学话语更加开放，作家们在关注生态问题的同时开始注重生态文学创作的审美性，新闻性、政论性的要求逐渐减弱，具有生态意识的文化大散文应运而生，逐渐代替报告文学成为生态文学创作的主流，苇岸的《大地上的事情》就是其中的代表。在整部作品中，苇岸以真实而深沉的笔触、博爱而真挚的精神、简洁而生动的艺术风格以及对生命的热爱，描绘了丰富多彩、蓬勃向上的自然万象。作品中不仅有着对生命奇迹的赞叹，还充斥着对人类破坏自然的悲哀。整部作品在书写自然万物的同时，还力图以文字的方式保留现代文明进程中不断消亡的原始诗意，唤醒人们对于自然的关注，并呼吁人们践行土地道德，以保护生态环境为己任，用谦逊与博爱的心灵真诚地对待哺育万物的土地。

在《大地上的事情》中，苇岸落笔于生命万物，以诗性的语言记录大地生命的万千形态。从形式上看，整部散文作品由七十五个文字片段组成，且相邻的片段之间并无明确的逻辑关系，或描写某个季节、某种天气，或描写某种动物的形态、习性，或描写某种植物的特征、生长规律……这种看似混乱的结构，实则离不开对生命的书写这一主题。通过这些片段，我们可以看到作者对大自然有着十分深入的了解，无论是对蚂蚁营巢方式的描写，还是通过熊蜂尸体所产生的哲理联想，都能够显示出作者对大自然的细致观察与深切体悟。苇岸笔下的地理脉络、气候更迭、花丛密语、动物狂欢的场面都十分生动传神，充分彰显了大自然的生命力量，话语之间传递出明显的生态特征。

受梭罗与托尔斯泰的影响，苇岸以一种平易质朴的眼光来观照世界，以真情来感悟世间万物的生命因果，这部作品也具有一定的哲理意味。在苇岸的笔下，人与自然更多的是精神上与物质上的"双向奔赴"。自然孕育万物，是人类赖以生存的家园；而人类作为自然界中不可缺少的一个部分，在接受自然滋养的同时，也能够从自然中感悟到生命的哲理。在《大地上的事情》中，苇岸通过对蚂蚁营巢的书写来展现团结的巨大力量，从而阐发对生命奇迹的赞叹；在书写秋日落叶时，他会以落叶归根而感悟养育的恩情，诉说离别的勇敢；在书写麻雀穿越雷雨时，他会赞美生命的不屈与倔强。整部作品并没有过多的辞藻渲染，而是以真实、生动的文字还原自然的本来面貌，让人们在阅读过程中能够真正置身于自然，感受生命的奇迹，分担生命的苦难，探索生命的真谛。

苇岸认为，"在中国文学里，人们可以看到一切：聪明、智慧、美景、意境、技艺、个人恩怨、明哲保身等等，唯独不见一个作家应有的与万物荣辱与共的灵魂。"作为一位思想深邃的散文家，苇岸一生关注大地上的事情，宣扬"土地道德"，将自然万物融入创作之中，使自己成为"与万物荣辱与共的灵魂"，被文学界和思想界誉为"中国的梭罗"。

【课程思政】

习近平总书记指出："人与自然是生命共同体。生态环境没有替代品，用之不觉，失之难存。"作为对人与自然关系的本质性、科学性的当代表达，"人与自然是生命共同体"是马克思主义人与自然关系思想的一脉相承和与时俱进，是习近平新时代中国特色社会主义思想的重要组成部分。

【批评家的话】

苇岸的散文所表达的已经不仅是视觉、知觉上的审美感知，而是对大地怀着宗教般虔诚与对生命热爱的表白，巨大的精神感召力引导读者趋向善、爱与尊重，文字中流露的对心灵世界回归的召唤博大而谦逊。《上帝之子》《放蜂人》《美丽的嘉荫》《去看白桦林》《天边小镇》《四姑》这些优秀的散文是应该被记住的。

——张志军《来自大地的声音——读苇岸<大地上的事情>》（《社会科学论坛》，2004年第12期）

在人们日益受控于奢侈与虚荣的追逐，全然没有心思关注生养人类的自然，全然不顾道德修炼的现代工业文明时代，苇岸特立独行，将关注的目光投向自然，终其一生述写着大地上的事情。他好似大地神圣的守望者，以一颗博大、仁爱的心，观察、体悟、吟赞着大地上的万事万物，尤其是那些易被人忽视的细枝末节和弱小生命。在他看来，自然是个整体，整体内所有的生命都休戚相关。这种生态整体观决定了他散文的生态属性。

——董国艳《苇岸散文的生态意识探析》（《山东社会科学》2014年第1期）

【附录】

一个人的道路

——我的自述（节选）

苇岸

我的诗歌时期，对我的散文写作，具有非同寻常的意义。除了一种根本的诗人特有的纯粹精神，恰如布罗茨基所讲，散文作家可以向诗歌学到：借助词语在一定的上下文中产生的特定含义和力量；集中的思路；省略去不言自明的赘语。的确，"如果散文作家缺少诗歌创作的经验，他的作品难免累赘冗长和华而不实的弊端"。对我来说，我努力去做的，即是将散文作为诗歌以另一种手段的继续来写作。

我的第一篇散文《去看白桦林》，写于一九八八年初。最终导致我从诗歌转向散文的，是梭罗的《瓦尔登湖》。当我初读这本举世无双的书时，我幸福地感到，我对它的喜爱，超过了任何诗歌。此时我已经有了一个令我满意的工作：与社会可以保持必要的距离，夜晚授课，而将上午——每日官能最清澈的时刻——献给阅读和写作。我的每年暑假的自费旅行，也已进行。到一九九〇年，我已走了黄河以北几乎全部省区。

我喜爱的、对我影响较大的、确立了我的信仰、塑造了我写作面貌的作家和诗人，主要有：梭罗、列夫·托尔斯泰、泰戈尔、惠特曼、爱默生、纪伯伦、安徒生、雅姆、布莱克、黑塞、普里什文、谢尔古年科夫等。这里我想惭愧地说，祖国源远流长的文学，一直未能进入我的视野。一个推崇李敖、夸耀曾拧下过一只麻雀脑袋的人，曾多次向我推荐《厚黑学》，但我从未读过一页。而伟大的《红楼梦》，今天对我依然陌生。不是缺少时间，而是缺少动力和心情。在中国文学里，人们可以看到一切：聪明、智慧、美景、意境、技艺、个人恩怨、明哲保身等等，唯独不见一个作家应有的与万物荣辱与共的灵魂。海子曾说：我恨东方诗人的文人气质，他们把一切都变成趣味。

我的笔名"苇岸"，最初来自北岛的诗《岸》，也有另外的因素。我不仅因"我是岸/我是渔港/我伸展着手臂/等待穷孩子的小船/载回一盏盏灯光"这样的诗句，感到血液激涌；更有一种强烈的与猥琐、苟且、污泥的快乐、瓦全的幸福对立的本能。我这样讲，并非意味我在我的生命衍进中，从未做过使自己愧怍的事情。对于它们，如毛姆在《七十述怀》里写的那样，我希望我说：这不是我做的，而是过去的另一个我做的。

"没有比对人类的爱更富于艺术性的事业。"虽然我是一个作家，但我更喜欢凡·高这句话。我希望我是一个眼里无历史，心中无怨恨的人。每天，无论我遇见了谁，我都把他看作刚刚来到这个世界的人。我曾经想，在我之前，这个世界生活过无数的人，在我之后，这个世界还将有无数的人生活；那么在人类的绵延中，我为什么就与我同时代的这些人们相遇，并生活在一起了呢？我不用偶然来看这个问题，我把它视为一种亲缘。

当然我知道，事情远非这么理想和浪漫。但我愿意像古罗马的那位皇帝马可·奥勒留那样，每天早晨对自己说：今天我要见到一个我主动问候他，他却视我别有企图的人；一个除了自己的利益圈子，对一切都冷漠无情的人；一个把比他人生活得优渥，看作人生最大幸福的人；一个将"无度不丈夫"，当作"无毒不丈夫"奉行的人……他们之所以这样，是因为他们无知。

再过两个月，就是我三十五岁的生日了。在我的一生中，我希望我成为一个"人类的增光者"。我希望在我晚年的时候，我能够借用夸齐莫多的诗歌说："爱，以神奇的力量，/使我出类拔萃。"

一九九四年十月

【延伸阅读】

去看白桦林

茅岸

我常常这样告诫自己，并且把它作为我生活的一个准则：只要你天性能够感受，只要你尚有一颗未因年龄增长而泯灭的承受启示的心，你就应当经常到大自然中去走走。

我去看白桦林时，是在秋天。秋天旅行是一种幸福，木草丰盈，色彩斑斓，大地的颜色仿佛在为行者呈现。世界上有许多事物，往往是一种事物向另一种事物转化时的过渡。它们由于既不属于前者，又不属于后者，便获得了自身的独立价值；它们由于既包含了前者，又包含了后者，从而更加饱满和丰富。黎明和黄昏比白昼与黑夜妖媚，春天和秋天比夏天与冬天灿烂。当我试图描述所见的一角山隅或一片滩地，我感到了人类语言的虚弱和简单。俄国诗人蒲宁说："诗人不善于描写秋天，因为他们不常描绘色彩和天空。"可供诗人选择的文字仍然有限，许多词汇还有待我们创造出来。

我平生没有实地见过白桦林。但我从内心深处感到在白桦与我之间存在着某种先天的亲缘关系，无论在影视或图片上看到它们，我都会激动不已。我相信，白桦树淳朴正直的形象，是我灵魂与生命的象征。秋天到白桦林中漫步，是我向往已久的心愿。我可以想象，纷纷的落叶像一只只鸟，飞翔在我的身旁，不时落在我的头顶和肩上。我体验这时的白桦林，本身便是一群栖落在大地上的鸟，在一年一度的换羽季节，抖下自己金色的羽毛。

我是走了几个地方后，在围场北部的"坝上"找到它们的。这里的节气远远早于北京地区，使我感到遗憾的是，白桦林的叶子已经脱尽。尽管我面对的是萧瑟凄凉的景象，我也没有必要为白桦林悲伤。在白桦林的生命历程中，为了利于成长，它们总会果断舍弃那些侧枝和旧叶。我想我的一生也需要这样，如果我把渐渐获得的一切都紧紧抓住不放，我怎么能够再走向更远的地方？

在落满叶子的林间走动，脚下响着一种动听的声音，像马车轧碎空旷街道上的积水。当我伸手触摸白桦树光洁的躯干，如同初次触摸黄河那样，我明显地感觉到了温暖。我深信它们与我没有本质的区别，它们的体内同样有血液在流动。我一直崇尚白桦树挺拔的形象，看着眼前的白桦林，我领悟了一个道理：正与直是它们赖以生存的首要条件，哪棵树在生长中偏离了这个方向，即意味着失去阳光和死亡。正是由于每棵树都正直向上生长，它们各自占据的空间才不多，它们才能聚成森林，和睦安平地在一起生活。我想，林木世界这一永恒公正的生存法则，在人类社会中也同样适用。

一九八八年四月

《去看白桦林》是苇岸的第一篇散文作品。在这篇散文中，苇岸详细且生动地描写了坝上白桦林落叶时的场景。"我可以想象，纷纷的落叶像一只只鸟，飞翔在我的身旁，不时落在我的头顶和肩上。我体验这时的白桦林，本身便是一群栖落在大地上的鸟，在一年一度的换羽季节，抖下自己金色的羽毛。"苇岸并没有因为白桦叶凋落而感到悲伤，而是将金黄的落叶比作羽毛，将落叶归根视作生命的轮回。他感叹白桦为其能够不断生长而作出的取舍，感叹白桦叶"离别的勇气"，进而由白桦的生长规律联想到人类，相信自然的生存法则也同样适用于人类。"正与直是它们赖以生存的首要条件，哪棵树在生长中偏离了这个方向，即意味着失去阳光和死亡。正是由于每棵树都正直向上生长，它们各自占据的空间才不多，它们才能聚成森林，和睦安平地在一起生活。"在这篇散文中，苇岸以白桦为实现"正直向上生长"而舍弃多余的树叶与枝干作比，从自然法则的角度来提醒人类应当懂得节制。在物质文明不断发展的今天，人类最基本的生存法则在物质的不断繁荣之下已经开始动摇，而这段意义深远的话既提醒了那些穷奢极欲、以邻为壑的人们，也表现出苇岸对于自然的深切关照与对待自然的殷切赤子之情。

苇岸的一生虽然短暂，但却留下了发人深省的篇章。在生态文学的创作中，无论是对人类中心主义的批判还是对自然中心主义的宣扬，抑或是与两种价值观的调和，都无法回避文学作品融合的人性的、审美的创作观念。苇岸的作品关注自然，书写大地，以丰沛的情感和充满诗意的文字将自然与人类紧密联结在一起，在他的作品中，自然并非是仅供观赏的对象、审美的对象，更是作者与之共存的对象。在繁花似锦的文学丛中，苇岸的作品却平添了一丝深沉与宁静，只有真正置身于大地，置身于自然，才能感悟生命的真谛。

【拓展与思考】

对比阅读梭罗的《瓦尔登湖》，谈一谈苇岸为什么能被称为"中国的梭罗"？

第三十八讲 陈应松

【篇目】

豹子最后的舞蹈（节选）

我漫游在星星之间，我深知
即使它们都暗淡了

你的双眼仍能亲切地闪烁

——蒙塔莱

（某年某月，神农架一年轻姑娘徒手打死一只豹子，成为全国闻名的打豹英雄。当人们肢解这头豹子时，发现皮枯毛落，胃囊内无丁点食物。从此，豹子在神农架销声匿迹了。）

在我生命的最后几年里，我整日徜徉在神农架的山山岭岭。我老啦，这种衰老是无法用言词来表达的。衰老就是衰老，包括我生命中的各种欲望。我现在唯一的欲望是进食，除了水，我需要肉，带血的肉，嚼它，品尝它，伏在某一棵天师栗树下，或是一处灌木丛中，头上悬垂着紫色的"猫儿屎"和通红的老鸹枕头果。然后，我舔食那些动物们的血肉，带着满腹的胀意美美地睡上一觉，不惧寒露和星星，在沉沉的山冈上，在山谷里，重温往日的旧梦。

我是一只孤独的豹子，我的同类，我的兄弟姐妹，我的父母都死了，我是看着他们死去的；有的是无声无息地消失了，像一阵又一阵的岚烟，像一片掉落进山溪的树叶——它们是不会回头的。

孤独，我们的天性。我们天生是孤独沉默的精灵，我们偶尔吼叫，那也是在没有同类的时候，用以抒发我们内心的心事，还有豪气。我们只想听听我们的回音，在山壁上的回音，在茫茫的夜空中的回音。那是我们期待的回答。也就是说，我们只喜欢听我们自己；有好几次，在我得意时，我看我喷发出去的吼声是否震落了天上的星星。我以为，我总能震落那些高傲的星星的。后来应验了，在我的一声吼叫后，我看见西南角的星星像雨点一样滑落下来，半个时辰后还稀稀落落地往下掉。可是，我们的孤独是幸福的孤独，是知道在某一处山谷里还有着我们的族群，有着我们的所爱，有着我们的血亲……而如今，我的孤独才是真正的痛苦的孤独，没有啦，没有与我相同的身影，在茫茫的大山中，我成为豹子生命的惟一，再也没有了熟悉的同类。我有一天意识到这个问题时，好像掉下了一个无底的深渊，永远地下坠下去，没有抓挠，没有救助，没有参照物——那一定是时间的空洞，是绝望，是巨大的神秘和恐慌。在那种失重感的恐惧中，有一天我定下心来，我决定活下去。决不决定无所谓，我总得活下去，吃、喝、拉、撒、睡。

我渴望食物，以及在饱食终日中的温暖，这已经是我垂死挣扎的日期了，我的游荡步履蹒跚。我渴望着温暖，然而现在是三月，是严峻的三月，山上的积雪还没有融化，到半夜的时候，偶尔会飘上一场雪花，它们轻盈地落在我皮毛上的样子过去是抒情，现在是寒冷。对于季节的转换我已经心如古井了。我听见了麂子们清长的嗥叫，那是对春泉的呼唤。在低山地区，农人开始了选种，他们要上山种洋芋和苞谷了。更多的南麦在早春的寒意中抖索着，生长着，稀稀拉拉。在陡峭的山地上，这些麦子还不及大蓟长得茂盛而体面。我看见大蓟了吗？噢，它们长着坚硬的刺，面色发亮，就是在这儿，我与一头豪猪遽然相遇。只有豪猪才敢在这儿穿行，它们的刺抵御着大蓟的刺。豪猪找到了这样的乐园，也是一个讽刺；它们应该有更温暖的家，可是，哪儿比这里更安全呢？在树木被砍伐过的地方，大蓟从海拔零米的地方开始了疯狂的翻山越岭，占领着那些只留下树桩和哭泣的空地，俨然成为了山岭的主人。

我看着那只豪猪，在这样多刺的山头它变得更加怒气冲冲了。我能征服它吗？我看着它毛刺倒竖的样子，我压根儿就没征服过它。可是，我想着它一身刺下潜伏的美味皮肉。我舔着嘴唇，可这头豪猪是如此鄙夷地看着我，慢慢吞吞的，知道我没有了力量，过去没有让我战胜，现在更加休想战胜了。

豪猪钻进了大蓟深处，接着惊起了一只红腹锦鸡，是一只母鸡。这曾是我的美味佳肴，我仰头望着它飞走了，我只能望着，并且不想等候它的飞回。我还知道，在大蓟中，也许有一窝蛋，一群嗷嗷待哺的雏锦鸡，但是我不能纵身进去。面对着大片的大蓟，你是无能为力的。

…………

大火是在我沮丧地离开我的母亲之后的若干天里烧起来的，那时候，干旱袭击着整个神农山区。两个伐木的工人爬上工棚的顶层——也就是楼上，去强奸一个因病未上山的女工，被那个女工打翻煤油灯。

大火就这样燃起来了。大火燃烧了整整两天两夜，那两个夜晚，整个天空都是通红的，好像涂满了鲜血，烈焰腾空而起，烧得星星砰砰地下坠，野猫河的河水咕噜咕噜地冒着沸腾的气泡。到处是动物们烧焦的气味。在白岩，有几百只野兽跳了崖。那不是因为壮烈，而是因为疼痛。

我疯狂地奔逃是因为我年轻还加上我大约有一点感知未来的灵性。我跑上一座山头背向大火的时候发现我的嘴里还叼着一只半熟的青麂。我嘴上的青麂是从哪儿来的呢？我浑身地觳觫，已经失去了记忆，在这种旷世的惊恐中我用咀嚼青麂的肋骨来平息自己。当然，我无法啃动肋骨，我不是狗，不是老关的雪山和草地，我却必须不停地啃，啃。那时候，我只有一个信念，或者说只有一个意识：啃肋骨，啃它！我什么都不会做了，傻了，我想起我母亲告诉我们的：只有咬住猎物的时候你才是一只豹子，否则，什么都不是，是一堆行尸走肉。我现在咬着猎物（捡的），却感觉不出我是一只豹子，而是一堆可怜的肉，喘息的肉，死里逃生的肉。

这时候我看见了我的母亲！我的母亲也在拼命地逃命！她在大火中腾跃，她就是一团火！可这团火在漫山遍野的大山里太微不足道了，这火将被那火吞噬。

我的母亲突然生下了我的一个妹妹！我看见她生下来那个鲜红的幼体，那是我的妹妹！但是我的母亲朝后看了眼——是在大火之上调头看的，我那妹妹就被大火烧着了，被缩成一团。我的母亲再跑，她跑下了山坡，于是，我听见在野猫河谷里喊起了此起彼伏的芜杂惊呼："豹子！豹子！"于是，有一百多个人开始追赶我的母亲，他们手拿着火把和棍子，有的还端着救火的木盆，用煮沸的河水向我的母亲猛泼。"豹子！豹子！豹子！"

悲惨的野猫河谷，疯狂地逃窜着我孤独的母亲！我看见她又生下一只幼豹——那是我又一个早产的妹妹！我那妹妹一落地就被狂呼乱跑的人们抓住了。我的母亲尾部淌着飞溅的血水，没命地跳入野猫河，在冒着团团热气的河中，越过一块又一块溜滑的巨石。

如果她能顺流直下野猫河，她就有可能逃出人们的围歼，在那儿河谷愈见空旷，火势弱小。然而救火的人们放弃了救火，擒拿一只豹子更能刺激他们莫名其妙的激情。他们围了上去，站在河边用石头砸，用棍子打。雨点般的石头和棍子就这样落在我母亲的身上。那些人喊："打死它！打死它！"我的母亲在水中沉浮着，在石缝里腾挪着。我虚弱的母亲终于被他们逮住了。

（本文选自陈应松《豹子最后的舞蹈》，春风文艺出版社，2004年版）

【作家简介】

陈应松，1956年生于湖北公安县，原籍江西余干，武汉大学中文系毕业，中国当代作家。长篇小说有《天露湾》《森林沉默》《还魂记》《猎人峰》《到天边收割》《魂不守舍》《失语的村庄》等。多年来，陈应松创作了《神农架野札》《神农架往事》《松鸦为什么鸣叫》《豹子最后的舞蹈》《太平狗》《马嘶岭血案》《狂犬事件》《白狐》《森林沉默》《巨兽》《独摇草》《金鸡岩》等29部与神农架有关的作品，共同构成了一个兼具地理、文化、精神意义的"神农架"系列。作品曾荣获鲁迅文学奖，是新世纪底层文学代表作家、新世纪生态文学代表作家。

【文本赏析】

本文是陈应松"神农架系列小说"的第一篇，是他在神农架听到有关"最后一只豹子"的故事后，深受触动而写下的。故事发生在神农架这个神秘自然之地，以一只豹子的视角，讲述它眼中的世界。小说以拟人化的方式，通过豹子的叙述详细还原了人类捕杀动物时的残忍行径，并借助大篇幅的心理描写来刻画动物被捕杀时的心理活动，既写出了动物面对人类捕杀时的绝望情境，又清晰地展现了人类破坏自然、殃及自身的必然结局。小说的主人公是一只名为"斧头"的豹子。在小说的开头，生命即将走到尽头的

"斧头"在山间艰难地寻找着食物。由于人类的捕杀，"斧头"在山林中能够寻得的食物越来越少，饥饿已经成为他的常态。面对山中不计其数的捕兽套子和猎人的猎枪，被人类杀害已然是"斧头"的宿命。而在"斧头"的回忆中，曾经的生活是美好的，他有母亲、有同伴、有无数的山间生灵同他一道而行。但是，人类的猎枪指向了他的同伴，射杀了他的母亲，人类的斧子和先进的机器开始毫无节制地砍伐山间的树木，山间的生灵遭受到了前所未有的灾难。从前生机勃勃的山林不复存在，死亡、绝望与孤寂弥漫在山间的各个角落，"斧头"也成为神农架中人们所见到的最后一只豹子。

在作者笔下，"斧头"既是人类捕杀过程中的幸存者，也是捕杀的见证者。小说中对于"斧头"母亲及同伴被捕杀的过程有着十分细致的描写，充分展现了猎杀时现场的残忍与血腥，揭示了人类破坏自然时的暴虐心态。作为在捕杀中幸存的豹子，"斧头"亲眼见证了猎人们捕杀他母亲的场面。在捕杀母豹时，神农架的山林燃起了大火，而原本急于救火的人们在发现豹子后便不再关心林中的大火，"擒拿一只豹子更能刺激他们莫名其妙的激情"。怀孕的母豹在人们以及山火的追逐下艰难前行，即便是人类发现母豹正在生产，他们也并没有停止对母豹的猎杀，反而认为此时虚弱的母豹更易被人们擒获。慌乱之中母豹侥幸挣脱了人类的桎梏，返回山林，回到生产的地方寻找孩子的踪迹，但她的孩子们早已被人们卖到了城里，供人们参观。即便如此，身体孱弱的母豹最终也没能逃过猎人的追捕，还是在人们无尽的围堵中结束了生命，死在了冰冷的猎枪之下。

从这篇小说中可以看出作者对人类破坏自然这一行为的反思与批判。"斧头"最终未能摆脱被猎杀的宿命，豹子最后的舞蹈也在孤独与绝望中落幕。

【课程思政】

作家以动物叙事的方式再现人类捕杀动物时的残忍现场，既强调了动物的生命意识，同时也反思了人类所犯下的种种恶行，批判了人类中心主义思想，试图唤起人们对自然的尊重与敬畏。

【作家的话】

陈应松在这里，记述了人类和自然界最后相处的日子，所有的生灵都是平等地为生存争斗，不是你死我活的争斗，而是互怀着敬意，分享这个世界，谁都有权力。在激烈的场面之后，是生命的宏伟背景。陈应松在纸上筑造起一个空间，存放下这个坚韧的天地——神农架。

——王安忆（陈应松《一个人的遭遇》，江苏凤凰文艺出版社，2017年版）

他的诗意和悲悯其实是充盈在所有的文字中的，不过它们在这些写神农架的作品中更为浓烈。即便是他的随笔，一些很短小的思绪之章，也都蓄饱了真情。应松笔下的故事和人物完全不同于这个时代那些似曾相识的套路和面目，而是带着另一种山野气息，一个独特世界的逼真，直扑眼前，让人在战栗中迎接一次次心灵的激荡。最美好和最温婉的，以及粗砺狂野的冲撞，都统一在这些神奇的篇章之中。读他的书是沉醉，是昂奋，也是绵长的回忆。

——张炜（陈应松《陈应松精品文集》，中国言实出版社，2020年版）

【延伸阅读】

爱泥土，更爱石头

——与陈应松对话（节选）

罗忆清：好，那么我想就您小说中具体的内容请教您。当我读您的《豹子最后的舞蹈》时，您传导给读者的那种巨大的孤独感震撼了我。而《松鸦为什么鸣叫》中对死亡的理性叙述又让人惊叹。《云彩擦过悬崖》给我的感觉是十分的激情，充满了叙述的力量，一种诗意的激情读后仍在读者心中荡漾。《狂犬事件》评论界对它的评价已很多了，如陈思和老师说这个作品"显示了作者刻画非常事件的能力很强、非常有张力"，但我对它的人物尤感兴趣，这里面人物的设计有很强的群像感，看得让人惊心动魄。《到天边收割》中的人物也是很鲜活，让人过目不忘。他们都源于生活的真实吗？您这些作品是出自什么样的冲动？

陈应松：我不相信虚构和想象。我过去很相信想象力这种东西，甚至很崇拜想象力。过去我在一本县志上看到一句话就可以弄出个中篇，现在看来这是很可笑的，就算作品发表了，那也跟没发表一样。很多靠想象力生活的作家正在可怜巴巴地面壁想着，写着，我甚至感觉得到他们的字缝间随时都会有断裂的危险——时常看他们快写不下去了，看得令人揪心。而我总算暂时摆脱了这种悬崖上跑马的又干涩又危险的状态。要有很强的冲动了我才写，而不再用惯性去写。我从神农架回来后，有好些日子都沉浸在对那只豹子的悲伤之中，我知道我要爆发一下，于是就模仿那只最后的豹子的口吻，写下了这个故事。我觉得这只豹子死得真是太惨了。先有这只豹子，而后才是加入我另外得来的素材，再加想象。其实这只豹子的真实故事我还没写完呢。这只豹子的皮后来被神农架群艺馆展览后保存了。保存这张豹皮的人后来疯了，后来饿死在自己的屋里，等人们发现时，他的鼻子耳朵已被老鼠啃了，豹皮也啃了，不过豹尾至今依然还在。但是我写到它被打死就果断地结了尾，一个小说还没能把素材用完。《松鸦》《云彩》当然都是有原型的，比如为写《松鸦》，我去采访小说的原型之一的一个人，大雪封山，路上结冰，林区政府为保证我的安全，不给我派车，我只好去街上租了个个体户的小轻卡。司机说：你敢坐我就敢开。我说：你敢开我就敢坐。在翻过燕天垭时，我们看到有一辆大货车刚滑下崖去，司机算是跳下车捡了条命。《云彩》中关于神农架云海的描写有几千字，拎出来是一篇散文。我可没有如此丰富的想象力，为了描写它，我访问了十多个人。《狂犬事件》来源于神农架的一张旧报纸，上面说20世纪80年代末某乡出现了十几条疯狗，咬死咬伤了几十人，牲畜一百多头。于是我开始了调查，跑闹过疯狗的村子，找被咬过的人，找防疫站，各种传闻通过采访滚滚而来。可以说，里面的耸人听闻的每一个情节都不是我胡编乱造的：一个人把给自己的五针针药分给牛打了，最后人、牛都死了；一个人死之前屙出的血块全是狗形；一个人最后死于肚腹爆炸……我的调查就算不写成小说，只写成一个《调查报告》，我相信，也是精彩万分的，小说把它还平淡化了。精彩的东西无论怎么写都精彩，不精彩的无论怎么编也乏味。当然，我也相信有想象力出众的高手，但那是非常稀少的。像我们这等想象力贫乏的人，还是相信生活吧。至于说出于什么样的冲动？我想这很微妙，不可一概而论。

（本文选自陈应松《豹子最后的舞蹈》，春风文艺出版社，2004年版，有删改）

【附录】

森林沉默（节选）

陈应松

我已是一个哑人。我想唱歌，但已不能。

天空像洇开的蓝墨水，大地和河流也是那么蓝，仿佛晾晒着一万条女人的蚕丝巾。天地之间是一座奇异的房子，每一朵云彩和每一点苔藓都互相关联着，慰抚着。山脉起伏，森林浩瀚，云海激荡。无边的田野，无边的银河。汹涌的蓝色波涛，都沉溺在古老的梦境深渊。我躺在天地的经脉上谛听所有的命运。燃烧的天空，生命绽放，那是所有灵魂的栖息地。芍药、玫瑰、豹子、鹿，在这儿微笑和追逐。紧贴母亲，怀抱青草，超越坟墓的晦暗和沉积，在白云的巨流中奔跑穿梭，比鸟更轻盈。这是天惠的旅程，蓝色的祭坛。群山粼粼，众鸟翩翩，晚霞灼灼，草木榛榛。

我重新栽下了一棵白辛树。

（本文选自陈应松《森林沉默》，译林出版社，2020年版）

科学与技术的飞速发展为人们带来了更为舒适、便捷的生活。但无论是修建道路、铺设铁轨还是开设机场，都需要占用土地。当我们看见设施齐全、功能完备的机场，乘坐四通八达的列车，感叹人类的智慧时，又是否会思考这片土地曾经的模样？在陈应松的《森林沉默》中，作者就通过修建机场这一事件，向人们详细讲述了这一工程对自然的破坏，并以此来反思现代文明背后的生态悲剧。

在这篇小说中，人们要在天音梁子修建机场。虽然天音梁子是咕噜山少有的平地，但由于地处山区，并不是修建机场的最佳位置。人们为了修建机场，使用了五百万公斤的炸药，将九座山头夷为平地，又填平了九条峡谷，山间的森林几乎全被砍伐、毁坏，山间的动物也无一幸免。在机场的修建过程中，即便面对残破不堪的森林、鸟兽们的逃窜与哀鸣，人们也丝毫没有为此感到惋惜，反而十分享受征服自然的过程，就连他们的口号都是"让山冈低头，河水让道！"这种狂妄自大的行为不仅是对自然的不尊重，更表现出人们在现代文明的影响下，对城市化、欲望化生活的极度渴望。只是面对现代文明的入侵，森林除了默默承受，还能做些什么呢？

作为一名长期在神农架生活的作家，陈应松对于神农架的山林有着十分深入的了解，这也造就了小说的博物学奇观。正如作者所言："这个小说涉及近百种动植物（包括传说和神话中的神奇动植物），以及关于森林的物候、地质、气象和所有对于森林的想象，并且肯定超出一般人对森林的认知与想象。虽然是一部长篇小说，但关于森林自然景物的描写不会低于六分之一。这不是我笔下生花，是森林的丰富资源成就了这些文字。就像诗经之美有植物的功劳一样，这部小说如果可以成立的话，是书中森林的景物赋予的，写得像植物图谱和风景图谱一样细致生动，告诉人们描写森林，是我所愿。"在《森林沉默》中，陈应松写到了很多动物、植物以及他们的生活习性、生存状态，并力图向读者展现森林最真实生动的美好画卷。但是，现代化的浪潮不可避免，天音梁子的悲剧在修建机场之时已然成为定局。在修建天音梁子机场的过程中，曾经的森林已然不复存在，取而代之的是现代化设施齐备的天音梁子机场。所以在叙述过程中，陈应松虽用了很大的篇幅来描绘自然的美景，有意识地为自然复魅，但像猴娃、花仙子一般能够融入自然的人越来越少。在消费主义的影响下，人们既渴望回到自然，又在破坏自然。就像小说中，天音梁子机场前广告牌上写的是"拥抱咕噜山区，远离水泥丛林"，然而，像天音梁子这样的地方，人们看中的只是它的自然资源与旅游价值，并不会考虑整个林区的生态持续发展。森林中一个个生命的陨落，已然让森林丧失了原有的生机，森林的沉默，同样也是一场无声的悲剧。

【拓展与思考】

陈应松曾说："让小说充满使人心旌摇荡的激情和力量。为生活增加勇气，用魔力的语言、魔法的故事、跃动的血性，冲击人们对人类前途和归宿的思考，用文字创造一个鸟语花香、百兽奔跑、苔藓肥厚的世界。"在陈应松的作品中，哪些瞬间能让你感受到自然之美？

第三十九讲　阿　来

【篇目】

草木的理想国：成都物候记（节选）

梅

早晨，看见对面的屋顶湿湿的，很松润的样子。盥洗完毕，才听见自己心中冒出话来：咦！春雨。再走到窗前，看昨夜雨过的痕迹。这一夜的雨，真是与看了一冬的雨的感觉大不相同了。

降温厉害的那些日子，雨水下来可没有如此温润的感觉。严冬的冻雨在别处怎么下的我不知道，但在四川盆地，总要先使天空灰暗压抑到无以复加，直到正午亦如黄昏，这才慢吞吞地降落下来。其实说降落是要为一个过程找到一个明晰的起点。而冬雨常常是以雾的形态来临的。用这种方式先酝酿湿重而彻骨的寒意，然后才变成雨，无风也无声，就那么四处落下，并用更深更彻骨的寒意威胁盆地里所有绿色的植物：树、麦子、蔬菜和一切家养与野生的花草。看到街头人们神情瑟缩，看到一朵朵黑伞飘过，我唯一的愿望就是去到一个有明亮天光的地方。但这样的雨，每一场都要下好一阵子。而且，在最阴霾深重的日子里，一个多月的时段里要下上好几场。每一场都像是马上就要凝成冰变成雪。那时就会想，干脆来一场铺天盖地的大雪吧！它又不来！它的目的就是让所有风湿病发作，连带着为这个时代多弄出一些忧郁症患者。

那些日子，顽强撑持的三角梅凋零了，菊花凋零了，我们小区院子里那几树紫荆大概是因为水土不服而总是迟开，总是开得零落的花朵被直接冻萎在枝头上。

所有东西都因冰冻而收缩，对面的水泥屋顶也是一样。冬雨总是浮在物体的表面，不能渗透进那些因怕冻而紧缩的物体中去，只好浮在物体表面泛出一片贼光。用那种光在眼前唠叨：我要变成冰，我要变成冰。就这么从十二月一直唠叨到一月，我想植物们也有些怕，因为这个过程中确乎有好多花草树木都零落了，后来，植物们也烦了，特别是掉光了叶子的那一些，特别是梅和海棠，反正该零落的都零落了，就很瘦硬地说，那你就变成冰吧。这么一说,冬天和它带来的那种冻雨却也无可奈何了。这种迹象在蜡梅花开得很盛的时候就已经显现。蜡梅香弥散的时候,漏过云隙的阳光就一天多过一天。小区中庭那两树红梅的花蕾也一天大过一天。

那时就想,雨水也要变得温软了。

不想,这雨水在一个无梦之夜来了,又走了。只留了一些湿湿的痕迹在对面的屋顶。那是雨水浸入到物体内部,使一切松弛并得到润泽的痕迹。这便是春雨的痕迹。打开锁闭很久的窗户,空气也带上了清新温润的味道。

我挑了维瓦尔第的《四季》佐餐,要让乐队放大了的声音告诉所有事物,春天来了!

写小说的间隙,读闲书作调剂,看见古人有所谓"二十四番花信"的说法。

大意是指:自小寒至谷雨共八个节气,凡一百二十日,每五日为一候,计二十四候,每候应一种花信。二十四番花信,就是自小寒起,每五天有一种花绽蕾开放。如此次第开到谷雨后,就已万紫千红,春满大地。二十四番花信以梅花打头,楝花排在最后。楝花开罢,以立夏为起点的盛大的夏季便来临了。

今天已经是1月26日,查了一下二十四节气表,不只小寒已过,大寒(1月20日)也过去一周了。红梅这番花信来得迟了些,因此推想,所谓二十四番花信之首的梅,像是蜡梅,而不是红梅。这倒应了杜诗中的景:"梅蕊腊前破,梅花年后多。"

住家小区的院子算得上宽敞,容下了众多植物。中庭疏朗处,有一树紫薇和两树红梅。紫薇属于盛夏,此时自然全无动静。而两树红梅十多天前花蕾就在瘦硬的枝条上一天天膨胀,慢慢酝酿成了并不飘走的淡淡红云——远望有形,近看却又只见一朵两朵梅花试探性开着,稀疏零落,而且干涩。不过,经过昨夜那样的温润的雨水,那树梅花应该开了。

当阳光驱散薄雾,下楼就望见那团红云更加浓重,步步走近,那红艳并不消散。因此知道,这一树红梅花真的开了。这一树?不是说有两树吗?的确是长得好看的那一树热烈地开了。另外一树,一上午有多半时间在二号楼和几株高大香樟的阴影下,直到中午才晒到太阳,总是受了委屈的样子,枝条不繁盛,花蕾也稀疏,所以这一夜春雨仍没将那些花蕾催开。

阳光下,我举着相机绕行的是盛开了的那一树,踩着书房里取书的梯子去够高枝上花朵的还是那一树。

再出门时,就看到城里城外,四处的红梅都应时而开。而且,玉兰与海棠,花蕾膨胀得都很厉害了。

自然要翻些古人写梅花的诗来读。

这些梅花诗,说喜欢也是喜欢的,有时也不甚喜欢。这缘故却也简单。中国诗歌,言志，抒情，有所描述，也是起兴，为了意在言外。写的是这个，要说的却是那个。写花，但花是什么样子并不真正关心，不过是用花作个引子。今天以观察植物之美的心情来打量这些诗，就发现这是个问题。单说咏梅诗吧，好像说的是梅花，其实并不是梅花，是诗人自况或别的什么，孤高清洁之类。

> 不受尘埃半点侵，竹篱茅舍自甘心。
>
> 只因误识林和靖，惹得诗人说到今。

古诗名句"前村深雪里，昨夜一枝开"，美则美矣，却不能让人知道写的是蜡梅还是梅。因为两种梅都是会在雪中开放的。

当然，它们也都会在没雪的时节开放，在没雪的都市开放，比如成都这样的城市。

来这座城市定居十几年了，不管有没有人注目欣赏，梅树是年年放花的。但雪从没有很好地下过，好让人赏玩积雪的枝头几星触目的红艳。现在我来写这些文字，想法相当简单，就是不管比兴，不管象征，不把景语作情语，就是为了看看梅花自然的呈现。就如看《瓦尔登湖》的作者梭罗观察记录野果："悬钩子到了六月二十五日就成熟了，直到八月还能采到，不过果实最佳的日子当数七月十五左右……信步走到一片悬钩子林前，看到树上结着淡红色的树莓果，不由得令人惊喜，但随之也感叹这一年快过去了。"有文化批评家指出，咏花而不见花，这是中国文学甚至是中国文化中一种"不及物"的态度使然。所以，中国人可以没有观察过梅花而作梅花画，写梅花诗。因为那是写意写情，而不是写梅花这个客体。在记忆中搜索，在网上搜索，取出老书来翻，真没有看到"及物"的梅花诗。又想起成都曾是阴柔多情的词的发源地之一，《花间集》流传的很多小令就产于这个城市，梅花也是本土自古就有的，便取了这书来看，读了十几页，二十好几首吧，却未闻到梅香浮动，如果吟到了花，也是海棠与杏花。想想也就明白了，在中国诗歌中，花是作为文化符号出现的，意象也者，先赋予意义，再兼及形象。所以，多情柔婉甚至淫靡的这些长短句中梅花就很难出现了。

还是回到硬朗一些的唐宋，陆游的《咏梅花》引起我的兴趣：

> 当年走马锦城西，
>
> 曾为梅花醉如泥。
>
> 二十里中香不断，
>
> 青羊宫到浣花溪。

虽未描摹出梅花的情状，倒是写出了宋代在成都看梅花的地理。"锦城西"，"青羊宫到浣花溪"。杜甫当年种桃写诗也在这一带地方。是唐宋时来成都的外地名人依成都地理写出好诗的地方。我也想在这几日，挑一个好太阳，有小风的午后，在入过杜诗的万里桥某处泊了车，沿当年的濯锦之江，向西而行。这些地方都是当年的城外村野，所以梅花能开得"二十里中香不断"，今天夹岸尽是楼房，虽然"香不断"已无可能，毕竟河的两岸十多年来，重新垒堤铺路植草栽树，景致颇有些可观之处。有青羊宫所在的文化公园；有浣花溪公园，和园中的杜甫草堂；有百花潭公园。因此，河之两岸，定有梅花星落其间。还想起某天开车过滨江路，依稀看见岸边有树白花。正好下午浓雾散尽后出了太阳，便沿江去寻那枝白梅。一路经过了许多红梅，和些性急绽放的海棠，走出六七里地了吧，在夕阳沉到那些高树背后的时候，寻到了那树梅花。远看是白色，近了，却是一株树色。于是，借这一天已经黯淡的天光拍了几张粉梅。这树梅花已经盛开过了，准备凋零了，那些雄蕊柱头上的花药已几乎掉光（都尽数授给花瓣中央的雌蕊了吗？还是被风刮去到不知什么地方？），剩下的花药也都从明亮的黄变成了黯然的深褐色。

这是1月的最后一天，周日的黄昏，和这株粉梅的相会，无论是这一季，还是这一天，我都来晚了一点。

再补充一点，和蜡梅一样，梅经过广泛培育，已经有了众多的难以一一辨识的品种。枝形、花朵的颜色、花朵的单瓣或复瓣，复瓣的复杂程度，都是辨识特征。

植物分类学上，梅和蜡梅又很不一样。蜡梅很孤独，一个品种自成一科，就叫蜡梅科。梅却出自一个热闹的大家族——蔷薇科，和好多开花好看的木本植物桃啊，樱啊，都是本家亲戚。植物学还讲，梅花的花瓣为五瓣，那应是野生原种的形态特征，如今城里园中道旁，那些盛开着的，都是园艺种，有单瓣也有复瓣。复瓣者就是经过人工培植诱导的品种。往哪个方向引导呢？当然是往使花朵繁盛与热闹的方向，于是复瓣的梅花便更要繁复地重重叠叠了。

于我而言，还是喜欢那些单瓣的，更接近野生状态的品种。

2010年2月3日

（本文选自阿来《草木的理想国：成都物候记》，江苏人民出版社，2012年版）

【作家简介】

阿来，1959年出生于四川西北部的马尔康县，藏族，当代著名作家，是目前茅盾文学奖评奖历史上最年轻的获奖者之一（39岁获奖），近年来连续获得诺贝尔文学奖提名。1982年开始诗歌创作，后转向小说。主要作品有：长篇小说《尘埃落定》《机村史诗》（六部曲）《格萨尔王》《瞻对》《云中记》，诗集《棱磨河》，小说集《旧年的血迹》《月光下的银匠》，长篇散文《大地的阶梯》《草木的理想国》等。

【文本赏析】

《草木的理想国：成都物候记》是作家阿来的一部随笔散记。作者利用相机这一特殊的介质，将自己所居住的城市中各类花朵的次第开放与凋谢随时记录下来。从一年中最初展露身姿的梅花写起，直至海棠、早樱、玉兰、紫荆、迎春、泡桐、丁香、鸢尾、芙蓉、栀子等等，花期不同的各种植物次第开放，牵引着读者跟随镜头中的影像共同来感受城市中不同时节的多彩风情。在阿来的文学世界，生命是大于和高于人性的概念。阿来的小说中的亲生命性，不仅是对人类生命的相亲相爱，也包括自然界所有的生命。阿来细腻的描写令人感受到了自然的力量与生活的味道。

科技革命以来，自然已经不再是传统意义上不言自明的自然，而是需要被进一步揭示的"自然"。各种生态危机的出现，也促使人类重新想象和思考自己的生活方式，甚至重新定义人与自然的亲密关系。文学应该如何更好地表现自然？文学的力量要如何起到对脆弱的个体生命的抚慰？这是生态文学应该思考的问题，也是生态文学真正的意义所在。近年来，在倡导创新、协调、绿色、开放、共享的新发展理念的时代背景下，生态、自然、博物等主题正成为文学重点关注的对象。越来越多的作家、诗人投入到生态文学的创作中来。

【课程思政】

在阿来的很多作品中，我们看到了阿来对自然被人类破坏的无奈与对现代社会利益驱使下良知泯灭的严厉拷问，但更多的还是对自然之美的展现以及对保护自然的呼唤。在现实生活中，无论我们身处何处，都应保持对自然的尊重与敬畏，更要自觉地保护自然，以我们的实际行动构建起人类文明与自然文明之间平等互利、和谐共生的样态。

【批评家的话】

阿来算得上是一位典型的"纯文学"作家。这不仅由于奠定其文学地位的长篇处女作《尘埃落定》被"纯文学"价值体系确认，并在1998年"雅文化"回温的文化环境中因"纯文学"而畅销，更因为哺育其成长的文学资源来自"纯文学"的知识谱系。……文学上的阿来依然是属于"汉文学"中的"纯文学"的。"纯文学"刺激了他的文学灵性，打开了他看西方的文学视野，同时也封闭了其前辈作家惯常的从政治经济社会制度等宏观视野看问题的方法，甚至是思考的欲望。于是，阿来只能用"纯文学"的方法想象西藏的百年变迁史——这方法可以简单地概括为意识形态上的"去革命化"，文化立场上的超越性和文学描写上的寓言化——《尘埃落定》如此，《空山》也如此。

——邵燕君《"纯文学"方法与史诗叙事的困境——以阿来〈空山〉为例》(《文艺争鸣》2009年第2期)

2019 年的长篇小说中有两部作品具有鲜明的生态意识，一部是阿来的《云中记》，一部是陈应松的《森林沉默》。不妨将这两部小说称为生态文学最重要的收获。两部小说又有所不同，阿来并不是有意要表现生态主题的，生与死的沉思才是他写作的主要动机。但因为他一直对生态问题有着自己的清醒见解，这种见解也就自然而然地体现在他的沉思之中。陈应松则是具有明确的生态意识，他的小说基本上就是在表达他对现实生态危机的忧思的。……阿来尽管不是刻意要把小说写成一部反映生态问题的小说，但生态意识使他能把他所要思考的生与死的问题置于人与自然的关系中去认识，置于现代文明的新高度上去认识；他所思考的生与死问题不仅属于人类，也属于整个大自然，因此在小说中处处都闪耀着生态理念之光芒。从一定意义上说，这才是一部真正的生态文学。

——贺绍俊《〈云中记〉〈森林沉默〉的生态文学启示》（《中国当代文学研究》2020 年第 3 期）

【延伸阅读】

《蘑菇圈》《三只虫草》《河上柏影》《云中记》

【附录】

《草木的理想国：成都物候记》自序（节选）

阿来

我是一个爱植物的人。爱植物，自然就会更爱它们开放的花朵——这种自然演化的一个美丽奇迹。因为，植物最初出现在地球上时，是没有花的。直到一亿多年前，那些进化造就的新植物才突然放出了花朵。虽然，对于植物本身来讲，花意味的就是性，就是因繁殖的需要产生的传播策略。但人从有最初的文明以来，就在赞叹花朵匪夷所思的结构，描摹花朵如有神助的设色，提炼或模仿令人心醉的花香。

…………

是的，我就对观察和记录植物上瘾已经好些年了。有朋友善意提醒过我，不要玩物丧志，但我倒自得其乐，要往植物王国里继续深入。文字记录不过瘾了，又添置了相机，学习摄影，为植物们的美丽身姿立此存照。这么做有个缘故，我曾对记者说过，我不能忍受自己对置身的环境一无所知。这句话写到了报纸上，有人认为是狂妄的话，我却认为这是谦逊的话。这个世界就是如此，人走在不同的道上，对世事的理解已可以如此南辕北辙，如此相互抵牾。我的意思并不是自己能通晓这个世界。我的意思是生活在这个世界上，我就要尽力去了解这个世界。既然身处的这个自然界如此开阔敞亮，不试图以谦逊的姿态进入它，学习它，反倒是人的一种无知的狂妄。

这个世界对一个个体的人来说，真的是太过阔大。我开始观察植物的时候，也仅局限于青藏高原，特别是横断山区这一生物特别丰富多样的区域。这不仅因为自己在这一区域出生，成长，更因为这是我写作的宝库，这许多年来，我不断穿行其间。就在这不断穿行的过程中，有一天，我突然觉悟，觉得自己观察与记录的对象不应该只是人，还应该有人的环境——不只是人与人互为环境，还有动物们植物们构成的那个自然环境，它们也与人互为环境。于是，我拓展了我的观察与记录的范围。

这样直到2010年，旧病发作，进医院，手术，术后康复。一时间不能上高原了。每天就在成都市区那些多植物的去处游走。这时蜡梅也到了盛放的时节。我看那么馨香明亮的黄色花开放，禁不住带了很久不用的相机，去植物园，去浣花溪，去塔子山，去望江楼，将它们一一拍下。过了拍摄的瘾还不够，回去又检索资料，过学习植物知识的瘾，还不够，再来过写植物花事的瘾。这一来，身心都很愉悦了。这个瘾过得，比有了好菜想喝二两好酒自然高级很多，也舒服很多。

自从拍过蜡梅，接着便大地回春，阴沉了一冬的成都渐渐天青云淡。玉兰，海棠，梅，桃，杏，李次第开放，也就是古人所说春天的二十四番花信的接踵而至。于是，我便起了心意，要把自己已经居住了十多年的这座城中的主要观赏植物，都拍过一遍，写上一遍。计划一年中，就把成都繁盛的花事从春至秋写成一个系列。

曾经读到过美国自然文学开创者之一，环保主义者先驱缪尔的一段话：如果一个人不能爱置身其间的这块土地，那么，这个人关于爱国家之类的言辞也可能是空洞的——因而也是虚假的。

我在成都生活十多年了，常常听人说热爱成都的话。但理由似乎都比较一致地集中于生活享受的层面。我也爱这座城市，但我会想，还有没有别的稍离开一下物质层面的理由。即便是就人的身体而言，似乎眼睛也该是一个不能忽略的重要感官。而且，眼睛这个器官有个好处，看见美好的时候，让我们反省生活中何以还会有那么多的粗陋，可以引导我们稍稍向着高一点的层面。帕慕克说过：我们一生当中至少要有一次反思，引领我们检视自己置身其中的环境。

我觉得，自己写这组这座城市的花木记，多少也有点这样的意义在。

因为，这不是纯粹科普意义上的观察与书写——虽然包含了一些植物学最基本的知识，但稍一深入，就进入了这座城市的人文历史。杜甫、薛涛、杨升庵……几乎所有与这个城市历史相关的文化名人，都留下了对这个城市花木的赞颂，所以，这些花木，其实与这座城市的历史紧密相关。驯化，培育这些美丽的植物，是人改造美化环境的历史。用文字记录这些草木，发掘每种花卉的美感，同时也是人在丰富自己的审美，并深化这些美感的一个历程。在教育如此普及的今天，我们反倒缺乏美的教育。文学的一个重要功能，就在于这种美的教育。我想，写下这些文字，如果不能影响别人，至少也是写作者自己的一种自我教育。

（本文节选自阿来《草木的理想国：成都物候记》自序，江苏人民出版社，2012年版，有删改）

【拓展与思考】

在阿来的文学作品中，我们可以看到现代文明发展之下的生态困境，但生态危机仅是人与自然之间的矛盾吗？请结合你所熟知的其他生态文学作品，谈谈你的看法。

参考文献

[1] 严家炎,孙玉石,温儒敏,等.中国现代文学作品精选[M].4版.北京:北京大学出版社, 2022.

[2] 谢冕,洪子诚.中国当代文学作品精选[M].4版.北京:北京大学出版社,2024.

[3] 钱理群,王风,贺桂梅.中国现当代文学名著导读[M].2版.北京:北京大学出版社,2024.

[4] 程光炜.中国现代文学经典阅读[M].北京:北京大学出版社,2012.

[5] 程光炜.中国当代文学经典阅读[M].北京:北京大学出版社,2012.

[6] 洪子诚.中国当代文学史作品选[M].修订本.北京:北京大学出版社,2015.

[7] 丁帆.中国新文学作品选[M].北京:高等教育出版社,2013.

[8] 钱理群,温儒敏,吴福辉.中国现代文学三十年[M].3版.北京:北京大学出版社,2024.

[9] 洪子诚.中国当代文学史[M].3版.北京:北京大学出版社,2024.

[10] 吴秀明.当代文化现象与文学热点[M].北京:北京大学出版社,2018.

[11] 朱栋霖,朱晓进,吴义勤.中国现代文学史1915—2018[M].4版.北京:高等教育出版社, 2024.

[12] 温儒敏,赵祖谟,等.中国现当代文学专题研究[M].3版.北京:北京大学出版社,2024.

[13] 吴小美.老舍精读[M].太原:北岳文艺出版社,2015.

[14] 傅书华.走近赵树理[M].太原:北岳文艺出版社,2015.

[15] 张欣.文学评价机制与作家作品命运:以张贤亮文学评价史为中心的考察[M].北京: 九州出版社,2024.

[16] 徐艳蕊.当代中国女性主义文学批评二十年[M].桂林:广西师范大学出版社,2008.

[17] 童庆炳.文学理论教程[M].北京:高等教育出版社,2015.

[18] 王峰.文学理论教程[M].北京:北京大学出版社,2020.

[19] 严家炎.中国现代小说流派史[M].北京:高等教育出版社,2014.

[20] 辜也平.二十世纪中国文学研究专题[M].北京:高等教育出版社,2012.

[21] 严平.潮起潮落:新中国文坛沉思录[M].北京:人民文学出版社,2015.

[22] 陈晓明.中国当代文学主潮[M].3版.北京:高等教育出版社,2022.

[23] 程光炜.走向枢纽点:1990年代文学研究[M].北京；北京大学出版社,2023.

[24] 韦勒克,沃伦.文学理论[M].修订本.刘象愚,等译.杭州:浙江人民出版社,2017.

[25] 刘勇,李春雨.中国现当代文学[M].4版.北京:中国人民大学出版社,2023.

[26] 王瑶.《狂人日记》略说[J].语文学习,1978(8):11-18.

[27] 唐弢.论鲁迅小说的现实主义[J].文学评论,1982(1):3-24.

[28] 黄曼君.论郭沫若的诗集《女神》[J].华中师院学报(哲学社会科学版),1978(1):80-87.

[29] 金介甫,爱黎.沈从文的《边城》[J].上海师范大学学报(哲学社会科学版),1982(1):125.

[30] 南志刚.古典意境的现代性转换:戴望舒《雨巷》解析[J].语文建设,2005(6):42-43.

[31] 侯金镜.创作个性和艺术特色:读茹志鹃小说有感[M]//孙露茜,王凤伯.茹志鹃研究专集.杭州:浙江人民出版社,1982:127-136.

[32] 杨匡汉,杨匡满.艾青诗歌艺术风格散论[J].文学评论,1980(4):44-53.

[33] 黄秋耘.关于张洁作品的断想[M]//黄秋耘.黄秋耘作品选粹.广州:花城出版社,1991:262-270.

[34] 董之林.论青春体小说:50年代小说艺术类型之一[J].文学评论,1998(2):27-38.

[35] 张伯存.一个春天的童话:细读铁凝小说《哦,香雪》[J].中国当代文学研究,2023(4):165-175.

[36] 严家炎.谈《创业史》中梁三老汉的形象[J].文学评论,1961(3):63-69.

[37] 王愚.在交叉地带耕耘:论路遥[J].当代作家评论,1984(2):38-47.

[38] 李星.在现实主义的道路上:路遥论[J].文学评论,1991(4):88-96.

[39] 阎纲.《灵与肉》和张贤亮[J].朔方,1981(1):3-6.

[40] 郜元宝.余华创作中的苦难意识[J].文学评论,1994(3):88-94.

[41] 张闳.莫言小说的基本主题与文体特征[J].当代作家评论,1999(5):58-64.

[42] 张清华.叙述的极限:论莫言[J].当代作家评论,2003(2):59-74.

[43] 程光炜.小说的读法:莫言的《白狗秋千架》[J].文艺争鸣,2012(8):10-19.

[44] 徐葆耕.原父意识的补偿与升华:朱自清散文新释[J].清华大学学报(哲学社会科学版),1989(2):45-55.

[45] 杨联芬.孙犁:革命文学中的"多余人"[J].中国现代文学研究丛刊,1998(4):1-29.

[46] 孙郁.孙犁为何不属于新京派[J].南方文坛,2024(3):116-121.

[47] 汪政,晓华.生存的感悟:史铁生《我与地坛》读解[J].名作欣赏,1993(1):68-79.

[48] 陈福民.超越生死大限之无上欢悦:重读史铁生的《我与地坛》[J].当代文坛,2009(6):26-28.

[49] 邵燕君."纯文学"方法与史诗叙事的困境:以阿来《空山》为例[J].文艺争鸣,2009(2):

18-24.

[50]　张志军.来自大地的声音:读苇岸《大地上的事情》[J].社会科学论坛,2004:(12):
　　　90-92.

[51]　董国艳.苇岸散文的生态意识探析[J].山东社会科学,2014(1):102-105.

[52]　贺绍俊.《云中记》《森林沉默》的生态文学启示[J].中国当代文学研究,2020(3):
　　　145-151.

后 记

　　本书是编者为渤海大学文学院现当代文学名家经典课程而编写的一本配套教材，在多轮的教学过程中，我发现很多学生因为手边缺少适合汉语言文学专业学生使用的作家作品鉴赏教材而感到无所适从、抓不住学习重点，上课时兴趣索然，他们的人生困惑与焦虑情绪也不能从经典作品的阅读中得到呼应与释放，正是这些原因，促使我去编写这样一本融专业知识与课程思政教育理念于一体的教材。在该教材的编写中，我常常思考的是何为经典以及如何阅读经典这样两个问题。

　　对于前一个问题，卡尔维诺在《为什么读经典》一书中给出的关于"经典"的十四条定义对我的启发颇大。例如，他认为，经典作品是那些你经常听人家说"我正在重读"而不是"我正在读"的书。一部经典作品是一本每次重读都好像初读那样带来发现的书。经典作品对读过并喜爱它们的人构成一种宝贵而丰富的经验。它使你不能对它保持不闻不问，它帮助你在与它的关系中甚至在反对它的过程中确立你自己。它们要么以遗忘的方式给我们的想象力打下印记，要么乔装成个人或集体的无意识隐藏在深层记忆中。①韩少功也在《文学经典的形成与阅读》一文中提出了他心目中的文学经典标准，他认为市场空间、作品长度、作家名声地位等不应是衡量经典的标准，作品的思想、艺术才是硬道理。判断一部作品是否经典的三个维度是创新的难度、价值的高度、共鸣的广度。②因此，我在2023年至2024年编写本书的过程中，主要以作品自身的艺术性、思想性、教育性作为衡量指标，尽可能地选取那些历经时间检验，已经超越了地域与文化的限制，被当时和后代读者不断阅读与讨论的经典作品，最终甄选出39篇中国现当代作家的作品，范围涵盖诗歌、小说、戏剧、散文等诸种文学体裁。

　　关于如何阅读文学经典这个问题，我的感受是读经典就是读自己，读自己的难事和大事，面对这些人生困惑，经典作品的意义就在于它提供了前人的经验和智慧，能给我们帮助和心灵的启迪。鉴于此，首先，我特别看重学生对名家经典的文本细读和"鉴赏

---

① 伊塔洛·卡尔维诺：《为什么读经典》，黄灿然，李桂蜜译，译林出版社，2012，第2-8页。
② 韩少功：《文学经典的形成与阅读》，《名作欣赏》，2017年第7期。

性阅读"，即强调学习者心灵的投入，与作者进行精神的对话，不仅注意作者"写什么"，更着重体味作者"为何写""怎么写"，反复揣摩作品的语言、行文结构与文体风格，提倡对作品的多样化阐释。其次，要把作品放回到"文学史"中，进行比较性阅读，既要有对同一时代同类作品的比较，也要有对不同时代的同类创作的比较，当然也包含对同一作家在不同时期的创作比较。通过阅读，从中发现问题，查找资料，进行独立思考，最终写出具有一定问题意识与思想深度的文章。再次，不断扩大阅读视野，不仅要集中主要精力读教材中的选文，而且要根据教材的指导读全书，读作家的其他作品，读得越多越好。初读的时候，不要看任何参考资料，而是直接读原文，用自己的心灵去感受作品，要特别重视与珍惜自己阅读的第一印象。在反复的独立阅读中，有了自己的一些想法以后，再去读必要的参考资料与评论文章，以启发自己的思考，开阔阅读视野。初读时要着重对作品的总体感悟与把握，在此基础上，进行文本（或部分文本）的细读，细心揣摩作者的语言与写法。对一些优美的诗歌与散文提倡诵读，在诵读中读出作品的情感与韵味。最后，在多读的基础上多写，阅读中或阅读后要养成写读书笔记的习惯。读书笔记的写法是自由的：读后感想、片段的分析、提出不同看法、抄录选文中的佳句好词都可以。有条件与兴趣的学生，甚至还可以进行模仿性以至创造性的写作。

学习本门课程，要求学生熟悉并掌握中国现当代文学史，对所列篇目的写作背景有初步了解，树立中国现当代文学的整体观。通过阅读作品，掌握作家的创作风格，把握作品的主要内容和艺术特色。通过阅读选入教材的名家经典，切实提高鉴赏、评价文学作品的能力与眼光，并在阅读中形成自己有建设性、有说服力的见解，为毕业论文的选题与写作积累资料和素材。

最后，本书在编写的过程中得到了我的研究生李嘉懿、邵佳、张军霖、王郁文、王涵等学生的帮助，他们为本书的顺利出版作出了不可忽视的贡献，在此一并表示由衷的感谢！

张　欣

2024 年 9 月 12 日于渤海大学